L'ultime refuge

NORA ROBERTS

L'ultime refuge

BEST SELLERS

éditions Harlequin

Cet ouvrage a été publié en langue anglaise
sous le titre :
SANCTUARY

Traduction française de
RÉGINA LANGER

Ce roman a déjà été publié dans la même collection
en septembre 2001

HARLEQUIN®

est une marque déposée du Groupe Harlequin
et Best-Sellers® est une marque déposée d'Harlequin S.A.

Publié par G.P. PUTNAM'S SONS, NEW YORK

Photos de couverture
Paysage : © BRANDON HARMAN / PHOTONICA
Femme : © L. CLARKE / CORBIS

83-85, boulevard Vincent-Auriol, 75013 PARIS — Tél. : 01 42 16 63 63
Service Lectrices — Tél. : 01 45 82 47 47
ISBN 2-280-08682-4 — ISSN 1248-511X

Pour les « Dames du Salon »

PREMIÈRE PARTIE

Quand, chassé par les orages, je suis rentré
Mon corps un sac d'os, mon âme broyée...

JOHN DONNE

1.

Elle rêvait de *Sanctuary.* Sous la clarté de la lune, la grande maison luisait d'un blanc immaculé, majestueusement adossée à la colline comme une reine sur son trône, dominant les dunes, à l'est, et les marais, à l'ouest. Depuis plus d'un siècle, elle dressait contre le ciel ses lignes orgueilleuses, symboles de la vanité et de la démesure humaine. Tout près de là, les ombres épaisses d'une forêt de chênes verts abritaient de leur silence le tracé secret d'une rivière. Sous les arbres, des lucioles clignotaient, myriades de points d'or mouchetant le noir de la nuit. Des créatures nocturnes glissaient dans les ténèbres, à l'affût, vies sauvages et mystérieuses.

Aucune lueur n'égayait les hautes et étroites fenêtres de *Sanctuary.* Pas de lumière, non plus, éclairant les porches élégants et les portes majestueuses. Les blanches colonnes du perron ressemblaient à une haie de soldats gardant la vaste véranda. Mais personne ne vint ouvrir l'énorme portail d'entrée pour accueillir la voyageuse. La nuit était profonde, un souffle humide montait de la mer. A peine entendait-on l'imperceptible frémissement du vent agitant les feuilles des grands chênes ou le grincement sec des branches de palmiers qui s'entrechoquaient comme des doigts osseux.

En s'approchant, elle entendit crisser sous ses pieds le sable et les coquillages du chemin. Le vent égrena quelques notes d'un carillon de clochettes et fit grincer la balustrade du perron. Mais, ce soir, personne n'y était accoudé pour contempler la lune et le ciel étoilé.

Un délicat parfum de jasmin et de roses musquées flottait dans l'air, mêlé aux effluves salés de la mer. C'est alors qu'elle l'entendit vraiment... le grondement lointain et sourd de l'eau venant inlassablement épouser le sable de la grève avant d'être aspirée au large par le reflux de la marée. Ce battement entêtant, cette pulsation des profondeurs qui, jamais, ne se décourage, c'était cela aussi la vie sur l'île de Lost Desire. Ceux qui y demeuraient ne devaient jamais oublier qu'à tout moment la mer pouvait réclamer sa terre et prendre possession de tout ce qui se trouvait sur elle.

Oui, c'était ce son-là, la musique de la maison et de toute son enfance. Autrefois, elle avait joué dans cette forêt, libre et sauvage comme une biche, elle avait exploré en tous sens les marais, couru le long des plages, forte de l'insouciant privilège de la jeunesse. Mais, maintenant, ce temps-là était loin.

Voilà. Elle revenait à la maison.

Rapidement, elle parcourut les quelques mètres menant au perron, escalada une volée de marches, traversa le porche et saisit la lourde poignée de laiton, étincelante comme un trésor du fond des âges.

La porte était verrouillée. Elle tourna la poignée à droite puis à gauche et poussa fortement contre l'épais battant d'acajou, son cœur cognant sourdement contre sa poitrine. « Laissez-moi entrer, implora-t-elle silencieusement. Je suis revenue à la maison. »

Mais la porte ne s'ouvrait toujours pas. Alors elle pressa son visage contre les vitres des hautes fenêtres encadrant le portail pour regarder à l'intérieur. Ses yeux ne rencontrèrent que l'obscurité.

Elle avait peur.

En courant, elle contourna l'aile de la maison par la terrasse décorée à profusion de fleurs en pots et de lis qui se balançaient en cadence, telles des danseuses de music-hall. L'écho aigrelet des clochettes se fit plus discordant, le bruissement des feuilles s'enfla comme un signal d'alarme.

« Je vous en prie, je vous en prie, ne me laissez pas dehors. Je veux rentrer à la maison. »

Elle sanglotait en trébuchant sur le sentier du jardin. Il y avait une autre porte à l'arrière — celle de la cuisine. Elle n'était jamais fermée. Sa mère aimait à répéter qu'une cuisine devait rester toujours ouverte pour accueillir les visiteurs de passage.

Quelque chose n'allait pas. Elle ne parvenait pas à trouver cette porte. Les arbres se dressaient devant elle, immenses et menaçants, lui barrant le chemin de leurs branches moussues.

Elle était perdue... Affolée, elle leva la tête et scruta l'épaisse frondaison des chênes qui dissimulait la lune. Presque aussitôt, elle trébucha sur un nœud de racines tandis que le vent, de plus en plus violent, venait lui gifler les joues comme pour la punir. Des épines de palmiers, pareilles à de minuscules lances, s'enfoncèrent cruellement dans sa peau. Prise de panique, elle reprit sa course folle mais le sentier avait disparu, remplacé par la rivière qui la séparait à présent de la maison. Haletante, elle s'arrêta pour contempler la chevelure visqueuse et ondulante des hautes herbes recouvrant la rive. Voilà... elle était là, seule et désemparée, incapable de rejoindre *Sanctuary.*

Alors elle comprit qu'elle était morte.

*
**

Jo lutta pour s'extraire du sommeil et émerger du long tunnel de son cauchemar. Ses poumons la brûlaient encore après sa folle course imaginaire, et son visage était trempé de sueur et de larmes. D'une main tremblante, elle tâtonna à la recherche de l'interrupteur, heurta un livre et renversa un cendrier plein à ras bord.

Quand la lumière fut allumée, elle replia les genoux sur sa poitrine, les entoura de ses bras et se mit à se balancer pour recouvrer son calme. « Ce n'était qu'un rêve, se répéta-t-elle. Rien qu'un mauvais rêve. » Elle se trouvait dans son appartement, à des kilomètres de l'île où se dressait *Sanctuary*. Une femme de vingt-sept ans ne devait pas se laisser impressionner par un stupide cauchemar.

Mais elle tremblait encore quand elle tendit la main vers son paquet de cigarettes. Elle dut s'y reprendre à trois fois avant de réussir à en allumer une.

Le réveil affichait 3 h 15. Cela devenait une habitude. Rien de pire que ces crises de panique en pleine nuit. Elle s'assit au bord du lit et se pencha pour ramasser le cendrier renversé. Il serait bien temps, demain matin, de nettoyer toutes ces cendres éparpillées. Alors elle resta là sans bouger, dans son T-shirt trop grand qui flottait autour de ses cuisses minces.

Elle ne savait pas pourquoi ses rêves la ramenaient continuellement à l'île de Lost Desire et à la maison qu'elle avait quittée à l'âge de dix-huit ans. Mais Jo s'imaginait que n'importe quel étudiant en première année de psychologie serait à même d'interpréter cette obsession. Si la porte était toujours fermée à clé, sans doute cela s'expliquait-il par le fait que la jeune femme doutait d'y être bien accueillie à son retour. Fugitivement, elle se demanda si, comme dans le rêve, elle n'aurait pas du mal à en retrouver le chemin.

Aujourd'hui, elle avait presque l'âge de sa mère quand celle-ci avait déserté l'île, abandonnant derrière elle son mari et ses trois enfants.

Annabelle avait-elle jamais rêvé, elle aussi, que la porte lui resterait obstinément fermée si elle revenait ?

Inutile de penser à tout cela. Inutile, aussi, de penser à cette femme qui, vingt ans plus tôt, avait brisé son cœur et bouleversé son existence à jamais. Depuis toutes ces années, elle aurait dû surmonter ce traumatisme. Elle avait appris à se passer de sa mère, de sa famille et de *Sanctuary*. Et elle avait réussi sa vie — du moins sa vie professionnelle.

Distraitement, la jeune femme jeta un regard circulaire sur sa chambre. Elle l'avait voulue simple et pratique. Malgré de nombreux voyages, peu de souvenirs y étaient conservés, à l'exception des photographies. C'était elle-même qui avait développé les clichés en noir et blanc, choisissant dans ses archives ceux qu'elle jugeait les plus paisibles pour décorer ce lieu fait pour la détente et le sommeil.

On y trouvait la photo d'un banc vide dans un parc — une structure en fer forgé aux courbes fluides. Une autre prise de vue montrait un saule dont les feuilles ciselées effleuraient une petite pièce d'eau aux reflets troubles. A côté, un jardin sous le clair de lune, une étude d'ombre et de lumière soulignant des reliefs contrastés. Et, plus loin, la vue d'une plage solitaire ponctuée, à l'horizon, d'un soleil posé sur l'eau. La photo était si belle qu'elle donnait envie de pénétrer dans l'image, juste pour sentir la caresse du sable sous ses pieds.

Jo avait accroché cette marine la semaine précédente, au retour d'une mission sur les Outer Banks, en Carolinedu-Nord. Peut-être était-ce cette photo qui avait réveillé en elle les souvenirs de la maison ? D'ailleurs, elle s'en était approchée. Il aurait suffi de continuer jusqu'en Georgie et de prendre le ferry qui reliait l'île au continent. Car il n'y avait pas de route pour Desire, ni de pont franchissant le détroit.

Pourtant, elle n'était pas allée vers le sud. Après avoir accompli sa mission, elle s'était contentée de regagner Charlotte pour s'étourdir dans le travail.

Et dans ses cauchemars.

Jo écrasa sa cigarette et se leva. Impossible de retrouver le sommeil, maintenant. Après avoir enfilé un survêtement, elle décida d'aller faire quelques travaux dans son labo photographique. Au moins, cela lui éviterait de penser.

C'était sans doute cette histoire de livre qui la rendait aussi nerveuse, pensa-t-elle. Il s'agissait d'une étape importante de sa carrière. Lorsqu'une grande maison d'édition lui avait proposé de publier un recueil de ses meilleures photos, Jo avait accueilli cet événement inattendu avec excitation.

« *Etudes naturelles* par Jo Ellen Hathaway... » songea-t-elle en pénétrant dans sa kitchenette pour se préparer un café. « Non, trop scientifique. *Reflets de vie* ? Bah ! un peu pompeux. »

Elle esquissa un sourire et repoussa ses cheveux acajou en bâillant. Après tout, pourquoi s'en préoccuper ? Elle n'avait qu'à se contenter de faire ses photos en laissant aux experts le soin de trouver le titre adéquat.

Tout au long de son existence, elle avait toujours su quand il fallait s'arrêter et se tenir à l'écart. Elle se contenterait d'envoyer un exemplaire à la maison. Déjà, elle se demandait ce qu'en penserait sa famille. Le livre finirait peut-être comme ornement sur une table basse, offert à la curiosité d'un client de passage qui se demanderait si cette Jo Ellen Hathaway était apparentée aux Hathaway qui dirigeaient l'hôtel de *Sanctuary*.

Son père consentirait peut-être à le feuilleter, simplement pour savoir ce que sa fille avait appris à faire. A moins qu'il ne se contente de hausser les épaules, sans même toucher à l'ouvrage, avant de sortir pour une de ses promenades rituelles sur l'île.

L'île d'Annabelle.

A vrai dire, il n'y avait guère d'espoir qu'il manifeste le moindre intérêt pour sa fille aînée. Pourquoi diable s'en préoccupait-elle ?

Jo chassa ces pensées en saisissant une grande tasse bleue posée sur l'étagère. Le café n'avait pas encore fini de passer et elle s'accouda au comptoir pour regarder par la lucarne de la cuisine.

Elle songea qu'il y avait pas mal d'avantages à être debout à 3 heures du matin. Le téléphone ou le fax ne risquaient pas de sonner, personne n'allait l'appeler pour lui demander quoi que ce soit. Si elle souffrait de crampes ou de migraines, elle serait seule à le savoir.

A travers la vitre, les rues étaient sombres et désertes, luisantes d'une fine pluie hivernale. Un réverbère jetait une petite tache de lumière solitaire sur la chaussée. Il n'y avait pas une âme pour en profiter. La solitude recélait tant de mystères, pensa Jo. Des possibilités infinies.

Cette scène exerça sur elle un attrait irrésistible, comme cela se produisait souvent quand elle contemplait certains paysages. Abandonnant les effluves réconfortants de la machine à café, elle saisit son Nikon et se retrouva, pieds nus, courant dans le couloir pour se lancer dans la nuit glaciale afin de photographier la rue déserte.

Cela l'apaisa comme rien d'autre n'aurait pu le faire. Avec un appareil photo dans la main, elle pouvait réussir à tout oublier. Ses pieds minces pataugèrent dans des flaques d'eau froide tandis qu'elle cherchait les meilleurs angles pour ses prises de vue. D'un geste ennuyé et distrait, elle repoussa de nouveau les lourdes mèches rousses qui lui barraient le front et regretta un instant de n'avoir pas pris le temps de les attacher avec un élastique.

Après une douzaine de clichés, elle se sentit enfin satisfaite. En se retournant, son regard fut alors attiré vers le haut. Les lumières de l'appartement brillaient dans la nuit. Elle ne s'était pas rendu compte qu'elle en avait allumé autant entre sa chambre et la cuisine.

La jeune femme traversa la rue et régla une nouvelle fois la mise au point de l'objectif. Après quelques secondes de réflexion, elle s'accroupit, dirigea l'appareil vers l'immeuble et photographia les fenêtres illuminées trouant la façade sombre. « Le repaire de l'insomniaque », pensa-t-elle. L'écho de son rire la fit frissonner.

Et si elle était en train de perdre la tête ? Une personne normale ne se retrouverait pas dehors à 3 heures du matin, grelottante et à demi dévêtue, pour prendre des photos de ses propres fenêtres...

Mais, pour vivre normalement, encore fallait-il dormir... Il y avait plus d'un mois qu'elle n'avait pas eu une nuit complète. Sans parler d'une alimentation régulière. Ces dernières semaines, elle avait perdu près de cinq kilos et sa longue silhouette élancée était devenue osseuse. Pour vivre normalement, il faut aussi avoir l'esprit en paix. Hélas ! Jo ne se souvenait pas d'avoir jamais connu ce privilège. Des amis ? Certes, elle en comptait quelques-uns, mais aucun n'était assez proche pour qu'elle puisse l'appeler au milieu de la nuit et lui demander du réconfort.

Quant à la famille... D'accord, elle avait de la famille, ou quelque chose d'approchant. Un frère et une sœur dont les vies divergeaient à présent de la sienne. Un père qui était presque devenu un étranger. Une mère qu'elle n'avait ni vue ni entendue depuis plus de vingt ans.

« A qui la faute ? » se demanda-t-elle en retraversant la rue. Certainement pas la sienne mais celle d'Annabelle qui s'était enfuie de *Sanctuary* en laissant derrière elle une famille anéantie. Le problème, Jo le savait, c'était que les autres n'avaient jamais réussi à surmonter ce drame. Elle, si.

Elle n'était pas restée sur l'île à protéger jalousement chaque grain de sable, ainsi que l'avait fait son père. Elle n'avait pas passé sa vie à s'agiter dans tous les sens pour veiller sur *Sanctuary,* comme son frère Brian. Pas plus qu'elle n'avait cherché la fuite dans les chimères et les rêves insensés, comme sa sœur Lexy.

Non. Elle, au contraire, s'était plongée dans les études, travaillant d'arrache-pied pour se construire une vie bien à elle. Si les choses n'allaient pas trop bien en ce moment, c'était seulement parce qu'elle en avait trop fait. Ses réserves d'énergie étaient à plat, voilà tout. Il suffisait juste d'ajouter quelques vitamines à son alimentation quotidienne et de reprendre un peu de poids.

« Sans oublier les vacances... », pensa-t-elle en sortant les clés de sa poche. Cela faisait trois ans — non, quatre — qu'elle n'avait pas voyagé sans qu'il y ait une mission à la clé. Pourquoi ne pas partir pour le Mexique ou les Antilles ? Bref, tout endroit où la vie serait tranquille et le soleil bien chaud. Elle pourrait enfin se détendre et s'éclaircir les idées.

En pénétrant dans son appartement, Jo heurta du pied une petite enveloppe carrée en papier kraft qui traînait sur le sol. Un long moment, elle demeura immobile à la regarder, une main sur la porte, l'autre crispée sur son appareil photo.

L'enveloppe se trouvait-elle déjà là lorsqu'elle était sortie ? Et pourquoi, cette fois, l'avait-on glissée sous la porte ? La première était apparue un mois plus tôt au milieu de sa pile de courrier habituel, avec juste le nom de Jo tracé avec soin sur le papier.

Les mains de la jeune femme se mirent à trembler tandis qu'elle s'obligeait à refermer la porte. La respiration saccadée, elle se pencha et ramassa le pli. Puis elle déposa son appareil photo et entreprit de déchirer le rabat.

Le contenu tomba dans sa main. Aussitôt, elle eut l'impression d'entendre un long gémissement monter du tréfonds de son âme. Le cliché, parfaitement cadré, était l'œuvre d'un professionnel — exactement comme les trois autres. On y voyait des yeux aux paupières lourdes, des yeux de femme, taillés en amande, bordés de cils épais et surmontés de sourcils au dessin délicat. Jo n'avait pas besoin de les regarder pour savoir qu'ils étaient bleus.

Car ces yeux étaient les siens.

Quand avait-on pris cette photo ? Et pourquoi ? Saisie de panique, elle se rua vers l'une des pièces de l'appartement transformée en laboratoire photographique. Là, elle ouvrit à la hâte un tiroir et fouilla frénétiquement avant d'en extraire les autres enveloppes qu'elle y avait dissimulées. Toutes contenaient des photos en noir et blanc, de 5 cm sur 10.

Les battements de son cœur devenaient assourdissants tandis qu'elle alignait les clichés devant elle. Sur le premier, les yeux étaient fermés, comme si on l'avait photographiée en plein sommeil. Les autres correspondaient aux étapes successives du réveil, les cils à peine entrouverts dévoilant progressivement l'iris. Sur l'avant-dernier, les yeux grands ouverts, fixaient l'objectif, mais le regard demeurait trouble.

Si ces photos avaient intrigué et quelque peu déstabilisé la jeune femme, elles n'avaient pas encore réussi, jusque-là, à l'effrayer. Rien de tel, cependant, avec le dernier cliché. Car, sur celui-là, le regard était bel et bien éveillé.

Et terrorisé.

Avec un frisson, Jo recula et lutta pour recouvrer son calme. Pourquoi seulement les yeux ? Comment avait-on pu s'approcher si près sans qu'elle s'en aperçût ? Et voilà que, cette nuit même, quelqu'un était venu rôder tout près de chez elle, jusque devant sa porte.

Mue par une nouvelle vague de panique, Jo traversa en trombe le salon et se rua dans l'entrée pour vérifier nerveusement les verrous. Puis elle s'appuya contre le chambranle de la porte, le cœur battant à tout rompre.

Alors la colère reprit le dessus.

« Le salaud, pensa-t-elle. Il cherche à me terroriser. Ce qu'il veut, c'est me voir sursauter devant chaque ombre et rester terrée chez moi en tremblant, sachant qu'il est là, tout près, à m'épier. » Et c'était bien ce qui arrivait, en effet. Elle qui n'avait jamais eu peur se retrouvait en train de jouer exactement le jeu de son adversaire.

Seule, elle avait exploré des villes étrangères, parcouru des rues misérables et désertes. Seule, toujours, elle avait escaladé des montagnes, cheminé dans la jungle. Avec son appareil photo comme unique bouclier, pas un instant elle n'avait même songé à avoir peur. Et voilà que maintenant, à cause de simples clichés, ses jambes se dérobaient. La terreur s'était installée peu à peu dans sa vie au fil des semaines, grandissant et se renforçant chaque jour davantage. A présent, elle se sentait terriblement vulnérable, impuissante. Et si cruellement seule.

Elle s'écarta de la porte. Pas question de continuer à vivre de la sorte. Il fallait ignorer cette terreur, l'enfouir au plus profond d'elle-même, comme elle savait si bien le faire quand il s'agissait d'enterrer les blessures de la vie — petites et grandes. Après tout, ce ne serait qu'un traumatisme de plus.

Elle allait boire son café et se mettre au travail.

A 8 heures, elle avait bouclé la boucle, voyageant à travers des états nerveux successifs et contradictoires : énergie, calme créatif, puis retour à la fatigue.

En réalité, il lui avait toujours été impossible de travailler mécaniquement, même lorsqu'il s'agissait d'effectuer les tâches les plus élémentaires. Chacun de ses gestes était accompli avec la plus extrême attention ; de cette façon, elle parvenait enfin à chasser sa colère et sa peur et à recouvrer son calme. Après sa première tasse de café, elle avait fini par se convaincre qu'il y avait une explication sensée à ce mystère. Quelqu'un admirait son travail et essayait d'attirer son attention en lui adressant ces images.

Oui, tout compte fait, cela tenait debout. Il lui arrivait de donner des conférences ou de montrer ses meilleures prises de vue dans divers ateliers. En outre, elle avait participé à trois importantes expositions au cours des dernières années. Cet admirateur anonyme pouvait très bien avoir pris des photos d'elle en ces circonstances, agrandissant ensuite l'œil puis le recadrant pour obtenir cette série de clichés saisissants. L'hypothèse paraissait sensée, même si les photos semblaient avoir été tirées récemment. Impossible de déterminer avec précision quand elles avaient été prises. Les négatifs pouvaient dater d'il y a un an. Ou deux. Ou cinq.

A bien y réfléchir, Jo se dit que sa réaction avait été excessive. Elle avait pris la chose beaucoup trop à cœur.

Souvent, au cours des dernières années, de nombreux

admirateurs lui avaient adressé leurs travaux photographiques. Mais ils étaient toujours accompagnés d'une lettre. En général, l'expéditeur commençait par la complimenter sur sa carrière avant de lui exposer un projet, de lui demander un conseil ou, même, de suggérer une éventuelle collaboration.

La réputation professionnelle dont elle jouissait aujourd'hui était relativement récente. Elle n'avait pas encore l'habitude de ces pressions extérieures qui accompagnent toujours un succès commercial, ni des nombreuses sollicitations qui, souvent, se révèlent pesantes. Il fallait croire qu'elle ne traitait pas cette nouvelle étape de sa vie comme elle aurait dû le faire.

Tout en ignorant les réclamations répétées de son estomac, elle sirota son café refroidi et contempla la série de photos en train de sécher dans le labo. Le dernier jeu de négatifs était développé. Perchée sur un tabouret devant sa table de travail, elle glissa une planche contact sur sa table lumineuse et étudia les clichés à la loupe, l'un après l'autre.

Presque aussitôt, un sentiment de panique et de désespoir la submergea. Chaque tirage révélait une mise au point défectueuse. Bon sang !... Que s'était-il passé ? Tout le rouleau présentait-il les mêmes défauts ? Sans attendre, elle fit défiler, en les examinant à la loupe, toutes les prises de vue effectuées lors de sa dernière mission.

Elles étaient toutes parfaitement claires.

Un son s'échappa de sa gorge, tenant à la fois du grognement et du rire. « Ce ne sont pas les négatifs qui sont flous, espèce d'idiote, c'est toi ! » prononça-t-elle à voix haute.

Elle reposa la loupe, ferma les yeux et essaya de détendre ses épaules crispées. Dommage qu'elle ne se sente même pas la force de se lever pour se préparer de nouveau du café. Il aurait mieux valu, aussi, qu'elle avale quelque chose de consistant. Et puis qu'elle aille dormir.

« Allez, pensa-t-elle, va-t'en d'ici, étends-toi sur ton lit et laisse-toi glisser dans le néant... »

Mais cela aussi lui faisait peur. S'abandonner au sommeil, c'était perdre le fragile contrôle qu'elle tentait désespérément d'exercer sur ses pensées.

Peut-être devrait-elle consulter un médecin et soigner son état nerveux avant que les dégâts ne deviennent irréparables. Mais elle n'avait pas envie de se retrouver devant un psychiatre. Il tenterait d'explorer son cerveau pour dénicher des souvenirs qu'elle était déterminée à éliminer à jamais.

Non, mieux valait s'en occuper elle-même. Elle savait comment s'y prendre. Ecarter tout le monde pour finir par n'en faire qu'à sa tête, ainsi qu'aimait le répéter Brian lorsqu'il parlait d'elle.

La critique était facile. Quel choix avait-elle eu ? Quel choix avaient-ils eu, tous, quand ils s'étaient retrouvés seuls, perdus sur ce damné bout de terre éloigné de tout ?

De nouveau, la rage l'envahit et lui redonna de l'énergie, une rage si soudaine, si violente, que Jo se mit à trembler en serrant les poings, retenant à grand-peine les mots brûlants qu'elle aurait tant voulu cracher à la figure de son frère.

« Tu es fatiguée, pensa-t-elle, seulement *très* fatiguée. » Il était temps d'abandonner quelque temps son travail, de prendre l'un ou l'autre de ces somnifères cachés dans son tiroir, de décrocher le téléphone et de dormir. Elle se sentirait plus solide, plus forte, après ça.

Quand une main se posa sur son épaule, elle poussa un cri et laissa tomber sa tasse de café.

« Seigneur !... Jo ! »

Bobby Banes fit un bond en arrière et le courrier qu'il tenait à la main s'éparpilla à terre.

« Qu'est-ce qui vous prend ? hurla-t-elle. Que faites-vous ici ? »

Elle sauta sur ses pieds et envoya valser le tabouret qui alla rebondir avec fracas sur le sol.

« Je... Vous aviez dit que je devais être chez vous à 8 heures. Je n'ai que quelques minutes de retard, c'est tout... »

Tout en cherchant péniblement à reprendre son souffle, Jo s'agrippa à sa table de travail pour se redresser.

« 8 heures ? »

Le jeune stagiaire hocha la tête avec circonspection. Il déglutit et, voyant que la jeune femme semblait hors d'elle, resta à bonne distance. Cela faisait plus de six mois, maintenant, qu'il travaillait avec elle et il pensait avoir appris à devancer ses ordres, jauger ses humeurs, éviter ses colères. Mais il ne savait absolument pas comment réagir devant cette peur panique qu'il lisait dans ses yeux.

« Pourquoi diable n'avez-vous pas frappé ? » lança-t-elle d'une voix cassante.

« Je l'ai fait. Mais, comme vous ne répondiez pas, j'ai pensé que vous étiez enfermée dans votre labo et que vous ne m'entendiez pas. Alors je me suis servi de la clé que vous m'aviez confiée lors de votre dernière mission.

— Rendez-la-moi. Tout de suite.

— Voilà, voilà. Ne vous énervez pas, Jo. »

Il fouilla dans la poche de son jean délavé et finit par l'extraire.

« Je ne voulais pas vous surprendre, vous savez. »

Jo se mordit la lèvre en saisissant la clé qu'il lui tendait. A présent, elle se sentait aussi embarrassée qu'effrayée. Pour se donner une contenance, elle ramassa le tabouret renversé.

« Désolée, Bobby. Je ne vous ai pas entendu frapper. J'ai eu peur, c'est tout.

— Pas de problème. Voulez-vous que j'aille vous chercher une autre tasse de café ? »

Jo refusa d'un signe de tête. Comme ses genoux continuaient à trembler, elle se glissa sur le tabouret et se força à sourire. C'était un bon étudiant, se dit-elle. Un peu maniéré dans son travail mais, à seulement vingt ans, il avait un bon coup d'œil et d'excellentes possibilités. C'était pour cela qu'elle avait accepté de l'avoir à ses côtés. Elle était toujours prête à faire profiter les autres de ce dont elle avait elle-même bénéficié.

Il continuait de la regarder de ses grands yeux bruns, l'air préoccupé. Jo fit un effort pour accentuer son sourire. « J'ai passé une mauvaise nuit...

— Ça se voit, en effet. Une insomnie, c'est ça ? »

Incapable de mentir, elle se contenta d'un haussement d'épaules.

« Vous devriez essayer la mélatonine. Ma mère ne jure que par ces pilules. »

Il s'accroupit pour ramasser les morceaux épars de la tasse. « Et vous devriez aussi réduire votre consommation de café... »

Tout en parlant, Bobby jeta un coup d'œil dans sa direction et constata que, déjà, elle ne l'écoutait plus, de nouveau perdue dans ses pensées. Décidément, c'était devenu une habitude. Il ferait aussi bien de s'abstenir de lui donner des conseils. Malgré tout, il risqua une dernière observation :

« Si vous continuez ainsi à boire des litres de café et à fumer, sans faire le moindre exercice, cela va vous tuer. Vous avez perdu au moins cinq kilos ces dernières semaines. Avec votre taille, vous devriez peser plus. Et vos os... ils sont trop fins. Plus tard, gare à l'ostéoporose. Mangez davantage, faites de l'exercice et fabriquez-vous donc un peu plus d'os et de muscles.

— Hum ! hum !

— Je vous suggère aussi d'aller voir un médecin. A mon avis, vous devez faire de l'anémie.

— C'est gentil à vous de le remarquer. »

Bobby rassembla les plus gros éclats de la tasse brisée et les jeta dans la corbeille à papier. Bien sûr qu'il avait remarqué combien Jo avait changé. Les traits de la jeune femme, même creusés par le surmenage, étaient de ceux qui retenaient l'attention. Jamais Jo ne se maquillait. Elle se contentait de rejeter ses cheveux en arrière. Mais n'importe quel regard exercé notait aussitôt la délicate structure de ce visage ovale, les yeux exotiques, la bouche sensuelle.

Bobby sentit le rouge lui monter aux joues. Que penserait Jo si elle apprenait qu'il en avait pincé pour elle dès leur première rencontre ? En fait, il y avait dans cette séduction autant d'admiration professionnelle que d'attirance personnelle, songea-t-il. En ce qui concernait ce dernier aspect des choses, il croyait avoir réussi à s'en défaire. Du moins en partie...

N'empêche... Jo devrait rehausser ce teint de camélia, redonner un peu de couleur à cette bouche pleine, animer ces yeux aux longs cils.

Oui, vraiment, elle paraissait épuisée.

« Je pourrais vous préparer un petit déjeuner, commença-t-il. Enfin... si vous avez autre chose que du chocolat et du pain rassis. »

Jo prit une longue inspiration et se tourna vers lui.

« Non, ça ira, merci. Si nous en avons le temps, nous nous arrêterons en chemin pour manger quelque chose. Je suis déjà en retard. »

Elle se leva et prit le courrier.

« Vous savez, vous devriez vous arrêter quelques jours pour vous occuper de vous. Ma mère connaît une station thermale très bien, au sud de Miami. »

La voix de Bobby bourdonnait aux oreilles de Jo tandis qu'elle saisissait une enveloppe brune portant juste son nom inscrit en lettres majuscules. Aussitôt, son front se trempa de sueur tandis qu'une boule lui nouait l'estomac.

Cette fois, l'enveloppe semblait plus épaisse et plus lourde que les précédentes. « Jette-la, lui cria une voix intérieure. Ne l'ouvre pas. Ne regarde pas ce qu'il y a dedans. »

Mais ses doigts s'attaquaient déjà au rabat. Un sourd gémissement s'échappa de sa gorge quand une avalanche de photos s'éparpilla sur le sol. Au premier coup d'œil, elle vit qu'il s'agissait de tirages noir et blanc, format 13x18.

A présent, ce n'étaient plus seulement ses yeux qui intéressaient le photographe anonyme. Mais Jo tout entière. Elle reconnut l'arrière-plan d'un des clichés : un parc, près de son immeuble, où elle allait souvent se promener. Une autre prise de vue la montrait à Charlotte, debout au bord d'un trottoir, son sac de photographe en bandoulière.

« Hé, c'est une bonne photo de vous, ça, dites donc... »

Voyant que Bobby se penchait pour en ramasser une, elle lui administra un coup sec sur le dos de la main et s'écria : « Allez-vous-en ! Allez-vous-en !

— Mais, Jo...

— Eloignez-vous de moi, bon sang ! »

Haletante, elle tomba à quatre pattes et se mit à fouiller frénétiquement parmi les clichés. Tous la représentaient dans les instants les plus quotidiens de sa vie : sortant du supermarché, marchant dans le parc, montant ou descendant de voiture.

Ses dents claquaient, maintenant. « Il est partout, pensa-t-elle. Il me suit à la trace... Il me suit et je ne peux rien faire. Et un beau jour, il... »

Soudain, ce fut comme si tout s'éteignait en elle. La photo qu'elle venait de ramasser tremblait si fort dans sa main qu'on aurait dit que le vent s'était engouffré dans la pièce. Jo avait envie de crier mais même cela, désormais, paraissait impossible. Elle avait l'impression que ses poumons s'étaient complètement vidés de leur air. Comme si son corps avait cessé d'exister.

La photo était excellente, les jeux d'ombre et de lumière parfaits. Jo était nue, sa peau étrangement luisante. Le menton légèrement baissé, la tête formant un angle gracieux avec le cou, elle reposait, nonchalante, un bras plié sur l'estomac, l'autre levé derrière la tête, comme si elle dormait en rêvant.

Mais les yeux braqués vers l'objectif étaient étrangement fixes. Des yeux de poupée.

Des yeux morts.

Jo se retrouva plongée au plus profond de ses pires cauchemars, errant dans une nuit si dense qu'elle pensait ne plus jamais retrouver son chemin. Pourtant, malgré sa terreur, elle ne pouvait s'empêcher de noter des détails curieux : la masse de cheveux qui auréolaient le visage de cette femme paraissait plus épaisse. Ses traits étaient plus doux, son corps plus mûr.

« Maman ? » murmura Jo en crispant ses doigts sur la photo. « Maman ?

— Bon sang, Jo, qu'est-ce qui se passe ? »

La voix de Bobby lui parvint, bizarrement haut perchée.

« Où sont ses vêtements ? » cria-t-elle.

Elle se mit à se balancer, la tête bourdonnant d'échos assourdissants, comme des coups de tonnerre.

« Oh, mon Dieu ! Où est-elle ?

— Calmez-vous... »

Bobby fit un pas en avant et tendit la main pour lui

retirer la photo des mains. Mais Jo se redressa brusquement. « Allez-vous-en ! » Ses joues se colorèrent de rouge et devinrent brûlantes. Quelque chose qui ressemblait à de la démence se mit à luire dans ses yeux. « Ne me touchez pas ! Vous avez compris ?Je vous interdis de me toucher ! »

Troublé et un peu effrayé, il tendit les mains vers elle, paumes en l'air, en signe de paix.

« O.K., O.K., Jo...

— Et je ne veux pas non plus que vous la touchiez ! »

Elle avait froid... si froid. Ses yeux se posèrent de nouveau sur la photo. Cette femme, c'était Annabelle. Une Annabelle jeune, d'une beauté resplendissante... et glacée comme la mort.

« Elle n'aurait jamais dû nous quitter. Oh, mon Dieu ! pourquoi est-elle partie ?

— Peut-être qu'il fallait qu'elle le fasse, prononça tranquillement Bobby.

— Non. Elle nous appartenait. Nous avions besoin de son amour. Mais elle ne voulait pas de nous. Regardez comme elle est jolie... » Les larmes inondaient ses joues. « Si belle... Comme une héroïne de conte de fées. Autrefois, je me disais souvent que c'était une princesse. Mais elle est partie. Et maintenant, elle est morte. »

Sa vision devint floue et elle eut soudain très chaud. La photo étroitement pressée contre sa poitrine, elle se recroquevilla et ses pleurs redoublèrent.

« Venez... » Bobby se pencha doucement vers elle. « Venez avec moi. Nous allons chercher de l'aide. »

Docilement, elle se laissa conduire comme une enfant.

« Je suis si fatiguée... Je voudrais rentrer à la maison.

— Tout va s'arranger. Fermez les yeux et laissez-vous aller. »

La photo glissa sans bruit et tomba, à l'envers, sur le

haut de la pile. Jo put lire alors ce qui était écrit au dos. De grandes lettres hardies.

« Mort d'un Ange. »

Sa dernière pensée, avant de sombrer dans le noir, fut pour *Sanctuary*.

2.

Aux premières heures du jour, l'air était encore chargé de brumes, comme des lambeaux de rêve prêts à s'évanouir. Des rayons de lumière filtraient à travers la voûte des chênes verts et faisaient étinceler les gouttes de rosée. Les fauvettes et les bruants nichés dans les lits de mousse s'éveillaient en gazouillant. Un coq cardinal passa comme un boulet rouge à travers les arbres, sans le moindre bruit.

C'était le moment de la journée qu'il préférait. A l'aube, quand il pouvait disposer de son temps et de son énergie, il aimait savourer sa solitude, méditer. Exister, tout simplement.

Brian Hathaway n'avait jamais vécu ailleurs qu'à Desire. Il ne l'avait jamais souhaité, du reste. Oh, bien sûr, il s'était déjà rendu sur le continent, avait vu de grandes villes ! Une fois, même, sous le coup d'une impulsion, il avait entrepris un voyage au Mexique pour qu'il ne soit pas dit qu'il n'était jamais allé à l'étranger.

Mais Desire lui appartenait, avec ses qualités et ses défauts. C'était ici, une nuit tempétueuse de septembre, qu'il avait vu le jour, trente ans plus tôt. Dans un grand lit de chêne à baldaquin qui, plus tard, était devenu le sien. Son père avait aidé à sa mise au monde, assisté d'une vieille domestique noire, une descendante d'anciens esclaves, qui fumait la pipe.

On l'appelait Mlle Effie et, quand Brian était encore tout jeune, elle lui racontait souvent l'histoire de sa naissance. Comment la mer grondait et le vent hurlait... comment sa mère l'avait expulsé de son ventre directement dans les bras de son père. Effie prétendait même qu'elle riait.

Brian aimait cette histoire. Souvent, il s'imaginait sa mère en train de rire et son père qui tendait les bras pour attraper le bébé.

Mais, maintenant, Annabelle était partie depuis longtemps et Mlle Effie morte depuis une éternité. Quant à son père, Brian se demandait depuis combien de temps il n'avait songé à le prendre dans ses bras.

La lumière froide était entrecoupée d'ombres peuplées de fougères et de palmiers nains. Il s'avança dans la brume qui se levait sous les grands arbres aux troncs tachetés de lichens rose et rouge. C'était un homme grand et maigre, dont la silhouette rappelait beaucoup celle de son père. Il avait des cheveux sombres et broussailleux, le teint mat, des yeux d'un bleu de glace. La bouche était ferme, souvent plus triste que souriante. Les femmes trouvaient attirant son long visage mélancolique et tourmenté.

Le léger changement de lumière lui fit comprendre qu'il était temps de regagner *Sanctuary*. Il sera bientôt l'heure de commencer à préparer le petit déjeuner pour les clients.

Il se sentait aussi heureux dans une cuisine que dans la forêt. Son père avait toujours jugé cela incompréhensible. Et Brian savait — non sans quelque amusement — que Sam Hathaway était même allé jusqu'à se demander si son fils n'avait pas des tendances homosexuelles pour aimer ainsi cuisiner.

Si ce sujet avait été de ceux dont on parle ouvertement, Brian se serait fait un plaisir d'expliquer à Sam qu'on peut éprouver de la satisfaction à réussir une meringue tout en aimant les femmes. Mais le père et le fils n'abordaient jamais des sujets aussi intimes. Cette tendance à garder ses distances était d'ailleurs devenue un trait de famille chez les Hathaway.

Rien que pour le plaisir de la promenade, Brian prit le chemin le plus long en faisant un détour par Half Moon Creek. Il se déplaçait dans la forêt avec l'agilité d'un jeune daim tandis que la brume, légère comme une mince fumée blanche, se dissolvait lentement au-dessus de l'eau. Tout près de là, trois biches buvaient à petites gorgées dans un silence profond.

« Il avait encore le temps », pensa-t-il. Et d'ailleurs, à Desire, on avait toujours le temps. Alors, il s'assit sur un tronc d'arbre tombé pour contempler le matin qui s'épanouissait.

L'île n'était large que de deux kilomètres. Quant à sa longueur, elle approchait des vingt kilomètres sur sa plus grande distance. Brian en connaissait chaque pouce : les grèves couvertes de sable blanchi par le soleil, les marais frais et ombreux avec leurs vieux alligators tapis dans les herbes. Il aimait les profondeurs marécageuses au pied des dunes, les tendres prairies humides aux herbes ondulantes, les bosquets de jeunes pins et de majestueux chênes verts.

Mais ce qu'il préférait, c'était la forêt, avec ses zones d'ombre et ses mystères.

Il connaissait aussi par cœur l'histoire de sa maison. Autrefois, il y avait eu ici une vaste plantation de coton et d'indigo où travaillaient des dizaines d'esclaves. Elle avait fait la fortune de ses ancêtres. Plus tard, d'autres notables enrichis étaient arrivés, pour se distraire dans ce petit paradis éloigné de tout : chasse au cerf et au cochon sauvage, ramassage des coquillages, pêche dans la rivière ou dans les petites criques qui découpaient la côte.

On avait donné d'innombrables bals dans le grand salon, dansé sous l'éclatante lumière des lustres de cristal, joué aux cartes dans la grande salle en buvant un excellent bourbon de Virginie et en fumant de gros cigares de Cuba. Par les chauds après-midi d'été, on paressait sous la véranda tandis que des esclaves veillaient à remplir les verres de limonade glacée.

Sanctuary avait été une enclave pour privilégiés et le testament d'un style de vie condamné à disparaître. Des fortunes plus importantes — magnats du pétrole, de l'acier ou de la construction navale — étaient venues ensuite s'installer à *Sanctuary* pour en faire leur retraite privée. Beaucoup de ces fortunes avaient été dispersées. Mais *Sanctuary* était toujours là. Et l'île demeurait toujours aux mains des descendants de ces rois du coton ou de l'acier. Des maisons se cachaient derrière les dunes, nichées à l'ombre des grands arbres face à la large bande de terre du détroit de Pelican Sound. Elles s'étaient transmises de génération en génération et, aujourd'hui encore, seules quelques familles se partageaient le privilège d'habiter Lost Desire.

Et tout le monde espérait bien qu'il en serait toujours ainsi.

Aucun gouvernement ne parviendrait jamais à convaincre Sam Hathaway de transformer l'île en centre touristique ou en réserve naturelle. C'était sa manière à lui d'honorer la mémoire de son épouse infidèle, songea Brian. Son seul privilège mais, aussi, sa malédiction.

Pourtant, maintenant, des visiteurs du continent recommençaient à venir — malgré la solitude des lieux, ou peut-être à cause d'elle. Pour conserver l'île, le clan Hathaway avait dû se résigner à convertir une partie de la maison en hôtel. Sam détestait cela, naturellement, et il souffrait de voir la moindre trace de pas étranger venir fouler sa terre bien-aimée. Brian se souvenait que c'était le seul sujet sur lequel ses parents se querellaient. Annabelle souhaitait ouvrir davantage l'île aux touristes afin de ressusciter une vie mondaine semblable à celle que ses ancêtres avaient connue. Sam, lui, insistait pour que rien ne fût modifié, contrôlant strictement le nombre d'hôtes de passage, comme un pauvre distribuant avec parcimonie ses quelques sous. En fin de compte, songea Brian, c'était pour cela que sa mère était partie. Elle avait eu besoin de voir de nouveaux visages, de se retrouver au cœur de la vie.

Mais, quoi que fît Sam, il ne pouvait empêcher le changement de s'infiltrer dans l'île, pas plus que l'île ne pourrait éternellement tenir la mer à distance.

« Tout n'est qu'un perpétuel jeu de concessions », pensa-t-il en regardant les cerfs bondir subitement tous ensemble pour se dissimuler sous les arbres. Des concessions, il avait bien fallu en faire avec l'hôtel et, en définitive, Brian s'en était réjoui. Il aimait s'occuper de l'affaire, appréciait la routine d'un travail dans lequel il excellait. Les relations avec les clients lui plaisaient, il se divertissait à observer leurs différences, leurs manies ou leurs habitudes, à écouter l'écho de leurs mondes résonner sur cette terre isolée. Contrairement à son père, ces gens ne le dérangeaient pas — dans la mesure où ils n'étaient que de passage. Qui, de toute façon, aurait souhaité s'implanter ici pour de bon ?

Même Annabelle n'y était pas parvenue.

Brian se leva brusquement, vaguement irrité de constater qu'une blessure vieille de plus de vingt ans pouvait encore le faire souffrir à ce point. Il ignora la douleur sourde qui lui déchirait la poitrine et s'éloigna en direction de *Sanctuary*.

Quand il émergea de l'ombre des arbres, la lumière crue du jour l'éblouit. Elle jouait avec le jet d'eau du bassin, transformant chaque gouttelette en minuscule arc-en-ciel. A l'extrémité du jardin, un parterre de tulipes jetait des feux de couleurs contrastées. A côté, les œillets de mer semblaient quelque peu broussailleux, jugea Brian. Il allait falloir penser à arracher les mauvaises herbes.

Mais que diable faisait donc là cette tache pourpre au milieu des fleurs ? Brian fronça les sourcils. Médiocre jardinier lui-même, il se battait néanmoins sans cesse pour tenir les espaces verts en ordre. Les hôtes payants, estimait-il, s'attendaient à trouver des jardins soignés, tout comme ils appréciaient les meubles anciens bien astiqués et les repas raffinés. *Sanctuary* devait conserver ses meilleurs atours pour garder sa clientèle. Sans elle, la famille n'aurait d'ailleurs pas eu les moyens d'entretenir la maison. Ils étaient tous pris dans une sorte de cercle infernal, un piège dont on ne pouvait plus s'échapper depuis longtemps.

« Ageratum », dit une voix derrière lui.

Brian leva brusquement la tête en clignant des yeux pour distinguer la femme qui s'approchait de lui. Pourtant il avait déjà reconnu sa voix. Cela l'irritait toujours qu'elle s'amuse ainsi à le suivre sans faire de bruit. Mais, tout bien considéré, le Dr Kirby Fitzsimmons était un sujet mineur de préoccupation. « Ageratum », répéta-t-elle en souriant.

Elle savait qu'elle le dérangeait et considérait cela comme un progrès. Il lui avait fallu près d'un an pour parvenir à obtenir de lui la moindre réaction.

« Je parlais de cette fleur que tu regardais, reprit-elle. A vrai dire, ton jardin aurait besoin de quelques soins, Brian.

— Je m'en occuperai », répondit-il.

Et il retomba dans ce qui constituait à ses yeux la meilleure des armes : le silence.

A la vérité, il ne se sentait jamais tout à fait à l'aise avec la jeune femme. Oh ! ce n'était pas à cause de son physique. Kirby était plutôt attirante, dans le genre jolie blonde délicate. Non, cela devait venir plutôt de ses manières, pas si délicates que cela, elles. Dans tous les domaines, Kirby se montrait efficace, compétente... et terriblement entreprenante. On aurait dit qu'aucun sujet ne lui était étranger.

Quant à sa voix, c'était, selon lui, le produit parfait de la bonne société de la Nouvelle-Angleterre. Quand il se sentait d'humeur moins charitable, il la qualifiait de maudite Yankee. D'ailleurs, elle en avait le physique parfait : hautes pommettes finement sculptées, des yeux clairs — en l'occurrence aussi verts que la mer — et un nez légèrement retroussé. Sans oublier la bouche aux lèvres pleines, aux proportions idéales. Autant de caractéristiques qui irritaient Brian plus que de raison.

Il s'était attendu qu'elle se décidât un beau jour à retourner sur le continent et à abandonner la petite maison qu'elle avait héritée de sa grand-mère, renonçant pour de bon à exercer la médecine à Lost Desire. Mais les mois passaient et Kirby était toujours là, tissant lentement sa toile. Et lui tapant sur les nerfs.

Elle continuait à lui sourire avec une expression moqueuse dans les yeux. D'un geste gracieux, elle repoussa une longue mèche de cheveux couleur de miel.

« Belle matinée, tu ne trouves pas ?

— Trop tôt pour pouvoir le dire », grommela-t-il en fourrant les mains dans ses poches.

Il ne savait jamais comment les occuper.

« Pas trop tôt pour toi, en tout cas... »

Elle pencha la tête tandis qu'elle continuait de le regarder. Seigneur, il était si drôle, parfois. Cela faisait des mois qu'elle espérait faire avec lui autre chose que de le regarder mais Brian Hathaway était un indigène difficile à domestiquer. « Je suppose que le petit déjeuner n'est pas encore prêt ?

— Nous ne servons pas avant 8 heures... »

Depuis le temps qu'elle venait lui tourner autour, elle aurait dû le savoir, pensa-t-il, agacé.

« Pas de problème. Je réussirai bien à attendre encore un peu. Que sert-on de spécial, ce matin ?

— Je n'ai pas encore décidé. »

Il reprit son chemin vers la maison et se résigna à la voir lui emboîter le pas.

« Je vote pour tes gaufres à la cannelle. Je pourrais en manger une douzaine. »

Tout en parlant, elle étendit haut les bras au-dessus de sa tête. Brian fit de son mieux pour ne pas regarder son T-shirt se tendre sur ses petits seins fermes. Pour tout dire, il passait pas mal de temps à éviter de la regarder...

Il contourna l'aile de la maison en suivant un sentier de coquillages écrasés qui serpentait au milieu des fleurs printanières.

« Tu peux attendre dans le salon ou dans la salle à manger, si tu veux, lui dit-il.

— Je préfère t'accompagner dans la cuisine. J'adore te voir travailler. »

Avant qu'il n'ait trouvé un moyen de l'éloigner, elle avait déjà franchi à sa suite le porche grillagé et pénétré dans la cuisine. Comme à l'habitude, la pièce était parfaitement en ordre. Kirby aimait qu'un homme soit doté d'une nature ordonnée, tout autant que d'une bonne musculature et d'un cerveau productif. Brian possédait ces trois qualités et c'était la raison pour laquelle elle s'intéressait à lui. Ce qu'elle ignorait encore, c'était ses compétences d'amant.

Un jour ou l'autre, la jeune femme était certaine qu'elle finirait bien par arriver à le séduire. N'atteignait-elle pas toujours ses buts ? Tout ce qui lui restait à faire, c'était à entailler cette armure dont il se protégeait continuellement.

D'ailleurs, son intuition lui soufflait qu'elle ne le laissait pas complètement indifférent. En ces rares occasions où il baissait sa garde, elle avait remarqué son regard. Assurément, cette réserve excessive ne reflétait que de l'entêtement. Au fond, ce petit jeu n'avait rien de déplaisant.

Elle prit place sur un tabouret devant le comptoir du petit déjeuner, sûre qu'il ne lui parlerait guère, à moins qu'elle ne le provoquât. Elle savait aussi qu'il lui verserait une tasse de son excellent café en ne manquant pas de se souvenir qu'elle aimait le boire léger. C'était sa façon à lui de lui marquer son hospitalité.

Pendant quelques instants, elle le laissa tranquille en sirotant son café pendant qu'il s'activait. C'était agréable de le voir travailler. D'ordinaire, la cuisine était le domaine réservé des femmes mais cette pièce-ci reflétait une personnalité bien masculine. Huit ans plus tôt, Brian l'avait transformée en choisissant seul les couleurs et l'équipement. Il en avait fait un espace de travail pour un homme tel que lui, avec ses cheveux emmêlés, ses grandes mains et son visage rude. On y trouvait de longs comptoirs couleur granite ponctués un peu partout d'acier inoxydable. Le sol carrelé de dalles avait une délicate teinte crémeuse, les murs blancs et nus étaient dépourvus d'ornements superflus. Pas la moindre touche de fantaisie, c'était un espace exclusivement fonctionnel. A droite, éclairées par trois hautes fenêtres encadrées de bois sculpté, une banquette gris fumé et une longue table étaient destinées à accueillir la famille pour les repas quotidiens. Mais, Kirby le savait, les Hathaway mangeaient rarement ensemble.

Il subsistait cependant une petite note intime avec les casseroles de cuivre accrochées en hauteur, les grappes d'ail et de piments séchés, et les rayonnages couverts d'anciens ustensiles de cuisine. Brian ne devait considérer ces détails que d'un simple point de vue pratique mais ils n'en réchauffaient pas moins la pièce.

Il avait aussi conservé la vieille cheminée de brique rappelant l'époque où la cuisine était encore le cœur de la maison, le lieu privilégié des réunions familiales où chacun aimait s'attarder. L'hiver, on y allumait du feu, et l'odeur du bois se mélangeait agréablement aux parfums des épices et aux fumets des marmites.

« J'aime cette pièce », dit Kirby.

Fugitivement, elle songea que ses propres connaissances culinaires se limitaient à l'utilisation de surgelés et du micro-ondes. Occupé à battre de la pâte dans un grand bol bleu, Brian se contenta d'un grognement. Kirby se laissa glisser du tabouret pour se verser une seconde tasse de café.

« Qu'est-ce que c'est ? Des gaufres ? »

A son approche, il se déplaça imperceptiblement. Le parfum de la jeune femme était trop entêtant.

« C'est bien ce que tu voulais, non ? »

Elle lui sourit. « C'est agréable de voir réaliser ses moindres désirs...

— Bah ! s'il ne s'agit que de gaufres... »

Il croisa son regard une fraction de seconde et s'absorba de plus belle dans la préparation de la pâte. Kirby avait les yeux les plus séduisants du monde. Quand il était petit, il croyait que les sirènes existaient vraiment. A son avis, elles devaient toutes posséder les mêmes yeux que Kirby Fitzsimmons.

Il recula pour saisir un gaufrier électrique et le brancha. En se retournant, il heurta la jeune femme et, par réflexe, lui prit le bras pour la retenir.

« Ne te mets pas toujours dans mes pattes... »

Elle fit un pas de côté, agréablement troublée par ce contact fugitif.

« Je voulais juste t'aider.

— A quoi faire ? »

Elle sourit de nouveau et laissa son regard s'attarder sur sa bouche. « N'importe quoi. » Posant une main sur sa poitrine, elle ajouta : « Pourquoi ? Tu as besoin de quelque chose ? »

Sa main se crispa sur le bras de la jeune femme. Il y pensait, oh, oui, il y pensait ! Qu'est-ce qu'elle dirait s'il la renversait, là, sur le comptoir, pour prendre enfin ce qu'elle n'arrêtait pas de lui mettre sous le nez avec insistance ? Peut-être alors qu'elle cesserait de sourire de cet air affecté.

« Je te l'ai dit, ôte-toi de mon chemin, Kirby. Tu m'empêches de travailler. »

Il aurait déjà dû lâcher son bras, pensa-t-elle. C'était un progrès incontestable. La main toujours posée sur la poitrine, elle sentait le cœur de Brian s'emballer. « Je me suis trouvée sur ton chemin une bonne partie de l'année, Brian. Quand vas-tu te décider ? »

En retenant sa respiration, elle le regarda droit dans les yeux et vit son regard vaciller. *Enfin,* songea-t-elle en se penchant vers lui. Mais, sans crier gare, il lâcha son bras et recula d'un mouvement si vif qu'elle trébucha et manqua perdre l'équilibre.

« Finis ton café, dit-il sèchement. J'ai beaucoup à faire. »

Il constata avec satisfaction qu'il avait enfin réussi à la désarçonner. Le sourire maniéré avait disparu et les yeux, sous la ligne délicate des sourcils, s'étaient obscurcis.

« Bon sang, Brian, où est le problème ? »

Promptement, il versa la pâte dans le moule à gaufre maintenant chaud. « Je n'ai pas de problème, Kirby. »

Il lui jeta un regard en refermant le couvercle. Les lèvres de la jeune femme s'étaient pincées et ses joues avaient nettement rosi. « Elle m'en veut, pensa-t-il. Tant mieux... »

D'un geste brusque, elle reposa sa tasse en faisant jaillir du café sur le comptoir immaculé. « Faut-il que je vienne me promener ici toute nue ? »

Les coins de la bouche de Brian se plissèrent. « Eh bien, ma foi, c'est une idée. Je pourrais augmenter les tarifs avec ça... » Il redressa la tête. « C'est-à-dire... si ça vaut le coup d'œil, évidemment.

— Ça vaut *vraiment* le coup d'œil, tu peux m'en croire. D'ailleurs, je t'ai donné de nombreuses occasions de le constater par toi-même.

— Alors, disons que j'aime créer moi-même les occasions », répliqua-t-il en ouvrant le réfrigérateur. « Tu veux des œufs avec tes gaufres ? »

Kirby serra les poings. Elle s'était promis de se montrer conciliante, se souvint-elle. Mais, ce matin, c'était trop lui demander.

« Oh, bouffe-les toi-même, tes gaufres ! » lança-t-elle en tournant vivement les talons.

Brian la suivit des yeux et attendit que la porte ait claqué sur son passage. Puis il sourit. Cette fois, nul doute qu'il venait de marquer un point. Pour finir, il décida de manger lui-même les gaufres. Mais, au moment où il les faisait glisser sur une assiette, la porte de la cuisine s'ouvrit brusquement.

Lexy resta quelques secondes sur le seuil, ses cheveux emmêlés tombant en masse bouclée sur ses épaules. En ce moment, ils étaient d'une chaude couleur blond vénitien. Lexy aimait cette référence à Titien et considérait que la teinte lui convenait bien mieux que le blond platine adopté au cours des années précédentes. Bien trop difficile à entretenir, d'ailleurs.

Tandis que cette couleur-là, à peine plus claire et plus brillante que ses cheveux naturels, s'harmonisait merveilleusement avec son teint laiteux et nacré. De son père, elle tenait ses yeux noisette aux reflets changeants. Ce matin, pourtant, ils étaient sombres, de la couleur d'une mer démontée. Et déjà maquillés.

« Chic, des gaufres », fit-elle.

Sa voix ressemblait au ronronnement soyeux d'un félin. Elle l'avait beaucoup travaillée pour en arriver là. « Hmm ! Je peux en avoir ? »

Sans se laisser impressionner, Brian mordit dans sa gaufre et avala une première bouchée.

« Non, elles sont pour moi. »

Lexy fit la moue, repoussa sa chevelure opulente et se dirigea vers le comptoir. Mais quand Brian plaça une assiette devant elle, la jeune fille battit des paupières et son visage s'éclaira d'un sourire. « Merci, mon lapin... » Elle caressa de la main la joue de son frère et l'embrassa.

Cette habitude qu'elle avait de toucher, de caresser, d'étreindre les autres, ce n'était pourtant pas une caractéristique des Hathaway. Brian se souvint de sa petite sœur, juste après le départ de leur mère, cherchant à se blottir étroitement dans les bras de tous ceux qu'elle rencontrait. « C'est trop bête, pensa-t-il. Une gosse à peine âgée de quatre ans. »

Il lui tapota la tête et lui tendit la bouteille de sirop d'érable.

« Il y a déjà des pensionnaires levés ?

— Le couple de la chambre bleue commence à s'agiter. Kate est sous la douche.

— Je croyais que c'était toi qui servais les petits déjeuners, ce matin.

— Oui, oui, c'est bien mon tour », fit-elle, la bouche pleine.

Il leva un sourcil en louchant sur sa robe ultracourte, ornée de motifs exotiques. « C'est ton nouvel uniforme de serveuse ? »

La jeune fille croisa ses longues jambes et fourra un nouveau morceau de gaufre dans sa bouche. « Tu aimes ?

— Dans une tenue pareille, tu risques de te faire assez de pourboires pour prendre ta retraite.

— Super... » Elle lui fit un petit sourire en coin et repoussa son assiette. « Enfin, je vais voir mon rêve se réaliser : apporter des plateaux, débarrasser les assiettes sales, et économiser mes pourboires pour pouvoir me retirer dans la magnificence.

— A chacun ses fantasmes », rétorqua Brian.

Il posa devant elle une tasse de café sucré et nappé de crème. Ce que Lexy ressentait — son amertume, sa déception — il le comprenait. Mais sans l'approuver non plus. Simplement parce qu'il aimait sa petite sœur, il lui dit :

« Ça t'intéresse de connaître mes fantasmes ?

— Oh, toi, tu rêves sûrement de gagner le concours de recettes de Betty Crocker !

— Ce ne serait déjà pas si mal.

— Oui, mais moi, je voudrais être quelqu'un, Bri.

— Mais tu *es* quelqu'un. Alexa Hathaway, princesse de l'île de Lost Desire. »

Elle roula des yeux comiquement en saisissant sa tasse de café. « Tu parles, je n'ai même pas réussi à tenir un an à New York. Ouais ! pas même une foutue année.

— Et alors ? rétorqua son frère. Tu n'es pas la seule... »

Rien que d'y penser, cela lui donnait la chair de poule. Ces rues encombrées, les odeurs de cette foule, entassée entre béton et bitume, cette atmosphère complètement polluée.

« N'empêche, dit Lexy. Comme carrière, ce n'est pas terrible d'être actrice à Lost Desire.

— Ecoute, chérie, puisqu'on en parle, je trouve que tu t'es rudement bien débrouillée toute seule. Ce n'est pas un métier facile. Sur ce, si tu as vraiment envie de bouder, prends tes gaufres et va les manger dans ta chambre. Tu me gâtes ma bonne humeur.

— Facile pour toi de dire ça », répliqua Lexy en repoussant son assiette si brusquement que Brian eut juste le temps de la rattraper. « Toi, tout ce que tu as jamais voulu, c'est vivre ici toute ta vie, jour après jour, année après année. Faire sans cesse et toujours la même chose. Papa t'a pratiquement abandonné toute la gestion de la maison pour poursuivre ses interminables balades dans l'île et vérifier que chaque grain de son précieux sable est bien toujours au même endroit. »

Elle se leva vivement.

« Quant à Jo, elle est partie pour faire exactement ce qu'elle voulait : prendre ses foutues photographies en voyageant à travers le monde entier. Mais, moi, qu'est-ce que j'ai ? Rien qu'un misérable petit C.V. : deux participations à des spots publicitaires, quelques figurations et un premier rôle dans une pièce en trois actes jouée un soir à Pittsburgh et aussitôt arrêtée. Et me voilà de nouveau coincée ici à servir les repas et à changer les draps des autres. Seigneur, je déteste ça ! »

Brian demeura silencieux un court instant avant de se mettre à applaudir.

« Bravo, sœurette, excellente tirade. Tu trouves toujours exactement les mots qu'il faut. Le théâtre est vraiment ta vocation. Quant à la mimique, elle est tout à fait au point. »

La bouche de Lexy se mit à trembler et elle serra violemment les lèvres. « Va-t'en au diable, Bri ! » Puis, relevant fièrement le menton, elle sortit à grands pas.

Brian ramassa la fourchette tombée à terre. Décidément, ce matin, on aurait dit que tout le monde s'était mis d'accord pour lui faire le grand jeu. Il poussa un petit soupir et décida de finir les gaufres de sa sœur.

Une heure plus tard, Lexy, tout sourires, déployait ses charmes en servant les petits déjeuners. Elle avait du métier — ce qui l'avait sauvée de la misère lors de son séjour à New York — et accomplissait chaque tâche avec une grâce nonchalante qui donnait l'impression qu'elle en tirait un immense plaisir.

Elle portait une jupe assez courte pour irriter Brian et un pull moulant qui faisait ressortir son buste avantageux. De ce côté-là, la nature s'était montrée généreuse à son égard et Lexy travaillait dur pour garder un physique parfait. Après tout, qu'elle fasse le service ou qu'elle monte sur une scène, son corps représentait un instrument de travail. Autant que son beau et lumineux sourire.

« Vous ne voulez pas que je vous réchauffe votre café, monsieur Benson ? Comment trouvez-vous votre omelette ? Brian fait des merveilles en cuisine, n'est-ce pas ? »

Voyant que M. Benson louchait sur sa poitrine, elle se pencha un peu pour lui octroyer une vue complète de ses seins avant de s'éloigner vers la table voisine.

D'un coup d'œil, elle avisa deux jeunes mariés tendrement enlacés dans un coin de la salle.

« Vous nous quittez aujourd'hui, je crois ? lança-t-elle gaiement. Revenez vite nous voir... »

Elle n'avait pas son pareil pour repérer le client qui avait envie de bavarder et celui qui préférait qu'on le laisse tranquille. En semaine, heureusement, il n'y avait pas trop de travail, ce qui lui offrait de multiples occasions de jouer son rôle.

Ah ! comme elle aurait aimé se retrouver devant une salle comble, par exemple dans un de ces grands théâtres new-yorkais. Un sourire aimable plaqué sur son visage, elle pestait intérieurement de se retrouver serveuse dans cette maison aux habitudes immuables, coincée sur une île immuable.

Cela fait des siècles, ici, que rien ne change, songea Lexy. A ses yeux, l'histoire, le passé, étaient autant de sujets rasoirs qui vous maintenaient figé dans le temps. Comme ces familles qui vivaient à Desire et se mariaient entre elles. Les Fitzsimmons épousaient un membre du clan des Brody ou des Verdon, et ainsi de suite. Parfois, il arrivait qu'un des fils ou des filles fasse une entorse à la règle et aille convoler avec quelqu'un du continent. Certains, même, s'en allaient pour de bon mais la plupart restaient enracinés ici, habitant les mêmes maisons de génération en génération.

Tout était si... prévisible, pensa-t-elle amèrement. Tout en feuilletant son carnet de commandes, elle se dirigea, souriante, vers une autre table.

Sa mère, une Pendleton, avait épousé un homme du continent et, maintenant, les Hathaway régnaient sur *Sanctuary*. Ils vivaient ici, travaillaient sans relâche, suaient sang et eau pour entretenir la demeure et protéger l'île des agressions extérieures. Et cela durait depuis plus de trente ans. N'empêche... *Sanctuary* serait toujours la maison des Pendleton et, quoi qu'ils fassent, cela non plus ne changerait jamais.

Elle fourra ses pourboires dans sa poche et rassembla

les assiettes sales pour les emporter dans la cuisine. A la seconde même où elle quittait la salle de restaurant et passait la porte de la cuisine, son regard redevenait froid et ses manières onctueuses disparaissaient comme par enchantement. Un peu comme un serpent changeant de peau. Quant à Brian, il restait impassible.

Elle déposa les assiettes dans l'évier, attrapa le pot de café frais et retourna dans la salle à manger. Il lui fallut plus de deux heures pour finir de servir tous les clients, débarrasser, mettre les couverts du déjeuner. Deux heures pendant lesquelles elle rêvait.

Broadway... Elle avait été si près de réussir. Tout le monde s'entendait à lui répéter qu'elle avait du talent. Enfin... c'était avant qu'elle parte pour New York et se retrouve confrontée à des centaines d'autres jeunes femmes nourrissant les mêmes illusions.

Elle aurait voulu devenir une actrice de premier plan, pas une de ces petites starlettes évaporées qui posent pour de la lingerie et se prétendent à la fois mannequin et comédienne. Oui, vraiment, elle aurait dû réussir. Après tout, elle était belle, intelligente. Et elle avait du talent. Dès le premier jour de son arrivée à Manhattan, elle s'était aussitôt sentie remplie d'une énergie nouvelle. Elle était là où elle aurait toujours dû être, un peu comme si on l'attendait depuis l'aube des temps. Tous ces gens qui se bousculaient sur les trottoirs, ce grondement de la ville, cette vitalité collective qui vous faisait battre le cœur plus vite, c'était grisant. Sans oublier les magasins, les vêtements élégants, les restaurants sophistiqués, cette impression constante que tout le monde avait quelque chose d'important à faire, un endroit où aller à la hâte.

En calculant l'addition de la table 6, elle pensa : « Moi aussi, j'ai quelque chose d'important à faire, et un endroit où aller. »

Evidemment, elle avait commencé par louer un appartement beaucoup trop cher. Mais elle ne voulait pas s'installer dans une de ces minables petites chambres. Et puis elle s'était acheté tout un tas de nouveaux vêtements chez Bendel après avoir passé une journée entière à l'Institut de beauté d'Elizabeth Arden. Autant de choses qui avaient englouti une bonne partie de son budget, mais il fallait considérer cela comme un investissement. Dans ce genre de métier, mieux valait ne pas lésiner sur l'apparence pour se présenter à ces rendez-vous de casting.

Le premier mois fut une succession de réveils douloureux. Elle ne s'était pas attendue à une telle concurrence. Ni à voir des visages aussi désespérés dans la file d'attente qui se formait avant chaque audition. Oh, bien sûr, on lui avait fait quelques offres mais toutes incluaient un petit tour dans le lit du producteur ! Lexy avait trop d'orgueil pour accepter cette humiliation.

Et, maintenant, elle se retrouvait à son point de départ... Par excès de confiance et, surtout, de naïveté.

« Bah ! ce n'est que temporaire », se répéta-t-elle. Dans un peu moins d'un an, elle aurait vingt-cinq ans et entrerait en possession de son héritage — ou de ce qu'il en restait. Alors elle repartirait pour New York et, cette fois, se montrerait plus avisée, plus prudente. Elle prendrait une année sabbatique et, un beau jour, se retrouverait sur une scène, sous les feux des projecteurs, enivrée par la ferveur et l'admiration du public qui monteraient jusqu'à elle en vagues enthousiastes.

Et elle serait enfin quelqu'un.

Et pas seulement la plus jeune fille d'Annabelle.

Elle apporta les dernières assiettes sales dans la cuisine tandis que Brian s'affairait déjà à remettre tout en ordre. Plus de vaisselle ni de poêles huileuses dans l'évier, plus de déchets ni de graisse sur le comptoir. Tout en sachant que c'était un geste stupide, Lexy posa une tasse encore remplie de café sur la pile d'assiettes propres. Le café se renversa et la tasse, déséquilibrée, alla se briser sur le carrelage.

« Oups ! » fit-elle avec un sourire narquois.

« On dirait que ça te fait plaisir de jouer à l'imbécile, Lex », remarqua froidement son frère. « Dans ce domaine, je dois dire que tu excelles.

— Vraiment ? »

Elle lâcha la pile d'assiettes qui se fracassa à son tour sur le sol. Des restes de nourriture et des éclats de porcelaine s'éparpillèrent à travers toute la cuisine. « Et ça ? fit-elle, c'est bien joué aussi ?

— Bon Dieu, Lex ! Qu'est-ce que tu cherches à prouver ? Que tu es toujours aussi destructrice ? Tu crois peut-être qu'il y aura toujours quelqu'un derrière toi pour réparer tes conneries ? »

Il bondit vers un placard et revint, armé d'un balai qu'il lui tendit.

« Ramasse ça tout de suite ! »

Elle regrettait déjà son geste impulsif mais, par pur entêtement, refusa d'obtempérer. « Fais-le toi-même. Après tout, ces précieuses assiettes sont les tiennes...

— Tu vas obéir, sinon je t'assure que je vais te casser le balai sur le dos !

— Essaie un peu, Bri ! »

Elle se dressa, toute droite, pour l'affronter. Une petite voix intérieure lui soufflait qu'elle avait tort de se comporter ainsi, mais c'était plus fort qu'elle.

« Oui, essaie ! cria-t-elle, et, moi, je t'écorche vif ! J'en ai archimarre d'être traitée comme une moins que rien ! Cette maison m'appartient autant qu'à toi !

— Eh bien ! Je vois que rien n'a décidément changé, ici... »

Ils se retournèrent en même temps, leurs visages empourprés de colère. Jo se tenait sur le seuil de la pièce, deux valises posées à ses pieds, l'air épuisé.

« J'ai su que j'étais à la maison rien qu'en entendant le fracas de la vaisselle et l'écho gracieux de vos voix... »

Instantanément, Lexy changea d'expression. Abandonnant sa mauvaise humeur, elle glissa son bras sous celui de son frère en se serrant contre lui.

« Regarde, Brian. Un autre enfant prodigue de retour. J'espère qu'il reste encore un peu de veau gras.

— J'aimerais bien une tasse de café », dit Jo en refermant la porte derrière elle.

3.

Debout devant la fenêtre de sa chambre, Jo contemplait le paysage. Il ressemblait exactement à celui de ses souvenirs d'enfant : de beaux jardins attendant patiemment d'être désherbés, un parterre d'alysses couvrant le sol d'un voile d'or, et des campanules ondulant sous la brise. Plus loin, des pensées tournaient leurs délicates corolles vers le soleil, encadrées par des iris pourpres, droits et fiers comme des lances, et par des tulipes d'un jaune étincelant. De l'autre côté du chemin, des impatiens et des diantheras affichaient une joyeuse exubérance.

Il y avait aussi plusieurs arbres tropicaux, des palmistes, des palmiers nains, avec, en toile de fond, la ligne ombreuse des chênes sous lesquels poussaient des fougères dentelées et des myriades de fleurs sauvages.

Une lumière diaprée jouait à cache-cache avec les ombres mouvantes projetées par les nuages. C'était un tableau respirant la paix, la solitude, la perfection. Si Jo en avait eu la force, elle serait sortie sur-le-champ pour saisir sur la pellicule cet instant idéal.

C'était étrange, songea-t-elle, de comprendre seulement maintenant à quel point ce paysage lui avait manqué. Pendant les dix-huit premières années de sa vie, elle l'avait contemplé inlassablement depuis la fenêtre de cette même chambre.

Pendant des heures, elle avait jardiné aux côtés de sa mère, en apprenant le nom des fleurs, leurs besoins, leurs cycles. La terre avait une texture agréable sous ses doigts et le soleil lui chauffait le dos. Elle se souvenait des oiseaux et des papillons, du tintement des carillons de clochettes, du ciel d'un bleu intense et du glissement silencieux des nuages joufflus au-dessus de sa tête. Autant de trésors inestimables accumulés depuis l'enfance, des images et des sensations enfouies dans les tiroirs secrets de sa mémoire.

La chambre n'avait guère changé. L'aile de la maison réservée à la famille portait encore la marque d'Annabelle. Pour sa fille aînée, elle avait choisi un lit de cuivre étincelant, surmonté d'un baldaquin sculpté, une architecture complexe et fluide de frises et de corniches d'où ruisselaient de ravissants rideaux de dentelle irlandaise, héritage des Pendleton. Jo avait toujours adoré leurs motifs et leur texture, leur côté solide et sans âge.

C'était Annabelle, encore, qui avait sélectionné le mobilier ancien — lampes à globe, tables d'érable, chaises délicates, vases éternellement garnis de fleurs fraîches. Elle voulait que ses enfants apprennent à vivre au milieu d'objets précieux et sachent les respecter. Sur le manteau de la petite cheminée de marbre, sa main avait disposé des coquillages et des bougies. Sur le mur d'en face, les étagères étaient garnies de livres et non de poupées. Enfant, Jo n'avait guère joué à la poupée.

Annabelle était partie, à présent. Ce qui pouvait subsister d'elle dans cette chambre, dans cette maison, sur cette île, tout cela était vide de sens désormais. Elle était bel et bien morte au cours de ces dernières années. Désormais, sa désertion devenait totale, irrévocable.

Seigneur ! Pourquoi quelqu'un avait-il eu la macabre idée d'immortaliser cette mort sur la pellicule ? Jo enfouit son visage dans ses mains. Et pourquoi lui avoir envoyé ces clichés, à *elle,* la fille d'Annabelle ?

« Mort d'un Ange. »

Jo se remémorait avec précision la grande écriture au dos de la photo. Tout en réfléchissant, elle se massa rudement la poitrine, entre les seins, pour tenter de calmer les battements désordonnés de son cœur. Quelle sorte de malade était-ce donc ? Quelle sorte de menace ? Et dans quelle mesure était-elle dirigée contre elle-même ?

La photo avait été sous ses yeux, bien réelle. Peu importait qu'elle ait disparu quand Jo avait regagné son appartement à sa sortie d'hôpital. Admettre qu'il s'agissait d'une hallucination, c'était admettre qu'elle avait perdu l'esprit. C'était là une hypothèse impossible à affronter.

Pourtant, à son retour, le cliché avait incontestablement disparu. Tous les autres étaient restés là, éparpillés sur le sol de la chambre noire. Pendant des heures, elle avait cherché partout, mettant l'appartement sens dessus dessous, sans résultat.

Et s'il n'avait pas existé ? Les yeux fermés, Jo appuya le front sur la vitre. Si, vraiment, elle avait tout inventé, si cette image terrible avait été le produit de son subconscient, qu'est-ce que cela pouvait signifier ? Qu'y avait-il de plus dur à accepter ? Son propre déséquilibre mental ou la mort de sa mère ?

Ne pense pas à cela maintenant, se répéta-t-elle. Ecarte ce problème jusqu'à ce que tu sois plus forte. Sinon, tu t'effondreras de nouveau et tu te retrouveras à l'hôpital.

La jeune femme prit une profonde inspiration et décida qu'il était temps de se secouer, de faire quelque chose de concret. Elle se retourna, regarda son appareil photo posé sur le bureau à cylindre, et réalisa que déballer le reste de ses bagages représentait encore un trop grand effort. Alors elle s'assit sur le lit et ferma les yeux.

Ce dont elle avait le plus besoin, c'était de réfléchir. Elle travaillait toujours mieux après avoir établi un plan d'action et dressé une liste de ses tâches, classées par critères d'urgence ou d'utilité. Au moins, ce serait un premier pas qui lui permettrait de s'éclaircir les idées.

Il lui sembla que quelques secondes à peine s'étaient écoulées quand on frappa. Jo sursauta, désorientée. Avant même qu'elle n'ait atteint la porte, celle-ci s'ouvrit à demi et Kate passa la tête dans l'entrebâillement.

« Enfin te voilà ! Seigneur, Jo, on dirait que tu as déjà un pied dans la tombe. Allons, bois cette tasse de thé et raconte-moi ce que tu deviens. »

C'était bien de Kate, songea Jo, ces manières directes et franches. Elle esquissa un sourire et regarda sa cousine pénétrer dans la chambre, un plateau dans les mains. « Tu as l'air en pleine forme, Kate.

— Et pourquoi pas ? Je prends soin de moi. »

Elle déposa le plateau sur la table basse dans le coin salon et, d'un geste rapide, désigna une chaise. « Et tu ferais bien d'en faire autant, si j'en juge par ta triste mine. Tu es bien trop mince, trop pâle. Quant à tes cheveux, c'est un véritable désastre. Mais je suis sûre que nous allons vite arranger tout cela. »

Elle s'empara de la théière en porcelaine décorée de tiges de lierre et versa le thé dans deux tasses assorties. Puis elle se cala confortablement sur son siège, but une gorgée du breuvage chaud et pencha la tête de côté.

« Maintenant, raconte.

— Il n'y a rien de spécial à dire, mentit Jo. J'ai juste décidé de décrocher quelque temps. En fait... deux ou trois semaines.

— Jo Ellen, ne viens pas me raconter des histoires à *moi.* »

C'est tellement vrai, pensa Jo. Aucun membre de la famille n'avait jamais réussi à l'abuser, et ceci dès que Kate avait posé le pied à *Sanctuary*. Elle était arrivée quelques jours après la disparition d'Annabelle, en principe pour une semaine. Vingt ans plus tard, elle était encore là.

Et Dieu sait s'ils avaient eu besoin d'elle ! se dit Jo en essayant de trouver le moyen d'échapper à une conversation avec sa cousine. Kate était entrée dans leurs vies au moment le plus sombre et n'avait jamais fléchi devant les responsabilités qui lui incombaient. Elle était là, tout simplement, veillant aux détails, attentive à tous — même quand il s'agissait de rappeler à chacun en le houspillant ce qu'il avait à faire. Bref, elle les avait aimés suffisamment pour leur donner au moins l'illusion d'une vie normale.

Kate était la cousine d'Annabelle. D'ailleurs on retrouvait un air de famille dans ses yeux, son teint, ou encore, sa stature. Mais alors que, dans le souvenir de Jo, Annabelle incarnait la douceur et la féminité mêmes, Kate était tout en angles.

C'était une femme au visage alerte, criblé de taches de rousseur et surmonté de cheveux courts et roux. Elle portait des vêtements simples qui convenaient à sa nature pratique, mais jamais négligés. Ses jeans étaient toujours bien repassés, ses chemisiers impeccables et amidonnés. Ses ongles étaient coupés court, soigneusement entretenus et vernis dans des tons naturels. A la cinquantaine, Kate surveillait sa forme et sa ligne. De dos, on aurait pu confondre sa silhouette avec celle d'un adolescent.

« Tu m'as manqué, Kate, murmura Jo. Vraiment. »

Kate la contempla en silence et son visage frémit brièvement.

« Ne cherche pas à m'attendrir, Jo Ellen, finit-elle par dire. Tu as des problèmes, je le sais. Soit tu m'en parles, soit je serai obligée de les découvrir toute seule. Mais, de toute façon, je finirai bien par savoir ce qui t'arrive.

— J'ai juste besoin de lever le pied. »

Une assertion que Kate ne mit pas une seule seconde en doute. Connaissant Jo, elle doutait que ce fût un homme qui ait pu faire apparaître cette lueur douloureuse dans ses yeux. Restait le travail. Un travail qui l'entraînait dans des lieux étranges et lointains, souvent dangereux. Mais, jusqu'ici, Jo n'avait guère paru s'en émouvoir. Réussir sa carrière, voilà ce qui comptait le plus à ses yeux, même au détriment de sa vie personnelle et de sa famille.

« Ma pauvre petite fille chérie, pensa Kate, qu'as-tu fait de toi-même ? »

Kate crispa les mains sur l'accoudoir de son fauteuil pour les empêcher de trembler.

« Dis-moi, quelqu'un t'a fait du mal ?

— Non, non », répéta Jo.

Elle posa sa tasse et pressa ses doigts sur ses yeux douloureux. « Juste un excès de travail et de stress. J'en ai trop fait ces derniers mois, voilà tout. »

Les photographies. Maman. Ne rien dire.

Kate fronça les sourcils et une ride sévère creusa son front. La famille connaissait bien cette mimique. Ils l'avaient baptisée : « La ligne Pendleton de culpabilité. »

« Dis-moi alors quel genre de pression tu as dû subir pour en arriver à perdre tous ces kilos ? insista Kate. Et regarde-moi tes mains... elles n'arrêtent pas de trembler. »

Jo enfouit immédiatement ses mains entre ses jambes pour les dissimuler.

« J'admets n'avoir guère pris soin de moi », répondit-elle en se forçant à sourire. « Mais je vais essayer de faire mieux, promis. »

Tout en tapotant le bras de son fauteuil, Kate examina le visage de sa jeune cousine. Le problème semblait trop profond pour être de nature professionnelle.

« As-tu été malade ?

— Non. »

Jo proféra ce mensonge avec une relative facilité. Elle bloqua délibérément dans sa mémoire le souvenir de sa chambre d'hôpital, de crainte que Kate ne lise dans sa pensée. « C'est vraiment du surmenage. D'ailleurs, je ne dors pas bien depuis quelque temps. »

Mal à l'aise sous le regard pénétrant de sa cousine, Jo se leva pour prendre son paquet de cigarettes dans la poche de sa veste. « Et puis il y a ce livre qu'on me demande de faire, poursuivit-elle. Je t'en ai parlé dans mes lettres. Je pense que c'est cela qui me stresse. » Elle alluma une cigarette. « C'est si nouveau pour moi.

— Cela devrait te rendre fière et non t'anéantir comme cela.

— Tu as tout à fait raison... »

Jo souffla un mince nuage de fumée tandis que, mentalement, elle faisait de son mieux pour repousser l'image d'Annabelle et des photos. « C'est pour cela que je me donne un peu de temps. »

C'était loin d'être toute la vérité, jugea Kate, mais cela suffisait pour l'instant.

« Tu as bien fait de revenir à la maison. L'excellente cuisine de Brian te remplumera en quelques semaines. Tu ne pouvais pas mieux tomber. Dieu sait que nous avons besoin d'aide en ce moment. La plupart des chambres et des bungalows sont loués pour tout l'été.

— Les affaires marchent donc si bien ? » s'enquit Jo sans montrer beaucoup d'intérêt.

« Les gens éprouvent le besoin d'abandonner la routine et de voir de nouvelles têtes. La plupart viennent ici pour trouver un peu de tranquillité et de solitude, sinon ils descendraient au *Hilton*. Mais ils n'en ont pas moins besoin de draps et de serviettes propres. »

Kate évoqua brièvement les besognes qui l'attendaient encore cet après-midi. « Lexy nous donne un coup de main, mais on ne peut pas vraiment compter sur elle. Il lui arrive souvent de disparaître toute une journée plutôt que de s'occuper des tâches indispensables. Il faut dire à sa décharge qu'elle a éprouvé quelques déceptions ces derniers temps. Laissons-lui encore un peu de répit pour se stabiliser.

— Lex a vingt-quatre ans, Kate. L'âge où, en principe, on a fini de grandir.

— Chez certains, cela prend plus de temps que pour d'autres. Il ne s'agit pas d'accuser mais de reconnaître un fait. »

Kate se leva, toujours prête à défendre un de ses poussins contre les coups de bec des autres.

« Et certains n'apprennent jamais à regarder la réalité en face, insista Jo. Ils passent leur temps à accuser les autres de leurs propres échecs et de leurs désillusions.

— Alexa n'a pas autant échoué que tu veux bien le dire, Jo. Tu n'as jamais témoigné assez de patience à son égard. Pas plus qu'elle ne l'a fait envers toi.

— Personnellement, je n'ai nul besoin de sa patience », protesta Jo en sentant refluer de vieux ressentiments. « Et, d'ailleurs, je ne lui ai jamais rien demandé, ni à elle ni à aucun membre de la famille.

— Non, en effet, tu n'as jamais rien demandé, dit Kate d'un ton uni. Il aurait fallu pour cela que tu abandonnes un peu de ta fierté, que tu consentes à reconnaître que tu as besoin des autres. Il est temps pour toi aussi de regarder certaines choses en face, Jo. Voilà deux ans que vous ne vous êtes pas retrouvés ensemble dans cette maison.

— Cela a été long pour moi aussi, répliqua Jo amèrement. Et, comme je m'y attendais, je n'ai pas été bien accueillie par Brian et par Lexy.

— Ils se seraient peut-être comportés différemment si tu avais attendu davantage d'eux. » Kate avança le menton. « Tu n'as même pas demandé des nouvelles de ton père. »

Embarrassée, Jo tripota sa cigarette. « Et qu'aurais-je dû demander?

— Ne prends pas ce ton provocateur avec moi, jeune fille. Si tu dois passer quelque temps sous ce toit, je te conseille de faire preuve d'un peu plus de respect pour les autres. Durant ton séjour, tu feras aussi ta part de travail, que cela te plaise ou non. Ton frère a bien trop à faire, il porte tout sur ses épaules. Il est temps qu'on le soutienne un peu. Et que vous deveniez enfin une vraie famille.

— Je ne connais rien à l'hôtellerie, Kate, et je ne crois pas que Brian aimerait me voir me mêler de ses affaires.

— Pas besoin de connaissances spéciales pour s'occuper du linge, cirer les meubles ou balayer le sable dans la véranda. »

Le ton se faisait net, froid. Jo se rebella. « Je n'ai pas dit que je refusais de coopérer. Simplement, je...

— Je sais exactement ce que tu voulais dire, ma fille. Mais, moi, je t'avertis que j'en ai par-dessus la tête de la façon dont cette famille se comporte. Tous les trois, vous préféreriez vous laisser vous noyer dans le marais plutôt que de demander à un autre de vous tendre une main secourable. Et tu te serais mordu la langue plutôt que de t'enquérir de ton père. Est-ce par esprit de compétition ou parce que tu es mal disposée, je ne sais. Mais je tiens à te dire que tu ferais mieux de changer d'attitude tant que tu seras ici. Tu es à la maison. *Votre* maison. Mon Dieu, il serait grand temps que vous vous ressaisissiez tous !

— Kate..., commença Jo.

— Assez. Je suis trop énervée pour continuer cette conversation.

— Je voulais simplement te dire... »

Mais, avant même qu'elle ait pu protester, se justifier, la porte s'était déjà refermée sur Kate. Jo laissa échapper un long soupir. Elle avait l'estomac noué et mal à la tête. Pire, elle se sentait taraudée par un sentiment de culpabilité qui pesait sur elle comme une couverture mouillée.

Debout au bord du marais, Sam Hathaway observait un faucon prendre son essor, amorcer une ample courbe et planer, majestueux, au-dessus de son aire. Ce matin, il avait quitté la maison avant l'aube pour aller vagabonder sur la rive qui faisait face au continent. Il savait que Brian était sorti à peu près à la même heure mais ils ne s'étaient pas parlé. Chacun avait ses habitudes et ses propres buts de promenades.

Parfois, Sam prenait la jeep mais, d'ordinaire, il préférait partir à pied. Il lui arrivait d'aller jusqu'aux dunes pour contempler le soleil émerger de l'eau et passer par toutes les couleurs de l'arc-en-ciel. Quand la plage était vide, immense espace de lumière mouvante, il marchait pendant des kilomètres, son regard vif enregistrant chaque détail : la plus petite trace d'érosion, le plus minuscule monticule de sable nouvellement constitué. Quant aux coquillages, il prenait bien soin de les laisser exactement à l'endroit où la mer les avait déposés.

Il s'aventurait rarement dans les prairies entre les dunes. Le terrain y était fragile et chaque trace de pas risquait de le marquer et de le modifier. Exactement tout ce que Sam voulait éviter. Car, de tout son être, il détestait le changement.

D'autres jours, il partait errer à la lisière de la forêt, derrière les dunes, là où les mares et les fondrières résonnaient de vie et de musique. Certains matins, il avait besoin de calme et d'une lumière fragile plutôt que du grondement des vagues et de l'éblouissante clarté du soleil levant. Comme le héron patient, il pouvait guetter pendant des heures, immobile, le mouvement d'un poisson.

Parfois, quand il se trouvait au milieu des étangs bordés de saules et recouverts d'une épaisse couche de lentilles d'eau, il lui arrivait d'oublier qu'il y avait, de l'autre côté de la mer, un autre monde que celui-ci. Tout ce qui comptait à cet instant précis, c'était cet alligator dissimulé sous les hautes herbes aquatiques, occupé à digérer son repas. Plus loin, une tortue se chauffait au soleil sur un tronc d'arbre couché. Peut-être serait-elle la prochaine proie de l'alligator ?

Oui, ce monde-là était infiniment plus réel aux yeux de Sam que celui du continent. Mais il était rare, très rare même, qu'il dépassât la frontière des étangs pour pénétrer dans la forêt.

Annabelle avait aimé la forêt plus que tout...

Parfois, il se sentait surtout attiré par les marais et leurs mystères. Il s'y déroulait un cycle qu'il saisissait mal — croissance et décadence, vie et mort. La nature le voulait ainsi et il fallait l'accepter. Aussi longtemps que Sam en serait le maître, personne n'interférerait pour changer ce rythme.

De la lisière, il pouvait observer les crabes détaler et s'activer dans la boue en produisant de drôles de petits bruits, comme des bouchons qui sautent, comme une explosion de bulles de savon. Sam savait que, lorsqu'il s'éloignerait, des ratons laveurs et autres prédateurs se faufileraient dans le marécage pour en extraire ces crabes si actifs et s'en régaler.

Oui, tout cela faisait partie du cycle.

Maintenant que le printemps était là, l'herbe ondulante passait de l'or brun au vert profond et le gazon commençait à se couvrir de lavande maritime et de marguerites. Sam avait assisté à l'éclosion de trente printemps sur Desire et il ne se lassait pas d'admirer cette renaissance programmée.

La famille de sa femme s'était transmis ces terres de génération en génération. Des terres qui étaient devenues siennes aujourd'hui et qu'il protégeait jalousement, courageusement. Tout comme Annabelle était devenue sienne la première fois qu'il avait posé les yeux sur elle.

Sa femme était partie mais, en l'abandonnant, elle lui avait laissé cet héritage. Sam était fataliste — ou, plutôt, il l'était devenu. On n'échappait pas à son destin. Cela faisait bien longtemps, à présent, qu'il s'était lancé dans la nuit à la recherche du fantôme d'Annabelle. Désormais, il la retrouvait partout, dans tous les recoins de Desire où il posait les yeux. C'était à la fois une douleur et une consolation.

Il observa les racines dénudées des arbres à la lisière du marais, là où la rivière entraînait la terre. Certains prétendaient que cette zone était vulnérable et qu'il fallait davantage la protéger. Mais Sam pensait que si l'homme intervenait pour détourner la rivière, la chaîne écologique risquait d'en être affectée et d'autres endroits en souffriraient.

Non, mieux valait laisser les choses suivre leur cours naturel. La terre, la mer, le vent et la pluie feraient leur œuvre.

A quelque distance de lui, Kate l'observait. Sam était

un homme grand et sec, avec une peau tannée et rugueuse, et des cheveux sombres striés de fils d'argent. La bouche au dessin ferme souriait rarement. Autour des yeux noisette aux reflets changeants, des rides profondes lui creusaient le visage et en accentuaient le caractère viril.

Il avait de grandes mains et de grands pieds dont son fils Brian avait hérité. Mais Kate savait que Sam pouvait se déplacer sans bruit et avec une grâce étrange qu'aucun citadin ne possédait.

Durant ces vingt dernières années, jamais il ne lui avait dit qu'elle était la bienvenue. Mais jamais non plus il ne s'était attendu qu'elle partît. Elle était là, tout simplement, et personne n'aurait eu l'idée de remettre en question sa place à la maison. Quand elle était déprimée, Kate se demandait parfois ce que Sam penserait et comment il réagirait si, un beau matin, elle décidait de faire sa valise et de s'en aller.

Mais voilà : elle ne partait toujours pas et doutait de jamais le faire. Car, tout au long de ces vingt années, elle avait aimé Sam Hathaway plus que tout.

Kate carra ses épaules et releva le menton. Elle le soupçonnait d'avoir déjà deviné sa présence mais savait qu'il ne lui adresserait pas la parole en premier.

« Jo Ellen est arrivée par le ferry ce matin. »

Sam continuait d'observer le faucon qui décrivit de grands cercles dans le ciel. Il savait pertinemment que Kate était là, tout comme il savait aussi qu'elle devait avoir une raison importante pour venir jusqu'aux marais. Kate ne s'intéressait pas aux alligators...

Tout ce qu'il trouva à dire fut : « Pourquoi ? » Ce qui arracha à Kate un soupir impatient.

« Elle est chez elle, ici, non ? »

Il répondit lentement, comme si le seul fait de prononcer chaque mot était un effort presque insurmontable. « Je doute que ce soit l'avis de Jo...

— Peu importe ce qu'elle pense. *Sanctuary* est sa maison. Et tu es son père. Voilà pourquoi tu dois aller l'accueillir. »

Sam se représenta en pensée sa fille aînée. L'image même d'Annabelle. C'était sans doute pour cela que, chaque fois qu'il la regardait, il se sentait envahi par le désespoir. Il avait l'impression qu'elle l'agressait presque physiquement.

D'une voix unie, il répondit :

« Je rentrerai bientôt.

— Mais cela fait déjà deux heures qu'elle est arrivée. Pour l'amour du ciel, Sam, viens voir ta fille. »

Il s'agita, embarrassé. Kate avait le chic pour le mettre toujours mal à l'aise.

« A quoi bon se presser ? A moins qu'elle ne reprenne le ferry pour le continent cet après-midi. Après tout, c'est son habitude de ne jamais rester longtemps au même endroit. Elle en a vite assez de Desire.

— Tu dis cela parce qu'elle a eu le courage de partir suivre des études, tenter de se construire une vie et une carrière ? Quel mal y a-t-il à cela ? »

Il demeura de marbre mais Kate, avec son intuition coutumière, sut que le coup avait porté. Elle regretta soudain d'avoir dû lui parler aussi durement. Mais il y avait des moments où il fallait bien mettre les points sur les i.

Elle fit un pas vers lui et le saisit par le bras.

« Jo souffre, Sam. Je lui ai trouvé le teint affreusement pâle et elle est maigre comme un clou. Elle dit qu'elle n'a pas été malade mais elle ment. On a l'impression qu'on va la casser rien qu'en élevant la voix. »

Pour la première fois, elle le vit manifester un peu d'inquiétude.

« Pourquoi ? Elle a des ennuis dans son travail ? »

« Enfin nous y sommes », pensa Kate, en se gardant bien de montrer sa satisfaction.

« A mon avis, ce n'est pas ce genre de choses qui la préoccupe, reprit-elle d'un ton plus doux. On dirait plutôt une sorte de blessure intérieure. J'ignore encore de quoi il s'agit mais sa souffrance est visible. Elle a besoin de sa maison, de sa famille. Et elle a besoin de son père.

— Si Jo a un problème, elle est assez forte pour le régler elle-même. Elle l'a toujours fait.

— Dis plutôt qu'elle a toujours été obligée de le faire », répliqua Kate.

Il fallait qu'elle le secoue avant qu'il ne referme la mince brèche qu'elle avait réussi à ouvrir dans son cœur. « Bon sang, Sam, tu dois l'aider. »

Il reporta son regard vers les marais.

« Jo est adulte, à présent. Ce n'est plus mon rôle de l'aider à panser ses blessures.

— Non ! Ce n'est pas vrai. »

Vivement, Kate retira la main posée sur son bras. « C'est ta fille, Sam. Et il en sera toujours ainsi. » Elle plongea son regard dans le sien. « Tu n'es pas le seul à qui Belle ait manqué, Sam. Son absence a cruellement pesé sur les trois enfants. S'ils te perdent, toi aussi, que deviendront-ils ? »

Le cœur de Sam se serra et il détourna les yeux. Si seulement Kate le laissait seul. Le poids qui écrasait sa poitrine s'allégerait enfin.

« Je te répète que je ne vais pas tarder à rentrer. Si Jo Ellen a quelque chose à me dire, elle peut bien attendre jusque-là.

— Un de ces jours, tu réaliseras que c'est toi qui as quelque chose à lui dire, à leur dire à tous. »

Et elle le laissa seul, espérant que ce moment arriverait bientôt.

4.

Immobile sur le seuil de la terrasse ouest, Brian observait sa sœur. Elle semblait si vulnérable... On aurait dit un petit animal apeuré, égaré dans cet océan de fleurs inondé de soleil. Encore vêtue du même jean flottant et du pull-over trop grand qu'elle portait à son arrivée, elle avait chaussé des lunettes de soleil rondes cerclées de métal. Brian s'imagina que c'était là le genre d'uniforme que Jo devait porter lors de ses missions de reporter-photographe. En attendant, sa tenue ne faisait que souligner son aspect fragile et maladif.

Pourtant, jusqu'ici, elle avait toujours été la plus résistante. Enfant déjà, elle insistait pour tout faire à son idée, s'appliquait à résoudre seule les problèmes, s'entêtait à gagner toutes les batailles sans demander la moindre assistance.

Intrépide, elle grimpait aux arbres plus haut que les autres, nageait plus loin, courait plus vite. Juste pour prouver qu'elle était capable de le faire, se dit Brian. Jo semblait toujours avoir quelque chose à prouver, même après le départ de leur mère. Elle avait continué à déployer des efforts acharnés pour montrer qu'elle n'avait besoin de personne d'autre qu'elle-même.

Seulement voilà : la situation venait de changer et, cette fois, Jo ne revenait pas la tête haute.

Quand Brian sortit sur la terrasse, elle tourna la tête pour le regarder à travers ses verres teintés. Il s'assit à côté d'elle sur la balancelle et déposa sur ses genoux le plateau qu'il lui avait préparé.

« Mange », dit-il brièvement.

La jeune femme baissa les yeux et considéra en silence le poulet frit, la salade de chou et les petits pains dorés à point.

« C'est cela ton menu spécial ? finit-elle par demander.

— La plupart des clients ont réclamé aujourd'hui un panier-repas pour le déjeuner. Il fait trop beau pour manger à l'intérieur.

— Kate dit que tu es débordé en ce moment.

— C'est vrai. J'ai du travail par-dessus la tête. » D'un coup de pied, il imprima un léger mouvement à la balancelle. « Dis-moi, Jo, qu'es-tu venue faire ici ?

— J'ai pensé que ce serait une bonne chose pour moi en ce moment. »

Elle saisit une cuisse de poulet, mordit dedans et se força à avaler malgré les contractions de son estomac. « Ne t'inquiète pas, Brian. Je ferai ma part de travail et je ne te dérangerai pas. »

Brian prêta l'oreille au grincement de la balancelle et songea qu'il faudrait graisser les gonds.

« Est-ce que j'ai dit que tu me dérangeais ? demanda-t-il doucement.

— Je dérange Lexy, en tout cas. »

Jo mordit de nouveau dans le poulet en regardant d'un air renfrogné les géraniums-lierres d'un rose pâle qui retombaient en cascade autour d'une jardinière en pierre sculptée de chérubins joufflus. « Tu peux lui dire que je ne suis pas revenue à la maison pour lui créer la moindre gêne.

— Tu n'as qu'à le lui dire toi-même. » Brian dévissa la bouteille Thermos posée sur le plateau et versa dans le gobelet un jus d'orange fraîchement pressé. « Ne comptez pas sur moi pour me mêler de vos disputes.

— Bien. Reste en dehors de tout ça. »

Elle avait de nouveau mal à la tête et but une longue gorgée de jus d'orange. « N'empêche, poursuivit-elle, je ne sais pas pourquoi Lex m'en veut autant.

— Aucune idée », fit Brian d'une voix traînante. Il leva la Thermos au-dessus de sa tête pour en verser directement le contenu dans sa bouche. « Tu as réussi, tu es financièrement indépendante et connue dans ton métier. Tout ce que Lex désire pour elle-même. » Il prit un petit pain, le partagea en deux et en tendit une moitié à sa sœur.

« Je me demande pourquoi toutes ces idées la détraquent à ce point, soupira Jo. Cette réussite, je me la suis fabriquée toute seule, sans chercher le moins du monde à lui faire de l'ombre. » Distraitement, elle fourra un morceau de pain dans sa bouche. « Ce n'est pas ma faute si elle s'est mis dans la tête de devenir une star et de voir son nom écrit en grand. Une vraie gosse.

— Que ce soit puéril ou non, ses désirs n'en sont pas moins réels. » Brian leva la main avant que Jo ait pu intervenir. « Et, encore une fois, je ne veux pas m'en mêler. Simplement, je voulais t'avertir. Apparemment, ta présence la perturbe.

— Il n'est pas question que j'entre en conflit avec elle », répliqua Jo d'un ton las.

Le parfum des glycines flotta jusqu'à elle — un autre souvenir d'enfance.

« D'ailleurs, je ne suis pas revenue à *Sanctuary* pour me battre avec qui que ce soit.

— Tant mieux. Ça nous changera. »

Cette réflexion amena l'ombre d'un sourire sur les lèvres de Jo. « Peut-être que c'est *moi* qui ai changé, fit-elle. J'ai arrondi mes angles.

— Possible. Les miracles, ça existe. Finis ta salade.

— Je ne me souvenais pas que tu étais aussi autoritaire.

— Alors c'est que moi aussi, j'ai changé. »

Avec un petit rire, Jo prit sa fourchette et fourragea sans grande conviction dans le saladier. « Raconte-moi un peu ce qui se passe sur l'île, Bri. »

Tout en prononçant ces mots, elle pensa : « Ramène-moi à la maison, Brian. Ramène-moi ici. »

Il réfléchit.

« Voyons... Ah, Giff a ajouté une aile au bungalow Verdon. »

Jo fronça les sourcils.

« Le jeune Giff ? Ce garçon tellement maigre avec un épi dans les cheveux ? Qui tournait toujours autour de Lex ?

— Lui-même. Il s'est un peu remplumé depuis. Giff est très adroit avec un marteau ou une scie et c'est lui qui fait tous les travaux d'entretien. Il tourne toujours autour de Lexy mais je crois qu'il sait maintenant à quoi s'en tenir. »

Jo piqua de nouveau sa fourchette dans la salade.

« De toute façon, elle n'en fera qu'une bouchée... »

Brian haussa les épaules. « Possible. Mais il se pourrait aussi qu'il lui résiste bien plus qu'elle ne le croit. Voyons... quoi d'autre ? Ah oui, Rachel, la fille Sanders, s'est fiancée avec un étudiant d'Atlanta. Elle doit partir s'installer là-bas en septembre.

— Rachel Sanders... » répéta Jo en s'efforçant d'évoquer son image. « Celle qui zézayait et qui avait un rire si stupide ?

— Stupide, en effet, et assez fort pour nous écorcher les oreilles. » Satisfait de constater que Jo mangeait, il allongea le bras sur le dossier de la balancelle et se détendit. « La vieille Mme Fitzsimmons est morte voilà plus d'un an.

— Je me souviens d'elle. Elle avait l'habitude d'écailler ses huîtres sous le porche de sa maison. Je revois encore son chien qui dormait au pied du fauteuil à bascule.

— Lui aussi est mort, juste après sa maîtresse. Je suppose qu'il n'avait plus envie de vivre.

— J'étais encore gosse quand elle m'a laissée prendre quelques photos d'elle, se souvint Jo. Je les ai toujours, d'ailleurs. Certaines n'étaient pas si mauvaises. M. David m'a aidée à les développer. J'avais eu de la chance... Mme Fitzsimmons était restée tranquillement assise dans son fauteuil pendant que je la mitraillais. »

La jeune femme se cala contre le dossier et s'abandonna au rythme de la balancelle, un rythme lent et monotone, comme celui de l'île.

« J'espère que sa fin a été rapide et sans douleur.

— Elle est morte pendant son sommeil à l'âge de quatre-vingt-seize ans. On ne peut rêver mieux.

— Non, en effet. » Jo ferma les yeux, oubliant la nourriture. « Qu'est-il advenu de sa maison ?

— C'est sa petite-fille qui en a hérité. » Il leva de nouveau la Thermos et but longuement. « Elle est médecin et a ouvert un cabinet ici, dans l'île.

— Un médecin ? A Desire ? » Jo ouvrit de grands yeux. « Eh bien ! Les temps changent... et l'île se civilise. Est-ce qu'elle a beaucoup de patients ?

— Je crois, oui. Disons que son affaire se monte petit à petit.

— Elle doit bien être la première depuis dix ans à vouloir revenir s'installer ici... » Une idée subite la traversa. « Mais... Est-ce que tu ne serais pas en train de parler de Kirby ? Tu sais bien... Kirby Fitzsimmons. Elle venait parfois sur l'île quand nous étions enfants.

— C'est bien d'elle qu'il s'agit. Il faut croire qu'elle en a gardé de bons souvenirs pour avoir envie de revenir.

— Ça alors ! s'exclama Jo. Kirby Fitzsimmons, médecin ! » Une vague de joie inattendue la traversa. « Nous étions assez amies, autrefois. Te rappelles-tu ce fameux été où M. David était venu prendre des photos de l'île avec toute sa famille ? »

Avec plaisir, elle continua d'évoquer sa jeune amie avec son inimitable accent du nord et toutes les aventures qu'elles avaient partagées ou imaginées.

« Quand je n'étais pas en train de supplier M. David pour qu'il me prête son appareil photo, je partais avec Kirby en quête de quelque sottise à faire. Seigneur ! cela va faire vingt ans. J'ai l'impression que c'était hier. L'été où... »

Brian hocha la tête et finit la phrase à sa place :

« ... l'été où maman est partie.

— Tout devient si confus, murmura Jo, toute trace de gaieté disparue de sa voix. Les images s'embrouillent. Je me souviens de ce soleil, si chaud, de ces jours qui se prolongeaient, des nuits moites vibrantes de mille échos. Et tous ces visages, aussi... » Elle glissa ses doigts sous les verres de ses lunettes pour se frotter les yeux. « Je me levais à l'aube pour accompagner M. David partout où il allait. J'avalais des sandwichs au jambon et je me baignais dans la rivière. Maman avait déniché un vieil appareil photo pour moi — un Brownie. Alors j'ai couru jusqu'au cottage de Mme Fitzsimmons pour la photographier, jusqu'à ce qu'elle en ait par-dessus la tête et qu'elle nous ordonne, à Kirby et à moi, de filer. Les heures s'écoulaient, paisibles, merveilleuses... Le soleil déclinait à l'horizon et maman nous appelait pour le dîner. »

Elle ferma les yeux.

« Toutes ces images qui défilent... Il me semble pourtant qu'aucune ne m'apparaît nettement. Et puis maman est partie. Un matin, je me suis réveillée, prête à entreprendre toutes ces choses que l'on fait durant les longues journées d'été. Mais elle était partie.

— Et ce fut la fin de l'été, conclut calmement Brian. Pour nous tous. »

Les mains de Jo s'étaient remises à trembler. Pour se donner une contenance, elle les enfouit dans ses poches en quête de cigarettes.

« Est-ce que tu penses parfois à elle ?

— Pourquoi le ferais-je ?

— Tu ne t'es jamais demandé où elle était allée ? Ce qu'elle faisait ? » Un spasme la traversa. Elle revoyait en pensée ces yeux morts aux longs cils. Les yeux de la photo. « Et pourquoi elle était partie ?

— Tout cela ne me regarde plus. » Brian se leva et reprit le plateau. « Tu ferais bien, toi aussi, de ne plus t'en soucier. Nous n'avons rien à voir avec cette histoire. Ça s'est passé il y a vingt ans, Jo Ellen, et il est trop tard pour s'en préoccuper, désormais. »

Elle ouvrit la bouche pour lui répondre mais, déjà, Brian tournait les talons et regagnait la maison.

Ne plus y penser... Facile à dire.

Si seulement elle n'était pas aussi terrifiée...

Toujours furieuse, Lexy grimpait le sentier qui traversait les dunes pour se rendre à la plage. Pas de doute, pensa-t-elle avec rage, Jo était revenue à la maison uniquement pour y faire étalage de ses succès. La preuve ? Elle débarquait à *Sanctuary* juste après qu'elle-même, lassée de ses échecs, fut revenue de New York, en pleine déconfiture. Facile pour Jo, après cela, de se pavaner, de savourer ses triomphes, et d'humilier encore un peu plus sa jeune sœur.

A cette pensée, le sang de Lexy ne fit qu'un tour et elle dévala la pente en courant, faisant jaillir, à chaque foulée, de petits nuages de sable sous ses sandales.

Elle se jura que, cette fois, les choses se passeraient différemment. Pas question de se laisser faire et d'être traitée en inférieure. C'était toujours pareil avec Jo : son dernier voyage réussi, sa dernière mission époustouflante, ses relations prestigieuses. Oui, mais voilà : Lex en avait assez de jouer les petites dernières complexées. Il était largement temps de changer de rôle.

Il y avait pas mal de monde sur la plage égayée par les parasols et les tapis de bain aux couleurs vives. Lex remarqua que plusieurs petits groupes avaient apporté avec eux les boîtes à rayures multicolores distribuées par l'hôtel pour les repas froids. Des effluves de poulet frit et de lait solaire flottaient, mêlés aux senteurs marines. Un petit garçon s'affairait avec application à remplir de sable un seau rouge tandis que sa mère lisait un roman à l'ombre d'un abri de toile. Un peu plus loin, un homme se faisait rôtir au soleil, la peau aussi écarlate qu'une carapace de homard. Deux couples que Lexy avait servis ce matin-là partageaient joyeusement leurs pique-niques en écoutant Annie Lennox sur leur lecteur de C.D. portatif.

Lexy les détestait tous d'occuper ainsi *sa* plage. Elle n'avait pas envie de les voir, surtout maintenant, quand elle était en crise. Pour mieux les ignorer, elle tourna vivement les talons et s'éloigna de cette zone trop peuplée.

Elle aperçut alors l'éclat d'une peau bronzée dans les vagues, des épaules ruisselantes et une chevelure blonde, décolorée par le soleil. On pouvait compter sur Giff pour avoir des habitudes. Invariablement, tous les après-midi, il venait ici faire un petit plongeon. Et Lexy savait qu'il avait déjà enregistré sa présence sur la plage.

Giff ne faisait pas un secret de son attirance pour elle. D'ailleurs, Lex n'était pas de nature à se formaliser de ce genre de choses, surtout lorsque cela provenait d'un homme séduisant. Aujourd'hui, elle avait plus que jamais besoin de rassurer son ego et envisagea la possibilité d'entamer avec le garçon un petit flirt, voire davantage. Juste de quoi se remettre d'aplomb et oublier les mauvais débuts de cette journée.

Les gens disaient qu'elle tenait ses charmes d'Annabelle qui, elle aussi, adorait séduire. A vrai dire, Lexy était trop jeune à l'époque, pour conserver maintenant des souvenirs précis de sa mère. Tout juste se rappelait-elle son parfum et quelques vagues images. Annabelle était une femme coquette qui aimait sourire aux hommes. Et s'il était vrai qu'elle était partie avec un amant secret, on pouvait même dire qu'elle avait fait plus que lui sourire. Du moins, c'était ce que la police avait conclu après des mois d'enquête.

Lexy aimait penser qu'elle était douée pour le sexe. On le lui avait répété si souvent qu'elle avait fini par considérer cet aspect de sa nature comme un véritable talent. Rien de mieux pour se détendre et se retrouver l'objet des plus ardentes attentions.

Elle aimait cela, cette chaleur, ces sensations multiples et si intenses. Ce rôle-là aussi, elle savait le jouer. Le moment était venu d'en faire profiter Giff Verdon.

Elle fit glisser sa serviette de bain sur le sable, en sachant pertinemment qu'il ne la quittait pas des yeux.

Tous les hommes en faisaient autant. Comme si elle se trouvait sur scène, Lexy s'appliquait à bien jouer son rôle. Négligemment, elle retira ses lunettes de soleil et les laissa glisser sur la serviette. Puis, toujours avec des gestes d'une lenteur calculée, elle ôta ses sandales. Telle une stripteaseuse, elle contrôlait chacun de ses gestes et ondulait des hanches pour faire coulisser sa courte robe de coton. Un Bikini apparut en dessous, minuscule puzzle fait de ficelles et de pastilles de toile.

D'un mouvement de tête langoureux, elle rejeta ses cheveux en arrière en les lissant des deux mains. Puis, avec un déhanchement de sirène, elle pénétra dans l'eau. Giff se laissa porter par une vague pour la rejoindre. Il savait que chaque attitude de Lexy était délibérée mais cela ne changeait rien pour lui. Chaque fois qu'il la regardait, le désir raidissait son corps à la vue de ces courbes lascives, de cette peau d'or pâle, de cette chevelure éclatante qui tombait en cascade sur des épaules parfaites. Il imagina ce que cela serait de la pénétrer, de laisser leurs deux corps flotter au rythme de l'eau. Leurs regards se croisèrent. Il vit qu'elle riait et que ses yeux reflétaient le vert de la mer.

Lexy plongea et réapparut en riant de plus belle.

« Elle est rudement froide aujourd'hui, cria-t-elle. Tu as vu ces énormes vagues ?

— D'habitude, tu ne te baignes jamais avant juin.

— Disons que j'avais besoin de me rafraîchir... » Elle se laissa porter par le courant et se rapprocha de lui. « Et de faire un peu d'exercice.

— Réjouis-toi, on annonce du froid et de la pluie pour demain.

— Mmm ! »

Elle fit la planche quelques minutes, les yeux rivés sur le ciel bleu.

« Alors je reviendrai demain... »

Tout sourires, elle se redressa et agita les bras dans l'eau tout en le regardant. Du même âge, ils avaient grandi côte à côte. Depuis l'adolescence, elle connaissait ces grands yeux bruns, des yeux de jeune chien. Pourtant, durant l'année qu'elle avait passée à New York, certains changements s'étaient produits en lui. Ses traits s'étaient affinés, sa bouche avait un dessin plus ferme et son caractère semblait plus assuré. Ses longs cils n'avaient plus ce côté féminin qui lui valait, enfant, les taquineries de ses camarades. Les cheveux d'un brun clair étaient coupés très court et parsemés de mèches décolorées par le soleil. Quand il souriait, des fossettes creusaient ses joues. Cela aussi lui avait valu des ricanements pendant sa jeunesse.

Lexy trouva que Giff avait gagné en virilité. Chaque fois qu'elle le regardait, une chaleur agréable lui chatouillait l'estomac.

« J'imagine que tu avais une bonne raison, aujourd'hui, pour venir nager ici presque nue. »

Elle rit et battit des jambes et des bras pour se maintenir à bonne distance. « Je te l'ai dit, je voulais me rafraîchir...

— J'ai entendu dire que Jo était arrivée par le ferry ce matin. »

Le sourire de Lexy disparut instantanément et ses yeux devinrent froids. « Oui, et alors ?

— Alors tu as besoin de relâcher un peu de pression, pas vrai ? Tu veux que je t'aide à le faire ? »

Elle se mit à nager vers le rivage et il se lança à sa poursuite pour la retenir par la taille.

« Même si tu ne veux pas, moi j'en ai envie...

— Ote tes sales pattes de moi ! » cria Lexy en se débattant.

La bouche de Giff se plaqua sur la sienne. Jamais elle

n'aurait cru qu'il réagirait avec autant de force et de détermination. Pas plus qu'elle n'avait réalisé que ses mains étaient aussi grandes, ses lèvres aussi sensuelles. Le goût âcre de la mer se mêlait à leurs souffles. Pour la forme, elle le repoussa une nouvelle fois tandis qu'un léger roucoulement s'échappait de sa gorge.

Mais Giff n'était pas dupe. La bouche de Lex était humide et souple, comme celle d'un petit chat. Les rêves qui le hantaient depuis plus de dix ans se réveillèrent, rehaussés de teintes fraîches et sauvages, ranimant un amour inassouvi et désespéré.

Quand elle entoura sa taille de ses deux jambes et pressa son corps contre le sien, il fut perdu.

« Seigneur ! Lex... J'ai envie de toi... J'ai toujours eu envie de toi. »

Il couvrit sa gorge de baisers fiévreux tandis que les vagues les jetaient l'un contre l'autre et emmêlaient leurs membres. Saisie d'un vertige, Lex plongea sa tête sous l'eau avant de refaire surface à la lumière éclatante du soleil, la bouche de Giff toujours rivée à la sienne. Les sens en feu, elle se plaqua plus étroitement contre lui.

« Maintenant... Oui, maintenant... »

Le désir qu'il avait d'elle était si profond, si puissant qu'il en devenait presque douloureux. Aussi loin qu'il pouvait se souvenir, il l'avait toujours désirée. Mais il savait que s'il laissait libre cours à sa passion, il perdrait Lex aussitôt.

Il lâcha sa taille pour s'emparer de ses fesses et les pétrir, les malaxer jusqu'à ce qu'il voie les yeux de la jeune femme s'assombrir puis se révulser. Alors, brusquement, il la lâcha.

« Cela fait longtemps que je t'attends, Lex. Toi aussi, maintenant, tu peux attendre. »

Elle lutta pour garder la tête hors des vagues et cracha de l'eau en le regardant d'un air hébété.

« Qu'est-ce que tu racontes ?

— Ne compte pas sur moi pour satisfaire tes envies et te voir ensuite aller ronronner ailleurs. » Il leva la main pour rejeter les cheveux mouillés qui barraient son ravissant visage. « Quand tu seras décidée à aller plus loin qu'une simple partie de jambes en l'air, tu sais où me trouver.

— Espèce de salaud !

— Le jour où tu ne seras plus en chaleur, nous en reparlerons calmement. Et alors, crois-moi, nous ferons l'amour et ce sera une expérience unique pour tous les deux. »

Elle le repoussa. « Ne me touche plus jamais, Giff Verdon !

— Ça, c'est ce qu'on verra... »

Il la regarda plonger dans une vague pour regagner la plage.

« J'ai l'intention de t'épouser ! »

Mais, déjà, elle ne l'entendait plus. « Du moins... si je ne me tue pas d'abord... », murmura-t-il en s'enfonçant sous l'eau pour apaiser son corps tourmenté.

Il sentait encore le goût de sa bouche dans la sienne.

Peut-être n'était-il pas le plus malin sur Desire, mais, en tout cas, il était sûrement le plus idiot...

Jo avait retrouvé juste assez d'énergie pour décider de faire un tour dehors. Elle venait de gagner la limite du jardin lorsque Lexy surgit devant elle sur le sentier. Sa robe mouillée lui collait au corps comme une seconde peau.

Jo la considéra quelques secondes et sentit ses épaules se raidir.

« Eh bien... je vois que tu t'es baignée. L'eau n'est pas trop froide ?

— Va au diable ! »

Encore tremblante de l'humiliation que Giff venait de lui infliger, Lexy haletait, hors d'haleine. « C'est ça, oui, va-t'en rôtir en enfer !

— Je commence à penser que j'y suis déjà... Et l'accueil que tu me réserves est encore plus réjouissant que prévu...

— Et alors ? Tu t'attendais peut-être à autre chose ? Cet endroit ne signifie plus rien pour toi ! Ni pour aucun d'entre nous, d'ailleurs.

— Comment pourrais-tu savoir ce que je ressens, Lex ?

— Tu n'as pas changé les draps ni desservi les tables comme je l'ai fait ! Quand as-tu nettoyé les toilettes pour la dernière fois ? Ou lavé un seul de ces foutus carrelages ? »

Jo considéra ses jambes encore humides et couvertes de sable.

« A te voir, je n'ai pourtant pas l'impression que c'est ce que tu as fait cet après-midi... »

Lex la défia du regard. « Je n'ai aucune explication à te donner !

— Sam l'a fait, lui », répliqua Jo.

Elle voulut s'en aller mais Lexy la retint par le bras.

« Pourquoi es-tu revenue ? »

Soudain envahie par une immense fatigue, Jo eut envie de pleurer.

« Je ne sais pas... En tout cas, ce n'était pas dans l'intention de te nuire, si cela peut te rassurer. Et je suis trop épuisée pour me battre contre toi. »

Médusée, Lexy la regarda fixement. Elle n'avait encore jamais vu Jo reculer. « Qu'est-ce qui t'arrive ?

— Je te le dirai quand le moment sera venu. » Jo repoussa la main crispée sur son bras. « Tu n'as qu'à me laisser tranquille et j'en ferai autant à ton égard. »

Puis, d'un pas vif, elle s'éloigna en descendant le sentier qui menait à la mer. C'est à peine si elle vit les dunes couvertes d'herbes brillantes. Elle ne leva pas les yeux pour regarder le vol des mouettes. Tout ce qu'elle voulait, c'était réfléchir... juste une heure ou deux, le temps de remettre de l'ordre dans ses pensées. Elle saurait peut-être alors quoi faire et comment leur parler. Si jamais c'était encore possible.

Devrait-elle mentionner sa dépression nerveuse ? Expliquer qu'elle venait de passer quinze jours à l'hôpital parce que ses nerfs avaient lâché et que quelque chose dans son cerveau s'était détraqué ? Comment réagiraient-ils ? Lui témoigneraient-ils de la compassion ou de l'hostilité ? Ou peut-être les deux ?

Après tout, qu'est-ce que cela pouvait faire ?

Et pourrait-elle leur parler de la photo ? Peu importait qu'elle soit à couteaux tirés avec eux, c'était tout de même sa famille. Accepteraient-ils de se retrouver brutalement plongés dans le passé, d'affronter de nouveau une souffrance qu'ils s'efforçaient à jamais d'oublier ? Et comment prouver ses dires puisque la photo avait disparu ?

Tout comme Annabelle avait disparu.

Ils penseraient sûrement qu'elle était folle. Cette pauvre Jo Ellen... complètement timbrée...

Faudrait-il aussi leur dire qu'à sa sortie d'hôpital, elle était restée cloîtrée chez elle des jours et des jours, sursautant à chaque bruit, tremblant devant chaque ombre ? Elle avait tout retourné dans l'appartement, sans réussir à retrouver la photo.

Et si elle n'avait jamais existé ?

Non, impossible. Le cliché était encore gravé dans sa mémoire. Elle en revoyait la texture, les tons, la composition. Sa mère paraissait encore jeune avec ses longs cheveux ondulés, sa peau satinée. Presque l'âge de Jo aujourd'hui.

Annabelle avait-elle été aussi nerveuse et émotive que sa fille ? Etait-elle vraiment partie avec un amant ? En tout cas, si cette hypothèse se vérifiait, elle s'était montrée intelligente et discrète, ne donnant aucun signe d'infidélité ou de lassitude dans sa vie conjugale et familiale.

Ce qui n'avait pas empêché les gens de jaser par la suite. Enfant, Jo avait entendu certaines de ces vilaines rumeurs. Oui, les langues avaient marché bon train.

Papa s'était-il douté de quelque chose ? Un homme devait bien être capable de sentir si sa femme était insatisfaite et malheureuse. Jo savait que ses parents se disputaient souvent à propos de l'île. Cette querelle avait-elle suffi à pousser Annabelle loin de sa maison, de son mari, de ses enfants ? Comment avait-elle aussi facilement laissé derrière ceux qui l'aimaient ?

Avec le temps, les souvenirs de cette époque s'estompaient, mais des échos de rires y résonnaient encore. Elle revoyait des images fugitives : ses parents s'embrassant dans la cuisine, ou marchant main dans la main sur la plage. Des images vagues, fanées par les années, comme un vieux tirage photographique. Mais elles n'en demeuraient pas moins là, bien réelles, au fond de sa mémoire.

Un crissement de pas lui fit relever la tête. Le soleil projeta une ombre sur le sol. Il portait une casquette qui lui protégeait les yeux en avançant d'une démarche souple et légère. D'autres images depuis longtemps enfouies surgirent dans l'esprit de Jo. Elle se vit petite fille, les cheveux au vent, dévalant le sentier en riant. Il avait tendu les bras pour la soulever de terre et l'élever bien haut dans les airs avant de la serrer contre lui.

« Bonjour, papa.

— Jo Ellen... »

Il s'arrêta à quelques pas d'elle pour la contempler. Il comprit ce qu'avait voulu dire Kate à propos de sa santé. Sa fille paraissait en bien piteux état avec son teint blafard. Ne sachant s'il devait la toucher ou si cela l'aurait effarouchée, il finit par enfouir ses mains dans ses poches.

« Kate m'a dit que tu étais de retour.

— Je suis arrivée par le ferry ce matin », répondit-elle, tout en sachant que cette précision n'était pas nécessaire.

Pendant un long moment, ils restèrent sans parler, embarrassés et gauches comme deux étrangers. Sam remua les pieds.

« Tu as des problèmes ?

— Je suis juste venue me reposer un peu.

— C'est vrai que tu as l'air fatigué.

— Le surmenage, probablement. »

Les sourcils froncés, il jeta un coup d'œil à l'appareil photo accroché autour de son cou. « Tant que tu te balades avec ce truc-là, je doute que tu prennes du repos. »

D'un geste distrait, elle posa la main sur l'objectif.

« Les vieilles habitudes sont difficiles à perdre.

— C'est vrai. » Il prit une profonde inspiration. « Il y a une belle lumière sur l'eau aujourd'hui. Cela devrait te permettre de faire de jolies photos.

— Je vais aller voir ça. Merci.

— Prends un chapeau, la prochaine fois. Le soleil tape fort.

— Oui, tu as raison. Je m'en souviendrai. »

Comme il ne trouvait plus rien à dire, il fit un signe de tête et poursuivit son chemin.

« N'oublie pas le soleil, lança-t-il encore une fois.

— Non, non, ne t'inquiète pas. »

Vivement, elle se détourna et se remit à marcher plus vite. Elle avait senti sur son père les parfums de l'île, un parfum riche, profond. Et cela lui brisa le cœur.

Bien loin de là, dans la lumière rougeâtre de la chambre noire, il glissa la planche contact dans le bac à développement. Il adorait recréer ainsi des moments vieux de tant d'années, observer l'image s'imprimer de nouveau sur le papier, ombre après ombre, ligne après ligne.

Elle était retournée à *Sanctuary*. L'idée le fit rire tout bas et une expression d'intense satisfaction anima ses traits. Excellent, oui, excellent... C'était là qu'il voulait qu'elle soit. Sinon, il aurait déjà pu la prendre ici une demi-douzaine de fois. Mais tout devait être parfait. Il connaissait la beauté de la perfection et le plaisir infini de s'appliquer à la créer.

Non plus Annabelle, mais la fille d'Annabelle. Et la boucle serait bouclée. Elle serait son triomphe, son chef-d'œuvre.

La traquer, l'attraper, la tuer.

Et fixer chaque étape de ce processus sur la pellicule...

Oui, Jo apprécierait certainement. C'était dur d'attendre pour lui expliquer tout cela. Elle était la seule qui pouvait comprendre son ambition et son art. Cela créait déjà entre eux une sorte d'intimité. Bientôt, ils allaient se connaître mieux encore.

En souriant, il sortit la photo pour la plonger dans le bac de rinçage avant de la placer dans le fixateur. Il vérifia avec soin la température du bain et attendit patiemment que la sonnerie se déclenchât, indiquant que l'opération était terminée. Après quoi, il alluma et examina le cliché tout à son aise.

Magnifique. Absolument magnifique. Une composition vraiment très réussie. La lumière baignait la scène d'un éclat dramatique, dessinant un halo autour des cheveux, soulignant les ombres et les reliefs en rehaussant les nuances délicates de la peau.

Plus que jamais il se sentait proche d'elle, lié par cet amour commun de la photo qui savait refléter les plus subtiles vérités de la vie. Il pouvait à peine attendre de lui envoyer le cliché suivant mais il fallait se contrôler et choisir le bon moment avec le plus grand soin.

A ses côtés, sur la table de travail, un cahier aux pages froissées était couvert de lignes serrées dont l'encre avait pâli.

« Le but ultime de mon travail, c'est de capturer l'instant décisif, cette brève et fugitive seconde où tous les éléments, toute la dynamique d'un sujet atteignent leur apogée. C'est au moment de la mort que tous ces paramètres se retrouvent le mieux réunis. Le photographe doit alors faire preuve d'un contrôle absolu de ses émotions pour saisir sur la pellicule ce qu'il a planifié et mis en scène. Par cet acte suprême, le sujet et l'artiste ne font plus qu'un, l'auteur devient lui-même un élément de l'image qu'il a créée.

» Je ne veux tuer qu'une seule femme et intervenir uniquement au moment décisif. Cette femme, je l'ai choisie entre toutes.

» Elle s'appelle Annabelle. »

Avec un petit soupir, il suspendit le cliché pour le faire sécher et orienta la lampe afin de l'examiner de près.

« Tu étais si jolie..., murmura-t-il. Et ta fille te ressemble tant... »

Il abandonna Annabelle qui braquait sur lui son regard fixe, si fixe, et sortit pour mettre au point les derniers détails de son voyage à Desire.

— Magnifique. Absolument magnifique. Une composition vraiment très réussie. La lumière baignait la scène d'un éclat dramatique, dessinant un halo autour des cheveux, soulignant les ombres et les reliefs en rehaussant les nuances délicates de la peau.

Plus que jamais il se sentait proche d'elle, lié par cet amour commun de la photo qui savait refléter les plus subtiles vérités de la vie. Il pouvait à peine attendre de lui envoyer le cliché suivant mais il fallait se contrôler et choisir le bon moment avec le plus grand soin.

A ses côtés, sur la table de travail, un cahier aux pages froissées était couvert de lignes serrées dont l'encre avait pâli.

« Le but ultime de mon travail, c'est de capturer l'instant décisif, cette brève et fugitive seconde où tous les éléments, toute la dynamique d'un sujet atteignent leur apogée. C'est au moment de la mort que tous ces paramètres se retrouvent le mieux réunis. Le photographe doit alors faire preuve d'un contrôle absolu de ses émotions pour saisir sur la pellicule ce qu'il a planifié et mis en scène. Par cet acte suprême, le sujet et l'artiste ne font plus qu'un. L'auteur devient lui-même un élément de l'image qu'il a créée.

« Je ne veux tuer qu'une seule femme et intervenir uniquement au moment décisif. Cette femme, je l'ai choisie entre toutes.

» Elle s'appelle Annabelle. »

Avec un petit soupir, il suspendit le cliché pour le faire sécher et orienta la lampe afin de l'examiner de près.

« Tu étais si jolie... murmura-t-il. Et ta fille te ressemble tant... »

Il abandonna Annabelle qui braquait sur lui son regard fixe, si fixe, et sortit pour mettre au point les derniers détails de son voyage à Desire.

5.

Le ferry avançait au milieu du détroit de Pelican Sound en direction de Lost Desire. Nathan Delaney se tenait à tribord, appuyé à la rambarde ainsi qu'il l'avait fait quand il n'était encore âgé que de dix ans. Il ne s'agissait plus du même ferry, évidemment, et il y avait longtemps qu'il n'était plus un petit garçon. Mais il désirait recréer ce moment aussi exactement que possible.

Une brise fraîche soufflait du large, apportant avec elle des effluves sauvages et mystérieux. Dans ses souvenirs, il faisait plus chaud, mais il est vrai qu'on était alors fin juin et non à la mi-avril, comme maintenant. Il se revoyait aux côtés de ses parents et de son jeune frère, tous rassemblés sur le pont tribord, brûlant d'impatience d'entrevoir enfin Lost Desire, l'île sur laquelle ils devaient passer l'été.

Le panorama était identique à celui que l'on contemplait encore aujourd'hui. De majestueux chênes verts couverts de mousse apparaissaient à l'horizon au-dessus des marais et, plus loin, on distinguait des bosquets de palmistes. Les massifs de magnolias, avec leurs feuilles lustrées, n'étaient pas encore en fleur à cette saison. Nathan ne se souvenait d'ailleurs pas s'ils étaient déjà fleuris à l'époque. Mais il est vrai qu'un jeune garçon avide d'explorer un monde inconnu ne devait guère prêter attention aux fleurs.

Il leva les jumelles qui pendaient à son cou. Ce jour-là, son père l'avait aidé à faire la mise au point pour qu'il pût apercevoir le bref éclat de couleur d'un pivert. Comme de juste, il s'était ensuivi une bagarre entre les deux frères, Kyle réclamant à grands cris les jumelles que Nathan s'obstinait à ne pas lâcher.

Il se souvint de sa mère qui riait en les regardant, et de son père qui se penchait pour chatouiller Kyle afin de détourner son attention. Nathan se représenta en pensée l'image qu'ils devaient alors former tous les quatre : une jolie femme, aux cheveux flottant au vent, aux yeux noirs brillant de gaieté et d'excitation ; les deux garçons, robustes, sains, éternellement occupés à se chamailler. Et l'homme, grand et brun, avec de longues jambes et une silhouette élancée.

A présent il ne restait plus que lui, Nathan. Il ressemblait plutôt à son père et le solide garçonnet était devenu un homme à la silhouette longiligne. Quand il se regardait dans la glace, il retrouvait des traits de son père dans ses joues creuses et ses yeux d'un gris sombre. De sa mère, il avait hérité une bouche au dessin ferme et des cheveux d'un brun profond, rehaussés de reflets cuivrés. Son père disait souvent qu'ils avaient la couleur du vieil acajou.

Nathan se demanda fugitivement si les enfants n'étaient qu'un assemblage des gènes de leurs parents. Et il frissonna.

Abandonnant ses jumelles, il regarda les côtes de l'île se matérialiser à l'horizon. On pouvait distinguer maintenant les teintes multicolores des fleurs sauvages : le rose et le violet des lupins, le blanc de l'oxalide. Quelques maisons s'éparpillaient le long de chemins sinueux, une crique apparut puis disparut presque aussitôt derrière une ligne d'arbres. Les ombres profondes de la forêt apportaient une atmosphère de mystère. C'était là, autrefois, que vivaient des chevaux et des cochons sauvages. La surface des marais miroita et les hautes herbes vertes et or ondulèrent dans la lumière éclatante du matin.

La distance rendait le paysage brumeux, comme s'il avait surgi d'un rêve. Soudain Nathan repéra un éclat blanc sur une hauteur. Instantanément il devina de quoi il s'agissait : le soleil se reflétant sur les vitres de *Sanctuary*. Ses yeux ne quittèrent pas la maison jusqu'à ce qu'elle disparût de sa vue après que le ferry eut viré de bord pour se diriger vers le quai.

Il s'éloigna de la rambarde et regagna sa jeep. Là, assis dans la voiture avec pour seule compagnie le bourdonnement des moteurs du bateau, il se demanda s'il n'avait pas perdu la raison. Pourquoi s'être entêté ainsi à revenir sur l'île pour marcher sur les traces du passé ?

En quittant New York, il avait embarqué toutes ses affaires dans la jeep — très peu, en réalité, car il n'avait jamais eu besoin de grand-chose. Au moment de son divorce, deux ans plus tôt, Maureen avait tenu à récupérer presque tout ce qu'ils possédaient dans leur appartement du West Side. Il l'avait laissée faire, ce qui leur avait épargné beaucoup de temps et pas mal de querelles. A la fin, il ne lui restait plus que ses vêtements et un matelas.

Ce chapitre de sa vie était clos, désormais, le laissant libre de se consacrer exclusivement à son travail. Concevoir des immeubles et des maisons représentait pour lui à la fois un métier et une passion. Il avait voyagé, installé un peu partout sa planche à dessin et son ordinateur pour étudier les styles les plus divers : églises italiennes, cathédrales françaises ou villas ultramodernes du sud-ouest américain, tout était pour lui source d'inspiration.

Il avait savouré avec bonheur cette nouvelle indépendance, cette existence uniquement vouée au travail et à la création. Et puis, brutalement, il avait perdu ses parents. Et il s'était perdu lui-même.

Maintenant, il se retrouvait à Desire en espérant réussir à reconstituer les morceaux d'un passé brisé. Il s'était promis d'y rester six mois, jugeant de bon augure d'avoir pu louer le même cottage que celui qu'ils avaient occupé cet été-là. Il pourrait y retrouver l'écho de leurs voix, peut-être même y voir leurs fantômes... Et il retournerait à *Sanctuary*.

Est-ce que les enfants d'Annabelle se souviendraient de lui ? Il allait bientôt le savoir, pensa-t-il tandis que le ferry heurtait le quai. Patiemment, il attendit son tour pendant qu'on retirait les cales qui bloquaient le pick-up, devant lui. Une famille de cinq personnes s'y était entassée avec tout un attirail de camping. En les regardant, il se demanda comment on pouvait aimer dormir par terre sous une tente et considérer cela comme des vacances.

Des nuages passèrent devant le soleil, voilant un instant sa lumière. Nathan leva les yeux et fronça les sourcils en remarquant la course rapide des nuages venant de l'est. Dans cette région, il s'en souvenait, la pluie pouvait surgir soudainement et noyer le paysage de brusques averses. A leur arrivée, se rappela-t-il, il avait plu pendant trois jours consécutifs. Confinés dans le bungalow, Kyle et lui s'étaient transformés en véritables lions et se bagarraient sans cesse.

Ce souvenir lui arracha un sourire et il se demanda comment leur mère avait pu supporter avec tant de patience leurs interminables querelles.

Lentement, il conduisit la jeep hors du ferry et s'engagea sur la route défoncée qui partait du quai. Un rock and roll assourdissant s'échappait des fenêtres ouvertes du pick-up. Ils prennent déjà du bon temps, pensa-t-il.

Qu'il pleuve ou non, ils sont heureux d'être en vacances. Je ferais bien de les imiter et de profiter au mieux de cette première matinée.

Il allait revoir *Sanctuary* mais, cette fois, il regarderait la maison avec des yeux différents, en architecte. Il se rappela que la partie centrale était construite en style colonial — larges vérandas, somptueuses colonnades, fenêtres hautes et étroites. Enfant, déjà, cela l'avait impressionné. Des gargouilles ornaient les gouttières et il s'était amusé à terroriser Kyle en lui affirmant qu'elles se mettaient à vivre et à chasser, la nuit.

Flanquant le corps central de l'édifice, une tour s'ornait d'un chemin de guet, de balcons en saillie et de balustrades en fer forgé. Une pierre délicatement teintée avait servi à la construction des cheminées, mais la maison elle-même avait été bâtie en chêne et en cyprès de l'île.

La jeep avançait en cahotant sur la route et il aperçut un fumoir à harengs et des masures qui, autrefois, servaient aux esclaves et tombaient à présent en ruine. Avec Brian et Kyle, ils y avaient déniché un jour un serpent à sonnette lové dans un coin sombre.

La forêt était peuplée de cerfs et les marais abritaient l'immobilité faussement somnolente des alligators. L'air vibrait de bruissements et de murmures, un endroit idéal pour de jeunes garçons rêvant de grandes aventures, hanté par des fantômes, lourd de dangereux secrets.

Il dépassa les marais de la rive ouest avec leurs boues grouillantes de vie et leurs troncs d'arbre qui dérivaient mollement et formaient des îlots flottants. Le vent se levait, caressant les hautes herbes. Deux aigrettes patrouillaient sur les rives, leurs longues pattes semblables à des échasses.

Puis ce fut la forêt, lourde de sève, profonde, exotique.

Nathan ralentit pour laisser la voiture qui le précédait disparaître de sa vue. Ici, tout était silence et mystère. Des ombres épaisses rampaient sur le sol et la mousse qui tapissait les branches ressemblait à de monstrueuses toiles d'araignées.

Le cœur de Nathan se mit à cogner désagréablement contre sa poitrine tandis que ses mains se crispaient sur le volant. Il coupa le moteur et se laissa pénétrer par le silence de la forêt et par la voix du vent.

Des fantômes, pensa-t-il. Il y en avait partout. Il suffisait seulement de les chercher. Et quand il les aurait trouvés, qu'arriverait-il ? Ces ombres du passé retourneraient-elles à leurs royaumes nocturnes ou bien continueraient-elles à le hanter, nuit après nuit, en chuchotant des secrets dans son sommeil ? Verrait-il en premier le visage de sa mère ou celui d'Annabelle ? Laquelle des deux se lamenterait le plus fort ?

Il poussa un long soupir et se surprit à tâtonner dans sa poche à la recherche d'un paquet de cigarettes. Cela faisait pourtant un an qu'il avait arrêté de fumer. Inquiet, il tourna la clé de contact mais n'obtint comme résultat que quelques hoquets poussifs qui s'échappèrent du moteur. Il mit le starter et recommença l'opération deux ou trois fois. Sans résultat.

« Une panne, maugréa-t-il. C'est bien ma veine. »

Résigné, Nathan sortit et ouvrit le capot. Presque aussitôt, il sentit sur son dos les premières gouttes d'une pluie fine. Quelques secondes plus tard, elle se mettait à tambouriner sur sa tête.

« De mieux en mieux... »

Les mains dans les poches, il contempla le moteur, l'air renfrogné. Il aurait dû se méfier quand son ami lui avait gaiement donné en prime une boîte à outils avec la voiture. Il se demanda s'il ne devait pas en sortir une clé anglaise pour asséner de grands coups sur le moteur. Certes, ce ne serait guère utile mais au moins cela le défoulerait.

Il fit un pas en arrière, leva les yeux et sentit une onde glacée le parcourir.

A la lisière de la forêt, un fantôme l'observait.

Annabelle.

Elle se tenait debout sous la pluie, immobile comme une biche, ses cheveux acajou mouillés et emmêlés, ses grands yeux bleus paisibles et tristes. Les intestins de Nathan se nouèrent dans son ventre et ses jambes se dérobèrent. Il eut à peine le temps de s'appuyer contre l'aile de la jeep pour ne pas perdre l'équilibre.

L'apparition se mit en mouvement et avança vers lui. Il réalisa alors qu'il ne s'agissait pas d'un fantôme. Ce n'était pas Annabelle mais une femme bien réelle. Sa fille, sûrement. Qui d'autre pourrait lui ressembler à ce point ?

L'air s'échappa enfin de ses poumons et le rythme de son cœur reprit son cours normal.

« Un problème avec votre moteur ? »

Elle avait prononcé ces mots d'un ton léger mais, de la manière dont il la regardait, elle se dit qu'elle aurait sans doute mieux fait de rester sous le couvert des arbres et de le laisser se débrouiller tout seul. « Je suppose que vous ne restez pas planté là sous la pluie uniquement pour profiter de la vue ?

— Non, non... bien sûr. »

Il fut rassuré de constater qu'il avait pu parler d'une voix à peu près normale. « C'est seulement que... ma voiture ne veut pas démarrer. »

En le regardant, Jo trouva que l'homme avait un visage vaguement familier. Un bon visage, solide, osseux, viril. Des yeux intéressants, gris et très directs. Il aurait fait un bon sujet de photographie si elle s'était sentie d'humeur à travailler.

« Et vous avez découvert ce qui ne va pas ? »

Nathan trouva que sa voix, marquée par le riche accent du Sud, était mélodieuse. Il se détendit imperceptiblement.

« Pour ce que j'en sais, le moteur est toujours à la même place. C'est déjà ça...

— Hmm !

— En fait, j'étais en train de me demander combien de temps je devais continuer à le regarder en ayant l'air d'y connaître quelque chose. »

Elle lui jeta un regard surpris.

« Vous ne savez pas comment réparer votre voiture ? »

Son étonnement l'irrita.

« Non, je ne sais pas. Je porte aussi des chaussures et je n'ai pas la moindre idée de la manière dont on tanne le cuir... »

Tout en parlant, il s'apprêta à refermer le capot mais elle l'arrêta d'un geste.

« Laissez. Je vais y jeter un coup d'œil. »

C'était au tour de Nathan de se montrer surpris.

« Vous travaillez dans un garage ?

— Non, mais je possède quelques notions de mécanique. »

Elle l'écarta doucement du coude et commença par vérifier les fils de la batterie. « Tout a l'air en ordre de ce côté-là mais vous devriez plutôt vérifier vos bougies. Le climat de l'île entraîne une corrosion rapide.

— Enchanté de l'apprendre. Je compte rester ici six mois... »

Il se pencha à son tour sur le moteur et plissa les yeux.

« Que dois-je contrôler, disiez-vous ?

— Vos bougies. L'humidité, ici, est redoutable pour les moteurs. Poussez-vous, vous me gênez.

— Excusez-moi... »

Nathan s'écarta. « Elle ne me reconnaît pas », pensa-t-il. Au fond, cela valait peut-être mieux pour l'instant.

« Vous vivez ici ?

— Plus maintenant », répondit-elle brièvement.

Embarrassée par son appareil photo, elle fit coulisser la courroie pour le faire passer sur son dos. Nathan en profita pour examiner discrètement l'appareil. C'était un Nikon, modèle haut de gamme, qui avait manifestement beaucoup servi. Un outil de professionnel. Son père en avait possédé un semblable autrefois et lui aussi en avait un.

« Vous étiez en train de prendre des photos sous la pluie ? demanda-t-il négligemment.

— Il ne pleuvait pas quand je suis sortie. » Elle continua d'explorer le moteur. « La courroie de votre ventilateur ne me semble guère vaillante. Remplacez-la avant qu'elle ne vous lâche. »

Elle se redressa, apparemment indifférente à la pluie qui, maintenant, tombait à verse. « Remontez et essayez de démarrer. Je voudrais entendre le bruit que ça fait.

— C'est vous le chef. »

Elle esquissa un rapide sourire tandis qu'il grimpait dans la jeep. Son ego de mâle en avait manifestement pris un coup, pensa-t-elle. La tête penchée, elle écouta les hoquets du moteur. « Mettez de nouveau le contact ! »

Il obéit et l'entendit marmonner quelque chose.

« Quoi ?

— C'est le carburateur », répéta-t-elle en triturant un câble. « Essayez encore... »

Cette fois, le moteur répondit et se mit à ronronner. Avec un hochement de tête satisfait, elle referma le capot et s'appuya à la portière, côté conducteur. « Le carburateur était coincé. Votre voiture a besoin d'une bonne révision.

— Je viens de l'acheter à quelqu'un que je considérais comme un ami.

— N'achetez jamais rien à un ami, c'est ce qu'on dit toujours. En attendant, maintenant, vous êtes en mesure de rouler. Au revoir. »

Elle recula d'un pas pour le laisser partir mais il fut plus rapide et lui saisit la main. Il vit qu'elle avait des mains longues, fines, élégantes.

« Laissez-moi vous déposer. Il pleut. C'est vraiment la moindre des choses que je puisse faire.

— Inutile. Je peux...

— Mais je pourrais retomber en panne. » Il lui adressa un sourire enjôleur. « Et qui, alors, arrangera mon carburateur ? »

Elle réfléchit rapidement. A quoi bon refuser ? Et pourquoi se sentait-elle bêtement prise au piège simplement parce qu'il avait posé une main sur la sienne ?

« Comme vous voulez », lâcha-t-elle avec un haussement d'épaules.

Elle secoua légèrement la main et il la libéra aussitôt. Puis elle fit le tour de la voiture et vint s'installer sur le siège, toute dégoulinante d'eau.

« L'intérieur a l'air en bon état. Ce n'est pas comme le moteur.

— C'est parce que celui que je considérais comme un ami me connaît très bien », répliqua Nathan.

Il mit les essuie-glaces en route et se tourna vers la jeune femme. « Où allons-nous ?

— Contentez-vous de suivre cette route. Vous tournerez à droite au premier embranchement. *Sanctuary* n'est pas loin. Mais rien n'est loin, sur Desire.

— Parfait, alors. Figurez-vous que je me rends justement là-bas.

— Vraiment ? »

L'air, dans la jeep, était lourd, épais. La pluie tambourinait sur le toit et semblait les isoler du reste du monde, dissimulant les arbres dans la brume, étouffant les bruits. Mal à l'aise, Jo se força à tourner la tête pour le regarder.

« Vous allez séjourner dans la grande maison ?

— Non. Je vais seulement y prendre les clés du bungalow que j'ai loué.

— Pour six mois, avez-vous dit ? » Elle fut soulagée de le voir détourner les yeux pour reporter son attention sur la route. « Ce sont de longues vacances.

— J'ai emporté du travail. Et puis je voulais changer de décor pour quelque temps.

— Desire est bien loin de chez vous... »

Elle esquissa un sourire devant son regard interrogateur. « En Georgie, tout le monde sait identifier un Yankee au premier coup d'œil. Et avant même qu'il ouvre la bouche. On le reconnaît déjà rien qu'à sa manière de se déplacer. »

Jo rejeta ses cheveux mouillés en arrière. En rentrant à pied, pensa-t-elle, elle n'aurait pas eu besoin de faire la conversation. Mais il est vrai que la pluie avait redoublé.

« Vous avez loué Little Desire Cottage, près de la rivière ?

— Comment le savez-vous ?

— Oh, par ici, on sait tout sur tout le monde ! D'ailleurs c'est ma famille qui tient l'hôtel et loue les bungalows. Il se trouve que j'ai personnellement remis de l'ordre à Little Desire, apporté du linge propre et tout ce dont un Yankee peut avoir besoin pour un séjour de six mois.

— Je vois. Non contente d'être mon mécanicien, vous voilà aussi ma propriétaire et mon intendante. Quel privilège. Dois-je également vous appeler si mon évier se bouche ?

— Si cela arrive, ouvrez le placard et sortez la pompe. Je vous donnerai la marche à suivre par écrit. Ralentissez, voici l'embranchement. »

Nathan tourna à droite. La route montait.

« Bon, dit-il, essayons autrement. Qui dois-je appeler si j'ai envie de poser quelques steaks sur le gril, ouvrir une bouteille de vin et vous inviter à dîner ? »

Jo lui jeta un regard froid. « A ce jeu-là, vous auriez davantage de chance avec ma sœur Alexa.

— Pourquoi ? Elle sait aussi réparer les carburateurs ? »

Avec un petit rire, Jo secoua la tête. « Non, mais elle est très décorative et elle adore se faire inviter par des messieurs.

— Pas vous ?

— Disons que je suis plus sélective que Lexy.

— Hmm ! » Nathan posa une main sur sa poitrine. « Touché. En plein cœur.

— Si je vous dis cela, c'est juste pour nous éviter à tous deux une perte de temps. Ah, voilà *Sanctuary* ! »

Il vit la maison se profiler à travers le rideau de pluie, émergeant progressivement de la brume. C'était une belle et grande demeure, élégante comme une femme du Sud qui se serait mise en frais pour recevoir. Vraiment féminine, pensa Nathan, avec ses lignes fluides et cette blancheur virginale. Le dessin des hautes fenêtres était adouci par des arches délicates et des balcons en fer forgé d'où ruisselaient des fleurs éclatantes.

Le jardin affichait une joyeuse exubérance et, sur le passage de la voiture, Nathan eut l'impression que les fleurs, alourdies par la pluie, inclinaient leurs jolies têtes comme pour le saluer.

« C'est magnifique », murmura-t-il plus pour lui-même que pour sa passagère. « Les ajouts récents sont parfaitement adaptés à la structure originale et ils la mettent en valeur. On ne peut pas parler véritablement de modernisation. Il s'agit plutôt d'une juxtaposition harmonieuse de styles, essentiellement caractéristiques du Sud, plus classiques que typiques. Elle ne pourrait être plus parfaite si l'île avait été conçue pour elle et non le contraire. »

Ce fut seulement après avoir arrêté le moteur qu'il eut conscience du regard intrigué que Jo posait sur lui.

« Pardonnez-moi... Je ne vous ai pas encore dit que j'étais architecte. Quand je vois des constructions comme celle-ci, ma vieille passion me reprend.

— Dans ce cas, vous désirez sûrement visiter l'intérieur.

— Dites plutôt que j'adorerais ça. Et n'oubliez pas que je vous dois un dîner.

— Ce sera ma cousine Kate qui vous fera faire le tour de la maison », précisa Jo en descendant de la jeep. « *Sanctuary* nous vient des Pendleton. Kate sera donc mieux à même de vous donner toutes les explications nécessaires. Mais ne restez pas là sous la pluie. Entrez vous sécher et prendre les clés. »

D'un pas vif, elle gravit les marches du perron et s'immobilisa un court instant sur le seuil de la véranda pour secouer ses cheveux trempés.

« Seigneur ! s'exclama Nathan en la rejoignant, regardez cette porte de bois sculpté ! »

Il s'étonna intérieurement de ne pas en avoir gardé le souvenir. Mais il est vrai qu'alors, il avait l'habitude d'entrer en courant pour se rendre directement dans la cuisine.

« C'est de l'acajou du Honduras, dit Jo. Importé au début du XIXe siècle, bien avant que l'on ne s'émeuve du déboisement de la forêt tropicale. »

Tout en parlant, elle tourna la lourde poignée de cuivre et ils pénétrèrent dans le grand hall de *Sanctuary*.

« Les planchers sont en cœur de pin... » commença-t-elle.

A cet instant, elle eut la vision de sa mère occupée à cirer avec application le plancher.

« ... et l'escalier principal possède une rampe en chêne sculpté. Ces travaux ont été exécutés lorsque le domaine était une plantation de coton. Le lustre que vous voyez là est plus récent. Il a été acheté en France par la femme de Stewart Pendleton, le grand manitou de la marine marchande. C'est lui qui a rebâti la grande maison et ajouté les ailes. La plupart du mobilier a disparu pendant la guerre de Sécession mais Stewart et sa femme ont beaucoup voyagé. Ils ont ainsi glané un peu partout des meubles anciens pour *Sanctuary*.

— Ma foi, ils ne manquaient pas de goût », observa Nathan en admirant le vaste hall avec sa volée de marches parfaitement astiquées. Le lustre de cristal étincelait comme une fontaine au soleil.

« Ils avaient aussi de l'argent », précisa Jo.

Elle se força à demeurer patiente pour laisser son hôte prendre le temps de tout regarder.

Encadrés par des panneaux de bois sombre richement sculptés et surmontés d'un haut plafond décoré de moulures en plâtre, les murs jaune pâle donnaient l'illusion d'une fraîcheur bienfaisante, infiniment précieuse au cœur des étouffants après-midi d'été. Le mobilier, pesant et lourd, convenait à ce vaste espace. Deux fauteuils George II aux dossiers en forme de coquille entouraient une crédence sur laquelle on avait posé une vasque de cuivre débordant de lis. Les fleurs immaculées diffusaient un parfum douceâtre et entêtant.

Bien que non collectionneur, Nathan reconnut un cabinet flamand en chêne sculpté. Plus loin, surplombant une tablette de marqueterie, un miroir orné d'un trumeau de bois doré mêlait la délicatesse du style Reine Anne à la magnificence de l'époque Louis XV. C'était une combinaison hardie et remarquablement réussie.

« Incroyable... »

Les mains dans les poches, il se tourna vers Jo. « Un sacré endroit pour vivre.

— Plus que vous ne l'imaginez. » Elle avait répliqué d'une voix sèche teintée d'amertume. Consciente de s'être imprudemment dévoilée, elle s'empressa d'ajouter : « La réception se trouve dans le salon, là-bas... »

Elle traversa le hall et pénétra dans la première pièce à droite. Quelqu'un avait allumé du feu dans la cheminée pour réchauffer ce jour pluvieux. Elle se dirigea vers l'imposant bureau Chippendale, ouvrit le tiroir du haut et fouilla dans les papiers à la recherche du contrat de location du bungalow. A l'étage au-dessus, dans l'aile réservée à la famille, on trouvait également des classeurs et un ordinateur que Kate pratiquait toujours avec difficulté. Mais les hôtes n'avaient pas accès à cet espace privé de la propriété.

« Ah, voilà le dossier de Little Desire Cottage », annonça Jo en ouvrant une chemise cartonnée.

Rapidement, elle lut la signature du reçu : Nathan Delaney.

« Tenez, voici les clés. Celle-ci ouvre les deux portes d'entrée, l'autre est celle du sous-sol. A votre place, je n'y entreposerais rien d'important car la rivière est proche et il peut toujours y avoir des inondations.

— Je m'en souviendrai.

— J'ai fait brancher le téléphone hier. Les appels seront reportés directement sur votre facture mensuelle. »

Elle sortit un mince dossier d'un autre tiroir. « Vous trouverez ici tous les renseignements nécessaires : horaires du ferry, heures des marées, services de location de bateaux. Vous y trouverez aussi une description détaillée de l'île : historique, flore, faune... Pourquoi me fixez-vous ainsi ?

— Vous avez des yeux magnifiques. Difficile de ne pas les regarder. »

Elle lui fourra le dossier dans les mains.

« Regardez plutôt ces pages si vous voulez réussir votre séjour.

— Bien, bien... » Nathan feuilleta distraitement le dossier. « Etes-vous toujours aussi nerveuse ou c'est moi qui vous mets dans cet état ?

— Je ne suis nullement nerveuse, monsieur Delaney, mais pressée. Voyez-vous, il n'y a pas que des gens en vacances, ici. Vous avez d'autres questions concernant le bungalow ?

— Si c'est le cas, je vous le ferai savoir.

— Alors veuillez apposer vos initiales au bas de cette page pour confirmer votre accord. Après quoi, vous pourrez vous en aller. »

Il sourit et prit le stylo qu'elle lui tendait, intrigué de voir la jeune femme abandonner aussi vite la traditionnelle hospitalité du Sud.

« C'est bon, je pars, dit-il, mais je reviendrai...

— Le petit déjeuner, le déjeuner et le dîner sont servis dans la salle à manger. Les heures des repas sont indiquées dans votre dossier. On peut également se procurer des repas froids pour un pique-nique. »

Plus il l'écoutait et plus il appréciait sa voix. Elle évoquait la pluie. Quant à ses jolis yeux bleus, ils reflétaient la même tristesse que celle d'un oiseau aux ailes brisées.

« A propos, aimez-vous les pique-niques ? »

Elle poussa un profond soupir, lui reprit le stylo et griffonna ses propres initiales sous la signature. « Vous perdez votre temps à essayer de me séduire, monsieur Delaney. Je ne suis pas intéressée. »

Il examina les initiales : *J. E. H.*

« Je m'appelle Jo Ellen Hathaway », précisa-t-elle en espérant le faire partir plus vite.

« Eh bien, cela a été un plaisir d'avoir été sauvé par vous, Jo Ellen », déclara-t-il en lui tendant la main.

Un quart de seconde, elle hésita à la saisir.

« Pour la révision de votre voiture, consultez Zeke Fitzsimmons. Bon séjour sur Desire.

— Il a commencé mieux que je ne m'y attendais.

— Alors c'est que vous ne placez pas bien haut la barre de vos espoirs. »

Elle retira promptement sa main et le conduisit à travers le hall jusqu'à la grande porte. « La pluie a cessé et le brouillard s'est levé. Je pense que vous trouverez aisément le bungalow.

— Espérons. On se reverra, Jo Ellen. »

« Il le faudra bien, songea-t-il. Et pour de multiples raisons. »

Elle inclina la tête, referma doucement la porte et le laissa seul sur le perron de la véranda.

6.

Le troisième jour de son arrivée sur Desire, Nathan s'éveilla en proie à une crise de panique. Son cœur battait à tout rompre, son souffle était court et sa peau trempée de sueur. Il jaillit de son lit, les poings fermés, fouillant des yeux les ombres profondes de la pièce.

Un jour faible filtrait à travers les stores et dessinait des barreaux de prison sur la moquette grise.

Pendant un long moment atroce, il resta là, la tête remplie d'images obsédantes : des arbres baignés par la lune, des traînées de brume, le corps nu d'une femme, ses cheveux sombres étalés en corolle, ses yeux vitreux grands ouverts.

« Des fantômes », pensa-t-il en se massant vigoureusement le visage. Il savait qu'ils feraient leur apparition un jour ou l'autre. Ils étaient cramponnés à Desire comme la mousse au tronc des chênes verts.

Il finit par s'ébrouer, se leva et posa avec précaution ses pieds sur les rais de lumière. Une fois dans la salle de bains, il tira le rideau de douche aux couleurs pimpantes et ouvrit tout grands les robinets. Sa terreur ressemblait à une sorte de glu sombre qui lui collait à la peau. L'eau bouillante, heureusement, le libérait de ce voile de mort.

Il se dissolvait en même temps que sa sueur, et disparaissait dans le trou de vidange.

Quand Nathan ressortit de la douche, la pièce était pleine de vapeur mais il se sentait mieux et de nouveau capable de réfléchir.

Il revêtit un maillot à manches courtes passablement défraîchi et un vieux short de gymnastique. Puis, non rasé et les cheveux mouillés, il alla dans la cuisine se faire chauffer de l'eau pour se préparer un café instantané. A la vue de la cafetière surmontée d'un cône, il fronça les sourcils. Il n'avait pas songé à acheter des filtres à café et, d'ailleurs, il n'était même pas sûr de savoir doser la poudre.

A cet instant précis, il aurait donné un million de dollars pour mettre la main sur une machine à café électrique. Avec un soupir, il posa la bouilloire sur le brûleur du fourneau — un fourneau qui avait l'air plus vieux que lui — puis alla dans le séjour allumer la télé pour attraper les premiers flashes d'information. L'image était exécrable et le son faible.

Pas de machine à café, pas de câble ni de programmes télé à la commande. Songeur, Nathan finit par capter la météo sur l'un des trois canaux accessibles. Il se rappela combien Kyle et lui avaient déjà pesté contre le vieux téléviseur autrefois.

« *Hé, m'man! Impossible de voir notre feuilleton sur cette épave!*

— *Vous n'êtes pas ici pour rester le nez collé à la télévision.*

— *Mais, m'man!* »

Autour de lui, le décor parut se transformer. Dans ses souvenirs, il y avait des sièges profonds garnis de tissu pastel, et un divan à dossier droit. Maintenant, les sièges étaient recouverts d'un imprimé à motifs géométriques dans un camaïeu de verts, de bleus et de jaunes.

Autrefois, le ventilateur grinçait. A présent il bruissait avec un doux chuintement.

Il retrouva la longue table de pin clair autour de laquelle sa famille prenait les repas. M. Delaney s'y attardait souvent, le matin, pour lire son journal après le café. Nathan se rappela le jour où son père avait expliqué à ses fils comment percer de trous le couvercle d'un pot de confiture pour attraper des vers luisants. La soirée était tiède et douce, la chasse follement excitante. Nathan revoyait encore, sur sa table de chevet, le pot clignoter et rougeoyer, clignoter et rougeoyer, jusqu'à ce qu'il basculât dans le sommeil.

Mais, le lendemain matin, tous les vers luisants étaient morts étouffés, car le livre qu'il avait posé sur le couvercle avait bouché les trous. Il se souvenait encore du livre et de son titre : *Johnny Tremaine.* Les corps sombres, au fond du pot, avaient éveillé en lui un profond sentiment de culpabilité.

Irrité par ce souvenir, Nathan quitta le salon et retourna dans la cuisine verser de l'eau bouillante sur une cuillerée de café instantané. Il emporta sa tasse sous le porche protégé par un treillis métallique et regarda la rivière.

Tant d'images remontaient à la surface depuis son arrivée. Mais après tout, n'était-ce pas pour cela qu'il avait décidé de venir ici ? Consciencieusement, il refaisait la route à l'envers, essayant à chaque pas de trouver des réponses aux questions qui le torturaient.

Il but un peu de café et fit la grimace. Le breuvage avait un goût de cendre, une saveur amère. « Mais, dans la vie, beaucoup de choses avaient une saveur amère », pensa-t-il en se forçant à avaler une autre gorgée.

Jo Ellen Hathaway. Dans ses souvenirs, c'était une gamine maigre, aux coudes pointus, coiffée d'une queue-de-cheval négligée et dotée d'un fichu caractère. A dix ans, un garçon ne s'intéresse guère aux filles, aussi ne lui avait-il pas accordé une grande attention. C'était seulement l'une des petites sœurs de Brian.

En attendant, la gamine avait grandi mais elle était toujours aussi maigre. Quant au caractère, il n'avait pas changé non plus. La queue-de-cheval avait cédé la place à une coiffure au carré qui convenait à la personnalité directe de la jeune femme et ne nécessitait pas d'entretien. Ses cheveux avaient la couleur du daim sauvage.

Il se demanda pourquoi elle semblait si pâle et fatiguée. Sûrement pas à cause d'un problème sentimental, décida-t-il. Pas le genre de Jo Ellen. Mais il était évident que quelque chose la tourmentait. Ses yeux étaient lourds de chagrins et de secrets.

Et, justement, il avait un faible pour les femmes au regard triste. Pourtant, mieux valait résister à ce penchant, conclut-il après quelques instants de réflexion. Chercher à savoir ce qui se cachait derrière ces grands yeux bleus risquait d'interférer avec sa propre quête. Il avait besoin de temps et d'objectivité avant de se lancer dans l'étape suivante de son plan.

Il but encore un peu de café et jugea sa tenue un peu trop négligée pour se rendre à *Sanctuary* prendre un petit déjeuner convenable. Avec un soupir, il prêta l'oreille au grondement sourd de l'océan qui montait de l'est. Plus près de la maison, on entendait le pépiement des oiseaux et le martèlement monotone d'un pivert chassant les insectes quelque part dans l'ombre de la forêt. La rosée étincelait comme des perles de verre sur les feuilles des palmistes et des palmiers nains. Mais pas un souffle d'air ne venait agiter les branches.

Celui qui avait choisi d'édifier un bungalow ici avait fait preuve de discernement, conclut Nathan. On y jouissait d'une solitude et d'une vue exceptionnelles. La maison était une construction simple et fonctionnelle, une sorte de boîte en bois de cèdre montée sur des piliers. Elle était agrémentée à l'ouest d'un vaste porche grillagé et, à l'est, d'une terrasse couverte.

A l'intérieur, la pièce principale possédait de bonnes proportions et la charpente de bois apparente donnait une impression d'espace. De chaque côté, une chambre et une salle de bains ouvraient sur des panoramas différents.

Cet été-là, Kyle et lui avaient eu chacun leur chambre. En tant qu'aîné, Nathan avait réclamé la plus grande. Dans le vaste lit pour deux personnes, il avait eu l'impression de devenir soudain adulte. Sur un écriteau accroché à la porte, il s'était empressé d'écrire ces mots : PRIÈRE DE FRAPPER AVANT D'ENTRER.

Il aimait se lever tard, lire, réfléchir, écouter les voix de ses parents ou le murmure monotone de la télévision. Il aimait les entendre rire quand une émission les amusait : le petit gloussement bref de sa mère, le rire plus profond de son père. Ces rires avaient marqué son enfance et, chaque fois qu'il les évoquait, il avait le cœur lourd à la pensée de ne plus jamais les entendre.

Son œil capta un mouvement dans la forêt. Nathan tourna aussitôt la tête mais, alors qu'il s'attendait à voir surgir un cerf, il aperçut une silhouette humaine se faufiler le long de la rivière comme une ombre. C'était un homme grand et élancé, avec des cheveux d'un noir de jais.

La gorge sèche, il se força à avaler un peu de café tout en continuant d'observer l'inconnu qui s'approchait. Un rayon de soleil perça les nuages et vint éclairer ses traits.

Ce n'était pas Sam Hathaway mais son fils Brian, réalisa Nathan en esquissant un sourire. Les vingt années qui s'étaient écoulées avaient fait de lui un homme.

Brian leva les yeux, les plissa et considéra l'homme

assis derrière l'écran de treillis. Il avait oublié que le bungalow était loué et se dit qu'il aurait mieux fait de suivre l'autre rive. Maintenant, il était condamné à faire un peu de conversation.

Il leva une main.

« Bonjour ! Je ne voulais pas vous déranger !

— Vous ne me dérangez pas. Je buvais simplement mon café en regardant la rivière. »

« Le Yankee... », se souvint Brian. Une location pour six mois. Kate ne cessait de lui rappeler qu'il devait se montrer poli et aimable avec le visiteur.

Il fourra les mains dans ses poches, ennuyé d'avoir, par inadvertance, rompu le charme de sa promenade solitaire.

« C'est joli par ici, n'est-ce pas ? Tout va bien pour vous ?

— Oui, oui. Je suis installé. » Nathan hésita puis se décida à franchir un pas. « Chassez-vous toujours l'étalon noir ? »

Instantanément, Brian cilla et redressa la tête. Peu de gens connaissaient la légende de l'étalon noir. Elle datait du temps où l'île était encore occupée par des chevaux sauvages. On racontait alors qu'il existait un gigantesque étalon à la robe d'ébène qui parcourait le bois à une vitesse vertigineuse. Celui qui réussirait à le capturer, à sauter sur son dos sans tomber, verrait tous ses désirs se réaliser.

Toute son enfance, Brian n'avait eu qu'une seule obsession : attraper et chevaucher l'étalon noir.

« Je n'ai jamais tout à fait abandonné cette idée », répliqua Brian en s'approchant. « Est-ce que nous nous connaissons ?

— Nous avons campé une nuit de l'autre côté de la rivière dans une petite tente faite de morceaux de toile raccommodés, dit Nathan. Nous n'étions pas bien vieux, alors, et nous avions emporté avec nous deux lampes de poche, une longe pour le cheval et un paquet de chips. A un moment, nous avons cru entendre un sabot de cheval et l'écho d'un hennissement puissant. »

Nathan sourit à ce souvenir. « C'était peut-être vrai... »

Brian écarquilla les yeux et, après quelques secondes, s'exclama :

« Nate ? Nate Delaney ? Je n'en reviens pas... »

La porte grillagée grinça quand Nathan se leva pour ouvrir à Brian.

« Entre, Bri. Je vais te préparer une tasse de café. »

Brian escalada promptement les marches du perron.

« Tu aurais dû m'avertir de ton arrivée... » Il saisit la main de son ancien camarade et la serra chaleureusement. « C'est ma cousine Kate qui se charge de la location des bungalows. Seigneur, Nate, tu as l'air d'une loque. »

Avec un sourire triste, Nate se frotta le menton.

« Ma foi... Je suis en vacances.

— Ça alors... quelle surprise ! Nate Delaney ! » Brian secoua énergiquement la tête. « Que diable as-tu fabriqué durant toutes ces années ? Comment va Kyle ? Et tes parents ? »

Le sourire de Nathan s'effaça. « Je te raconterai... Laisse-moi te préparer d'abord une tasse de cet ersatz de café.

— Hé, non ! Viens plutôt à la maison. Je te ferai un café digne de ce nom. Et un bon petit déjeuner.

— O.K. Le temps d'enfiler un pantalon et des chaussures.

— Je n'arrive pas à croire que c'est toi, notre Yankee... », murmura Brian en pénétrant dans le cottage. « Bon sang, ça me ramène des années en arrière ! »

Nathan se tourna vers lui. « Oui... Moi aussi. »

***

Un peu plus tard, Nathan se retrouva installé au comptoir de la cuisine de *Sanctuary,* humant les riches effluves du café en train de passer et du bacon grésillant dans la poêle. Il observait Brian occupé à couper avec adresse des champignons et des poivrons pour une omelette.

« Tu as l'air de t'y connaître !

— Tu n'as pas encore lu notre brochure touristique ? J'ai décroché cinq étoiles pour ma cuisine. » Il glissa une grande tasse de café sous le nez de Nathan. « Bois ça, tu m'en diras des nouvelles. »

Nathan avala une gorgée brûlante et ferma les yeux de plaisir. C'était un café délicieusement parfumé et corsé.

« Voilà deux jours que je ne prends que de l'instantané au petit déjeuner. Un mélange de sable et de cendre. Ce café-là est le meilleur jamais préparé dans le monde civilisé. »

Brian sourit. « Pourquoi diable n'es-tu pas venu me voir plus tôt ?

— J'avais besoin d'un peu de temps pour remettre de l'ordre dans mes idées, paresser... »

« Et pour retrouver mes fantômes », pensa-t-il. « Maintenant que j'ai goûté à tes talents, je crois bien que je vais devenir un client régulier. »

Brian jeta les légumes émincés dans une poêle pour les faire revenir. Puis il se mit à râper du fromage.

« Attends d'avoir tâté de mon omelette. Eh bien ! Que deviens-tu ? Tu as donc les moyens de t'offrir six mois de farniente ici ?

— J'ai apporté du travail avec moi. Je suis architecte. Avec mon ordinateur et ma planche à dessin, je peux travailler n'importe où.

— Architecte ! » Brian commença à battre des œufs sur le comptoir. « Et tu réussis bien ?

— Je te parie un de mes immeubles contre ton café quand tu voudras.

— Alors, bravo. » Avec un petit rire entendu, Brian versa les œufs battus dans la poêle, ajouta le bacon et vérifia la cuisson des petits pains au four. « Et Kyle ? Il voulait devenir riche et célèbre, je m'en souviens. A-t-il réalisé ses rêves ? »

C'était un coup rapide et fort, en plein cœur. Nathan reposa doucement sa tasse et attendit que sa voix et ses mains se soient affermis.

« Il y travaillait. Mais il est mort il y a quelques mois.

— Seigneur, Nathan ! »

Bouleversé, Brian se retourna d'un bloc. « Seigneur, répéta-t-il. Je suis désolé.

— Il était en Europe et vivait plus ou moins là-bas depuis quelques années. Ça s'est passé sur un yacht. Pendant une réception. Tu sais que Kyle adorait les fêtes... » Sa voix n'était plus qu'un murmure. « Il faisait le tour de la Méditerranée avec des amis. L'enquête a conclu qu'il avait un peu trop forcé sur l'alcool et qu'il était tombé par-dessus bord. Peut-être que sa tête a heurté quelque chose pendant sa chute. Toujours est-il qu'on ne l'a jamais retrouvé.

— C'est épouvantable. Mon Dieu, Nate, quel drame ! » Embarrassé, Brian se retourna vers le fourneau. « Perdre un membre de sa famille, c'est perdre une part de soi-même.

— C'est vrai... »

Nathan prit une profonde inspiration.

« Le plus terrible, c'est que cela s'est produit juste quelques semaines après la mort de nos parents. Un accident de train en Amérique du Sud.

— Bon Dieu ! Nate, je ne sais plus quoi dire.

— Il n'y a rien à dire. » Nathan haussa les épaules. « Il

faut bien faire face. Je suppose que ma mère aurait été complètement perdue sans mon père s'il était parti avant elle. Et puis elle n'aurait jamais pu supporter la mort de Kyle. Sans doute y a-t-il une logique invisible à tout ce qui nous arrive.

— Peut-être, en effet. Mais se dire cela ne change rien à la douleur. En tout cas, c'est bon de te revoir.

— On avait passé de sacrés moments cet été-là.

— Les meilleurs de ma vie, tu veux dire... »

Nathan réussit à sourire. « Alors, cette omelette ? Tu me la sers ou faut-il que je te supplie à genoux ?

— Pas nécessaire. Mais quand tu l'auras mangée, dix *Pater Noster* ne seront pas de trop pour exprimer ta reconnaissance. »

Nathan plongea sa fourchette dans les œufs crémeux.

« Et maintenant, parle-moi de toi, Bri. Qu'as-tu fait toutes ces années ?

— Bah ! Rien de très spécial. Faire tourner l'hôtel m'occupe presque à temps plein. Nous avons maintenant des clients toute l'année. Il faut croire que plus le monde extérieur est surpeuplé et stressé, plus les gens éprouvent le besoin de s'évader. Au moins pour le week-end. Alors nous les hébergeons, nous les nourrissons et nous essayons de les distraire.

— Tu as une femme ? Des enfants ?

— Non. Et toi ?

— J'ai été marié, répondit brièvement Nathan. Mais nous avons divorcé. Pas d'enfants. » Il observa une courte pause. « C'est ta sœur qui m'a accueilli... Jo Ellen.

— Ah oui ? » fit distraitement Brian en remplissant de nouveau la tasse de Nathan. « Elle est arrivée ici il y a une semaine. Lex aussi est à la maison en ce moment. Nous avons tout d'une belle et heureuse famille. »

Le ton ironique de sa voix intrigua Nathan. « Et ton père ?

— Rien ne pourrait l'éloigner de Desire. Même pas une charge de dynamite. Il n'est pas allé sur le continent depuis des lustres. Tu le rencontreras sûrement errant à travers l'île. Il... »

Brian s'interrompit en entendant la porte de la cuisine s'ouvrir, livrant passage à sa sœur Lexy.

« Il y a déjà des lève-tôt qui réclament leur petit déjeuner », lança-t-elle à la ronde. En voyant Nathan, elle s'arrêta et demeura silencieuse. Puis, par réflexe, elle lissa ses cheveux d'une main et adressa au nouveau venu un sourire enjôleur. « Eh bien... qui va là ? » lança-t-elle d'une voix sucrée. « Enfin un peu de compagnie dans la cuisine... »

Tout en parlant, elle s'approcha de Nathan et s'appuya nonchalamment au comptoir pour mieux faire apprécier le parfum Eternity qu'elle avait trouvé en échantillon dans un magazine.

« Vous devez être quelqu'un de vraiment exceptionnel pour que mon grand frère vous laisse pénétrer dans son saint des saints. »

Les hormones de Nathan réagirent comme prévu mais il se contenta de rire. « Une bien jolie femme », songea-t-il au premier coup d'œil. Mais son jugement s'altéra quelque peu lorsqu'il croisa son regard. Il y lut quelque chose d'aigu, de désagréablement dur.

« Votre frère a eu pitié d'un vieil ami, voilà tout.

— Vraiment ? » minauda Lex sans le quitter des yeux. « Pas si vieux que ça, on dirait. »

L'aspect rude de cet homme lui plaisait et elle n'avait pas manqué d'intercepter le coup d'œil appréciateur qu'il avait posé sur elle.

« Bri, tu pourrais me présenter ton "vieil" ami...

— Nathan Delaney, dit Brian sèchement en saisissant un pot de café frais. Nate, voici ma petite sœur Lexy. »

Lexy tendit une main soigneusement manucurée, aux ongles écarlates.

« Brian me voit toujours avec des couettes », susurra-t-elle en coulant un regard oblique vers Nathan.

« C'est le privilège des grands frères », répondit ce dernier.

Il fut surpris de constater qu'elle avait une poignée de main ferme et volontaire. « Moi-même, je me souviens de vous avec des couettes.

— Alors, on se connaît ? »

Un peu déçue qu'il n'ait pas retenu plus longtemps sa main dans la sienne, elle s'accouda au comptoir et se pencha vers lui. « Il m'est difficile de croire que j'aie pu vous oublier, Nathan Delaney. J'ai pour principe de me souvenir de tous les hommes séduisants qui traversent mon existence. Même brièvement.

— Tu étais à peine sortie de tes couches, intervint Brian, sarcastique. Et tu n'avais pas encore mis au point ton numéro de femme fatale. »

Ignorant le regard noir que sa sœur lui lançait, il enchaîna : « Il y a de l'omelette aux champignons et au fromage pour le petit déjeuner. »

Lexy se ressaisit et réussit à esquisser un sourire.

« Merci, mon chou », ronronna-t-elle en soulevant la cafetière qu'il poussait dans sa direction.

Elle battit des cils en se tournant vers Nathan. « Revenez nous voir. Il y a si peu d'hommes intéressants sur Desire. »

Parce qu'il aurait été stupide de ne pas profiter du spectacle et, aussi, parce que la jeune femme n'attendait que cela, Nathan la regarda effectuer une sortie étudiée et nonchalante en balançant des hanches.

Quand elle eut quitté la cuisine, il sourit à Brian.

« Un beau brin de sœur que tu as là, Bri.

— Elle a besoin d'une bonne fessée. On n'a pas idée de se jeter à la tête des étrangers comme ça.

— Bah, ne t'en fais pas ! C'était un joli plat d'accompagnement avec mon omelette. »

Un éclair furieux traversa le regard de Brian. Aussitôt, Nathan leva une main apaisante. « Pas de panique, vieux. Ce genre de séduction se traduit surtout par de solides migraines. Crois-moi, j'ai déjà suffisamment de problèmes pour ne pas en rajouter d'autres. Je regarde... mais je n'ai pas l'intention de toucher.

— Ce n'est pas mon affaire, marmonna Brian. De toute façon, Lex est absolument déterminée à chercher des ennuis. Et elle finira bien par les trouver.

— Je croyais pourtant que les femmes aussi ravissantes que ta petite sœur s'en sortaient plutôt bien, non ? » Il s'interrompit et pivota sur son tabouret en entendant la porte s'ouvrir de nouveau. Mais, cette fois, ce fut Jo qui entra.

« Cette femme-là ne cherche pas les problèmes, pensa-t-il, mais elle a l'air de savoir les affronter. » Une façon de vivre qu'il préférait nettement.

Dès qu'elle l'aperçut, Jo s'immobilisa en fronçant légèrement les sourcils. Elle fit un effort visible pour paraître détendue.

« Bonjour, monsieur Delaney. Vous semblez déjà vous sentir chez vous ici.

— C'est bien le cas, en effet, mademoiselle Hathaway.

— Vous avez fini d'échanger des formules de politesse vides ? ironisa Brian. Pour un type qui l'a poussée dans la rivière et qu'elle a boxé jusqu'au sang, il y a des moyens plus simples de se saluer.

— Je ne l'avais pas poussée... » Nathan sourit en voyant les sourcils de Jo se froncer une nouvelle fois. « C'est elle qui a glissé. Quand je l'ai repêchée, elle m'a remercié en m'assénant un direct du droit qui m'a éclaté la lèvre. Le tout en me traitant de sale Yankee... »

Instantanément, Jo vit des images défiler devant ses yeux. Un après-midi torride... le choc de l'eau froide... sa tête qui disparaissait sous l'eau.

« Je me souviens... Vous êtes le fils de M. David. »

A la seule évocation de ce nom, elle sentit une onde de chaleur lui réchauffer l'âme. « Lequel des deux ?

— Nathan... l'aîné.

— Ah oui ! Je me rappelle, maintenant. » Elle rejeta ses cheveux en arrière. Ce n'était pas, cette fois, un geste affecté et séducteur, comme celui de sa sœur. Mais l'expression d'une impatience distraite. « Et vous m'aviez bel et bien poussée, reprit-elle. Sinon je ne serais jamais tombée dans la rivière...

— Vous avez glissé, corrigea Nathan. Et je vous ai aidée à en sortir. »

Elle eut un petit rire étouffé en saisissant la tasse de café que Brian lui tendait. « Ma foi, oublions cela. C'est la moindre des choses puisque vous avez été blessé. Et aussi en souvenir de votre père qui m'a ouverte au monde. »

Nathan fut saisi d'un bref vertige. « Mon père ?

— Je le suivais partout comme son ombre en le harcelant de questions au sujet de ses photos : pourquoi il choisissait tel ou tel sujet, comment fonctionnait son appareil, ce genre de choses. Il était si patient avec moi. J'ai sûrement dû le rendre fou en interrompant ainsi son travail. Mais il ne m'a jamais chassée. Votre père m'a tant appris... Pas seulement les bases mais aussi la façon de regarder. Chacune des photos que j'ai prises par la suite, je la lui dois un peu.

— Vous êtes photographe professionnelle ?

— Jo est très connue dans son métier », intervint Lexy en pénétrant de nouveau dans la cuisine. « Comment ? Vous ne connaissez pas la célébrissime globe-trotter J. E. Hathaway ? Celle qui fixe sur la pellicule les événements les plus extraordinaires de notre planète ? Deux omelettes, Brian. Deux petits pains chauds, un bacon et une saucisse. Petit déjeuner complet pour la 201. Mademoiselle la grande voyageuse, vous avez des lits à faire. »

Sur ces mots, elle quitta la pièce avec grâce, telle une comédienne à la fin du dernier acte.

« Exit, murmura Jo. Fin du monologue. »

Elle se tourna vers Nathan. « Ce que je voulais dire, reprit-elle, c'est que David Delaney est à l'origine de ma vocation. Si je ne l'avais pas rencontré, je serais sans doute comme ma sœur Lexy : frustrée et coupée de la réalité. Comment va votre père ?

— Il est mort », répondit Nathan d'une voix brève. « Je dois rentrer. Merci pour le petit déjeuner, Bri. »

Il sortit rapidement et la porte se referma derrière lui.

« Mort ? répéta Jo, interdite.

— Un accident, expliqua Brian. Il y a trois mois. Ses deux parents ont été tués. Sans compter qu'il a perdu son frère juste après.

— Oh, non ! Quelle idiote j'ai été ! Je reviens tout de suite. »

Elle sortit en courant et le vit s'éloigner sur le sentier de coquillages qui serpentait à travers le jardin.

« Nathan ! Nathan ! Attendez-moi... »

Quand elle l'eut rejoint, elle posa une main sur son bras pour l'arrêter. « Je suis désolée. Je ne savais pas... »

Il la regarda en s'efforçant de calmer le torrent qui charriait des pensées douloureuses dans sa tête. « Ne vous inquiétez pas. Tout va bien. C'est juste que cela fait encore un peu mal d'en parler. »

Il lui tapota la main d'un geste gauche. « Elle avait l'air si désespéré, se dit-il. Ce n'était pas sa faute si, par mégarde, elle avait égratigné une blessure encore mal refermée. »

« J'aurais dû rester en contact avec lui..., murmura Jo. Votre père, je veux dire... Il a été si bon pour moi.

— Mais non. Vous n'avez rien à vous reprocher. Il n'y a pas à incriminer ou à remercier quiconque pour ce qui nous arrive dans la vie. Nous sommes responsables de nous-mêmes. »

Mal à l'aise, elle recula d'un pas. « C'est vrai. Mais certains êtres nous aident plus que d'autres à trouver notre voie.

— C'est drôle que nous soyons tous deux de retour ici, vous ne trouvez pas ? » Il leva les yeux vers *Sanctuary* dont les fenêtres étincelaient au soleil levant. « Pourquoi êtes-vous revenue, Jo ?

— Parce qu'ici, c'est chez moi, voilà tout. »

Il contempla ses joues pâles, ses yeux cernés.

« C'est là qu'on revient toujours quand on se sent perdu et malheureux, n'est-ce pas ? »

Jo croisa les bras sur sa poitrine comme si elle avait froid. Jusque-là, c'était elle qui avait l'habitude d'observer les autres. Mais, pour la première fois, elle ne s'inquiéta pas de se voir ainsi percée à jour.

« Oui, répondit-elle simplement. C'est là qu'on doit aller.

— Et voilà que nos routes se croisent de nouveau. Le destin ? Je me le demande. La chance, peut-être... »

Il sourit, espérant réussir à adoucir ce chagrin qui assombrissait son regard et recouvrait son visage d'un voile gris. « Puisque vous êtes là, reprit-il, pourquoi ne me raccompagneriez-vous pas jusqu'au bungalow ?

— Vous connaissez le chemin.

— Sans doute, mais il serait plus agréable en votre compagnie.

— Je crois vous avoir déjà dit que je n'étais pas intéressée.

— Et moi, je vous répète que je le suis. »

D'un geste rapide, il remit en place une boucle de ses jolis cheveux auburn. « Ce sera amusant de voir lequel de nous deux l'emportera...

— J'ai du travail qui m'attend.

— C'est vrai... Le lit de la chambre 201. Bon, eh bien, au revoir, alors. Nous nous reverrons, Jo Ellen. »

Il se détourna le premier et elle put ainsi l'observer tandis qu'il s'éloignait sous les frondaisons épaisses des arbres. Délibérément, elle secoua la tête pour que la mèche qu'il avait ramenée derrière son oreille retombe sur sa joue. Puis elle s'ébroua, comme pour écarter une main secourable dont elle ne voulait pas.

Ce qui ne l'empêcha pas de constater, à contrecœur, que Nathan Delaney l'intéressait déjà bien plus qu'elle ne l'aurait voulu...

7.

Nathan considéra les appareils photo qu'il avait apportés avec lui. Ils étaient rangés soigneusement, ainsi que son père le lui avait appris.

Il y avait le vieux et lourd Pentax, l'un des favoris de David Delaney, l'encombrant Hasselblad et l'intelligent Nikon. Plus toute une collection d'objectifs et de filtres, et une montagne de pellicules.

S'il avait tenu à les emporter tous sur Desire, c'était, là encore, pour marcher sur les traces de son père. Il était certain que ce dernier ne voyageait jamais sans eux. Cet été-là, les appareils avaient sûrement figuré au nombre des objets personnels de la famille dans le bungalow.

Après un temps de réflexion, il se décida pour le Pentax et sortit en direction de la plage. L'éclat du soleil était si vif qu'il chaussa ses lunettes noires avant de s'engager sur le sentier balisé qui courait entre les dunes mouvantes, couvertes d'avoine sauvage et d'un fouillis de plantes grimpantes.

Un vent puissant montait de la mer et lui ébouriffait les cheveux. Il s'arrêta un instant en haut d'une petite côte pour écouter le grondement des vagues et le cri strident des mouettes qui dessinaient des arabesques compliquées au-dessus de la mer. La marée avait abandonné sur la plage des coquillages éparpillés comme des jouets. Déjà, sous l'effet du vent, de nouvelles et minuscules dunes émergeaient du sol. Sur la grève, les infatigables bécasseaux s'agitaient au cœur de l'écume bouillonnante, semblables à des hommes d'affaires pressés. Et là-bas, juste derrière le premier rouleau de l'océan, un trio de pélicans tournait dans le ciel en formation militaire. L'un d'eux plongea brusquement, aussitôt imité par ses congénères, et réapparut avec son petit déjeuner dans le bec.

Avec des mouvements sûrs nés d'une longue expérience, Nathan leva son appareil, élargit l'ouverture, sélectionna la vitesse la plus rapide et effectua le cadrage. Il mitrailla les pélicans tandis qu'ils rasaient les crêtes des vagues, tournoyaient pour plonger et replonger encore, insatiables. Puis il abaissa son appareil, satisfait. Cela faisait des années qu'il ne s'était pas adonné à la photographie, un hobby qui l'avait pourtant occupé longuement autrefois. Il avait décidé de s'y remettre et d'y consacrer au moins une heure par jour pour retrouver le sens et le plaisir de l'observation.

Pour ses débuts, c'était un endroit idéal. La plage n'était occupée que par les oiseaux et les coquillages, et seules ses traces de pas étaient visibles dans le sable. Un vrai miracle, pensa-t-il. Nulle part ailleurs il n'aurait pu rêver pareille paix.

Et Dieu sait qu'il en avait besoin. De tout : de miracles, de beauté, de paix. Une main sur son Pentax, il descendit la pente douce et humide de la dune, s'arrêtant parfois pour étudier un coquillage ou admirer une étoile de mer.

L'air et l'exercice calmaient ses nerfs, pourtant à vif lorsqu'il avait quitté *Sanctuary*. Perdu dans ses pensées, il s'arrêta pour contempler une jolie maison de bois qui jetait des reflets argentés dans la lumière poudrée du matin.

Ainsi Jo Ellen Hathaway était devenue photographe. Comment aurait réagi son père — qu'elle appelait encore « M. David » — en découvrant qu'il avait été, sans le savoir, le mentor de cette petite fille si avide d'apprendre sa technique ? En aurait-il été amusé ? Fier ?

Il se souvint que son père avait cherché à lui faire partager sa passion à lui aussi. La première fois qu'il lui avait expliqué le fonctionnement d'un appareil, ses grandes mains s'étaient posées, pour les guider, sur celles du petit garçon, si menues, si dociles dans les siennes. Nathan se rappelait le parfum de son after-shave, Brut, celui que sa mère préférait. Il croyait encore sentir sur son visage les joues de son père rasées de près quand il les pressait contre les siennes. Il avait des cheveux noirs, soigneusement coiffés, et des boucles courtes qui retombaient sur son front. Ses yeux gris étaient clairs et sérieux.

Respecte ton matériel, Nate. Un jour, tu souhaiteras peut-être gagner ta vie en prenant des photos, voyager à travers le monde, explorer des horizons lointains. Apprends à regarder et alors tu verras beaucoup plus de choses que les autres. Même si tu choisis un autre métier, tu désireras malgré tout fixer les moments importants de ton existence, des moments qui n'appartiendront qu'à toi. Ecoute-moi, mon garçon, et regarde comment je m'y prends. Avec la photographie, tu ne perdras jamais ton temps.

« Mais on le perd toujours, papa, prononça Nathan à voix haute. Et toutes ces bribes de vie fixées sur la pellicule, étaient-elles vraiment si importantes ? N'aurions-nous pas mieux fait de les oublier ?

— Monsieur ? Excusez-moi... »

Nathan sursauta violemment quand une voix féminine interrompit le flot de ses souvenirs. Une main se posa sur son bras. Nerveusement, il recula d'un pas, prêt à se retrouver face à un autre de ses fantômes.

« Quoi ? »

Une jolie blonde au corps menu le regardait à travers les verres ambrés de ses lunettes.

« Désolée de vous avoir surpris. Tout va bien ?

— Mais... oui, naturellement. »

Sous le regard désagréablement pénétrant de la jeune femme, il s'agita, embarrassé, en se passant la main dans les cheveux. Il avait l'impression d'être un microbe sur une plaque de microscope. « Je... euh... je ne savais pas qu'il y avait quelqu'un d'autre dans les parages.

— Un peu de jogging matinal ne fait pas de mal, répondit-elle. J'ai pris l'habitude de commencer toutes mes journées par cet exercice. »

Il vit alors qu'elle portait un short rouge et un T-shirt gris trempé de sueur.

« C'est ma maison que vous étiez en train de regarder, précisa-t-elle.

— Oh ! »

Il tourna son regard vers les bardeaux de cèdre, le toit brun, la petite terrasse exposée au sud. « Vous devez avoir une vue sensationnelle !

— C'est vrai. Les levers de soleil sont superbes. » Elle le fixa de nouveau avec intensité. « Vous êtes sûr que vous vous sentez bien ? Je suis désolée d'insister mais quand on voit un type seul sur une plage en train de parler à voix haute, on est en droit de se demander s'il n'a pas de problèmes. D'ailleurs c'est mon boulot...

— Police de la plage ? demanda-t-il sèchement.

— Non. » Elle lui sourit en lui tendant une main amicale. « Médecin. D. Kirby Fitzsimmons. J'ai ouvert un cabinet ici même. »

Il saisit sa main. « Nathan Delaney. En bonne santé,

pour autant que je sache. N'y avait-il pas une vieille dame qui vivait ici, autrefois ? Toute petite, avec un chignon ?

— C'était ma grand-mère. Vous l'avez connue ? Pourtant vous n'êtes pas d'ici.

— Non, en effet. Mais je me souviens d'elle. J'ai passé un été à Desire pendant mon enfance. Quand vous êtes arrivée, j'étais justement perdu dans mes souvenirs...

— Je vois. » Derrière les lunettes fumées, les yeux avaient perdu leur regard de clinicien. « Cela explique tout. Moi aussi, je suis venue sur cette île en vacances quand j'étais gosse. Et, à chaque détour de chemin, les souvenirs ne cessent de m'assaillir. Peut-être est-ce pour cela que j'ai décidé un beau jour de m'installer ici quand ma grand-mère est morte. J'ai toujours adoré cet endroit. »

D'un air distrait, elle saisit l'un de ses pieds et leva la jambe en extension bien haut, jusqu'à la taille. « Vous êtes le Yankee qui a loué Little Desire Cottage, n'est-ce pas ?

— Les nouvelles vont vite.

— Ici, tout se sait. Il faut dire qu'il n'y a pas souvent des hommes seuls qui prennent une location de six mois. Vous serez peut-être surpris d'apprendre que nombre de dames, sur l'île, sont déjà très intéressées par votre présence... »

Il sourit tandis que Kirby répétait son mouvement de gymnastique avec l'autre jambe.

« Je crois bien que je me souviens de vous, reprit-elle. Est-ce que vous n'étiez pas tout le temps fourrés avec Brian Hathaway, vous et votre frère ? Grand-mère disait que vous formiez une fameuse équipe, tous les trois.

— Votre mémoire est excellente. Vous séjourniez sur l'île, cet été-là ?

— C'était mon premier été à Desire. C'est sans doute pour cela que mes souvenirs sont aussi précis. Avez-vous déjà vu Brian ? ajouta-t-elle négligemment.

— Il vient de me préparer un splendide petit déjeuner.

— Brian est capable d'opérer des miracles avec des œufs. »

Elle observa une courte pause, les yeux fixés sur la forêt, au-delà de la maison. « J'ai entendu dire que Jo était de retour, elle aussi. Il faudra que j'aille la saluer quand j'en aurai fini avec mes consultations d'aujourd'hui... » D'un rapide coup d'œil, elle consulta sa montre. « En attendant, mon premier rendez-vous est dans vingt minutes. Je ferais mieux d'aller me préparer. Enchantée de vous avoir rencontré, Nathan.

— Moi aussi, docteur. »

Elle reprit sa course vers les dunes, s'arrêta au bout de quelques mètres et se retourna en souriant.

« Je suis généraliste, lança-t-elle. Je soigne tout, depuis les maladies infantiles jusqu'à la sénilité. Si quelque chose ne va pas, venez me voir !

— Je m'en souviendrai. »

Il lui rendit son sourire en regardant sa queue-decheval voler dans le vent tandis qu'elle s'enfonçait en courant dans les dunes.

Dix-neuf minutes plus tard, Kirby enfilait une blouse blanche sur son jean et fourrait son stéthoscope dans sa poche. La blouse était la panoplie obligée de tout médecin, elle tranquillisait les patients et dissipait leur méfiance. Ainsi rassurés, les habitants de Desire consentaient à laisser la petite-fille de Granny Fitzsimmons inspecter leurs divers orifices.

Elle pénétra dans son cabinet, installé dans l'ancien

office jouxtant la cuisine. Sur l'un des murs, une étagère regroupait ses livres de médecine, ses dossiers et son combiné fax téléphone copieur qui assurait la liaison avec le continent.

Devant la fenêtre, elle avait placé un joli petit bureau en merisier rapporté du Connecticut. Il était garni d'un sous-main de cuir et d'un carnet de rendez-vous assorti, cadeau d'adieu de ses parents.

Quand elle leur avait annoncé qu'elle souhaitait exercer à Desire, ils avaient été abasourdis. Comment son père aurait-il pu comprendre, lui qui avait passé toute son enfance sur l'île et considérait le jour de son départ pour le continent comme le plus beau de sa vie ?

Pourtant, lorsqu'elle avait décidé de suivre son exemple et d'étudier la médecine, il en avait éprouvé de l'émotion et de la fierté. Il espérait que, comme lui, elle deviendrait une spécialiste renommée de chirurgie cardiaque, de quoi s'assurer une clientèle intéressante et une vie dorée.

Mais voilà. Kirby n'en avait fait qu'à sa tête, préférant devenir généraliste et s'enterrer dans ce modeste petit cottage, à des kilomètres de toute vie civilisée.

Ce qui, à ses yeux, représentait le comble du bonheur.

Bien alignés à côté du carnet de rendez-vous gravé à ses initiales, un petit Interphone — au cas où elle déciderait d'engager par la suite une secrétaire — et un gobelet rempli de crayons impeccablement taillés.

Il est vrai qu'à ses débuts ici, elle n'avait pas eu grand-chose d'autre à faire que de tailler inlassablement ses crayons dans l'attente d'un hypothétique rendez-vous. Peu à peu, cependant, les gens de Lost Desire avaient fini par se décider. Ce fut d'abord un garçonnet atteint de croup, puis une vieille femme arthritique, et un enfant victime d'une poussée de fièvre due à une rubéole.

Au départ, sa clientèle n'avait été composée que de tout-petits et de personnes âgées. Mais, par la suite, les autres s'étaient à leur tour enhardis à venir la consulter : maux de tête, aigreurs d'estomac, petits bobos en tout genre. Et le Dr Kirby Fitzsimmons avait enfin conquis sa place sur l'île.

Elle vérifia son carnet de rendez-vous. Un examen gynécologique de routine, puis une méchante infection des sinus. Le garçon des Matthews avait de nouveau mal aux oreilles et le bébé Simmons devait recevoir ses rappels de vaccins. De quoi s'occuper toute la matinée. Et, qui sait ? pensa Kirby avec un sourire, il pourrait même y avoir une ou deux urgences pour animer la journée.

Le rendez-vous de Ginny Pendleton était à 10 heures, ce qui laissait à Kirby dix bonnes minutes pour se préparer un café et examiner son dossier.

Une tasse à la main, elle se rendit dans la salle d'examen, une petite pièce étincelante de propreté qui était sa chambre, autrefois. Enfant, elle y avait fait de si beaux rêves, les nuits d'été. Les murs blancs étaient maintenant ornés de reproductions de fleurs sauvages et non, comme dans d'autres cabinets médicaux, de diagrammes biologiques, de planches anatomiques ou de schémas de la circulation sanguine. Kirby trouvait que ces images rendaient les malades nerveux.

Après avoir étudié le dossier, elle sortit une courte chemise de coton blanc et la déposa au pied de la table d'examen. Là encore, elle jugeait cet accessoire préférable au tissu de papier — bien plus humiliant — que nombre de gynécologues imposaient à leurs patientes. Sur son combiné radiocassette, elle plaça une sonate de Mozart, enclencha la touche PLAY de l'appareil et se mit à fredonner en accompagnant les premières mesures. Un peu de musique classique comme fond sonore relaxait toujours les clients.

Elle finissait juste d'installer ses instruments lorsque le carillon de l'entrée indiqua que quelqu'un venait de pousser la porte du cabinet.

« Désolée d'être en retard, docteur ! »

Essoufflée, Ginny entra en trombe au moment où Kirby pénétrait dans le salon qui lui servait de salle d'attente.

« Le téléphone a sonné juste au moment où j'allais partir. »

Ginny avait vingt-six ans et Kirby ne cessait de lui répéter que, d'ici à une dizaine d'années, elle regretterait amèrement son goût excessif pour le soleil. Ses cheveux excessivement crêpés, d'un blond presque blanc, lui tombaient aux épaules. La racine, beaucoup plus sombre, nécessitait une urgente retouche.

Issue d'une famille de pêcheurs, la jeune fille savait piloter un bateau comme un véritable pirate, nettoyer et débiter un poisson comme un chirurgien et ouvrir des huîtres avec une vitesse et une précision stupéfiantes. Malgré ces talents, elle avait préféré travailler au Heron Camping, aidant les vacanciers à dresser leurs tentes, gérant les emplacements, tenant le registre de location.

Pour sa visite chez le médecin, elle s'était pomponnée avec soin et avait revêtu une de ses chemises western favorites — prune, avec des franges blanches. Son jean était tellement ajusté que Kirby ne put s'empêcher de se demander combien d'organes internes devaient étouffer là-dessous, par manque d'oxygène.

« Excusez-moi, reprit Ginny en lui adressant son sourire le plus étincelant. Je suis toujours en retard...

— Allons, tu connais la routine. File uriner dans ce flacon puis rejoins-moi dans la salle d'examen. Déshabille-toi complètement et enfile la blouse que j'ai préparée pour toi. Tu m'appelleras quand tu seras prête.

— O.K., docteur. Vous savez, c'était Lexy au téléphone », lança Ginny en trottant dans l'entrée, ses bottes de cow-boy résonnant sur le lino comme de petits sabots. « Lex ne tourne pas très rond en ce moment.

— C'est une habitude, chez elle », rétorqua Kirby en se dirigeant vers son cabinet.

Ginny continua à bavarder tandis qu'elle sortait de la salle de bains. « Elle a décidé de venir ce soir au camping aux alentours de 9 heures. » On entendit un choc sourd sur le plancher quand la première botte tomba. « Je lui ai réservé le n° 12, il était libre, justement. C'est l'emplacement que je préfère. On a décidé d'y allumer un beau feu et d'écluser quelques cannettes en bonne compagnie. Vous viendrez ?

— Merci de la proposition », dit Kirby. La deuxième botte heurta le plancher de la salle d'examen. « J'y réfléchirai. Si je me décide, j'apporterai à boire.

— Je voulais qu'elle demande à Jo de l'accompagner mais vous savez comment ça se passe entre elles deux. Lexy est tellement susceptible. Enfin, j'espère que Jo viendra quand même. »

La voix de Ginny paraissait essoufflée et Kirby en conclut qu'elle devait être en train de se tortiller pour ôter son jean.

« Vous l'avez déjà croisée depuis son arrivée, Jo ? reprit la jeune fille.

— Non. Je vais essayer de la voir aujourd'hui.

— Je ne sais pas pourquoi Lex est comme ça avec sa sœur. On dirait que tout la hérisse en ce moment. Elle s'en est prise aussi à Giff. Moi, si j'avais la chance d'avoir un homme qui me couve du regard comme ça, je ne m'en plaindrais pas, c'est sûr. Et je ne dis pas ça parce qu'il est de ma famille. C'est vrai, quel beau gars, ce Giff.

— Il finira bien par l'avoir à l'usure, commenta Kirby en entrant dans la salle d'examen. Il est aussi entêté qu'elle. Bon, commençons par vérifier ton poids. Pas de problèmes particuliers, Ginny ?

— Non. Je me sens en superforme. »

Elle monta sur la balance et ferma les yeux. « Ne me dites surtout pas combien je pèse ! »

Avec un petit rire entendu Kirby déplaça les poids sur l'échelle graduée. 65... 67... oups... 71 kilos.

« Est-ce que tu fais de l'exercice régulièrement, Ginny ? »

Les yeux toujours fermés, celle-ci s'agita, embarrassée, sur le plateau de la balance.

« Un peu...

— Je te conseille de l'aérobic trois fois par semaine... vingt minutes par séance. Et freine un peu sur les sucreries, d'accord ? »

Parce qu'elle aussi était une femme, Kirby remit les poids sur zéro avant que sa jeune patiente ne rouvre les yeux.

« Monte sur la table. Je vais vérifier ta tension.

— Il va falloir que je me procure la vidéo de Jane Fonda, ça m'aidera pour les mouvements. Et la liposuccion, docteur, vous en pensez quoi ?

— Je pense que tu ferais mieux d'aller courir sur la plage plusieurs fois par semaine et d'ajouter davantage de carottes vapeur à ton régime, voilà ce que je pense. Quand as-tu eu tes règles pour la dernière fois ?

— Il y a quinze jours. Avec une semaine de retard. Seigneur, quelle frousse j'ai eue !

— Est-ce que tu utilises bien ton diaphragme ? »

Couchée sur le dos, Ginny replia les bras et tapota nerveusement sur son ventre. « Ben... la plupart du temps, oui. Mais ce n'est pas toujours évident, vous le savez bien.

— Ça ne l'est pas non plus de tomber enceinte.

— Je fais bien attention à ce que le type mette un préservatif. Là-dessus, je suis intransigeante. Si, si ! Il y a des types plutôt cools au n° 6. »

Avec un soupir, Kirby enfila ses gants.

« Combien de fois devrai-je te répéter que coucher avec n'importe qui peut t'occasionner pas mal d'ennuis ?

— D'accord, d'accord. Mais, bon, c'est tellement agréable, parfois. » Ginny sourit à la reproduction d'un tableau de Monet que Kirby avait collée au plafond. « A la longue, je finirai bien par tomber sur le bon. Le vrai. Le prince charmant, quoi. Mais, pour ça, faut bien explorer un peu le terrain...

— Un terrain miné, jeune fille, observa Kirby. Tu vaux mieux que ça.

— Je sais... je sais... »

Ginny essayait de s'imaginer en train de se promener dans le paysage fleuri de la reproduction. Elle joignit ses mains ornées d'innombrables bagues. « Ça ne vous est jamais arrivé de tomber raide amoureuse d'un type et de vous mettre à trembler en éprouvant une drôle de boule à l'estomac chaque fois que vous le voyez ? »

Kirby songea à Brian et retint un soupir.

« Si. Si, bien sûr.

— Eh bien, moi, j'adore quand ça m'arrive. C'est tellement... primitif, pas vrai ?

— Primitif ou pas, que cela ne t'empêche pas de mettre ton diaphragme, compris ? »

Ginny roula des yeux.

« O.K., docteur. Au fait, à propos d'homme sexy, Lex m'a dit qu'elle avait vu le Yankee. Il paraît que c'est du premier choix !

— Je l'ai rencontré, moi aussi. Il est très séduisant. »

Avec des gestes doux et précis, Kirby releva un bras de sa jeune patiente et entreprit de lui palper les seins.

« J'ai entendu dire que c'était un vieil ami de Bri, poursuivit Ginny, et qu'il est déjà venu passer un été ici autrefois avec ses parents. Son père était ce photographe qui a fait un album de photos sur les Sea Islands. Ma mère en a toujours un exemplaire.

— Le photographe..., répéta Kirby. Ah oui ! J'avais oublié. Il avait pris Granny en photo, je me souviens. Il nous a envoyé un tirage plus tard et je l'ai fait encadrer.

— M'man a ressorti le livre ce matin quand je lui en ai parlé. Il est drôlement beau. Il y a une photo d'Annabelle avec Jo, en train de jardiner. M'man s'est rappelé que le monsieur avait pris ces photos l'été où Annabelle est partie. "Peut-être qu'elle s'est enfuie avec le photographe", que j'ai dit à ma mère. Mais elle a répondu qu'il était encore là après son départ, avec sa femme et ses enfants.

— C'était il y a vingt ans, dit Kirby en l'aidant à se redresser. Personne, apparemment, n'a oublié.

— Les Pendleton sont à cette île comme l'île est aux Pendleton, énonça sentencieusement Ginny. Et personne n'oublie jamais rien, ici. A la voir sur la photo, c'était vraiment une jolie femme, cette Annabelle. Jo lui ressemblerait si elle voulait bien faire l'effort de s'arranger un peu plus.

— J'imagine que Jo préfère ressembler à Jo. L'examen est terminé, Ginny. Tout va bien. Tu peux aller te rhabiller. Je te verrai après.

— Merci, Kirby. Au fait, essayez de venir au camp, ce soir. On se fera une chouette soirée entre filles. N° 12.

— J'y réfléchirai. »

A 4 heures, Kirby ferma à clé la porte de son cabinet. Sa seule urgence avait été de soigner le coup de soleil d'un vacancier qui s'était endormi sur la plage. Après le départ de son dernier patient, elle avait consacré un quart d'heure à recomposer son maquillage, brosser ses cheveux et se remettre quelques gouttes de parfum.

Elle se répéta que c'était pour son seul plaisir mais, tout en s'apprêtant à partir pour *Sanctuary,* elle sut bien que ce n'était pas vrai. Elle voulait tout simplement être assez séduisante pour faire souffrir Brian Hathaway.

Quand elle sortit par la porte ouvrant sur la plage, elle fut, comme toujours, agréablement saisie par la proximité de l'océan. Pendant quelques secondes, elle observa une famille de quatre personnes en train de jouer dans l'eau peu profonde. Un rire d'enfant flotta jusqu'à ses oreilles, petite fugue cristalline mêlée au roulement sourd des vagues.

Elle mit ses lunettes de soleil, descendit les marches du cottage et emprunta le petit chemin de planches qu'elle avait fait construire par Giff pour isoler l'édifice des dunes. Un bouquet de cyprès courbés et échevelés jaillissait du sable tandis que, plus loin, des buissons de lauriers sauvages et de sureau poussaient dans les creux. Les pas de Kirby s'enfoncèrent dans le sable de la plage et se mélangèrent aux empreintes d'autres promeneurs.

Elle fit un détour pour éviter de traverser la dépression marécageuse car, en bonne îlienne, elle savait combien cette zone était fragile. A peine quelques mètres plus loin, elle quittait déjà la chaude lumière de la plage pour se retrouver dans la fraîche obscurité de la forêt.

Elle avançait sans hâte mais avec énergie, l'esprit déjà tourné vers sa destination. Les bruits et les ombres de la forêt lui étaient familiers, ils ne l'effrayaient plus depuis longtemps. Aussi c'est avec surprise qu'elle s'arrêta soudain, l'oreille tendue, le cœur brusquement emballé.

Lentement, silencieusement, elle se retourna pour

fouiller la pénombre des yeux. Elle était sûre d'avoir entendu quelque chose... senti quelque chose. A cet instant précis, elle éprouvait la sensation pesante d'être observée.

« Oh ! Oh ! cria-t-elle. Qui va là ? »

L'écho de sa voix lui revint sans réponse et elle se mit à trembler. « Il y a quelqu'un ? »

Elle ne perçut que le frémissement des feuilles et un léger craquement de branches — peut-être une biche ou un lapin se faufilant dans le taillis, pensa-t-elle. Le silence lourd de la forêt se referma sur elle comme un manteau d'hiver. Quelle sotte elle faisait ! Il n'y avait personne, naturellement.

Kirby reprit son chemin en se contraignant à marcher d'un pas tranquille. Une sueur glacée lui trempait le dos et sa respiration s'était faite haletante. Refrénant la peur qui l'envahissait, la jeune femme se retourna de nouveau, certaine d'avoir entendu un mouvement furtif derrière elle. Mais elle ne distingua qu'un entrelacs de branches et de la mousse humide.

Bon sang, pesta Kirby intérieurement. Cette fois, elle était bel et bien sûre d'être suivie. Accroupi derrière un arbre, tapi dans l'ombre, quelqu'un l'observait. Ce sont des gosses, pensa-t-elle pour se rassurer. Rien qu'une bande de sales gosses qui font des farces.

Elle recula de quelques pas, balayant du regard les taillis sombres, guettant le plus infime mouvement, le bruit le plus ténu. Un faible son lui parvint alors, un écho furtif, presque aussitôt évanoui.

Elle voulut appeler encore une fois, lancer une remontrance à ces stupides enfants, mais sa gorge était trop nouée. Instinctivement, elle se retourna et accéléra l'allure.

Quand le son se rapprocha, elle abandonna tout orgueil et se mit à courir.

Celui qui l'observait étouffa dans ses mains un petit hennissement de plaisir. Du bout des doigts, il envoya un baiser silencieux au dos qui s'enfuyait.

Le souffle court, Kirby bondissait à travers les arbres, ses pas martelant la terre comme un galop de cheval. Elle laissa échapper un bref sanglot de soulagement quand elle vit la lumière changer au-dessus de sa tête, augmenter progressivement pour finalement exploser dans l'incandescence de cet après-midi d'été. Rapidement, elle jeta un coup d'œil par-dessus son épaule, prête à voir quelque monstre lui sauter dessus.

Elle poussa un cri en heurtant de plein fouet une poitrine solide et musclée. Deux bras l'encerclèrent puissamment.

« Qu'est-ce qui se passe, Kirby ? »

Quand Brian la souleva à demi dans ses bras, elle s'agrippa à lui comme une noyée. « Ton visage est tout pâle. Tu es blessée ? Laisse-moi voir...

— Non, non... Ce... ce n'est rien. Une minute, j'ai besoin d'une minute.

— O.K., O.K... »

Il la tint doucement contre lui et lui caressa les cheveux pendant qu'elle tentait de reprendre son souffle. Quand il l'avait vue jaillir du bois comme un diable, il était en train d'arracher des mauvaises herbes à l'extrémité du jardin. Jamais Kirby n'avait paru aussi affolée. Quelque chose devait lui être arrivé.

Il sentait les battements désordonnés de son cœur contre sa poitrine. Dieu ! Quelle peur elle lui avait fait avec cette panique dans ses yeux. On aurait dit un petit animal traqué par une légion de chasseurs.

« Je... j'ai été effrayée..., parvint-elle enfin à articuler. Des gosses, probablement. Cette impression d'être suivie... épiée... J'ai eu peur... très peur.

— Tout va bien, maintenant. Calme-toi. »

Elle était si menue, pensa-t-il. Un dos délicat, une taille fine, des cheveux de soie. Sans même s'en rendre compte, il la serra plus étroitement contre lui. C'était étrange de la sentir à la fois si combative et si fragile.

Et puis elle sentait bon. Un bref instant, il posa la joue sur le sommet de sa tête soyeuse, savourant le parfum et la texture de ses cheveux tandis qu'il lui caressait la nuque pour décrisper les muscles de son cou.

« Je ne sais pas pourquoi j'ai paniqué ainsi, murmura Kirby. Cela ne m'arrive jamais. »

Tout en parlant, elle réalisa qu'il la serrait de plus en plus entre ses bras. Que ses mains se déplaçaient sur son corps, doucement, tout doucement. Et que ses lèvres lui embrassaient les cheveux. Très tendrement.

Les battements de son cœur s'accélérèrent de nouveau mais, cette fois, la panique n'y était pour rien.

« Brian... » murmura-t-elle en relevant la tête.

« Tu te sens mieux maintenant ? Ça va ? »

Avant même de se rendre compte de ce qu'il faisait, il plaqua sa bouche sur ses lèvres.

Instantanément, ce fut comme s'il avait reçu un coup de poing au creux de l'estomac. Le souffle coupé, il sentit son cerveau s'embrumer et ses genoux fléchir. Elle entrouvrit les lèvres sous la pression des siennes, offrant une bouche chaude, humide, amoureuse.

Il accentua sa pression et l'explora profondément avec sa langue. Ses mains glissèrent vers les fesses de la jeune femme et entreprirent de les pétrir avec ardeur.

Kirby ne pensait plus à rien, étourdie de bonheur, submergée par des sensations affolantes. Elle qui avait toujours su contrôler ses réactions n'était plus capable d'aucun raisonnement.

Il avait une bouche brûlante, affamée, un corps dur, des

mains fortes et exigeantes. Pour la première fois de sa vie, elle savoura le fait d'être petite et menue. Cela lui donnait l'impression d'être encore plus docile, plus offerte entre ses bras. On aurait dit qu'il allait la dévorer toute crue.

Elle murmura son nom contre ses lèvres si affairées, noua les mains derrière ses épaules et s'abandonna à son vertige. Ce fut ce subtil changement, ce corps soudain flexible et offert, qui le ramenèrent à la raison. Malgré le désir qui lui taraudait le ventre, malgré l'envie folle qu'il avait de la prendre, là, par terre, tout de suite, il la repoussa et recula d'un pas.

Bon sang ! Dans le jardin de sa mère... En plein jour... A deux pas de la maison ! Mécontent, il lança : « Alors, c'est ce que tu voulais, hein ? Tu as imaginé toute cette histoire pour me prouver que je pouvais succomber à tes charmes, comme n'importe quel autre type. »

Kirby secoua la tête. Le regard encore flou, elle avait du mal à reprendre contact avec la réalité.

« Mais... qu'est-ce que tu racontes ?

— Tu m'as fait le coup de la demoiselle en détresse et ça a marché. Un point pour toi. »

Elle revint sur terre brusquement. Il avait un regard étincelant et dur. Quand elle eut enfin saisi le sens de ses paroles, son visage se crispa sous le coup de l'indignation.

« Parce que tu crois vraiment que j'ai imaginé tout cela ? Simplement pour que tu m'embrasses ? Pauvre fou ! La vanité te rend stupide ! »

Profondément blessée, elle le repoussa. « Ce n'est pas dans mes habitudes, figure-toi, de jouer les éplorées. De plus, t'embrasser n'est pas le but ultime de ma vie ! J'étais seulement venue voir Jo. Tu étais sur mon chemin, voilà tout.

— Ah oui ? Et c'est pour ça que tu m'as sauté dans les bras et que tu t'es enroulée autour de moi comme un serpent ? »

Elle respira profondément, résolue à rester calme et digne.

« Le problème, Brian, c'est que c'est toi qui avais envie de m'embrasser. Mieux, même, cela t'a plu. Et maintenant tu te crois obligé de m'accuser d'avoir inventé quelque stupide ruse féminine pour justifier tes propres emballements.

— Jo n'est pas là », marmonna Brian entre ses dents. « Elle est sortie en emportant son appareil photo.

— Alors transmets-lui un message de ma part. Rendez-vous au Heron Camping, à 9 heures, emplacement 12. Tu crois pouvoir t'en souvenir ou tu veux que je te l'écrive ?

— Je lui dirai. Autre chose ?

— Non, rien. »

Kirby tourna les talons mais hésita à reprendre le même chemin qu'à l'aller. Elle finit par se décider à suivre le sentier de coquillages, même si cela multipliait par deux la longueur du trajet. De toute façon, une bonne marche la calmerait.

Les sourcils froncés, Brian la regarda s'éloigner. Il se sentait mal à l'aise, à la fois furieux contre Kirby et contre lui-même. C'était extraordinaire, tout de même, cette façon qu'elle avait de lui faire toujours endosser le mauvais rôle.

« Attends ! cria-t-il, saisi de remords. Je vais te raccompagner !

— Non, merci.

— Bon sang, je t'ai dit de m'attendre ! »

Il la rattrapa et la saisit par le bras. Mais, quand elle se tourna vers lui, il fut surpris de lire une telle colère sur son visage.

« Je te ferai savoir quand j'aurai envie que tu me touches, Brian, ou quand je voudrai quoi que ce soit de toi. Et maintenant... » Elle se libéra d'un brusque mouvement. « ... Laisse-moi tranquille. Je sais prendre soin de moi toute seule.

— Ecoute, Kirby... Je suis désolé. »

Il se maudit tout bas d'avoir prononcé ces mots, et le regard de mépris qu'elle lui adressa n'arrangea pas les choses.

« Qu'est-ce que tu dis ? » lança-t-elle d'une voix sifflante.

Trop tard pour se rattraper, pensa-t-il.

« J'ai dit que j'étais désolé. Je ne sais pas ce qui m'a pris. Laisse-moi te raccompagner en voiture. »

Elle inclina la tête avec grâce et lui lança un sourire impertinent.

« Dans ce cas, merci. J'apprécie. »

8.

« Tu étais censée apporter un pack de bières, pas cette espèce de vinasse. »

De mauvaise humeur, Lexy chargea ses affaires dans la Land Rover de Jo.

« J'aime le vin », répliqua Jo.

Mieux valait rester calme et prononcer le minimum de paroles, pensa-t-elle.

« De toute façon, je me demande pourquoi tu veux passer la nuit dans les bois. »

L'air renfrogné, Lexy considéra le sac de couchage de sa sœur et constata qu'il était de première qualité et soigneusement enroulé. « Toujours ce qu'il y a de mieux pour la merveilleuse Jo Ellen », pensa-t-elle avec amertume.

Elle lança le pack de bières dans le coffre.

« Pas de piano bar, pas de service dans les chambres ni de maître d'hôtel pour te faire des courbettes. Tu parles d'une vie de rêve ! »

Jo pensa aux nuits qu'elle avait passées sous la tente ou dans des hôtels miteux — quand ce n'était pas simplement en grelottant dans sa voiture. Mais rien de cela ne lui semblait pénible quand il s'agissait, à la clé, de prendre une photo intéressante.

Elle souleva le sac de provisions préparé par Brian, et le déposa dans le coffre.

« On tâchera de survivre », lâcha-t-elle un peu sèchement.

« Je te rappelle que c'est moi qui ai organisé cette soirée. J'avais envie de m'éloigner de cette fichue maison pour une nuit et de me détendre avec des amies. *Mes* amies. »

Jo laissa retomber le hayon en serrant les dents. Ce serait si facile de partir sur-le-champ... Tourner simplement les talons et rentrer à la maison. Lexy n'aurait qu'à se débrouiller toute seule pour aller au camping.

Mais c'était une solution de facilité. Et elle n'aimait guère ce genre de démission.

« Je considère également Ginny comme une amie, observa-t-elle. Quant à Kirby, cela fait des années que nous ne nous sommes vues. »

Elle fit le tour de la voiture et s'assit au volant. La joie qu'elle avait ressentie à l'idée de cette soirée amicale avait disparu. Il ne lui restait plus qu'un arrière-goût amer dans la bouche. Pas question cependant d'abandonner le programme et de se laisser influencer par les méchancetés de sa sœur.

Comme tout semblait difficile, en ce moment ! Mais elle tiendrait le coup. Lex était comme ça, voilà tout.

« Mets ta ceinture de sécurité », lança-t-elle quand Lexy s'installa à son côté.

Avec un soupir d'exaspération, sa sœur s'exécuta.

« Ecoute, reprit Jo, pourquoi ne pas nous enivrer un peu en imaginant que nous pouvons nous supporter au moins une nuit ? Une excellente comédienne comme toi ne devrait pas avoir de mal à interpréter ce rôle. »

Lexy leva la tête et lui adressa son plus radieux sourire.

« Va te faire foutre, ma chère sœur.

— Dans ce cas, toi aussi, ma non moins chère sœur. »

Jo démarra. Par habitude, elle avança la main vers son paquet de cigarettes et enclencha l'allume-cigare.

« Tu fumes en conduisant ?

— C'est ma voiture, ne t'en déplaise. »

Elle prit la direction du nord. Les pneus crissaient doucement sur la route et des effluves embaumés entraient par les fenêtres ouvertes. Lexy tourna le bouton de la radio et mit le son au maximum. Jo s'efforça de rester calme. Après tout, avec cette musique assourdissante, pas de conversation possible et donc pas de querelle. Au moins jusqu'au camping.

Elle conduisait vite, se remémorant, à chaque virage, le tracé de la route. C'était rassurant. Sur l'île, il y avait peu de changements. La nuit tombait toujours rapidement ici, apportant avec elle les bruits du vent et de la mer. L'île était un monde en soi, une petite planète autonome régie par la régularité des marées.

Un souvenir reflua à sa mémoire. Comme aujourd'hui, elle roulait à pleine vitesse, sa jeune sœur à son côté, les cheveux au vent, la radio à plein volume. Jo avait quitté l'île le printemps précédent, un printemps tiède, parfumé. Elle devait avoir dix-huit ans, alors, et Lexy tout juste quinze. Ce jour-là, elles riaient comme des folles, leur hilarité encore décuplée par un programme d'Ernest et Julio à la radio. Kate était partie voir une parente à Atlanta et personne ne se souciait de ce que faisaient les deux jeunes filles.

Elles s'étaient senties merveilleusement affranchies, libres de leur emploi du temps et de faire des tas de bêtises, liées par une intimité qui, entre-temps, s'était perdue en chemin. Si l'île demeurait éternellement la même, les deux adolescentes rieuses et solidaires avaient, elles, disparu.

« Et Giff ? Il va bien ?

— Comment veux-tu que je le sache ? »

Jo haussa les épaules. Cela faisait longtemps que le garçon avait un œil sur Lex, laquelle naturellement en était tout à fait consciente. Jo se demandait si ce petit manège continuait.

« Je ne l'ai pas revu depuis mon retour sur l'île, reprit-elle. Il paraît qu'il travaille comme menuisier, maintenant.

— Dis plutôt que c'est un nul. De toute façon je ne m'intéresse absolument pas à ce qu'il fait. »

L'air renfrogné, Lexy gardait les yeux rivés au paysage qui défilait. Elle n'avait pas encore oublié la manière stupide dont il l'avait embrassée sur la plage. « D'ailleurs, je ne m'intéresse pas aux garçons de l'île, reprit-elle. Ce sont les hommes, les vrais, qui m'intéressent. » Elle lança à sa sœur aînée un regard de défi. « Des hommes qui ont de la classe et de l'argent.

— Ah ? Parce que tu en connais beaucoup ?

— Pas mal, figure-toi. »

Lexy cala son coude sur le rebord de la portière et prit une pose sophistiquée.

« New York en est rempli. J'aime les hommes qui savent ce qu'ils veulent. Tiens, comme le nouveau Yankee, par exemple. »

Jo sentit son dos se raidir. « Le Yankee ?

— Nathan Delaney. Tout à fait mon type. Et riche, avec ça.

— Qu'est-ce qui te fait penser qu'il est riche ?

— Un type qui peut s'offrir six mois de vacances a les moyens. D'ailleurs, il paraît que c'est un architecte. Et il a beaucoup voyagé. Les hommes qui ont voyagé savent montrer à une femme ce qu'il y a d'intéressant dans le monde. Il est divorcé. Les divorcés apprécient une femme gentille.

— On dirait que tu as fait ta petite enquête, hein ?

— Oui. Et alors ? » La jeune fille s'étira voluptueusement. « Nathan Delaney est exactement mon type. J'ai justement besoin de me changer un peu les idées, ces temps-ci.

— Jusqu'à ton prochain retour à New York ? Vers un nouveau terrain de chasse ?

— Exactement.

— Intéressant... »

Les phares éclairèrent le panneau indiquant l'entrée du camping. Jo ralentit et quitta Shell Road pour suivre une route qui s'enfonçait dans des terres marécageuses.

« J'ai toujours cru que tu avais des ambitions un peu plus hautes...

— Qu'est-ce que tu en sais ? coupa Lexy. Tu n'as aucune idée de ce que je pense.

— Apparemment non, en effet. »

Le silence s'installa entre les deux sœurs, à peine troublé par le chant des grenouilles. Un craquement sonore se fit brusquement entendre et Jo sursauta. C'était le bruit, bien reconnaissable, des mâchoires d'un alligator se refermant sur la carcasse d'une tortue. Jo réprima un frisson en imaginant ce que pouvait ressentir le petit animal durant les dernières secondes de sa vie. Cette sensation d'être prise au piège par un adversaire infiniment plus puissant, funeste et affamé...

Oui, elle devinait l'horreur de ce supplice.

Ses doigts se crispèrent sur le volant. Elle, personne ne l'avait encore dévorée. Parce qu'elle avait fui. Et gagné du temps.

Pourtant, l'angoisse continuait à la tenailler. Elle se força à respirer lentement, profondément. « Détends-toi, se répéta-t-elle. Contente-toi de vivre normalement. »

Elle éteignit la radio et dépassa la petite cabane du gardien, désertée à cette heure tardive. Perçant la nuit, une myriade de lumières vacillaient au vent, rouges et or pour les feux de camp. Des bribes de musique flottaient dans l'air salé puis s'évanouissaient. Les radios des campeurs, probablement, conclut Jo. Elle distingua sous le clair de lune l'éclat laiteux d'un chemin bordé de lis.

« Il faut que je revienne photographier les lieux, pensa-t-elle. Capter cette impression de vide, de silence. »

« Voilà la voiture de Kirby. »

Jo sursauta. « Quoi ?

— Le petit coupé, là, tellement à la mode. Tu n'as qu'à te garer à côté... »

Jo obtempéra et manœuvra pour aligner la Land Rover le long du joli cabriolet de Kirby. Quand elle coupa le contact, elle réalisa que la nuit résonnait de multiples bruits. A l'orée de la forêt, de l'autre côté des dunes, une faune grouillante bruissait, pépiait, hululait. La nuit était lourde de parfums ; la mer, l'humus, les fleurs se mélangeaient en de grisants effluves.

Elle sortit de la voiture, inexplicablement soulagée d'entendre palpiter autour d'elle tant de vie.

« Jo Ellen ! »

Surgissant de l'obscurité, Kirby courut à elle et la prit dans ses bras. Surprise, Jo n'eut pas le temps de réagir. Mais, déjà, son ancienne amie s'écartait pour la contempler, un sourire joyeux éclairant son visage fin.

« Je suis si heureuse de te revoir ! J'ai l'impression que nous avons un million d'années à rattraper ! Salut, Lex. Pose ton sac et viens nous aider à déboucher quelques bouteilles.

— Elle a apporté du vin », marmonna Lexy en ouvrant le coffre.

« Magnifique ! Nous, on a du Coca et une montagne de délicieuses saletés pour aller avec : saucisses, hot dogs, chips et tout le toutim. De quoi être bien malades mais, au moins, on se sera amusées. Et puis, je suis médecin. »

Tout en bavardant, Kirby suivit Jo jusqu'au coffre de la Land Rover.

« Eh là ! » s'exclama-t-elle, ravie, en voyant les provisions. « Qu'est-ce que c'est que ça ? On dirait du pâté !

— J'ai harcelé Brian jusqu'à ce qu'il consente à m'en donner, murmura Jo en souriant.

— Excellente idée ! »

Kirby saisit le panier d'une main et, de l'autre, le pack de bières apporté par Lexy. « Ginny est en train de préparer le feu. Vous avez besoin d'aide pour transporter le reste de vos affaires ?

— Ne t'inquiète pas, on se débrouillera. »

Jo prit son matériel de photo, le sac de couchage et les bouteilles de vin. « A propos, je suis désolée pour ta grand-mère, Kirby.

— Merci. Elle a eu une longue vie... exactement comme elle l'avait toujours souhaité. Si seulement nous pouvions toutes en faire autant. Eh, Lexy ! Ton sac paraît drôlement lourd, je peux t'aider si tu veux. » Kirby s'agitait avec bonne humeur dans l'espoir de dissiper la tension palpable qu'elle sentait entre les deux sœurs.

Lexy claqua la portière du coffre. « Allons-y. Une bière sera la bienvenue.

— Seigneur, soupira Kirby, je meurs de faim. Je n'ai pas dîné. » Les bras chargés, elle se tourna vers Jo. « Ma torche est dans la poche arrière de mon jean. Tu peux l'attraper ? »

Jo retira la lampe et la braqua sur l'étroit sentier en pente. Les trois femmes s'y engagèrent en file indienne. Un feu de camp était allumé sur l'emplacement n° 12, au milieu d'un espace sablonneux soigneusement ratissé. Ginny avait installé sa lampe Coleman en veilleuse et disposé sur le sol une caisse remplie de glaçons. Assise dessus, elle picorait des chips en buvant une bière.

« La voilà ! »

En guise de salut, Ginny leva sa cannette de bière. « Eh, Jo Ellen ! Bienvenue ! »

Jo déposa son sac de couchage par terre et sourit. Pour la première fois, elle se sentait pour de bon chez elle. Et chaleureusement accueillie.

« Merci... », murmura-t-elle.

« Ainsi te voilà médecin ! »

Assise les jambes croisées, Jo sirotait un chardonnay dans un gobelet en plastique. Elles en étaient déjà à la seconde bouteille. « Je n'arrive pas à y croire, poursuivit-elle. Quand nous étions gamines, tu disais toujours que tu rêvais de devenir archéologue. Une sorte d'Indiana Jones au féminin qui partirait explorer le monde.

— J'ai décidé plutôt d'explorer l'anatomie. Et ça me plaît. »

Agréablement égayée par l'alcool, elle étendit une couche de l'excellent pâté de Brian sur un cracker. « Et toi, Jo ? Nous connaissons tous tes succès professionnels mais où en es-tu sur le plan privé ?

— Rien à signaler. Et de ton côté ?

— Je m'intéresse à ton frère. Le problème, c'est qu'il ne se montre guère coopératif.

— Brian ? » De surprise, Jo avala de travers. « Brian ? » répéta-t-elle, abasourdie.

— Il est célibataire, séduisant, intelligent. » Kirby se lécha les doigts. « Et, en plus, il sait confectionner d'excellents pâtés. Alors pourquoi pas lui ?

— Eh bien... c'est seulement que... » Jo esquissa un geste vague. « ... C'est Brian, voilà tout.

— Il fait semblant de ne s'apercevoir de rien, intervint Lexy en tendant la main vers le pâté. Mais, évidemment, c'est seulement une façade.

— Vraiment ? » Kirby leva vivement la tête. « Et comment le sais-tu ?

— Les acteurs apprennent à observer les gens, ils savent quand ils jouent un rôle. La vérité, Kirb, c'est que tu le rends nerveux. Cela l'irrite de ne pas être aussi indifférent qu'il le souhaiterait. »

Pensive, Kirby finit son gobelet de vin et s'en versa aussitôt un autre. « A-t-il dit quelque chose à mon sujet ? Est-ce que... attends ! » Elle leva une main et roula des yeux. « Oh, et puis zut ! Cette conversation devient vraiment trop puérile. Oublie mes questions.

— Moins Brian parle de quelqu'un et plus il y pense, énonça Lexy. Il ne parle pratiquement jamais de toi, c'est bon signe.

— Alors... alors je vais peut-être lui donner une autre chance. » Kirby cilla lorsqu'une lumière vive l'inonda soudain. « Qu'est-ce que...

— Tu avais l'air si heureuse », dit Jo en abaissant son appareil. « C'était le moment de fixer cela sur la pellicule. Rapproche-toi de Lex que je vous aie toutes les trois.

— La voilà reprise par son virus », marmonna Lexy en s'appliquant tout de même à prendre une pose avantageuse.

Jo faisait rarement des portraits mais elles étaient si belles, toutes les trois, dans la lueur du feu. Ginny, avec sa crinière blonde toute frisée et son sourire contagieux ; Lexy, magnifique et boudeuse ; Kirby, spontanée et, en même temps, si distinguée. Chacune d'elles, pour une raison ou une autre, faisait profondément partie de sa vie. Il y avait trop longtemps qu'elle avait oublié cette chaleureuse intimité.

Sa vision se brouilla avant qu'elle ait réalisé que des larmes lui voilaient les yeux.

« Vous m'avez tant manqué, les filles. Tellement manqué... »

Elle posa son appareil et se leva brusquement. « Je... j'ai envie de faire pipi... excusez-moi.

— Attends-moi ! Je t'accompagne. »

Kirby se leva à son tour pour suivre Jo qui s'enfuyait déjà. Elle alluma sa lampe et courut derrière elle. « Hé ! » lança-t-elle en la rejoignant et en l'attrapant par le bras. « Qu'est-ce qui ne va pas ?

— Ma vessie est pleine. Tu es médecin... tu connais les symptômes. »

Jo fit un mouvement pour se dégager, mais Kirby la retint fermement.

« Chérie, je te pose cette question en tant qu'amie, non en tant que médecin. Tu sembles à bout. Que se passe-t-il ?

— Je ne sais pas », répondit Jo en se passant une main sur les yeux. « Je... je ne peux pas en parler. J'ai juste besoin de respirer un peu, j'imagine.

— Bon, bon, comme tu voudras. »

« Elle n'a pas encore confiance, pensa Kirby. Laissons-lui le temps. »

« Voudrais-tu venir me voir et me laisser t'examiner ?

— Peut-être. Il faut que j'y réfléchisse. En attendant, j'ai vraiment envie de faire pipi.

— O.K., O.K... »

Avec un petit rire, Kirby braqua sa torche sur le sentier. « Tu t'enfuis subitement sans même prendre le temps d'emporter une lampe. C'est imprudent, tu sais. Tu aurais pu tomber dans la gueule d'un alligator. »

Avec circonspection, elle explora de sa lampe l'épaisse végétation qui bordait le marais.

« Je crois bien que je pourrais emprunter tous les chemins de cette île les yeux bandés, dit Jo. Cet endroit m'a manqué plus que je ne l'aurais cru, Kirby. Et pourtant, maintenant, je me sens une étrangère ici. Tout est si difficile.

— Il n'y a pas deux semaines que tu es de retour. Donne-toi un peu de temps.

— J'essaie. » Jo pénétra dans la petite cabane. « Bon, j'y vais la première... »

Kirby eut un petit rire puis se mit à frissonner. Après que Jo eut refermé la porte, elle se sentit soudain curieusement seule et vulnérable. Les rumeurs nocturnes du marais l'assaillaient : mouvements furtifs, craquements, brefs plongeons, cris d'oiseaux... Des nuages voilèrent la lune. Kirby saisit sa lampe à deux mains.

Ridicule, pensa-t-elle. Cette nervosité était sans doute consécutive à son aventure dans les bois l'après-midi. Et d'ailleurs, pourquoi avoir peur ? Elle n'était pas seule. Il y avait des campeurs tout autour et on distinguait même, à quelques pas de là, la lueur des torches et des feux de camp.

Pourtant, elle faillit pousser un cri de soulagement quand Jo sortit de la cabane. « A ton tour, Kirb. Prends la lampe. Il fait noir comme dans un four là-dedans. J'ai failli tomber dans le trou. Et, en plus, ça pue.

— Nous aurions dû pousser jusqu'aux toilettes principales du camping.

— Bah, c'est un peu loin.

— Bon, j'y vais. Ne bouge pas de là, d'accord ? »

Jo hocha la tête et s'appuya contre la porte. Presque aussitôt elle se raidit en percevant, sur sa droite, des pas furtifs. Les nerfs tendus, elle se reprocha cette réaction de citadine et s'efforça de conserver son calme en regardant une lumière approcher.

« Hello ! »

La voix masculine était basse, agréable.

« Hello... Nous partons tout de suite.

— Oh, pas de problème ! Je faisais juste un tour au clair de lune avant de regagner mon emplacement, au n° 10. »

Elle entendit l'inconnu avancer encore de quelques pas sans pour autant quitter la pénombre. « Belle nuit, n'est-ce pas ? poursuivit-il. Mais je ne m'attendais pas à rencontrer sur mon chemin une aussi jolie femme.

— Sur l'île, on ne sait jamais à l'avance ce qu'on va voir. Cela fait partie de son charme. »

Jo détourna les yeux, aveuglée par le rayon de la lampe qui se braquait sur son visage.

« C'est précisément ce que j'apprécie, répondit l'inconnu. A chaque pas, c'est l'aventure. Et cette exquise anticipation de ce qui pourrait nous arriver... Anticiper, c'est ce que je préfère. »

« Je n'aime pas ça », pensa Jo. Brusquement, cet entretien la plongea dans un profond malaise. Et la voix de cet homme n'était pas agréable. Epaisse, mielleuse, traînant sur les mots comme le font les Yankees qui croient imiter l'accent du Sud.

« Eh bien, je suis certaine que Desire ne vous décevra pas.

— D'après ce que je vois en ce moment, il semble que ce soit déjà le cas. »

Si Jo avait eu la lampe de poche, elle aurait volontiers abandonné toute forme de politesse pour éclairer ce visage anonyme. Dans l'obscurité, la voix paraissait irréelle, dangereuse. Quand la porte grinça dans son dos, elle sursauta vivement, se retourna, et saisit la main de Kirby avant même que cette dernière fût sortie de la cabane.

« Nous avons de la compagnie », lança Jo d'une voix qui lui parut bizarrement aiguë. « L'endroit est très fréquenté cette nuit. L'occupant du n° 10 passait justement par ici. »

Elle prit la lampe des mains de Kirby et fouilla la pénombre avec fébrilité. Mais il n'y avait plus personne dans les taillis. Elle chercha plus loin, balayant de sa torche la plaine couverte d'herbes ondulantes. Tout semblait désert.

« Il était là... Il y avait quelqu'un là. Je suis sûre que je n'ai pas rêvé.

— Ça va, Jo. Calme-toi. »

La voyant saisie de tremblements, Kirby posa une main apaisante sur son épaule. « Tout va bien. Qui était-ce ?

« Je ne sais pas. Il a surgi simplement dans la nuit. Et il m'a parlé. Tu n'as pas entendu ?

— Non.

— Il parlait très bas. Sans doute ne voulait-il pas que tu l'entendes. Mais il était bien là, je te le jure.

— Je te crois, ma chérie. »

Jo s'écarta en s'efforçant de reprendre le contrôle d'elle-même. « Seigneur..., murmura-t-elle. Je perds complètement la tête. Mais... il m'a surprise, tu comprends ? »

Elle laissa échapper un long soupir et, d'un geste convulsif, repoussa ses cheveux en arrière. « Il m'a mis les nerfs en pelote, en tout cas.

— Ce n'est rien. Ça m'arrive à moi aussi. Tiens, pas plus tard que cet après-midi, j'ai cru entendre des bruits bizarres alors que je traversais le bois pour me rendre à *Sanctuary*. J'ai détalé comme un lapin. »

Jo laissa échapper un petit rire et frotta ses paumes moites contre son jean. « Toi ? J'ai du mal à imaginer cela...

— Et pourtant, c'est bien arrivé. J'étais complètement hors d'haleine quand je me suis heurtée de plein fouet à Brian. Alors il m'a prise dans ses bras pour me rassurer et puis... il m'a embrassée. Finalement, tu vois, c'était plutôt une bonne histoire. »

Jo renifla, heureuse de sentir que ses jambes redevenaient plus solides. « Et ce baiser ? C'était comment ?

— Géant. Je crois que je vais réellement lui donner une nouvelle chance. » Kirby serra la main de Jo. « Ça va maintenant ?

— Oui. Désolée.

— Ne t'en fais pas. Après tout, ce coin est peut-être hanté. Viens, allons rejoindre les autres. Inutile de les effrayer avec nos histoires. »

Tapi dans l'ombre, il les regarda s'éloigner en se tenant par la main. Un sourire aux lèvres, il écouta leur voix s'affaiblir dans le lointain. Au fond, c'était mieux ainsi. Si Jo Ellen n'avait pas été accompagnée, il aurait peut-être été tenté de passer à l'étape suivante.

Mais il n'était pas encore prêt, du moins pas tout à fait. Il lui fallait encore du temps pour passer de l'anticipation à la réalité. Il y avait encore tant de choses à mettre au point et à savourer à l'avance.

Oh, comme il la désirait ! Goûter cette bouche pulpeuse, sensuelle. Ouvrir ces longues cuisses, serrer ses mains sur cette jolie gorge blanche.

Il ferma les yeux et laissa ces images pénétrer lentement son cerveau. L'image glacée d'Annabelle, immobile, parfaite, s'anima puis se transforma graduellement pour devenir l'image de Jo. Il se remémora un passage du journal intime qu'il emportait toujours avec lui :

« Le meurtre nous fascine tous. Certains ne veulent pas l'admettre mais ce sont des menteurs. Impuissant, l'homme se sent attiré vers le miroir de sa propre mortalité. Les animaux tuent pour survivre — manger, délimiter leur propre territoire, se reproduire. La nature tue sans émotion.

» Mais l'homme, lui, tue aussi pour le plaisir. Il en a toujours été ainsi. Nous sommes les seules créatures à savoir que le fait de prendre la vie est l'essence même de la puissance.

» Bientôt, je jouirai de cet acte sublime. Et je le capturerai sur la pellicule.

» L'instant de ma propre immortalité. »

Il fut parcouru par un frisson de plaisir.

Anticiper, se répéta-t-il en orientant sa lumière pour éclairer le sentier. Oui, c'était cela qui l'excitait le plus.

9.

Un sifflement joyeux éveilla Nathan. Au moment où il reprit conscience, il était en train de rêver qu'un oiseau gazouillait sur une branche de l'érable qui se découpait derrière la vitre de la fenêtre. Une image lui revint à la mémoire. Celle d'un autre oiseau qui, durant sa jeunesse, avait chanté tous les matins pendant un été entier. Le petit animal avait fait preuve d'une telle fidélité que Nathan l'avait surnommé Bud[1].

Mais les souvenirs de ces jours s'estompaient d'année en année — des jours chauds, essentiellement occupés à faire de la bicyclette, jouer au ballon, manger des glaces. Tous les matins, le petit garçon d'alors saluait l'oiseau moqueur. Il avait été désespéré quand, à la fin du mois d'août, Bud avait disparu. Sa mère lui avait expliqué alors que Bud était sûrement parti pour le Sud prendre ses quartiers d'hiver.

Nathan se retourna dans son lit. Dans son rêve, Bud avait des plumes noires et luisantes. Il ressemblait à une créature d'un dessin animé de Walt Disney. Pour couronner le tout, il sifflait *Ring of Fire,* une chanson de Johnny

1. *Bud* : appellation familière pour désigner un camarade, un ami. *(N.d.T.)*

Cash. Quand il commença à exécuter une étrange chorégraphie composée d'improbables arabesques, Nathan s'éveilla tout à fait, les yeux braqués sur la fenêtre, prêt à apercevoir le dessin animé de l'autre côté de la vitre.

« Seigneur... »

Il se passa la main sur le visage. « Tu ferais mieux de renoncer au chili en conserve le soir, Delaney ».

La tête dans l'oreiller, il réalisa alors que, même si le rêve avait cessé, le pépiement de l'oiseau se faisait encore entendre. En grommelant, il sortit du lit, le cerveau brumeux. Quelle heure pouvait-il bien être ? Un coup d'œil au réveil le fit sursauter et bondir hors de sa chambre. Qui diable était en train de siffler à 6 h 15 du matin ? Il allait l'étrangler de ses propres mains.

Guidé par les notes joyeuses — à présent, on fredonnait *San Antonio Rose* —, Nathan poussa la porte-moustiquaire, descendit les marches, et découvrit un pick-up d'un rouge étincelant garé dans l'allée à côté de sa jeep.

Grimpé sur un escabeau, un homme s'affairait à bricoler les canalisations du cottage en sifflant à pleins poumons. Il avait des muscles puissants dont le dessin noueux gonflait le tissu de son mince T-shirt bleu. Nathan ne pouvait apercevoir son visage sous la casquette mais, d'après le jean serré et les bottines usagées, on pouvait deviner qu'il s'agissait de quelqu'un de jeune.

« Que faites-vous là, bon sang ? »

Le siffleur tourna la tête dans sa direction et lui adressa son plus radieux sourire.

« Hello ! On dirait bien qu'il y a une fuite de ce côté-là. »

Nathan sentit son envie de meurtre se dissoudre devant la bonne humeur contagieuse du jeune homme.

« Vous êtes plombier ?

— Disons que je sais tout faire. »

Il descendit de son escabeau, essuya sa main droite sur son jean et la tendit à Nathan. « Giff Verdon. C'est moi qui suis chargé de l'entretien. »

Nathan étudia les yeux bruns chaleureux, la courbe des fossettes, les cheveux emmêlés, blondis par le soleil, qui s'échappaient de la casquette.

Sa mauvaise humeur s'évanouit pour de bon.

« Est-ce que vos compétences vont jusqu'à savoir faire du café ? Je veux dire un *bon* café ?

— Vous voulez que je répare votre machine à café ?

— Il n'y en a pas ici. En revanche, j'ai trouvé dans la cuisine quelque chose d'approchant. » Nathan esquissa un geste perplexe. « Une espèce de pot...

— Ah, pour faire un café filtre. Le meilleur, entre nous. Ma foi, à vous regarder, on dirait qu'une bonne tasse ne vous ferait pas de mal, monsieur Delaney.

— Appelez-moi Nathan. Je vous offrirais bien cent dollars pour un pot de bon café. »

Giff eut un petit rire et gratifia Nathan d'une joyeuse bourrade. « Vous devez en avoir sacrément besoin, alors. Venez, allons voir ça.

— Vous commencez toujours votre travail à l'aube ? » demanda Nathan en grimpant à sa suite les marches du bungalow.

« Le monde appartient à ceux qui se lèvent tôt, pas vrai ? »

Giff se dirigea directement vers le fourneau, remplit la bouilloire d'eau et alluma le feu.

« Vous avez des filtres ?

— Non.

— Bon. On va se débrouiller autrement. » Il déchira un morceau de Sopalin et le plaça adroitement à l'intérieur du cône en plastique. « A ce qu'on dit, vous êtes architecte ?

— Exact.

— Moi, j'imagine parfois que j'en suis un aussi.

— Un quoi ? » demanda distraitement Nathan en suivant des yeux chacun des gestes du garçon. Dieu qu'il avait envie de ce café !

« Un architecte, tiens ! Je vois déjà tout dans ma tête. Les maisons, la forme des fenêtres, les toits, la couleur des briques, le dessin des allées, tout quoi. » Giff versa le café moulu dans le filtre improvisé avec la précision d'un maître d'œuvre. « Je me vois même me promener à l'intérieur. Parfois, je change les choses de place, l'escalier, par exemple, ou la salle de bains. Comme je n'ai jamais eu le temps ni les moyens de faire des études, je me contente de rêver. »

Nathan sortit deux tasses du placard.

« Vous vous y connaissez un peu en construction ?

— Bah... pas vraiment. Tout ce que je sais faire, en fait, ce sont les réparations d'entretien. »

Avec une fierté manifeste, il tapota les outils accrochés à sa ceinture. « Je sais me servir de tout ça et, ici, il y a toujours quelque chose à bricoler. Peut-être qu'un de ces jours, je finirai vraiment par construire une maison. On verra. »

Accoudé au comptoir, Nathan le regarda verser l'eau bouillante dans le cône.

« Vous avez déjà travaillé à *Sanctuary* ?

— Bien sûr. J'ai même fait partie de l'équipe qui a refait la cuisine de Brian. Et Mlle Pendleton voudrait aussi installer un Jacuzzi et une salle de gymnastique dans la maison. Les clients aiment bien ce genre de choses quand ils sont en vacances. D'ailleurs, je suis en train de lui dessiner un projet.

— L'idée n'est pas si mauvaise..., murmura Nathan, songeur. Je vois bien cela du côté sud. La lumière y serait meilleure et on aurait la vue sur le jardin.

— Exactement ce que je me suis dit ! » Le sourire de Giff s'élargit. « Si vous pensez comme moi, c'est que je suis sur la bonne voie.

— Il faudra me montrer votre projet.

— Vraiment ? » Giff rayonnait de joie. « Je vous l'apporterai dès qu'il sera terminé. Votre avis sera pour moi une meilleure récompense que vos cent dollars. »

Voyant que Nathan regardait avidement le pot qui se remplissait lentement, il ajouta : « Armez-vous de patience, mon vieux. Il faut toujours du temps pour les bonnes choses. »

Un peu plus tard, sous la douche, Nathan sirotait sa deuxième tasse de café tandis que l'eau chaude lui brûlait agréablement le dos. Il dut admettre que Giff avait raison. Certaines choses valaient la peine qu'on les attende. La caféine avait définitivement balayé les brumes de son esprit et relancé ses énergies. Il se sécha, s'habilla et but une troisième tasse. Cette fois, il se sentait prêt à gagner *Sanctuary* pour y avaler un énorme petit déjeuner.

Giff et le pick-up avaient disparu quand il descendit la volée de marches — probablement partis en quête de nouvelles réparations.

Il se mit à siffler une nouvelle chanson de Johnny Cash, *I Walk the Line,* et hocha la tête. Décidément, rien n'était comme d'habitude, ce matin. Jusqu'ici, il avait toujours détesté ce genre de musique.

Il pénétra sous les frondaisons épaisses et sombres de la forêt et suivit les méandres de la rivière. La majesté des lieux était si impressionnante qu'on se serait cru dans une cathédrale. Nathan s'arrêta de siffler et, dans un silence presque recueilli, observa un papillon jaune d'or qui voletait au-dessus du sentier. A sa gauche, les feuilles des palmiers nains se mêlaient à la vigne vierge sauvage et aux troncs noueux des chênes pour former une muraille de verdure compacte. Parfois, des petits coins de ciel bleu trouaient ce rempart sombre et moussu.

C'est alors que Nathan la vit, agenouillée près d'un arbre couché, les manches de sa veste relevées au-dessus des coudes, ses cheveux tirés en queue-de-cheval. Il s'immobilisa, captivé, en la regardant régler l'objectif de son appareil.

Un endroit idéal pour des photos, pensa-t-il. Avec ces jeux de lumière sur l'eau, les ombres mouvantes des grands arbres, la brume légère enveloppant la forêt de magie. Oui, l'instant était vraiment miraculeux.

Quand il vit la biche surgir sur la gauche, il s'avança à pas feutrés pour rejoindre la jeune femme sans effrayer l'animal. Elle sursauta en sentant sa main se poser sur son épaule.

« Regardez de ce côté, chuchota-t-il. Sur la gauche... »

Le cœur de Jo s'était brusquement accéléré mais elle braqua son appareil dans la direction indiquée. Quand la biche se matérialisa dans son viseur, la tête levée, les narines humant les parfums de la forêt, Jo appuya sur le déclencheur. L'appareil cliqueta sans discontinuer tandis que la biche, suivie de son faon, se déplaçait avec grâce dans les hautes herbes. Elle quitta l'abri des arbres pour se diriger vers le bord de la rivière et s'y désaltérer.

Les rayons du soleil levant se glissaient à travers la brume laiteuse et venaient s'éparpiller en éclats nacrés sur l'eau, à peine troublée par les museaux des deux animaux occupés à boire. C'était une vision si exquise qu'elle en devenait presque irréelle.

Jo ne consentit à abaisser son appareil que lorsque toute la pellicule fut épuisée. Même après cela, elle demeura encore longtemps immobile et silencieuse, observant les cerfs suivre la rivière et disparaître enfin dans les taillis.

Alors elle s'ébroua, comme au sortir d'un rêve.

« Merci, dit-elle à Nathan. Sans vous, je les aurais manqués.

— Je ne crois pas. »

Elle se força à tourner la tête pour le regarder. Il tenait encore sa main posée sur son épaule. Ce seul contact était comme un lien de chaleur entre eux.

« Vous vous déplacez silencieusement. Je ne vous ai pas entendu venir.

— C'est que vous sembliez si absorbée. Avez-vous réussi à prendre les clichés que vous souhaitiez ?

— Nous verrons.

— Je fais quelques photos, moi aussi. Un ancien hobby.

— Normal. Vous avez cela dans le sang. »

Il fit un effort pour faire taire l'écho que cette réflexion éveillait en lui. « Non, il ne s'agit pas d'une passion. Je ne suis qu'un amateur doté d'un équipement de professionnel. » Il lui sourit. « Je ne possède pas vos compétences.

— Comment le savez-vous puisque vous n'avez pas vu mes photos ?

— Très bonne question. Disons alors que je me suis fait une opinion de vous en vous regardant travailler. Vous êtes patiente, vous savez rester immobile, silencieuse. Rien que des qualités, en somme.

— C'est possible. »

Elle voulut se lever et, quittant son épaule, la main de Nathan se plaça sous son coude pour l'aider. « Je ne veux pas interrompre votre promenade... » ajouta-t-elle en fuyant son regard.

« Jo Ellen, si vous continuez à me snober, je vais finir par avoir des complexes. »

Elle semblait plus reposée, se dit-il, et ses joues avaient

recouvré un peu de couleur. Il sourit en examinant le reflex accroché au cou de la jeune femme.

« Tiens, j'ai le même. Je l'ai apporté avec moi.

— Vraiment ? Après tout, il serait étrange que vous n'ayez tout de même pas hérité de quelques dons de votre père. A-t-il été déçu de voir que vous ne suiviez pas ses traces ?

— Non. Mes parents n'ont jamais voulu que je sois autre chose que moi-même. Et puis il y avait Kyle.

— Kyle ?

— Il était devenu photographe de mode et travaillait en Europe — Milan, Paris, Londres.

— C'est une spécialité différente de la mienne.

— Certainement. Vous, vous photographiez les rivières et les sous-bois.

— Entre autres.

— J'aimerais vraiment voir votre travail.

— Pourquoi ?

— Je vous l'ai dit, cela m'intéresse. Ici, j'aurai davantage de temps pour m'y consacrer de nouveau. Et puis... c'est une autre façon de faire revivre le souvenir de mon père. »

Il vit les traits de Jo s'adoucir.

« J'en ai apporté quelques-unes ici, dit-elle, vous pourrez y jeter un coup d'œil.

— Pourquoi pas maintenant ? Je me dirigeais justement vers *Sanctuary*.

— Comme vous voulez. Mais autant vous prévenir, je n'ai pas beaucoup de temps à vous consacrer. Je dois faire ma part de travail à la maison. »

Elle se pencha pour ramasser sa sacoche mais il fut le plus rapide. « Je m'en charge. »

Ils cheminèrent quelques instants en silence. Jo sortit ses cigarettes, en alluma une et exhala une longue bouffée.

« Pourquoi votre femme vous a-t-elle quitté ? demanda-t-elle brusquement.

— Qu'est-ce qui vous fait penser qu'elle m'a quitté ?

— Bon, alors disons que c'est vous qui êtes parti.

— Non. Nous avons décidé d'un commun accord de nous séparer. » Il écarta une branche basse devant elle. « Notre mariage a échoué par manque d'intérêt réciproque. »

Elle hocha la tête et tira une nouvelle fois sur sa cigarette. « Comment s'est passée votre première semaine à Desire ? »

Mais, au lieu de répondre, il s'arrêta tout à coup et se tourna vers elle. « N'est-ce pas ici que vous étiez tombée dans la rivière ? »

Jo haussa les sourcils. « Non, c'est un peu plus loin. Dites plutôt que vous m'aviez *poussée*. Et s'il vous venait l'idée de recommencer, je me tiens sur mes gardes.

— Vous savez, l'une des premières raisons pour lesquelles je suis revenu sur l'île, c'est justement pour retrouver le fil de mes souvenirs. » Il fit un pas dans sa direction mais elle recula aussitôt. « Vous êtes sûre que ce n'était pas ici ?

— Certaine. »

A peine venait-elle de prononcer ces mots qu'elle dérapa sur l'herbe humide. Vivement, il glissa un bras autour de sa taille pour la rattraper.

« Attention... »

Elle s'accrocha à lui en vacillant. « Bon, vous avez gagné, Nathan. Mais ne comptez pas que je recommence.

— C'est ce que nous verrons. Anticiper... c'est ce que je préfère.

— Hein ? »

Elle eut l'impression de se vider de son sang. « Que... qu'est-ce que vous avez dit ? »

Affolée, elle se débattit pour se dégager de son étreinte. « Faites attention ! lança-t-il, sinon nous allons nous offrir tous les deux un plongeon matinal. » Il parvint à l'éloigner de la rive et la regarda, surpris. Elle était blanche comme un linge et tremblait de tous ses membres.

« Je ne voulais pas vous faire peur.

— Non, non... excusez-moi. »

La vague de panique qui l'avait assaillie se retira doucement, la laissant faible et désemparée. Le cœur battant toujours à grands coups, elle s'appuya contre lui, épuisée. Cela faisait longtemps... très longtemps qu'un homme ne l'avait pas ainsi entourée de ses bras.

« C'est stupide, balbutia-t-elle. Il y avait un type l'autre soir, au camping. Il a prononcé des mots... » Elle se troubla. « ... Des mots qui ressemblaient aux vôtres. Et cela m'a effrayée.

— Je suis désolé. »

Elle poussa un long soupir. « Ce n'est pas votre faute. J'ai les nerfs à vif en ce moment.

— Il ne vous a pas molestée, j'espère ?

— Non, non. Il ne m'a même pas touchée. C'est juste que... il m'a donné la chair de poule, voilà tout. »

Elle posa le front sur l'épaule de Nathan et ferma les yeux. Elle aurait aimé rester là éternellement, nichée dans la chaleur réconfortante de ses bras. Mais les solutions faciles n'étaient pas son genre.

Elle releva brusquement la tête pour le regarder.

« Autant vous le dire tout de suite. Je ne coucherai pas avec vous, Nathan. »

Il resta silencieux un long moment, savourant la présence tiède de son corps contre le sien, le contact de ses cheveux soyeux sur sa joue.

« Dans ce cas, je me demande si je ne vais pas me jeter

tout de suite dans la rivière, finit-il par dire. Vous venez de fracasser mon rêve. »

Elle eut envie de rire mais réussit à garder son sérieux.

« J'essaie simplement d'être franche avec vous, voilà tout.

— A vrai dire, j'aurais préféré que vous continuiez à me mentir. Cela aurait rassuré mon ego. » Il tira doucement sur sa queue-de-cheval pour la forcer à relever la tête. « Pourquoi ne pas nous en tenir pour l'instant à des rapports simples ? Les complications peuvent attendre... »

Jo vit son regard s'attarder sur sa bouche, si magnétique, si intense, qu'elle crut sentir sur ses lèvres l'empreinte d'un baiser. Ce serait si simple, pensa-t-elle, de fermer les yeux et de s'abandonner à son désir. De se pencher vers lui, de faire la moitié du chemin. Et alors...

Au lieu de cela, elle leva une main pour la plaquer sur sa bouche. « Pas de ça, Nathan », déclara-t-elle.

Il soupira, leva son poignet à ses lèvres et déposa un baiser délicat sur la peau tendre. « On peut dire que vous savez faire languir un homme.

— Il ne s'agit nullement de vous faire languir. Ne vous faites aucune illusion. »

En silence, ils reprirent leur chemin en direction de *Sanctuary*. Jo réfléchissait en marchant. Il allait falloir s'occuper sérieusement de cette situation. Elle n'était pas stupide au point de ne pas avoir remarqué l'attirance que cet homme éprouvait à son égard. Et voilà que, contre toute attente, elle aussi avait ressenti du désir dans ses bras. Bah... Pourquoi s'inquiéter ? Il s'agissait là d'une réaction tout à fait banale, presque rassurante. Elle perdait peut-être la tête mais, au moins, son corps réagissait normalement.

C'était une sensation qu'elle avait éprouvée trop rarement dans sa vie pour ne pas y prêter attention. Pour l'instant, au moins, elle réussissait à garder le contrôle. Mais... pour combien de temps ?

Ils approchèrent de *Sanctuary* et entrèrent par la porte latérale.

« Juste un coup d'œil, rappela Jo.

— Je sais. Des lits à faire. Je ne vous retiendrai pas longtemps. J'ai l'intention de rôder autour de Brian jusqu'à ce qu'il consente à me nourrir.

— Si vous n'avez pas de projets pour la journée, pourquoi ne pas essayer d'emmener mon frère faire une balade avec vous ? Je ne sais pas, moi, aller à la plage ou à la pêche. Il passe trop de temps enfermé ici.

— J'ai pourtant l'impression qu'il adore ça.

— C'est vrai. » Jo bifurqua dans un long corridor aux murs couverts de fresques représentant des paysages de forêts et de rivières. « Mais Brian se croit obligé de rester au service de *Sanctuary* vingt-quatre heures sur vingt-quatre. »

Elle actionna une poignée et un panneau du mur décoré s'ouvrit sur une cage d'escalier qui conduisait autrefois aux logements des domestiques. A présent, la famille Hathaway y avait installé ses quartiers privés.

Ils longèrent un petit couloir. En passant devant la première porte restée ouverte, Jo en profita pour jeter un regard dans la chambre de Lexy. Comme on pouvait s'y attendre, la pièce était en désordre. Des vêtements gisaient, éparpillés, sur l'immense lit à baldaquin, sur les fragiles chaises Reine Anne, sur le tapis d'Aubusson. L'air était encore chargé d'effluves de poudre et de parfum.

Jo poursuivit son chemin et ouvrit une autre porte. Nathan fut surpris de se retrouver à l'intérieur d'un laboratoire photographique parfaitement équipé.

Une vieille couverture usée jusqu'à la corde protégeait

le plancher, des stores épais interdisaient le passage de la lumière. Sur la gauche, des rayonnages de métal couraient le long du mur, encombrés de flacons, de produits chimiques et de tubes. On y trouvait aussi des boîtes en carton noir qui, supposa Nathan, devaient contenir le papier, les planches contact et les tirages. Au milieu de la petite pièce, un haut tabouret flanquait la table de travail surmontée d'un éclairage halogène.

« Je n'aurais jamais imaginé que vous seriez si bien équipée ici.

— C'était autrefois une salle de bains, expliqua Jo. J'ai harcelé ma cousine Kate jusqu'à ce qu'elle m'autorise à installer mon labo. »

La table s'illumina d'un blanc cru quand elle alluma la lampe avant d'aller examiner les épreuves de la veille qui séchaient sur un fil.

D'un geste rêveur, elle effleura l'agrandisseur en se souvenant comment elle avait soigneusement amassé de quoi se l'offrir, sou après sou. « Cela faisait trois ans que j'économisais pour m'acheter du matériel. Brian a fait installer les étagères et la table, Lex s'est occupée des produits et des papiers pour les tirages. Ce fut le plus bel anniversaire de ma vie.

— La famille a parfois du bon », observa Nathan en constatant toutefois qu'elle n'avait pas mentionné son père.

« Oui, parfois. » Elle pencha la tête et, répondant à son interrogation muette, ajouta : « Il m'a donné cette pièce. De sa part, cela représente un geste considérable. »

Elle se détourna pour saisir une boîte posée sur l'étagère.

« Je suis en train de rassembler des épreuves pour un livre que l'on m'a commandé. Celles-ci constituent sans doute le meilleur du lot, même si mon choix n'est pas encore définitif. »

Il la fixa avec surprise.

« Vous allez publier un livre ? Félicitations.

— Attendons de voir. Pour l'instant, cela représente surtout un souci de plus pour moi. »

Dès la première photo, il comprit que Jo était bien plus que compétente. S'il était vrai que David Delaney avait été à la source de sa vocation, l'élève avait largement dépassé le maître. Les tirages noir et blanc étaient spectaculaires, avec des lignes nettes, précises, comme tracées au scalpel. Nathan examina l'étude d'un pont franchissant une eau bouillonnante. L'édifice, blanc, nu, s'élevait au-dessus de l'eau sombre tandis qu'à l'horizon, le globe du soleil commençait à émerger.

Une autre prise de vue montrait un arbre solitaire, ses branches étendues au-dessus d'un champ nu fraîchement labouré. On aurait pu en compter les sillons.

Lentement, en prenant son temps, Nathan examina les clichés. L'un d'entre eux retint particulièrement son attention. C'était une photo prise de nuit : un immeuble en brique, sa façade sombre trouée par trois fenêtres brillamment éclairées. On pouvait distinguer l'humidité sur les murs et une légère brume montant de la rue détrempée. Nathan avait l'impression de sentir sur sa peau le froid mordant de la nuit.

« C'est un travail extraordinaire, Jo. Vous possédez un immense talent. Ne pas l'admettre serait un excès de modestie, une pure névrose. »

Jo esquissa un sourire.

« Peut-être suis-je bel et bien névrosée. Après tout, beaucoup d'artistes le sont.

— Ce que je sais en tout cas, c'est que vous êtes terriblement solitaire. Pourquoi ?

— Je ne sais pas de quoi vous parlez. Mes photos...

— ... je vous l'ai dit, elles sont époustouflantes. Tenez,

regardez celle-là. » Il désigna la photo prise par Jo de son propre immeuble. « On dirait que quelqu'un vient juste de partir, que sa présence flotte encore dans la rue. »

Soudain mal à l'aise, Jo lui reprit le cliché pour le ranger dans la boîte.

« De toute façon les portraits ne m'intéressent pas, dit-elle brièvement.

— Jo... » Nathan effleura sa joue du bout des doigts. Au seul battement de ses paupières, il sut que ce geste l'avait troublée. « Vous rejetez les autres à l'extérieur de vous-même. Cela donne à vos œuvres une atmosphère extraordinaire, chargée d'émotions rares, originales. Mais que faites-vous de votre vie ?

— Mon travail, c'est ma vie. »

D'un geste sec, elle referma le couvercle de la boîte. « Et maintenant, ainsi que je vous l'ai dit, j'ai encore beaucoup de choses à faire. »

Il se leva.

« J'adorerais voir une photo de vous. »

Jo ne put éviter son regard. Il avait des yeux chauds et attirants. Terriblement attirants, même. Elle sentit de nouveau ce déclic au fond d'elle, mais plus fort, cette fois.

« Allez-vous-en, Nathan.

— Très bien... »

Avant qu'aucun d'eux n'ait pu prévoir ce geste, il se pencha et posa ses lèvres sur celles de la jeune femme. D'abord légèrement, puis plus fermement. Elle avait une bouche plus chaude qu'il ne l'aurait imaginé, et plus accueillante.

Les yeux ouverts, elle le fixait sans ciller.

« Vous tremblez, dit-il calmement.

— Non. Ce n'est pas vrai. »

Il caressa le contour de son menton puis laissa retomber sa main. « Eh bien, disons alors que l'un de nous deux tremble.

— Allez-vous-en, répéta-t-elle. Je vous en prie. »

Il l'embrassa sur le front.

« Ne comptez pas sur moi pour disparaître comme ça, dit-il doucement. Du moins... pas comme vous l'entendez. »

Quand il eut quitté la pièce, elle se dirigea vers la fenêtre et, avec des gestes frénétiques, s'efforça de relever les stores. Elle avait besoin d'air et de lumière pour éclaircir ses idées, rafraîchir ce sang qui lui brûlait les veines.

Tandis qu'elle inspirait avidement la fraîcheur apportée par la brise, elle repéra la silhouette familière de son père au bord de la dune, la chemise flottant autour de son corps maigre, les cheveux au vent.

Oui, Nathan avait raison. Elle était seule, exactement comme son père. Ils avaient dressé d'invisibles barrières entre eux et les autres.

Rageusement, Jo referma la fenêtre et descendit les stores.

« Que le diable l'emporte ! » pensa-t-elle avec colère. Après tout, elle n'était pas obligée de ressembler à son père. Pas plus qu'à sa mère. Elle était elle-même, voilà tout.

Sans doute était-ce pour cela que, parfois, elle avait l'impression de n'être personne...

10.

Giff était de nouveau en train de siffler. Nathan essaya vainement de reconnaître la mélodie tout en introduisant un toast dans le grille-pain. Giff avait une connaissance de la *country music* qui dépassait de loin ses propres compétences.

En tout cas, le garçon semblait avoir le cœur à l'ouvrage. Et il était prêt à réparer n'importe quoi. Sans quoi Brian ne lui aurait pas demandé d'examiner le lave-vaisselle du restaurant juste au moment du petit déjeuner.

Près du comptoir, Brian s'affairait à découper, frire et remuer toutes sortes d'ingrédients. Giff sifflait en trifouillant les entrailles du lave-vaisselle et Nathan avalait un second toast grillé tartiné de marmelade de pommes.

Il ne se rappelait pas avoir tant apprécié un petit déjeuner.

« Comment ça se passe, Giff ? » lança Brian en plaçant sur le chauffe-plat un plateau bien garni.

« Couci-couça.

— Si tu ne répares pas ce truc avant la fin du service, Nathan sera obligé de faire la plonge.

— Moi ? »

Nathan avala une nouvelle et délicieuse bouchée de

son toast à la confiture. « Mais je n'ai sali qu'une seule assiette...

— C'est la règle de la maison. Tu manges dans la cuisine, donc tu fais ta part. Pas vrai, Giff ?

— Ouais. Mais je ne pense pas qu'on en arrivera là. Ah... j'ai trouvé. »

Du coin de l'œil, il vit Lexy ouvrir la porte de la cuisine à toute volée. « Ouais », répéta-t-il d'une voix plus forte, « avec de la patience, j'en viendrai à bout. En temps voulu... »

Elle lui lança un long regard oblique, furieuse de le trouver aussi charmant avec sa drôle de casquette de base-ball et son T-shirt crasseux.

« Deux omelettes, cria-t-elle à Brian, une au jambon, l'autre au bacon. Deux œufs au plat avec bacon, une assiette de porridge, des toasts. » Elle s'empara du plateau posé sur le chauffe-plat. « Giff, ôte tes grands pieds de mon chemin. »

Le sourire du garçon s'élargit après que la porte se fut refermée sur Lexy.

« Joli brin de sœur que tu as là, Bri. Même le plus joli que j'aie jamais vu.

— Si tu le dis », marmonna Brian en cassant deux œufs dans la poêle.

« Ouais. Elle est folle de moi.

— Vu la manière dont elle se trémousse quand elle te voit, on dirait, oui. »

Giff renifla en tapotant le manche de son tournevis dans le creux de sa main. « C'est sa manière à elle. Elle veut qu'un homme la suive à la trace comme un petit chien. Elle est comme ça, Lex. Faut comprendre comment ça fonctionne, une femme, c'est tout.

— Qui diable peut comprendre les femmes ? » maugréa Brian. Il agita sa spatule en direction de Nathan. « Tu y comprends quelque chose, toi ? »

Nathan contempla son toast moelleux et délicieusement chaud et s'apprêta à mordre dedans. « Non, répondit-il. Même si j'ai beaucoup étudié la question. On peut même dire que j'y ai consacré une bonne partie de ma vie.

— Il ne s'agit pas de savoir comment *toutes* les femmes fonctionnent », observa sentencieusement Giff en s'affairant avec son tournevis. « Ce qu'il faut, c'est se concentrer sur une seule. Exactement comme avec un moteur. Ils sont tous construits sur le même principe mais chacun a son mode de fonctionnement propre. »

Il s'arrêta pour s'absorber dans son travail, choisissant soigneusement chaque pièce pour la remettre en place. « Alexa, c'est une fille bien trop jolie pour être heureuse, reprit-il. Elle n'arrête pas de penser à son physique et ça lui gâche la vie. »

Brian haussa les épaules.

« Elle a assez de fourbi dans sa salle de bains pour peinturlurer toute une troupe de girls de Las Vegas.

— Certaines femmes se croient obligées de jouer à ce jeu, objecta Giff. Lex est furieuse si un homme n'a pas l'air ébloui par elle vingt-quatre heures sur vingt-quatre. Et quand c'est le cas, alors elle le traite d'idiot parce qu'il ne la juge que sur l'apparence. La voilà, sa contradiction. L'astuce consiste à attendre le moment propice et le bon endroit.

— Trop compliqué pour moi », laissa tomber Brian.

D'un mouvement expert du poignet, il fit glisser les œufs sur l'assiette. « C'est exactement le portrait de Lexy, pensa-t-il. Contradictoire, assommante. »

« Tu n'y piges rien, Bri, dit Giff. Les femmes, ça demande un peu de travail. C'est le jeu, quoi. » Il releva la visière de sa casquette et s'essuya les mains avec un chiffon. « Bon, ça marche, maintenant. »

Lexy ne devrait pas tarder à réapparaître, calcula-t-il. Alors il prit son temps pour ranger ses outils.

« Ginny et moi, on a décidé avec quelques copains d'organiser un feu de joie sur la plage ce soir. Du côté d'Osprey. J'ai déjà entassé un gros tas de bois sec et la nuit sera claire. »

En voyant Lexy entrer dans la cuisine, il ajouta : « Je compte sur toi, Bri, pour le faire savoir à tes clients et dans les bungalows. Sans oublier le camping.

— Faire savoir quoi ? demanda aussitôt Lexy.

— Pour le feu de joie.

— Quand ? Ce soir ? » Les yeux de la jeune fille brillèrent tandis qu'elle posait les assiettes sales sur le comptoir. « Où ?

— Vers Osprey. »

Giff finit de ranger ses outils dans leur boîte. « Tu viendras, hein, Brian ?

— On verra. J'ai de la paperasserie en retard.

— Oh, quel rasoir ! intervint Lexy en lui donnant un coup de coude. Ne te fais donc pas prier. Nous viendrons tous. »

Dans l'espoir d'irriter Giff, elle adressa un sourire étincelant à Nathan. « Vous aussi, n'est-ce pas ? Il n'y a rien de plus sympa qu'un feu de joie sur la plage.

— Je ne voudrais pas manquer ça. »

Il glissa un coup d'œil prudent en direction de Giff.

« Génial ! » roucoula Lexy.

Elle le frôla en passant à côté de lui et le gratifia de son sourire à 1 000 watts en principe réservé aux grandes occasions. « Je vais prévenir tout le monde... », lança-t-elle avant de sortir en trombe.

Giff se gratta le menton, ferma sa boîte à outils et se redressa.

« Pas besoin de prendre cet air gêné, l'ami, dit-il à

Nathan. Lexy ne peut pas s'empêcher de flirter, c'est plus fort qu'elle.

— Hmm ! »

Nathan jeta un coup d'œil inquiet à la boîte à outils en songeant à tous les usages que l'on pouvait faire d'une simple clé anglaise.

« Je vous assure que ça ne me dérange pas », insista Giff.

Il s'approcha du comptoir, prit un biscuit encore tiède et le fourra dans sa bouche. « Si un homme décide de choisir une très jolie femme, il doit s'attendre à la voir jouer les coquettes et que les autres hommes la regardent. Alors vous aussi, vous pouvez regarder. » Il souleva sa boîte à outils et fit un petit salut de la main. « Mais seulement regarder, hein ? Bon, à ce soir. »

Puis, toujours en sifflant, il sortit par la porte arrière.

Nathan prit son plateau de petit déjeuner et le porta sur le comptoir.

« Ce garçon a des biceps impressionnants... Je crois que, malgré ses dires, je ne vais même pas me risquer à regarder.

— Ça me paraît une bonne idée. Et, maintenant, tu peux payer ton petit déjeuner en chargeant ce lave-vaisselle. »

« Je n'ai aucune envie de voir du monde, Kate. Et puis il me reste encore du travail à finir dans le labo.

— Ne viens pas me parler de travail... »

Kate s'avança vers la coiffeuse de Jo, saisit la brosse à cheveux et la secoua dans sa direction. « Tu vas arranger ta coiffure, mettre un peu de rouge à lèvres et aller à ce feu de joie, c'est moi qui te le dis. Tu iras danser et t'amuser comme tout le monde. »

Avant que Jo ait pu formuler une protestation, Kate l'arrêta, la main levée comme un agent de circulation. « Epargne ton souffle, ma fille. Je viens déjà de livrer la même bataille avec ton frère et j'ai gagné. Tu ferais aussi bien de commencer à te préparer. »

Elle lança la brosse et Jo eut juste le temps de l'attraper au vol.

« Je ne vois pas pourquoi il est si important que je...

— Ça l'est, voilà tout », coupa Kate en ouvrant toute grande la porte de l'armoire en bois de rose. « Il est important que les gens de cette maison apprennent à s'amuser un peu de temps en temps. Et quand j'en aurai fini avec vous, j'irai me bagarrer avec votre père pour la même raison. »

Jo eut un petit rire ironique. « Tu n'as aucune chance.

— Et moi, je te dis qu'il ira, même si je dois l'assommer et le traîner, inconscient, sur la plage. » Kate fit la grimace en contemplant le contenu de l'armoire. « Mais tu n'as rien de convenable à te mettre ! »

Consternée, elle fit glisser les cintres les uns après les autres. « Tu n'as vraiment rien qui ait un peu plus d'allure ? »

Sans attendre la réponse, elle se dirigea vers la porte.

« Alexa ! Trouve un chemisier pour ta sœur et apporte-le.

— Je n'en veux pas ! »

Inquiète, Jo se leva d'un bond. « Si je devais me rendre à cette maudite soirée, ce serait vêtue de mes propres affaires. D'ailleurs, comme je n'irai pas, la question est réglée.

— Tu iras. Et essaie donc de boucler un peu ces cheveux. J'en ai assez de les voir pendre comme ça.

— Je n'ai rien pour les boucler et je n'ai aucune intention de le faire.

— Alexa ! cria Kate. Avec la blouse, apporte aussi tes bigoudis chauffants !

— Non ! » hurla Jo encore plus fort.

Elle se tourna vers sa cousine. « Bon sang, Kate. Je n'ai plus seize ans.

— C'est vrai, tu ne les as plus... »

Kate secoua brusquement la tête et, dans le mouvement, ses boucles d'oreilles en or voletèrent autour de son visage. « Tu es devenue une femme — et une jolie femme. Autrefois, mais c'était il y a longtemps, tu en éprouvais de la fierté. A présent, on dirait que tu te fiches de tout. Alors tu vas me faire le plaisir de t'occuper davantage de ton apparence. »

Voyant que Jo s'apprêtait à protester de nouveau, elle leva la main. « Chut ! Pas de récriminations ! Maudits enfants. Il faut se battre avec vous constamment ! »

Elle gagna la salle de bains et la balaya d'un regard critique.

« Pas de poudre ni même de tube de mascara. Qu'est-ce que cela signifie ? Tu veux te faire bonne sœur et te retirer du monde ? Le rouge à lèvres n'est pas un instrument de Satan, que je sache. »

Lexy pénétra dans la chambre, un chemisier jeté sur une épaule et un coffret de bigoudis chauffants à la main. Comme elle se sentait d'excellente humeur à la perspective de la sortie qui se préparait, elle gratifia Jo d'un sourire vaguement condescendant.

« Alors... On pique encore une de ses fameuses colères ?

— Exactement, sœurette. Pas question de me boucler les cheveux.

— Pff, détends-toi un peu, Jo ! »

Lexy posa les bigoudis sur la coiffeuse et en profita pour examiner son reflet dans le miroir. Comme c'était une soirée de plein air, elle ne s'était que légèrement maquillée. D'ailleurs, elle le savait, le feu embellissait toutes les femmes. Puisque la plupart des gens venaient en jean, elle avait choisi de porter une longue jupe à pois rouges qui contrasterait agréablement avec le style monotone des autres.

« Je ne veux pas de tes vêtements, marmonna Jo.

— Comme tu voudras. »

« Heureusement que, ce matin, je suis d'humeur charitable », pensa Lexy. Elle se planta devant sa sœur et, les lèvres pincées, l'examina d'un regard scrutateur.

« Hum ! Les frisettes, ce n'est pas ton style, à mon avis.

— Ecoute un peu ça, Kate ! lança Jo. La spécialiste a parlé. Bien, je note, je note. »

Lexy ignora le sarcasme et se mit à tourner lentement autour de Jo.

« Tu n'aurais pas un T-shirt noir pas trop ample, qu'on ne puisse pas en mettre deux comme toi dedans ? »

Jo hocha la tête avec circonspection. « Probablement.

— Et un jean noir ? »

Comme Jo faisait un nouveau signe d'assentiment, Lexy demeura songeuse quelques instants en pianotant sur le rebord du lit, la tête penchée.

« Voilà comment je te vois : simple, mais de l'allure. Peut-être des boucles d'oreilles et une jolie ceinture pour égayer le tout. Rien d'autre, surtout. Et pas de cheveux bouclés non plus. En fait, ce dont tu as besoin, c'est d'une nouvelle coupe. Je peux m'en charger. Quelques coups de ciseaux par-ci par-là. »

Comme pour se protéger, Jo posa aussitôt les mains sur ses cheveux. « Une coupe ? Non mais tu rêves ! Je ne te laisserai pas me toucher les cheveux !

— Et pourquoi pas ? De toute façon, regarde-les, ils pendent n'importe comment.

— Tout à fait d'accord avec toi, Lex ! » claironna Kate en pénétrant de nouveau dans la pièce. « Laisse-toi faire, Jo. Ta sœur est très adroite, c'est elle qui me coupe les cheveux quand je n'ai pas le temps d'aller sur le continent. »

Vaincue, Jo laissa retomber ses mains sur le lit.

« Bravo ! marmonna-t-elle. Si elle me scalpe, je n'aurai même plus besoin d'aller à cette maudite soirée pour perdre mon temps avec une bande d'imbéciles qui passeront la nuit à chanter *Kum Ba yah.* »

Un quart d'heure plus tard, elle était assise, une serviette sur les épaules. Le sol était jonché de mèches de cheveux.

« Seigneur ! soupira-t-elle, j'ai dû perdre la tête.

— Cesse de gigoter ! » ordonna Lexy d'une voix enjouée. « Je n'ai encore pratiquement rien fait. »

Elle s'activa en silence quelques minutes. « Tu as de beaux cheveux, tu sais. Epais et naturellement ondulés. Alors que les miens sont raides comme des baguettes de tambour. Je dépense un argent fou pour les boucler. »

Elle ponctua ce commentaire d'un haussement d'épaules fataliste et se concentra de nouveau sur son travail. « Tout ce dont tu as besoin, c'est d'une bonne mise en forme. Quelque chose qui ne demande pas trop d'entretien.

— A quoi bon ? Je ne m'en préoccupe déjà pas beaucoup... » Jo se tortilla sur sa chaise. « Ecoute, n'en coupe pas trop, tout de même... »

Ses yeux s'arrondirent et sa gorge se crispa quand elle vit des mèches voler autour d'elle. « Seigneur, Lex ! Mais qu'est-ce que tu fais ?

— Détends-toi. Je te fais simplement une frange.

— Une frange ? Mais je ne t'ai pas demandé de frange !

— Eh bien, maintenant, tu en as une ! Ça mettra tes yeux en valeur. Et puis c'est joli, simple. Moderne, quoi. »

Elle continua à travailler quelques instants, recula de quelques pas en réfléchissant et recoupa encore quelques cheveux.

« Ça me plaît. Oui, ça me plaît vraiment.

— Tant mieux pour toi, bougonna Jo. On voit bien que ce n'est pas toi qui te baladeras avec cette tête-là !

— Cause toujours. Tu me devras des excuses quand tu te verras. »

Lexy mit une noisette de gel dans le creux de ses mains, les frotta et les passa dans les cheveux humides. Jo fronça les sourcils en regardant le tube. « Je n'utilise jamais ces machins-là.

— Eh bien, maintenant, tu le feras », répliqua Lexy en branchant le séchoir. « Tu vas voir, ça donnera plus de volume. Avec cette coupe, tu n'en auras que pour dix minutes, le matin, pour être regardable.

— Jusque-là, il ne m'en fallait que deux. Je ne vois pas où est le bénéfice. »

De mauvaise humeur, Jo remua les pieds. Elle en avait assez de rester là, assise sans bouger, pendant que tout le monde s'agitait inutilement autour d'elle.

« Et voilà ! » lança Lex, satisfaite, en arrêtant le séchoir. « Au lieu de râler sans savoir, va donc te regarder dans la glace. Si tu n'es pas contente, tant pis. »

Elle posa le séchoir et sortit d'un pas vif de la chambre. D'un geste agacé, Jo se débarrassa de la serviette qui lui recouvrait les épaules et se leva pour aller s'examiner dans le miroir. « Ma foi... ce n'était pas si mal », convint-elle en levant une main pour arranger une mèche. Au lieu de pendre autour de sa figure comme avant, ses cheveux bougeaient avec grâce et fluidité. Quant à la frange, il fallait reconnaître qu'elle seyait bien à la forme de son visage. Jo secoua la tête pour voir ce que cela donnait. Tout retomba en place de façon harmonieuse.

« Joli, pensa-t-elle, mais avec du style. » Il fallait bien admettre que Lex avait le coup de main.

Assise au bord du lit, un souvenir reflua à sa mémoire. Elle revit sa mère en train de lui brosser les cheveux.

« *Tu as de très beaux cheveux, Jo Ellen. Si épais, si doux. C'est la plus glorieuse des couronnes.*

— *Ils sont de la même couleur que les tiens, maman.*

— *Je sais...* » *Annabelle riait en la serrant contre elle.* « *Tu seras ma petite jumelle.* »

« Je ne peux pas être ta jumelle, maman, murmura Jo. Non, je ne pourrai jamais te ressembler. »

Etait-ce pour cela qu'elle ne s'était jamais préoccupée de son physique, se contentant de lier ses cheveux avec un simple élastique ? Etait-ce pour cela, aussi, qu'elle refusait de se maquiller ? Par entêtement ou par peur... elle ne consacrait plus que cinq minutes par jour à son apparence.

Si elle voulait garder son équilibre mental, elle devait apprendre à affronter son image dans le miroir. Et à l'accepter.

Jo prit une profonde inspiration, quitta sa chambre et partit à la recherche de Lexy. Elle la trouva dans sa salle de bains, occupée à chercher un bâton de rouge à lèvres dans le fouillis de produits cosmétiques qui encombraient la tablette.

« Je suis désolée, Lex. »

Comme celle-ci ne disait rien, Jo s'avança. « Ecoute, reprit-elle, je suis vraiment désolée. Tu avais raison. Je me suis montrée stupidement désagréable. »

Lexy contempla un petit tube doré et fit coulisser le bâton de rouge. « Pourquoi es-tu comme ça ?

— Parce que j'ai peur.

— De quoi ?

— De tout. » Elle se sentit tout à coup soulagée de l'admettre. « Tout m'effraie en ce moment. Même une nouvelle coupe de cheveux. »

Avec un sourire un peu forcé, elle ajouta : « Et même une coupe de cheveux super comme la tienne. »

Lexy sourit à son tour. Leurs yeux se croisèrent dans la glace. « Dis plutôt qu'elle est géniale. Ce serait encore mieux si tu te maquillais un peu. »

Jo soupira en considérant l'assortiment de fards. « Pourquoi pas ? Est-ce que je peux me servir de ton mascara ?

— Prends n'importe lequel. Ce sont les mêmes couleurs qui nous vont, à toi et à moi. » Lexy se pencha, prit le rouge à lèvres et se le passa avec soin sur les lèvres. « Jo... est-ce que tu as peur... d'être seule ?

— Non. Cela me convient très bien. » Elle saisit un peu de blush pour en renifler le parfum. « Ce n'est pas du tout cela qui me fait peur.

— C'est drôle, fit Lexy. Parce que, moi, c'est la seule chose qui m'effraie vraiment. »

Le feu s'élançait comme une flèche d'or et d'argent vers le ciel sombre moucheté d'étoiles. On aurait dit quelque cérémonie rituelle d'un autre temps, songea Nathan en sirotant une bière glacée. Il imaginait des silhouettes vêtues de longues robes dansant autour du foyer et offrant des sacrifices à un dieu primitif et affamé.

La nuit était fraîche, le feu brûlant et la plage, si souvent déserte, vibrante de monde, de bruits et de musique. Pourtant Nathan ne se sentait pas encore prêt à rejoindre l'agitation ambiante. Il se contentait de regarder les danseurs, d'observer le flux et le reflux des participants, presque aussi cadencé que celui des vagues. Une autre expression de la nature, et tout aussi primitive, songea Nathan.

Les photos que Jo lui avait montrées lui revinrent à la mémoire. Des tranches glacées de solitude qui avaient éveillé en lui un écho familier. Et qui lui avaient permis de comprendre combien lui-même était devenu solitaire.

« Salut, beau gosse ! »

Ginny se laissa tomber à côté de lui sur le sable. « Qu'est-ce que vous faites là, tout seul ?

« Disons que je réfléchis au sens de la vie... »

Ginny partit d'un grand éclat de rire.

« Bah, ce n'est pas si difficile. Il suffit de vivre, tout simplement. »

Elle lui offrit un hot dog chaud et croustillant, à peine sorti des braises. « Mangez ça. »

Nathan mordit une bouchée pleine de charbon et de sable. « Hum... », fit-il en esquissant une grimace.

Ginny rit de plus belle en lui administrant une bourrade.

« Bon, bon... la cuisine n'est pas mon fort, c'est vrai. Mais je sais préparer des petits déjeuners, vous savez. Excellents, à la mode de chez nous, dans le Sud. Alors si, par hasard, vous vous trouvez dans le voisinage... »

L'invitation, claire et précise, s'accompagnait d'un sourire radieux, qu'une consommation excessive de tequila avait légèrement décentré. Amusé, il lui sourit en retour.

« C'est une invitation tentante.

— Oh, vous savez, cela n'a rien d'extraordinaire ce genre d'invitation, toute les femmes célibataires de cette île entre seize et soixante ans aimeraient bien vous la faire. Disons que je suis la première, voilà tout. »

Ne sachant trop quelle réponse choisir, Nathan se gratta le menton pour gagner du temps. « J'adore les petits déjeuners, mais...

— Bon, bon, j'ai compris. Ne vous en faites pas. » Elle palpa son bras, comme pour en apprécier les biceps.

« Vous savez ce que vous devriez faire, Nathan ?

— Quoi donc ?

— Danser.

— Vraiment ?

— Ouais. Vraiment. »

Elle sauta sur ses pieds et lui tendit une main. « Avec moi. Allez, un peu de nerf... A nous deux, on va leur en faire voir. »

Il mit sa main dans la sienne et la trouva chaude, merveilleusement vivante. « Allons-y. »

« Ma cousine s'est trouvé un Yankee », commenta Giff en regardant Ginny traîner Nathan sur le sable humide.

« On dirait. » Kirby lécha ses doigts poisseux de marshmallow. « Elle sait s'y prendre pour s'amuser.

— Tout le monde n'a pas envie de s'amuser », marmonna Giff en scrutant la plage.

Certains dansaient, d'autres étaient nonchalamment étendus autour du feu, d'autres, enfin, déambulaient dans l'obscurité, en quête d'un peu de solitude. Des enfants sautaient et criaient joyeusement dans la mêlée tandis que leurs parents, assis sur des fauteuils pliants, bavardaient en jetant de temps en temps des coups d'œil indulgents à leurs rejetons.

Kirby regarda une nouvelle fois en direction des dunes. Mais aucun membre de la famille Hathaway n'était encore apparu.

« Tu guettes Brian et, moi, je m'occupe de Lexy. »

Giff lui passa un bras amical autour de l'épaule.

« Pourquoi ne pas tuer le temps en allant danser ? Comme ça nous les guetterons ensemble...

— Bonne idée. »

A cet instant précis, la silhouette de Brian se profila au sommet des dunes, Lexy d'un côté, Jo de l'autre. La mine sombre, il fit une pause pour contempler longuement la plage et la foule qui l'encombrait.

Lexy lui donna un coup de coude dans les côtes. « Allons, Bri, ne sois pas si maussade. »

Immédiatement, elle repéra Giff et ressentit une pique de jalousie en apercevant Kirby danser le slow dans ses bras. Sans attendre, elle descendit vivement vers la plage.

« On pourrait encore faire demi-tour, suggéra Jo. Kate est en train d'essayer de persuader papa. Prenons la route du nord et rentrons à la maison par la porte de derrière avant qu'ils n'arrivent ici.

— Elle nous le fera payer plus tard », répondit Brian. Résigné, il enfouit ses mains dans ses poches. « Pourquoi crois-tu que nous soyons aussi sauvages, toi et moi ?

— Trop de sang Hathaway, probablement.

— Et pas assez de Pendleton. On dirait que Lexy a ramassé nos deux parts dans ce domaine », ajouta Brian en désignant d'un signe de tête sa jeune sœur au cœur de la foule. « Viens, Jo Ellen. Allons la rejoindre. »

Ils venaient à peine d'atteindre la plage que Ginny accourait déjà, les bras grands ouverts pour les embrasser.

« Pourquoi arrivez-vous si tard ? Je suis déjà à moitié grise. Viens, Nate, on va leur chercher deux ou trois bières pour qu'ils rattrapent vite le temps perdu. »

En se retournant, elle heurta un jeune homme.

« Hé, Morris ! Qu'est-ce que tu fais là ? Tu as envie de danser ? »

Et, oubliant déjà les autres, elle se fondit avec son nouveau cavalier dans la foule.

Nathan poussa un long soupir. « Je ne sais pas où elle puise une telle énergie. Elle m'a pratiquement mis sur les genoux. Vous la voulez vraiment, cette bière ?

— J'y vais », dit Brian en s'éloignant.

« J'aime beaucoup votre nouvelle coiffure. » Nathan passa doucement la main dans la chevelure soyeuse de Jo. « Très joli.

— Lexy avait envie que je change de tête, voilà tout.

— Elle a bien fait. Vous êtes ravissante. »

Il la prit par le bras et la sentit se raidir imperceptiblement. « Un problème ?

— Ne commencez pas avec moi, Nathan.

— Trop tard. » Il se rapprocha d'elle. « C'est déjà commencé... »

Elle dégageait une odeur chaude, épicée, qui l'intrigua. « Vous avez mis du parfum...

— C'est Lexy qui...

— Il me plaît beaucoup. » Il se pencha vers elle pour humer ses cheveux, son cou. « Vraiment beaucoup. »

Troublée, Jo respira profondément et fit un pas en arrière.

« Ce n'est pas pour vous que je l'ai mis.

— Et alors ? Ça tombe bien : il me plaît. Vous voulez danser ?

— Non.

— Dans ce cas, moi non plus. Allons nous asseoir près du feu et boire quelque chose. »

Jo trouva soudain la situation si absurde qu'elle eut envie de rire.

« D'accord, je vous suis. Mais si vous vous montrez trop entreprenant, j'enverrai mon père chercher son fusil pour vous expédier dans un monde meilleur. Et comme vous êtes un Yankee, personne ne s'en souciera. »

Il rit en entourant sa taille de ses bras. Le corps de la

jeune femme se rétracta aussitôt mais il ne la lâcha pas pour autant. « Venez, suivez-moi. »

Il lui donna une bière, piqua un bâtonnet dans une saucisse et la lui tendit. Puis il se laissa tomber sur le sable à son côté.

« Je vois que vous avez apporté votre appareil photo. »

Par pur réflexe, elle mit la main sur la sacoche de cuir usagé qui pendait sur sa hanche. « L'habitude, répondit-elle brièvement. La vue d'un appareil rebute parfois les gens mais, quand ils ont absorbé assez de bières, ils n'y font plus attention.

— Je croyais que vous ne faisiez pas de portraits.

— En principe, non. »

La conversation la rendait nerveuse et elle fouilla dans ses poches à la recherche de ses cigarettes. « Avec les objets inanimés, il n'est pas nécessaire de s'user en vaines flatteries ou de faire boire son modèle pour prendre une photo.

— Je n'ai bu qu'une seule bière », objecta ironiquement Nathan en lui prenant le briquet des mains pour allumer sa cigarette. Leurs regards se croisèrent au-dessus de la flamme. « Et on ne peut pas dire non plus que vous m'ayez particulièrement flatté. Ce qui ne m'empêche pas de vous autoriser à prendre une photo de moi. »

Elle l'étudia à travers la fumée de sa cigarette. Une ossature forte, des yeux profonds, une bouche bien dessinée. « On verra. »

Elle lui prit le briquet des mains pour le remettre dans sa poche tout en se demandant ce que l'objectif révélerait de ce visage. « Oui, peut-être bien, répéta-t-elle.

— Si je vous dis que je vous attendais, est-ce que cela vous mettra mal à l'aise ? »

Elle détourna son regard. « En effet. Très mal à l'aise.

— Alors je ne le dirai pas. Disons simplement que,

lorsque je vous ai vue sur les dunes, j'ai pensé : tiens, la voilà. Pourquoi arrive-t-elle si tard ? »

Les mains un peu moites, Jo saisit sa bière. « Il n'était pas si tard. Et puis, le feu est allumé depuis à peine une heure.

— Je ne faisais pas seulement allusion à ce soir. Mais j'imagine que vous ne me permettrez pas de vous dire à quel point vous me plaisez.

— Je ne crois pas que...

— Très bien. Alors parlons d'autre chose. »

Il sourit, enchanté d'avoir réussi à éveiller le trouble en elle. « Regardez tous ces visages autour de nous. Vous pourriez faire un magnifique recueil de photos rien qu'avec cela. Portraits de Lost Desire... » Il bougea un peu pour frôler ses genoux.

Jo le regarda. Non seulement il ne manquait pas d'esprit mais il savait se mouvoir avec grâce.

« Je n'ai pas encore achevé mon livre et, pour l'instant, je ne pense à rien d'autre.

— Mais vous pourriez y penser. Vous avez bien trop de talent et d'ambition pour ignorer cette manne d'inspiration. En attendant, pourquoi ne pas satisfaire ma curiosité en me parlant un peu de tous ces gens qui sont là ?

— Pourquoi ? Ils vous intéressent ? Lesquels ?

— Tous. Commencez par ceux que vous voulez. »

Jo avança la main vers le feu pour retourner les saucisses posées sur le gril. Elle les regarda grésiller dans la fournaise.

« Le vieil homme avec la casquette blanche, à droite, c'est M. Brodie. J'imagine que le bébé sur ses genoux est son arrière-petit-fils — le quatrième, si mon compte est bon. Les parents de M. Brodie travaillaient à *Sanctuary* au début du siècle. Il y a été élevé. »

Elle retint un soupir et songea que cette conversation

était un peu folle. Mais, au moins, elle ne la rendait pas nerveuse.

« La femme enceinte, là-bas, poursuivit-elle, c'est Lida Verdon, une cousine de la famille, du côté des Pendleton. Et le petit enfant qu'elle gronde doit être son troisième en quatre ans de mariage. Wally, le mari de Lida, est un homme séduisant en diable mais bon à rien. Il conduit un camion et s'absente souvent. Certes, Lida a une vie confortable mais elle se sent très seule. »

Un enfant passa en courant et en poussant de petits cris de joie. Jo écrasa sa cigarette dans le sable.

« Quand Wally rentre chez lui, il est ivre la moitié du temps. Lida l'a chassé à plusieurs reprises mais, par deux fois, elle l'a de nouveau accepté sous son toit. Et, à chaque réconciliation, ils font un enfant. J'ai pris des photos de son mariage. Elle semblait si confiante, si heureuse. Maintenant, quatre ans plus tard, c'est une femme triste et usée. » Elle se tourna vers lui. « Vous voyez, il n'y a pas que des contes de fées sur Desire. »

Nathan glissa un bras autour de sa taille.

« C'est la même chose partout. Parlez-moi de Ginny, maintenant.

— Ginny ? »

Avec un petit rire, Jo parcourut la plage des yeux. « Il n'y a pas grand-chose à dire sur elle. Il suffit de la regarder. Voyez comment elle est en train de faire rire Brian. Et, pourtant, je connais bien mon frère. Il rit rarement. Ginny a ce talent... elle sait faire sortir les gens d'eux-mêmes.

— Vous avez grandi avec elle ?

— Nous étions presque comme deux sœurs, même si elle est plus proche de Lexy. Ginny était toujours la première à entreprendre quelque chose, surtout si c'était défendu. Et pourtant il n'y a aucun mal en elle. Ginny irradie l'innocence, la joie de vivre et... oh, regardez par là... »

Jo fit un geste en direction de la mer. « Giff et Lex sont en train de se chamailler. Je suis sûre que Ginny est derrière tout ça. Elle adore souffler sur les braises.

— Pourquoi ? Elle veut les pousser à se battre ?

— Non, non. Au contraire. Ginny rêve de les voir se réconcilier une bonne fois pour toutes et se mettre ensemble. »

Pensif, Nathan regarda Giff soulever Lexy dans ses bras et courir vers la mer tandis qu'elle se débattait en l'injuriant. « Hum, fit-il, l'initiative de Ginny semble plutôt concluante ! Il va falloir que je lui demande son aide pour régler mes propres problèmes...

— Je suis beaucoup plus difficile à influencer que ma sœur, rétorqua sèchement Jo.

— Possible... » Nathan saisit le bâton sur lequel Jo avait embroché une saucisse et la retourna dans les braises. « Mais, au moins, j'ai déjà réussi à vous faire cuisiner pour moi... »

Malgré les gesticulations de Lexy, Giff continua de courir jusqu'à ce que le grand feu de la plage ne soit plus qu'un vague halo de lumière à l'horizon. Quand ils furent enfin seuls, il reposa la jeune femme sur ses pieds.

« Pour qui est-ce que tu te prends ? » hurla-t-elle en le repoussant violemment.

« Pour ce que j'ai toujours été, rétorqua calmement Giff. Il serait temps que tu t'en aperçoives.

— Cela ne te donne pas le droit de me forcer à aller là où je ne veux pas ! D'ailleurs, j'étais en train de parler à quelqu'un... »

Il ricana.

« Dis plutôt que tu tournais autour de ce type uniquement pour me faire enrager.

— Idiot ! Je ne faisais que parler gentiment à un ami de Ginny. Très séduisant, d'ailleurs. Un avocat de Charleston en vacances chez des amis. »

Les yeux de Giff, d'habitude si doux, lancèrent des éclairs.

« Un maudit Yankee, tu veux dire ! Ecoute, Lex, cela fait assez longtemps que tu fais des bêtises. Je t'ai laissé la bride sur le cou jusqu'ici mais, maintenant, il est temps que tu deviennes adulte.

— Adulte ! » Lexy se planta devant lui, les mains sur les hanches. « Tu as raison, je suis une adulte ! Ce qui signifie que je fais ce que je veux et avec qui je veux, compris ? »

Elle tourna les talons et courut dans l'eau. Perplexe, Giff la suivit des yeux. Il n'aurait pas dû se mettre en colère, songea-t-il, même si elle se mettait à tourner autour d'un micheton du continent. Mais le mal était fait.

Il se déplaça rapidement pour la rattraper. En l'entendant venir, elle se retourna et n'eut que le temps de pousser un cri perçant en sentant sa main lui serrer la gorge.

« Espèce de salaud ! Tu abîmes mon chemisier ! »

Furieuse, elle lui administra une volée de coups de coude et de genoux tout en cherchant à le mordre. Ils roulèrent dans l'eau en luttant.

« Je te déteste ! hurla Lexy. Oh, oui, crois-moi ! Je te déteste !

— Et moi, je crois que tu m'aimes.

— Ah oui ? Pauvre type, tu te fais des illusions !

— C'est ce qu'on va voir... »

Il l'emprisonna au creux de ses bras et effleura des lèvres sa peau douce, juste sous l'oreille. « Et si on s'y mettait tout de suite ? »

Instantanément, elle fut parcourue de frissons brûlants.

« Je te déteste ! Je te déteste !

— C'est encourageant... »

Lentement, en prenant son temps, il descendit doucement vers sa gorge par petits baisers, conscient de sentir ce corps mince et chaud fléchir contre lui. « Embrasse-moi, Lexy. Allez... Laisse-toi aller. »

Avec un sanglot, elle tenta de détourner la tête mais la bouche de Giff se plaqua durement contre la sienne. Elle finit par réussir à se détacher de lui, haletante.

« Merde, Giff, qu'est-ce que tu fais ? Tu... t'arranges toujours pour que j'aie envie de toi...

— Et alors ? Qu'est-ce qu'il y a de mal à ça ? »

Il lui caressa les cheveux et vit qu'elle se mettait à trembler. « Qu'est-ce que tu as ? Je ne te ferai aucun mal... »

Les mains de Lexy se refermèrent sur ses cheveux pour mieux l'attirer contre elle. « Viens... viens, balbutia-t-elle, je te veux... je te veux en moi. Je me sens si... vide... » Elle s'arqua contre lui en gémissant.

Fébrile, il palpa sa poitrine sous le fin tissu et, d'une main malhabile, dégrafa les boutons pour sentir la peau nue sous ses doigts. Sa bouche avide se referma sur un sein, la saveur de sa peau lisse et parfumée lui donna le vertige. Parce qu'il l'avait attendu toute sa vie, il voulait que ce moment fût lent et doux. Mais elle se tortillait contre lui, avide de caresses à donner et à recevoir, avide de le pétrir de ses mains fébriles.

Etourdi, haletant, Giff arracha la jupe minuscule et glissa sa main entre les cuisses de Lexy. « Seigneur... pensa-t-il, c'est vrai. Elle me veut... elle me veut vraiment. » Il la sentit frémir violemment et, avant même qu'il ne comprenne ce qui arrivait, elle fut traversée par un spasme brutal de plaisir.

« Lex..., bredouilla-t-il. Mon Dieu, Lex... »

Les bras noués autour de son cou, elle s'accrocha à lui de tout son poids. « Pas question d'arrêter maintenant, Giff. Je te tue si tu arrêtes.

— Tu n'auras pas à le faire. Je suis déjà à moitié mort de désir. Fais-moi le plaisir de retirer ce qui reste de ces fichus vêtements. »

Il se débattit avec son propre jean d'une main tandis que, de l'autre, il cherchait encore à la déshabiller. Lexy riait, maintenant.

« Dépêche-toi, Giff. Je suis si bien... je me sens aussi soûle qu'un marin... et tellement heureuse ! »

Giff s'empêtrait dans les vêtements alourdis par l'eau de mer.

« Bon sang ! Aide-moi... »

Enervé, il déchira pour de bon la jupe de Lexy et l'envoya valser dans les vagues.

« Hé ! Qu'est-ce que tu fais ? C'était une jupe toute neuve !

— Je t'en achèterai une autre. Je t'en achèterai un camion entier. Seigneur, Lex, je suis fou de toi... »

Une seconde plus tard, il était en elle avant même qu'elle ne se rende compte de ce qui arrivait. Surprise, elle poussa un cri mais sans résister. Agrippée à son cou, elle l'enlaça de ses deux jambes et bascula la tête en arrière. Le regard si chaud, si amoureux de Giff restait rivé sur le sien.

Elle fut presque aussitôt balayée par un orgasme qui la laissa pantelante, hors d'haleine. Elle lui appartenait, elle était sienne. Il n'avait qu'à claquer dans ses doigts, elle reviendrait toujours.

« Je t'aime, chuchota-t-elle. Je t'aime, Giff. »

L'orgasme le submergea et il s'abandonna en elle, le corps traversé de frissons violents. Enlacés, étourdis, ils se laissèrent dériver paresseusement, à mi-chemin entre le rêve et la réalité.

Tout avait été parfait, oui, parfait, pensa-t-il. Simple, vrai, merveilleux. Exactement comme il l'avait toujours rêvé.

« Ohé ! »

Il jeta un coup d'œil indifférent à la silhouette qui approchait sur la plage.

« Hello, Ginny ! » lança-t-il distraitement tout en mitraillant de baisers furtifs les cheveux de Lexy.

« J'ai vu des vêtements éparpillés un peu partout et il m'a bien semblé les reconnaître. Vous vous baignez nus maintenant ? »

Giff sourit en entendant Lexy glousser contre lui.

« Salut, Ginny ! cria-t-elle. Giff a balancé mon chemisier et ma jupe dans l'eau.

— Et alors ? Depuis le temps que vous en aviez envie, tous les deux. »

Du bout des doigts, Ginny envoya une série de baisers au couple enlacé.

« Je faisais un tour pour m'éclaircir les idées. Au fait, Lex, tu connais pas la nouvelle ? Ta cousine Kate est arrivée à persuader ton père de venir au feu de joie. A ta place, je ne me montrerais pas dans cette tenue ! »

En riant de plus belle, Ginny s'éloigna en balançant des hanches. Elle était heureuse de voir ces deux-là enfin ensemble. Depuis le temps que ce vieux Giff tirait la langue en voyant Lex lui tourner autour.

Elle vacilla, le cerveau embrumé par l'alcool, et s'immobilisa pour reprendre son souffle. Seigneur ! Qu'est-ce qu'elle avait avalé comme tequilas ! Bah, pourquoi s'en priver ? La vie était trop courte pour ne pas profiter des bonnes occasions de s'amuser.

Un jour, elle finirait bien par rencontrer l'homme de

ses rêves. En attendant, il n'y avait pas de mal à se donner du bon temps.

Comme en réponse à ses pensées, un homme venait à sa rencontre sur le sable.

« Salut, beau gosse ! Qu'est-ce que tu fais tout seul par ici ?

— Je te cherchais, ma mignonne. »

D'un mouvement de tête calculé, elle rejeta ses cheveux en arrière. « Quelle coïncidence ! gloussa-t-elle.

— Disons plutôt que c'est le destin. »

Quand il lui tendit une main, Ginny la prit sans hésiter. C'était vraiment son jour de chance, pensa-t-elle.

Il sourit et l'entraîna dans la nuit. La fille était juste assez grise pour rendre les choses faciles. Mais assez sobre tout de même pour garder suffisamment de conscience au moment critique.

Et pour lui donner beaucoup de plaisir.

DEUXIÈME PARTIE

Quelle est la blessure que le temps ne saurait guérir ?

WILLIAM SHAKESPEARE

11.

Pour la première fois depuis des semaines, Jo s'éveilla reposée et mourant de faim. Elle se sentait curieusement en forme, presque heureuse. Kate avait raison, décida-t-elle en passant sa main dans ses cheveux pour les remettre en place. Elle avait eu besoin de sortir, de voir du monde, d'écouter de la musique. Et de se retrouver pendant quelques heures en compagnie d'un homme qui, manifestement, la trouvait séduisante. Rien de mal à tout cela, vraiment.

Rien de mal, non plus, pensa-t-elle, à passer un peu plus de temps en compagnie de Nathan.

Elle traversa le labo pour se rendre au rez-de-chaussée, cette fois sans penser aux photos glissées tout au fond d'un tiroir. Sans penser, non plus, à Annabelle.

En fait, elle avait envie d'aller de nouveau se promener le long de la rivière. Peut-être aurait-elle même la chance d'y rencontrer encore Nathan. Par hasard...

En souriant, Jo se dit qu'elle devenait comme Ginny. Complotant des ruses pour qu'un homme la remarquât. Mais si ça marchait pour Ginny, pourquoi cela ne fonctionnerait-il pas pour elle ? Pourquoi ne pas se laisser aller à un petit flirt avec un homme qui s'intéressait à elle ?

Elle s'immobilisa dans l'escalier, songeuse. Qu'y avait-il donc de si compliqué dans tout cela ? Et pourquoi éprouvait-elle un vague sentiment de culpabilité en constatant que cet homme l'excitait ? L'attention qu'il lui portait, la manière amicale avec laquelle il lui prenait la main et cherchait son regard... et cette façon légère, confiante, de l'embrasser. Simplement, rapidement, comme pour goûter sa saveur avant de s'écarter, sans se montrer envahissant. Prenant son temps comme s'il avait su qu'il y aurait encore bien d'autres occasions pour aller plus loin, aux lieu et heure de son choix.

Cette attitude, tellement typique de l'arrogance masculine, aurait dû la rendre furieuse. Et pourtant, la présence de Nathan l'avait remuée au plus profond d'elle-même. Serait-elle capable de jouer plus longtemps à ce petit jeu, de faire preuve d'assez d'habileté pour ne pas se laisser entraîner plus loin que prévu ?

Elle sourit en continuant de descendre l'escalier. Tout bien considéré, elle pourrait bien surprendre Nathan Delaney.

Et se surprendre elle-même...

« J'irais bien, Sam, mais j'ai une foule de choses à faire ici ce matin, » dit Kate, tout en apercevant Jo qui pénétrait dans la cuisine, et elle lui adressa un sourire distrait. « Bonjour, mon cœur. Tu es tombée du lit, ce matin.

— Vous aussi, on dirait. »

Jo se dirigea vers le comptoir pour se verser un café. Elle vit son père sur le pas de la porte, impatient de sortir. « Des problèmes, papa ? » lança-t-elle avec légèreté.

« Oh, rien de grave. Nous avons des campeurs qui arrivent ce matin par le ferry et d'autres qui s'en vont. Il y a justement une famille qui a plié bagage et s'apprête à quitter le camping. Mais il n'y a personne, là-bas, pour régler les formalités de départ.

— Ginny n'y est pas ?

— Elle ne répond ni au camping ni chez elle. Je pense qu'elle ne s'est pas réveillée. »

Kate eut un petit sourire triste. « Le feu de joie a dû se prolonger bien tard.

— Ma foi, les choses allaient encore bon train quand j'ai quitté la plage vers minuit. »

Tout en sirotant son café, Jo essayait de se rappeler quand elle avait vu Ginny pour la dernière fois.

« Si elle avait passé une nuit convenable dans son lit, elle n'aurait pas eu tant de mal à se lever, intervint Sam.

— Tu sais très bien qu'on peut compter sur elle en toutes circonstances », rétorqua Kate.

Les sourcils froncés, elle jeta un regard à la pendule.

« Elle est peut-être malade.

— Dis plutôt qu'elle a la gueule de bois. »

Kate soupira.

« Le fait est que nous avons des gens qui attendent pour quitter le camping et d'autres qui font déjà la queue pour y entrer. Le problème, c'est que je ne peux pas m'absenter ce matin. D'ailleurs, même si je le pouvais, j'ignore absolument comment on peut dresser les tentes. Sam, tu ne crois pas que tu pourrais consacrer un peu de ton précieux temps pour t'en occuper ? »

Sam parut vaciller imperceptiblement. Kate employait rarement un ton aussi tranchant pour lui parler. Comme il détestait les conflits, il se contenta d'un haussement d'épaules. « C'est bon, je vais y aller.

— Jo t'accompagne, décida abruptement Kate. Tu auras besoin d'aide. »

Sous ses airs autoritaires, Kate réfléchissait. Si elle réussissait à contraindre le père et la fille à passer une matinée ensemble, ces deux-là parviendraient peut-être à se parler enfin.

« Jo, va faire un saut chez Ginny. Son téléphone est peut-être en dérangement. A moins qu'elle ne soit réellement malade. Je ne me sentirai pas tranquille tant que nous n'aurons pas de ses nouvelles. »

Jo glissa la courroie de son appareil photo sur l'épaule et retint un soupir en voyant s'évanouir ses projets pour la matinée. Elle sortit avec son père sans que ni l'un ni l'autre n'aperçoivent le sourire radieux de Kate dans leur dos.

La vieille Blazer de Sam sentait la mer, le sable, la forêt. « Exactement comme lui », pensa Jo en reconnaissant cette odeur si familière de son enfance.

Elle attacha sa ceinture de sécurité tandis que le moteur se mettait docilement à ronronner. Sam n'a jamais négligé les choses qui lui appartiennent, réalisa Jo. A l'exception de ses enfants.

Vaguement mal à l'aise, elle sortit ses lunettes de soleil et les glissa sur son nez. « Beau feu de joie, la nuit dernière », dit-elle d'une voix neutre.

« Hum ! Il faut que j'aille voir si ce garçon a nettoyé correctement la plage. »

Il devait parler de Giff, pensa-t-elle. Mais tous deux savaient très bien que Giff était consciencieux. Il n'aurait jamais laissé le moindre bout de bois calciné salir la plage.

« L'hôtel a l'air de bien marcher. Il y a du travail.

— La publicité, énonça sèchement Sam. C'est Kate qui s'en charge. »

Jo retint un nouveau soupir. « Le bouche à oreille doit aussi fonctionner, tu sais. Et puis le restaurant attire du monde. Brian se débrouille bien. »

Sam se contenta de grommeler. Jamais il ne réussirait à comprendre comment un homme pouvait accepter de passer ses journées derrière des fourneaux. La vie de son fils lui semblait aussi énigmatique que celles de ses filles. L'une voltigeait à la recherche de succès improbables, s'abaissant même à tourner des spots publicitaires. Quant à l'autre, elle courait le monde pour prendre des photos. Il lui arrivait souvent de se demander comment ces trois-là avaient pu sortir de lui.

Mais c'était aussi les enfants d'Annabelle.

Avec un imperceptible haussement d'épaules, Jo abandonna. Elle abaissa la vitre et laissa l'air matinal lui caresser les joues tandis que les roues de la Blazer crissaient sur les cailloux et les coquillages de la route. Quand ils arrivèrent dans la zone marécageuse, le bruit changea pour se transformer en clapotis cadencé. Des plongeons et des bruissements furtifs témoignaient de la vie grouillante tapie sous les hautes herbes et les nénuphars géants.

« Attends, papa ! »

Sans réfléchir, Jo effleura le bras de son père pour qu'il arrêtât la voiture. Perplexe, il la vit sauter vivement dehors et s'approcher d'une tortue qui se chauffait au sommet d'un petit tertre. Le petit animal tenait sa tête levée vers le soleil et les jolis motifs de son cou se reflétaient parfaitement dans l'eau sombre.

Sous le regard indifférent de Sam, Jo prit quelques clichés. Un mouvement agita soudain les hautes herbes et la tortue rentra précipitamment la tête dans sa coquille. Jo retint sa respiration en apercevant un héron se dresser comme un fantôme et s'envoler à la verticale, sans effort apparent, dans un éclair de blancheur. Les ailes déployées, il chercha le vent avant de se mettre à planer au-dessus des minuscules îlots constellant la surface des marais. Puis il disparut dans les arbres.

« Je me demande quel effet cela doit faire de pouvoir

voler ainsi au-dessus des eaux, avec pour seul bruit le battement de ses ailes.

— Tu as toujours aimé les oiseaux, dit Sam derrière elle. Mais je ne savais pas que tu avais envie de voler comme eux. »

Jo esquissa un sourire. « En fait, j'en ai toujours rêvé. Maman me racontait souvent un conte qui m'enchantait, l'histoire d'une princesse transformée en cygne par une sorcière. Je me disais toujours que j'aurais voulu être à sa place.

— Elle connaissait beaucoup d'histoires.

— C'est vrai. »

Jo se retourna pour regarder son père. Est-ce que cela lui faisait mal d'évoquer le souvenir de sa femme ? Souffrirait-il moins si elle lui disait qu'Annabelle était morte ?

Elle aurait tant souhaité se souvenir mieux de sa mère pour savoir ce qu'il fallait faire, maintenant.

Prenant une profonde inspiration, elle se lança :

« Papa, est-ce que maman t'a jamais fait savoir où elle était allée ? Et pourquoi elle était partie ?

— Non. »

La lueur fugitive qui avait animé le regard de Sam en regardant le héron disparut aussitôt. « Elle n'avait nul besoin de m'en informer. Si elle est partie, c'est qu'elle le voulait bien. Nous ferions mieux de nous en aller, Jo. Il y a du travail qui nous attend. »

Il tourna brusquement les talons et regagna la Blazer. Ils parcoururent le reste du chemin en silence.

Autrefois, il était déjà arrivé à Jo d'aller travailler au camping. Kate pensait en effet que chaque membre de la famille devait apprendre à tout faire dans la maison. Peu de chose avait changé depuis lors. La grande carte sur le mur de la cabane était toujours là, constellée de punaises multicolores : rouges pour les emplacements réservés, bleues ou vertes pour ceux qui étaient soit occupés, soit encore disponibles.

Le camping nécessitait une surveillance et un entretien constants : remise en ordre des parcelles louées, nettoyage des toilettes et des douches deux fois par jour. A l'évidence, Ginny n'avait pas effectué le ménage ce matin et Jo se résigna à le faire à sa place.

« Je m'occupe du nettoyage, annonça-t-elle à son père. Ensuite, j'irai jusque chez Ginny pour voir ce qui se passe. »

Sam était occupé à inscrire un premier groupe de campeurs impatients de s'installer.

« Va d'abord chez elle », dit-il sans lever les yeux de son carnet. « C'est son travail.

— Très bien. Cela ne me prendra pas plus d'une heure. Je te retrouverai ici. »

Tout en suivant le sentier qui conduisait vers l'est de l'île, Jo se rappela le héron aperçu un peu plus tôt. Si elle avait pu voler comme lui, pensa-t-elle en souriant, elle aurait été chez Ginny en un instant. Mais le chemin effectuait de nombreux tours et détours entre les mares et les hautes herbes et il restait encore plusieurs centaines de mètres à parcourir.

Elle longea un emplacement occupé par une grande tente. Apparemment, tout le monde dormait encore à l'intérieur. Deux ratons laveurs se dandinaient sur le sentier. A son passage, ils lui jetèrent un regard intrigué.

Nichée sous les hauts arbres de la forêt, la petite cabane de Ginny était en bois de cèdre. De chaque côté de l'entrée, deux grands pots de grès remplis de fleurs en plastique aux couleurs violentes rivalisaient de mauvais goût. En haut des marches, deux flamants roses découpés dans un matériau peu reconnaissable paraissaient sommeiller, attendant avec fatalisme un improbable envol. Ginny affirmait haut et fort qu'elle adorait les fleurs et les animaux. Mais elle omettait de préciser qu'elle les préférait en plastique.

Jo frappa, attendit, puis frappa de nouveau. Comme elle n'obtenait toujours pas de réponse, elle décida d'entrer. La pièce unique était de proportions minuscules, avec un coin cuisine séparé de l'espace principal par un bar. Le manque de place n'avait pas empêché Ginny d'accumuler des collections d'objets les plus divers : boules de verre incrustées de paysages fluo, cendriers décorés, poupées en tout genre, animaux de verre filé.

Les murs, peints en rose, s'ornaient de reproductions de fleurs et de fruits. Jo fut touchée de reconnaître parmi elles l'un de ses tirages noir et blanc, agrandi et soigneusement encadré. C'était une photo de Ginny endormie dans le hamac, à *Sanctuary,* alors qu'elle était encore adolescente.

Jo se tourna vers l'alcôve. « Ginny, si tu n'es pas seule, attention... j'arrive ! »

Mais l'alcôve était vide. Des vêtements étaient éparpillés sur le tapis et sur le lit défait. Manifestement, Ginny avait longuement hésité avant de choisir sa tenue de la veille.

Personne non plus dans la salle de bains. De la poudre renversée maculait le lavabo, un flacon de shampoing débouché traînait à côté de la douche. Perchée au-dessus du ballon d'eau chaude, une poupée vêtue d'une robe en crochet rose et blanc souriait à côté d'un rouleau de papier hygiénique.

Ce désordre aimable, cette fantaisie, c'était bien de Ginny...

« Dans quel lit es-tu en train de dormir ce matin ? » murmura Jo.

Avec un léger soupir, elle quitta la petite maison de bois et se prépara à faire le ménage des sanitaires.

De retour au camping, elle gagna le cagibi où l'on entreposait les produits d'entretien. Il y régnait un ordre parfait. C'était toujours une surprise de constater à quel point Ginny pouvait se montrer disciplinée dans son travail alors que sa vie privée offrait l'exemple d'un chaos sans espoir.

Armée d'un seau, d'un balai-brosse, de gants de ménage et de divers produits récurants, Jo pénétra dans la douche réservée aux femmes. Elle y trouva une femme âgée d'une cinquantaine d'années occupée à se brosser les dents au-dessus d'un lavabo avec la plus grande énergie. Jo lui fit un petit sourire tout en commençant à remplir son seau d'eau chaude.

La femme se rinça la bouche et cracha. « Où est donc Ginny ce matin ? »

Jo recula d'un pas et versa un peu de lessive dans l'eau.

« Apparemment, elle est absente..., répondit-elle prudemment.

— Bah ! elle s'est trop amusée hier soir, dit la femme avec un petit rire. C'était vraiment un beau feu de joie. Mon mari et moi on s'est bien amusés. Même qu'on s'est levés bigrement tard ce matin.

— Les vacances sont faites pour ça.

— C'est bien mon avis mais Dick, mon mari, reste inflexible sur les heures de lever. » Elle sortit un tube de sa trousse de toilette et commença à s'enduire le visage de crème. « Tenez, ce matin, nous avons déjà une heure de retard sur notre programme. Nous devrions déjà avoir fait notre promenade matinale.

— L'île ne va pas s'enfuir...

— Allez dire ça à Dick ! »

Elle rit de nouveau en hélant joyeusement une femme qui entrait, accompagnée d'une enfant. « Salut, Meg, comment va la jolie Lisa aujourd'hui ? »

La petite fille courut vers elle pour l'embrasser tandis que Jo se mettait au travail. Apparemment, les deux femmes avaient loué des emplacements voisins et noué des liens d'amitié. Elles convinrent d'un rendez-vous en famille pour le dîner, puis Meg disparut avec sa fille dans l'une des cabines de douches.

Jo entendait l'eau couler et la fillette bavarder. C'était ce genre de choses que Ginny aimait, pensa-t-elle, saisir des bribes de la vie des autres. Elle savait y prendre part et les gens se souvenaient d'elle, la photographiant souvent pour qu'elle figurât dans leur album de souvenirs. On l'appelait par son prénom, on l'invitait aux fêtes. Bref, elle vivait dans l'esprit de tous.

Peut-être parce qu'elle ne dissimulait rien, songea Jo. Elle ne se laissait pas ramener à l'arrière-plan. Ginny était exactement comme ses fleurs en plastique : simple, joyeuse, sans complexes.

Il était peut-être temps d'en faire autant... S'extraire de l'arrière-plan et avancer en pleine lumière.

Elle essora la serpillière, rassembla ses ustensiles et quitta les lieux pour se diriger vers les toilettes réservées aux hommes, de l'autre côté du bâtiment. Elle frappa trois coups sonores sur la porte de bois, attendit puis frappa de nouveau. Des années plus tôt, un jour qu'elle était venue aider Ginny, un vieil homme était sorti de la douche dans le plus simple appareil. Sourd, il avait laissé son audiophone dans sa tente...

Ne tenant pas à voir l'incident se renouveler, Jo entra en criant : « Entretien ! Je dérange ? » Elle prêta l'oreille mais aucun son ne provenait des douches. Pour plus de précautions, elle posa bruyamment son seau sur le sol carrelé, laissa la porte ouverte et accrocha ostensiblement à la poignée la petite pancarte SERVICE DE NETTOYAGE. Encore une vingtaine de minutes de ménage, pensa-t-elle. Et elle serait libre pour le reste de la journée.

Il faisait beau et elle avait envie de pousser jusqu'au nord, là où subsistaient encore les ruines d'une ancienne mission espagnole arrivée au XVIe siècle et repartie cent ans plus tard. Les missionnaires n'avaient guère eu de succès pour convertir les Indiens au christianisme. En attendant, la lumière y serait certainement magnifique pour prendre une série de clichés. Elle se demanda si Nathan accepterait d'y aller aussi. Brian préparerait un panier de pique-nique et ils pourraient passer ensemble un moment agréable.

A vrai dire, elle ne se souciait guère de l'histoire de ces moines espagnols. Ce qui l'intéressait, c'était de se retrouver en compagnie de Nathan. Elle avait envie d'être seule avec lui. De lui plaire. D'être Jo, tout simplement.

L'idée n'était pas si mauvaise... A son retour à *Sanctuary,* elle lui téléphonerait. Elle l'inviterait d'un air négligent, comme si rien de cela n'était calculé.

Quand les lumières s'éteignirent brusquement, elle sursauta et renversa de l'eau sur ses pieds. Son balai à la main, elle se raidit en entendant la porte d'entrée se refermer avec un claquement sec.

« Il y a quelqu'un ? »

Le son de sa voix, ténu, incertain, l'effraya encore plus.

« Qui est là ? »

A la lumière d'un jour pâle filtrant par une lucarne élevée, elle se dirigea vers la porte et tenta vainement de l'ouvrir. Saisie de panique, la gorge serrée, elle frappa de toutes ses forces contre le panneau de bois. Elle avait la sensation aiguë que quelqu'un se trouvait juste derrière elle, prêt à l'agresser. Fébrilement, son regard fouilla la pénombre. Mais elle n'entrevit que des cabines vides et le carrelage humide qui luisait faiblement sous la lucarne. Pas un mouvement, pas une ombre. Et pas un bruit, hormis son souffle haletant.

Elle se colla contre la porte, terrifiée à l'idée de tourner le dos à la pièce. La sueur lui dégoulinait le long du cou, ses poumons contractés cherchaient désespérément de l'air. Les minutes s'écoulèrent, interminables. A bout de nerfs, Jo se mit une nouvelle fois à marteler la porte de ses poings en appelant de toutes ses forces. « Au secours ! Je suis enfermée. Je vous en prie, laissez-moi sortir ! »

Des pas se firent entendre sur le sentier. Elle s'apprêta à crier plus fort encore, lorsqu'un doute terrible l'arrêta. Et si c'était... ?

Son visage se vida de son sang et elle recula, les yeux braqués sur la porte. Il y eut un grattement, suivi d'un juron. Tout à coup, la porte s'ouvrit toute grande et la silhouette d'un homme se découpa contre le soleil.

Eblouie, affolée, Jo sentit ses jambes fléchir. Elle s'appuya sur son balai pour ne pas tomber.

« N'approchez pas !

— Jo Ellen ? C'est toi ? Qu'est-ce qui se passe ?

— Papa ? »

Le balai tomba sur le sol et Jo vit les carrelages monter vers elle à une vitesse affolante.

« Bon sang, Jo, qu'est-il arrivé ?

— Je... je n'arrivais pas à sortir. La porte était bloquée. Il me surveille. Il me guette. Je ne pouvais pas m'enfuir. »

Sam écoutait sans comprendre. Il l'avait rattrapée de

justesse, pâle comme une morte et tremblant de tous ses membres, avant qu'elle ne s'effondrât par terre. Puis, espérant que le soleil la ranimerait, il l'avait emmenée dehors pour l'installer sur un petit banc de pierre.

« Ecoute, tout va bien maintenant. Tout va bien, petit chat. »

Cela faisait bien longtemps qu'il n'avait pas employé ce tendre diminutif. Jo blottit son visage au creux de son épaule et se serra contre lui. Comme elle est frêle, pensa-t-il, surpris. Aussi légère qu'un oiseau, tout en donnant l'impression d'être grande et forte. Il se souvint que, enfant, elle se réfugiait toujours vers lui lorsqu'elle avait des cauchemars.

« Allons calme-toi, répéta-t-il. Il n'y a rien à craindre.

— Je ne pouvais pas sortir...

— Je sais. Quelqu'un a bloqué la porte avec un bout de bois. Une blague stupide. Sans doute des gosses.

— Des gosses ? »

Elle fut traversée d'un frisson et s'accrocha à lui. « Alors ce sont des enfants qui ont éteint la lumière et fermé la porte ?

— Qui veux-tu que ce soit d'autre ? »

Jo secoua la tête, indécise.

« J'ai eu tellement peur, papa.

— Ce n'est pourtant pas ton genre, que je sache. Autrefois, tu aurais démoli la porte et administré une bonne raclée à ceux qui se seraient ainsi moqués de toi. »

Jo rouvrit les yeux. « C'est vrai... »

Ce souvenir la rasséréna. Sous la chaude caresse du soleil, ses tremblements s'apaisèrent peu à peu.

« J'ai bien cru que tu allais me flanquer ce balai sur la tête », reprit son père en lui tapotant l'épaule. « Pourquoi étais-tu aussi terrifiée ? Tu as même parlé de quelqu'un qui t'épiait. Que voulais-tu dire ? »

« Les photographies », pensa Jo. Son propre visage, en gros plan. Et celui d'Annabelle...

Une nouvelle onde de peur lui contracta l'estomac et elle se détacha un peu trop vivement des bras de son père.

« Rien de particulier, balbutia-t-elle. Juste... une impression idiote. J'ai vraiment été stupide. Pardonne-moi.

— Pas besoin de t'excuser, ma fille. En attendant, tu es toujours aussi pâle. On va rentrer à la maison. »

Quand Jo voulut se lever, elle chancela et dut se raccrocher au bras de son père.

« Au fait... merci, papa. Merci d'avoir chassé les monstres... comme lorsque j'étais petite. »

Il regarda leurs mains unies. Celle de Jo paraissait si fine, si blanche. « Les mains de sa mère », songea-t-il, saisi d'une insupportable mélancolie. Mais, quand il leva les yeux, ce fut le visage de sa fille qui était devant lui.

Il se força à sourire.

« Je sais encore m'y prendre, avec tes démons, hein, petit chat ?

— Oui, tu es le meilleur. »

Soudain embarrassé, Sam se leva.

« Je vais ranger ton matériel de ménage. Attends-moi ici. Je te ramènerai à la maison prendre un solide petit déjeuner. »

« J'ai besoin de lui », pensa Jo en le regardant s'éloigner. « J'ai tellement besoin de lui... »

Jamais, jusqu'à maintenant, elle n'en avait eu autant conscience.

12.

Après cet incident, Jo ne se sentait plus d'humeur à pique-niquer. La seule pensée de la nourriture lui donnait la nausée.

Elle décida d'aller se promener seule. Du côté des marais salants, peut-être, ou bien sur la plage. Si elle en avait eu la force, elle aurait couru jusqu'au ferry pour gagner le continent et se fondre dans la foule anonyme de Savannah pendant quelques heures.

Elle s'aspergea le visage d'un peu d'eau glacée et glissa ses cheveux sous une casquette de base-ball. Quand elle passa devant son labo, elle éprouva cette fois la nécessité de s'y arrêter et de fouiller dans le tiroir où l'enveloppe se trouvait cachée. Ses mains tremblaient un peu lorsqu'elle posa les clichés sur la table de travail.

Pendant de longues minutes, elle contempla fixement la série de tirages. Certains la représentaient en pied, dans les moments les plus ordinaires de sa vie, d'autres ne s'intéressaient qu'à ses yeux, artistiquement cadrés et agrandis. Soudain, Jo fronça les sourcils. Ses propres yeux ou ceux d'Annabelle ? Car il y avait eu une photo de sa mère. *Il y en avait eu une.* Une photo de mort. Elle ne l'avait pas imaginée. Personne ne pouvait imaginer une chose pareille. A moins qu'elle ne fût devenue folle et sujette à des hallucinations. Non, impossible. Cette maudite photo avait bel et bien existé.

Elle fit un violent effort pour reprendre le contrôle d'elle-même, les yeux fermés, respirant lentement, jusqu'à ce que son cœur cessât de s'agiter frénétiquement dans sa poitrine.

Elle se rappelait trop bien cette sensation de se morceler, de se perdre. Pas question de laisser cela se reproduire.

Réfléchir... il fallait réfléchir. Cette photo, elle l'avait vue. Donc on l'avait dérobée. Bobby ? Peut-être l'avait-il confisquée en voyant à quel point elle la bouleversait... Ou bien quelqu'un était entré dans l'appartement pendant son séjour à l'hôpital pour s'en emparer. Celui-là même qui avait envoyé le cliché...

D'un geste vif, Jo rassembla les photos et les glissa dans l'enveloppe. Oui, pensa-t-elle, il fallait s'accrocher à tout prix à cette idée, aussi absurde qu'elle puisse paraître. On s'amusait à la tourmenter, à la harceler. En se laissant obséder par cette photo disparue, elle entrait dans le jeu de cet inconnu et lui abandonnait la victoire.

L'enveloppe retrouva sa place au fond du tiroir et Jo quitta la pièce, déterminée à réagir.

Un simple coup de téléphone pourrait faire avancer les choses, décida-t-elle en regagnant précipitamment sa chambre. Après avoir consulté son carnet d'adresses, elle composa le numéro de l'appartement que Bobby partageait avec des camarades de l'université.

Les nerfs tendus, elle écouta le téléphone sonner à des centaines de kilomètres de là. On répondit à la troisième sonnerie.

« Ouais ?

— Bobby ?

— Non, Jack. Mais je suis libre ce soir, chérie.

— Ici, Jo Ellen, dit-elle sèchement. Je désire parler à Bobby.

— Oh... »

Elle entendit son correspondant se racler la gorge, embarrassé. « Désolé, mademoiselle Hathaway. Je croyais que c'était... euh... une amie de Bobby. Au fait, il n'est pas là.

— Pouvez-vous lui demander de me rappeler ? Je vous laisse un numéro où me joindre.

— D'accord, mais je ne sais pas quand il rentrera.

— Où est-il ?

— Aucune idée. Il est parti juste après ses examens. Un safari-photo, à ce qu'il m'a dit. Il voulait compléter son album avant le prochain semestre.

— Ecoutez, prenez mon numéro, d'accord ? S'il se manifeste, demandez-lui de m'appeler de toute urgence.

— Bien sûr, mademoiselle Hathaway. Comptez sur moi. »

Jo raccrocha et ferma les yeux pour recouvrer son calme. Bobby allait sûrement la rappeler et tout s'éclaircirait. Elle saurait enfin à quoi s'en tenir.

Elle quitta sa chambre et descendit dans la cuisine. Des voix résonnaient de l'autre côté du vantail.

« Il y a quelque chose qui ne va pas chez elle, Brian. Je ne la reconnais plus. Est-ce qu'elle t'a dit ce qui se passait ?

— Jo ne se confie jamais à personne, Kate. Pourquoi l'aurait-elle fait avec moi ?

— Parce que tu es son frère. Tu fais partie de sa famille. »

Jo entendit le tintement des assiettes et sentit la bonne odeur de bacon grillé flotter jusqu'à elle. Un placard grinça.

« Si tu essayais de lui parler, insista Kate, elle te donnerait peut-être quelques informations. Je me fais du souci à son sujet, tu sais.

— Ecoute... » La voix de Brian se fit impatiente. « Je me demande pourquoi tu t'inquiètes autant. Jo m'a paru en pleine forme, hier soir, au feu de joie. Elle est restée avec Nathan un bon moment, elle a mangé un hot dog et bu une bière. Qu'y a-t-il d'alarmant là-dedans ?

— Elle est rentrée du camping ce matin, pâle comme une morte. On aurait dit qu'elle avait vu un fantôme. Ça ne peut plus durer, Brian. Depuis son retour ici, c'est la même chose : des hauts et des bas, des sautes d'humeur. On ne sait rien de sa vie, ni même pourquoi elle est revenue. Ne viens pas me dire que tu n'as pas remarqué, toi aussi, à quel point elle semble perturbée. »

Incapable d'en entendre davantage, Jo tourna les talons et sortit par la grande porte.

« Maintenant, ils m'observent, pensa-t-elle. Et ils s'inquiètent. » Si elle leur parlait de sa dépression nerveuse, ils lui témoigneraient sûrement de la sympathie mais il deviendrait difficile d'éluder leurs questions.

Sur le perron baigné de soleil, elle respira profondément. Il fallait qu'elle s'en sortît seule. Sinon, elle partirait.

Oui, mais pour aller où ? Une vague de désespoir la submergea. Où peut-on aller quand on a quitté le dernier refuge qui vous restait ? Lentement, elle descendit les marches du porche et s'immobilisa, hésitante. En réalité, elle se sentait bien trop fatiguée pour aller où que ce soit.

Elle se dirigea vers le hamac suspendu à l'ombre de deux chênes verts et s'y installa en s'y pelotonnant comme dans le sein d'une mère.

Parfois, les chauds après-midi d'été, elle y retrouvait Annabelle et se glissait à son côté pour se blottir au creux de son épaule. Sa mère lui racontait des histoires qu'elle écoutait avec délices. Annabelle sentait bon, sa peau était douce. Et elles se balançaient toutes deux en regardant les rayons du soleil filtrer entre les feuilles.

Les arbres étaient beaucoup plus grands à présent. Ils avaient vingt ans de plus. Jo aussi.

Mais où était Annabelle ?

Il marchait sur les quais de Savannah, ignorant la foule de touristes et les devantures alléchantes des boutiques.

Cela ne s'était pas passé aussi bien qu'il l'aurait voulu, il s'en fallait de beaucoup. La femme ne convenait pas. Il l'avait su tout de suite, évidemment. Oui, même quand il l'avait prise, il le savait.

Au début, c'était excitant mais ça n'avait pas duré. L'espace d'un court instant, il s'était amusé mais, ensuite, tout était allé trop vite.

Les yeux sur le fleuve, il s'efforça à un exercice de contrôle mental pour apaiser les battements de son cœur et relâcher sa tension musculaire, une discipline qu'il avait apprise lors de ses voyages. Peu à peu, il reprit conscience des bruits qui l'entouraient : le cliquetis d'une bicyclette, le crissement des pneus sur le pavé, les voix des passants, le rire d'un enfant...

Calmé, il esquissa un sourire et se remit à marcher lentement. Il croisa les regards de plusieurs femmes qui s'attardaient sur lui.

Cela ne l'étonna pas. Il se savait séduisant. Toutes les femmes étaient attirées par son physique sportif, ses traits réguliers. Ginny n'avait pas fait exception à la règle. Sous le charme, elle l'avait joyeusement suivi par-delà les dunes, dans l'obscurité, flirtant ouvertement avec lui, chantant des chansons d'une voix légèrement éraillée par l'alcool.

Elle n'avait pas vu le coup arriver et ne saurait jamais qui l'avait frappée. Il retint un petit rire en y repensant. Un coup sec à l'arrière de la tête et elle s'était écroulée aussitôt. Après cela, il n'avait eu aucun mal à la porter sous les arbres. C'était si bon d'anticiper le plaisir qu'il allait tirer d'elle... oui, si bon qu'il n'avait même pas senti son poids entre ses bras.

La déshabiller avait été une opération follement excitante. A la vue de son corps nu, il l'avait trouvée plus attirante que prévu.

Oui, mais voilà, il le reconnaissait à présent. Tout était allé trop vite après cela. Il était si anxieux de prendre des photos qu'il s'était énervé avec son matériel, omettant de savourer chaque étape du processus. Il voulait tant saisir sur la pellicule ce corps offert, les mains attachées au-dessus de la tête, solidement fixées à un tronc d'arbre. Il n'avait même pas pris le temps de disposer la chevelure de la fille en éventail tant il se préoccupait de trouver l'exact temps de pose et les meilleurs angles de vue.

Tout cela l'avait beaucoup trop accaparé, gâchant l'instant où elle avait repris conscience. Il aurait voulu lui parler d'abord, saisir la peur grandissante dans ses yeux quand elle commencerait à comprendre ce qu'il voulait faire.

Comme avec Annabelle.

Elle se débattait, essayait de lui parler, ses longues et jolies jambes s'agitant désespérément. Mais il était resté parfaitement maître de lui, goûtant chaque seconde avec une intensité froide, merveilleusement contrôlée.

Elle n'était plus que le sujet et lui l'artiste.

Voilà comment cela aurait dû se passer, pensa-t-il.

Au lieu de cela, il avait laissé la nervosité le gagner petit à petit, et son plaisir s'en était trouvé diminué. Le premier orgasme avait été une déception. Si... quelconque, vraiment. Au point qu'il n'avait même pas eu envie de la violer de nouveau. Il avait ressenti cet acte davantage comme une sorte de corvée. Rien d'autre qu'un pas de plus vers l'apothéose finale.

Mais quand il avait sorti de sa poche l'écharpe de soie pour l'enrouler autour du cou de la fille, les choses s'étaient nettement améliorées. Il avait serré, serré, en regardant avec une satisfaction intense ses yeux s'écarquiller, sa bouche s'ouvrir pour aspirer vainement de l'air.

Quand elle avait poussé un ultime cri, il l'avait pénétrée une seconde fois et son orgasme avait été magnifique. Brutal, long, parfaitement satisfaisant. Le dernier cliché, pris au moment décisif, serait sûrement l'un de ses meilleurs.

Il l'avait intitulé : *Mort d'une putain.* Après tout, c'était bien ce qu'elle était, non ? Une fille bon marché, ordinaire, rien d'autre qu'un de ces innombrables déchets que la société humaine pouvait engendrer.

Maintenant qu'il analysait la question, il comprenait mieux ce qui s'était passé. Si les choses n'avaient pas été idéales dans leur ensemble, c'était à cause d'elle, pas de lui. Ce n'était pas un bon modèle, juste une espèce de doublure servant à répéter un exercice qu'il voulait maîtriser à la perfection.

La prochaine fois, avec Jo, il serait enfin prêt.

Et l'accomplissement de son art serait enfin atteint.

Avec un petit soupir, il tapota la sacoche de cuir contenant les photographies qu'il venait de développer.

Il était temps de regagner Desire.

Brian se résigna à s'attaquer seul aux mauvaises herbes du jardin. Lexy avait promis de le faire mais, comme on pouvait s'y attendre, elle s'était encore volatilisée, probablement à la recherche de Giff. Il les avait vus tous les deux de la fenêtre de sa chambre, la nuit dernière. Trempés, couverts de sable et chahutant comme des gosses en remontant le sentier. Pas besoin d'être grand clerc pour deviner qu'ils avaient fait autre chose que de prendre un bain de minuit. Sur le coup, il en avait été amusé, presque jaloux.

Tout semblait si facile pour eux, songea-t-il. Il leur suffisait simplement de vivre l'instant présent. Même si Giff prenait des risques. Car il était évident qu'il s'investissait bien plus que Lexy dans cette relation. Elle ne se gênerait pas pour le plaquer quand cela lui chanterait.

Bah ! Il se faisait peut-être des idées. Giff était un garçon intelligent et patient. Il était bien capable de tenir Lexy en laisse et de la faire marcher à son pas le moment venu. Ce qui ne manquerait sûrement pas d'être intéressant à observer.

A bonne distance, naturellement.

Il jeta un coup d'œil aux ancolies dont les corolles bleu lavande et jaune s'ouvraient avec une grâce raffinée, presque cérémonieuse. Elles étaient si jolies, si gaies, qu'il se devait de les maintenir dans cet état. Il était en train de fouiller dans la poche de son tablier à la recherche de son sécateur quand il entendit pleurer.

Levant les yeux, il aperçut une femme dans le hamac. Son cœur ne fit qu'un bond. Annabelle... C'était bien elle avec ses cheveux d'un bel acajou sombre, sa main, fine et pâle, flottant avec élégance dans le vide.

Le choc fut si grand qu'il recula d'un pas, le souffle coupé. A cet instant précis, il la vit s'agiter et tourner la tête. Alors il reprit ses esprits.

Jo. C'était stupéfiant de voir à quel point elle pouvait ressembler parfois à sa mère. Une ressemblance douloureuse qui ne faisait que raviver les souvenirs et le chagrin.

Comme Jo aujourd'hui, Annabelle aimait se balancer dans le hamac certains après-midi d'été. S'il arrivait à Brian de passer par là, il venait s'asseoir par terre, les jambes croisées, tout près d'elle. Sa mère tendait une main vers sa tête pour lui ébouriffer les cheveux en lui demandant gaiement quelles aventures il était encore en train de comploter avec ses camarades de jeu.

Elle savait toujours si bien l'écouter. Du moins, il en avait eu l'impression. Mais, aujourd'hui, il se disait que, peut-être, cela n'avait été qu'une illusion. Qui sait si, intérieurement, Annabelle ne poursuivait pas un rêve secret, à peine consciente de son bavardage de petit garçon. Un rêve hanté par un amant inconnu, peuplé d'horizons lointains vers lesquels elle était pressée de s'enfuir. Loin de *Sanctuary*. Loin de son mari et de ses enfants.

A présent, c'était Jo qui dormait dans ce hamac. Et, à la voir, son sommeil ne semblait guère paisible.

Une partie de lui-même lui soufflait de tourner les talons et de la laisser à ses démons. Mais, quand elle se mit à gémir et à s'agiter, il s'avança vers elle, les sourcils froncés.

« Jo. »

Il posa une main sur son épaule et la secoua doucement.

« Réveille-toi, sœurette. »

Elle se mit à rêver que quelqu'un la poursuivait dans la forêt. Les arbres fantomatiques jetaient des ombres menaçantes, son adversaire invisible gagnait du terrain, pas après pas. Et voilà que sa main se plaquait soudain sur elle, des ongles durs et pointus s'enfonçaient dans la chair de son épaule.

« Non ! »

Elle se redressa si brusquement qu'elle faillit tomber. « Ne me touchez pas ! » hurla-t-elle en lançant ses mains en avant.

Brian recula vivement pour ne pas être frappé. « Hé ! Ce n'est pas une raison pour me casser le nez ! »

Elle le fixa, haletante.

« Brian... »

Puis elle retomba en arrière et ferma les yeux.

« Pardonne-moi. Je faisais un cauchemar.

— C'est bien ce que j'ai compris. »

Il était plus inquiet qu'il ne l'aurait pensé. Kate avait raison, comme d'habitude. Quelque chose n'allait pas chez Jo.

Il se risqua à s'asseoir au bord du hamac. « Tu désires quelque chose ? Un peu d'eau ?

— Non. »

Elle rouvrit les yeux et jeta un regard surpris sur la main de son frère posée sur la sienne. Jamais encore il n'avait eu avec elle un geste de ce genre. Ni elle à son égard, d'ailleurs.

« Ça va, maintenant. Rien qu'un mauvais rêve.

— Enfant, tu en faisais déjà. Je me souviens que tu te réveillais la nuit en hurlant et en réclamant papa.

— C'est vrai. » Elle réussit à lui sourire. « Apparemment, certaines choses ne nous quittent jamais.

— Tu fais encore souvent des cauchemars ? »

Il s'efforçait de parler avec nonchalance mais il la vit ciller.

« En tout cas, je ne me réveille plus en appelant quelqu'un au secours, dit-elle sèchement.

— Non. Je suppose. »

Il voulait s'en aller mais il se força à rester et, du bout du pied, imprima un léger mouvement au hamac. Jo le regarda.

« Brian, ce n'est pas une tare que de vouloir se débrouiller tout seul.

— J'imagine que non.

— Et ce n'est pas non plus un péché que de chercher à régler seul ses problèmes.

— Parce que c'est ce que tu penses faire, Jo ? Régler les problèmes ? Dans ce cas, continue. J'ai déjà bien assez de soucis comme ça pour m'occuper des tiens. »

Là encore, il aurait dû partir, pensa-t-il. Mais quelque chose l'en empêchait. Ils restaient là, côte à côte, se balançant paisiblement au rythme du hamac sous la fraîcheur ombreuse des arbres. Cet instant d'intimité était si imprévu que Jo sentit ses yeux se mouiller. Elle risqua une ouverture prudente.

« Je pense beaucoup à maman ces derniers temps. »

Brian se raidit imperceptiblement. « Et pourquoi donc ?

— Je la vois, en pensée... »

Non, corrigea-t-elle mentalement. Ce qu'elle voyait en ce moment même, c'était la photo glissée sous sa porte. « Je rêve d'elle. Je... je pense qu'elle est morte. »

Des larmes se mirent à couler sur ses joues mais elle ne parut même pas s'en apercevoir. Quand Brian baissa les yeux et vit son visage humide, son cœur se serra.

« Qu'est-ce que ça veut dire, tout ça, Jo Ellen ? Pourquoi te rendre malade pour quelque chose qui s'est produit voilà vingt ans maintenant ? Nous n'y pouvons plus rien, tu le sais bien.

— Mais je ne peux pas m'en empêcher. C'est comme ça, tout simplement.

— Maman nous a quittés, Jo. Et nous avons survécu. Il n'y a rien d'autre à en dire.

— Mais si... si elle n'était pas partie de son plein gré ? Si quelqu'un l'avait... enlevée, et si...

— Enlevée ? Pour l'amour du ciel, Jo, reprends-toi ! La police a enquêté pendant plus d'un an sans trouver le moindre indice suspect. Elle est partie, c'est tout. Arrête de te rendre folle pour ça. »

Elle referma les yeux. Brian avait peut-être raison : elle était en train de sombrer lentement dans la folie. Il fallait pourtant poursuivre encore sa quête, dissiper les horribles doutes.

« Est-ce que cela signifie, alors, qu'elle mentait chaque fois qu'elle disait nous aimer ? Tu crois que ce serait plus facile de se dire ça, Brian ?

— Je crois surtout qu'il vaut mieux essayer de ne plus y penser.

— Et de rester seul avec soi-même..., murmura-t-elle. Car si quelqu'un d'autre nous parle d'amour, rien ne nous empêchera de croire qu'il s'agit d'un nouveau mensonge. Mieux vaut rester seul que d'être abandonné. »

Se sentant directement concerné, Brian se hérissa.

« C'est toi qui as des cauchemars, Jo, pas moi. »

Il prit une brusque décision et se leva avant d'avoir changé d'avis.

« Viens.

— Où ?

— Faire un tour. Allons, viens, je te dis. »

Il lui prit la main, l'aida à sortir du hamac et l'entraîna vers la voiture garée un peu plus loin.

« Mais où m'emmènes-tu ? insista-t-elle. Qu'est-ce que tu veux ?

— Pour une fois, fais ce qu'on te dit sans discuter, compris ? »

Il ouvrit toute grande la portière et poussa sa sœur sans ménagement à l'intérieur en constatant, non sans quelque satisfaction, qu'elle était trop stupéfaite pour réagir.

« J'ai déjà Kate sur le dos toute la journée », grommela-t-il en tournant la clé de contact, « et maintenant voilà que tu te mets à pleurer. J'en ai par-dessus la tête. J'ai ma propre vie, tu saisis ?

— Mais je... »

Elle s'interrompit, renifla et lui jeta un regard en coin. « Tu es vraiment bizarre, Bri...

— Ferme-la. »

Les roues de la voiture couinèrent quand il tourna à vive allure pour s'engager sur la route. « Tu arrives ici blanche comme un linge, un vrai sac d'os. Je veux savoir ce qui se passe. Après quoi, chacun pourra reprendre sa petite vie et je retrouverai la paix. »

Jo pinça les lèvres et s'agrippa à la poignée de la porte. « Où allons-nous ?

— Chez le médecin. »

Elle le fixa, surprise. « Tu es malade ?

— Moi, non. Je parlais de toi.

— Quoi ? »

La surprise se mêlait à l'inquiétude. « Arrête cette voiture tout de suite, tu m'entends ? Je veux descendre. »

Il fit une grimace et accéléra. « Je t'ai dit que je t'emmenais chez le médecin et je le ferai ! Dussé-je t'y traîner de force. Nous allons voir si Kirby est aussi compétente qu'elle le prétend.

— Kirby ? Mais puisque je te dis que je ne suis pas malade !

— Alors tu n'as pas à craindre un simple examen médical.

— Je n'ai pas peur, je suis furieuse, c'est tout. Et je n'ai pas l'intention de faire perdre son temps à Kirby. »

Il ignora ses protestations et roula quelque temps sur la grand-route avant de bifurquer dans la petite allée conduisant à la maison de Kirby. Puis il se tourna vers sa sœur et la prit fermement par l'épaule.

« Ou tu entres gentiment, ou tu nous ridiculises tous les deux parce que je serai alors obligé de te porter comme un paquet à l'intérieur. Dans tous les cas, tu y vas. Choisis. »

Ils se défièrent un instant du regard. Jo finit par abdiquer et baissa les yeux, incapable d'affronter plus longtemps la discussion. Si Brian recourait à la force — et certains souvenirs de jeunesse lui confirmaient que c'était une éventualité tout à fait envisageable — elle n'aurait dans ce cas aucune chance.

Lentement, elle hocha la tête et descendit de la voiture.

Ils trouvèrent Kirby accoudée au comptoir de la cuisine, occupée à étaler du beurre de cacahuète sur une tranche de pain.

« Hello, vous deux ! »

Tout en se léchant les doigts, elle leur adressa un chaleureux sourire qui disparut presque aussitôt quand elle remarqua leurs visages furieux. « Etrange comme ces deux-là peuvent se ressembler parfois », pensa-t-elle.

« Vous voulez manger quelque chose ? »

Brian ignora la question. « Est-ce que tu aurais le temps de l'examiner ? » lança-t-il en poussant sans ménagement sa sœur au milieu de la pièce.

Kirby mordit dans son sandwich pendant que Jo fusillait son frère du regard. « Certainement. Mon prochain rendez-vous est à 1 h 30.

— Elle est en train de déjeuner, Bri », protesta Jo d'une voix acide.

« Du beurre de cacahuète ne constitue pas un véritable déjeuner », corrigea aimablement Kirby.

Brian poussa de nouveau Jo en avant. « Va donc te déshabiller. Je ne partirai pas d'ici tant que tu n'auras pas été examinée des pieds à la tête. »

Kirby retint un sourire.

« C'est la première fois que j'ausculte quelqu'un qui s'est fait kidnapper. Va dans mon ancienne chambre, Jo. Je te rejoins tout de suite.

— Mais puisque je vous dis que je ne suis pas malade.

— Tant mieux alors. Cela facilitera mon examen. Comme cela tu pourras remettre ce vieux grincheux de Brian à sa place. »

Elle rajusta une mèche de cheveux. « Je t'y aiderai, si tu veux. »

Jo hésita, le visage sombre, puis tourna vivement les talons et disparut dans le couloir. Quand elle fut hors de vue, Kirby se planta devant Brian.

« Veux-tu me dire ce qui se passe ?

— Elle a des cauchemars. Elle ne mange pas. Et, ce matin, elle est revenue du camping livide et tremblante, comme si elle avait vu un fantôme.

— Qu'est-elle allée faire au camping ?

— Ginny n'est pas venue travailler aujourd'hui.

— Ginny ? Ce n'est pourtant pas son genre. » Kirby réfléchit au problème quelques secondes puis l'écarta de ses pensées. Il y avait plus urgent pour l'instant. « Tu as bien fait de l'amener. Je voulais justement l'examiner.

— Je veux que tu trouves ce qui ne va pas chez elle.

— Si c'est un problème physique, je le saurai. Sinon, je ne suis pas psychiatre, Bri. »

Il enfouit ses mains au fond de ses poches, geste qui, comme chez son père, indiquait le désarroi. « Débrouille-toi pour découvrir ce qui ne va pas. »

Kirby hocha la tête et lui tendit le reste de son sandwich. « Il y a du lait dans le réfrigérateur. Sers-toi. »

Quand elle pénétra dans la salle d'examen, elle trouva Jo en train d'arpenter fiévreusement la pièce, encore tout habillée.

« Ecoute, Kirb...

— Tu as confiance en moi, oui ou non ?

— Mais il n'y a rien chez moi qui...

— Laisse-toi donc faire, pour l'amour du ciel. Tout le monde s'en trouvera bien mieux après. »

Elle sortit une fiche et un dossier vierges puis lui tendit une chemise toute propre. « Va dans la salle de bains, enfile ça et fais pipi dans la coupelle. »

Comme Jo fronçait les sourcils, elle précisa : « J'ai besoin de quelques indications : date des dernières règles, maladies récentes, les prescriptions que tu suis, tes allergies, bref, ce genre de choses. Tu pourras commencer à remplir cette fiche pendant que je ferai l'analyse d'urine. »

Tout en parlant, elle inscrivit le nom de Jo en haut du papier cartonné.

« Montre-toi un peu docile, murmura-t-elle. Brian est plus fort que toi. Et il est inquiet. »

Jo haussa les épaules, hésita encore quelques secondes puis se dirigea vers la salle de bains.

« Tension artérielle un peu élevée... »

Kirby relâcha le garrot qui entourait le bras de Jo.

« Rien d'important. Probablement un petit mouvement d'humeur...

— Très drôle. »

Après avoir réchauffé le stéthoscope entre ses mains, Kirby l'appliqua sur le dos de Jo.

« Respire à fond. Encore. Ton poids est insuffisant. En tant que femme, je t'envie, mais le médecin te rappelle à l'ordre.

— J'avoue que je n'ai pas beaucoup d'appétit en ce moment.

— La cuisine de *Sanctuary* devrait pourtant y remédier. »

Elle prit son ophtalmoscope et commença à lui examiner les yeux. « Des maux de tête ?

— Maintenant ou en général ?

— En général.

— C'est vrai que je souffre souvent de migraines depuis quelques mois.

— Des douleurs sourdes ? Lancinantes ?

— Disons que c'est comme si j'avais du coton dans la tête.

— Des vertiges ? Des nausées ?

— Je... Non, non. Pas vraiment. »

Kirby planta son regard dans le sien. « Pas du tout ou pas vraiment ? »

Voyant que Jo ne répondait pas, elle posa son instrument.

« Chérie, je suis médecin et je suis aussi ton amie. Si tu ne te montres pas franche avec moi, comment veux-tu qu'on avance ? Je te rappelle que tout ce qui pourra se dire dans cette pièce restera entre nous. »

Jo respira profondément en enfouissant ses mains entre ses genoux.

« Bon, bon, ça va. J'ai fait une dépression nerveuse il y a un mois. J'ai... j'ai perdu pied. » Elle leva la tête et ne lut que de la compassion dans les yeux verts de Kirby. Presque aussitôt, une irrésistible envie de pleurer l'envahit. « Je me sens tellement stupide...

— Et pourquoi donc ?

— Jusqu'ici, j'ai toujours su régler mes problèmes, Kirb. Mais, là, tout s'est accumulé et, tout à coup, c'était trop lourd, beaucoup trop lourd. J'en arrivais à ne plus savoir si les choses étaient réelles ou si je les avais imaginées. Alors je me suis effondrée.

— Tu as consulté un médecin ?

— J'étais bien obligée. J'ai eu une crise devant mon assistant et il a appelé le S.A.M.U. On m'a hospitalisée quelques jours. Si tu savais comme j'ai honte.

— Mais il n'y a aucune raison à cela ! Tu as le droit de ressentir ce que tu veux. »

Jo parvint à esquisser un sourire à travers ses larmes. « Je n'ai pas à avoir honte... d'avoir honte, c'est ça ?

— Exactement. Quel était ton rythme de travail à ce moment-là ?

— Plutôt serré mais j'aime ça.

— Et ta vie sociale ?

— Néant. Mais j'aime ça aussi. Et, oui, autant te le dire tout de suite, c'est la même chose pour ma vie privée. Le sexe ne fait pas partie de mes priorités.

— Alors c'est que tu es encore plus malade que tu n'en as l'air. »

Jo cilla. « Merci quand même. »

Elle grogna en voyant Kirby lui frotter le bras avec un tampon imbibé d'alcool et sortir une seringue. « Qu'est-ce que tu me fais ?

— Juste une petite prise de sang. En attendant, je te prescris du grand air, beaucoup de repos et des repas réguliers. J'ajouterai que tu dois te confier davantage, à moi, à ta famille, à qui tu voudras. Mais il faut que tu parles, que tu ne laisses pas les choses s'accumuler. Appuie-toi sur quelqu'un, Jo. »

D'un signe de tête, elle désigna la salle d'attente.

« Ton frère s'est fait suffisamment de souci pour venir te traîner jusqu'ici — un endroit où, pourtant, il se garde bien de mettre les pieds depuis que je m'y suis installée. Il s'inquiète terriblement pour toi, tu sais. Il doit s'imaginer que je vais sortir du cabinet et lui annoncer que tu n'en as plus que pour trois semaines. »

Jo soupira et se crispa imperceptiblement quand la seringue s'enfonça dans son bras. Kirby lui jeta un regard amusé.

« Tu veux crier pour voir combien de temps il lui faudra pour se précipiter ici ? »

Jo détourna les yeux. « Je m'en voudrais de lui donner ce plaisir... »

Quand elle fut rhabillée, Kirby lui tendit un flacon rebondi.

« Juste des vitamines fortement concentrées. Dès que tu auras retrouvé de l'appétit, tu n'en auras plus besoin. Mais, dans l'immédiat, elles te donneront un peu d'énergie. Je te ferai connaître le résultat de l'analyse de sang quand je l'aurai reçu du laboratoire. Mais je pense que tout sera normal.

— Merci, Kirb.

— Fais-moi le plaisir de prendre soin de toi et de venir me parler chaque fois que tu en éprouveras le besoin.

— Je m'en souviendrai. »

Jo se montrait toujours réservée dans ses manifestations d'amitié. Mais, cette fois, elle s'approcha de Kirby pour l'embrasser sur la joue. « Je suis même sûre que je le ferai. A vrai dire, je me sens mieux que je ne l'ai été depuis longtemps.

— Bon. Respecte les prescriptions du bon Dr Kirby et tu te sentiras encore mieux. »

Elle se leva et invita Jo à regagner la salle d'attente. Comme elle se l'était imaginé, Brian arpentait la pièce de long en large, l'air inquiet. Il s'arrêta en les voyant et les regarda, les sourcils froncés.

Kirby lui adressa son plus radieux sourire.

« Vous avez une belle petite fille de 55 kg, daddy. Félicitations.

— Très drôle. Alors ? Qu'est-ce qui ne va pas ?

— Je rentre à pied, intervint Jo. Merci d'avoir pris le temps de satisfaire aux caprices de cet idiot, Kirb.

— Oh, j'y travaille depuis des mois, tu sais ! »

Elle eut un petit rire et la regarda franchir la porte.

« Je veux savoir ce qui ne va pas avec ma sœur, insista Brian.

— Pour l'instant, ce serait plutôt toi qui lui donnes des

migraines. Bien que ce soit déplaisant, c'est une maladie rarement fatale.

— Bon sang, Kirby ! Je veux une réponse claire. »

Elle se dirigea vers le comptoir, constata avec satisfaction qu'il avait préparé du café frais et en remplit une tasse qu'elle lui tendit. « Assieds-toi. »

Il sentit son estomac se nouer. « C'est si grave que ça ?

— Pas autant que tu le penses. Tu le prends noir, c'est ça ? »

Elle fit un brusque écart en sentant sa main se refermer durement sur son bras.

« Je ne suis pas d'humeur à plaisanter, Kirby, je te l'ai dit. Nous perdons du temps.

— D'accord. Je voulais juste t'aider à te détendre, c'est tout. Il me faudra environ deux semaines pour avoir tous les résultats d'analyses mais je peux d'ores et déjà te donner mes premières impressions. Ta sœur est seulement épuisée. Nerveuse, stressée, et furieuse de l'être. Elle a besoin d'un appui — même si elle rue dans les brancards. »

Un peu rassuré, il relâcha la pression de sa main.

« C'est tout ? Vraiment tout ? »

Elle se détourna pour se verser du café.

« Les médecins sont tenus au secret professionnel. Jo a droit à sa vie privée et elle doit pouvoir compter sur ma discrétion.

— Jo fait partie de ma famille.

— En effet. Et, sur le plan personnel, je me réjouis que tu prennes son sort tellement à cœur. Elle est rentrée à la maison parce qu'elle avait besoin de vous. C'est tout ce que je peux te dire. Le reste, c'est à elle d'en décider. »

Il se mit à aller et venir en buvant son café sans même s'en apercevoir. « Très bien. Je pourrai sans doute la contraindre à manger régulièrement et obliger Lexy à cesser de l'asticoter.

— Tu es très gentil, murmura Kirby.

— Non, je ne le suis pas ! »

Il reposa violemment la tasse et fit un pas en arrière. A présent que son inquiétude s'était apaisée, il se sentait libre de contempler Kirby avec un autre regard. Elle se tenait là, devant lui, avec son sourire de sirène, froide, maîtresse d'elle-même, une déesse rose et dorée.

« Je m'occupe seulement de moi-même. Tout ce que je veux, c'est que l'on cesse de perturber mes habitudes. Et que Jo retrouve son équilibre. »

Les yeux brillants, Kirby avança vers lui.

« Menteur. Tricheur. Lâche.

— Laisse-moi tranquille. »

Pour toute réponse, elle lui prit le visage entre ses mains et l'attira à elle. « Tu me l'as amenée en consultation mais tu n'as pas payé les honoraires », dit-elle en se dressant sur la pointe des pieds. « Mes services ne sont pas bon marché. »

Et elle déposa un baiser léger sur ses lèvres.

Enivré par son parfum, il lui enlaça la taille et sentit son pouls s'accélérer. « Pourquoi ne fais-tu jamais ce que je te demande ?

— Parce que je suis entêtée.

— Dis plutôt que tu es agressive. » Il mordilla sa lèvre inférieure. Elle avait un goût délicieux. « Je n'aime pas les femmes agressives.

— Si, tu les aimes.

— Et moi je te répète que non. »

Il la poussa jusqu'à ce qu'elle se retrouvât coincée entre lui et le comptoir. Son corps brûlant pressé contre le sien lui donna le vertige. Avidement, il plaqua sa bouche encore plus durement contre la sienne, comme pour la dévorer. « Mais je te désire. Tu es satisfaite ? »

Kirby rejeta la tête en arrière et gémit quand il embrassa le creux tendre de son cou.

« Donne-moi cinq minutes pour annuler mes rendez-vous de l'après-midi, murmura-t-elle. Et je te promets que tu ne le regretteras pas. Pour l'amour du ciel, Bri, caresse-moi, serre-moi contre toi.

— Ah oui ? Mais qu'est-ce que tu crois ? Ça ne se passera pas si facilement entre nous... »

Il mordilla le lobe de son oreille où brillait une petite émeraude, revint à ses lèvres et les embrassa si passionnément qu'elle s'abandonna sans force contre lui en labourant son épaule de ses ongles. Son désir d'elle était si fort qu'il avait envie de la prendre, là, à même le sol, de lui arracher ses vêtements pour la posséder brutalement, intensément, jusqu'à ce que la frustration qui lui nouait le ventre fût enfin apaisée.

Mais il résista. D'une main, il lui tira la tête en arrière pour plonger son regard dans ses yeux d'un vert ensorcelant, des yeux qui le suppliaient de l'aimer, de la posséder.

« Les choses se passeront à ma manière, Kirby. Et tu devras t'y faire. »

Encore toute vibrante de désir, elle frissonna.

« Ecoute...

— Non. Ce petit jeu est terminé. A présent, c'est moi qui décide. Quand je reviendrai, nous reprendrons les choses là où nous les avons laissées. »

Kirby se redressa, haletante. Pendant un instant, elle le détesta. Ils avaient été si près d'y arriver...

Elle tenta une sortie pour reprendre l'avantage : « Espèce de sale macho ! Tu reviendras seulement si je le veux bien ! »

Il sourit lentement. Dangereusement. « Je reviendrai. Et je ne te demanderai pas, alors, si tu es prête. »

Il se dirigea vers la porte, espérant l'atteindre avant que le désir fou qu'il avait d'elle ne le fît revenir sur ses pas.

Avant de franchir le seuil, il lui jeta un dernier regard, s'attardant sur les cheveux blonds et soyeux tout ébouriffés, sur ces yeux étincelants, cette bouche encore gonflée par l'empreinte de la sienne.

« Si j'étais toi, je remettrais un peu d'ordre dans ma tenue, docteur. Voilà justement ton prochain patient qui arrive. »

Réprimant un sourire, il laissa la porte claquer derrière lui.

13.

Passer par Little Desire Cottage ne représentait qu'un court détour sur le chemin de *Sanctuary*. Pour se justifier, Jo se dit que, de toute façon, la promenade lui ferait du bien. Elle prendrait quelques vues de la rivière et pourrait en même temps regarder combien de nouvelles fleurs sauvages étaient écloses ces derniers jours. Puisqu'elle passait par là, il aurait été incorrect de ne pas s'arrêter un instant pour saluer Nathan.

D'ailleurs le bungalow n'appartenait-il pas à sa famille ? Rien de plus naturel, en somme...

Elle mit au point une phrase d'excuse, juste ce qu'il fallait de faussement nonchalant, et la répéta pour trouver le ton juste. Ce fut donc une déception quand elle constata en arrivant au bungalow que la jeep n'était pas là.

Elle resta un instant au pied de l'escalier, à réfléchir. Puis elle grimpa vivement les marches du perron de bois avant d'avoir eu le temps de changer d'avis. Il n'y avait pas de mal à entrer juste une seconde pour laisser un mot. Sans toucher à rien. Tout ce qu'elle voulait, c'était...

Jo pesta entre ses dents en constatant que la porte était fermée. Encore un contretemps. Sur Desire, les gens verrouillaient pourtant rarement leur porte.

Trop curieuse, à présent, pour se soucier encore des bonnes manières, elle pressa son visage sur la vitre d'une des fenêtres et regarda à l'intérieur. Sur la longue table délimitant le coin cuisine, elle aperçut un ordinateur portable, une imprimante et des rouleaux de plans bien rangés. Une grande feuille blanche déployée sur la table était fixée aux quatre coins par un pot de café instantané, un plateau et deux tasses. Impossible, pourtant, malgré les contorsions de Jo, d'apercevoir ce qui était imprimé dessus.

« Bah, ça ne me regarde pas », pensa-t-elle. Mais elle n'en resta pas moins à son poste, essayant encore d'entrevoir la pièce. En entendant un froissement de feuilles dans son dos, elle se recula vivement et regarda pardessus son épaule. Ce n'était rien qu'un dindon sauvage qui traversait le sentier. Il lança un long gloussement et prit son envol. Les yeux fermés, Jo s'efforça de calmer les battements de son cœur. De quoi aurait-elle eu l'air si Nathan l'avait surprise en train d'espionner son bungalow ?

Elle se rappela qu'elle avait encore un tas de choses à faire et redescendit les marches du porche pour reprendre le chemin de la maison. Après tout, conclut-elle, il valait probablement mieux que Nathan ait été absent.

Elle prit la piste des palmiers qui longeait la rivière dans l'ombre épaisse, là où la vigne muscadine et les fougères arborescentes transformaient la forêt en une jungle presque tropicale.

Tout en marchant, Jo se sentait assaillie par une foule de pensées contradictoires. Elle n'avait pas besoin de ce genre de complications. Nathan Delaney arrivait au mauvais moment. Si elle acceptait une relation avec lui, il faudrait lui parler de tous ces secrets qui obscurcissaient sa vie. Ce qui ne manquerait pas de sonner le glas de cette relation. Qui avait envie de se lier à une femme manifestement cinglée ?

Tandis qu'elle suivait le sentier qui serpentait au milieu des palmiers nains, elle entendit le cri du dindon se mêler aux longues notes limpides d'une fauvette. Elle accéléra le pas et elle sentit sa sacoche de cuir se balancer sur sa hanche comme pour mieux rythmer le flux de ses pensées.

Oui, mettre fin dès le départ à leur relation naissante, ce serait s'épargner une perte de temps et pas mal d'ennuis.

Mais pourquoi diable n'était-il pas chez lui ?

Dans la petite clairière dissimulée par les épaisses branches de chênes verts, Giff entendit des pas approcher sur le chemin. Il posa une main sur la bouche de Lexy.

« Chhhut ! Quelqu'un approche.

— Oh ! »

D'un geste rapide, Lexy saisit son chemisier posé à terre et le pressa contre ses seins. « Je croyais que tu m'avais dit que Nathan était allé sur le continent pour la journée.

— C'est bien ce qu'il a fait. Je l'ai croisé quand il montait dans le ferry.

— Alors qui... Oooh !... »

Lexy retint un petit cri en regardant à travers les palmiers. « C'est Jo. Si tu voyais son visage. On dirait qu'elle porte le poids du monde sur ses épaules, comme d'habitude.

— Tais-toi. »

Giff força Lexy à se courber.

« J'aime autant ne pas être surpris par ta sœur sans mon pantalon.

— Pourtant tu as un si joli... »

Elle fit un geste éloquent en pouffant de rire et ils luttèrent silencieusement jusqu'à ce que Jo fût hors de vue.

« Tu es vraiment impossible, Lex. »

Giff la plaqua au sol en riant. Elle portait encore son soutien-gorge — ils n'avaient pas eu le temps d'aller au-delà — et il aimait le contact du tissu soyeux contre sa poitrine.

« Comment aurais-je pu lui expliquer ma présence si Jo était venue ici, hein ? »

Lexy eut un haussement d'épaules indifférent.

« Bah, si elle ne sait pas encore de quoi il retourne, il est temps que quelqu'un lui ouvre les yeux. »

Il hocha la tête et embrassa le bout de son nez. « Tu es trop dure avec ta sœur.

— Moi, trop dure ? » Lexy renifla d'un air hautain. « C'est plutôt le contraire.

— Alors disons que vous ne savez pas vous comprendre. A ce qu'il paraît, Jo a traversé récemment des moments difficiles.

— Elle a pourtant une vie qui lui convient parfaitement : un travail qu'elle adore, des tas de voyages et tous ces gens qui bavent d'admiration devant ses photos. Quand ils ne les étudient pas comme s'il s'agissait de textes savants. Sans parler de tout l'argent qu'elle gagne, assez pour ne pas avoir à se soucier d'échéances sordides. »

D'une main douce, il lui releva le menton.

« Poussin, à quoi sert d'être jalouse de Jo ?

— Jalouse ? » Lexy se redressa, furieuse. « Et pour quelle raison serais-je jalouse de Jo Ellen ? »

Il déposa un baiser rapide sur ses lèvres, pour l'apaiser.

« Toutes les deux, vous voulez la même chose. Mais, pour l'obtenir, vous vous y prenez de manières radicalement différentes, même si votre but est identique.

— Ah oui ? » La voix de Lexy était glaciale. « Et quel est ce but, d'après toi ?

— Etre heureuse. C'est ce que cherchent la plupart des

gens. Réussir dans son travail, se faire une solide réputation. Mais ce n'est pas parce que Jo y est arrivée avant toi que cela te rend moins importante. Après tout, elle a trois ans d'avance. »

Ces paroles ne calmèrent pas Lexy, bien au contraire.

« Je me demande pourquoi tu m'as amenée ici si tout ce que tu trouves à dire, c'est parler de ma sœur.

— Je te rappelle que c'est toi qui as eu l'idée de cette balade », répliqua-t-il en souriant.

Voyant qu'elle se débattait pour lui échapper, il resserra encore son étreinte. « Si je me souviens bien, c'est toi qui traînais du côté de Sand Castle Cottage pendant que j'y réparais les moustiquaires. Et tu avais déjà cette couverture avec toi. Qu'est-ce qu'un homme aurait dû faire, à ton avis ? »

Elle le défia du regard.

« Je ne sais pas, Giff. Et, d'après toi, qu'est-ce qu'un homme devrait faire ?

— Attends, je vais te montrer. »

Il prit son temps et cela la laissa faible et tremblante.

Giff se détacha de Lex et se laissa rouler de côté. Il lui prit doucement la tête pour la poser sur sa poitrine.

« Mmm. »

C'était tout ce qu'elle avait encore la force de dire. Jamais encore elle n'avait eu un orgasme tel que celui-ci — comme si un million de doigts de soie l'avaient pétrie, malaxée, de la tête aux pieds.

Giff avait fait preuve d'une maîtrise incroyable, contrôlant chaque geste, chaque caresse, comme un stratège aguerri à toutes les conquêtes. Si elle n'avait senti la pulsation précipitée de son cœur contre sa joue, elle aurait même pu douter qu'il ait éprouvé du plaisir.

Un sourire aux lèvres, elle déposa un baiser sur sa poitrine.

« Tu es doué, dis donc. A croire que tu n'as fait que ça toute ta vie. »

Il garda les yeux fermés, savourant la caresse de l'air sur son visage, heureux de sentir sous ses doigts la mousse soyeuse des cheveux de sa maîtresse.

« J'ai toujours pensé qu'un peu d'entraînement ne faisait pas de mal...

— Ma foi, ce n'est pas moi qui m'en plaindrai », murmura Lexy avec un soupir d'aise.

« Je t'ai désirée toute ma vie, Lex. »

Elle frissonna délicieusement à ces mots. Il avait une façon bien à lui de dire des choses graves avec une simplicité désarmante.

« Je crois bien que moi aussi j'ai toujours eu envie de toi... »

Elle redressa la tête pour le regarder, le vit ouvrir les yeux et lut dans son regard quelque chose qui la fit frémir de nouveau. « Mais tu étais si maigre, autrefois, plaisanta-t-elle.

— Et toi tu étais plate comme une planche à pain. »

Lex pouffa tandis qu'il levait les bras pour emprisonner les globes de ses seins au creux de ses paumes. « Dieu merci, tu as changé...

— Je me souviens que tu me tirais sans cesse les cheveux.

— Parce que tu me mordais au sang chaque fois que tu le pouvais. J'ai encore la marque de tes dents sur l'épaule gauche. »

Elle éclata de rire. « Menteur.

— Tu veux voir? Maman appelait ça la marque Hathaway.

— Montre... »

Elle le poussa jusqu'à ce qu'il roulât sur le côté et l'examina d'un air faussement sévère. Finalement, elle réussit à entrevoir une petite griffe blanche zébrant la peau de l'épaule. Cette vue l'excita. C'était un peu comme si elle l'avait marqué au fer. Il porterait cette marque toute sa vie. *Sa* marque.

« Quoi ? Tu veux parler de cette minuscule cicatrice ? Tu parles d'une blessure ! Attends que je fasse mieux... »

Avant même qu'il ait eu le temps de réagir, elle planta ses dents dans sa chair. Il poussa un cri de douleur, bascula vers elle et l'emprisonna entre ses bras pour l'empêcher de bouger. Ils luttèrent un instant sur la couverture, haletants, traversés par une nouvelle et brûlante vague de désir.

« Puisque cela t'amuse tant, déclara-t-il, moi aussi je vais te marquer de ma griffe...

— Je te l'interdis ! »

En gloussant, Lex se tortilla pour lui échapper. « Aïe !

— Pas besoin de crier, je ne t'ai encore rien fait.

— Je te dis que j'ai senti quelque chose. »

Il eut soudain la vision de serpents tapis dans les feuilles et, en un éclair, sauta sur ses pieds, Lexy dans les bras. Son mouvement fut si brusque qu'elle s'accrocha à lui, surprise et presque apeurée de saisir dans ses yeux une lueur glacée tandis qu'il balayait le sol du regard.

« Je ne vois rien. »

Il la remit sur ses pieds et la retourna. Une légère griffure marquait de rouge sa peau délicate. « Tu as dû être égratignée par un petit morceau de bois.

— Regarde là... »

Elle pointa un doigt vers une petite tache argentée luisant faiblement au milieu des feuilles. « Qu'est-ce que c'est ? »

Il se pencha et ramassa un minuscule objet.

« On dirait une boucle d'oreille. »

Les yeux brillants, Lexy frotta distraitement sa minuscule blessure. Seigneur ! Il fallait voir comment il l'avait soulevée de terre ! Elle s'était sentie aussi légère qu'une plume. On aurait dit un chevalier volant au secours de sa mie pour l'arracher aux griffes d'un abominable dragon.

Des images romanesques traversèrent son esprit. Elle vit Lancelot et Guenièvre enlacés, des châteaux moyenâgeux, des tournois... et son cœur fit un nouveau boum dans sa poitrine.

Il lui fallut quelques minutes pour reprendre contact avec la réalité. Giff examinait le petit objet cueilli dans les feuilles. C'était un pendentif brillant formé de petites étoiles d'argent.

« Mais c'est à Ginny ! »

Fronçant légèrement les sourcils, Lexy tendit la main pour l'étudier de plus près. « Oui, c'est bien une de ses boucles d'oreilles préférées. Je me demande pourquoi elle se trouve ici. »

Giff réfléchit.

« Je suppose que nous ne sommes pas les seuls à venir dans cette forêt faire autre chose qu'une promenade de santé. »

Avec un petit rire, Lexy se laissa tomber sur la couverture et déposa soigneusement la boucle d'oreille à côté d'elle avant de chercher son soutien-gorge.

« Tu as sûrement raison. Mais cela paraît bien loin du camping et de son bungalow. Qu'est-ce qu'elle portait, la nuit dernière ?

— Je n'ai pas beaucoup prêté attention aux oreilles de ma cousine », répondit Giff sèchement.

Lexy fit un effort pour se rappeler. Ginny était vêtue d'un chemisier rouge vif constellé de clous argentés et d'un jean blanc moulant fermé par une ceinture à boucle.

Et... oui, maintenant qu'elle y repensait, Ginny avait bien ses boucles d'oreilles préférées, avec des petites étoiles d'argent. Elle disait toujours qu'elle aimait la manière dont elles reflétaient la lumière.

« Bon, aucune importance, je vais la lui rapporter. Enfin... si je parviens à la trouver. »

Il s'assit à son tour pour enfiler son pantalon. « Qu'est-ce que tu veux dire ? lança-t-il distraitement.

— Elle a dû se dénicher un soupirant au feu de joie d'hier soir. En tout cas, elle n'était pas au camping ce matin. »

Giff leva la tête. « Ginny ne manque jamais son travail.

— Peut-être, mais elle était absente. J'ai entendu le remue-ménage que ça a provoqué à cause de tous ces nouveaux campeurs qui attendaient pour s'inscrire. Kate a envoyé papa et Jo pour s'en occuper.

— Ils sont allés voir chez elle ?

— Je suppose. En tout cas, tu aurais vu toute cette agitation ! Kate était affolée. »

Il se redressa pour faire glisser son jean autour de ses hanches minces.

« Ce n'est pas le genre de Ginny. Elle a peut-être un caractère fantasque mais jamais elle n'aurait laissé Kate dans l'embarras.

— Peut-être qu'elle est malade... »

Lex frotta doucement le bijou entre ses doigts. Puis elle l'enfouit dans la poche de son minuscule short — celui qu'elle avait choisi de porter dans l'espoir que Giff en perdrait la tête.

« Elle avait bu pas mal de tequila... »

Il hocha la tête, pensif. Même avec une bonne gueule de bois, Ginny serait allée travailler ou, du moins, aurait prévenu Kate afin qu'on lui trouvât un remplaçant. Il se souvint d'elle, la veille, sur la plage, agitant le bras pour les saluer et envoyant des baisers du bout des doigts. « Je vais aller à sa recherche.

— Bonne idée. »

Lexy se leva, appréciant le regard admiratif qu'il jetait à ses longues jambes. « Et plus tard, peut-être... » Elle l'entoura de ses bras et se pressa contre lui. « ... Plus tard, tu pourras te mettre à *ma* recherche.

— Hmm. J'avais justement envie de faire un tour au restaurant de l'hôtel ce soir. J'adore l'idée de me faire servir par toi.

— Ah oui ?

— Oui. Et je me disais aussi que je pourrais, ensuite, monter l'escalier, juste comme ça, et me retrouver dans ta chambre. On pourrait essayer dans un lit pour changer. »

Lexy esquissa un sourire félin. Elle recula d'un pas, planta un peigne dans ses boucles et se passa la langue sur les lèvres.

« Peut-être que je serai libre ce soir... Mais ça dépendra du pourboire que tu me laisseras. »

Il rit, se pencha sur sa bouche encore humide et l'embrassa à en perdre haleine.

Quand elle eut repris son souffle, Lexy exhala un long soupir satisfait. « C'est un bon début... » Puis elle se pencha pour ramasser la couverture, tournant délibérément vers lui son joli postérieur sanglé dans le minuscule short rose.

Quand elle se redressa, les joues légèrement rougies par l'effort, elle lança, mutine :

« Si tu viens ce soir, je te garantis un excellent... service. »

Le temps que Giff se retrouve dans son pick-up, roulant doucement sur la route zébrée de soleil, les battements de son cœur s'étaient apaisés. « Bon sang, quel tempérament, cette Lex », pensa-t-il en tournant le bouton de la radio. Vivre à ses côtés devait être une aventure perpétuelle. Malgré cela, il ne la sentait pas encore prête à envisager une existence commune avec lui. Mais il allait y travailler.

Giff sourit en fredonnant quelques mesures du morceau de country diffusé par les haut-parleurs. Oui, il avait tout planifié : une cour progressive, le temps de saper ses résistances. Et puis il lui ferait sa demande en mariage et passerait le reste de ses jours avec elle.

Dès qu'il aurait réussi à la convaincre qu'elle était exactement celle qu'il cherchait depuis toujours. En attendant, cela ne les empêchait pas de se donner du bon temps.

Il prit l'allée menant au camping et fronça les sourcils en apercevant l'adolescent accoudé au comptoir de la petite baraque.

« C'est toi qui travailles ici aujourd'hui ?

— On dirait.

— Tu as vu Ginny ?

— Aucune trace d'elle. » Le garçon risqua un clin d'œil entendu. « Elle a dû faire une drôle de vie hier soir, dis donc.

— Ouais... » Giff se sentit mal à l'aise. « Je vais aller faire un petit tour jusqu'à son bungalow pour voir ce qui se passe.

— Entendu. »

Il conduisit lentement, craignant qu'un enfant ne surgisse sous ses roues à tout instant. Avec l'arrivée des beaux jours, les touristes étaient de plus en plus nombreux au camping, sur la plage et dans les bungalows loués pour la saison. Ils passaient la moitié du jour à se rôtir au soleil puis rentraient et branchaient la climatisation en la poussant au maximum. Ce qui signifiait généralement que Giff devait remplacer les résistances plus souvent qu'il ne l'aurait fallu.

Il n'y voyait pas d'inconvénient. C'était un bon travail, honnête. Bien sûr, à ses heures, il lui arrivait de penser faire quelque chose de plus gratifiant mais cela ne l'inquiétait pas outre mesure. Le moment viendrait en son temps.

Il braqua dans le petit chemin menant à la cabane de Ginny, freina et descendit de voiture. Il espérait la trouver au lit, gémissante, la tête sous une poche de glace. Cela expliquerait pourquoi tout paraissait aussi étrangement calme. D'ordinaire, lorsque Ginny se trouvait chez elle, elle mettait toujours à fond le volume de sa radio ou de sa télévision, accompagnant les chansons ou les dialogues de ses séries préférées avec force hurlements ou commentaires joyeux. A ceux qui s'étonnaient de la voir supporter un vacarme pareil, elle disait que cela l'empêchait de se sentir seule.

Mais, cette fois, la petite maison de bois était plongée dans le silence, à peine troublé par le bruissement des branches et les plongeons furtifs des grenouilles dans la mare. Giff grimpa d'un saut les marches du perron et, comme il était un familier, poussa la porte sans même frapper.

Il fit un bond en arrière en voyant alors la silhouette d'un homme se profiler devant lui.

« Bon sang, Bri, tu m'as fait une de ces peurs !

— Désolé. » Brian eut un petit sourire. « Quand j'ai entendu ton pick-up, j'ai cru que c'était Ginny. » Son regard se dirigea vers la porte. « Elle n'est pas avec toi ?

— Non. J'ai entendu dire qu'elle n'était pas venue travailler ce matin et cela m'a inquiété.

— C'est bizarre... On dirait qu'elle n'est pas venue ici aujourd'hui. »

Brian désigna la pièce d'un geste circulaire. « Et il y a un sacré désordre.

— Elle est peut-être sur l'un des emplacements du camping.

— J'ai garé ma voiture à l'entrée pour en faire le tour avant de venir ici. Mais personne ne l'a vue depuis hier.

— Ce n'est pas normal. » L'angoisse de Giff monta d'un cran. « Ce n'est absolument pas normal.

— D'accord avec toi. Il est plus de 14 heures. Même si elle avait passé la nuit dehors, elle aurait refait surface ce matin. »

Il contempla les vêtements éparpillés. « Je crois qu'il est temps de donner quelques coups de fil.

— Et moi je vais aller voir ma mère et lui en parler. Elle nous aidera peut-être à savoir par où commencer. Viens, je vais te raccompagner à ta voiture.

— Bonne idée. »

Ils sortirent ensemble de la cabane et se dirigèrent vers le pick-up.

« Tu sais, Ginny était plutôt grise hier soir », observa Giff en s'installant derrière le volant. « Je l'ai vue — ou plutôt Lex et moi l'avons vue. On était... en train de nager.

— Nager... » répéta Brian.

Giff glissa un regard en coin vers lui, tira sur la visière de sa casquette et attendit.

« Ecoute, finit-il par dire. Ta sœur et moi... enfin... ce que je voulais te dire c'est qu'on couche ensemble. »

Brian se passa une main sur le visage.

« Tu me pardonneras si j'ai un peu de mal à prononcer le mot félicitations en ces circonstances.

— Tu veux connaître mes intentions ?

— Oh, mais non ! » Brian leva une main. « Vraiment pas.

— J'ai l'intention de l'épouser.

— Dans ce cas, il va falloir vraiment que je te félicite, hein ? »

Brian se tourna brusquement vers Giff. « Es-tu devenu fou ?

— Je l'aime. Je l'ai toujours aimée. »

Brian eut une soudaine vision de Lexy, goguenarde, harcelant Giff jour après jour, le détruisant petit à petit. « Tu es un grand garçon, Giff. Tu sais à quoi tu t'exposes.

— Oui, je sais. Comme je sais aussi que toi et tous les autres membres de la famille, vous n'avez jamais accordé à cette fille le moindre crédit. »

D'ordinaire nonchalante, la voix de Giff avait pris un ton défensif. Brian fronça les sourcils. « Elle est débrouillarde, reprit Giff, elle est forte. Elle a un cœur grand comme l'océan. Et, abstraction faite de ses folies, elle est parfaitement loyale. »

Brian laissa échapper un long soupir. Lexy était peut-être comme cela mais il la connaissait aussi sous un autre jour : irresponsable, égocentrique, impulsive. Malgré tout, les paroles de Giff le touchèrent au fond de lui.

« Ça va », dit-il en haussant les épaules. « Tu as peut-être raison. Si quelqu'un peut changer Lex, c'est bien toi.

— Elle a besoin de moi. »

Giff fit faire une marche arrière à la camionnette et accéléra. « Je préférerais que tu ne lui parles pas de notre conversation. Ni à qui que ce soit, d'ailleurs. Je n'ai pas encore tout à fait gagné la partie.

— Crois-moi, Giff, la dernière chose dont j'ai envie de parler avec Alexa, c'est de sa vie sentimentale. »

Ils roulèrent un moment en silence.

« Quand on a vu Ginny, hier soir, elle longeait la plage vers le sud.

— Elle était seule ?

— Oui, et passablement éméchée. Elle nous a fait signe et nous a dit qu'elle avait besoin de s'éclaircir les idées.

— Elle a pu rencontrer quelqu'un qui l'a fait revenir sur ses pas. A moins qu'elle n'ait continué et traversé les dunes.

— Nous avons trouvé une de ses boucles d'oreilles dans la clairière, près de la rivière.

— Quand ?

— Il n'y a pas longtemps », répondit Giff en garant son pick-up à côté de la voiture de Brian. « Lex et moi étions en train de...

— Oh, je t'en prie, pas d'explications. Etes-vous certains que cette boucle d'oreille appartient bien à Ginny ?

— Lexy en est sûre — tout comme elle est sûre que Ginny les portait hier soir.

— C'est bien le genre de choses que ma sœur remarque, en effet. En attendant, voilà un drôle d'endroit pour perdre une boucle d'oreille. Et, de plus, très éloigné de chez elle.

— C'est bien ce que je pense. Elle a dû rencontrer quelqu'un. Ce n'est pas son genre de quitter une soirée avant la fin — à moins que ce ne soit pour une autre sorte de distraction...

— Rien de tout cela ne lui ressemble. »

Giff secoua la tête, l'air soucieux. « Je n'aime pas ça, Brian. »

Brian descendit de la camionnette et s'accouda à la portière.

« Va voir ta mère et demande-lui de passer déjà quelques coups de fil. Moi, je descends jusqu'au ferry. Qui sait ? Notre belle a peut-être pris la poudre d'escampette avec l'homme de sa vie... »

⁂

A 6 heures du soir, les recherches battaient leur plein sur l'île. Dans la forêt, le long des chemins sauvages qui montaient vers le nord, sur la plage, au cœur des marais. Certains de ceux qui participaient aux battues se remémoraient une autre disparition, vingt ans plus tôt... Et, tout en cherchant Ginny, beaucoup évoquaient le souvenir d'Annabelle.

On parlait même d'une sorte de tare propre à la famille Pendleton. Une envie irrésistible de bouger, de tout abandonner, d'obéir aux caprices de son imagination...

Annabelle, Ginny... deux femmes au tempérament très différent mais qui s'étaient volatilisées d'une manière identique.

Alors qu'il chargeait les provisions dans sa voiture au retour du ferry, Nathan surprit une de ces conversations sur le quai. Quand il entendit le nom d'Annabelle courir de bouche en bouche, son cœur se mit à battre plus vite. Il était venu à Desire pour affronter ses souvenirs. Et voilà que, depuis son arrivée, il faisait mine d'oublier. La réalité se rappelait durement à lui.

Troublé, il s'installa au volant et prit la direction de *Sanctuary*. Au détour du chemin, il vit Jo assise sur les marches du perron, la tête penchée sur les genoux. Elle tressaillit en entendant la jeep et se redressa. Dans son regard, Nathan reconnut ses propres fantômes.

« Nous n'arrivons pas à la retrouver, lui dit-elle. Ginny. Elle a disparu.

— Je sais... »

Ne sachant que faire, il se laissa tomber sur les marches à son côté et glissa un bras autour de son épaule. « Je viens juste d'arriver par le ferry.

— Nous l'avons cherchée partout, pendant des heures.

Ginny s'est volatilisée, Nathan. Exactement comme... » Elle se tut, incapable de prononcer le nom défendu.

« L'île est étendue, Jo. Peut-être que...

— Non, non. Si Ginny cherchait à se cacher, elle pourrait certes avoir une longueur d'avance car elle connaît parfaitement les lieux. Mais il n'y a aucune raison pour qu'elle agisse ainsi. »

Ils demeurèrent silencieux quelques instants, perdus dans leurs pensées.

« Elle n'était pas non plus sur le ferry, soupira Nathan. J'ai somnolé pendant une partie du trajet mais, si elle avait été là, je l'aurais forcément vue.

— Ginny n'a pas pris le ferry. Je le sais. Je le *sens*.

— Et si elle avait emprunté un autre bateau ? Il y en a beaucoup, ici.

— Aucun bateau n'est manquant.

— Une excursion d'un jour ? Pourquoi pas ? Il doit être difficile de recenser avec précision tous ceux qui accostent pour une simple balade. »

Jo hocha la tête. « Oui... C'est ce que tout le monde pense, ici. Ils disent que Ginny a suivi quelqu'un sur un coup de tête. C'est vrai, elle l'a déjà fait, mais jamais quand elle avait du travail qui l'attendait, quand elle savait que l'on comptait sur elle. Et pas sans avertir. »

Nathan se rappela Ginny, exubérante et directe, quand elle l'avait abordée au feu de joie en le traitant de « beau gosse ».

« Elle avait bu pas mal de tequilas, la nuit dernière, risqua-t-il.

— Oui, c'est aussi ce que disent les gens. » Jo fit un mouvement pour s'écarter de lui. « Mais Ginny n'est pas celle que l'on croit. Ce n'est ni une irresponsable, ni une alcoolique.

— Je n'ai pas dit cela, Jo. Et je ne l'ai pas pensé.

— C'est tellement facile de parler mal d'elle, maintenant, de prétendre qu'elle se fichait de tout. »

Brusquement énervée, elle sauta sur ses pieds.

« Abandonner sa maison, sa famille et tous ceux qui vous aiment sans penser une seconde au mal qu'on peut faire, vous croyez que c'est facile ? »

Ses yeux étincelaient de colère et sa voix était montée de deux tons. Elle parlait d'Annabelle, maintenant, et Nathan le savait.

« Je ne peux pas le croire », répéta Jo en serrant les poings. « Je ne le croirai jamais. »

Il se leva à son tour et la prit dans ses bras. Elle se raidit mais il maintint fermement son étreinte.

« Je suis désolé, Jo.

— Je n'ai nullement besoin de votre sympathie. Ni de celle de quiconque, d'ailleurs. Laissez-moi.

— Non. »

Trop de personnes l'avaient laissée partir, pensa-t-il. Cette fois, il saurait la retenir. La joue sur ses cheveux, il attendit.

Elle cessa brusquement de se débattre et la tension de son corps se relâcha. Epuisée, désemparée, elle se pressa contre lui.

« Oh, Nathan, j'ai tellement peur. Tout recommence.

— Est-ce que cela ferait une différence si vous saviez pourquoi ? Est-ce que cela vous aiderait ?

— Je ne sais plus. Il m'arrive de penser que ce pourrait être pire. Pour nous tous. » Elle laissa échapper un long soupir. « Je finis par penser davantage à maman qu'à Ginny et cela me culpabilise.

— Il ne le faut pas. »

Doucement, de peur de la brusquer, il pencha la tête vers elle pour déposer de petits baisers sur son front, ses joues, ses lèvres. Abandonnée contre lui, elle ne chercha pas à fuir. Alors il l'embrassa longuement, lentement, profondément.

Jo ne parvenait plus à penser. Le désir qui s'éveillait en elle était si bon, si vivifiant, qu'elle ne voulait plus lui résister. Tout ce qui comptait, pour l'instant, c'était se fondre dans ce baiser interminable, s'ouvrir enfin à l'amour, au bonheur.

Derrière eux, les ombres du jardin s'étiraient aux dernières lueurs du soleil couchant. Jo distingua vaguement un bruit de pneus sur la route. La réalité refusait de se faire oublier. D'un mouvement vif, la jeune femme s'écarta.

« Il faut que je parte. »

Il tendit la main pour la rattraper. « Venez chez moi. Eloignez-vous de cette maison pendant un moment. Vous en avez besoin. »

Submergée par un courant d'émotions contradictoires, elle recula encore d'un pas. Ses yeux prirent l'éclat sombre de l'océan. « Je ne peux pas, Nathan. »

Et, faisant brusquement volte-face, elle escalada quatre à quatre les marches du perron pour disparaître dans la maison sans se retourner.

pas la fuir. Alors il l'embrassa longuement, tendrement, profondément.

Jo ne parvenait plus à penser. Le désir qui s'éveillait en elle était si bon, si vivifiant, qu'elle ne voulait plus lui résister. Tout ce qui comptait, pour l'instant, c'était se fondre dans ce baiser interminable, s'ouvrir enfin à l'amour au bonheur.

Derrière eux, les ombres du jardin s'étiraient aux dernières lueurs du soleil couchant. Jo distingua vaguement un bruit de pneus sur la route. La réalité refusait de se faire oublier. D'un mouvement vif, la jeune femme s'écarta.

« Il faut que je parte. »

Il tendit la main pour la rattraper. « Venez chez moi. Éloignez-vous de cette maison pendant un moment. Vous en avez besoin. »

Submergée par un courant d'émotions contradictoires, elle recula encore d'un pas. Ses yeux prirent l'éclat sombre de l'océan. « Je ne peux pas, Nathan. »

Et, faisant brusquement volte-face, elle escalada quatre à quatre les marches du perron pour disparaître dans la maison sans se retourner.

14.

Trente-six heures après la disparition de Ginny, Brian entra dans le salon familial et s'étendit sur le vieux canapé. Il se sentait épuisé, à bout de ressources. On avait fouillé l'île de fond en comble, passé des douzaines d'appels téléphoniques dans toutes les directions. En vain.

Pour finir, il avait bien fallu avertir la police.

Laquelle ne s'était d'ailleurs guère montrée empressée, songea Brian en contemplant fixement les fleurs de plâtre ornant les moulures du plafond. Après tout, Ginny était une jeune femme de vingt-six ans, on la disait libre, fantaisiste. De plus, on ne lui connaissait aucun ennemi.

Les autorités avaient promis de s'occuper de l'affaire mais par simple routine, sans plus.

On en avait fait beaucoup plus, vingt ans plus tôt, quand une autre femme s'était elle aussi évanouie dans la nature. En ce temps-là, on avait remué ciel et terre pour retrouver Annabelle. La police avait écumé la région en interrogeant tout le monde. Mme Hathaway, héritière des Pendleton, incarnait une personnalité importante de la région et sa fortune était enviable. Les enquêteurs avaient naturellement songé à quelque complot financier. Des années plus tard, Brian avait appris que son père figurait alors en tête de la liste des suspects. Cette révélation lui avait porté un coup terrible.

Puis, au fil des semaines, des mois, l'absence d'indices avait fini par émousser le zèle de la police. L'intérêt de tous pour cette affaire s'était transformé en regrets polis. On oubliait lentement Annabelle.

Et, dans le cas de Ginny Pendleton, il y avait fort à parier que son souvenir disparaîtrait encore plus vite...

Brian soupira, envahi par une immense lassitude. Il avait abandonné ses recherches une heure plus tôt, avec l'idée d'aller se réfugier dans un coin retiré, d'allumer la télévision ou la radio, et de s'isoler un bon moment pour vider son esprit de ces souvenirs douloureux. Le salon était une pièce peu utilisée. Après avoir erré sans but dans la maison, Brian avait fini par venir s'y échouer dans l'espoir qu'on l'y laisserait un peu tranquille.

C'était Kate qui en avait choisi l'ameublement, un mélange simple et confortable de sièges profonds, de lourdes tables et de canapés accueillants sur lesquels elle avait dispersé des coussins aux couleurs tendres.

Ainsi décorée, la pièce donnait une impression illusoire de vie alors que les membres de la famille Hathaway s'y retrouvaient rarement à plusieurs. Ce n'était pas leur genre de se réunir le soir pour regarder la télévision ou, tout simplement, discuter de la journée. Leur tempérament solitaire, individualiste, leur soufflait toujours une excuse pour fuir la cohabitation familiale.

« Une façon de rendre la vie moins compliquée... » songea amèrement Brian.

Il hésita un instant à actionner la télécommande de la télévision puis renonça. Les nouvelles des autres ne l'intéressaient pas. Pour finir, il se leva et se dirigea vers le bar en bois d'acajou. Le réfrigérateur en était toujours bien garni. Encore une idée de Kate, pensa-t-il. Elle rêvait tant de les voir vivre tous ensemble comme une famille normale. Alors elle gardait au frais un stock de boissons diverses dans l'espoir de les attirer au bar pour boire un verre en commun, échanger leurs idées, leurs sentiments.

Brian eut un petit rire sans joie en se servant une bière glacée. Aucune chance, vraiment, pour que le rêve de Kate se réalisât un jour...

Il en était là de ses réflexions lorsque, levant les yeux, il aperçut son père sur le seuil. Sam remua les pieds et enfouit ses mains dans ses poches.

« Hello, Brian ! Tu as terminé ta journée ?

— On dirait. Rien d'autre à faire pour l'instant. »

De le voir là, planté à le regarder, irrita Brian. Avec un haussement d'épaules, il lança : « Tu veux une bière ?

— Pourquoi pas ? »

Brian sortit une autre bouteille du réfrigérateur, l'ouvrit et la tendit à son père qui s'avançait vers lui. Le silence retomba entre eux. Sam était venu avec l'intention d'écouter quelques nouvelles, peut-être même regarder un peu de base-ball en sirotant quelques gorgées de bourbon avant d'aller dormir.

Mais il n'avait sûrement pas dans l'idée de se retrouver en train de boire une bière avec son fils.

« On dirait qu'il va pleuvoir », dit-il lentement.

Brian prêta l'oreille et entendit les premières gouttes frapper les vitres de la véranda. « Le printemps a été plutôt sec. »

Sam hocha la tête et bougea une nouvelle fois ses pieds.

« Le niveau de l'eau est exceptionnellement bas dans certaines mares. La pluie nous fera du bien.

— Les clients n'aiment pas ça.

— Peut-être, mais nous avons besoin de cette pluie. »

Un nouveau silence s'installa entre le père et le fils.

« Eh bien, lança brusquement Brian, on dirait que nous avons épuisé nos sujets de conversation, tu ne crois pas ? A moins que tu ne souhaites encore disserter de la pluie et du beau temps ? Ou bien veux-tu que nous parlions de politique ? De sport ? »

Le sarcasme n'échappa pas à Sam mais il préféra l'ignorer.

« Je ne crois pas que tu aies de l'intérêt pour l'un ou l'autre...

— En effet. Et comment pourrais-je m'y intéresser, d'ailleurs ? Je me contente de cuisiner pour vivre, pas vrai ?

— Ce n'est pas ce que je voulais dire », répliqua Sam d'une voix neutre.

Les nerfs tendus à l'extrême, il luttait pour rester maître de lui. « Simplement, j'ignore quels sont les sujets qui te concernent vraiment.

— Ben voyons ! Pourquoi en serait-il autrement ? Tu n'as jamais eu la moindre idée de ce qui m'intéresse. Tu ne sais ni ce que je pense, ni ce que je désire, et encore moins ce que je ressens. Peut-être crois-tu que je suis dépourvu de cœur et de cerveau...

— Brian ! » La voix de Kate claqua comme un coup de fouet tandis qu'elle pénétrait dans la pièce accompagnée de Lexy. « Ce n'est pas ainsi que l'on parle à son père !

— Laisse-le. » Les yeux fixés sur son fils, Sam reposa lentement son verre de bière sur le comptoir. « Il a bien le droit de dire ce qu'il pense.

— Pas celui de te manquer de respect.

— Kate... »

Sam lui lança un regard apaisant. Il fit un signe à Brian.

« Allons, je vois bien que tu as quelque chose sur le cœur. Vas-y. »

Brian haussa les épaules. « Cela prendrait des années et, de toute façon, qu'est-ce que ça changerait ? »

Sam passa derrière le bar. Il avait besoin de ce bourbon.

« Pourquoi ne pas commencer par le commencement ? » lança-t-il calmement en se versant deux doigts de Jim Beam.

Après une seconde d'hésitation, il remplit un second verre qu'il poussa en direction de son fils.

« Je ne bois pas de bourbon, répondit Brian sèchement. J'imagine qu'à tes yeux cela signifie que je ne suis pas tout à fait un homme. »

Sam sentit une pointe douloureuse lui griffer le cœur. Il leva son verre. « Un homme boit ce qui lui plaît. Et il y a longtemps que tu es un homme. Pourquoi te préoccupes-tu de ce que je pourrais penser ?

— Il m'a fallu vingt ans pour devenir ce que je suis aujourd'hui, explosa Brian. Où étais-tu pendant tout ce temps ? »

A elle seule, cette question contenait toute la souffrance et les rancœurs accumulées durant de longues années. « Tu t'es enfui, exactement comme elle. Mais c'était encore pire. Parce que, toi, tu nous as fait comprendre, chaque jour de ta vie, que nous ne comptions pas. Nous n'étions que des accessoires dont tu t'es déchargé sur Kate. »

L'air belliqueux, Kate s'avança.

« Maintenant tu vas m'écouter, Brian William Hathaway !

— Laisse-le parler », ordonna Sam d'une voix froide. Il se tourna vers Brian. « Et toi, termine ce que tu as à dire.

— Quelle différence cela peut-il faire, à présent ? Est-ce que cela te fera revenir dans nos vies ? Te préoccupaistu de ce qui nous arrivait ? Savais-tu qu'à douze ans une bande de gosses venus du continent m'ont rossé, simplement pour s'amuser ? Que j'ai bu ma première bière à quinze ans ? Et qu'à dix-sept je crevais de trouille à l'idée d'avoir mis Molly Brodie enceinte, le soir où nous avons tous deux perdu notre virginité ? »

Les poings crispés, Brian ne pouvait plus s'arrêter.

« Ce n'était pas toi mais Kate qui se trouvait à nos côtés. C'est elle qui a pansé mes blessures. Elle qui m'a guidé au moment où j'étais le plus perdu, qui m'a appris à me conduire, sermonné ou félicité. Jamais toi. Pas une seule fois. A présent, aucun de nous n'a plus besoin de toi. Et si tu as fait preuve de la même indifférence avec maman, pas étonnant qu'elle soit partie. »

Le coup porta. Sam vacilla et il s'appuya au comptoir. C'était le premier signe d'émotion qu'il manifestait depuis le début de cette tirade. Sa main tremblait légèrement lorsqu'il prit son verre mais, avant qu'il n'ait eu le temps d'ouvrir la bouche, Lexy avança brusquement dans la pièce.

« Pourquoi faites-vous ça ? cria-t-elle avec colère. Pourquoi *maintenant ?* Quelque chose est arrivé à Ginny et, vous, tout ce que vous trouvez à faire, c'est de rester plantés là à vous envoyer des horreurs à la figure ! »

Des larmes ruisselèrent sur ses joues et, dans un geste convulsif, elle pressa les deux mains sur ses oreilles pour ne pas en entendre davantage. « Pourquoi ne laissez-vous pas les choses comme elles sont ? Pourquoi ne pas prétendre que plus rien de tout ça n'a d'importance ?

— Parce que cela en a, au contraire ! » contra Brian, furieux qu'elle ne le soutienne pas. « Parce que nous ne sommes qu'une caricature de famille. Regarde-toi ! Obligée d'aller courir tes chimères à New York pour essayer de combler le vide que tes parents ont laissé en toi. Et Jo !

Qui se rend malade alors qu'elle avait réussi à se construire une solide carrière. Et moi... incapable d'établir la moindre relation avec une femme sans penser que cela risque de se terminer comme avec maman. Bon sang ! Aucun membre de cette maudite famille n'a jamais appris à être heureux !

— Moi, je sais comment être heureuse ! » La voix suraiguë de Lexy s'enfla hystériquement. « Et je le serai, je vous le promets ! Oui, j'aurai tout ce que je voudrai !

— Mais qu'est-ce qui se passe ici ? »

Une main sur la poignée de la porte, Jo contemplait la scène sans comprendre. Les échos furieux de la discussion l'avaient attirée hors de sa chambre où elle essayait vainement de dormir pour rattraper la nuit passée à chercher Ginny.

« Brian est détestable ! cria Lexy. Absolument détestable ! »

En sanglotant, elle se précipita dans les bras de Jo qui, bouche bée, balayait le salon du regard. Ce qu'elle vit lui parut incroyable : son père et son frère face à face comme deux boxeurs sur le ring et, dans un fauteuil près de la cheminée, Kate, effondrée, qui pleurait doucement.

« Mais... que vous arrive-t-il, à tous ? parvint-elle à articuler. Est-ce que cela concerne Ginny ?

— Ils se fichent pas mal de Ginny ! » gémit Lexy.

Ecrasée de chagrin, elle pleurait sur l'épaule de sa sœur. « Oui, ils s'en moquent bien !

— Il ne s'agit pas de Ginny ! »

D'un mouvement rageur, Brian s'écarta du bar. Il avait l'impression qu'on le rendait coupable de tout. « Ah, elle est réussie, la typique soirée familiale des Hathaway ! Eh bien, moi, j'en ai ras le bol ! »

Il traversa la pièce à grandes enjambées et se dirigea vers la porte. En passant devant Lexy, il s'arrêta, leva la main, comme pour lui caresser les cheveux et la laissa retomber. Puis il sortit sans un mot.

Kate essuya vivement ses joues mouillées de larmes.

« Jo, emmène Alexa dans ta chambre. Je vous rejoins dans un instant.

— Entendu. »

Avant de quitter la pièce, elle jeta un coup d'œil rapide à son père — visage de pierre, regard indéchiffrable — et décida qu'il valait mieux, pour l'instant, remettre ses questions à plus tard.

« Viens, Lexy, murmura-t-elle doucement. Viens avec moi. »

Quand elles furent sorties, Kate tira en reniflant un mouchoir de sa poche et se moucha.

« Il n'y a aucune raison pour expliquer un tel comportement, commença-t-elle. Mais tu sais combien Brian est préoccupé en ce moment. Nous le sommes tous, d'ailleurs. C'est lui qui a traité avec la police et dirigé les recherches, tout en continuant à faire tourner l'hôtel. Il est mort de fatigue, Sam.

— Mais il a raison également. »

Sam buvait son verre à petites gorgées, comme si l'alcool pouvait faire disparaître l'amer goût de honte qu'il avait dans la bouche. « Je n'ai pas été un père pour eux depuis que Belle nous a quittés. Je t'ai totalement abandonné cette responsabilité, Kate.

— Sam... »

Il leva les yeux vers elle. « N'essaie pas de me dire le contraire... »

Elle soupira et quitta son fauteuil pour venir s'installer sur un tabouret du bar, tout près de lui. « Ecoute, commença-t-elle, il n'est plus l'heure de se mentir, c'est vrai. Mais j'ai une autre version pour ce que Brian vient de te dire... »

Elle pencha la tête et, bien que ses yeux fussent encore cernés de rouge, son regard avait repris sa fermeté coutumière. « A la vérité, Brian n'a rien contre toi. S'il souffre, c'est que...

— C'est que je n'ai pas su tenir mon rôle de père, coupa Sam. Oh ! Kate, c'est si simple et si terrible à la fois. Je ne voulais pas qu'ils aient besoin de moi. Et j'étais certain de ne pas avoir besoin d'eux. »

Il s'arrêta, presque essoufflé. Jamais encore il ne s'était confié de la sorte. Mais il lut tant de patience et de compassion dans les yeux de Kate qu'il reprit courage. « Le fait est que Belle m'a brisé le cœur. Et quand j'ai repris lentement contact avec la réalité, c'était déjà trop tard. Alors je me suis rassuré en me disant que tout se passait très bien. Seulement, si tu n'avais pas été là, il n'y aurait eu tout bonnement personne pour veiller sur mes enfants. Tu as fait du bon travail avec eux, Kate. Je crois bien que je n'en ai jamais eu autant conscience qu'aujourd'hui.

— Hmm ! Que comptes-tu faire au sujet de Brian ?

— Faire ?

— Vas-tu laisser passer ta chance avec lui ? Il a seulement entrouvert la porte, Sam. A présent c'est à toi, son père, de franchir le pas.

— Brian n'a aucunement besoin de moi.

— Voilà la plus grande sottise que j'aie entendue de ma vie ! »

Elle était trop en colère pour remarquer le fugitif sourire de Sam. « Vous êtes tous des têtes de mules ! Chacun de mes cheveux gris est dû à votre fichu caractère Hathaway ! »

Il jeta un regard vers ses cheveux d'un beau roux profond. « Tu n'as pas le moindre cheveu gris, observa-t-il doucement.

— Cela me coûte assez cher ! » Elle prit une profonde inspiration. « Il est grand temps que tu donnes à ces enfants ce que tu leur as refusé pendant des années : de la présence, de l'affection. Si, en nous jouant ce mauvais tour, Ginny a réussi à te faire comprendre cela, alors je me réjouirai presque de sa disparition. Parce que je ne vais pas continuer à vous regarder, tous les quatre, prendre de nouveau des chemins qui vous éloignent les uns des autres. »

Elle se leva brusquement. « Et maintenant, je vais essayer d'aller calmer Lexy. Cela risque de me prendre la moitié de la nuit. Tu auras ainsi tout le temps voulu pour chercher ton fils et faire quelques passes d'armes avec lui.

— Kate... » Sam reposa la bouteille de Jim Beam qu'il venait de saisir. « Je ne sais pas par où commencer... »

Du seuil de la porte, elle se retourna vers lui, les yeux étincelants.

« Mais tu as déjà commencé, Sam... »

Brian savait exactement où il allait. Même une longue marche dans la nuit n'aurait pas suffi à le calmer. Il aurait pu faire le tour de l'île à pied et revenir aussi agité qu'au départ.

La vérité, c'est qu'il se sentait furieux contre lui-même. Il avait perdu son calme, parlé à tort et à travers, et fait pleurer Kate et Lexy.

La vie se révélait bien plus simple quand on savait garder ses pensées pour soi, quand on se contentait de faire son travail sans rien montrer de ses sentiments. Après tout, c'était bien comme cela que Sam se comportait, non ? Toutes ces années, il n'avait jamais laissé entrevoir ce qu'il pensait, ce qu'il *ressentait* — si tant est qu'il ait eu encore une quelconque sensibilité.

Brian courba le dos et rentra les épaules pour faire écran à la pluie. Dans sa hâte de quitter la maison, il était sorti sans parapluie, sans même prendre une veste. Des trombes d'eau s'abattaient en crépitant sur le chemin de sable et, à travers le voile de brume, les dunes prenaient une teinte plus foncée. Les lumières qui brillaient aux fenêtres des bungalows l'aidaient à trouver son chemin dans la nuit.

Quand il aperçut la maison de Kirby se dessiner à travers le rideau de pluie, son cœur fit un saut dans sa poitrine et une brusque bouffée de désir traversa son corps comme une décharge électrique. Il escalada les marches et entendit de la musique classique flotter jusqu'à lui. Pendant quelques secondes, il resta immobile sous le porche, observant Kirby à travers la porte vitrée. Vêtue d'un survêtement bleu, elle était en train d'examiner le contenu de son réfrigérateur et ses cheveux longs pendaient autour de son visage comme un rideau de soie. L'un de ses pieds nus s'agitait en mesure, au rythme fluide d'une petite sonate de Bach.

Incapable d'attendre davantage, Brian ouvrit la porte brusquement et entra dans la pièce comme une rafale. Saisie, Kirby se redressa avec un petit cri.

« Seigneur, Brian ! Tu m'as fait une de ces peurs ! »

Rassurée, elle lui sourit. « Tu as des nouvelles de Ginny ?

— Non.

— Oh... Je pensais... »

Son sourire s'évanouit et, d'un geste nerveux, elle se passa la main dans les cheveux.

« Tu es trempé...

— Il pleut », dit Brian en s'avançant vers elle.

Kirby le regarda et vit une lueur sombre, dangereuse, au fond de ses yeux. Ses genoux fléchirent tandis qu'une étrange faiblesse s'emparait d'elle. Il sentait la pluie et la terre humide. Quelque chose de sauvage et de chaud animait son visage.

« Je venais justement d'ouvrir une bonne bouteille de vin », dit-elle très vite — un peu trop vite. « Sers-toi un verre pendant que je vais chercher une serviette-éponge pour te sécher les cheveux.

— Je n'en ai pas besoin.

— Mais... » Elle s'arrêta, consciente de ce que cet excès de sollicitude avait de ridicule en la circonstance. « O.K. Je m'occupe du vin.

— Plus tard... »

En quelques pas, il fut près d'elle et, d'un geste vif, referma la porte du réfrigérateur. Puis il l'enlaça avec une force si soudaine qu'elle en devenait presque brutale. Sa bouche se plaqua sur celle de Kirby, dure, avide, dévorante.

Il glissa ses mains sous son T-shirt, palpa fébrilement sa chair nue, ses seins. Ses lèvres ne quittaient pas les siennes, sa langue explorait, curieuse, exigeante, impudique. Quand il lui mordilla la langue, Kirby étouffa un gémissement de plaisir et de douleur mêlés.

Lentement, les mains de Brian descendirent le long de sa taille pour emprisonner ses fesses rondes et fermes et mieux la plaquer contre lui. Elle bascula en arrière, étourdie et il en profita pour parsemer sa gorge offerte de baisers brûlants.

Quand elle reprit son souffle, elle murmura d'une voix rauque : « La chambre à coucher est au bout du couloir...

— Pas besoin de lit. »

Un sourire ironique aux lèvres, il la regarda.

« Souviens-toi de ce que je t'ai dit, Kirb. Ce sera à ma façon... »

Elle ferma les yeux et se sentit soulevée de terre puis plaquée sans ménagement contre la porte du réfrigérateur. « Que... qu'est-ce que tu fais ? » balbutia-t-elle tandis qu'il se collait à elle.

Il sourit ironiquement.

« Ce que je fais ? Mais l'amour, Kirby. Et, cette fois, c'est moi qui décide. »

Il s'effondra sur elle, haletant. Pour la première fois depuis des jours et des jours, il se sentait l'esprit et le corps parfaitement détendus. Kirby tremblait encore imperceptiblement contre lui — vibrante encore sous l'effet de la formidable énergie sexuelle qu'ils venaient de déployer.

Il enfouit son visage dans ses cheveux, respirant avec bonheur leur parfum délicat.

« C'était juste pour me mettre en appétit », murmura-t-il.

Elle prit un air consterné. « Seigneur ! »

Il eut un petit rire entendu. « Tu sens la pêche.

— Je venais juste de prendre un bain moussant quand tu as surgi pour me violer.

— C'est donc que j'ai bien choisi mon moment. »

Elle tendit la main vers lui et repoussa les cheveux qui balayaient son visage — un geste de pure tendresse qui les surprit tous les deux après leur étreinte passionnée, brutale.

« Quand tu es arrivé ici, tu avais un air vraiment dangereux et féroce.

— Tout à fait mon humeur du moment. Nous venions juste d'avoir une jolie petite scène de famille à *Sanctuary*.

— Oh ! Désolée.

— Ce n'est pas ton problème. Ce vin dont tu parlais tout à l'heure... Un verre serait le bienvenu. »

Kirby le suivit du regard tandis qu'il contournait le comptoir pour se diriger vers le réfrigérateur. En qualité de médecin, elle ne pouvait qu'admirer son excellente forme physique. Et, en tant que femme, elle connaissait maintenant les compétences sexuelles de ce corps dur et musclé.

« Les verres à vin sont dans le second placard à gauche, lui dit-elle. Je vais passer une robe de chambre.

— Inutile.

— Je ne vais tout de même pas me promener toute nue dans la cuisine...

— Et pourquoi pas ? De toute façon, tu vas bientôt avoir autre chose à faire. »

Elle haussa les sourcils. « Vraiment ? »

Il remplit généreusement deux verres et lui en tendit un.

« Je pense que le plan de travail te mettra juste à la bonne hauteur. »

Elle but une gorgée de vin et, soudain, la portée de ces paroles la traversa. « Tu parles du *plan de travail* de la cuisine ?

— Evidemment », rétorqua-t-il avec un haussement d'épaules. « Mais on pourra aussi essayer par terre. »

Kirby considéra un instant le lino d'un blanc éclatant dont sa grand-mère était si fière. Elle l'avait fait poser trois ans plus tôt, peu de temps avant sa mort.

« Par terre..., répéta Kirby, abasourdie.

— Si tu préfères des manières plus protocolaires, nous pourrons également faire l'amour dans ton lit. Disons... d'ici deux à trois heures. » Il jeta un coup d'œil à la pendule au-dessus de la cuisinière. « J'ai tout mon temps. Nous ne servons le petit déjeuner qu'à partir de 8 heures. »

Elle se demanda si elle devait rire.

« Tu as une confiance apparemment inébranlable en ton pouvoir, n'est-ce pas ?

— Plutôt, oui. Pas toi ? »

Le défi la fit sourire. « Je te vaux bien, Brian, et je veillerai à ce que nous tenions le coup tous les deux. » Elle lui jeta un regard amusé par-dessus le bord de son verre. « Après tout, c'est moi le docteur.

— Dans ce cas... »

Il posa son verre et fondit sur elle comme un éclair. Elle poussa un cri quand il lui enlaça fermement la taille, gémit quand il la souleva de terre pour l'installer sur le plan de travail recouvert de Formica.

« C'est froid...

— Ça aussi. »

Il trempa un doigt dans son vin, en fit tomber une goutte sur la pointe de ses seins, et la lécha délicatement.

« Et maintenant, il ne me reste plus qu'à te réchauffer... »

15.

C'était plutôt mauvais signe, pensa Sam, que d'avoir à rassembler tout son courage simplement pour parler à son fils. Et pire encore quand, après s'y être enfin décidé, de ne pas réussir à mettre la main sur lui.

La cuisine était vide. Pas de café en train de passer, pas de petits pains rôtissant au four.

Sam demeura immobile quelques instants, mal à l'aise dans une partie de la maison qui, à ses yeux, demeurait un lieu éminemment réservé aux femmes.

Il savait que son fils avait l'habitude de sortir tôt le matin pour sa promenade quotidienne. Mais il savait aussi que, avant de partir, Brian mettait en route le café, les biscuits et les petits pains. De toute façon, à cette heure-là, il aurait déjà dû être de retour. D'ici à trente à quarante minutes, les premiers clients gagneraient la salle à manger et réclameraient leur petit déjeuner.

Perplexe, Sam tourna et retourna sa casquette entre ses mains, se remémorant avec malaise un autre matin, des années plus tôt. Un membre de la famille avait aussi disparu sans avertissement. Pas de café dans la cafetière, pas de pâte en train de lever dans la grande jatte bleue, sous un linge blanc.

Le garçon était-il parti pour de bon ? Faudrait-il qu'il

se sente une nouvelle fois coupable d'avoir éloigné quelqu'un d'autre de *Sanctuary* ?

Sam ferma les yeux quelques instants pour lutter contre cette pensée désagréable. Il n'allait tout de même pas encore s'accuser de cela ! Brian était adulte, à présent, et maître de son destin. Tout comme Annabelle avait été une femme en pleine maturité, qui disposait librement de sa personne. Leurs décisions à tous deux leur appartenaient en propre.

Un sifflement joyeux s'éleva tout à coup en bas du sentier. Sam tressaillit, traversé par des sensations contradictoires de soulagement et d'anxiété.

En apercevant la silhouette de son père se découper de l'autre côté de la porte de treillis, Brian s'arrêta net de siffler, irrité de voir ses rares moments de tranquillité interrompus.

Il fit un bref signe de tête en passant devant son père et pénétra dans la cuisine. Sam resta là sans bouger, hésitant sur la conduite à tenir. Il n'était pas bien difficile de deviner que Brian avait passé la nuit avec une femme. Cet air détendu, satisfait qu'il lisait sur le visage de son fils le rendait presque jaloux et lui faisait sentir sa propre présence comme vaguement dérisoire. Il aurait été bien plus facile de s'en aller immédiatement et de laisser les choses où elles en étaient.

En grommelant, il retira sa casquette et rentra à son tour dans la cuisine.

« Je voudrais te dire un mot. »

Déjà revêtu de son grand tablier, Brian était occupé à verser du café en grains dans le moulin.

« J'ai du travail, papa », laissa-t-il tomber froidement.

Sam resta planté sur ses pieds. « Je voudrais quand même te dire un mot.

— Alors, il faudra que tu me parles pendant que je

prépare le petit déjeuner. » Il lança le moulin à café électrique et la cuisine se remplit de vacarme tandis qu'une suave odeur de café flottait jusqu'aux narines de Sam. Il décida d'attendre que le café fût moulu plutôt que de s'égosiller pour se faire entendre. Sa casquette toujours entre les mains, il regarda Brian doser l'eau et le café puis mettre en marche la grande machine à café.

« J'étais étonné de ne pas te trouver ce matin », réussit-il à dire quand le bruit cessa.

« Qu'est-ce que ça peut te faire, du moment que je suis à l'heure à mon travail ? »

Embarrassé par le ton agressif de Brian, Sam racla des pieds. « Ce n'est pas ce que je voulais dire. » Il fit une pause, cherchant ses mots, se demandant comment engager la conversation avec un homme vêtu d'un tablier de cuisine et occupé à battre une mixture de farine et d'œufs. « Je voulais te parler à propos d'hier — d'hier soir. »

Brian versa du lait dans la jatte, saisit une cuiller de bois et se mit à tourner sa préparation avec la plus extrême énergie.

« J'ai dit tout ce que j'avais à dire et je ne vois pas nécessité d'y revenir.

— Tu t'imagines donc être le seul à avoir le droit de t'exprimer ?

— Tu as eu toute ta vie pour t'exprimer. Et moi, pour l'instant, j'ai une montagne de travail.

— Tu es un homme dur, Brian.

— J'ai eu un bon exemple. »

C'était une flèche bien ajustée et Sam reçut le coup de plein fouet. Il en eut soudain assez de jouer les quémandeurs, posa sa casquette et déclara : « Tu vas écouter ce que j'ai à te dire. Ensuite, nous n'en reparlerons plus.

— Vas-y, je t'en prie », lança Brian en commençant à pétrir la boule de pâte. « Et qu'on en finisse.

— Tu avais raison. » Sam sentit sa gorge se nouer et fit un violent effort pour poursuivre. « Tout ce que tu as dit était vrai. »

Les mains toujours enfouies dans la pâte, Brian tourna brusquement la tête vers lui. « Quoi ?

— Tu as de la farine dans les oreilles ? » lança son père avec impatience. « Je viens de te dire que tu avais raison. » Il pointa un doigt accusateur vers la machine à café. « Combien de temps faut-il à cette foutue machine pour faire une foutue tasse de café ? »

Lentement, Brian se remit à pétrir sa pâte, mais sans quitter Sam des yeux.

« Tu n'as qu'à appuyer sur le bouton pour avoir une tasse, si tu le désires.

— Bon, marmonna Sam. C'est ce que je vais faire, alors. »

Il ouvrit un placard et contempla, désorienté, les verres et les assiettes empilés à l'intérieur.

« Il y a huit ans que les tasses à café ne sont plus là, dit doucement Brian. Deux placards plus loin, sur la gauche, juste au-dessus de l'espace cafétéria.

— L'espace cafétéria », répéta Sam en secouant la tête avec incrédulité. « Faut-il vraiment sacrifier à ce genre de sottises pour être moderne ? »

Comme la question ne semblait pas lui être spécialement destinée, Brian ne répondit pas. En grommelant, Sam saisit avec précaution le pot de café pour s'en verser une tasse. Après deux ou trois gorgées, il se sentit nettement mieux.

« C'est vraiment un bon café, admit-il.

— Tout est dans le choix des grains.

— J'imagine que le fait de les moudre chaque fois fait toute la différence.

— En effet. » Brian remit la boule de pâte pétrie dans

la jatte, la recouvrit d'un linge et alla vers l'évier se laver les mains. « On dirait que nous commençons à avoir une conversation véritable, toi et moi, hein papa ? »

Sam resta silencieux quelques minutes, les yeux rivés sur sa tasse de café.

« Je ne me suis pas comporté convenablement », dit-il brusquement.

Occupé à s'essuyer les mains sur son tablier, Brian sursauta. « Quoi ?

— Bon sang ! explosa Sam, ne m'oblige pas tout le temps à me répéter, veux-tu ? Je suis en train de te faire des excuses et j'espère que tu seras assez magnanime pour les accepter. »

Brian leva une main apaisante avant qu'une nouvelle querelle n'éclate. « C'est juste que tu m'as pris par surprise... assommé. Je pourrais accepter tes excuses si seulement je savais pourquoi tu me les présentes.

— Pour n'avoir pas été là quand tu avais douze ans et qu'on t'a rossé, quand tu en avais quinze et que tu as bu ta première bière, et quand, à dix-sept, tu étais assez stupide pour ne pas savoir faire l'amour à une fille sans risquer de la mettre enceinte. »

Soudain très ému, Brian se félicita d'avoir les mains occupées par son travail. Cela lui donnait une contenance.

« Kate m'a emmené à Savannah et m'a acheté des préservatifs.

— Elle n'a pas fait ça ! »

Sam n'aurait pas été plus stupéfait si son fils lui avait envoyé à la tête sa poêle remplie de saucisses en train de griller. « Kate t'a vraiment acheté des préservatifs ? »

Brian se prit à sourire en évoquant ce souvenir.

« Elle m'a fait la morale, naturellement, parlé de responsabilité, d'abstinence... après m'avoir acheté une boîte de Trojans.

— Doux Jésus ! » Sam laissa échapper un rire étouffé en s'adossant au comptoir. « Je n'arrive pas à me représenter la scène. »

Puis il se redressa et s'éclaircit la gorge.

« En fait, c'est moi qui aurais dû t'en parler.

— Oui, c'était ton rôle », acquiesça Brian en disposant une nouvelle fournée de saucisses dans la poêle. « Pourquoi ne t'en es-tu jamais soucié ?

— Ta mère n'était plus là pour me dire comment me comporter avec vous. Elle aurait été la première à voir ta mine préoccupée, la première à me dire de complimenter Lexy sur sa nouvelle paire de chaussures... J'avais pris l'habitude de me reposer sur elle pour toutes les questions vous concernant. Alors, quand... elle a disparu, j'ai simplement laissé les choses aller. »

Il posa sa tasse et fourra les mains dans ses poches. « Je ne sais pas comment expliquer ce que je ressens. C'est... difficile. »

Brian s'empara d'un autre saladier et commença à casser des œufs pour la pâte à crêpe.

« Je l'aimais..., dit Sam. Je l'aimais tant. »

Sa voix s'étrangla et il fut heureux que son fils s'occupât de son travail sans le regarder. « Je ne le lui ai peut-être pas assez dit. Parfois, c'est plus facile de ressentir les choses que de les dire. J'avais besoin d'elle, tu sais. Souvent, pour plaisanter, elle me surnommait "Sam le sérieux", et quand elle jugeait que j'étais trop grave, elle m'appelait auprès d'elle et s'empressait de me faire rire. Belle adorait voir des gens nouveaux, bavarder de tout et de rien au soleil. Elle aimait cette maison, elle aimait l'île. Et, pendant un certain temps, elle m'a aimé. »

Jamais encore le taciturne Sam Hathaway n'avait parlé aussi longtemps, songea Brian, troublé. Désireux de ne pas interrompre cet épanchement, il se contenta de poursuivre ses occupations culinaires.

« Nous avions nos problèmes, bien sûr. Mais nous les avons toujours résolus. La nuit où... tu es né... Seigneur, ce que j'ai eu peur ! Belle, en revanche, était forte, confiante. Quand tout fut terminé, elle t'a tenu contre elle dans le creux de son bras et tu t'es mis à téter. Alors elle s'est appuyée contre ses oreillers en souriant et m'a dit : "Regarde ce joli bébé que nous avons fait, Sam. Il faudra que nous en fassions tout un tas d'autres !"

— Je ne pensais pas que tu l'aimais.

— Je l'aimais, Brian. Ah oui, je l'aimais ! »

La gorge sèche, Sam reprit sa tasse de café et en but une gorgée.

« Il m'a fallu pas mal d'années pour seulement apprendre à vivre sans elle. Le fait de ne pas savoir ce qui lui était arrivé m'a rongé, jour après jour. Est-ce à cause de moi qu'elle est partie ? Mais, alors, pourquoi ? Pourquoi ne m'a-t-elle pas parlé ?

— Je suis désolé, dit très vite Brian. Je ne croyais pas que cela avait eu autant d'importance pour toi.

— Cela en avait. Mais, au bout d'un certain temps, on apprend à vivre avec ce qui vous reste.

— Et tu avais l'île.

— Je pouvais dépendre d'elle... me consacrer à elle. Et cela m'a empêché de me perdre corps et biens, de devenir fou. » Il prit une profonde inspiration. « Mais un autre, meilleur que moi, aurait été là pour soutenir son fils le jour où il a bu trop de Budweiser.

— Löwenbräu.

— Juste ciel, une bière d'importation ? Pas étonnant que je ne parvienne pas à te comprendre... »

Sam soupira en contemplant son fils. C'était un homme, maintenant, mais un homme qui portait un tablier sur les hanches et faisait cuire des tartes. Mais aussi, corrigea Sam mentalement, un homme au regard froid et franc, avec des épaules assez larges et solides pour supporter plus que sa propre charge.

« Tous les deux, nous nous sommes dit ce que nous avions sur le cœur », reprit-il avec une pointe de lassitude. « Je ne crois pas que cela changera grand-chose. Malgré tout, je suis heureux que nous l'ayons fait. »

Sam tendit la main, espérant que c'était bien cela qu'il fallait faire.

Ce fut le moment que choisit Jo pour entrer dans la cuisine. Comme la veille, elle s'immobilisa net sur le seuil de la cuisine en contemplant le spectacle insolite offert par les deux hommes. Mais, cette fois, ils se serraient la main devant le fourneau, une expression embarrassée sur leurs visages.

Mais Jo se sentait cependant trop fatiguée et énervée pour être capable d'analyser la situation.

« Lex ne se sent pas bien », lança-t-elle en les rejoignant d'un pas vif. « C'est moi qui vais servir le petit déjeuner. »

Brian saisit une longue fourchette et retourna les saucisses qui grillaient dans la poêle. « Tu vas faire le service ?

— C'est ce que je viens de dire. »

Toujours aussi énervée, elle décrocha de la patère un petit tablier et le noua autour de sa taille.

« Mais tu n'y connais rien, observa son frère.

— Possible, mais c'est tout ce que j'ai à t'offrir, mon vieux. Lex a tellement pleuré qu'elle a mal à la tête et Kate est partie au camping pour essayer de remettre un peu d'ordre là-bas dans toute cette pagaille. Alors je crois bien qu'il te faudra en prendre ton parti. »

Sam ramassa sa casquette et se dirigea vers la porte ouvrant sur le jardin. Traiter avec son fils était une chose — et déjà assez difficile comme cela. Mais il ne se sentait pas en mesure d'affronter le même jour une de ses filles.

« J'ai des choses à faire... » murmura-t-il en essayant d'ignorer le regard meurtrier que lui lançait Brian.

« Si je suis obligée d'assurer le service, reprit Jo d'un ton sec, c'est parce que toi et papa avez brusquement décidé de semer le chaos. Kate et moi avons dû passer la moitié de la nuit à consoler Lexy. Et maintenant, qu'est-ce que je vois ? Vous vous serrez tous les deux la main comme deux copains de régiment. Bon Dieu, où est ce foutu carnet de commandes ?

— Le tiroir du haut, sous la caisse. »

Du coin de l'œil, Brian vit Sam se glisser dehors. Typique, songea-t-il en retournant ses saucisses. « Nous avons un nouveau logiciel pour l'ordinateur de la caisse. Tu sais le faire fonctionner ?

— Et comment le saurais-je ? Je ne suis pas employée de magasin, que je sache. Ni une serveuse. Je suis photographe. »

Brian se massa la nuque d'une main. Une matinée difficile s'annonçait. « Monte faire ingurgiter de l'aspirine à Lexy et ramène-la ici.

— Si tu la veux, va la chercher toi-même. J'en ai par-dessus la tête de Lex et de ses sempiternelles comédies. » Jo lança violemment le carnet de commandes sur le comptoir et se dirigea vers la cafetière. « Comme toujours, il faut qu'elle soit le centre de toutes les attentions !

— Elle n'allait pas très bien, hier soir.

— Et alors ? Tu crois que c'est la seule, ici, à avoir des problèmes ? De toute façon, elle adore jouer les divas au bord de la crise de nerfs. Et c'est naturellement à moi qu'on a collé ça sur le dos. Il était plus de deux heures du matin quand mademoiselle s'est enfin calmée et que Kate et moi avons pu regagner nos chambres. Et maintenant, c'est elle qui se plaint d'avoir mal à la tête. » Elle se frotta le front. « Il y a de l'aspirine, par ici ? »

Brian attrapa un flacon dans le placard et le posa sur le comptoir.

« Prends ça et va dans la salle à manger faire le tour des tables. Aujourd'hui, il y a des crêpes aux airelles. Et si tu as envie de râler, fais-le ici, pas devant les clients. Là-bas, la règle, c'est l'amabilité et le sourire. N'oublie pas de leur dire ton nom, ils aiment savoir qui les sert.

— La leçon est finie ? explosa Jo en saisissant la cafetière et le carnet de commandes. Va te faire foutre ! »

Puis elle disparut de l'autre côté de la porte battante.

Les sourcils froncés, Brian s'activa au-dessus de ses poêles et vérifia la cuisson des petits pains. Il s'aperçut au bout de quelques minutes que deux commandes toutes prêtes s'éternisaient sur le chauffe-plat. Que diable faisait Jo ? Si elle tardait encore, cela deviendrait immangeable.

« On dirait que la matinée est chargée... »

Nathan venait de pénétrer dans la cuisine par la porte arrière. « J'ai jeté un coup d'œil à la salle à manger à travers la vitre. Toutes les tables ont l'air occupées.

— Dimanche matin », laissa tomber Brian en faisant sauter ce qui lui semblait être déjà la millionième crêpe de la matinée. « Les gens aiment un petit déjeuner copieux, ce jour-là.

— Moi aussi. »

Nathan eut un sourire ravi en contemplant le fourneau.

« Chic ! Des crêpes aux airelles ? J'adore ça.

— Bon sang, maugréa Brian, mais qu'est-ce qu'elle fabrique ? » Il jeta un regard rapide à Nathan. « Tu t'y connais en ordinateurs ?

— J'en ai trois. Pourquoi ?

— Bon, alors va t'occuper de la caisse électronique. Jo ne connaît pas le logiciel. »

Voyant que Nathan le regardait sans comprendre, Brian s'impatienta.

« Tu as l'intention de manger ? Alors, travaille !

— Bon, bon. Que ne ferais-je pas pour des crêpes aux airelles... », répondit Nathan en se dirigeant vers l'ordinateur de caisse.

Jo entra en coup de vent, le visage rouge, l'air harassé et les bras chargés de vaisselle. « Elle savait », maugréa-t-elle entre ses dents. « Oui, Lex savait très bien ce que ce travail signifierait pour moi. Si je survis, je la tuerai. » Elle aperçut Nathan. « Qu'est-ce que vous faites là, vous ? » lança-t-elle avec mauvaise humeur.

« Je viens de me faire embaucher... »

Il la regarda empiler la vaisselle sale dans l'évier et saisir les commandes en attente. « Vous êtes ravissante ce matin, Jo Ellen.

— Allez vous faire voir ! » répliqua-t-elle en poussant la porte battante.

Brian fit entendre un claquement de langue réprobateur.

« J'espère qu'elle n'est pas comme ça avec les clients ! »

Nathan s'absorba dans l'étude du logiciel et, quelques minutes plus tard, Jo réapparut, le regard toujours aussi noir. Elle fonça sur Nathan et fourra dans sa main un paquet de factures, de l'argent liquide et des cartes de crédit.

« Débrouillez-vous avec ça... »

Elle s'apprêtait à repartir du même pas pressé quand il la saisit au vol et l'embrassa par surprise.

« Vous êtes fou ? » Elle enfonça son coude dans son estomac pour se libérer, fonça en direction d'une cafetière pleine tenue au chaud et jeta sur le comptoir une brassée de commandes gribouillées hâtivement : « Deux spéciales, des œufs brouillés avec le bacon à côté, des toasts de pain complet. Il y en a une autre dont je ne me souviens pas mais c'est écrit quelque part. Ah oui ! Nous allons manquer de biscuits et de crème. Et si ce monstre d'enfant à la table 7 continue de recracher son jus de fruits, je l'étrangle, lui et ses idiots de parents ! »

Puis, telle une tornade furieuse, elle disparut dans la salle à manger.

« Bri », dit Nathan d'un air rêveur. « Je crois que je suis amoureux de Jo Ellen.

— Pure folie. Et, maintenant, si tu veux ton petit déjeuner, cesse de t'occuper de ma sœur et enregistre ces factures. »

A 10 h 30, Jo, titubant de fatigue, pénétra dans sa chambre et s'écroula sur son lit, tout habillée. Les muscles des épaules, du dos, des jambes, lui faisaient un mal de chien. Personne, non personne, pensa-t-elle, ne pouvait comprendre combien le métier de serveuse était épuisant. A moins de l'avoir exercé soi-même.

Elle avait escaladé des montagnes, traversé des fleuves, étouffé de chaleur dans le désert, tout cela pour une photo intéressante.

Mais servir des petits déjeuners à des clients affamés et exigeants, non, cela, elle ne l'avait jamais fait. Elle se ferait couper les mains plutôt que de recommencer...

Bien à contrecœur, elle dut admettre que Lexy n'était pas uniquement la fille paresseuse dont elle se donnait l'air. Manifestement, un tel travail ne lui faisait pas peur.

Jo ferma les yeux, essayant de ne pas penser à la jolie lumière qui devait baigner l'île ce matin, après la pluie de la nuit. Elle serra les dents dans le noir quand elle sentit le matelas ployer sous le poids de quelqu'un qui venait s'asseoir à côté d'elle.

« Va-t'en, Lexy. Sinon je rassemble mes dernières forces pour t'étrangler.

— Ce n'est pas Lexy, c'est moi. »

Vivement, elle tourna la tête et vit la silhouette de Nathan se découper dans la pénombre.

« Que diable faites-vous ici ?

— Pourquoi me le demander ? »

Il tendit une main pour lisser doucement ses cheveux en arrière. « Vous êtes jolie, comme ça. Rude matinée, hein ? »

Elle grommela et referma les yeux. « Allez-vous-en !

— Vous ne voulez vraiment pas savoir ce que je vous apporte à manger ?

— Montrez-moi encore une crêpe et je me jette par la fenêtre. »

Il poussa un plateau vers elle sur le lit.

« Au menu : fraises à la crème, un de ces miraculeux gâteaux dont Brian a le secret, et du bacon pour les protéines.

— Je n'ai pas faim.

— Et moi, je vous dis que vous avez besoin de manger. »

Avec un soupir, Jo s'assit sur le lit, jambes croisées en tailleur. Elle se souvint de ce que Kirby lui avait dit et se força à tendre la main vers le bol de fraises pour en prendre une.

Tout en la dégustant — finalement, elle avait plus d'appétit que prévu — elle regarda Nathan à la dérobée. Il n'avait pas pris la peine de se raser ce matin et ses cheveux étaient encore tout emmêlés. Mais ce style un peu négligé lui allait bien, tout comme ces mèches dorées que le soleil de l'île avait jetées dans ses épais cheveux bruns.

« Vous n'avez pas besoin de vous donner tant de peine, déclara-t-elle brusquement. Je ne coucherai pas avec vous.

— Eh bien, voilà mon esprit soulagé d'une importante préoccupation... »

Elle mordit dans une autre fraise et lui trouva une saveur délicieuse. « Je suis un peu surmenée, ce matin.

— C'est toujours vous qui ramassez les plus dures corvées ? » demanda-t-il gentiment.

Surprise, elle secoua la tête. « Pas vraiment. Je ne suis que rarement à *Sanctuary*.

— Oui, mais quand vous êtes ici, vous servez à table, vous changez les draps et vous nettoyez les sanitaires. »

Elle sursauta. « Comment le savez-vous ? »

Sa voix avait grimpé de deux tons et Nathan en fut embarrassé. « Mais c'est vous qui me l'avez dit. Vous deviez faire du ménage à l'hôtel...

— Oh, ça ! » Gênée de sa vive réaction, elle prit un morceau de gâteau.

« Qu'est-ce qui s'est passé, Jo ?

— Mais rien... » Elle haussa les épaules. « Ce n'était qu'une farce d'enfants. L'autre jour, ils m'ont enfermée dans les toilettes pour hommes du camping. Ça m'a fichu la frousse, voilà tout.

— Je comprends. C'est une blague plutôt idiote.

— Exact. Sur le moment, je n'ai pas du tout apprécié.

— Avez-vous pu rattraper les coupables ?

— Non. Il y a longtemps qu'ils devaient avoir filé quand mon père est venu me délivrer. »

Il hocha la tête d'un air songeur.

« Et, en plus de toutes ces tâches ingrates, vous devez encore trouver le moyen de faire des photos pour votre prochain livre. Quand prenez-vous le temps de vous distraire ?

— La photographie est un divertissement pour moi », répliqua-t-elle un peu sèchement. « Et, d'ailleurs, je suis allée au feu de joie, l'autre soir.

— Et vous y êtes restée jusqu'à près de minuit. Vous parlez d'une folie ! »

Elle fronça les sourcils. « Je n'aime pas trop les soirées.

— Qu'est-ce que vous aimez en dehors de votre métier ? La lecture ? Le cinéma ? L'art ? La musique ? Autant de questions destinées à mieux nous connaître, ajouta-t-il en voyant qu'elle ne répondait pas. C'est une liste terriblement commode quand une des deux personnes envisage de séduire l'autre. Accepteriez-vous de partager avec moi quelques-unes de ces fraises ? »

Jo s'efforça de calmer les battements précipités de son cœur. Elle tenta de se rappeler la dernière fois qu'elle avait eu une conversation aussi agréablement libre avec un homme. Mais aucun souvenir précis ne lui vint à l'esprit.

« J'aime le cinéma, finit-elle par dire. Surtout les vieux films en noir et blanc. Les jeux de lumière y sont tellement extraordinaires.

— Vous avez vu *Le Faucon maltais* ?

— Un des meilleurs. »

Il sourit et lui tapota le pied tendrement. « Et que pensez-vous des films contemporains ?

— Je préfère les films d'action aux films d'auteur. Ça me distrait davantage de regarder Schwarzenegger faucher au pistolet laser une cinquantaine de méchants que de voir des personnages névrosés se traîner avec force discours dans un scénario anémique. »

Nathan sourit.

« Alors nous serons deux. Tant mieux. Nous n'aurions jamais pu élever paisiblement nos cinq enfants et nos trois labradors s'il avait fallu, en plus, voir d'interminables films d'auteur. »

Cela la fit rire, un rire bas et profond qu'il trouva merveilleusement séduisant. Il poursuivit son questionnaire.

« Quelle est votre ville préférée ?

— Florence », répondit-elle avant même d'avoir réfléchi. « Cette lumière extraordinaire, veloutée, liquide. Et ces couleurs...

— Et l'architecture... somptueuse, envoûtante.

— J'ai fait une très belle photo du Palazzo Pitti, juste avant le coucher du soleil.

— J'adorerais la voir.

— Je ne l'ai pas ici. Elle est chez moi, à Charlotte.

— Cela peut attendre... »

Avant qu'elle n'ait eu le temps de réagir, il lui prit la main et la serra dans la sienne. « Et si nous allions faire le tour de l'île tout à l'heure ?

— Impossible. Nous sommes dimanche, c'est le jour où il y a un gros mouvement de clientèle. La plupart des bungalows sont reloués le dimanche. Il faut faire le ménage, changer le linge...

— Encore des tâches ménagères ? Mais comment font-ils quand vous n'êtes pas là ?

— Deux des employées engagées par Kate sont parties la semaine avant mon arrivée. Elles ont trouvé du travail sur le continent. Mais Lexy fait sa part aussi. Je ne m'en suis jamais autant aperçue qu'aujourd'hui.

— Combien y a-t-il de bungalows à remettre en ordre ?

— Six. »

Il réfléchit un instant, hocha la tête et se leva. « Dans ces conditions, nous ferions mieux de nous y mettre tout de suite.

— Nous ?

— Je sais me servir d'un aspirateur et d'un balai, vous savez. Plus vite nous en aurons terminé, plus vite nous pourrons aller flâner ensemble sur une plage tranquille. »

Elle remua et s'assit au bord du lit pour glisser ses pieds dans ses chaussures.

« Jo Ellen... » Il posa ses mains sur ses hanches dans un geste qu'elle jugea d'une intimité choquante. « Il y a quelque chose que vous devez savoir... »

« Ça y est, pensa Jo. C'est un homme marié. Ou alors recherché par la police. A moins qu'il ne lui avoue maintenant des goûts sexuels inusités. »

Elle n'avait pas cru posséder autant d'imagination.

« Malgré vos mises en garde, j'ai toujours l'intention de faire l'amour avec vous. »

Elle laissa échapper un petit rire et remua pour se libérer de ses mains.

« Nathan, votre idée fixe est pour moi un fardeau quotidien depuis que vous avez débarqué sur cette île. »

Il se sentait vraiment heureux d'être de retour, si près d'elle. Le seul fait de l'observer lui procurait ce petit frisson d'anticipation qu'il recherchait tant.

Peut-être faudrait-il, le moment venu, faire durer les préliminaires de la cérémonie qu'il préparait pour elle. Après tout, il avait pris ses dispositions et l'argent ne posait pas de problèmes. Il avait tout son temps.

Ce serait amusant, au fond, d'endormir sa méfiance, de la regarder se détendre, petit à petit. Et puis, sans crier gare, de la ramener en arrière, de tirer brusquement sur la chaîne pour étudier les stades progressifs de sa frayeur.

Elle n'en serait que plus vulnérable après ce calme trompeur dont il l'aurait bercée avant de modifier brutalement le jeu.

Oui, il pouvait attendre. Profiter du soleil, du surf. Et, d'ici peu, il connaîtrait chaque détail de son existence quotidienne.

Exactement comme à Charlotte.

Il allait lui octroyer une apparence de liberté. Peut-être

même la laisser tomber amoureuse. Quelle délicieuse ironie ce serait !

Et, pendant tout ce temps, elle ignorerait qu'il était là, tout près, contrôlant son destin, attendant son heure.

L'heure de lui prendre la vie.

16.

« Je ne vois pas pourquoi tu ne pourrais pas prendre un jour de liberté pour passer un peu de temps avec moi. »

Giff posa son marteau et s'assit sur ses talons. Pendant quelques secondes, il étudia le visage boudeur de Lexy. Seigneur, comme elle était belle ! Par un de ces étranges caprices de la nature, les mines maussades des filles les rendaient parfois encore plus excitantes.

« Chérie, je t'ai déjà dit que j'avais un boulot monstre cette semaine. Et nous ne sommes que mardi.

— Que veux-tu que ça me fasse ? » Elle leva les mains au ciel en signe d'exaspération. « Tous les jours se ressemblent, ici.

— Je t'ai pourtant expliqué la situation. J'ai promis à Mlle Kate de terminer ça pour samedi. Il va me falloir prolonger ce perron et le grillager.

— Eh bien, tu l'auras terminé dimanche, voilà tout.

— Je lui ai dit samedi. »

Pour Giff, c'était là une explication suffisante. Mais comme il s'adressait à Lexy, il prit la peine de préciser : « Le bungalow est loué à partir de la semaine prochaine. Colin est occupé maintenant toute la journée au camping et Jed a encore une semaine de cours à suivre avant les vacances. Il ne reste donc plus que moi pour faire ce travail. Tu saisis ? »

Elle se fichait complètement du perron. De toute façon, le plancher était déjà pratiquement terminé. Combien de temps fallait-il, bon sang, pour poser dessus un maudit toit et un grillage ?

« Rien qu'un jour, Giff », insista-t-elle, tout sucre, tout miel.

Faisant feu de tout bois, elle ondula vers lui et déposa un baiser soyeux sur sa joue. « Allez... juste quelques heures. On pourrait prendre ton bateau et aller sur le continent pour déjeuner à Savannah. Qu'est-ce que tu en dis ?

— J'en dis, Lex, que j'ai pas le temps. Si j'arrive à finir ce boulot, on pourra peut-être y aller samedi. Je pourrais même me débrouiller pour prendre mon week-end, si ça te fait plaisir.

— Je ne veux pas y aller samedi. » La voix de Lexy avait brusquement perdu ses inflexions veloutées. « Je veux y aller *maintenant.* »

Giff se rappela son petit cousin de cinq ans. Il prenait exactement le même ton quand il faisait un caprice. Mais Lexy n'apprécierait sûrement pas cette comparaison...

« C'est non, Lex, répéta-t-il patiemment. Tu n'as qu'à prendre mon bateau si tu as tellement envie d'aller sur le continent.

— Toute seule ?

— Emmène ta sœur. Ou une amie.

— Je n'ai aucune intention de passer la journée avec Jo. Et je n'ai plus d'amie maintenant que Ginny est partie. »

Giff n'avait pas besoin de voir ses yeux se remplir de larmes pour deviner où se trouvaient la racine du problème et la principale source de son mécontentement.

Mais il n'y pouvait rien, pas plus qu'il n'avait le pouvoir d'apaiser la sourde inquiétude qui le taraudait depuis la disparition de Ginny.

« Si tu veux que j'aille avec toi, il faut vraiment que tu attendes samedi, poussin. Tout mon week-end sera libre. On pourrait réserver une chambre d'hôtel et dîner dans un restaurant agréable.

— Décidément, tu ne comprends vraiment rien à rien ! »

Elle lui asséna un coup de poing rageur à l'épaule.

« Je vais devenir cinglée si je ne m'éloigne pas d'ici. Pourquoi refuses-tu de passer un peu de temps avec moi quand je te le demande ? Pourquoi ne fais-tu pas un effort pour te libérer ?

— Je fais de mon mieux. »

La patience de Giff commençait à s'émousser. Il saisit son marteau et se remit à l'ouvrage.

« Regarde-toi ! maugréa Lexy. Tu es incapable de t'arrêter de travailler cinq minutes pour me parler ! Au fond, je ne t'intéresse que comme passe-temps entre deux boulots. Ce maudit perron est plus important pour toi !

— J'ai donné ma parole. »

Giff alla prendre une nouvelle planche qu'il plaça sur un chevalet pour la scier aux bonnes dimensions. « Et je respecte toujours ma parole, Lex. Si tu veux aller à Savannah, je t'y emmènerai à la fin de la semaine. C'est ce que je peux faire de mieux.

— Eh bien, ce n'est pas suffisant ! » Elle pointa le menton. « Et je suis sûre que je finirai bien par trouver un autre homme pour y aller aujourd'hui. »

Il sortit son crayon pour marquer les mesures sur la planche puis leva vers elle un regard froid. Avec Lexy, il ne fallait jamais négliger ce genre de menace. « A toi de voir », dit-il calmement.

Lexy reçut cette déclaration comme une gifle. Elle s'était attendue qu'il se mette en colère, qu'il lui fasse une scène si jamais elle osait lever les yeux sur un autre homme. Ils auraient pu avoir une bonne et saine querelle suivie d'une réconciliation... délicieuse.

Après quoi, naturellement, elle l'aurait persuadé de l'emmener à Savannah.

Et voilà que tout tombait à l'eau. Elle avait envie de pleurer mais réussit à redresser fièrement la tête.

« Très bien, lança-t-elle en tournant les talons. Construis ton foutu perron. Moi, je sais ce qui me reste à faire. »

Giff demeura silencieux tandis qu'elle dégringolait les marches et disparaissait au détour du sentier. Il dut attendre un bon moment que sa rage diminue pour y voir plus clair et s'emparer de la scie. La colère était non seulement mauvaise conseillère mais elle pouvait aussi entraîner un geste maladroit et il n'avait aucune intention de laisser un doigt dans l'affaire. Ses mains représentaient son seul et véritable outil de travail et il en avait trop besoin, surtout si Lexy s'entêtait à aller chercher fortune ailleurs.

Car ce ne serait pas avec une main blessée qu'il pourrait flanquer son poing dans la figure du type qu'elle dénicherait...

Lexy entendit le grincement de la scie et serra les dents. « Un sale égoïste, pensa-t-elle avec exaspération, voilà ce qu'il était. »

Elle s'éloigna rapidement sur le sable, le souffle court, les yeux irrités par les larmes refoulées. Personne ne se souciait d'elle. Personne ne la comprenait. Même Ginny...

La seule pensée de son amie disparue la fit vaciller et elle dut s'arrêter pour aspirer une longue bouffée d'air.

Ginny était partie... comme ça, tout simplement. « Voilà ma véritable histoire, pensa Lex. Tous ceux qui s'intéressent à moi finissent, un jour ou l'autre, par s'en aller. Il faut croire que je ne suis pas suffisamment attachante pour les retenir. »

Au début, elle avait été certaine que quelque chose de terrible était arrivé à Ginny. Quelqu'un l'avait kidnappée ou alors elle avait glissé, à moitié ivre, dans une mare et un alligator l'avait dévorée.

Des idées ridicules, naturellement. Il avait fallu un certain temps à Lexy pour se persuader qu'en réalité Ginny l'avait abandonnée, tout simplement.

Oui mais, maintenant, les choses allaient changer. C'est ce qu'elle avait voulu faire comprendre à Giff tout à l'heure. Maintenant, ce serait elle qui partirait la première. Plus personne ne l'abandonnerait. Plus jamais.

Elle marcha jusqu'à l'orée de la forêt, perdue dans ses pensées. Le soleil lui paraissait insupportablement chaud sur sa peau, le sable bien trop rugueux dans ses sandales. A cet instant, elle se sentit habitée par une violente répulsion pour tout ce qui concernait l'île. Elle détesta sa famille qui la considérait comme une rêveuse irresponsable. Elle détesta la plage avec son soleil blanc et aveuglant, ses vagues éternellement semblables, au rythme inaltérable. Et elle détestait la forêt avec ses poches d'ombres épaisses et son silence à hurler.

Et, plus que tout, elle détestait Giff Verdon. Et dire qu'elle avait même envisagé de tomber amoureuse de lui ! Elle devait avoir perdu la tête.

Pas question de donner à cet abruti l'illusion qu'il l'avait séduite, pensa-t-elle en accélérant nerveusement le pas. Bien au contraire, elle allait lui administrer une petite leçon d'humilité à sa façon. Par exemple, en jetant son dévolu sur quelqu'un d'autre...

Quand elle aperçut Little Desire Cottage au détour du chemin, elle s'immobilisa, les yeux rivés sur la silhouette assise sous le porche.

Nathan Delaney. Mais pourquoi donc n'y avait-elle pas pensé plus tôt ? Il était parfait. Sophistiqué, courtois, séduisant. Il avait voyagé et réussi déjà un tas de choses. C'était vraiment un bel homme — dommage pour Jo qu'elle ne s'en soit pas aperçue la première.

Lexy ouvrit le petit sac rouge qu'elle portait en bandoulière et en tira un petit vaporisateur de bouche aromatisé à la menthe. Rassurée sur son haleine, elle sortit ensuite sa trousse de maquillage et se poudra le front et le bout du nez. Déjà hâlée, elle n'avait pas besoin de blush sur les joues. Mais elle prit soin de se redessiner méticuleusement la bouche à l'aide d'un rouge éclatant. Quelques gouttes de Joy pour se parfumer, un mouvement de tête vigoureux pour replacer ses cheveux, et voilà, elle était prête. Elle se mit alors à réfléchir à la meilleure manière de jouer la scène.

Elle s'approcha du bungalow de sa démarche la plus avantageuse, leva un regard faussement surpris sur Nathan et lui adressa l'un des meilleurs spécimens de sa gamme de sourires ensorcelants.

« Ça alors, quelle surprise, Nathan Delaney ! »

Il avait installé son ordinateur portable sur la table de pique-nique de la véranda afin de profiter de la brise tout en travaillant. Son attention était concentrée sur les plans qu'il finissait de dessiner.

« Hello, Lexy ! lança-t-il distraitement.

— Ne me dites pas que vous êtes en train de travailler par une si belle matinée !

— Je fignole les détails. »

Elle s'approcha, faussement désinvolte.

« Pas mal, votre portable ! C'est un de ces nouveaux

modèles qui font des graphiques en couleur, et tout ça ? Ne me dites pas que vous pouvez dessiner des immeubles entiers rien qu'avec une aussi petite machine...

— Mais si. En prenant de la peine. »

Elle se mit à rire.

« Et voilà que je vous ai interrompu ! Sans doute désirez-vous que je m'en aille sur-le-champ, je me trompe ?

— Non, pas du tout. Votre visite me donne une bonne excuse pour faire une pause.

— Vraiment ? Vous ne m'en voudrez pas non plus si je monte jeter un coup d'œil ? A moins que vous ne soyez de ceux qui détestent montrer leur travail quand il n'est pas fini...

— Aucun danger. Je n'en suis qu'aux premières esquisses. Venez donc. »

Tandis qu'elle le rejoignait, grimpant les marches en quelques bonds élastiques, Nathan jeta un regard à sa montre. En réalité, il avait besoin de passer encore quelques heures sur ces plans avant son rendez-vous avec Jo Ellen Hathaway.

Malgré cela, il sourit à Lexy, si jolie, si fraîche dans son court short blanc qui révélait des jambes irréprochables.

« Vous voulez boire quelque chose ? »

Lex aperçut un grand verre posé sur la table. Du café glacé. Elle détestait cela mais certains projets d'importance méritaient bien quelques sacrifices. « Hmm, fit-elle, la mine gourmande. Exactement ce que j'aime. Vous permettez que je boive une gorgée dans votre verre ? »

Nathan la regarda avaler lentement le liquide sombre et parfumé. Elle se lécha les lèvres, s'assit sur le banc tout près de lui et inspecta le plan détaillé qui s'inscrivait sur l'écran de l'ordinateur.

« Wow ! Comment faites-vous pour obtenir ça avec un

simple portable ? Je croyais que les architectes se servaient de crayons, de règles et de compas.

— Pas autant qu'autrefois. La C.A.O. nous facilite la vie. Maintenant, à l'aide d'un simple clavier, on peut déplacer les murs, modifier les angles, élargir les ouvertures, agrandir ou diminuer les pièces. Vous voyez... plus besoin de gommes.

— Génial ! Et cette image, là, c'est le plan d'une maison ?

— Exact. Une future villa de vacances sur la côte occidentale du Mexique. »

Lexy siffla entre ses dents tandis que des visions de paradis tropical traversaient son esprit. Au son d'une samba langoureuse, elle s'imagina au milieu de fleurs exotiques, servie par des domestiques en veste blanche.

« Bri est allé à Mexico mais, moi, je ne suis jamais allée nulle part. » Elle coula un regard vers lui à travers ses cils allongés par le Rimmel. « Alors que vous, vous avez parcouru le monde, n'est-ce pas ?

— Disons simplement que j'ai un peu voyagé. »

Une petite sonnerie d'alarme résonna au fond de son cerveau mais il préféra l'ignorer. « Les falaises de la côte Ouest sont superbes. »

Lexy soupira. « Je n'ai jamais vu le Pacifique.

— Il ne mérite pas toujours son nom et peut se montrer parfois très méchant. » Il désigna l'écran. « Cette villa sera magnifiquement située et bénéficiera d'une vue dégagée. Là, j'installerai un solarium entièrement vitré, avec des arcades. Le toit et les panneaux seront coulissants pour créer des volumes transformables selon le temps ou les besoins des occupants. Ici, ce sera la piscine, de forme libre et bordée de roches et de plantes de la région. Ah, j'oubliais, j'ai aussi prévu quelques petites cascades çà et là pour donner un effet de lagon.

— Une piscine à l'intérieur de la maison ! s'extasia Lexy. Ça, c'est du luxe ! Ces gens-là doivent être follement riches ! Et vous, quelqu'un de très renommé pour décrocher ce genre de commandes. »

Elle se glissa plus près de lui et posa une main sur sa cuisse. « Concevoir des villas somptueuses pour des milliardaires, c'est vraiment ce qu'on appelle réussir... »

De nouveau, le signal d'alarme résonna dans la tête de Nathan. Cette fois, impossible de l'ignorer. Il se prenait pour un homme intelligent, et un homme intelligent était censé deviner quand une femme jetait son dévolu sur lui.

« Je ne suis pas le seul en charge de ce projet, rectifia-t-il. Toute une équipe y travaille également : ingénieurs, paysagistes, entrepreneurs. Ce n'est jamais l'œuvre d'un seul homme. »

Quel homme séduisant, pensa Lexy en se rapprochant encore. « Peut-être, roucoula-t-elle, mais c'est tout de même vous qui leur donnez l'impulsion, n'est-ce pas ? »

La retraite, voilà le seul choix possible, pensa Nathan en se déplaçant imperceptiblement pour s'éloigner de la jeune femme.

« Encore faut-il que je termine ces plans en temps voulu, dit-il avec un sourire pour masquer sa nervosité grandissante. Et je dois avouer qu'ils me donnent encore du fil à retordre.

— Oh, mais tout a l'air tellement parfait ! »

Elle remonta légèrement la main le long de sa cuisse. La mâchoire de Nathan se contracta. Intelligent ou pas, il était avant tout un homme. Son corps réagit comme la nature le lui dictait. « Ecoutez, Lexy...

— Si, si, vraiment, je suis follement impressionnée ! » Elle se pencha vers lui. « J'adorerais voir les autres dessins... »

Grisé par son parfum, Nathan réprima un frisson.

Quand elle parlait, il pouvait sentir son souffle sur ses lèvres. Oui, mais voilà : il était trop bien élevé pour lui faire comprendre que...

Elle noua ses bras autour de son cou et posa ses lèvres sur les siennes. Une minute s'écoula. La bouche de Lexy était délicieusement douce, savoureuse. Les sens en déroute, Nathan éprouvait de la difficulté à penser. Il parvint cependant à se ressaisir à temps et se dégagea doucement.

« Ecoutez, Lex... » Il s'éclaircit la gorge. « Vous êtes une femme... terriblement attirante. Je suis flatté.

— Tant mieux ! » Elle sentit son pouls s'accélérer et eut la vision de Giff, les traits tordus par la jalousie, désespéré en comprenant qu'il l'avait perdue pour toujours. Cette seule pensée l'excita encore plus. « Pourquoi ne pas entrer chez vous un instant, Nate ? On pourra causer plus confortablement...

— Parce qu'il y a autre chose. »

Il fit un violent effort pour maîtriser ses sens et dénoua précautionneusement les bras de la jeune femme enroulés autour de son cou. Puis il prit ses mains fines dans les siennes et les serra gentiment. « Voyez-vous, Lex, avec les années, j'ai fini par m'habituer à mon visage. Je ne me coupe même plus quand je me rase. »

Sans comprendre où il voulait en venir, elle dit très vite :

« Je l'aime aussi. Vous êtes un très bel homme, Nate.

— Merci. C'est bien pour ça que je n'ai aucune envie de voir Giff venir me rectifier le portrait. »

Lexy fronça les sourcils. « Oh ! Mais je me fiche pas mal de lui ! Je ne suis pas sa propriété, que je sache ! »

Nathan releva avec amusement le ton tranchant de la voix, le brusque éclat du regard. Il devina qu'il devait y avoir eu de la querelle dans l'air. C'était probablement la raison de cette tentative de séduction inattendue.

« Que s'est-il passé, Lex ? Vous vous êtes disputée avec Giff ?

— Je n'ai aucune envie de parler de Giff. Pourquoi ne m'embrassez-vous pas ? Je suis certaine que vous en mourez d'envie. »

Nathan retint un nouveau soupir. Une partie de lui-même se trouvait incontestablement chatouillée par les charmes de la jolie Lexy. Il était temps cependant de reprendre contact avec la réalité.

« O.K. », dit-il avec toute la nonchalance dont il se sentait capable. « Oublions Giff. Ecoutez, Lex, je vous aime beaucoup mais je vais être sincère. J'aurais plutôt des vues sur Jo... »

Elle changea brusquement de visage. « Ah oui ? Et pourquoi ça ? Jo est une fille froide, uniquement intéressée par sa carrière. »

Il étreignit sa main, toujours emprisonnée dans la sienne.

« Pourquoi parlez-vous d'elle ainsi ? C'est votre sœur et je suis certain que vous avez de l'affection pour elle.

— Qu'est-ce que vous savez de mes sentiments ? Ça ne vous regarde pas. Et, d'ailleurs, personne ne s'en soucie... »

La voix de Lexy trembla légèrement. Nathan se sentit soudain envahi de compassion à son égard. Doucement, il porta sa main à ses lèvres pour y déposer un baiser.

« Je suis sûr que si. Mais je crois surtout que, pour le moment, vous ne savez pas encore ce que vous voulez. » D'un geste presque tendre, il écarta une mèche folle que le vent avait rabattue sur son visage. « Je vous aime beaucoup, Lexy. Vraiment. C'est pour cela aussi que je n'accepterai pas votre offre... pourtant très tentante. »

Elle se sentit traversée par une soudaine vague de honte. Les joues un peu rouges, elle bredouilla : « Désolée, Nathan. Je... je me suis conduite comme une idiote.

— Mais non. »

Il tendit la main vers son café glacé — devenu tiède entre-temps. « Nous ferons comme si vous aviez changé d'avis..., ajouta-t-il gentiment.

— Je n'aurais pas dû. Le sexe est facile. C'est le reste qui gâche tout.

— Je ne vous le fais pas dire. »

Il lui offrit une nouvelle gorgée de son café mais elle le repoussa avec un sourire contraint.

« J'ai horreur du café glacé. Je n'en ai bu que pour vous séduire.

— Rien de tout cela n'est grave, Lex. Et si nous parlions plutôt de votre querelle avec Giff ?

— Je m'en fiche pas mal ! »

Elle se sentit tout à coup affreusement malheureuse. « Il ne se soucie pas de moi, ni de ce que je suis, ni de ce que je fais. Tenez, aujourd'hui, il n'a même pas voulu me consacrer une heure de son précieux temps.

— Allons, Lex. Ce garçon est fou de vous. »

Elle eut un petit rire désenchanté.

« Bah, c'est facile, ça aussi, d'être fou de quelqu'un.

— Pas quand on veut que les choses prennent un tour plus sérieux. »

Lex fit la moue en lui jetant un regard en coin. « Vous en pincez vraiment pour Jo ?

— J'en ai bien l'impression.

— Alors armez-vous de courage. Rien n'est jamais facile, avec elle.

— C'est ce que j'ai déjà eu le temps de constater...

— Est-ce que vous couchez avec elle ?

— Lexy... »

Elle fit la grimace. « Je vois. Pas encore, hein ? Et c'est ça qui vous inquiète. » Sans le quitter des yeux, elle se percha sur un coin de la table, jambes artistiquement croisées. « Vous voulez que je vous donne quelques tuyaux sur Jo ?

— Je ne pense pas que... » Il hésita, mal à l'aise puis, abandonnant toute dignité, se décida. « Quel genre de tuyaux ?

— Des petits détails utiles la concernant, par exemple. Jo, ce qu'elle aime, c'est garder le contrôle. Dans son travail, dans ses relations avec les autres... »

Nathan sourit et sentit croître son amitié pour Alexa Hathaway. « Je parie que votre sœur ne se doute certainement pas que vous la connaissez si bien.

— La plupart des gens me sous-estiment », déclara Lexy avec un haussement d'épaules. « En général, je les laisse mariner dans leur erreur. Avec vous, c'est différent. Puisque vous avez été sympa avec moi, je le serai en retour. Ne laissez pas à Jo trop de marge de manœuvre. Quand le moment sera venu, foncez, Nathan. Personne n'a encore osé traiter Jo de cette façon mais je suis sûre que c'est exactement ce dont elle a besoin. »

Elle lui jeta un long regard pensif.

« J'imagine que vous saurez jouer ce rôle. Et aussi que vous serez assez discret pour ne pas lui faire part de notre discussion. »

Il sourit. « Pas un mot ne sera prononcé à votre propos, promis.

— Et tâchez donc de découvrir ce qui ne tourne pas rond chez elle, Nathan.

— Que voulez-vous dire ?

— On dirait qu'elle est rongée de l'intérieur. J'ignore de quoi il s'agit mais c'est sûrement à cause de ça qu'elle est revenue ici. Comme si elle voulait échapper à des fantômes. En attendant, ça ne s'arrange pas, visiblement. Les premiers jours, elle n'arrêtait pas de faire des cauchemars et déambulait toute la nuit dans sa chambre sans oser se rendormir. Et puis elle a une expression bizarre... l'air d'avoir peur. C'est ça qui est curieux, parce que Jo n'a jamais peur de rien, en principe.

— Vous lui avez parlé ?

— Moi ? » Elle rit de nouveau. « Jo n'accepterait jamais de parler avec moi de quoi que ce soit d'important. A ses yeux, je ne suis que son idiote de petite sœur.

— Il n'y a rien d'idiot en vous, Lexy. Et moi, par exemple, je ne vous sous-estime nullement. »

Touchée, elle se pencha vers lui pour déposer un baiser sur sa joue. « Alors, on est amis ?

— Oui, de vrais amis. Giff est vraiment verni.

— A la condition que je décide de lui offrir une seconde chance... »

Elle redressa fièrement la tête et se leva. « Je le ferai peut-être quand il aura rampé un peu et qu'il me suppliera de le reprendre.

— En tant qu'ami, j'apprécierais aussi que vous ne parliez pas de moi à Giff. Je préférerais qu'il ne se croie pas obligé de venir me boxer.

— Oh, rassurez-vous ! Je sais tenir ma langue. »

Elle descendit les marches et se retourna.

« Et puis je suis sûre que vous êtes tout à fait capable de vous débrouiller tout seul, Nathan. Salut ! »

Il la regarda s'éloigner sur le chemin. Se débrouiller tout seul ? Ma foi, on verrait bien.

En attendant, il souhaitait bonne chance à Giff. Car cette fille-là n'était pas du genre à se laisser faire...

Jo était occupée à garnir le panier de pique-nique quand Lexy entra en coup de vent dans la cuisine. Elle aperçut le matériel photo posé sur le comptoir.

« Tu pars en balade ?

— J'avais envie d'aller flâner au nord de l'île. Ça me prendra sûrement tout l'après-midi.

— Tu y vas toute seule ?

— Non. » Jo cala une bouteille de vin dans le panier. « Nathan vient avec moi.

— Nathan ? »

Lexy se hissa sur le comptoir et choisit une pomme dans le compotier. Elle frotta le fruit contre son chemisier, juste entre les seins.

« Quelle coïncidence ! » lança-t-elle d'une voix flûtée. « J'arrive justement de chez lui.

— Ah oui ? »

Jo sentit son dos se raidir mais son fugitif changement d'expression n'échappa pas à sa sœur.

« Je passais devant le bungalow et il était là, assis sous la véranda, avec son café glacé. Alors il m'a invitée à le rejoindre.

— Tu détestes le café glacé. »

Lexy se lécha les lèvres. « Les goûts changent. De toute façon, on avait autre chose à faire. Figure-toi qu'il m'a montré ses plans. Il travaille sur un projet de villa au Mexique.

— Je ne pensais pas que tu t'intéressais à l'architecture.

— Oh, tu sais, je m'intéresse à des tas de choses ! » Une lueur rusée passa dans les yeux de Lexy. « Surtout quand ces choses concernent des hommes séduisants. Et crois-moi, Jo, ce type-là, c'est du premier choix.

— Je suis certaine qu'il a été flatté de l'apprendre, répliqua sèchement Jo en refermant le couvercle du panier d'un geste brusque. Je croyais que tu étais allée voir Giff. »

Lexy croqua dans la pomme. « Oui, oui, fit-elle distraitement, je l'ai vu aussi.

— On dirait que ta matinée a été très occupée... »

Jo glissa la bandoulière de son sac photo sur l'épaule et saisit l'anse du panier. « Il faut que je parte. Si je veux faire de bonnes images, il ne faut pas que je perde de temps. La lumière décline rapidement.

— Alors, excellente promenade et bon pique-nique ! Au fait, salue Nathan de ma part, O.K. ? »

Quand la porte claqua sur Jo, Lex éclata de rire. « Un petit coup de pouce en passant, Nate, pensa-t-elle. A toi de prendre le relais... »

Elle ne lui dirait rien à propos de Lex. Non, elle ne s'abaisserait pas à cela.

Jo déplaça son trépied puis se pencha sur le viseur pour calculer le meilleur angle.

La mer était plus agitée dans cette zone de l'île. Les rouleaux venaient ébranler de coups sourds la falaise escarpée avant de se désagréger en gerbes bouillonnantes. Dans le ciel limpide, des théories de mouettes criaient en tournoyant, éclats d'ailes blanches traversant le ciel.

La chaleur et l'humidité faisaient trembler l'air. Un des murs de l'ancien monastère tenait encore debout, flanqué d'un portail en arc surmonté d'un linteau. L'ombre et la lumière jouaient à cache-cache sur les pierres couvertes de vigne vierge. Jo espérait capter sur la pellicule cette impression d'abandon, ce fouillis d'herbes sauvages constellées de petits monticules de sable charriés par le vent.

Des rafales soufflèrent du large, créant sans cesse de nouvelles perspectives. Jo attendit que le paysage se stabilisât de nouveau pour prendre ses premiers clichés. Il lui fallait une grande profondeur de champ et une mise au point parfaitement nette pour que chaque détail s'en trouvât souligné : la texture de la pierre, les feuilles, le sable, et les subtils dégradés de gris qui tapissaient les zones d'ombre.

Elle sélectionna l'ouverture et la vitesse, réajusta son cadrage pour que la totalité du mur s'inscrivît dans le viseur. Ce qu'elle voulait, c'était évoquer l'idée d'un bâtiment encore intact qui se poursuivait hors champ, vide et déserté.

Solitaire.

Après une série de prises de vue, elle transporta son matériel un peu plus loin pour cadrer les pierres de plus près, avec leurs blessures infligées par le temps et les tempêtes. Quand elle entendit un déclic soudain, elle tressaillit violemment et se retourna d'un trait. Nathan se trouvait juste derrière elle.

« Vous ! Mais... qu'est-ce que vous faites ?

— Je vous photographie. J'espère que vous ne m'en voudrez pas. »

Il agita son appareil, heureux d'avoir réussi à prendre trois photos avant qu'elle ne s'en aperçoive. « Vous paraissiez si totalement concentrée... »

Elle sentit son estomac se nouer. Des photos d'elle... prises à son insu... Comment ne pas penser à...

Pour donner le change, elle se força à sourire et tendit la main. « Donnez-moi votre appareil que j'en fasse autant avec vous. »

Il lui rendit son sourire. « J'ai une meilleure idée : pourquoi ne pas régler le déclencheur automatique pour faire une photo de nous devant les ruines ?

— Je ne suis pas spécialiste des portraits.

— Qu'importe. Il ne s'agit pas d'un travail destiné à votre prochaine exposition. » Il lui tendit l'appareil. « Il suffit que nous soyons tous les deux dessus... en souvenir. »

Un peu tendue, elle chercha un angle de vue, calcula la meilleure ouverture.

« Jo, arrêtez ça. Pensez-y seulement comme à un instantané.

— Je ne peux pas », répliqua-t-elle un peu plus sèchement qu'elle ne l'aurait voulu. « Allez vers le mur, là-bas, sur la gauche. Encore un peu plus loin... »

Elle attendit qu'il eût atteint l'endroit désiré et procéda à la mise au point. A travers le viseur, elle le voyait qui lui souriait. C'était ainsi qu'elle le préférait : cadré dans son objectif, prisonnier de son appareil. Ainsi, elle demeurait maîtresse du jeu.

La lumière était si intense qu'elle décida de l'adoucir pour donner un caractère plus romantique à ces beaux yeux, à ce visage bien structuré.

Dieu qu'il était séduisant ! Contre ce vieux mur, affaibli par les marques du temps, il paraissait si fort, si vivant et... si excitant avec son T-shirt gris qui s'étirait sur sa poitrine musclée, son jean usé enveloppant ses hanches minces.

« Je comprends maintenant pourquoi vous ne vous êtes pas spécialisée dans le portrait. »

Elle sursauta. « Quoi ?

— Vos modèles se seraient évanouis avant que vous n'ayez parachevé vos interminables mises au point... »

Toujours souriant, il lui fit signe d'approcher. « Allons, venez me rejoindre. Il n'est pas nécessaire de faire une photo d'art.

— L'art est présent dans chaque moment de notre vie », rétorqua-t-elle froidement.

Elle s'occupa encore de quelques réglages, actionna le déclencheur automatique et alla se placer à côté de lui.

« Dix secondes ! »

D'un geste rapide, il l'enlaça par la taille et l'attira vers lui. « Détendez-vous et souriez. »

Elle se laissa faire et s'appuya contre son épaule jusqu'à ce que la photo fût prise. Mais quand elle voulut s'écarter, il resserra doucement son étreinte pour la contraindre à lui faire face. « Pourquoi partir ? murmura-t-il. J'aime beaucoup cette pose... »

Il se pencha vers sa bouche. « Et celle-ci encore plus... »

Jo tenta de se dégager. « Il faut que je range mon matériel...

— O.K. » Il abandonna sa bouche pour embrasser doucement sa gorge. Une bouffée de désir la traversa. « Je... La lumière est en train de changer. »

Elle fit un pas en arrière, chancelante. « Je ne pensais pas qu'il m'aurait fallu si longtemps...

— Ça ne fait rien. J'aime vous regarder travailler. Je vais vous aider à rassembler vos affaires.

— Non, je m'en charge. Je deviens nerveuse quand quelqu'un d'autre que moi s'approche de mes appareils.

— Comme vous voudrez. Alors je m'occupe du vin. »

Elle revint à son trépied en poussant un long soupir. Il serait bientôt temps de se décider, pensa-t-elle. Poursuivre ce petit jeu avec Nathan ou en finir une bonne fois pour toutes ?

Tout en rangeant son matériel, elle lança d'une voix neutre :

« Ma sœur m'a raconté qu'elle vous avait vu ce matin.

— Pardon ? »

Il espéra qu'elle n'avait pas remarqué sa soudaine nervosité.

« Elle m'a dit qu'elle était allée à votre bungalow », répéta Jo.

Nathan s'éclaircit la gorge et eut soudain très envie d'un verre de vin. « Ah oui, en effet ! Elle est passée une minute. Pourquoi ?

— Juste comme ça... » Elle fit coulisser le trépied et le plia pour le ranger dans la sacoche. « Lex m'a dit que vous lui avez montré des plans. »

Il avait peut-être sous-estimé Lexy, en fin de compte, pensa-t-il en remplissant deux grands verres de vin. « Ah oui, la villa mexicaine ! Je travaillais dessus quand votre sœur est passée par là. »

Elle lui jeta un regard rapide. « Vous avez l'air nerveux, Nathan. Quelque chose ne va pas ? »

Il sourit. Un peu trop vite.

« Mais non. Je suis seulement affamé, voilà tout. Qu'avez-vous apporté de bon à manger ? »

Mais Jo ne fut pas dupe. Elle le regarda s'allonger sur la couverture et demanda brusquement : « Il s'est passé quelque chose avec Lexy ?

— Quelque chose ? » L'air dégagé, il sortit du panier une boîte en plastique remplie de poulet froid. « Que voulez-vous dire ? »

Mais le ton était trop innocent et les yeux de Jo se plissèrent. « C'est pourtant évident, non ?

— Mais qu'allez-vous penser, Jo ? »

Pour ne pas avoir à se défendre, il passa à l'attaque.

« Parce que vous croyez que... Avec votre sœur... ?

— C'est une très jolie femme », dit Jo en posant sur la couverture un saladier contenant de la compote de fruits.

« Sans aucun doute. Croyez-vous donc que, pour autant, je doive lui sauter dessus à la première occasion ? Mais pour quel genre d'homme me prenez-vous ? »

Sa colère n'était pas entièrement feinte et donnait à sa protestation juste assez de réalité pour servir ses intérêts. « Je vois cela d'ici, poursuivit-il. Le matin, je m'occupe d'une sœur, l'après-midi j'octroie mes faveurs à l'autre. Je pourrais peut-être aussi donner rendez-vous à votre cousine Kate le soir ? »

Jo rougit violemment. « Ce n'était pas ce que je voulais dire... Je demandais juste si...

— Qu'est-ce que vous demandiez exactement ?

— Eh bien... »

Avec inquiétude, elle vit que les yeux de Nathan s'étaient brusquement obscurcis. Mal à l'aise, elle bredouilla : « Je suis désolée, Nate. Quelle idiote je fais. C'est seulement que Lex m'a un peu harcelée ce matin... »

Mécontente d'elle-même, Jo se passa nerveusement la main dans les cheveux. « Bien sûr, je savais qu'elle disait cela pour m'ennuyer mais c'est juste que...

— ... c'est juste que vous y avez un peu cru tout de même, hein ? »

Elle avala sa salive. « Ecoutez, je ne sais vraiment pas pourquoi j'ai parlé de ça. Cela m'a échappé.

— Jalouse ? »

Elle croisa son regard. Ses yeux étaient brûlants, insistants.

« Non... non, voyons, c'est ridicule. De... de quoi, d'ailleurs ? Je vous l'ai dit, Nate, je suis désolée. Impulsivement, elle lui saisit la main. « Réellement désolée.

— N'y pensons plus. Il porta sa main à ses lèvres. Faisons comme s'il ne s'était rien passé. »

Quand elle se pencha vers lui pour effleurer ses lèvres d'un baiser léger, il se demanda s'il devait remercier Lexy ou l'étrangler.

17.

Kirby vérifia la température de Yancy Brodie. La mère du petit garçon semblait terriblement inquiète.

« Il a eu de la fièvre toute la nuit, docteur. Je lui ai donné du Tylenol mais, ce matin, son front était encore tout chaud. Jerry a été obligé de partir avant l'aube pour pêcher la crevette et il en était malade de souci.

— Je ne me sens pas bien », articula Yancy d'un air chagrin en levant les yeux vers Kirby. « M'man dit que vous allez me soigner.

— Nous allons voir ça, Yancy. » Elle ébouriffa tendrement la chevelure paille du bambin de quatre ans. « Dis-moi, est-ce que tu ne serais pas allé à l'anniversaire de Betsy Pendleton, il y a une quinzaine ?

— Si. Il y avait de la glace et des gâteaux. Et j'ai réussi à attraper la queue de l'âne. »

Il posa la tête sur le bras de Kirby. « J'ai mal à la tête.

— Je sais, mon petit cœur. Et je vais te dire quelque chose d'autre : Betsy ne se sent pas bien non plus, pas plus que Brandon et Peggy. Nous avons une bonne épidémie de varicelle.

— La varicelle ? demanda vivement Mme Brodie. Mais il n'a pas de boutons.

— Il va en avoir », assura Kirby. Elle avait déjà

remarqué un début d'éruption sous les bras du gamin. « Tu vas faire bien attention de ne pas te gratter quand ça te démangera, hein ? Je vais te donner une lotion qui te calmera un peu. Annie, savez-vous si Jerry et vous avez déjà eu la varicelle ?

— Oui. Tous les deux. » Mme Brodie poussa un long soupir. « C'est d'ailleurs lui qui me l'a passée quand j'étais gosse.

— Alors il est peu probable que vous l'attrapiez de nouveau. Mais Yancy est en période d'incubation et il va falloir le tenir à l'écart des autres enfants. Te voilà en quarantaine, bonhomme. »

Kirby tapota gentiment la joue de Yancy.

« Des bains tièdes avec un peu de farine de maïs lui feront du bien quand l'éruption éclatera. J'ai sur moi quelques médicaments pour lui mais ce ne sont que des échantillons et il va falloir que Jerry aille sur le continent avec l'ordonnance que je vais rédiger. En attendant, l'aspirine aidera à faire tomber sa fièvre. »

Elle posa une main fraîche sur son front. « Je repasserai chez vous dans quelques jours pour voir comment ça va. » Voyant la mine soucieuse de Mme Brody, elle ajouta : « Tout ira bien, Annie. Vous aurez deux, trois semaines un peu difficiles mais je ne prévois aucune complication.

— Est-ce que... je peux vous parler une minute ?

— Bien sûr. Hé, Yancy ! » Kirby retira son stéthoscope et le mit au cou de l'enfant. « Tu veux entendre battre ton cœur ? »

Quand elle plaça les écouteurs sur ses oreilles, les yeux de l'enfant s'élargirent et se mirent à briller. « Ecoute-le pendant que je parle à ta maman, O.K. ? »

Mme Brodie entraîna Kirby dans le couloir.

« Voilà, docteur. Il y a quelques jours je... enfin, j'ai acheté un test de grossesse. Je suis enceinte.

— Je vois. Et vous en êtes heureuse, Annie ?

— Oui, oui, bien sûr. Voilà plus d'un an que Jerry et moi désirons un autre enfant. Mais... est-ce que tout ira bien ? Est-ce que la maladie du petit ne va pas menacer le bébé ? »

Kirby réfléchit rapidement. Il y avait certes un risque pendant le premier trimestre de la grossesse. Mais faible.

« Puisque vous avez déjà eu la varicelle, il y a peu de chances pour que vous l'attrapiez encore une fois. »

Un peu soucieuse, malgré tout, Kirby se dit qu'il serait toujours temps d'agir si la maladie se déclarait. « Même si vous avez de nouveau le virus, Annie, les risques pour que le fœtus soit atteint sont minimes. Pourquoi ne me laisseriez-vous pas vous examiner rapidement ? Nous verrions où vous en êtes.

— Je me sentirais beaucoup mieux.

— Alors c'est ce que nous allons faire. Qui est votre gynécologue ?

— Je suis allée dans une clinique sur le continent pour Yancy. Mais je me disais que, cette fois, vous pourriez peut-être suivre ma grossesse.

— Eh bien, nous en parlerons. Irène Verdon est dans la salle d'attente. Demandons-lui de garder un œil sur Yancy pendant quelques minutes. Ensuite vous rentrerez tous les deux chez vous pour vous reposer. Vous allez en avoir besoin.

— Je me sens déjà beaucoup mieux à l'idée que vous allez vous occuper de nous, docteur. » Annie posa une main sur son ventre. « De nous tous. »

A 13 heures, Kirby avait diagnostiqué deux nouveaux cas de varicelle, apposé une attelle à un doigt cassé et soigné une infection urinaire. Il lui restait une demi-heure avant son prochain rendez-vous. Elle comptait la passer à se détendre et à retoucher son maquillage. Aussi, quand la porte d'entrée s'ouvrit, elle refréna un gémissement.

C'était aussi cela, la vie d'un médecin généraliste...

Elle connaissait chaque visage sur l'île. Mais, celui-là, elle ne l'avait encore jamais vu. Un de ces visiteurs de passage, pensa-t-elle, un touriste du continent venu prendre le soleil ou faire du surf.

Très bronzé, il avait des cheveux longs, zébrés de mèches blondes, qui lui tombaient jusqu'aux épaules. Vêtu d'un short usagé et d'un T-shirt, il portait des lunettes noires.

Pas loin de la trentaine, diagnostiqua Kirby, et séduisant.

Elle posa son sandwich et lui rendit le sourire timide qu'il lui offrait.

« Désolé de vous déranger », dit-il avec un hochement de tête. « On m'a dit qu'il y avait ici un médecin.

— En effet. Je suis le Dr Fitzsimmons. Que puis-je pour vous ?

— C'est que... je débarque comme ça, sans prévenir... » Il jeta un coup d'œil au sandwich. « Puis-je prendre rendez-vous ?

— Pourquoi avez-vous besoin d'un rendez-vous ?

— C'est à cause de... » Il haussa les épaules et, pour toute réponse, tendit la main. La paume en était profondément brûlée. De vilaines cloques constellaient la chair autour de la plaie.

« Ça semble sérieux. »

Elle s'avança pour lui prendre doucement le poignet et examiner la blessure.

« C'est vraiment une histoire stupide. Le café était en train de bouillir et j'ai simplement empoigné le pot sans réfléchir. Je suis au camping. Quand j'ai demandé au type du bureau de location s'il y avait un endroit où je pourrais me procurer de la pommade, il m'a parlé de vous.

— Venez par là. Je vais nettoyer et panser ce vilain bobo.

— J'interromps votre repas.

— Ne vous préoccupez pas de cela », dit-elle en l'entraînant vers la salle d'examen. « Alors, comme ça, vous êtes au camping ?

— Oui, c'est ça. En fait, j'avais l'intention de pousser jusqu'aux Keys. Je suis artiste.

— Vraiment ? » fit Kirby poliment.

Il prit place sur la chaise qu'elle lui désignait puis fronça les sourcils en examinant sa main. « On dirait que ça va m'empêcher de travailler pendant quelque temps.

— A moins que vous ne vous mettiez à peindre de la main gauche », plaisanta Kirby en enfilant des gants de caoutchouc fin.

« De toute façon, je comptais rester ici encore un certain temps. C'est vraiment une région magnifique. » Il eut un petit sursaut quand elle commença à nettoyer la brûlure. « Mince, ça fait un mal de chien, dites donc.

— Désolée. Je vous recommande de prendre de l'aspirine. Et d'acheter une manique pour empoigner votre cafetière. »

Il eut un petit rire puis serra les dents pour ne pas laisser échapper un cri de douleur.

« J'ai de la chance qu'il y ait un médecin dans le coin. Ce genre de plaie risque de s'infecter, non ?

— Nous allons faire en sorte que cela ne se produise pas. Quel genre de sujets peignez-vous ?

— Tout ce qui m'inspire. »

Il lui sourit, respirant avec délices la saveur poivrée de son parfum, admirant la manière gracieuse avec laquelle ses cheveux retombaient sur ses joues comme un voile doré. « Peut-être accepteriez-vous de poser pour moi ? »

Elle laissa échapper un petit rire tout en déplaçant sa chaise pivotante vers un tiroir afin d'y prendre une pommade.

« Je ne crois pas. Merci quand même.

— Vous avez un visage superbe, vous savez. Je fais du bon travail avec les belles femmes. »

Elle lui jeta un rapide coup d'œil, essayant de saisir son regard derrière les verres fumés. Malgré son large sourire, il se dégageait quelque chose qui la mit soudain mal à l'aise. Médecin ou pas, elle était aussi une femme. Une femme qui, en l'occurrence, se trouvait seule avec un inconnu qui la regardait d'un peu trop près.

« Je n'en doute pas. Mais, en tant que seul médecin de cette île, je suis très occupée. »

Elle se pencha pour couvrir de pommade la paume brûlée. Quelle idiote je fais, pensa-t-elle. Ce type n'a rien d'inquiétant. Et puis c'est un artiste. Normal qu'il m'observe avec plus d'attention que la moyenne.

« Si vous changez d'avis, venez me voir, insista-t-il. Je vais séjourner ici quelque temps. Oh, Seigneur, je me sens tellement mieux ! »

Il exhala un long soupir de soulagement et Kirby sentit sa main se détendre dans la sienne. Elle lui fit un sourire amical. « Alors, tant mieux. Gardez ce pansement au sec et enveloppez-le de plastique pour prendre votre douche. A votre place, je m'abstiendrais de nager une semaine. Le pansement doit être changé tous les jours. Si vous n'avez personne pour vous aider, passez ici et je le ferai.

— Merci, docteur. On peut dire que vous savez vous y prendre. Vous avez la main légère.

— C'est ce que tout le monde dit.

— Pas seulement en tant que médecin, corrigea-t-il. Vous avez des mains d'artiste. Des mains d'ange. » Il lui fit un nouveau sourire. « J'adorerais les dessiner.

— Nous verrons cela quand vous serez de nouveau en mesure de tenir un crayon. »

Elle se leva.

« Je vais vous donner un tube de pommade antiseptique. Revenez me voir dans deux jours, à moins que vous n'ayez quitté l'île. Dans ce cas, il faudra vous faire examiner quand même par un médecin.

— Entendu. Qu'est-ce que je vous dois ?

— Vous êtes assuré ?

— Non.

— Vingt-cinq dollars pour la consultation et dix pour les fournitures.

— C'est plus que raisonnable. »

Il se leva et, à l'aide de sa main valide, tira un portefeuille de la poche arrière de son short. Puis il compta les billets avec précaution. « Je vais être plutôt maladroit avec ce truc.

— Faites-vous aider au camping. Les gens sont amicaux sur cette île.

— Oui, je l'ai remarqué.

— Je vais vous donner un reçu.

— Inutile, c'est bien ainsi. » Il bougea imperceptiblement et elle fut de nouveau traversée par une crainte irraisonnée. « Dites, reprit-il, si vous passez du côté du camping, arrêtez-vous un instant. Je vous montrerai quelques-unes de mes œuvres. Et nous pourrons...

— Kirby ? Tu es là ? »

La jeune femme sursauta violemment et se sentit envahie par une vague de soulagement.

« Ah, Brian ! Je termine avec un patient. » Elle se tourna vers l'inconnu. « Quant à vous, veillez à ne pas mouiller le pansement », ajouta-t-elle d'un ton sec en retirant ses gants. « Et ne lésinez pas sur la pommade.

— C'est vous le docteur. »

Il passa devant elle et haussa les sourcils en voyant dans la cuisine un homme avec un chiffon sanguinolent enroulé autour de sa main gauche.

« On dirait que vous avez un problème...

— Bien vu », rétorqua froidement Brian.

Remarquant à son tour le pansement autour de la main de l'inconnu, il ajouta : « Il semblerait que je ne sois pas le seul à être maladroit.

— Ouais. Une journée chargée pour le docteur, hein ? »

Kirby pénétra dans la cuisine et s'immobilisa aussitôt.

« Brian ! Mais qu'est-ce qui t'arrive ? »

Inquiète, elle se précipita pour lui prendre le poignet et dérouler vivement le tissu ensanglanté.

« C'est ce foutu couteau qui a dérapé. J'étais en train de... Zut, je mets du sang partout.

— Reste donc tranquille ! »

Kirby retrouva son calme en accomplissant les gestes méthodiques de sa profession. Les sourcils froncés, elle examina la longue estafilade qui entaillait le dos de la main. La blessure, profonde, saignait abondamment mais aucun tendon ne semblait sectionné. Du moins elle l'espérait.

« Je vais devoir te faire des points de suture.

— Pas question.

— Et moi je te dis que c'est nécessaire. Une dizaine d'agrafes ne seront pas de trop.

— Contente-toi de faire un pansement pour que je retourne à mon travail.

— Vas-tu rester tranquille, oui ou non ? » pesta Kirby.

Elle se retourna. « Vous voudrez bien m'excuser si... »

Mais l'inconnu s'était volatilisé.

« On dirait que ton mauvais caractère lui a fait peur, ironisa-t-elle. Bon, viens dans mon cabinet, Bri.

— Je ne veux pas de points de suture. En fait, si je suis là, c'est seulement parce que Kate et Lexy étaient folles d'inquiétude. D'ailleurs, si ma sœur ne m'avait pas tourné autour sans arrêt en m'énervant, rien de tout cela ne serait arrivé. Contente-toi de me mettre un peu d'antiseptique et un pansement et laisse-moi partir.

— Cesse de faire l'enfant. » Elle lui prit fermement le bras et le poussa dans la salle d'examen. « Assieds-toi et tiens-toi tranquille. Quand as-tu été vacciné contre le tétanos pour la dernière fois ? »

Brian pâlit légèrement. « Une piqûre ? Ecoute, Kirb...

— Donc, il y a longtemps. »

Elle se lava rapidement les mains et disposa sur un plateau les ustensiles dont elle avait besoin, ainsi qu'un flacon d'antiseptique. « Nous nous occuperons de cela plus tard. Pour l'instant, je vais désinfecter ta plaie avant de te faire une anesthésie locale. »

Il déglutit. « Hein ? Une anesthésie ?

— Oui. Pour pouvoir te recoudre.

— Pourquoi veux-tu absolument me recoudre ? C'est une obsession.

— Montre-moi comment tu bouges les doigts. »

Elle le regarda agiter la main. « Ça va, fit-elle, soulagée. Je ne pense pas que tu aies des tendons coupés. Alors, comme ça, tu as peur des piqûres, Brian ?

— Non, non. Bien sûr que non ! »

Mais quand il vit Kirby saisir une seringue, il sentit qu'il allait défaillir et abandonna toute fierté.

« Bon sang, Kirby ! Ecarte-ça de ma vue ! »

Elle ne rit pas, contrairement à ce qu'il avait pensé, et le regarda dans les yeux. « Respire profondément deux ou trois fois en fixant le tableau qui est derrière moi. Regarde-le bien et compte tes respirations. »

Les mâchoires serrées, il obéit.

« Un, deux, trois... », articula Kirby en enfonçant l'aiguille sous la peau. « Juste une petite piqûre et c'est tout. Continue à compter.

— O.K., maugréa-t-il, ça va. »

Croyant que tout était fini, Brian baissa les yeux. Mais quand il vit la seringue plantée dans sa chair, il eut un haut-le-cœur et reporta vivement son regard sur le tableau.

« Ne perds pas de temps à faire des points réguliers, articula-t-il entre ses dents serrées. Fais vite.

— Je suis réputée pour mes jolis points de suture. Détends-toi et respire bien. »

Cette fois, il se garda bien de lui désobéir.

« Et pourquoi donc Lexy t'énervait-elle ? » demanda-t-elle d'un ton léger.

« Oh, des bêtises, comme d'habitude. » Il s'efforça d'ignorer la traction qu'elle exerçait sur sa peau pour rapprocher les bords de la plaie. « Elle prétend que je ne me soucie pas d'elle — les autres non plus, d'ailleurs. Elle dit que je ne la comprends pas, que personne ne la comprend. Et que si j'étais un bon frère, je lui prêterais cinq mille dollars pour qu'elle puisse repartir pour New York et y devenir une star.

— Je croyais qu'elle avait décidé de passer l'été ici.

— Elle a eu une prise de bec avec Giff. Et, comme il n'est pas venu ramper à ses pieds ainsi qu'elle l'espérait, mademoiselle fait un caprice. As-tu bientôt fini ?

— A moitié, répondit-elle patiemment.

— A moitié ! Génial... »

Il sentit son estomac se contracter et tenta de détourner le cours de ses pensées.

« Qui était ce type ? demanda-t-il tout à trac.

— De qui parles-tu ? Ah, mon patient de tout à l'heure. Il s'est brûlé avec une cafetière. A ce qu'il dit, c'est un artiste. Il est en route pour les Keys mais il compte rester quelque temps au camping. Je ne connais même pas son nom.

— Quel genre d'artiste ?

— Un peintre, je crois. Il voulait même que je pose pour lui. Bon sang, vas-tu arrêter de gigoter, oui ou non ?

— Et qu'est-ce que tu lui as dit ?

— Que j'étais flattée mais que je n'avais pas le temps. Je ne sais pas pourquoi mais ce type me rendait nerveuse. »

De sa main valide, Brian lui saisit l'épaule.

« Qu'est-ce que c'est que cette histoire ? Est-ce qu'il a osé te toucher ?

— Hein ? »

Elle leva les yeux vers lui et vit son visage crispé par la colère. Amusée, elle eut envie de le taquiner un peu. « Mais naturellement, Brian. Ce sauvage s'est jeté sur moi et, dans un élan de désir furieux, m'a jetée sur le sol pour m'arracher mes vêtements.

— Et tu trouves ça drôle ? » Les doigts de Brian s'enfoncèrent dans l'épaule de la jeune femme. « Je veux une réponse sérieuse, nom de nom ! Est-ce qu'il a mis la main sur toi ?

— Bien sûr que non, espèce d'idiot. Je me suis juste sentie nerveuse parce que j'étais seule avec lui et qu'il paraissait un peu trop intéressé par ma petite personne, voilà tout. En réalité, il voulait seulement dessiner mes mains. Des mains d'ange, selon lui. Mais ta jalousie n'en reste pas moins très flatteuse.

— Je ne suis pas jaloux. » Il retira sa main de son épaule et s'obligea à regarder de nouveau le tableau. « Simplement je n'aime pas qu'un de ces gigolos de la plage vienne t'embêter.

— Il ne m'a pas embêtée et, s'il avait cherché à le

faire, j'aurais pu régler la question toute seule. Arrête donc de bouger, il ne reste plus qu'un point. »

Quand ce fut terminé, elle examina la jolie ligne de sutures parfaitement alignées. C'était un beau travail. Restait la piqûre antitétanique.

Elle se leva pour préparer la seringue.

« Et comment t'y serais-tu prise pour régler cette affaire ? demanda froidement Brian.

— Je ne sais pas, moi... Avec une rebuffade polie, par exemple.

— Et si ça n'avait pas suffi ?

— Une bonne pression sur sa brûlure et il se serait effondré par terre en criant de douleur. »

Tout en parlant, elle se tourna vers lui en dissimulant la seringue derrière son dos et vit qu'il souriait.

« Tu aurais fait ça ? demanda-t-il, incrédule.

— Absolument. Une fois, j'ai calmé les ardeurs sexuelles d'un patient en appuyant sur son larynx. Il a immédiatement cessé de me faire des propositions obscènes, tant à moi qu'aux infirmières. Et, maintenant, si tu regardais encore cette jolie reproduction de lis sauvages, Brian ? »

Il pâlit. « Qu'est-ce que tu caches, comme ça ?

— Contente-toi de regarder le tableau.

— Oh, Seigneur... » Il tourna la tête mais, presque aussitôt, fit un bond en poussant un cri.

« Brian, c'est juste du coton imbibé d'alcool ! Tout sera terminé dans dix secondes. Tu ne sentiras qu'une petite piqûre. »

Il grommela. « Une piqûre ? Qu'est-ce que tu utilises ? Une aiguille de matelassier ?

— Et voilà, lança joyeusement Kirby. C'est fini. » Elle posa un léger pansement sur la piqûre et s'assit sur le tabouret pour lui bander la main. « Je changerai le pansement quand ce sera nécessaire. Dans une dizaine de jours — deux semaines, au plus —, nous pourrons retirer les fils.

— Tout ce temps ? Tu te moques de moi ? »

Ignorant la remarque, elle fouilla dans la poche de sa blouse et en sortit un bonbon qu'elle réservait à ses petits patients. « Voilà... pour avoir été sage.

— Très drôle. »

Il prit le bonbon, le fourra dans sa bouche et demeura quelques instants silencieux pendant qu'elle rangeait ses instruments.

« Tu ne verrais pas d'inconvénient à ce que je vienne faire un tour ici ce soir ? demanda-t-il tout à coup. Histoire de te jeter sur le sol pour t'arracher sauvagement tes vêtements...

— Ce ne serait pas une si mauvaise idée... »

Elle se pencha vers lui pour effleurer ses lèvres. « Le plus tôt sera le mieux. »

Brian jeta un coup d'œil à la table d'examen et son sourire s'élargit. « Puisque je suis là, pourquoi ne me ferais-tu pas un examen complet ? Il y a des années qu'on ne m'en a pas fait. Tu pourrais porter ton stéthoscope. Mais rien que ton stéthoscope, alors... »

Cette seule idée procura à Kirby un frisson agréable. Malheureusement, à cet instant précis, elle entendit la porte d'entrée s'ouvrir.

« Désolé, Brian, il va te falloir attendre jusqu'à ce soir. » Elle s'écarta de lui en soupirant. « J'ai eu une matinée remplie de varicelles et mon prochain patient vient juste d'arriver. »

Brian réalisa qu'il n'avait aucune envie de partir. Ce qu'il voulait, c'était rester là, à la regarder. Observer ses mains travaillant avec compétence, savourer chacun de ses gestes gracieux.

Il chercha à gagner du temps.

« Qui a attrapé la varicelle ?

— Sans doute tous les gosses de moins de dix ans qui ne l'ont pas encore eue. Il y a une épidémie et nous en sommes déjà à sept cas. Au fait, est-ce que tu l'as eue ?

— Bien sûr. Tous les enfants de la famille l'ont eue en même temps. Je devais avoir neuf ans, Jo six et Lex moins de trois. J'imagine que ma mère a dû passer un sale moment.

— Vous avez bien dû vous amuser tous les trois.

— Les premiers jours de la maladie passés, la vie était plutôt belle. Mon père est allé exprès sur le continent pour nous rapporter une énorme boîte de Lego, des livres à colorier, des crayons de couleurs, des poupées pour les filles, des petites voitures pour moi. »

Ces souvenirs le rendirent brusquement sentimental et il les chassa d'un haussement d'épaules. « J'imagine que papa avait furieusement envie de nous voir occupés. »

« Et de soulager en même temps votre mère », songea Kirby. Au lieu de cela, elle dit : « En tout cas, c'était une excellente idée.

— Ouais... Ils ont dû y penser tous les deux. C'était comme ça qu'ils faisaient toujours. Jusqu'à ce qu'elle s'en aille... »

Il se leva brusquement. « Mais je te fais perdre ton temps. Merci pour la réparation. »

Elle lut une expression si triste sur son visage qu'elle l'attira à lui pour l'embrasser.

« Je t'enverrai ma facture mais... l'examen complet sera gratuit ! »

La réflexion le fit sourire. « C'est vraiment une bonne affaire, dis donc. »

Il se dirigea vers la porte en continuant à parler, de sorte que Kirby eut l'impression que les mots suivants lui avaient échappé presque inconsciemment :

« Je crois que je suis en train de tomber amoureux de toi, Kirb. Mais je ne sais pas où ça va nous mener. »

Il sortit vivement, sans se retourner, sans la regarder. Elle se laissa tomber sur le tabouret et décida de faire attendre un peu le patient suivant.

Jusqu'à ce qu'elle ait repris son souffle.

Un peu avant le coucher du soleil, Kirby eut envie d'aller faire un petit tour sur la plage. Elle avait besoin de calme et aussi d'un peu de temps.

Avant que Brian ne revienne.

Il l'aimait. Non. Il croyait l'aimer, corrigea-t-elle mentalement. C'était tout de même un peu différent mais cela représentait malgré tout une étape.

Elle s'avança jusqu'au bord de l'eau et laissa les vagues lui lécher les chevilles. Quand l'eau se retirait, elle aspirait avec elle le sable. C'était exactement la sensation que Kirby éprouvait : ce mouvement de balancier, le sentiment que le sol se dérobait sous ses pieds.

Elle désirait Brian plus que tout. Et elle avait travaillé patiemment à sa conquête, réussissant jour après jour à faire tomber ses résistances. Seulement, maintenant, l'enjeu de cette bataille avait atteint un niveau bien plus élevé qu'elle ne s'y attendait.

Jusque-là, elle avait toujours choisi avec soin ses partenaires. Même chose avec Brian Hathaway. Le problème, c'était que, en chemin, les événements avaient brusquement pris un tour différent.

Ce n'était pas le genre de Brian de parler d'amour à la légère. Kirby, elle, le pouvait. Pourtant, avec Brian, la donne changeait. Avec lui, impossible de rester en surface, de se contenter d'un simple jeu de séduction. Avant de se lancer plus loin dans cette histoire, il fallait d'abord qu'elle réfléchisse, qu'elle pèse chaque acte, chaque parole.

Une maison. Une famille. Une continuité. Il lui fallait décider si elle désirait ces choses, et si elle les désirait *avec lui.* Après quoi, il lui faudrait encore convaincre Brian qu'il les désirait lui aussi.

Ce n'était pas si simple. Les cicatrices de son enfance avaient blessé, compliqué, le cœur de Brian. Avec lui, rien ne semblait être simple.

Elle leva la tête pour offrir son visage à la caresse du vent. N'avait-elle pas déjà décidé ? N'avait-elle pas deviné, pendant cette fraction de seconde où elle avait vu le sang couler de sa main, qu'elle était déjà totalement impliquée dans cette relation ?

Ce constat l'effraya, elle avait peur de franchir le pas. Mieux valait ne pas aller trop vite, décida-t-elle. Etre sûre avant d'avancer. Il fallait rester calme, avoir une vision claire de la situation. Un engagement aussi important que celui-là méritait qu'on gardât la tête froide.

Brusquement fatiguée, elle tournait les talons pour regagner sa maison lorsqu'un éclat fugitif, au-delà des dunes, lui fit froncer les sourcils. Quand il se reproduisit pour la seconde fois, elle réalisa qu'il s'agissait d'un reflet de lumière sur du verre.

Des jumelles, conclut Kirby en réprimant un frisson. Protégeant ses yeux d'une main, elle scruta la ligne des dunes mais ne put apercevoir qu'une silhouette. A cette distance, elle ne pouvait même pas distinguer s'il s'agissait d'un homme ou d'une femme. Brusquement nerveuse, elle accéléra le pas pour se retrouver au plus vite derrière une porte close.

C'est idiot, pensa-t-elle. Quelqu'un doit simplement être en train d'admirer le crépuscule. Si elle se trouvait au même instant sur la plage, c'était seulement par hasard.

Mais la sensation d'être épiée, observée, resta si forte qu'elle courut presque pour rentrer chez elle.

Elle l'avait repéré et cela rendait les choses encore plus excitantes. Rien qu'en étant là, à la regarder, il avait réussi à lui faire peur.

Riant sous cape, il continua de la suivre des yeux dans son téléobjectif, en prenant méthodiquement des photos d'elle courant sur la plage.

Elle avait vraiment un très beau corps. C'était un spectacle agréable de voir le vent plaquer ses vêtements sur son ventre, ses cuisses, sa poitrine ferme. Le soleil couchant faisait étinceler ses cheveux, leur prêtant une riche teinte dorée. Un peu plus tard, les ombres s'étaient allongées, la lumière avait pris des nuances plus douces. Heureusement, il avait choisi une pellicule couleur, cette fois. Le résultat serait magnifique.

Et cet éclat dans son regard quand elle avait réalisé que quelqu'un était là, à l'observer. Le téléobjectif lui avait donné une image d'elle si proche, si palpable, qu'il avait presque cru voir ses pupilles se dilater de frayeur.

« De si beaux yeux verts, pensa-t-il. Qui s'accordaient parfaitement à son visage. Et cette chevelure claire et soyeuse, cette voix admirable. »

Il se demanda quel goût pouvaient avoir ses seins.

Elle devait avoir du tempérament, décida-t-il en prenant de la jeune femme une dernière série d'instantanés avant qu'elle ne disparût derrière les dunes. C'était généralement le cas de ces filles au physique délicat qu'un peu de savoir-faire réveillait à leur vraie nature. Et, si elle savait absolument tout de l'anatomie de par son métier, il pourrait tout de même lui apprendre certains trucs.

Oui, il pourrait montrer certaines choses intéressantes à Mme le médecin.

Il se souvint d'un passage de son journal qui, aujourd'hui, convenait parfaitement à son humeur de l'instant.

Le viol d'Annabelle.

« J'ai expérimenté des fantaisies, je me suis autorisé à lui faire toute une série de choses que je n'avais encore jamais faites à aucune autre femme. Elle pleurait. Des larmes coulaient le long de ses joues, mouillaient son bâillon. Mais je la prenais, encore et encore. Je ne pouvais pas m'arrêter. Ce n'était plus du sexe, ce n'était plus du viol.

» C'était de la puissance portée à son apothéose. Presque intolérable d'intensité. »

Oui, voilà ce qu'il voulait. Le pouvoir. Le contrôle. Ce qu'il n'avait justement pas obtenu avec Ginny car Ginny n'était qu'une putain.

Un mauvais choix.

S'il le décidait — mais, pour cela, il lui faudrait se préparer encore davantage —, Kirby pourrait être un très bon sujet avec ses beaux yeux et ses mains d'ange. Elle ferait sûrement un modèle parfait.

C'était quelque chose à considérer et il se promettait d'y penser. Mais, pour l'instant, il allait se rendre à *Sanctuary* pour voir ce que faisait Jo Ellen.

Il était temps de lui rappeler qu'il pensait à elle.

18.

En montant le chemin qui conduisait à *Sanctuary*, Giff aperçut Lexy sur la terrasse du premier étage. Ses longues jambes mises en valeur par un short de coton à revers, les cheveux négligemment noués au-dessus de la tête, elle était en train de laver les vitres — ce qui, Giff n'en doutait pas, ne devait pas la mettre dans des dispositions bien accueillantes.

Aussi séduisant que fût ce tableau, Lex allait devoir attendre. Il fallait d'abord parler à Brian.

Lexy l'avait vu garer son pick-up mais elle se garda bien de le montrer. Un sourire satisfait se dessina sur ses lèvres tandis qu'elle frottait les vitres à l'aide de journaux imbibés d'eau vinaigrée. Sous le soleil, les fenêtres étincelaient.

Je savais bien qu'il viendrait, pensa-t-elle. Même s'il a mis plus de temps que prévu. En attendant, l'important est de continuer à lui tenir la dragée haute.

Elle se pencha pour humecter son chiffon et risqua un coup d'œil discret, certaine que Giff se dirigeait dans sa direction. En constatant qu'il prenait le chemin de l'ancien fumoir, elle se redressa, furieuse. Mais... qu'est-ce qu'il fabriquait, à la fin ?

Enervée, elle aspergea d'eau un carreau et se mit à le

frotter vigoureusement. Ce salaud cherchait sûrement à la déstabiliser, espérant que ce serait elle qui se déciderait à faire les premiers pas. Eh bien, il allait être déçu ! Elle ne lui pardonnerait jamais, même après un millier d'années. Il pourrait ramper sur des charbons ardents, mendier sa clémence, plaider désespérément sa cause et l'appeler sur son lit de mort, elle ne céderait pas.

A partir de maintenant, Giff Verdon avait cessé d'exister pour elle.

Elle ramassa son seau et choisit une autre fenêtre à laver afin de surveiller ce qui se passait en contrebas.

Mais les pensées de Giff, à cet instant précis, n'étaient nullement fixées sur Lexy. Marchant d'un bon pas, il s'approcha du petit bâtiment servant de fumoir et sentit une forte odeur de peinture lui piquer les narines. Il se força à sourire en contournant la maisonnette et découvrit Brian, armé d'un pistolet à peinture, occupé à repeindre du mobilier de jardin. Ses bras et son vieux jean étaient constellés d'éclaboussures bleu outremer et, sur une vieille bâche, des chaises et des fauteuils attendaient qu'on leur prêtât une seconde jeunesse.

« Jolie couleur », dit Giff.

Brian interrompit son travail et leva la tête. « Tu connais Kate. Chaque fois, elle a envie de tout changer et, pour finir, elle se décide toujours pour un ton de bleu.

— N'empêche. Ça rafraîchit drôlement. »

Brian débrancha son pistolet et le posa.

« Elle a commandé de nouveaux parasols pour les tables, des coussins pour les sièges. Ils devraient arriver par le ferry d'ici un jour ou deux. Et ce n'est pas fini ! Elle voudrait aussi qu'on repeigne les tables de pique-nique du camping.

— Si tu veux, je pourrais m'en occuper.

— Oh, je pense tout de même trouver le temps de le

faire. Ça me donnera l'impression de travailler en plein air et de m'octroyer un moment de détente. »

Brian soupira. En réalité, ses pensées étaient constamment occupées par Kirby. Il ne pourrait plus jamais voir un stéthoscope sans penser à elle, maintenant.

« Et ton travail sur le perron du bungalow, ça avance ?

— J'ai le grillage dans ma camionnette. Si le beau temps se maintient, je pense avoir terminé à la fin de la semaine, comme le désirait Mlle Kate.

— Formidable. Je tâcherai de faire un tour pour voir.

— Comment va ta main ? » demanda Giff en désignant le pansement.

Brian remua les doigts de sa main gauche. « Juste un peu de raideur dans les muscles, c'est tout. »

Il ne prit pas la peine de questionner Giff pour savoir comment il était déjà informé de sa blessure. Sur l'île, les nouvelles voyageaient vite, surtout lorsqu'elles étaient intéressantes. Comment se faisait-il, au fait, que personne, encore, n'ait semblé au courant de sa liaison avec Kirby Fitzsimmons ? Il avait pourtant passé une bonne partie de la nuit sur sa table d'examen...

Comme s'il avait lu dans ses pensées, Giff dit brusquement :

« Alors, toi et doc Kirby, c'est une affaire qui marche ? »

Brian sursauta. « Quoi ?

— Toi et Kirby, répéta Giff en rajustant sa casquette. Mon cousin Ned est descendu de bonne heure sur la plage ce matin. Il ramasse des coquillages, les polit et les vend aux touristes de passage. Il m'a dit qu'il t'avait vu quitter la maison de Kirby à l'aube. Tu connais Ned, il ne sait pas tenir sa langue. »

Et voilà, songea Brian. Il fallait s'y attendre.

« Et combien lui a-t-il fallu de temps pour transmettre l'information ? »

Amusé, Giff se frotta le menton.

« Eh bien... j'allais au ferry pour voir si le grillage était arrivé quand j'ai rencontré Ned sur Shell Road. Ça ne faisait pas une heure qu'il t'avait aperçu sortant de chez le docteur. »

Brian hocha la tête en souriant.

« On dirait que Ned ralentit son rythme. Autrefois, il mettait moins d'une demi-heure pour alerter tout le monde.

— Il ne rajeunit pas, tu sais. Quatre-vingt-deux ans en septembre. Doc Kirby est quelqu'un de bien, ajouta Giff après un court silence. Tout le monde l'aime sur l'île. Et toi aussi, apparemment.

— Nous avons juste passé quelques soirées ensemble, marmonna Brian en nettoyant le nez de son pistolet avec un chiffon. Mais ne commencez pas, tous, à vous faire des idées. On se voit juste de temps en temps, c'est tout.

— O.K., O.K.

— Ce n'est pas une relation suivie, loin de là. Même pas un lien sérieux. »

Giff attendit un instant. « Tu t'efforces de me convaincre ou de *te* convaincre, Bri ? finit-il par demander.

— Je disais ça juste en passant... »

Ignorant délibérément le sourire entendu du garçon, il enchaîna : « Es-tu venu ici pour me féliciter ou as-tu quelque chose d'autre à dire ? »

Le sourire de Giff s'évanouit. « C'est à cause de Ginny. »

Brian soupira. « Les flics ont appelé ce matin. Je suppose qu'ils t'ont téléphoné à toi aussi ?

— Oui, mais ils n'avaient rien de nouveau. Je crois qu'ils ne prendraient même pas la peine de m'informer si je ne les harcelais pas sans arrêt. Bon sang, Brian, ils ne la cherchent plus ! C'est tout juste s'ils ont vérifié ses déplacements. Ils disent que nous pourrions faire imprimer des avis de disparition et les faire circuler du côté de Savannah, mais à quoi ça servirait ?

— Probablement à rien, en effet. Je ne sais pas quoi te dire, Giff. Ginny a vingt-six ans et elle est libre d'aller et venir comme elle l'entend. Du moins, c'est le point de vue de la police. »

Giff esquissa un geste d'impatience.

« Ce n'est pas le bon moyen de prendre les choses. Ginny a une maison, de la famille, des amis. Il n'est pas pensable qu'elle soit partie sans dire un mot à l'un ou l'autre d'entre nous.

— Il arrive parfois qu'on se comporte comme on ne l'a jamais fait auparavant, dit Brian lentement. Qu'on fasse des choses qu'on ne se serait jamais cru capable de faire.

— Ginny n'est pas Annabelle, coupa Giff. Je suis désolé que cette affaire réveille de mauvais souvenirs pour toi et ta famille. Mais je connais bien ma cousine. Jamais elle n'aurait disparu comme ça.

— Tu as raison, c'est tout à fait différent, rétorqua Brian en s'efforçant de garder son calme. Ginny n'avait pas un mari et trois enfants. En prenant le large, elle n'a pas laissé derrière elle des vies brisées. Bon, écoute. Je parlerai à la police pour qu'ils n'abandonnent pas l'enquête. Et nous allons imprimer des affichettes avec la photo de Ginny. »

Giff hocha la tête avec raideur. « Très bien. Je ne vais pas continuer à te faire perdre ton temps. Salut. »

Il regagna à grandes enjambées sa camionnette, grimpa dedans et claqua la portière. Puis il resta là un long moment, la tête posée sur le volant.

Il avait eu tort de venir parler à Brian. Après tout, il n'était pas responsable de ce qui était arrivé.

Giff respira profondément, s'adossa à son siège et ferma les yeux. Pourquoi ennuyer ainsi un ami avec ses propres soucis ? Mieux valait se calmer et retourner le voir pour s'excuser.

Lexy surgit alors de la maison. Elle avait failli se rompre le cou en dévalant l'escalier quatre à quatre pour intercepter Giff à temps et lui faire miroiter tout ce qu'elle allait lui refuser dorénavant. Avant de franchir la porte d'entrée, elle ralentit l'allure et s'avança d'un pas lent, comme en flânant, vers le pick-up.

« Tiens, c'est toi ? J'allais faire un tour dans la forêt quand j'ai vu ta camionnette. »

Il rouvrit les yeux et posa sur elle un regard chargé de tristesse.

« Va-t'en, Lex. »

Lexy se méprit sur cette mélancolie, croyant qu'elle en était la seule cause.

« Qu'est-ce qu'il y a, tu as le cafard ? »

Elle posa une main négligente sur son bras. « Tu as peut-être envie de t'excuser pour ta conduite inqualifiable avec moi ? Si tu t'y étais pris plus tôt, tu te serais sûrement senti moins seul ces derniers jours. »

Il garda sa mine sombre et son regard se durcit. D'un geste brusque, il repoussa sa main.

« Tu sais quoi, Alexa ? Mon petit monde, si limité qu'il te paraisse, ne tourne pas exclusivement autour de toi. Ne t'en déplaise.

— Et toi, tu as certainement perdu la tête pour t'imaginer pouvoir me parler sur ce ton. Ton petit monde ne m'intéresse nullement.

— Eh bien, comme ça, tout va pour le mieux ! Salut. J'ai à faire.

— Non ! Pas question que tu partes avant de m'écouter !

— Je me fiche complètement de ce que tu peux bien avoir à me dire. » Il lança le moteur. « Et, maintenant, éloigne-toi de cette voiture avant de tomber et de te faire mal. »

Mais, au lieu d'obtempérer, elle tendit la main par la portière et coupa le contact.

« Tu n'as pas à me donner des ordres. Et je ne suis pas du genre à me laisser intimider par qui que ce soit. Tu vas m'écouter, Giff Verdon ! »

Elle prit une profonde inspiration et se prépara à lui faire une scène mais, quand elle lut de nouveau le désespoir dans ses yeux, sa colère s'évanouit aussitôt.

Posant doucement une main sur son visage, elle murmura : « Mais qu'est-ce qui se passe, chéri ? Tu as l'air tout drôle... »

Il secoua la tête pour chasser sa main mais elle la garda sur sa joue. « On peut remettre notre scène à plus tard, dit-elle doucement. Raconte-moi ce qui te préoccupe.

— C'est Ginny. » Il laissa échapper un long soupir. « Pas un mot d'elle, pas un seul. Je ne sais plus quoi faire, Lex. Et je ne sais plus quoi dire à sa famille.

— Je comprends. »

Elle recula et ouvrit la porte. « Viens.

— J'ai du travail.

— Pour une fois dans ta vie, fais ce que je te dis ! »

Elle le prit par la main et le tira hors de la camionnette. Sans un mot, elle l'entraîna de l'autre côté de la maison, à l'ombre.

« Assieds-toi là. »

Elle se laissa tomber sur le sol, l'attira à elle et lui prit la tête pour la nicher au creux de son épaule. « Repose-toi une minute.

— Il faudrait que je cesse d'y penser sans arrêt, murmura-t-il. Sinon je deviendrai fou.

— Je sais. » Elle saisit ses mains dans les siennes. « Quand maman est partie, j'ai pleuré, pleuré... Je me disais qu'elle finirait par m'entendre et qu'elle reviendrait. Et puis j'ai grandi et commencé à comprendre qu'elle nous avait quittés pour de bon. Alors j'ai décidé que, puisqu'elle ne se souciait pas de moi, je ne m'en soucierais pas non plus. Et j'ai cessé de pleurer. Mais ça faisait mal quand même. »

Giff soupira.

« Je n'arrête pas de me dire que Ginny aurait pu envoyer un mot, je ne sais pas, moi, rien qu'une carte postale. De Disneyworld, de Las Vegas, ou de n'importe quel endroit où elle se trouve. Evidemment, je serais furieux contre elle mais moins inquiet.

— Je suis sûre que c'est ce qu'elle aurait fait », dit Lexy après un instant de réflexion.

« C'est aussi mon avis. »

Il baissa les yeux sur leurs mains enlacées. « J'ai voulu en parler à Brian, mais c'était stupide de ma part.

— Ne t'en fais pas pour mon frère. Il a une carapace assez épaisse pour le supporter.

— Et ta carapace à toi ? »

Giff commençait à se détendre. Distraitement, il remit en place un des peignes qui retenaient la lourde chevelure de Lex.

« Nous autres, les Hathaway, nous sommes plus résistants qu'on ne le croit.

— Je n'en doute pas. » Il la regarda. « Est-il vraiment nécessaire de nous faire une scène plus tard ? »

Lexy esquissa un sourire et déposa un baiser léger sur ses lèvres. « Non, non, bien sûr que non. Tu m'as manqué, tu sais. Enfin... juste un petit peu. »

Il l'attira à lui pour la serrer dans ses bras.

« J'ai tellement besoin de toi, Lexy. Tellement. »

Elle posa les mains sur ses épaules — des épaules solides, musclées. Et subitement, pour dissimuler son émotion, elle se leva et lui tourna le dos.

Giff se passa la main sur le visage. « Qu'est-ce que j'ai encore dit ? Qu'est-ce que j'ai bien pu dire pour que tu t'éloignes toujours de moi ?

— Je ne m'éloigne pas. » Elle se retourna pour lui faire face, les lèvres tremblantes, les yeux humides. « Personne ne m'a jamais parlé ainsi, Giff, de toute ma vie. Personne ne m'a jamais dit que je comptais. Ou alors c'était juste pour coucher avec moi. »

Il se releva vivement à son tour pour s'approcher d'elle.

« Je t'aime, Lexy. Je t'ai toujours aimée et je t'aimerai toujours.

— Je te crois. »

Elle ferma les yeux, cherchant à graver à jamais cet instant dans sa mémoire. Les mots, le chant des oiseaux au-dessus de leurs têtes, les parfums du jardin. Incapable de se contrôler davantage, elle s'élança dans ses bras et l'étreignit, haletante.

« Serre-moi contre toi, Giff, serre-moi très fort. Peu importe ce que je fais ou ce que je dis, ne me laisse pas. Jamais.

— Alexa... » Il pressa ses lèvres sur ses cheveux soyeux. « J'ai toujours tenu à toi. Mais tu ne le savais pas.

— Moi aussi je t'aime, Giff. Je crois que je t'ai toujours aimé.

— Alors, tout va bien, poussin. »

Il sourit et la serra encore plus fort contre lui. « Peu importe toutes tes folies. Maintenant, je sais qu'on a enfin une chance d'être heureux. »

***

Jo reposa le combiné du téléphone de sa chambre. Immobile sur son lit, elle demeura songeuse.

Bobby Banes l'avait finalement rappelée pour lui donner la réponse qu'elle attendait tant.

Il n'avait pas pris la photo.

Mais vous l'avez vue, n'est-ce pas, vous l'avez vue ? C'était un nu. La photo était au milieu d'une série d'instantanés qui, tous, me représentaient. Cette femme nue me ressemblait mais ce n'était pas moi. Je la tenais quand vous êtes entré. Et puis elle m'a échappé des mains. Vous devez l'avoir vue !

Elle pouvait encore entendre le son de sa voix, aiguë et frôlant la panique, et celle de Bobby, lente, hésitante.

Désolé, Jo. Je n'ai remarqué aucun cliché de ce genre. Seulement ceux sur lesquels vous figuriez. Et... il n'y avait aucun nu. Ou alors je ne l'ai pas vu.

Elle avait insisté, haletante.

La photo était pourtant bel et bien là ! Elle est tombée sur les autres, face contre terre. Bon sang, Bobby, réfléchissez encore ! Réfléchissez bien !

Il y avait eu un long silence au bout de la ligne.

O.K., Jo. Elle devait sûrement y être puisque vous le dites.

Il avait parlé d'une voix calme, pleine de sympathie. Mais peu convaincante.

Jo s'aperçut qu'elle s'était remise à trembler. Si Bobby avait dit la vérité — mais pourquoi aurait-il menti ? — il n'y avait plus rien à faire.

De la fenêtre de sa chambre, elle aperçut sa sœur en compagnie de Giff. Ils formaient un beau couple, pensa-t-elle, jeunes, sains, amoureux. Et, tout autour d'eux, le jardin épanoui irradiait la vie, l'espoir, les splendeurs de l'été.

Elle les regarda s'embrasser, heureux d'être ensemble, de s'aimer, heureux de vivre. Cela semblait si facile, si évident. Pourquoi ne pouvait-elle agir ainsi, avec facilité et naturel ?

Nathan la désirait. Il ne la bousculait pas, ne se formalisait d'aucun de ses caprices. Il acceptait simplement sa réserve, sûr de réussir à la conquérir un jour.

Mais pourquoi ne parvenait-elle pas à se laisser aller ? Il l'attirait. Elle avait l'intuition qu'avec un homme tel que lui, la relation ne pourrait que s'approfondir et dépasser le stade du simple plaisir.

Alors pourquoi avait-elle peur de s'engager ?

Elle s'écarta de la fenêtre, agacée. Si seulement elle réussissait à ne plus penser, à se détendre. Après tout, elle se sentait plutôt mieux physiquement et ses cauchemars avaient provisoirement cessé.

La réalité, pensa-t-elle, c'était que Nathan Delaney lui faisait peur. Peur qu'il ne prenne une place trop grande dans sa vie. Peur de ne pas savoir lui donner ce qu'il attendait d'elle. Peur, aussi, de perdre ce contrôle qu'elle avait mis tant de temps à mettre au point.

Mais elle était fatiguée d'avoir peur. Pourquoi ne pas faire comme sa sœur, pour une fois ? Pourquoi ne pas se laisser aller à ses impulsions, prendre ce qui se présentait ?

Dieu, elle avait besoin de parler à quelqu'un, d'être avec quelqu'un. Et, pendant un instant, d'oublier ses doutes et ses angoisses.

Ce quelqu'un, pourquoi ne serait-ce pas Nathan ?

Elle se précipita hors de sa chambre avant d'avoir changé d'avis. Pour une fois, elle ne songea même pas à emporter son appareil photo. Aussi, quand Kate l'appela, elle s'arrêta avec impatience.

« J'allais sortir », lança-t-elle sur le pas de la porte du bureau.

Kate était assise devant une table couverte de paperasses.

« J'essaie de mettre de l'ordre dans les réservations, dit-elle en soupirant. On nous demande d'organiser un mariage en octobre mais nous n'avons encore jamais fait ce genre de choses jusqu'à présent. Il faudrait fournir le repas, préparer la réception. Ce serait magnifique si je savais comment m'y prendre.

— Tu te débrouilleras sûrement très bien, répondit Jo distraitement. Excuse-moi de ne pas rester, mais...

— Pas de problème. » Kate fouilla un paquet de lettres entassées devant elle. « Je voulais t'apporter ton courrier dans ta chambre mais je n'ai pas eu une minute à moi. Avec tout ce travail... »

Comme pour lui donner raison, le téléphone et le fax se mirent à sonner en même temps.

« Tiens, chérie, il y a un paquet pour toi », dit Kate en décrochant le combiné. « *Hôtel Sanctuary*, que puis-je faire pour vous ? »

Mais, déjà, la scène s'estompait devant les yeux de Jo et la voix de Kate s'éloigna pour ne plus être qu'un murmure. Elle fit un pas en avant, péniblement, comme si l'air, autour d'elle, s'était transformé en colle épaisse. L'enveloppe de papier kraft était lourde dans ses mains. En caractères d'imprimerie, une main inconnue avait écrit son nom à l'aide d'un feutre noir :

JO ELLEN HATHAWAY
SANCTUARY
ILE DE LOST DESIRE, GEORGIE

Et, dans un coin de l'enveloppe, ces quelques mots, bien lisibles : PHOTOS, NE PAS PLIER.

« Ne l'ouvre pas, se dit-elle. Jette-la dans la corbeille sans regarder ce qu'il y a dedans. »

Mais, déjà, ses doigts déchiraient fébrilement le rabat.

Elle n'entendit même pas l'exclamation de surprise de Kate lorsque les photos tombèrent de l'enveloppe pour s'éparpiller sur le sol. Avec un sanglot étouffé, Jo tomba à genoux et fouilla à deux mains dans les clichés.

Kate raccrocha instantanément et fit le tour du bureau pour la rejoindre.

« Jo ? Que se passe-t-il ? »

Voyant que la jeune femme ne répondait pas, elle répéta : « Jo Ellen, qu'est-ce qui ne va pas ? Et qu'est-ce que c'est que ça ? » ajouta-t-elle en désignant la douzaine d'instantanés sur le sol.

« Il est venu ici ! bredouilla Jo. Ici ! »

Fiévreusement, elle étala chaque tirage. C'était elle, là, marchant sur la plage, endormie dans le hamac, flânant au bord d'une dune, photographiant les fleurs du marais.

Mais où se trouvait donc la photo qu'elle cherchait ? La seule qui pouvait justifier qu'elle n'était pas devenue folle ?

« Il était ici ! » répéta-t-elle, le regard fixe.

Inquiète, Kate la prit par le bras et l'obligea à se relever.

« Jo ! Mais enfin qu'y a-t-il ? »

Elle l'entraîna jusqu'au fauteuil et l'y installa. « Respire profondément. Jo, tu m'entends ? Respire ! »

Elle se précipita dans la salle de bains pour y prendre un verre d'eau et mouiller une serviette. A son retour, Jo n'avait pas bougé. Kate s'agenouilla à côté d'elle et posa la serviette humide sur son front.

« Détends-toi, chérie. Ça va aller, maintenant.

— Je ne vais pas me trouver mal », articula Jo d'une voix monocorde.

« Voilà une bonne nouvelle. Reste tranquille et bois un peu d'eau. » Elle leva le verre jusqu'à ses lèvres. « Peux-tu me dire de quoi il s'agit ?

— Les photos... » Jo se redressa et ferma les yeux. « Je n'arriverai jamais à lui échapper... »

Kate la dévisagea sans comprendre. « Echapper à quoi ? A qui ?

— Je ne sais pas. Je crois que je deviens folle.

— Quelle bêtise ! trancha catégoriquement Kate.

— C'est déjà arrivé une fois.

— Qu'est-ce que tu veux dire ? »

Jo garda les yeux fermés. Ce serait peut-être plus facile de se confier ainsi.

« J'ai fait une dépression nerveuse il y a quelques mois.

— Oh ! Jo Ellen... » Kate s'assit sur le bras du fauteuil et se mit à lui caresser les cheveux. « Pourquoi ne nous as-tu pas dit que tu avais été malade, ma chérie ?

— Je ne pouvais pas. Tout était trop difficile... trop lourd. Et puis les photos ont commencé à arriver.

— Des photos comme celles-là ?

— Des photos de moi. Au début, on n'y voyait que mes yeux. A moins que ce ne soit les siens », enchaîna-t-elle avec un frisson, sans préciser de qui elle parlait.

« C'est horrible, en effet », observa Kate d'une voix apaisante. « Tu as dû avoir peur.

— Je me suis dit que quelqu'un cherchait peut-être à attirer mon attention pour que je le conseille... que je l'aide. Comment réellement savoir ?

— C'est probablement le cas. Mais quelle drôle de manière de s'y prendre ! Pourquoi n'es-tu pas allée voir la police ? »

Jo secoua la tête. « Pour leur dire quoi ? Qu'on m'envoyait des photos ? A moi, photographe ? » Elle rouvrit les yeux. « Jusqu'ici, j'ai cru réussir à m'en sortir seule. Et puis une enveloppe comme celle-ci est arrivée chez moi, pleine de photos. De moi et... d'une autre personne. Seulement, à mon retour de l'hôpital, cette dernière n'y était plus. Je l'avais imaginée. Alors, j'ai compris que je perdais la raison et je me suis effondrée.

— Et tu es revenue ici.

— Il fallait que je parte, que je m'enfuie. Mais cela n'a servi à rien. Regarde ces clichés. On les a pris ici, sur l'île. Il me suit, Kate. Il m'épie.

— Nous allons transmettre ces photos à la police », déclara Kate fermement.

Elle se redressa et prit l'enveloppe pour l'examiner.

« Postée à Savannah il y a trois jours.

— A quoi cela servira-t-il, Kate ?

— Nous ne le saurons que si nous nous décidons à agir.

— Ce type-là peut se balader n'importe où. Si ça se trouve, il est sur Desire. En ce moment même. » Jo se passa nerveusement la main dans les cheveux. « Nous ne pouvons quand même pas demander à la police d'interroger tous ceux qui font des photos ! »

Kate réfléchissait.

« A ton avis, avec quel appareil a-t-on réalisé ces clichés de toi ? Où et comment ont-ils été développés ? Quand, exactement, les a-t-on pris ? Voilà le genre de questions qu'il faut se poser. C'est toujours mieux que de rester ici, terrorisée, n'est-ce pas, Jo Ellen ? »

Elle ramassa l'un des instantanés sur le sol et le lui montra.

« Regarde et concentre-toi. Où cette photo a-t-elle été prise selon toi ? »

Jo sentit son estomac se révulser et les paumes de ses mains devenir moites. Mais elle se força tout de même à examiner le cliché. La mise au point n'était pas parfaite, l'angle de vue quelconque, laissant apparaître des ombres disgracieuses.

Le seul fait de réfléchir, de faire fonctionner son esprit critique, l'aidait.

« On dirait qu'il m'a photographiée à la va-vite. Apparemment, il ne voulait pas que je m'aperçoive de sa présence, ce qui l'a obligé à travailler dans l'urgence.

— Bien, acquiesça Kate. Continue. On dirait que tu es dans les marais. Quand t'y es-tu rendue la dernière fois ?

— Il y a deux jours, environ. Mais je n'avais pas emporté mon trépied. Ce qui signifie qu'elle a été prise il y a deux semaines. Non, plutôt trois. Je suis sortie à marée basse pour faire quelques clichés des flaques d'eau laissées par la mer en se retirant. »

Elle se leva, fouilla parmi les photos et en choisit une autre. On la voyait dans les bras de son père. Un voile de brume prêtait au décor un aspect irréel.

« Et celle-là... elle a été prise au camping le jour où j'ai été enfermée dans les douches et que papa est venu me délivrer. »

Elle s'arrêta, violemment émue. « Mon Dieu, murmura-t-elle. Ce n'était pas des enfants... c'était lui ! Lui qui m'a enfermée et qui attendait, tapi quelque part, pour prendre cette photo. »

Kate fronça les sourcils, essayant de se souvenir.

« C'était le jour où Ginny a disparu, n'est-ce pas ? Il y a de cela bientôt deux semaines. »

Agenouillée sur le sol, Jo étudiait froidement chaque cliché, l'un après l'autre. Elle n'avait plus peur, maintenant. Ses mains avaient cessé de trembler et elle pouvait de nouveau penser clairement.

« Difficile de situer toutes ces photos mais, visiblement, aucune n'a été prise au cours des deux dernières semaines. Il a attendu. Pourquoi ?

— Peut-être lui faut-il du temps pour les développer, pour décider lesquelles envoyer. Peut-être aussi a-t-il d'autres obligations. Un travail, par exemple. »

Jo secoua la tête. « Non. Je crois que c'est quelqu'un

de très disponible. Regarde... Voici une photo de moi quand j'étais en mission à Hatteras. Et, ici, on me voit à Charlotte. Il me suit à la trace. C'est donc qu'il dispose d'une grande liberté.

— Très bien. Va chercher ton sac. Nous allons prendre le bateau et aller sur le continent en emportant toutes les photos. Nous les montrerons à la police.

— Tu as raison. C'est mieux que de rester ici la peur au ventre. »

Soigneusement, Jo rangea les photos dans l'enveloppe.

« Je suis désolée, Kate.

— De quoi ?

— De ne pas t'avoir parlé plus tôt. De n'avoir pas eu assez confiance en toi. »

Kate hocha la tête. « C'est vrai. Tu aurais dû. » Elle tendit une main pour l'aider à se relever. « Mais tout cela va finir, maintenant. Désormais, tous ceux qui vivent sous ce toit vont se souvenir qu'ils forment une famille.

— Je ne sais pas pourquoi tu te donnes tant de mal pour nous. »

Kate sourit et lui tapota affectueusement la joue.

« Petit chat, il y a des jours où, moi aussi, je me pose la même question... »

19.

Lexy se sentait d'excellente humeur. Les yeux brillants, un sourire éclatant illuminant son visage, elle revenait du jardin lorsqu'elle aperçut Kate et Jo sortir par la porte latérale.

Aussitôt elle courut vers elles et les héla joyeusement. « Eh ! Où courez-vous comme cela, toutes les deux ?

— Jo et moi devons aller sur le continent. Nous serons de retour vers...

— Je vous accompagne ! »

Lexy entra en courant dans la maison, frôlant Kate si vite que celle-ci n'eut même pas le temps de la retenir.

« Lex ! cria-t-elle. Nous n'y allons pas pour le plaisir. Nous avons des choses sérieuses à faire.

— Cinq minutes, pas plus ! » lança Lexy en grimpant l'escalier quatre à quatre. « Juste le temps de me changer.

— Ah, cette fille ! » s'exclama Kate en soupirant. « Elle a toujours envie d'aller là où elle n'est pas. Je vais lui dire de rester.

— Attends... » Jo tenait l'enveloppe de photos serrée contre sa poitrine. « Compte tenu des circonstances, il vaudrait mieux mettre Lex au courant. Elle aussi doit se montrer prudente. »

Le cœur de Kate se serra mais elle hocha la tête en

signe d'assentiment. « Tu as sûrement raison. Je vais prévenir Brian que nous nous absentons. Ne te fais pas de souci, chaton. » Elle ébouriffa tendrement les cheveux de Jo. « Nous allons nous occuper tous ensemble de cette affaire. »

Craignant qu'on ne l'attendît pas, Lexy tint parole et revint au bout de quelques minutes. Elle savait que Kate aurait critiqué son short ultracourt et l'échangea en un éclair contre un pantalon de coton léger. Puis elle brossa ses cheveux et les noua d'une écharpe verte en prévision du parcours en mer. Elle trouva le temps de rafraîchir son maquillage pendant le court trajet en voiture jusqu'à l'embarcadère privé de *Sanctuary*, sans cesser de bavarder.

En grimpant sur le vieux bateau solide, Jo en avait encore les oreilles qui tintaient.

Autrefois, ils avaient possédé un bateau splendide. Sa coque, d'un blanc étincelant, s'ornait d'une bande rouge, ses voiles étaient magnifiques. Le *Island Belle* était la fierté de Sam Hathaway et toute la famille adorait s'y entasser pour faire le tour de l'île à la voile ou filer vers le continent déguster des glaces ou voir un film.

Jo se rappela l'avoir piloté, debout sur les genoux de son père pour atteindre la barre, les grandes mains de Sam autour des siennes pour les guider.

Barre un peu plus à tribord, Jo Ellen. Oui, c'est ça ! Tu es un vrai petit marin.

Mais Sam avait vendu le bateau l'année qui suivit la disparition d'Annabelle. Ceux qui l'avaient remplacé par la suite ne portaient pas de nom. La famille n'embarquait plus pour de joyeuses excursions. Ce temps-là s'était évanoui pour de bon.

Mais Jo connaissait toujours la pratique. Elle vérifia le réservoir pendant que Kate et Lexy larguaient les amarres. Ses mains retrouvèrent spontanément leur position sur la barre et elle sourit quand le moteur démarra avec une petite toux puis se mit à ronronner.

« Je constate que papa continue à l'entretenir.

— Il a fait réviser le moteur cet hiver. »

Kate s'installa sur l'un des bancs, le visage imperturbable. Mais ses doigts ne cessaient de jouer avec la chaîne d'or qui pendait sur son chemisier immaculé.

« J'ai pensé que l'hôtel pourrait investir dans l'achat d'un nouveau bateau, dit-elle tout à coup. Nous proposerions des promenades autour de l'île, avec de petites escales à Wild Horse Cove, Egret Inlet — des choses de ce genre. Naturellement, il nous faudrait engager un pilote.

— Papa connaît l'île mieux que personne, observa Jo.

— Je sais. » Kate haussa les épaules. « Mais quand je lui en ai parlé, il a marmonné quelque chose d'incompréhensible et a disparu en prétextant qu'il avait autre chose à faire. »

Jo jeta un coup d'œil à la boussole, vérifia sa position et prit le large à travers le détroit.

« Tu aurais pu lui dire qu'avec un bateau, il aurait une occasion de plus d'informer les touristes sur la nécessité de protéger la végétation et la faune de l'île.

— C'est en effet un bon point de vue. »

Lexy intervint. « N'attends pas son avis et achète un nouveau bateau. Ensuite, tu expliqueras à papa combien il est nécessaire de trouver un bon pilote — pas seulement un navigateur compétent mais aussi quelqu'un qui connaît la fragilité de l'environnement et de l'écosystème de Desire. »

Jo et Kate tournèrent ensemble la tête vers elle avec étonnement.

« Tu ne manques pas d'astuce, Alexa, observa Kate. J'ai toujours admiré ça chez toi.

— Ce qui intéresse papa, c'est l'île », poursuivit Lexy en se penchant au-dessus du bastingage pour offrir son visage au vent. « Pas besoin de beaucoup d'astuce pour se servir de cet argument et le convaincre de piloter le bateau. Tu ne peux pas aller plus vite, Jo ? A cette allure, autant gagner le continent à la nage. »

Agacée, Jo faillit engager sa sœur à le faire mais elle finit par hausser les épaules. Après tout, pourquoi pas ? Pourquoi ne pas aller plus vite juste un instant ? Elle jeta un regard à la côte de Desire, à la maison blanche sur la hauteur, puis crispa ses doigts sur la manette des gaz. « Alors, on va foncer, lança-t-elle. Tenez bon ! »

Quand le bateau fit un bond en avant, Lexy poussa un cri de joie. La tête en arrière, elle éclata d'un rire triomphant. Elle adorait la vitesse, le mouvement, les voyages. « Plus vite ! Plus vite, Jo ! Tu as toujours su conduire ces rafiots mieux que n'importe qui ! »

Appuyée contre le bastingage, elle se tourna vers Kate. « J'ai tellement envie d'aller en ville et de voir des gens ! Si on allait acheter chacune une jolie robe ? Après, on organiserait une énorme réception pour montrer à quel point nous sommes élégantes. Avec plein de musique et de champagne. Il y a des mois que je n'ai pas eu de robe neuve.

— Ton armoire est déjà pleine, observa Jo.

— Oh, elles sont toutes démodées ! Tu n'as pas envie de quelque chose de nouveau, toi ?

— Eh bien... J'ai envie d'un nouveau flash, rétorqua Jo sèchement.

— C'est parce que tu t'intéresses davantage à la photo qu'à toi-même. » Lexy huma le vent chargé d'effluves marins. « Je te vois avec quelque chose de simple et de bleu. De la soie. Et avec des sous-vêtements de soie. De sorte que si tu laisses Nathan regarder sous ta robe, il aura une agréable surprise. Et toi aussi, j'imagine... »

Quand elle rit de nouveau, Kate leva la main.

« La vie privée de ta sœur ne te regarde pas, Lex.

— Quelle vie privée ? Crois-tu qu'un homme aurait envie d'explorer ce qu'il y a sous cette espèce de jean trop grand qu'elle porte depuis son arrivée ?

— Comment sais-tu qu'il ne l'a pas fait ? » riposta Jo.

Lexy arbora un sourire entendu. « Parce que, si c'était le cas, tu n'aurais pas cette mine d'enterrement.

— Alexa, ça suffit ! coupa Kate. Ecoute, nous n'allons pas sur le continent pour faire du shopping. Ta sœur a des ennuis. Elle a voulu que tu viennes avec nous pour t'en parler et te mettre en garde afin que tu ne sois pas exposée toi aussi. »

Lexy cessa de sourire.

« Mais... de quoi parles-tu ?

— Assieds-toi », ordonna Kate en saisissant l'enveloppe que Jo avait apportée. « Nous allons tout te raconter... »

Dix minutes plus tard, Lexy examinait les photos une à une tandis que Jo gardait les yeux fixés sur la ligne de brume qui, là-bas, flottait au-dessus de la côte.

« Il te traque.

— Je sais.

— Il y a des lois contre le harcèlement. Je connais une femme à New York qui avait rompu avec son petit ami. Mais il refusait de l'accepter et ne cessait de l'importuner, de lui téléphoner, de traîner autour d'elle. Pendant six mois, elle a vécu terrorisée et puis elle s'est décidée à aller voir la police qui est intervenue aussitôt. Fais-en autant, Jo.

— Elle savait de qui il s'agissait. Pas moi.

— Alors essaie de trouver qui ça peut être. » Lexy

écarta les photos. « Est-ce que tu as rompu avec quelqu'un quand l'affaire a commencé ?

— Non. Je n'avais pas de liaison à ce moment-là.

— Il ne s'agit pas nécessairement d'une liaison, dit Lexy en réfléchissant. Peut-être d'une simple connaissance qui se serait entichée de toi sans que tu le saches. Avec qui sortais-tu à l'époque ?

— Avec personne.

— Jo, tu devais bien, tout de même, sortir de temps en temps. Je ne sais pas, moi : déjeuner avec quelqu'un, voir une exposition ?

— Je te dis que non.

— Ne sois pas si catégorique. Le problème, avec toi, c'est que tu vois toujours tout en noir et blanc. Comme tes photos. Essaie de réfléchir, de dresser la liste des hommes que tu fréquentais. C'est peut-être quelqu'un que tu as écarté sans t'en rendre compte.

— J'ai eu beaucoup de travail toute l'année.

— Fais donc un effort ! » s'exclama Lexy avec impatience. « Tu ne vas pas laisser ce type te faire peur sans réagir ! »

Elle secoua sa sœur par l'épaule. « Réfléchis encore. Tu as toujours été la plus futée d'entre nous. Sers-toi donc de ta tête.

— Laisse-moi reprendre la barre, Jo, intervint doucement Kate. Assieds-toi et respire un peu.

— Elle respirera plus tard. Pour l'instant, il faut qu'elle réfléchisse.

— Lexy, arrête un peu !

— Non », dit Jo en secouant la tête. « Non, Kate. C'est Lexy qui a raison. »

Elle jeta un long regard à sa jeune sœur, cette sœur qu'elle prenait encore pour une enfant et qui témoignait, aujourd'hui, d'une véritable maturité.

« Tu poses les bonnes questions, Lex. Des questions qui ne m'étaient encore jamais venues à l'esprit. Ce sont celles que me posera la police.

— J'espère bien ! »

Jo laissa échapper un soupir résigné. « O.K., Lex. Allons-y...

— Recommençons. Pense aux hommes que tu as rencontrés.

— Tu sais, ils ne tournent pas tous autour de moi comme des abeilles autour d'un pot de miel.

— Tu pourrais si tu voulais. Mais c'est un autre problème.

— Le seul homme que je vois régulièrement est mon stagiaire, Bobby Banes. C'est lui qui m'a conduite à l'hôpital. Il se trouvait là quand le dernier paquet est arrivé par la poste.

— Ça ferait un bon suspect. »

Les yeux de Jo s'agrandirent. « Bobby ? Mais c'est ridicule !

— Et pourquoi donc ? C'est un photographe, lui aussi. Il sait se servir d'un appareil, développer ses photos. Je parie qu'il connaît parfaitement ton emploi du temps, les destinations de chacune de tes missions, tout ça, quoi.

— Bien entendu, mais...

— Et il t'a même accompagnée de temps à autre, je parie, hein ?

— Oui, évidemment. Pour se perfectionner.

— Peut-être qu'il a un penchant pour toi.

— C'est complètement idiot. » Jo s'interrompit, soudain troublée. « Bien sûr, au début... il m'a bien semblé que je l'intéressais un peu...

— Vraiment ? » Lexy leva des sourcils interrogateurs. « Et tu l'as encouragé ?

— Mais il n'a que vingt ans !

— Et alors ? D'accord, tu ne couches pas avec lui. Mais, *lui,* peut-être qu'il en rêve. Il te voit tous les jours, tu l'attires, et il sait toujours où tu te trouves. Pour moi, ça nous fait un suspect idéal. »

Jo se sentit prise d'un vertige. Cette hypothèse était affreuse, pire encore que ces autres possibilités anonymes, sans visage.

« Il s'est occupé de moi, balbutia-t-elle. Il m'a emmenée à l'hôpital.

« Et il m'a dit qu'il n'avait pas trouvé la photo », se rappela-t-elle au même moment avec un serrement de cœur.

« Est-ce qu'il sait que tu es revenue à *Sanctuary ?* »

Jo ferma les yeux. « Oui. Il sait où je suis. Je lui ai justement parlé au téléphone ce matin.

— D'où appelait-il ?

— Je ne lui ai pas demandé. » Jo essaya de toutes ses forces de repousser son inquiétude. « Tout cela n'a aucun sens. Bobby n'avait aucune raison de m'envoyer ces clichés. Voilà des mois que nous travaillons ensemble.

— C'est justement le genre de relation qui intéressera la police, insista Lexy. Qui d'autre sait où tu te trouves ?

— Mon éditeur. » Soudain très lasse, Jo se frotta les tempes. « Et le bureau de poste. Le gérant de mon immeuble. Ou, encore, le médecin qui m'a soignée à l'hôpital.

— Ce qui signifie que n'importe qui pouvait l'apprendre. Mais Bobby figure toujours comme premier suspect.

— Cela me rend malade. Je me sens si déloyale, rien qu'en y pensant. Mais tu as probablement raison, Lex. Bobby en sait suffisamment pour avoir pris ces photos. Il est plutôt doué mais manque d'expérience. Il commet encore des erreurs, tant au moment des prises de vue que pour le développement des tirages. Cela pourrait expliquer pourquoi certains clichés que j'ai reçus sont meilleurs que d'autres. »

Intriguée, Lexy feuilleta le paquet de photos.

« Qu'est-ce qui ne va pas dans celles que l'on t'a envoyées aujourd'hui ?

— Certaines ont des ombres trop dures, ou un mauvais cadrage. Tiens, ici par exemple. » Elle pointa du doigt un trait sombre barrant son épaule. « Et là, il a utilisé une trop grande vitesse et une ouverture excessive. Le résultat manque de netteté. » D'un geste large, elle indiqua plusieurs autres photos. « D'autres sont sous-exposées, ou beaucoup trop banales... »

Lexy soupira.

« Trop compliqué pour moi, tout ça. Mais je te trouve très jolie sur toutes. » Elle se tut un instant, songeuse. « Et s'il portait un déguisement ? demanda-t-elle brusquement.

— Un déguisement ? Oh, Lexy, est-ce que tu ne crois pas que je m'en serais aperçue si j'avais vu un type rôder autour de moi avec les lunettes de Groucho et un drôle de nez ?

— Tu manques d'imagination, ma vieille. Avec un bon maquillage, une perruque et une démarche différente, je parie que tu pourrais me croiser dans la rue sans me reconnaître. Ce n'est pas si difficile que ça de ressembler à quelqu'un d'autre. » Elle sourit. « Je le fais tout le temps. Ton stagiaire peut très bien se teindre les cheveux, porter un chapeau ou des lunettes de soleil. Ajouter une moustache, une barbe — ou les supprimer. »

Jo réprima un frisson. « ... et se trouver en ce moment même tout près de nous », acheva-t-elle lentement.

Lexy posa sa main sur la sienne.

« Ne t'inquiète pas. Nous allons tous être attentifs, maintenant. »

Jo regarda la main qui recouvrait la sienne et se surprit à la trouver ferme et chaude. « J'aurais dû vous en parler plus tôt, dit-elle, mais je voulais m'en sortir toute seule.

— Tu m'étonnes, railla Lexy. Tu entends ça, Kate, Jo dit qu'elle voulait s'en sortir toute seule. Franchement, pour une nouvelle, c'est une grande nouvelle !

— C'est malin, grommela Jo. A vrai dire, je ne pensais pas que tu serais disposée à m'aider.

— Encore un scoop ! » Lexy gardait les yeux fixés sur Jo. « Décidément, l'heure est aux révélations. Tiens donc. Jo ne pensait pas que je pouvais être quelqu'un d'intelligent, capable d'un peu de compassion. A supposer que qui que ce soit m'ait jamais accordé un tel crédit.

— J'avais oublié à quel point tu savais manier le sarcasme. Et comme j'ai probablement bien mérité ces remarques acerbes, je ne gâcherai pas tes effets en essayant de te prouver que, sur ce terrain-là, je suis imbattable. »

Avant que Lexy ne pût reprendre la parole, Jo retourna sa main et enlaça ses doigts autour de ceux de sa sœur. « J'avais honte. Presque autant que peur. Honte d'avoir fait une dépression nerveuse. Je ne voulais surtout pas que ma famille l'apprenne. »

Lexy sentit la sympathie l'envahir. Mais son visage et sa voix gardèrent leur expression narquoise. « Enfin, Jo Ellen, c'est ridicule. Nous sommes des gens du Sud. Il n'y a rien que nous admirions plus que les cinglés de la famille. C'est chez les Yankees qu'on les cache dans les placards. Pas vrai, Kate ? »

Amusée, et très fière de sa petite dernière, Kate la regarda par-dessus son épaule. « Absolument. Une vraie famille du Sud s'enorgueillit de ses cinglés et les expose dans son salon à côté de sa plus belle argenterie. »

Jo Ellen lâcha un petit rire, dont le son la fit tressaillir. « Je ne suis pas cinglée.

— Pas encore. » Lexy lui pressa affectueusement la main. « Mais si tu continues, ça ne saurait tarder. »

Jo rit de nouveau, de bon cœur cette fois. Et parce que Lexy savait que ce serait plus facile à faire pour elle que pour Jo, elle entoura sa sœur de ses bras et la serra très fort. « Il y a quelque chose que j'ai oublié de te dire, Jo Ellen.

— Quoi ?

— Bienvenue chez toi. »

Il était 6 heures passées quand elles regagnèrent *Sanctuary,* chargées de paquets et de cartons. Jo se demandait encore comment elle et Kate avaient pu se laisser entraîner par Lexy pour aller dévaliser les magasins. Mais il était vrai qu'après une heure au poste de police, elles avaient toutes besoin de détente.

Quand elles pénétrèrent dans la cuisine, Kate s'était déjà préparée à la tirade de Brian. D'un simple coup d'œil, il comprit d'où elles venaient avec leurs bras chargés de paquets.

« Ah bravo ! grommela-t-il. Je suis plongé dans la cuisine jusqu'au cou et j'ai déjà six tables occupées à la salle à manger. Et pendant ce temps, vous, vous ne pensez qu'à écumer les magasins. Comme personne n'était là, j'ai été obligé de faire venir Sissy Brodie pour le service, bien qu'elle n'ait pas la moindre idée de ce que cela signifie. Papa prépare les boissons et j'ai brûlé deux portions de poulet parce que j'ai dû aller prêter main-forte à Sissy qui venait de renverser un plat de fettucine aux crevettes. »

Amusée à l'évocation de cette scène, Lexy dénoua le foulard qui lui emprisonnait les cheveux.

« Tu as envoyé Sissy servir à table alors que Becky

Fitzsimmons était déjà là pour nous aider ? Tu n'es donc au courant de rien, Brian ? Sissy et Becky sont des ennemies mortelles depuis qu'elles se disputent toutes les deux les faveurs de Jesse Pendleton. Estime-toi heureux que Sissy n'ait pas pris un de tes couteaux de cuisine pour régler son compte à Becky ! »

Brian soupira. « Je m'en féliciterai plus tard. En attendant, va donc voir ce qui se passe là-bas. Tu as déjà une heure de retard pour ton service.

— C'est ma faute, Brian, commença Jo. J'avais besoin d'elle et nous n'avons pas vu le temps passer.

— C'est un luxe que je ne peux pas me permettre ! répliqua-t-il sèchement. Et je ne tiens pas non plus à ce que tu t'en mêles. Lexy est irresponsable et toutes les occasions sont bonnes à ses yeux pour négliger son travail. »

Sur la défensive, il se tourna vers Kate. « Et toi, inutile, comme toujours, d'essayer d'arranger les choses. Je n'ai pas le temps d'écouter tes excuses.

— Je ne songeais même pas à en présenter », répliqua Kate avec raideur. « D'ailleurs, je ne vois pas pourquoi je discuterais avec quelqu'un qui se permet de me parler sur ce ton. »

Elle redressa le menton avec colère et se dirigea vers la salle à manger pour aider Sam au bar.

« C'est ma faute, Brian, reprit Jo. Kate et Lexy...

— Ne te fatigue pas », coupa Lexy en levant la main d'un geste apaisant. « Il n'écoute même pas. De toute manière, il a toujours le dernier mot. »

Elle s'empara du carnet sur lequel elle notait ses commandes et poussa la porte à battants.

« ... légère, irresponsable, étourdie... », marmonna Brian en tournant vigoureusement une cuiller de bois dans une casserole.

« Ne parle pas comme ça de Lex », dit Jo.

Il la fusilla du regard. « Qu'est-ce qui vous arrive ? Vous faites bloc contre moi, maintenant ? Il suffit que des femmes aillent acheter des chaussures ensemble pour qu'elles se croient subitement liées à la vie à la mort !

— On dirait que tu n'as pas une haute opinion de l'espèce féminine, hein ? J'ai eu besoin d'elles et je les ai trouvées à mes côtés. Si nous sommes rentrées un peu trop tard à ton goût...

— A mon goût ? » Il pêcha un morceau de poulet dans la sauteuse, le déposa sur une assiette et se concentra un instant sur la disposition de la garniture. « Il ne s'agit pas de ce qui me plaît ou non. Il s'agit de faire tourner une affaire, de maintenir la réputation que nous avons mis vingt-cinq ans à acquérir. Il s'agit d'être laissé sans aucune aide quand près de vingt personnes sont assises à la salle à manger et réclament leur dîner à cor et à cri. Il s'agit de respecter ses engagements.

— Très bien. Tu as raison d'être fâché. Mais c'est contre moi que tu dois diriger ta colère. C'est moi qui ai entraîné Kate et Lex sur le continent. »

Brian remplit un panier de petits pains chauds tout juste sortis du four. « Ne t'en fais pas, maugréa-t-il, je suis aussi très fâché contre toi. »

Jo contempla les casseroles fumantes sur la cuisinière, les légumes émincés sur la planche, les assiettes empilées dans l'évier. Elle vit que Brian travaillait avec difficulté à cause de sa main blessée.

« Que puis-je faire pour t'aider ? Je pourrais...

— Ce que tu peux faire, c'est t'écarter de mon chemin », coupa-t-il sans la regarder. « C'est ce que tu as toujours su faire le mieux. »

Elle accepta la rebuffade. « C'est vrai... »

Et, sans discussion, elle sortit par la porte arrière.

« *Sanctuary* ne m'est plus inaccessible comme dans mes rêves, pensa-t-elle. Mais la route qui y conduit demeure encore bien difficile. »

Brian avait raison. Elle avait toujours eu, comme son père, la spécialité de se tenir à l'écart, d'abandonner aux autres les soucis ou les joies de cette maison.

Et elle n'était nullement certaine de désirer qu'il en soit autrement.

Pensive, elle s'engagea sur le sentier conduisant à la forêt. Si quelqu'un l'épiait, qu'il le fasse si cela l'amusait tant ! Qu'il la mitraille à l'aide de son téléobjectif jusqu'à en avoir les doigts engourdis. Elle n'allait pas avoir peur toute sa vie. Au contraire, elle espérait même qu'il était là, tout près. Qu'il se montre. Maintenant.

Elle s'arrêta et scruta lentement les ombres épaisses. Cette fois, pas question de trembler. Elle se sentait prête pour une confrontation. Rien de plus efficace, en l'occurrence, qu'une bonne et saine bagarre.

« Je suis plus forte que tu ne le crois ! » hurla-t-elle en s'arrêtant soudain.

Quand elle se tut, l'écho de la forêt lui renvoya le son furieux de sa voix. « Pourquoi ne te montres-tu pas, espèce de salaud ? »

Tout en parlant, elle ramassa un solide bâton et l'agita dans sa main.

« Tu t'imagines peut-être réussir à me faire peur avec une poignée de mauvaises photos ? Imbécile ! »

Se servant du morceau de bois comme d'une massue, elle se mit à frapper violemment les troncs d'arbre, satisfaite de sentir la puissance de son bras. Effrayé, un pivert s'envola dans un froufroutement d'ailes en jetant un cri d'alarme.

« Pauvre imbécile ! Pour qui te prends-tu ? Tes cadrages sont ratés, tes éclairages nuls. Tu es incapable de rendre l'atmosphère, la vérité du modèle. Un enfant de dix ans se débrouillerait mieux que toi ! »

Elle s'interrompit, prêtant l'oreille aux bruissements de la forêt, prête à voir quelqu'un surgir brusquement de l'ombre. Elle lui aurait sauté dessus pour le rouer de coups. Lui faire payer toutes ces angoisses, tous ces jours de terreur.

Mais il n'y avait rien, rien que le murmure du vent à travers les feuilles, le froissement des palmes. La lumière déclinait, allongeant les ombres, alourdissant leurs mystères.

« Voilà maintenant que je parle toute seule..., murmura Jo. Lex a raison. A ce rythme, je ne vais pas tarder à devenir cinglée... »

Elle leva le bras, prit son élan et jeta le bâton de toutes ses forces à travers les taillis. Il parcourut un demi-cercle et alla s'écraser avec un bruit mou dans un épais buisson.

Elle ne vit pas, à quelques mètres de là, les espadrilles usées, le jean délavé. Et, quand elle s'enfonça plus loin dans la forêt, elle n'entendit pas le souffle haletant d'une respiration saccadée.

Pas encore, Jo Ellen. Pas encore. Pas avant que je ne sois tout à fait prêt. Mais, maintenant, il va falloir que je te fasse mal. Maintenant, je vais te faire souffrir.

Il fit un violent effort pour recouvrer son calme, trop agité pour remarquer le sang qui perlait au creux de ses paumes, là où ses ongles avaient griffé profondément la chair.

Il pensa savoir où elle allait et, familier de la forêt, prit un raccourci pour y arriver avant elle.

TROISIÈME PARTIE

L'Amour est fort comme la mort;
La jalousie cruelle comme le tombeau.

Chant de Salomon

20.

Jo n'avait pas réalisé qu'elle se rendait chez Nathan jusqu'à ce qu'elle se retrouve tout près de chez lui. Quand elle en prit conscience, elle s'immobilisa et se mit à réfléchir à la meilleure conduite à tenir.

Des pas derrière elle la firent se retourner brusquement, les poings serrés, les muscles tendus, prête à l'attaque. Dans la lueur grise du crépuscule, la forêt paraissait plus menaçante, l'air plus oppressant. Un croissant de lune se dessinait dans un ciel hésitant encore entre le jour et la nuit. L'eau clapotait doucement dans les hautes herbes bordant le lit de la rivière. Un héron s'envola dans un froissement d'ailes.

Et Nathan sortit de l'ombre.

Quand il l'aperçut, il agita le bras et s'arrêta à côté d'elle. Ses espadrilles et le bas de son jean étaient mouillés, ses cheveux emmêlés par la brise. Il remarqua les poings crispés de Jo et haussa les sourcils. « Vous vouliez vous battre ? »

Elle détendit les doigts les uns après les autres. « Peut-être... »

Il fit un pas en avant pour lui tapoter légèrement le menton.

« Je pense pouvoir vous mettre K.-O. en deux rounds. Vous voulez essayer ?

— Une autre fois. »

Pendant une ou deux minutes, elle demeura immobile, silencieuse, écoutant les battements de son cœur s'apaiser lentement.

Nathan avait de solides et larges épaules, pensa-t-elle. Il devait faire bon y nicher sa tête — si, bien sûr, on était du genre à faire ce genre de choses.

« Brian m'a flanquée dehors », finit-elle par dire en enfouissant les mains dans ses poches. « Je faisais juste un tour.

— Moi aussi. Je rentrais. Pourquoi ne viendriez-vous pas un instant chez moi ? » Il lui prit la main. « Songez-y... »

Elle contempla leurs doigts enlacés.

« Allons, venez, insista Nathan. Avez-vous dîné ?

— Non.

— J'ai toujours ces steaks dont je vous avais parlé... » Il saisit sa main plus fermement et l'entraîna vers son cottage. « Et pourquoi Brian vous a-t-il flanquée dehors ?

— Oh... une crise dans la cuisine. Par ma faute.

— Dans ce cas, dit-il en souriant, je ne vous demanderai pas de préparer le repas. »

Il pénétra dans le bungalow et alluma pour dissiper la pénombre grandissante.

« Tout ce que je peux vous offrir pour accompagner les steaks, ce sont des frites surgelées et une bouteille de bordeaux.

— Cela me semble parfait. Puis-je utiliser votre téléphone ? Je préférerais avertir ma famille que je ne rentrerai pas... tout de suite.

— Je vous en prie. »

Nathan se dirigea vers le réfrigérateur et sortit les

steaks du congélateur. Tout en examinant avec perplexité les boutons du four à micro-ondes, il entendait le murmure de sa voix flotter depuis le bureau. Elle était tendue comme un ressort, pensa-t-il, agressive à l'extérieur, terriblement angoissée à l'intérieur. Quand réussirait-il à la mettre enfin en confiance ?

Il allait se décider à appuyer au hasard sur l'un des boutons quand elle raccrocha et vint à son secours.

« Ça, c'est quelque chose que je sais faire », dit-elle en actionnant plusieurs commandes.

« Magnifique ! Je vais faire chauffer le gril. Si vous voulez un peu de musique, j'ai apporté quelques disques. »

Elle se dirigea vers la chaîne stéréo et examina les C.D. posés sur la petite table à côté du sofa. Le répertoire allait du rock au classique. Jo hésita. Que choisir ? Quelque chose de romantique comme la *Sonate au clair de lune* ? Ou alors les Stones, nettement plus corrosifs.

« Le gril sera bientôt à bonne température », déclara Nathan en se dirigeant vers elle. « Voulez-vous que...

— J'ai fait une dépression nerveuse », annonça-t-elle brusquement.

Il s'immobilisa. « Jo... »

Elle leva la main pour l'interrompre.

« Je pense que vous devez le savoir avant que les choses n'aillent trop loin. On m'a hospitalisée quelque temps à Charlotte parce que je me suis effondrée, physiquement et psychiquement. Je suis peut-être folle, Nathan. »

Il la regarda, ne sachant quelle attitude adopter. Elle avait les yeux trop brillants, les lèvres serrées.

« Quel genre de folie ? demanda-t-il enfin. Courir toute nue dans les rues ? Déclarer que vous avez été enlevée par des extraterrestres ?

— Avez-vous entendu ce que je viens de vous dire ?

— Oui, j'ai entendu. Je demande seulement quelques précisions. Voulez-vous un verre ? »

Elle ferma les yeux. Il se comportait d'une façon totalement illogique, à croire que les déséquilibrés n'attiraient que d'autres déséquilibrés.

« Je n'ai pas couru toute nue dans les rues, si c'est ça que vous voulez savoir. »

Il eut un sourire joyeux. « Tant mieux. Si tel avait été le cas, cela m'aurait donné à réfléchir... »

Il entreprit de déboucher la bouteille de vin. « J'en déduis que vous croyez avoir été enlevée par des extraterrestres. C'est une folie assez commune, de nos jours. Dites-moi, est-ce qu'ils ressemblaient à Ross Perot ?

— Je ne vous comprends pas, murmura-t-elle. Je ne vous comprends pas du tout. Je suis restée deux semaines dans un service psychiatrique parce que j'avais perdu la tête. C'était sérieux, Nate. »

Il remplit deux verres et lui en tendit un. « Et alors ? Vous me semblez redevenue parfaitement sensée.

— Qu'en savez-vous ? J'ai failli avoir une autre crise aujourd'hui.

— Vous voulez peut-être que je vous plaigne ? »

Elle fronça les sourcils, désorientée, et se mit à aller et venir dans la pièce. « Je suis allée faire des achats sur le continent, comme si... cela suffisait à tout balayer, à me faire revenir à la réalité. Je ne crois pas que cela soit un signe de stabilité mentale que d'aller acheter des sous-vêtements en pleine crise émotionnelle...

— Quel genre de sous-vêtements ? »

Elle le contempla, le regard dur.

« J'essaie de vous expliquer ce que je ressens et tout ce que vous trouvez à dire...

— Jo, coupa-t-il, est-ce que vous pensez vraiment que

je vous crois folle ? Et que je vais vous jeter dehors parce que vous m'avez dit que vous aviez fait une dépression nerveuse ?

— Pourquoi pas ? » Elle laissa échapper un long soupir. « Oui, je crois que vous auriez pu agir ainsi.

— Alors c'est que vous êtes vraiment folle. » Il pressa ses lèvres sur son front. « Asseyez-vous et racontez-moi ce qui s'est passé.

— Je... je suis trop nerveuse pour m'asseoir...

— O.K. » Il s'appuya sur la table de la cuisine. « Restons debout, alors. Que vous est-il arrivé ?

— Tant de choses... Trop de travail et de stress, sans doute. Mais ce n'est pas cela qui m'inquiète le plus. J'ai fait mes propres choix et, jusqu'ici, je m'y suis tenue. Une ligne bien droite, sans déviation. J'aime ce que je fais, les endroits où je vais. Tout cela me satisfait. » Elle se détourna. « Je veux seulement une vie normale. Il est déjà arrivé une fois que le monde dans lequel je vivais explose. Je n'ai jamais réussi à recoller les morceaux. J'en ai donc construit un autre. Il le fallait bien. »

Il se raidit légèrement. « Est-ce à cause de votre mère ?

— Je ne sais pas. En partie, sans doute. En tout cas, c'est sûrement ce que pensent les psychiatres. Ma mère avait à peu près mon âge quand elle a disparu. Les médecins ont trouvé cela très intéressant. Elle nous a abandonnés, Nate. Alors ils en ont conclu que je revivais cette expérience en m'abandonnant moi-même. »

Elle haussa les épaules. « A quoi bon revenir sans cesse sur le passé ? J'ai vécu sans Annabelle la plus grande partie de ma vie. Et j'ai tenu bon. »

Nathan posa son verre.

« Jo Ellen, ce qui est arrivé précédemment, ce que les gens ont dit ou fait, tout cela peut détruire ce que nous sommes devenus. Il ne faut pas laisser cette dérive se produire. »

Elle ferma les yeux, soulagée par ces paroles.

« C'est exactement ce que je me répète tous les jours. Alors je me suis mise à faire de drôles de rêves. J'en ai toujours fait mais ceux-là me tourmentaient particulièrement. Je dormais mal, mangeais mal. A présent, je ne me souviens plus si tout cela a commencé avant ou après l'arrivée de la première photo. »

Nathan fronça les sourcils. « Quel genre de photos ?

— Quelqu'un s'est mis à m'envoyer des photos. De moi. Dans toutes les circonstances de ma vie quotidienne. Cela m'a donné la chair de poule. L'auteur de ces clichés me suivait à la trace, il m'épiait. » Elle porta la main à son cœur dont les battements s'étaient accélérés. « Et puis, lorsqu'une nouvelle série de photos est arrivée, j'ai cru voir... autre chose. Mais c'était une hallucination. Alors j'ai paniqué et je me suis effondrée. »

Il sentit la rage l'envahir.

« Un salaud vous harcelait, vous persécutait, et vous vous reprochez d'avoir craqué ? »

D'un bond, il fut auprès d'elle et la prit dans ses bras pour la serrer contre lui.

« Je n'ai pas su faire face..., balbutia Jo.

— Arrêtez de dire des stupidités. Jusqu'à quel point croyez-vous que l'on puisse faire face ? Ce fils de pute cherche tout simplement à vous détruire ! Qu'a fait la police de Charlotte à ce sujet ?

— Je ne suis pas allée voir la police. »

Il recula pour la dévisager avec stupéfaction. Puis une lueur de colère assombrit ses yeux. « Quoi ? Vous ne l'avez pas signalé ? Vous voulez donc qu'il continue ? Sans rien faire ?

— Je ne désirais qu'une chose : m'enfuir, m'éloigner de lui. »

Il réalisa soudain qu'il enfonçait durement ses doigts

dans son épaule. Il la lâcha, prit son verre et fit quelques pas pour rassembler ses idées. Quand il l'avait rencontrée pour la première fois sur l'île, elle était pâle, les yeux cernés. Elle semblait épuisée, malheureuse.

« Vous aviez besoin de *Sanctuary*.

— Oui, je suppose. Mais, aujourd'hui, j'ai appris que cela n'avait servi à rien. Il m'a retrouvée ici. » Elle s'efforça de maîtriser la peur qui lui nouait le ventre. « Il m'a envoyé des photos, postées à Savannah. Des photos de moi. »

Nathan se retourna vers elle, le visage crispé de fureur.

« Alors nous le retrouverons. Et nous ferons en sorte qu'il cesse ! Vous ne lutterez plus toute seule, Jo Ellen. Je tiens à vous et je ne permettrai à personne de vous faire du mal. »

Elle croisa son regard. « C'est peut-être pour cela que je suis venue ici... Mais il faut pourtant que je traite cette affaire moi-même. La police...

— Vous vous êtes finalement décidée à aller la voir ?

— Oui. Aujourd'hui. Ils ont dit qu'ils allaient mener une enquête mais, selon eux, il n'y a pas grand-chose à faire puisque je n'ai pas été menacée.

— Mais vous vous sentez menacée, n'est-ce pas ? »

Il revint sur ses pas pour la prendre de nouveau dans ses bras. Plus tendrement, cette fois. « C'est plus que suffisant, Jo. Il n'est pas question de continuer à vivre ainsi dans la peur. »

Délicatement, il embrassa ses cheveux et son front. C'était un instant si fragile, pensa-t-il. Il fallait coûte que coûte ne pas briser les fils ténus qui commençaient à se nouer entre eux.

« Je vais prendre soin de vous, Jo Ellen », murmura-t-il doucement.

Les mots résonnèrent en elle comme un écho lointain,

sans parvenir à pénétrer sa pensée. Nathan entreprit de lui masser lentement le dos. « Vous avez besoin de vous détendre. Et aussi d'un bon repas et d'un verre de vin. »

Il ne la brusquait pas et elle trouva cela agréable.

« Vous avez raison », dit-elle en parvenant à sourire. « Cela ne me ferait pas de mal de cesser d'y penser pendant une heure.

— Alors je vais mettre les steaks en route pendant que vous plongerez les frites dans l'huile. Après quoi j'éprouverai votre patience en vous parlant du projet sur lequel je travaille.

— Essayez toujours. Nous verrons si je réussis à paraître intéressée. »

Elle se dirigea vers le réfrigérateur, ouvrit le compartiment congélateur et se retourna brusquement. « Nathan, le sexe ne m'intéresse pas. »

Occupé à préparer les steaks, il s'immobilisa, interdit. Au bout de quelques secondes, il s'éclaircit la gorge.

« Pardon ?

— Manifestement, cette idée flotte dans l'air entre nous. »

Jo referma lentement la porte du réfrigérateur. Il est préférable d'en parler maintenant, pensa-t-elle. D'être concret. En fait... les mots lui avaient échappé avant même qu'elle s'en aperçût.

Nathan abandonna ses tâches culinaires, prit son verre et but une longue gorgée de vin en silence.

« Alors, comme ça, le sexe ne vous intéresse pas ? finit-il par dire.

— Ce n'est pas que je le déteste mais... je préfère simplement que vous n'attendiez pas trop de moi si par hasard nous couchons ensemble. »

Le visage de Nathan demeura imperturbable.

« Vous avez peut-être eu des expériences déplaisantes ? »

Jo eut un petit rire. « Disons que c'est toujours la même chose.

— Je ne le crois pas. » Il termina son verre et s'avança vers elle. « Et je suis prêt à discuter de ce sujet. Tout de suite.

— Nathan... Ce n'était pas un défi ! Je voulais juste... »

Les mots s'étouffèrent dans sa gorge quand il la prit dans ses bras pour la soulever de terre.

« Attendez ! balbutia-t-elle. Je... je n'ai jamais dit que j'allais coucher avec vous !

— Et alors ? »

Il traversa l'entrée, pénétra dans la chambre et la déposa sur le lit. « Je crois, moi, que cela ne peut pas vous faire de mal...

— Je ne veux pas.

— Si, vous le voulez. » Il approcha ses lèvres des siennes. « Vous le voulez, et moi aussi. »

Son corps était chaud et solide, son regard franc, direct. Elle soupira et se détendit imperceptiblement quand il l'embrassa doucement, longuement. Une vague de désir crispa son ventre et ses inquiétudes disparurent. Après tout, pourquoi pas ? Il était prévenu, à présent, et il n'attendrait pas d'elle plus qu'elle ne pourrait lui donner. Elle noua ses bras autour de son cou et lui rendit son baiser avec reconnaissance. Il se détacha d'elle au bout d'un long moment pour la regarder tandis que les derniers rayons du soleil couchant drapaient la pièce d'or tendre. Les cheveux de Jo encadraient son fin visage d'un halo roux, couleur d'automne. Ses yeux avaient le bleu d'été, son teint délicat, le rose nacré d'une fleur de printemps.

Elle était ravissante.

Il lui prit la main pour en embrasser chaque doigt, un à un.

« Que faites-vous ?

— Je goûte chaque parcelle de votre corps. Et ce n'est pas fini... »

Doucement, de peur de l'effaroucher, il détacha les boutons de son chemisier et fit glisser le vêtement sur ses frêles épaules. Un soutien-gorge bleu électrique apparut alors, sa couleur intense tranchant sur la peau laiteuse.

« Eh bien, eh bien... », murmura-t-il en se retenant pour ne pas se jeter sur cette gorge ronde et nacrée.

Elle se raidit imperceptiblement. « Ce n'était pas mon idée. Mais Lexy a tellement insisté...

— Louée soit-elle. »

Lentement, il avança une nouvelle fois la main et la promena sur le sous-vêtement de satin. « Je veux t'entendre prendre du plaisir, Jo Ellen. Je veux t'entendre gémir, et soupirer, et réclamer en criant tout l'amour que j'ai envie de te donner. »

Elle vacilla, ferma les yeux et les rouvrit subitement quand elle sentit la caresse sur son sein. « Nathan... je...

— Chut. Plus un mot. Maintenant, c'est moi qui mène le jeu. Jusqu'ici, tu n'as fait que te cacher... dissimuler sous des vêtements informes ce corps admirable. Mais, maintenant, il est à moi, Jo. Je vais l'explorer, le savourer à t'en donner le vertige. »

D'un geste vif, il dégrafa le soutien-gorge qui tomba à terre, éphémère petit nuage de satin bleu. Puis il la souleva, la déposa sur le lit et se glissa à côté d'elle sans cesser de la couvrir de baisers dévorants.

Affolée par le tourbillon de son désir, elle voulut résister encore mais n'en eut plus la force. Alors, oubliant tout — la peur, l'angoisse, la solitude — elle se laissa happer par le feu de sa passion.

⁂

Elle ne savait pas si elle avait dormi ou sombré dans une sorte de coma. Quand elle rouvrit les yeux, il faisait nuit noire.

Il reposait, couché sur elle, sa tête entre ses seins. Tout en écoutant le murmure du vent contre la fenêtre, elle pouvait sentir les battements rapides de son cœur contre sa poitrine.

Comme elle avait légèrement bougé, il leva la tête.

« Je crois bien que je suis en train de t'écraser.

— Ça va. Je peux tout juste respirer. »

De ses lèvres, il parcourut la courbe de ses seins puis bascula sur le côté. Avant qu'elle n'ait eu le temps d'esquisser un geste, il avait passé un bras autour d'elle pour la serrer contre lui. « Alors, comme ça, tu détestes le sexe ? » murmura-t-il contre son oreille.

Elle ouvrit la bouche pour rétorquer vertement mais, au lieu de cela, se mit à rire. « Disons que l'exception confirme la règle.

— Recommençons pour voir si ce n'est pas la règle qu'il faudrait changer. »

Elle se blottit contre lui. « Pas question. Je n'y survivrai pas.

— Et, moi, je suis certain que si. Mais, auparavant, occupons-nous un peu de ces steaks. Je vais ouvrir une autre bouteille de vin.

— Tu cherches à m'enivrer ?

— A vrai dire, c'était mon plan initial mais nous avons quelque peu brûlé les étapes. J'avais aussi songé à escalader la vigne de *Sanctuary* pour accéder un soir à ta chambre.

— Et tu te serais cassé le cou.

— Pas sûr. Brian et moi étions passés champions dans cette discipline, autrefois.

— Oui, mais vous aviez dix ans. »

Elle se redressa sur ses coudes et lissa ses cheveux en arrière. « Aujourd'hui, tu dois bien peser cinquante kilos de plus et je doute que tu te montres aussi agile. » Elle sourit et pencha son visage vers le sien. « Nathan... pourquoi te donnes-tu tant de mal pour moi ? »

Il ne répondit pas tout de suite, préférant peser chaque mot. Elle le regarda chercher son jean et l'enfiler dans la semi-obscurité avant de se tourner enfin vers elle.

« Dès la première minute où je t'ai vue, tu m'as coupé le souffle, Jo. Et je ne l'ai toujours pas retrouvé.

— C'est que je suis en pleine confusion, Nathan... » Elle déglutit et fut heureuse que l'obscurité dissimule son visage. « Tu ferais mieux de t'écarter de moi.

— La facilité n'est pas forcément le meilleur chemin. Avec toi, l'aventure vaut le coup d'être tentée. » Il s'interrompit pour la regarder en souriant. « Regarde-toi. Te voilà assise toute nue sur mon lit à discuter. Et qui va m'aider à préparer le dîner ? »

Elle se passa la main sur le visage. « Tu as raison. Remettons cette conversation à plus tard.

— Parfait. Je vais faire cuire la viande. »

Et, comme il avait bien l'intention de retourner avec elle au lit après dîner, il songea avec soulagement que, grâce à Dieu, ils n'auraient pas le temps de se lancer de nouveau dans une conversation sérieuse.

21.

« Reste donc. »

« Nathan enlaça la taille de Jo et nicha son visage au creux de son cou. Ses cheveux étaient encore humides de la douche qu'ils venaient de prendre ensemble. Le parfum du savon sur sa peau l'enivra.

« Je te préparerai le petit déjeuner demain matin. »

Elle s'accrocha à son cou, étonnée de se sentir aussi facilement détendue avec lui. « Ce n'est pas nécessaire.

— J'ai pourtant du très bon pain. Et je suis réputé pour mes toasts.

— Cela me paraît très appétissant mais je dois rentrer.

— Il est à peine minuit.

— Non, il est 1 heure passée.

— Alors c'est déjà le matin. Autant rester. »

Il posa sa bouche sur la sienne et le désir s'empara de nouveau d'elle, brûlant, impérieux. Elle trouva tout de même la force de se dégager de son étreinte.

« J'ai une foule de choses à faire à la maison. Il faut aussi que je m'excuse auprès de Brian pour l'avoir laissé dans une telle pagaille tout à l'heure. »

Elle caressa son visage qu'elle trouvait si attirant avec ses pommettes sculptées, sa mâchoire ferme, sa peau rugueuse sous la barbe naissante. Elle ne se souvenait pas avoir jamais exploré le visage d'un homme avec autant de plaisir.

« Et puis il faut que je réfléchisse. » Elle s'écarta d'un pas. « J'ai besoin de penser à tout ça, Nathan, de dresser des plans. Tout est si nouveau pour moi. »

Il caressa du pouce la ride qui lui creusait le front. « Laisse-moi te raccompagner en voiture.

— Tu n'as pas besoin de...

— Jo. » Il posa les mains sur ses épaules et parla d'une voix calme, décidée. « Il n'est pas question de rentrer toute seule dans le noir.

— Je n'ai pas peur. Je n'aurai plus jamais peur.

— C'est très bien, mais je te ramène quand même. »

Un peu plus tard, elle prenait place à côté de lui dans la jeep. Fatiguée, certes, mais délicieusement fatiguée. Le corps détendu, l'esprit agréablement brumeux. L'air qui entrait par la fenêtre ouverte caressait sa peau comme de la soie.

« Les nuits sont si douces sur l'île, murmura-t-elle. Quand tout est calme et que les gens dorment, les arbres et l'eau reprennent leurs droits. On peut entendre la mer mieux que jamais. Quand j'étais petite, j'imaginais ce que cela serait d'avoir Desire pour moi toute seule, rien que pour quelques jours. Tout m'appartiendrait, j'irais partout où je voudrais. J'étais folle de joie à l'idée d'être totalement libre. Mais, ensuite, j'ai eu ces rêves. Je courais, je courais, dans la maison, à travers la forêt, sur la plage, en appelant de toutes mes forces en espérant une réponse qui ne venait jamais. Je cherchais désespérément de la compagnie mais il n'y avait personne... personne ! Alors je m'éveillais en criant et en réclamant mon père. »

Elle poussa un soupir, les yeux rivés sur la route qui défilait. Une lumière apparut au loin.

« Kate a laissé le perron allumé pour moi. »

C'était réconfortant, cette lueur jaune qui clignotait au loin, symbole de chaleur, de sécurité. Elle la regarda danser à travers les arbres, repoussant les ombres menaçantes. Autrefois, elle avait fui cette lumière mais, aujourd'hui, elle revenait vers elle.

Une silhouette se profila sur le perron. Brusquement inquiète, Jo leva les mains vers sa gorge pour ne pas crier.

Nathan posa une main apaisante sur la sienne.

« Reste ici et verrouille la porte.

— Non... attends... je le reconnais », dit-elle très vite en voyant la silhouette de son frère se découper dans la lumière des phares.

« Il n'a pas l'air armé. »

La réflexion la fit rire, ainsi que Nathan l'avait souhaité. Elle se glissa vers lui pour effleurer ses lèvres d'un baiser léger. Tout était si simple avec lui. « Laisse-nous, Brian et moi, démêler ensemble nos affaires de famille. Nous ne parviendrons pas à en discuter librement devant toi.

— Je veux te voir demain. »

Elle ouvrit la portière. « Viens pour le petit déjeuner — à moins que tu ne préfères manger tes fameux toasts.

— Je viendrai. »

Elle fit un signe et attendit que la jeep ait fait demi-tour pour monter les marches.

« Bonsoir, lança-t-elle froidement. Belle nuit pour contempler les étoiles. »

Brian resta silencieux quelques instants. Puis il bougea soudain si rapidement qu'elle faillit crier. D'un bond, il la rejoignit et la serra dans ses bras. « Je suis désolé, Jo. Tellement désolé. »

Stupéfaite, elle sentit qu'il lui tapotait le dos, comme on le fait pour consoler un chagrin d'enfant. Puis il l'écarta de lui et la secoua vivement.

« C'est ta faute aussi. Bon sang, tout est toujours si compliqué avec toi.

— Quoi ? » Elle le repoussa. « Mais... qu'est-ce que tu racontes ?

— Je devrais te flanquer une bonne raclée, tu sais. Pourquoi ne m'as-tu pas parlé de ce qui se passait ? Pourquoi ne m'as-tu pas dit que tu avais des problèmes ?

— Si tu ne me lâches pas maintenant, je...

— Comme d'habitude, tu n'écoutes pas. Tu te contentes d'éviter les gens pour... »

Il recula subitement avec un grognement quand le poing de Jo le frappa à l'estomac. Un coup rapide, précis, juste assez fort pour le déstabiliser. Il la lâcha instantanément et la regarda, les yeux rétrécis.

« Ça non plus, ça n'a pas changé. Toujours un bon punch, hein ?

— Tu as de la chance que je n'aie pas choisi de te flanquer un direct au menton. »

Elle se frotta les jointures de la main. « Apparemment, tu n'es pas en état d'avoir une conversation raisonnable et civilisée. Je crois que je vais aller me coucher.

— Essaie de faire un seul pas, et je t'attrape pour t'administrer une solide fessée. »

Elle se hissa sur la pointe des pieds pour placer son visage à la hauteur du sien. « Ne me menace pas, Brian.

— Et, toi, ne me défie pas, Jo Ellen. Voilà plus de deux heures que je suis assis sur ce perron à t'attendre, malade d'inquiétude. Et je n'ai plus la force de le supporter.

— J'étais avec Nathan. D'ailleurs, je ne vois pas pourquoi tu t'inquiètes de ma vie sexuelle. »

Il grimaça. « Je ne veux même pas en entendre parler. Il ne s'agit pas de ta relation avec Nathan. »

En voyant son brusque embarras, Jo se détendit et

retint un sourire. Elle se dirigea vers la balancelle, s'y installa et fouilla dans sa poche à la recherche d'une cigarette.

« Bon, assez de temps perdu. De quoi veux-tu me parler ? Il est tard et je suis fatiguée. »

Il s'approcha d'elle, les mains enfouies profondément dans ses poches. « Tu n'aurais pas dû affronter cela toute seule, Jo. La dépression, l'hôpital...

— C'était mon choix.

— En effet. Ton choix. Tes problèmes. Tes succès. Ta vie. Tu n'as jamais rien su partager, hein ? »

L'estomac de Jo se noua. « Qu'auriez-vous pu faire, de toute façon ?

— Etre auprès de toi, tout simplement. Cela peut te paraître idiot, je sais. Même si notre famille est foutue, tu n'aurais pas dû affronter ces ennuis sans aide.

— Je suis allée à la police.

— Je ne parle pas des flics. D'ailleurs, n'importe qui serait d'abord allé les trouver quand tout a commencé. »

Elle fit tomber la cendre de sa cigarette et inspira profondément. « Qu'est-ce que tu cherches, à la fin ? Me culpabiliser ? Je suis revenue à la maison, non ?

— Disons que c'était ton premier acte sensé. Tu es arrivée ici avec une tête de déterrée, la peau sur les os, sans te confier à personne. Il a fallu que je te traîne chez Kirby. » Ses yeux lancèrent des éclairs. « Et, naturellement, elle ne m'a rien dit de ce qui t'arrivait. »

Jo se redressa, sur la défensive.

« Je lui ai simplement parlé de ma dépression nerveuse, c'est tout. De toute façon, Kirby n'est nullement obligée de raconter à son amant les problèmes de ses patients.

— Tu en as bien parlé à Nathan.

— Ce soir, seulement. J'ai pensé que ce serait plus honnête. »

Elle se frotta les tempes avec lassitude. Une chouette se mit à hululer quelque part au-dessus de la forêt. Comme elle, Jo aurait voulu pouvoir se nicher au creux d'un tronc d'arbre et rester là, en paix, à l'abri des remous du monde. Avec un soupir résigné, elle posa un regard morne sur son frère.

« Tu veux vraiment que je te raconte tout depuis le début ? »

Brian vint s'asseoir sur la balancelle à côté d'elle. « Non. Il n'est pas nécessaire que tu revives tout cela. Je suppose que tu m'en aurais parlé plus tôt si nous n'étions pas tous si coincés. J'y ai réfléchi pendant que j'étais là à t'attendre en te maudissant. » Il se tourna vers elle. « Cette maison est aussi la tienne, Jo.

— Non. C'est *ta* maison, Brian. Elle a toujours été à toi plus qu'à n'importe qui d'autre. » Elle parlait avec douceur, comme si elle ne faisait qu'énoncer une évidence. « C'est toi qui te soucies de tout, toi qui portes tous les problèmes de *Sanctuary* sur tes épaules.

— Est-ce que cela t'ennuie ?

— Non, pas vraiment. Enfin... peut-être un peu, mais c'est surtout un soulagement pour moi. Je n'ai pas à me préoccuper des fuites du toit ou d'autres choses du même genre. »

Elle rejeta la tête en arrière, contempla les arches en arabesque de la véranda et, au-delà, le jardin baigné par la clarté laiteuse de la lune. Les carillons de clochettes, près de l'entrée, tintaient sous le vent où flottaient des effluves de roses musquées.

« Je ne souhaite pas vivre à Desire, Brian. Pendant longtemps, j'ai pensé que je n'y reviendrais jamais, mais j'avais tort. Tout, ici, me parle, bien plus que je ne le croyais. J'ai besoin de savoir que je peux revenir de temps en temps, que je peux m'asseoir sur le perron par une nuit tiède et claire comme celle-ci, et respirer les senteurs du jardin. J'ai besoin de me dire que *Sanctuary* sera toujours là, sur la colline, et que personne ne gardera la porte fermée à mon arrivée.

— Pourquoi voudrais-tu qu'elle soit fermée ?

— J'ai rêvé qu'elle l'était, que je ne réussissais pas à entrer dans la maison. J'appelais, j'appelais, et personne ne venait. Les fenêtres restaient sombres, vides. »

Elle ferma les yeux en se remémorant les images de son cauchemar. « Je me perdais dans la forêt, j'étais seule, effrayée. Et puis je me suis vue de l'autre côté de la rivière. Mais ce n'était pas moi. C'était maman.

— Tu as toujours fait de drôles de rêves.

— Peut-être que j'ai toujours été un peu folle. » Elle esquissa un lent sourire et laissa son regard balayer l'obscurité. « Je lui ressemble, Brian. Parfois, quand je me regarde dans un miroir, cela me donne un véritable choc. C'est ce qui a fini par me briser. Quand ces photos sont arrivées, toutes ces photos de moi, j'ai cru que l'une d'entre elles représentait maman. Mais, sur le cliché, elle était morte. Nue, les yeux fixes, comme ceux d'une poupée. On aurait dit que c'était moi.

— Jo...

— Et cette photo a disparu, Bri, enchaîna-t-elle vivement. Tout à coup, elle n'était plus là. Je l'avais simplement imaginée.

— Tu lui ressembles, Jo, mais tu n'es pas comme elle. Toi, tu termines ce que tu entreprends, tu t'y accroches jusqu'au bout.

— Je me suis enfuie d'ici.

— Tu es partie d'ici, corrigea-t-il. Partie pour construire ta propre vie. Annabelle a quitté une existence remplie, elle a abandonné des êtres qui avaient besoin d'elle, qui l'aimaient. »

Il posa un bras sur son épaule. « Tu n'es pas Annabelle, Jo. Et tu n'es pas folle non plus. »

Elle se mit à rire. « Eh bien, voilà qui est réconfortant, n'est-ce pas ? »

Il était tard quand Suzanne Peters sortit du bungalow de location et partit à grands pas vers la petite baie. Après la stupide querelle qui l'avait opposée à son mari, elle avait besoin de prendre l'air. Par-dessus le marché, ils avaient dû se disputer à voix basse pour ne pas déranger le couple d'amis qui partageaient avec eux la petite maison.

Quel imbécile, ce Tom, pensa-t-elle en foulant le chemin à grandes enjambées. Il lui arrivait même de se demander pourquoi elle l'avait épousé. Et encore plus pourquoi elle était restée trois ans à ses côtés — sans compter les deux années de vie commune avant leur mariage.

Chaque fois, oui chaque fois qu'elle évoquait l'achat d'une maison, le visage de Tom se fermait. Il commençait à parler de remboursements, d'impôts, de frais d'entretien. Toujours l'argent, rien que l'argent, l'argent, l'argent. Et pourquoi donc se crevaient-ils tous les deux au travail si c'était pour continuer à louer leur misérable appartement d'Atlanta ?

« Au diable tout ça ! » pensa-t-elle en rejetant en arrière les boucles brunes qui lui balayaient le front. Elle rêvait d'un bout de terrain avec un petit jardin, d'une cuisine spacieuse et claire où elle pourrait préparer tous les bons petits plats qu'elle avait appris à cuisiner.

Et Tom ne faisait que répéter : « Plus tard, Suzanne. » Plus tard ? Mais quand ?

Dégoûtée, elle descendit sur la plage, ôta ses sandales

pour sentir la caresse du sable sous ses pieds et contempla l'eau tranquille qui clapotait contre la coque du petit bateau amarré au ponton.

Parce qu'il n'y avait pas de problèmes d'argent quand il s'agissait de louer ce fichu bateau pour que Tom passe toutes ses journées à la pêche...

Elle s'assit dans le sable, les genoux repliés sous le menton, les yeux fixés sur les reflets de la lune sur la mer. Oui, ils allaient acheter une maison, quoi que Tom en dise. Ils avaient déjà assez en banque pour un premier versement. Elle avait étudié à fond la question, rassemblé toutes les informations nécessaires sur les modalités d'emprunt, les taux d'intérêt. Elle voulait absolument cette jolie villa sur Peach Blossom Lane.

Bien sûr, leur budget serait un peu serré au début, mais ils pouvaient y arriver. Quand elle lui en avait parlé en insistant sur la nécessité de se constituer un véritable capital, elle était certaine qu'il comprendrait. Au lieu de ça, il s'était mis en colère !

Et dire que Jim et Mary allaient s'installer dans cette maison neuve, si jolie, dans les quartiers rénovés. Il y avait un magnolia sur la pelouse et la cuisine ouvrait sur un patio. Oh, cela la rendait folle !

Evidemment, elle aurait dû attendre un meilleur moment pour en rediscuter avec Tom. Mais cette maison l'obsédait tellement qu'elle n'avait pu s'empêcher d'aborder une nouvelle fois le sujet ce soir.

Quand ils regagneraient Atlanta, elle emmènerait Tom la voir. S'il le fallait, elle le traînerait de force jusqu'à Peach Blossom Lane.

Il y eut un bruit de pas dans son dos mais elle ne se retourna pas.

« Pas la peine de venir jusqu'ici, Tom Peters, dit-elle à haute voix. Ne compte pas faire la paix avec moi. Si tu ne changes pas d'avis, je n'en changerai pas non plus. »

Furieuse qu'il ne prenne même pas la peine de lui répondre, elle reprit : « Rentre donc faire tes comptes puisque c'est la seule chose qui t'intéresse. Je n'ai rien d'autre à te dire. »

Comme le silence persistait, elle serra les dents et tourna enfin la tête. « Ecoute, Tom... Oh ! » Elle rougit, embarrassée de découvrir un visage inconnu. « Je vous prenais pour quelqu'un d'autre. »

Il lui adressa son sourire le plus charmant. « Ce n'est rien. Moi aussi, je vous prenais pour quelqu'un d'autre. »

Il la frappa au moment où le premier cri de terreur sortait de ses lèvres.

Ce n'est pas parfait, décida-t-il en la regardant s'écrouler à ses pieds. En réalité, il n'avait pas prévu cet acte impromptu. Simplement, il ne parvenait pas à dormir, taraudé par une brusque et intense poussée sexuelle.

Il était furieux à cause de ce que Jo Ellen lui avait dit, hier, dans la forêt — et cela ne faisait qu'augmenter encore le désir qu'il avait d'elle.

Et voilà que cette jolie brunette se trouvait là, comme un cadeau, assise toute seule au clair de lune. Aucun homme sensé ne refuse un cadeau.

Il laissa échapper un petit rire satisfait en la soulevant dans ses bras. Mieux valait l'emmener un peu plus loin, pour le cas où ce Tom — ou n'importe qui d'autre — risquerait de venir faire un tour sur la plage.

Elle n'était pas lourde et, de toute façon, un peu d'exercice ne lui ferait pas de mal. Il traversa les dunes et s'arrêta au bord de la dépression marécageuse. C'était un endroit pittoresque avec ses herbes flottantes, ses buissons argentés par la lune. Et tout à fait désert. Vraiment idéal pour ce qu'il voulait faire.

Il déposa la jeune femme sur le sol et se servit de sa ceinture pour lui lier les mains. Puis il la bâillonna à l'aide d'une des écharpes de soie qu'il emportait toujours avec lui.

Quand il la déshabilla, il fut satisfait de constater qu'elle avait un beau corps, musclé et soigné. Elle gémit un peu lorsqu'il lui retira son jean.

« Ne t'inquiète pas, ma jolie. Tu es magnifique ainsi, et terriblement sexy. Le clair de lune te rend encore plus belle. »

Il sortit son appareil photo — le Pentax reflex qu'il préférait pour les portraits — et se félicita d'avoir pensé à le charger avec un film lent. Il voulait que chaque détail puisse s'y imprimer avec netteté. Ensuite, il travaillerait soigneusement ses tirages pour faire ressortir les contrastes et la texture.

Mais il verrait tout cela plus tard. Pour l'instant, il y avait plus urgent.

En sifflotant doucement, il monta son flash et prit trois clichés avant que la fille ne reprît faiblement conscience. Elle battit des paupières, encore étourdie.

« Bien... très bien. Je désirais justement que tu retrouves un peu tes esprits. Progressivement. Je vais d'abord prendre quelques photos de ce joli visage. Ce que tu as de mieux, ce sont les yeux. Cela tombe bien, moi aussi c'est ce que je préfère. »

Elle fixa sur lui des yeux hébétés où se lisaient la souffrance et le désarroi.

« Super, vraiment magnifique ! » murmura-t-il en la mitraillant. « Regarde par ici... allons, obéis. Très bien, bébé, concentre-toi. »

Enchanté, il fit une série de gros plans sur ses traits figés par l'incompréhension puis par la peur. Quand elle commença à s'agiter, il cessa de la photographier pour ne pas gâcher de la pellicule. Si elle bougeait trop, les clichés seraient ratés. Toujours souriant, il fouilla dans la poche de son jean pour en extraire un pistolet qu'il lui montra.

« Il va falloir que tu te tiennes tranquille, sinon je ferai du mauvais travail. Tu ne dois pas bouger, tu saisis ? Et tu feras exactement ce que je te dirai. Je n'ai pas envie d'utiliser cette arme, compris ? »

Il vit des larmes gonfler ses yeux puis se mettre à ruisseler sur ses joues. Elle hocha la tête et, malgré les efforts qu'elle faisait pour ne pas bouger, son corps était traversé de frissons violents.

« Je veux juste prendre des photos de toi. N'aie pas peur. Une jolie femme comme toi. Il faut en prendre soin... mettre en valeur sa beauté naturelle... »

Un sourire heureux aux lèvres, il abandonna son revolver pour prendre le Pentax.

« Maintenant, tu vas faire exactement ce que je te dis. Plie tes genoux. Vas-y. Oui, comme ça. Maintenant, tourne-toi sur le côté gauche. Tu as un joli corps, tu sais. »

Elle fit ce qu'il disait, cherchant des yeux le revolver avant d'apercevoir un reflet d'acier dans l'herbe, à ses pieds. Il veut seulement prendre des photos, pensa-t-elle. Après, il la laisserait partir. Il ne lui ferait pas de mal.

Mais la peur ne la lâchait pas et elle se mit à trembler de plus belle.

Doucement, il déposa l'appareil et appliqua sa main sur la gorge de la femme. « Tu es splendide, murmura-t-il. Et sans défense. C'est moi qui contrôle tout. Tu es en mon pouvoir. »

Elle roula des yeux et sanglota plus fort, étouffée par son bâillon. Quand il lui serra durement les seins, elle gémit de douleur et ses talons battirent le sable.

Il se mit à califourchon sur elle. « Arrête de gigoter, cela ne servira à rien. Tu ne peux pas t'échapper. »

Comme elle se tortillait toujours, il l'écrasa de tout son poids. « Plus tu te défends et plus ça me plaît. Essaie donc de crier... » Il appuya lourdement sur ses seins puis se pencha et les mordit. « Allez ! Crie ! Mais crie donc, bon sang ! »

Elle émit un râle affreux, luttant désespérément pour lui échapper. Sans ménagement, il lui écarta les cuisses, la meurtrissant exprès de ses ongles. Il la pénétra brutalement et il la viola en pensant à Jo. Aux longues jambes de Jo. A la bouche sensuelle de Jo. A ses yeux bleus ourlés de longs cils noirs.

Son orgasme fut si prodigieux qu'il en eut les larmes aux yeux — des larmes de surprise et de triomphe. « C'était bien plus réussi que la dernière fois », songea-t-il en posant distraitement la main sur sa gorge. Quand elle bougea de nouveau, il appuya un peu plus fort sur son larynx jusqu'à ce qu'elle cesse de remuer.

Quelle chance il avait eue. Trouver aussi facilement un ange qui lui permette de s'entraîner. La brise montant de la mer rafraîchit sa peau en sueur tandis qu'il se détachait d'elle pour reprendre son Pentax.

Innover, voilà ce qu'il fallait faire. Le véritable talent de l'artiste. Ne pas répéter toujours le même rituel.

« Tu sais, dit-il gaiement à la femme, je pourrais te violer de nouveau mais je ne le ferai pas. »

Il sourit. Des plis séduisants creusèrent les coins de sa bouche et de ses yeux. « Je pourrais aussi te faire du mal. Mais je ne sais pas encore. Tout dépend de la manière dont tu te comporteras. »

Satisfait de constater qu'elle se tenait tranquille, il changea d'objectif et de filtres. Quand il la cadra de nouveau, il vit que ses yeux étaient écarquillés, ses pupilles extrêmement dilatées, ne laissant apparaître qu'un mince contour brun. Elle respirait par petits coups incertains.

Il se mit à siffler en rechargeant son appareil et recommença à la mitrailler. Toute la pellicule y passa avant qu'il ne décide de la violer une nouvelle fois.

Puis il se prépara à lui faire mal. Après tout, c'était lui le maître du jeu. Elle était totalement entre ses mains.

Suzanne Peters avait cessé de lutter. Son corps était toujours là mais son esprit s'était évadé. En pensée, elle se trouvait auprès de Tom, en sécurité, assise auprès de lui dans leur jolie maison de Peach Blossom Lane.

Elle eut à peine conscience qu'il lui retirait son bâillon. Un court sanglot s'échappa de ses lèvres et elle chercha son souffle pour réussir à crier.

« Tu sais bien qu'il est trop tard pour ça », lui dit-il gentiment, presque amoureusement, en entourant son cou de l'écharpe de soie. « Réjouis-toi. Tu seras mon ange. »

Il serra l'écharpe lentement, surveillant chacun de ses mouvements, chacune de ses réactions. Il vit sa bouche s'ouvrir désespérément pour aspirer un air qui, hélas, disparaissait de seconde en seconde. Elle martela le sable de ses talons et son corps se souleva de terre comme un arc.

Alors il relâcha doucement la pression pour rester maître du jeu et fixer sur la pellicule les moments décisifs : la peur de la mort, son acceptation, un ultime sursaut d'espoir puis la reddition finale.

Quel dommage qu'il n'ait pas eu son trépied avec lui.

Et puis le contrôle du processus lui échappa et tout fut fini.

Il se mit alors à l'embrasser en la remerciant. Cet ange envoyé par le destin lui avait fait gravir une nouvelle étape. Mais il lui restait encore beaucoup à apprendre avant de réaliser son chef-d'œuvre avec Jo.

Il retira l'écharpe, la plia soigneusement et la posa à côté du revolver. Il prit son temps pour disposer le corps et mettre en place les mains après les avoir déliées. Les marques sur les poignets le dérangèrent un instant, jusqu'à ce qu'il pense à les glisser sous la tête, comme un oreiller.

Il se dit qu'il intitulerait ce cliché : *Cadeau d'un Ange.*

Puis il s'habilla et fit un paquet de ses vêtements à elle. Trop tard pour aller jusqu'aux marais, décida-t-il. C'était là qu'il avait jeté le corps de Ginny et, à cette heure, il ne devait rien rester d'elle avec les alligators et tous les prédateurs qui rôdaient dans la zone. Mais il n'avait ni le temps ni assez d'énergie pour aller jusque-là.

Heureusement, il y avait dans la rivière des trous assez profonds pour y cacher son ange. C'est là qu'il l'emmènerait en lestant son corps pour qu'il ne remonte pas.

Il bâilla longuement.

C'était vraiment ce qu'on pouvait appeler une nuit réussie.

22.

Lorsque Giff se glissa hors de la chambre de Lexy, le ciel était déjà clair. Il avait voulu quitter la maison avant le lever du soleil mais Lexy l'avait retardé d'une manière très persuasive.

Tandis qu'il descendait l'escalier aussi discrètement que possible, il évoqua ces instants avec un sourire paresseux. Lex avait eu besoin de lui pour extérioriser sa colère contre Brian et pour lui parler des ennuis de sa sœur. Ils en avaient discuté pendant des heures, blottis l'un contre l'autre dans la chaleur rassurante de la chambre, chuchotant comme deux gosses échangeant des secrets.

Cette aisance à se parler ainsi de tout et de rien, c'était cela aussi, le privilège de se connaître depuis l'enfance. Giff poussa un soupir heureux en se dirigeant vers la cuisine pour gagner la porte arrière. Cela avait été un vrai délice de passer de cette familiarité ancienne à une relation de passion amoureuse. Découvrir Lexy Hathaway sous ce nouveau jour offrait de multiples et merveilleuses satisfactions. Elle était si jolie dans cette nuisette arachnéenne achetée l'après-midi même à Savannah. Tout homme normalement constitué ne pouvait, en la voyant, que tomber à genoux en remerciant le ciel de pouvoir contempler une créature aussi ravissante.

Retirer délicatement ce tissu léger avait été aussi une source de plaisir infini. Il décida qu'il emmènerait Lex à Savannah le samedi suivant pour lui acheter une autre chemise de nuit, histoire de voir.

Il était en train de rêver à elle, drapée dans une soie crémeuse et sensuelle, lorsqu'il se retrouva nez à nez avec Sam Hathaway. La rencontre les surprit autant l'un que l'autre. Ils se dévisagèrent quelques secondes en silence, Giff avec ses cheveux emmêlés par une nuit tumultueuse, Sam une assiette de corn flakes à la main.

Ils s'éclaircirent la voix en même temps.

« Monsieur Hathaway.

— Giff.

— Je... euh... j'étais...

— Un problème de plomberie dans les étages ? »

C'était une échappatoire tentante et Giff faillit s'y jeter avec reconnaissance. Mais, finalement, il choisit d'écarter cette voie facile et redressa le torse pour regarder Sam droit dans les yeux. « Non, monsieur. »

Embarrassé, Sam posa son assiette sur le comptoir et versa du lait sur les céréales. « Ah bon, finit-il par dire.

— Monsieur Hathaway, je ne veux pas que vous vous imaginiez que je me glisse hors de votre maison comme un voleur... »

« C'est pourtant exactement ce que je suis en train de faire », pensa-t-il au moment où il prononçait ces paroles.

« Tu te promènes dans *Sanctuary* depuis que tu sais marcher », dit Sam prudemment.

Qu'il s'en tienne là, espéra-t-il en priant que le garçon trouve une excuse pour s'en aller au plus vite. « Tu es toujours le bienvenu chez nous et tu peux y circuler en toute liberté. »

Giff s'agita. « Je pense... Enfin, je suppose que vous connaissez mes sentiments pour Lexy, monsieur. »

Et voilà, songea Sam avec désespoir. Mes céréales seront toutes ramollies maintenant.

« Oui, naturellement. Vous êtes des amis de toujours.

— C'est devenu quelque chose de beaucoup plus sérieux. Je l'aime, monsieur Hathaway, je l'aime vraiment. Vous me connaissez et vous connaissez ma famille. Je ne suis pas paresseux et j'ai le sens des responsabilités. J'ai quelques économies. Je gagne correctement ma vie avec mes mains.

— Je n'en doute pas. »

Sam fronça les sourcils. Bien qu'il n'ait eu le temps d'avaler qu'une seule gorgée de café, ses pensées étaient déjà suffisamment claires pour lui permettre de comprendre le sens caché de cette déclaration. « Giff, si tu me demandes la permission de... rendre visite à ma fille, il me semble que, de toute façon, tu ne m'as pas attendu pour agir à ta guise. »

Giff rougit et avala péniblement sa salive.

« En effet, monsieur, c'est... euh... le cas. Mais ce n'est pas vraiment de cela que je voulais vous entretenir...

— Vraiment ? » fit distraitement Sam en ouvrant un tiroir à la recherche d'une petite cuiller. Il s'immobilisa subitement. « Doux Jésus ! Ne me dis pas que tu parles mariage, mon garçon ! »

Giff serra les dents et pointa le menton.

« J'ai l'intention d'épouser Lexy, monsieur. Naturellement, je préférerais que vous nous donniez votre bénédiction mais, quoi qu'il arrive, je l'épouserai ! »

Sam retint un soupir. Décidément, depuis quelque temps, les choses n'étaient pas simples. Il fallait toujours qu'une complication surgisse. Alors que, pour sa part, il ne demandait rien, ni à la vie ni aux autres.

« Ecoute, fiston, tu veux l'épouser. Bon. Ce n'est pas moi qui t'en empêcherai. De toute façon, vous êtes tous les deux en âge de prendre seuls vos décisions. Seulement... je t'aime bien, Giff. Et j'ai dans l'idée que tu vas t'exposer à pas mal d'ennuis avec ma fille. Une fois que tu seras engagé, tu auras de la chance si tu trouves encore un seul moment de tranquillité.

— La tranquillité n'est pas une de mes priorités, monsieur.

— Elle dépensera jusqu'à ton dernier sou sans même s'en soucier.

— Lexy n'est pas aussi écervelée qu'on le croit. Et, si ma situation matérielle me le permet, je veillerai à l'entretenir selon ses désirs. »

Sam soupira de nouveau.

« Il me semble que je perds mon temps à essayer de te convaincre puisque tu as déjà pris ta décision.

— Je suis fait pour elle, monsieur.

— Je n'en doute pas, Giff. »

Résigné, Sam lui tendit la main. « Eh bien, dans ce cas, bonne chance.

— Merci, monsieur. »

Sam le regarda s'éloigner d'un pas léger et joyeux, vibrant de vie, d'espoir, de force. Le garçon paraissait diablement amoureux.

Il se souvenait encore de l'effet que cela produisait. Une onde de chaleur courant dans le sang, les couleurs et les perspectives du monde plus aiguës, plus neuves, plus prometteuses.

Il se servit une nouvelle tasse de café et absorba pensivement ses céréales ramollies par l'attente. Dehors, un ciel bleu se levait, intense, au-dessus du jardin multicolore. Oui, lui aussi avait été ébloui par Annabelle comme Giff par Lexy. Il avait suffi d'un seul regard pour qu'il tombât éperdument amoureux d'elle.

Seigneur, comme ils étaient jeunes, alors. Il avait à peine dix-huit ans quand il était venu sur l'île cet été-là travailler sur le bateau de pêche de son oncle. Il jetait et remontait inlassablement les filets sous le soleil brûlant, jusqu'à en avoir les mains tout endolories.

Et il avait adoré ça.

Dès le premier jour où il avait posé le pied sur l'île, il avait aimé les lieux : la végétation noyée de brume, les grands espaces alourdis de solitude, la variété sans cesse renouvelée des paysages, la rivière nonchalante, les marais ensorcelants, la forêt mystérieuse.

Et puis il l'avait vue. Annabelle Pendleton. En train de se promener sur la plage au coucher du soleil. Ses longues jambes dorées, son corps élancé, son abondante chevelure rousse tombant en cascade sur ses épaules. Et ses yeux... clairs comme de l'eau, bleus comme un matin d'été.

Cette vision l'avait ému si violemment que sa vue s'était troublée, sa gorge nouée. Il sentait la crevette, la sueur et l'huile de moteur. Il était venu nager pour effacer dans les vagues la fatigue d'une journée de travail. Elle lui avait souri et adressé la parole, un coquillage en forme de conque à la main.

D'abord, il était resté sans voix, terrifié. Les femmes l'avaient toujours intimidé et celle qui venait de ravir son cœur en un instant le laissait gauche et tremblant. Il ne sut jamais comment il avait réussi à lui proposer une promenade sur la plage, le lendemain soir.

Des années plus tard, un jour qu'il lui demandait pourquoi elle avait aussi spontanément accepté, elle s'était mise à rire.

Tu étais si beau, Sam. Si sérieux, si raide et adorable à la fois. Et tu étais le premier garçon — comme tu seras le dernier homme — à faire battre mon cœur.

Elle semblait si sincère alors, pensa Sam avec tristesse.

Il avait travaillé sans relâche pour économiser suffisamment d'argent. Après quoi, il était allé trouver M. Pendleton pour lui demander la main de Belle. Les choses, à cette époque, se passaient de manière bien plus officielle qu'aujourd'hui. Pas question, alors, de se glisser à l'aube hors de la chambre de sa bien-aimée comme Giff aujourd'hui. Mais ils étaient parvenus malgré tout à se retrouver parfois l'après-midi dans la forêt.

Et, bien qu'il s'agisse là de jours tristement anciens, il pouvait encore éprouver maintenant l'ardeur qui lui brûlait le corps. Après le départ d'Annabelle, cette ardeur s'était encore manifestée de temps à autre et il l'avait apaisée une heure ou deux dans les rues chaudes de Savannah.

Il n'avait pas eu honte de payer pour cela. Une professionnelle du sexe n'attend pas qu'on lui fasse la conversation. C'était une simple transaction. Mais il n'avait plus fait appel à cet exutoire depuis déjà pas mal de temps. La menace du sida et la lassitude d'étreintes impersonnelles et fugaces l'en avaient dissuadé.

La seule chose qui comptait pour lui, maintenant, c'était l'île. Son île. Il y avait trouvé cette paix que le jeune Giff semblait si dédaigneusement rejeter. Mais c'était de son âge.

Sam se cala plus confortablement pour terminer sa tasse. Il eut un mouvement d'irritation quand la porte s'ouvrit brusquement pour laisser entrer Jo. En le voyant, elle marqua un imperceptible temps d'hésitation et une lueur d'ennui traversa son regard. Sam le remarqua et s'en amusa. Ils se ressemblaient bien, tous les deux. Des solitaires.

« Bonjour, papa.

— Belle matinée, hein ? observa-t-il avec nonchalance. Mais ça risque de se gâter ce soir.

— Possible », répondit-elle en ouvrant un placard.

Le silence retomba entre eux. Quand Jo versa le café dans sa tasse, le bruit du liquide sur la faïence résonna dans la cuisine comme une cataracte. Sam changea de place sur le banc de bois poli.

« Kate m'a parlé... Elle m'a dit...

— Je pensais bien qu'elle le ferait.

— Hum. On dirait que tu t'es un peu requinquée ces derniers jours.

— Oui, je me sens beaucoup mieux.

— La police fera tout ce qu'elle pourra, tu sais.

— Sûrement.

— J'y ai réfléchi. Il me semble que tu devrais t'installer ici pendant quelque temps. Jusqu'à ce que la situation se soit éclaircie. D'ici là, il ne faut pas que tu retournes à Charlotte ni que tu voyages.

— J'avais projeté de rester un peu pour travailler, au moins la semaine prochaine.

— Ce n'est pas assez. Tu ne dois pas partir d'ici avant que tout soit rentré dans l'ordre, Jo Ellen. »

Surprise par la fermeté du ton, elle se retourna. Jamais il ne lui avait parlé avec autant d'autorité, même lorsqu'elle était petite.

« Je ne vis pas ici, papa. Je vis à Charlotte.

— Peut-être. Mais tu n'iras pas là-bas, répéta Sam lentement. Tant que cette affaire ne sera pas terminée. »

Elle se raidit aussitôt. « Il n'est pas question que l'on me dicte ce que j'ai à faire. Quand je serai prête, je retournerai chez moi.

— Tu ne quitteras pas *Sanctuary* tant que je ne t'aurai pas autorisée à le faire. »

Sidérée, elle ouvrit la bouche pour protester. Mais tout ce qu'elle trouva à dire fut : « Pardon ?

— Tu m'as parfaitement entendu, Jo Ellen. Autant que je sache, tu as l'ouïe très fine et l'esprit vif. Tu resteras ici jusqu'à ce que tout aille bien et que tu puisses reprendre ta vie et tes voyages sans risque.

— Si je veux partir demain...

— Eh bien, tu ne le feras pas, coupa Sam. J'y veillerai. »

Elle secoua la tête, l'air incrédule.

« On dirait que tu as oublié que j'ai vingt-sept ans.

— Et tu en auras vingt-huit en novembre, dit-il doucement. Je connais l'âge de mes enfants, ne t'en déplaise.

— Et cela suffit pour faire de toi un père exemplaire ?

— Non. » Il leva les yeux vers elle. « Mais cela ne change rien au fait que je suis malgré tout ton père. Tu as assez fait de choses par toi-même maintenant. Cela doit changer. Voilà pourquoi tu resteras ici avec les tiens.

— Vraiment ? »

Elle se redressa, bien droite, et l'affronta du regard. « Eh bien, moi, je crois que...

— Bonjour tout le monde ! »

Kate entra en souriant. « J'ai senti la bonne odeur du café et je meurs d'envie d'en boire une tasse. »

A la vérité, cela faisait quelques minutes, déjà, qu'elle était de l'autre côté de la porte, attendant de se montrer au bon moment. Elle préférait encore une querelle entre les membres de la famille que leur apathie coutumière.

Elle se dirigea vers la cafetière et la posa sur la longue table de bois.

Laisse-moi t'en verser encore un peu », Sam, dit-elle en se glissant à côté de lui sur le banc. « Je ne me souviens pas avoir pris tranquillement un petit déjeuner avec vous deux depuis longtemps.

— J'allais sortir, dit Jo avec raideur.

— Comme tu veux, ma chérie. Mais prends quand même une minute pour finir ton café. Brian ne va pas tarder à descendre et il nous flanquera tous à la porte. » Elle lui jeta un regard pensif. « On dirait que tu as bien dormi. Ton père et moi étions terriblement inquiets que tu ne fasses de nouveaux cauchemars.

— Il n'y a aucune raison de s'inquiéter. » Jo haussa les épaules, l'air maussade. « Nous avons pris les décisions qu'il fallait et je me sens maintenant beaucoup mieux. Je songeais même à retourner bientôt à Charlotte », ajouta-t-elle en jetant un regard de défi à son père.

« C'est très bien, Jo, si tu veux nous rendre tous malades d'inquiétude. »

Kate avait parlé d'une voix douce tout en versant du sucre dans son café.

« Je ne vois pas pourquoi...

— Mais si, bien sûr que tu le vois, l'interrompit Kate. Simplement tu es en colère et tu as, certes, quelque raison de l'être. Mais cela ne te donne pas pour autant le droit de blesser ceux qui t'aiment.

— Mais... je n'ai aucune intention de...

— Alors tant mieux. » Kate lui tapota la main comme si la chose était entendue. « Je vois que tu as l'intention de prendre quelques photos aujourd'hui », reprit-elle en jetant un regard au sac que Jo avait posé sur le comptoir. « Figure-toi que j'ai ressorti le livre que le père de Nathan avait fait sur l'île. Après l'avoir feuilleté, je l'ai posé sur la table du hall, à la disposition des clients de l'hôtel. Il y a quelques jolies prises de vue dedans.

— Il faisait du bon travail, murmura Jo.

— Sans aucun doute. J'ai même vu une photo de Brian, accompagné de Nathan et de son jeune frère. Tous de si beaux garçons. On les voit brandir fièrement des truites encore frétillantes, tout juste pêchées dans la rivière. Et quelles mines réjouies ! Tu devrais y jeter un coup d'œil.

— Je le ferai. »

Jo se prit à sourire en imaginant Nathan à l'âge de dix ans, une truite à la main.

« Et tu devrais songer à faire toi-même un album sur l'île, enchaîna Kate. Ce serait excellent pour les affaires. Sam, emmène-la donc dans les marais, là où la lavande est en pleine floraison. Oh, et allez aussi vous promener dans la forêt, le long de ce petit sentier recouvert de vigne vierge. Cela ferait une si jolie photo, Jo Ellen. C'est un coin merveilleusement paisible, ombragé, et le sol y est tapissé de pétales de fleurs. »

Elle poursuivit ainsi son bavardage sans donner l'occasion au père ou à la fille de l'interrompre. Quand Brian entra dans la cuisine, il contempla, stupéfait, ce tableau de famille imprévu.

Kate lui adressa un joyeux signe de la main.

« Nous allons dégager la place tout de suite, Bri. Sam et Jo étaient justement en train de décider de la direction à prendre pour faire les meilleures photos de l'île. »

Elle se leva et se dirigea vers le comptoir pour saisir le sac de Jo.

« Je sais à quel point la lumière est importante pour toi, ma chérie, aussi ne tardez pas à partir. Tu n'auras qu'à dire à ton père de s'arrêter chaque fois que le site te conviendra. Je suis curieuse de voir les résultats. Sam, montre-lui donc cet endroit où il y avait encore récemment un nid de sternes en train de couver. Les petits doivent être nés. » Elle consulta sa montre. « Mon Dieu ! Le temps file. Sauvez-vous avant que Brian ne vous étripe. »

Elle tira littéralement Sam hors du banc pour l'obliger à se mettre debout et les poussa tous les deux dehors. Quand ils furent sortis, Brian se tourna vers elle.

« Bon sang, Kate ! Pourquoi toute cette comédie ?

— Avec un peu de chance, cela finira bien par être le début de quelque chose.

— Tu parles ! Ils iront chacun de leur côté dès qu'ils auront tourné le coin du chemin.

— Et, moi, je suis persuadée du contraire », assura-t-elle en se dirigeant vers le téléphone mural qui sonnait. « Car aucun d'entre eux n'osera faire le premier pas avant que l'autre ne commence. Et, du coup, ils seront bien forcés de rester ensemble. Allô ? Oui, vous êtes bien à l'*Hôtel Sanctuary*. Que puis-je faire pour vous ? »

Tandis qu'elle écoutait son correspondant, son sourire disparut progressivement. « Oui, oui, bien sûr, vous pouvez compter sur nous, monsieur Peters. Je vais lancer immédiatement quelques appels. Ne vous inquiétez pas. L'île n'est pas grande et nous ferons tout notre possible pour vous aider. Je viens moi-même jusqu'au bungalow tout de suite. Gardez votre calme.

— Encore une histoire de moustiquaire déchirée ou de plomberie défectueuse ? » lança Brian en commençant à sortir ses poêles.

Mais, quand il leva les yeux vers Kate, il vit qu'elle avait pâli.

« Quelque chose ne va pas ? » demanda-t-il, brusquement inquiet.

« Tu te souviens des Peters ? Ils ont loué Wild Horse Cottage avec un couple d'amis pour la semaine. La femme de M. Peters a disparu cette nuit. »

Un frisson parcourut Brian. Il se contraignit à prendre un ton détaché. « Kate, il est à peine 7 heures du matin. Elle se sera levée tôt pour aller faire un tour.

— Son mari la cherche déjà depuis un bon moment. Il a trouvé ses sandales sur la plage. »

Elle fourragea distraitement dans ses cheveux courts. « Mais tu as probablement raison. Les choses ont dû se passer comme tu le dis. Le problème, c'est que Tom Peters semble terriblement soucieux. Je vais aller faire un saut pour le calmer et l'aider dans ses recherches. »

Elle réussit à esquisser un sourire. « Désolé, chéri, mais ce sera Lexy qui fera le service du petit déjeuner à ma place ce matin...

— Ne t'en fais pas pour ça. Donne-moi un coup de fil dès que Mme Peters sera rentrée.

— Entendu. Si ça se trouve, elle sera de retour au bungalow avant que je n'y arrive. »

Mais elle ne s'y trouvait pas. Et, à midi, Tom Peters n'était plus le seul à s'inquiéter de son absence. Les occupants des autres bungalows et de nombreux habitants de l'île s'étaient joints à lui pour commencer les battues. Nathan se trouvait parmi eux. Il avait rencontré une ou deux fois Suzanne et Tom Peters et se souvenait vaguement d'une jolie brune de taille moyenne.

Il laissa les autres concentrer leurs recherches sur la côte et décida d'aller explorer plutôt le marais entre le bungalow et Wild Horse Cove. Quelques centaines de mètres seulement séparaient la baie de la forêt, à l'ouest, et des dunes, à l'est. Lentement, il parcourut le terrain et repéra de nombreuses empreintes de pas sur le sol marécageux.

Tout en se disant que cela ne servait à rien, il grimpa au sommet des dunes pour avoir une vue d'ensemble. La petite baie, au-dessous de lui, semblait complètement déserte. Si quelqu'un s'y était trouvé, il y aurait longtemps qu'on l'aurait découvert.

On pouvait juste apercevoir, au loin, la silhouette d'un homme qui arpentait le marais.

« Nathan ? »

Il se retourna et vit Jo escalader la pente à sa rencontre. Il tendit une main pour l'aider.

« Je suis allée à ton bungalow », dit-elle d'une voix essoufflée. « Tu es au courant ?

— Oui. Ce doit être le mari, là-bas », dit-il en désignant la silhouette en contrebas.

« Ah, Tom Peters ! J'ai été absente toute la matinée avec mon père. Nous parcourons l'île depuis 7 heures du matin pour faire des photos. L'un des garçons Pendleton nous a croisés il y a une heure et il nous a appris la nouvelle. Il a raconté qu'on avait trouvé ses sandales au bord de l'eau.

— C'est aussi ce que j'ai entendu dire.

— Les gens pensent qu'elle a peut-être eu envie de nager et qu'elle a eu une crampe. A moins qu'elle ne soit allée trop loin. »

Elle balaya l'horizon d'un regard pensif. « Pourtant le courant n'est pas très fort par ici. »

Nathan avait déjà songé à cette éventualité. « Si cela s'était réellement produit, est-ce que la mer n'aurait pas ramené son corps ?

— Peut-être. Mais s'il l'a entraînée le long de la côte, ils la retrouveront à la prochaine marée, plus loin. C'est comme ça que Barry Fitzsimmons s'est noyé. Je m'en souviens encore. Nous avions environ seize ans. C'était un bon nageur mais il a voulu se baigner tout seul une nuit, après une soirée un peu trop arrosée. On l'a retrouvé le lendemain matin à marée basse, à près d'un kilomètre d'ici. »

Nathan parcourut la côte du regard. Un peu plus loin, les vagues étaient plus fortes. Il songea à Kyle s'enfonçant dans les eaux bleues de la Méditerranée.

« Où avait-elle laissé ses vêtements ? » demanda-t-il brusquement.

Perdue dans ses pensées, Jo sursauta. « Quoi ?

— Il me semble que si Suzanne Peters a décidé de se baigner, elle s'est déshabillée avant.

— Tu as raison. A moins qu'elle n'ait quitté le bungalow en maillot de bain.

— Sans prendre une serviette ? » Il secoua la tête. Quelque chose n'allait pas dans cette hypothèse. « Je me demande si quelqu'un a pensé à demander à Tom Peters quels vêtements portait sa femme quand elle est sortie. Je vais aller lui parler.

— Je pense que nous ne devrions pas nous en mêler.

— Il est seul, inquiet. Il a besoin d'aide. »

Nathan garda la main de Jo dans la sienne tandis qu'ils descendaient la pente. « A moins qu'il ne se soit disputé avec Suzanne. Il l'a tuée puis a fait disparaître le corps.

— C'est une supposition ridicule ! Tom Peters est un homme équilibré.

— Il arrive que des hommes... équilibrés, comme tu dis, fassent des choses dont on ne les aurait jamais soupçonnés. »

Nathan observa Tom Peters tandis qu'ils s'approchaient de lui. Agé d'une petite trentaine, il portait un short froissé et un T-shirt blanc usagé. Sa peau, très bronzée, faisait ressortir ses cheveux blonds, emmêlés par le vent.

Quand il releva la tête, Nathan croisa son regard chargé d'angoisse.

Il tendit la main. « Bonjour, monsieur Peters.

— Je ne sais plus quoi faire ni où chercher. » Il cilla et ses yeux se remplirent de larmes. Sa respiration était rapide, saccadée. Il semblait à bout de forces.

« Mes amis sont allés de l'autre côté de l'île. Mais, moi, j'ai préféré revenir ici. Je veux être là pour le cas où elle reviendrait. »

Jo lui prit gentiment le bras. « Vous avez besoin de repos, Tom. Pourquoi ne pas aller jusqu'au bungalow ? Je vous ferai un bon café.

— Non. Je ne veux pas quitter cet endroit. Elle est venue ici, j'en suis sûr. Nous nous sommes disputés... Oh, Seigneur, c'est si stupide ! Pourquoi est-ce qu'il a fallu qu'on se dispute ? »

Il enfouit son visage entre ses mains.

« Elle voulait acheter une maison. Mais, moi, je pensais que nous n'en avions pas les moyens. J'ai essayé de lui expliquer, seulement elle ne voulait pas m'écouter. Quand elle est sortie du bungalow, j'ai été soulagé. Je me suis dit : bon, je vais enfin pouvoir dormir tranquille pendant qu'elle se calme dehors.

— Elle a peut-être voulu se baigner pour se détendre ? suggéra Nathan.

— Suzanne ? Se baigner ? » Tom laissa échapper un rire bref. « Vous la voyez nager toute seule la nuit ? C'est à peine si elle supporte que l'eau lui arrive aux genoux. Elle n'aime pas nager dans l'océan. Cela lui fait peur. »

Il se retourna pour contempler la mer.

« Je sais qu'il y a des gens qui pensent qu'elle a

voulu prendre un bain de minuit et qu'elle s'est noyée. Mais c'est impossible. Ce que Suzanne aime, c'est rester assise et regarder inlassablement le mouvement des vagues. Mais elle n'entre pas dans l'eau. Oh, bon sang ! Où peut-elle bien être ? Il faut que je fasse quelque chose. Je ne peux pas continuer à rester ici à l'attendre. »

Il partit en courant vers les dunes, laissant derrière lui des petits creux mouvants dans le sable.

Jo se tourna vers Nathan.

« Crois-tu qu'elle ait pu faire ça ? Disparaître rien que pour lui faire peur et le décider à acheter la maison ?

— Espérons qu'il ne s'agit que de ça. Viens. » Il glissa un bras autour de sa taille. « Nous allons regagner le bungalow par le chemin le plus long et en profiter pour effectuer encore quelques recherches. Après quoi, nous essaierons d'oublier toute cette affaire, au moins pour quelques instants. »

Le vent se leva au moment où ils franchissaient le chenal pour s'engager dans les dunes intérieures au relief plus élevé. Des plantations avaient stabilisé le sol et l'herbe qui courait sur le sable était parsemée d'œillets sauvages aux couleurs éclatantes. De nombreuses traces se croisaient sur le sentier : crabes, poules d'eau, cerfs venus grappiller les baies sauvages. Il y avait aussi des empreintes de pas que le vent se chargeait d'effacer rapidement.

« Suzanne Peters aurait-elle emprunté ce chemin seule, la nuit ? » se demanda Jo. La nuit précédente avait été claire, ce qui permettait de ne pas s'égarer.

« Elle a pu laisser ses sandales en bas, réfléchit-elle à haute voix, et partir malgré tout se promener. Rappelle-toi : elle était en colère et désirait rester seule. Il ne faisait pas froid. Elle a pu vouloir longer le rivage en suivant le chenal. Oui, c'est probablement ce qui s'est passé », conclut-elle en regardant les ondulations de sable menant à la mer.

« Ils l'ont peut-être déjà retrouvée, maintenant. » Nathan posa une main sur son épaule. « Nous téléphonerons pour avoir des nouvelles. »

Jo regarda la lente montée des dunes, de plus en plus hautes jusqu'à la lisière de la forêt.

« Suzanne n'est pas allée jusqu'à la forêt, murmura-t-elle. Parce qu'en marchant sous les arbres, elle n'aurait plus bénéficié de la lune pour se guider. De plus, elle ne portait pas ses sandales. » Elle secoua la tête. « Je n'arrive pas à me persuader qu'elle ait disparu rien que pour effrayer son mari.

— Je ne sais pas. Les gens font parfois des choses déraisonnables quand ils sont mariés. Des choses que, dans d'autres circonstances, on jugerait cruelles et inconsidérées. »

Elle le regarda, pensive. « Vraiment ? Et toi, Nathan ? As-tu aussi fait ce genre de choses quand tu étais marié ?

— Probablement. » Il repoussa derrière ses oreilles les mèches que le vent rabattait sur son visage. « Je suis certain que mon ex-femme pourrait réciter une litanie de récriminations à mon sujet.

— Le mariage est souvent une erreur. On dépend trop de l'autre et, inévitablement, on finit par perdre son autonomie, par considérer la relation comme acquise. »

Nathan esquissa un sourire moqueur. « Voilà une observation bien cynique pour quelqu'un qui n'a pas été marié.

— J'ai observé les autres.

— C'est en effet moins risqué que de s'engager pour de bon, pas vrai, Jo ? »

Elle se détourna pour fuir son regard. « Alors, comme ça, tu crois qu'elle se cache quelque part simplement pour faire souffrir son mari ? C'est absurde. Comment pourrait-il lui pardonner une chose pareille, ensuite ? »

Comme il ne répondait pas, elle sentit une inexplicable vague de colère l'envahir. « Et pourtant c'est bien ce qu'il fera, n'est-ce pas ? Il lui pardonnera. Il se jettera à ses pieds en sanglotant de soulagement et il lui achètera sa foutue maison. »

Nathan étudia ses yeux brillants, son visage animé.

« Ce n'est pas impossible, répondit-il calmement. Mais pourquoi supposer une action aussi détestable d'une femme que tu ne connais pas ? Et, surtout, pourquoi cette affaire te met-elle dans un tel état ?

— Parce qu'elle me rappelle d'autres histoires. Celles de ma mère et de Ginny, par exemple. Elles ont agi selon leur bon vouloir sans se soucier le moins du monde des conséquences de leurs actes. De tels comportements me rendent malade. Quel égoïsme ! »

Il y avait tant de douleur dans sa voix qu'il en fut profondément ému.

« Je dois lui parler, pensa-t-il. Lui dire la vérité. La disparition de Suzanne Peters est peut-être un présage. Il faut que je lui dise ce que je sais. »

Oui mais voilà : aurait-elle la force d'affronter la vérité ? Ou bien en serait-elle brisée à jamais ?

« Il est temps de rentrer, Jo Ellen.

— Tu as raison... »

Elle croisa les bras sur sa poitrine car le vent, chassant les nuages, commençait à forcir. « Pourquoi rester dehors à nous préoccuper d'une femme assez garce pour mettre son mari et ses amis dans une angoisse pareille ?

— Parce qu'elle est perdue, Jo. D'une manière ou d'une autre.

— Qui ne l'est pas ? »

Mieux valait encore attendre un autre jour, décida-t-il. Jusqu'à ce qu'on ait retrouvé Suzanne Peters. Encore quelques heures avant de jeter une ombre sur leurs vies.

Il avait déjà payé très cher pour cela.

Quand elle serait assez solide, il lui révélerait le secret hideux qui pesait sur lui.

Annabelle Pendleton n'avait jamais quitté Desire. Elle avait été assassinée dans la forêt tout près de *Sanctuary,* une nuit d'été... une nuit de pleine lune. David Delaney, le père qui l'avait élevé, ce père qu'il aimait, admirait, respectait, était un meurtrier.

Le meurtrier d'Annabelle.

Jo aperçut la lueur brève d'un éclair à l'horizon. Un mur sombre s'avançait au-dessus de la mer, chargé de pluie.

« L'orage arrive, annonça-t-elle.

— Je sais. »

23.

Quand les premières gouttes s'écrasèrent sur le sol, Kirby hâta le pas. Le groupe de recherches avait bifurqué à l'ouest mais elle avait préféré continuer seule en direction de *Sanctuary*.

Tout en cheminant sur le sentier, elle frissonna sous l'ondée qui traversait l'épais feuillage et trempait son chemisier. Le temps qu'elle atteigne l'orée du bois, la pluie s'était transformée en une violente averse. Le vent qui balayait les arbres fraîchissait de minute en minute.

Elle aperçut avec soulagement Brian sur sa droite qui montait à sa rencontre. Il marchait tête nue, les épaules voûtées, les cheveux ruisselants de pluie.

Ils se rencontrèrent sur la terrasse ouvrant sur l'est. Sans un mot, Brian lui prit la main et l'entraîna sous le porche. Ils restèrent là un instant, trempés et frissonnants, à regarder les éclairs zébrer le ciel.

Kirby posa sa trousse médicale qu'elle tenait encore à la main.

« Rien de nouveau ?

— Non. J'arrive du versant ouest. Giff explore le nord avec un groupe de plusieurs hommes. » Il se frotta le visage avec lassitude. « On dirait que ça devient une habitude.

— Cela fait plus de douze heures qu'elle a disparu... » Kirby plissa les yeux pour tenter de percer le rideau de pluie. « C'est trop long, Brian. Ils vont être obligés d'arrêter les recherches jusqu'à ce que l'orage s'achève. Dieu du ciel, pourvu qu'on ne la retrouve pas noyée. C'est la seule explication. Pauvre Tom Peters.

— Nous ne pouvons plus rien tenter pour le moment. Il faut attendre. Tu as besoin de vêtements secs et d'un bon café. »

Kirby hocha la tête et, d'un geste distrait, écarta les cheveux mouillés plaqués sur son visage.

« Je vais en profiter pour jeter un coup d'œil à ta main et refaire ton pansement.

— Ma main va très bien.

— C'est moi qui en jugerai, si tu permets », dit-elle en le suivant à l'intérieur de la maison.

« Monte dans la chambre de Jo pour voir si tu trouves quelque chose pour te changer. »

La maison semblait étrangement calme au cœur de la tempête déchaînée.

« Jo est là ?

— Je crois qu'elle est sortie. »

Il se dirigea vers le congélateur et en sortit une soupe de haricots surgelée qu'il avait préparée lui-même. « Elle a dû se mettre à l'abri, comme nous tous. »

Kirby hocha la tête et monta au premier étage. Quand elle réapparut un quart d'heure plus tard, les effluves du café se mêlaient au fumet appétissant de la soupe. La chaleur de la cuisine réconforta Kirby. Elle s'adossa un instant contre la porte pour regarder Brian travailler.

Malgré sa main bandée, il tranchait habilement un long pain complet qu'il avait manifestement cuit lui-même. Sa chemise encore mouillée collait à son torse, soulignant la ligne puissante des muscles et la carrure des épaules. Il leva vers elle un regard calme. « J'imagine que tu n'as rien mangé ?

— Non. Juste une tranche de pain rassis ce matin. »

Elle lui tendit une chemise sèche prise au passage dans l'armoire de Jo. « Tiens, change-toi. Tu ne vas pas rester comme ça avec des vêtements mouillés.

— Merci. »

Il remarqua qu'elle avait enfilé un des pulls gris de Jo. Il flottait autour de ses épaules minces et la faisait paraître encore plus délicate.

« Tu as l'air perdue là-dedans.

— C'est parce que Jo est plus grande que moi. »

Elle le regarda ôter sa chemise, révélant une poitrine hâlée, à la peau lisse.

« Dieu que tu es séduisant, Bri. »

Elle rit en voyant sa mine embarrassée. « J'apprécie doublement que tu sois bien bâti — d'abord en tant que médecin, puis en tant que femme. Dépêche-toi de te rhabiller si tu ne veux pas me faire perdre la tête.

— Ça pourrait être intéressant... » La chemise sèche à la main, il s'approcha d'elle. « Laquelle des deux — le médecin ou la femme — attaquera la première ?

— Je ne laisse jamais mes sentiments personnels interférer avec mes obligations professionnelles. » Elle promena un doigt sur son bras et son poignet. « C'est pourquoi je vais d'abord commencer par examiner ta blessure.

— Et ensuite ? »

Avant qu'elle n'ait eu le temps de répondre, il la saisit par les coudes, la souleva de terre et l'embrassa avec fougue.

« Excellente musculature des bras... », observa-t-elle, haletante, au bout de quelques minutes.

Ses jambes fines et nerveuses s'enroulèrent autour de

la taille de Brian. Elle posa ses lèvres au creux de son cou. « Tiens... on dirait que ton pouls est un peu rapide.

— Voilà un cas d'étude intéressant pour toi, non ? »

Il enfouit son visage dans ses cheveux humides qui sentaient la pluie et le citron.

« Je crains que ce ne soit contagieux, affirma Kirby.

— Quoi donc ?

— Tes symptômes. Eprouves-tu, toi aussi, cette curieuse crispation au niveau du cœur ?

— Comme si on l'écrasait.

— Et ce nœud à l'estomac ?

— Oui, oui. Surtout quand on s'embrasse. Mais qu'est-ce qui nous arrive ? C'est grave, docteur ?

— Eh bien... », commença-t-elle en se serrant un peu plus contre lui. « Je crois que... »

Elle s'interrompit en entendant la porte d'entrée s'ouvrir et des voix résonner sous le porche. Avec un soupir, Brian reposa la jeune femme à terre.

« On dirait que Giff et Lexy sont de retour. Et avec du monde. Ils vont avoir besoin d'un bon repas chaud.

— Je vais t'aider.

— Volontiers. »

Il souleva un couvercle et les senteurs épicées de la soupe se répandirent de nouveau dans la pièce. « Il faudra que nous reprenions cette conversation plus tard.

— Quand tu voudras », répondit joyeusement Kirby en ouvrant le placard à vaisselle.

Assise sur le perron de Little Desire Cottage, Jo regardait en fumant la pluie tomber. Dès leur retour chez Nathan, ils avaient branché la télévision dans l'espoir de trouver un bulletin météo sur la chaîne locale. Malheureusement le câble ne fonctionnait plus. Ils se rabattirent sur la radio mais ne purent capter à travers les crépitements que des communications locales entre les bateaux de pêche.

Si l'orage continuait, le courant électrique risquait d'être coupé, songea Jo. Les marais et la rivière déborderaient sûrement en inondant toute la zone.

« Toujours aucune nouvelle », annonça Nathan en la rejoignant sous le porche. « Un groupe de recherches s'est réfugié à *Sanctuary* pour attendre la fin de la tempête. »

Il lui drapa les épaules d'une serviette-éponge. « Tu es toute frissonnante. Pourquoi ne rentres-tu pas ?

— J'aime regarder l'orage. »

Les éclairs se succédaient, saturant l'air d'électricité et d'ozone. A chaque coup de tonnerre, Jo sentait son estomac se contracter.

« Etre dehors par un temps pareil, c'est plutôt inquiétant, mais quand on est à l'abri ça vaut le coup d'œil. » Elle leva les yeux vers le ciel d'un blanc pesant. « Où est ton appareil photo ? demanda-t-elle brusquement. J'ai laissé le mien à la maison.

— Dans ma chambre. Je vais te le chercher. »

Elle écrasa avec impatience sa cigarette dans un coquillage creux servant de cendrier. Quand Nathan revint, elle saisit vivement l'appareil et examina l'objectif. « Quel genre de pellicule as-tu mis dedans ?

— 400 ASA, je crois.

— Ça ira. »

Elle leva l'appareil et cadra le marais, ses herbes échevelées par le vent, ses arbres écrasés de pluie. Au moment précis où un nouvel éclair traversa le ciel, elle déclencha l'obturateur. Le tonnerre ébranla le ciel tandis qu'elle changeait d'angle, le doigt sur le déclencheur comme sur la détente d'un revolver.

« Il faut que je sorte pour avoir cet arbre dans l'objectif.

— Pas question. »

Nathan ramassa la serviette qui avait glissé de ses épaules. L'avancée du toit n'offrait qu'une faible protection contre la pluie et, s'ils ne battaient pas en retraite, ils finiraient trempés jusqu'aux os.

« Tu restes ici, ordonna-t-il. On ne sait jamais où l'éclair va frapper. »

Jo hocha lentement la tête sans insister. « Tout est là, hein ? Ne pas savoir d'où viendra le coup. » Elle poussa un soupir. « Moi, par exemple. J'ignore où notre relation va nous mener, si elle risque de mal tourner, si je n'en sortirai pas blessée d'une manière ou d'une autre. Combien nous faudra-t-il de temps pour passer de la séduction à l'indifférence puis à la cruauté ? »

Avant qu'il n'ait eu le temps de répondre, elle se leva brusquement, s'approcha de lui et glissa un bras autour de sa nuque pour l'attirer à elle.

« Ça m'est égal, murmura-t-elle. Je ne veux pas savoir ce qui nous arrivera. »

Il nicha son visage au creux de ses mains et la contempla un long moment sans rien dire.

« Jo, arrête cette comédie. Je veux que tu saches que, si je dois te blesser, c'est que je n'aurai pas eu le choix. »

Elle l'embrassa avec force, presque avec fureur. « Ça m'est égal, répéta-t-elle. Il n'y a que maintenant qui compte. Juste maintenant. »

Ils traversèrent la pièce enlacés, chancelants, et se laissèrent tomber sur le sol. Jo repoussa l'appareil de photo en riant et gémissant tandis que Nathan entreprenait de défaire son chemisier. « Vite, murmura-t-elle. Je te veux tout de suite. » Ils roulèrent sur le sol en retirant fébrilement leurs vêtements et leurs chaussures. Le Pentax glissa mollement sur le tapis mais il n'était plus temps de penser aux photos. Les doigts de Jo s'empêtrèrent dans le fin tissu de sa blouse et Nathan profita de cette gêne passagère pour se fondre en elle, haletant, éperdu de désir.

Elle se libéra enfin et agrippa ses hanches pour mieux accompagner ses mouvements. L'urgence de leur désir les jetait l'un vers l'autre, avides d'oublier, l'espace d'un instant, l'angoisse, la peur, l'ombre de la mort.

Nathan avait faim de Jo. Une faim désespérée. Il voulait la prendre, la posséder, la protéger. Encore un jour, une heure. Encore une éternité.

Si la punition qu'il méritait pour le péché de son père était de devenir prisonnier d'un amour aussi brûlant qu'incertain, alors il allait en vivre chaque seconde avant qu'on ne lui réclamât enfin des comptes.

Jo poussa un cri quand l'orgasme la secoua tout entière. Il la posséda plus profondément, plus violemment encore, et s'immobilisa, le corps frémissant. Puis, haletant, il bascula sur le côté pour la regarder.

« C'est ça que tu voulais ?

— Oui.

— Rapide et brutal, hein ?

— Oui. »

Il serra les poings. Une étreinte passionnée, presque anonyme, voilà en effet ce qu'il lui avait donné.

« Et tu crois que nous allons en rester là ? »

Jo ferma les yeux puis se força à les rouvrir.

« Non. »

Il se détendit imperceptiblement et tendit la main pour lui caresser la joue. « Tu sais combien je te désire, Jo Ellen. Mais je veux davantage de toi. »

Elle noua les bras autour de son cou. « Nathan... pardonne-moi. Cette relation me fait tellement peur.

— Je sais. Mais fais-moi confiance. Prends ce risque. »

Ils échangèrent un long regard.

« J'ai très soif, dit Jo tout à coup.

— Je vais te chercher un verre d'eau. »

Avec un petit soupir, elle le regarda se diriger vers l'évier. A présent que la pluie avait cessé, Un calme presque inquiétant avait succédé aux grondements de la tempête.

Elle posa la tête sur le sol, ferma les paupières et se laissa envahir par une douce sensation de bien-être. Un déclic soudain la fit tressaillir.

« Mais qu'est-ce que... »

En voyant Nathan braquer le Pentax dans sa direction, elle se redressa et croisa instinctivement les bras sur la poitrine. Il changea d'angle et régla la mise au point.

« Mais... qu'est-ce que tu fais ?

— Tu le vois bien. Je te photographie. Tu sais que tu es splendide, nue ? Ote tes bras. Ta poitrine est si jolie.

— Nathan... »

Jo serra les bras encore plus étroitement contre elle. « Pose cet appareil immédiatement.

— Pourquoi ? » Il abaissa l'objectif en continuant à lui sourire. « Tu développeras le film toi-même si c'est cela qui t'inquiète. Personne ne le verra, sauf nous. Et puis... quoi de plus artistique qu'une étude de nu ?

— Comme tu voudras. »

Un bras toujours replié, elle lui fit signe de s'approcher.

« A ton tour d'être photographié, alors.

— Pourquoi pas ? »

Il lui tendit l'appareil, amusé de la voir froncer les sourcils, surprise de le voir accepter aussi facilement.

« Cela ne te gêne pas ?

— Pas du tout. »

Elle regarda le Pentax. « Remets-moi d'abord cette pellicule. »

Nathan sourit de plus belle. « Je n'avais pas l'intention de la faire développer au Photomat, chérie. » Il baissa les yeux et vérifia le compteur de photos. « Il n'en reste plus qu'une. Laisse-moi en prendre une dernière. Juste le visage.

— Mais rien d'autre, hein ? » précisa-t-elle.

Elle se relaxa pour offrir son visage à l'objectif. Nouveau déclic. « C'est fini ? »

Elle se rembrunit aussitôt en le voyant prendre une nouvelle photo d'elle tout entière.

« Hé ! Mais tu m'avais dit...

— Eh bien, j'ai menti ! »

En riant, il posa l'appareil sur la table. « Cette fois, le rouleau est bien fini. J'attends avec impatience que tu l'aies développé pour choisir les meilleures photos.

— Si tu t'imagines que je vais développer ce film, tu te trompes. »

Promptement, elle se leva pour saisir l'appareil.

« Les photos que tu as prises de l'orage sont à l'intérieur, observa Nathan. Si tu jettes la pellicule, tu les détruiras en même temps. »

Satisfait de sa ruse, il la vit hésiter.

« Tu te crois malin, n'est-ce pas, Nathan ?

— Allez, montre-toi bonne joueuse. Non ! Ne remets pas ça ! » lança-t-il en la voyant saisir son chemisier. « Il est encore mouillé. Je vais te prêter quelque chose de sec.

— Merci. »

Elle le regarda se diriger vers sa chambre en admirant une nouvelle fois ce corps mince et musclé. « La prochaine fois, pensa-t-elle, je veillerai à ne pas oublier mon propre appareil. »

Elle en profita pour décharger le Pentax et glisser le rouleau dans sa poche.

Il revint en lui tendant un T-shirt. Elle vit qu'il avait enfilé un jean sec. « Je t'accompagne jusqu'à *Sanctuary*. J'aimerais savoir où en sont les recherches.

— Si tu veux. » Elle se passa les doigts dans les cheveux pour les remettre en place. « Il y aura pas mal de boue sur les chemins avec cet orage. A ta place, j'enfilerais une paire de bottes. »

Il lui prit la main et l'embrassa. « Ce soir, je t'invite à dîner.

— Comment ça ?

— Nous réserverons une table à la salle à manger de l'hôtel, nous prendrons ce qu'il y a de meilleur au menu, nous commanderons un excellent vin, le grand jeu, quoi.

— Mais... c'est chez moi !

— Et alors ? J'ai envie de dîner avec toi, Jo Ellen. Il y aura des bougies sur la table, nous bavarderons de choses et d'autres — comme n'importe qui. Les gens nous regarderont en pensant que nous formons un beau couple. »

Il ramassa une casquette de toile et s'en coiffa. « Ainsi je pourrai te regarder pendant tout le repas en rêvant de faire l'amour avec toi. Je crois que c'est ce qu'on appelle une soirée romantique, non ?

— Je ne suis pas d'humeur.

— Tu as dit la même chose à propos du sexe. Et tu as changé d'avis.

— Mais que diront les clients en me voyant ?

— Cela leur fera un sujet de conversation. »

Ils échangèrent un regard et Jo se mit à rire. Puis elle acheva de se rhabiller et le rejoignit sur le pas de la porte. La forêt était lourde de pluie, la végétation exubérante.

Ils prirent le chemin de la rivière.

« Tout est gorgé d'eau, observa Jo. Le courant est rapide et les rives déjà submergées. J'espère que cela n'entraînera pas de trop gros dégâts. La situation risque d'être plus grave du côté du camping mais je ne pense pas que la plage ait trop souffert de la tempête. Le vent n'était pas assez violent pour faire bouger les dunes.

— Tu es bien la fille de ton père. »

Elle lui jeta un coup d'œil distrait tout en marchant. « Bah, je me préoccupe rarement de ce qui se passe ici. Bien sûr si l'on annonce un cyclone, je me montre plus attentive aux bulletins de la météo régionale. Voilà des années, désormais, que nous échappons aux grandes catastrophes climatiques.

— Jo Ellen. Tu aimes cet endroit. Pourquoi ne pas l'admettre ?

— Ma vie est ailleurs.

— Peut-être, mais l'île reste importante pour toi. »

Il accéléra l'allure pour la rejoindre. « Toutes sortes de circonstances et de personnes peuvent compter pour toi sans pour autant contrôler ta vie. Et toi, tu comptes pour moi, Jo. »

Un signal d'alarme résonna en elle. Sans même s'en rendre compte, elle fit un pas en arrière. « Nathan... »

Au même instant, elle glissa sur le sol boueux et faillit perdre l'équilibre.

« Tu vas finir par tomber dans la rivière », dit Nathan en l'empoignant solidement par le bras. « Et, après, tu m'accuseras de t'avoir poussée. Tu vois ? Ce n'est pas toujours la faute des autres.

— J'ai besoin de savoir où je vais, Nathan.

— Parfois, il faut savoir explorer de nouveaux territoires. Pour moi aussi, tu es une expérience nouvelle... et peut-être risquée. »

Elle le dévisagea. « Ce n'est pas vrai. Tu as déjà été marié.

— Mais pas avec toi », répondit-il calmement.

Jo se blottit impulsivement dans ses bras. Il sentit qu'elle tremblait.

« Je n'ai jamais éprouvé pour ma femme ce que j'éprouve pour toi, dit-il doucement. Elle ne m'a jamais regardé de la manière dont tu me regardes. Et je ne l'ai jamais désirée comme je te désire aujourd'hui. C'est sans doute pour tout cela que mon mariage a échoué. Ce n'est qu'après t'avoir rencontrée que j'ai compris à quel point j'avais été fautif envers elle. »

Il lui prit le menton, bascula sa tête en arrière et pressa ses lèvres sur les siennes. Son baiser fut impatient, affamé. Une vague de désir balaya Jo, déchirée entre l'attirance et la peur. Mais l'onde de chaleur qui circulait dans son sang ressemblait à de l'espoir.

« Oh, Nathan, c'est si difficile ! Parfois, j'ai l'impression de m'enfoncer. Une partie de moi voudrait laisser aller les choses, mais l'autre lutte encore pour remonter à la surface. Je ne sais plus ce qui est préférable. Pour moi et pour toi. »

Il comprit qu'une ouverture se faisait dans le mur de ses résistances. C'était la promesse que, s'il l'aimait assez — s'ils s'aimaient tous les deux assez — ils réussiraient peut-être à surmonter ce qui était arrivé.

Et ce qui restait à venir...

« Bon sang, Jo Ellen. Aie confiance. Pourquoi est-ce si difficile pour toi de penser à ce qui te rend le plus heureuse, et non à ce qui serait le mieux ? »

« Cela semblait si simple, en effet », pensa Jo en esquissant un sourire. Son regard partit se perdre du côté de la rivière. Le courant y était puissant, gonflé par l'orage. En une vision fugitive, elle se vit emportée par lui, suffoquant dans les tourbillons d'eau.

Soudain, un cri s'échappa de sa gorge et elle tomba à genoux avant que Nathan ait eu le temps de la retenir.

« Jo, pour l'amour du ciel ! Qu'y a-t-il ?

— Là ! Dans l'eau !... »

Elle pressa ses mains sur sa bouche pour retenir ses cris. « Maman ? C'est toi, maman ? Oh, mon Dieu... »

Il s'agenouilla à son côté, posa un bras sur son épaule et l'obligea à tourner la tête.

« Regarde-moi. Qu'est-ce qui se passe, bon sang ?

— J'ai vu... »

Elle s'interrompit pour retrouver son souffle. « Dans la rivière... Je l'ai vue, Nathan. Seigneur, je deviens folle. C'est insupportable.

— Mais non, voyons. » Il la serra étroitement contre lui. « Accroche-toi à moi. Tiens bon, Jo. Ça va passer. » Tandis qu'elle se blottissait en tremblant contre lui, il leva les yeux vers la rivière et se raidit instantanément.

Le pâle visage d'un fantôme le regardait.

« Seigneur ! »

Ses bras se refermèrent convulsivement sur Jo. Puis il la repoussa et s'avança dans l'eau. « Elle est là ! » cria-t-il en s'emparant d'une grosse branche. « Aide-moi, Jo ! »

Mais elle resta recroquevillée, livide, à le regarder sans comprendre.

« Tu n'es pas folle ! Il y a vraiment une femme dans l'eau ! »

Luttant contre la force du courant, il parvint à draguer le corps dans sa direction et à empoigner ses cheveux. « Je t'en prie, Jo ! Aide-moi à la sortir ! »

Elle bougea enfin, comprenant qu'il ne s'agissait pas d'une hallucination. A plat ventre sur la rive pour ne pas glisser dans la rivière, elle ancra profondément ses pieds dans le sol boueux et tendit le bras.

« Donne-moi la main, Nathan ! Essaie de la retenir. Est-ce qu'elle est vivante ? Est-ce qu'elle respire ? »

Il l'avait vue de près maintenant. Son cœur s'emplit d'horreur et de pitié.

« Non », répondit-il d'une voix sourde. « Elle est morte. Cours à *Sanctuary* donner l'alerte. »

Jo était calme à présent.

« Nous allons la sortir tous les deux », dit-elle en agrippant sa main.

24.

Ce fut une tâche hideuse, macabre. Par deux fois, Nathan dut lâcher sa prise pour libérer les cheveux de Suzanne Peters des branches mortes qui la retenaient. Il plongea pour rattraper son corps, s'efforçant de ne pas penser quand il heurta son ventre gonflé d'eau. Par-dessus le fracas de la rivière, il entendait Jo qui l'appelait et se concentra sur sa voix. Ensemble, ils luttèrent pour libérer le cadavre de son linceul d'herbes et de branches, et le hissèrent sur la rive.

Ignorant les nausées qui la secouaient, Jo tirait le corps en haletant, les pieds enfoncés dans le sol spongieux. Elle tendit les mains pour aider Nathan à sortir de l'eau, glissant à plusieurs reprises et rétablissant miraculeusement son équilibre. Quand elle fut certaine qu'il était hors de danger, elle se laissa aller en arrière, se retourna et vomit.

Nathan tituba sur la rive, éternua violemment et cracha cette eau qui sentait la mort.

« Jo... retourne au bungalow !

— Ça va aller... »

Accroupie sur ses talons, des larmes brûlantes ruisselant sur ses joues, elle s'efforçait de chasser de son esprit cette vision d'épouvante. « Juste une minute, balbutia-t-elle, ça va aller. »

Il la regarda trembler de tous ses membres et s'approcha pour lui prendre les mains.

« Retourne au bungalow. Tu as besoin de vêtements secs. Puis va à *Sanctuary* appeler du renfort. On ne peut pas la laisser ici comme ça.

— Non, non, bien sûr. Tu... tu as raison. »

Elle tourna la tête et ne put échapper au spectacle abominable de ce corps grisâtre et boursouflé, les cheveux sombres emmêlés, salis. « Je vais rapporter quelque chose pour la couvrir.

— Tu y arriveras ? »

Elle hocha la tête et parvint à se mettre debout. Nathan était d'une pâleur effrayante, ses yeux rougis par l'eau froide. Jo admira son courage. Il était entré dans la rivière déchaînée sans hésitation.

« Nathan... »

D'une main, il cherchait à retirer la boue qui lui maculait le visage.

« Quoi ?

— Rien..., murmura-t-elle. Plus tard. »

Il entendit ses pas décroître et se retrouva seul avec le grondement de la rivière et les battements accélérés de son cœur. Il se pencha alors sur le corps et se força à le retourner pour mieux l'étudier. Suzanne Peters avait été jolie — il l'avait vue. Mais elle ne le serait plus jamais, maintenant. En serrant les dents, il pencha légèrement la tête pour mieux voir. Pour être sûr.

Là, autour du cou, on pouvait distinguer des meurtrissures rougeâtres. D'un mouvement vif, il s'écarta, s'assit dans la boue, les genoux relevés, le visage enfoui dans les mains.

Doux Jésus ! Que se passait-il ici ?

A présent, la peur l'emportait sur le chagrin et lui broyait l'âme. Quand Jo réapparut, il avait recouvré son calme.

« Ils arrivent... » dit-elle en l'aidant à étendre sur le cadavre la couverture qu'elle avait rapportée du bungalow. « Brian et Kirby sont en route. »

Il hocha la tête et le silence retomba sur eux. Le regard vague, perdu dans les arbres, Jo s'abandonnait au chaos de ses pensées.

« Pourquoi serait-elle venue ici, Nathan ? demanda-t-elle enfin. Pourquoi, au nom du ciel, est-elle allée dans la rivière ? Est-ce que tu crois qu'elle y serait tombée dans le noir ? Oh, mon Dieu, tout ça est tellement horrible ! Je pensais qu'on la retrouverait peut-être noyée sur le rivage. Mais, ici... je ne sais pas pourquoi, cela semble encore pire. »

Si près de lui, songea-t-il. Si près de l'endroit où il venait de faire l'amour avec Jo. Où il avait défié les dieux, se dit-il avec un frisson.

Le corps avait-il dérivé dans la rivière ou l'avait-on jeté à cet endroit même ? Il aurait presque pu l'apercevoir de la fenêtre de sa cuisine par temps clair.

Jo glissa sa main dans la sienne et la trouva aussi glacée et inerte que le corps allongé à leurs côtés.

« Tu es trempé et gelé. Va te changer. Je reste pour les attendre.

— Pas question de te laisser seule ici. Ni elle, d'ailleurs. »

Elle l'entoura de ses bras pour le réchauffer, le réconforter. « C'est la chose la plus brave, la plus courageuse que j'aie jamais vu faire, Nathan. Tu aurais pu la laisser là mais tu y es allé. Pourquoi... pourquoi était-ce si important pour toi ?

— Ça l'était, c'est tout.

— Tu es un homme courageux, Nathan. Je n'oublierai jamais ce que tu as fait. »

Il ferma les yeux un instant, puis les rouvrit et s'écarta.

« Les voilà », dit-il en entendant un craquement de branches.

Jo tourna la tête. Kirby et Brian dévalaient le sentier en courant.

Kirby leur jeta un rapide coup d'œil. « Rentrez », ordonna-t-elle en s'agenouillant à côté du corps. « Et prenez une douche bien chaude. Je vous verrai plus tard. »

Brian s'approcha et la regarda soulever la couverture.

« C'est bien elle. Ils sont venus dîner un soir. Grands dieux... »

Il s'accroupit sur ses talons et se passa une main lasse sur le visage. « Elle ne peut pas rester ici. Il va falloir que nous la transportions quelque part. Et prévenir son mari.

— Non, intervint aussitôt Kirby. Pas question de la déplacer. » Elle chercha avec soin ses mots. « Tu dois appeler d'abord la police et lui demander de venir ici tout de suite. Je ne crois pas qu'elle se soit noyée. »

Avec douceur, elle souleva le menton de la morte, dévoilant la blessure profonde qui entaillait le cou.

« On l'a étranglée. C'est un meurtre. »

« Mais comment est-ce que ça a pu arriver ? »

Recroquevillée dans le canapé du salon, Lexy se tordait les mains. « On n'assassine pas les gens à Desire. C'est... c'est impossible ! Ce genre d'horreurs n'arrive pas ici ! Kirby doit se tromper.

— Nous le saurons bien assez tôt. »

L'air était lourd, étouffant. Kate accéléra la vitesse du ventilateur. « La police va faire son enquête. Cette pauvre femme... Jo Ellen, cesse de t'agiter comme ça, tu me donnes le tournis. Assieds-toi et bois ce cognac. J'espère que tu n'as pas attrapé une pneumonie dans l'eau glacée.

— Je ne peux pas m'asseoir. »

Jo continua ses allées et venues d'une fenêtre à l'autre,

sans vraiment savoir ce qu'elle espérait voir à travers les vitres.

« S'il te plaît, assieds-toi ! » lança Lexy d'une voix plaintive. « Je voudrais tant que Giff soit là. Pourquoi doit-il rester avec les autres au lieu d'être ici, avec moi ?

— Oh, arrête de pleurnicher pendant cinq minutes, d'accord ? coupa Jo. Assume un peu, pour une fois !

— Vous avez fini, toutes les deux ? » Kate leva la main. « Je ne peux plus supporter vos chamailleries, c'est compris ?

— Et, moi, je ne peux pas supporter cette attente. Je sors. » Jo se dirigea vers la porte. « Il faut que j'aille voir ce qui se passe. Que je fasse quelque chose.

— Jo ! Tu ne sortiras pas seule ! » Kate s'était redressée. « Je suis déjà malade d'inquiétude. Je t'en supplie, ne sors pas ! »

Voyant sa cousine devenir toute pâle et tremblante, Jo se ravisa.

« Tu as raison. Aucune de nous ne doit sortir. Kate... c'est toi qui as besoin d'un cognac. Tu as l'air épuisée. »

Kate saisit le verre que Lexy lui tendait et l'avala d'un trait.

« Il faut préparer du café frais pour eux quand ils rentreront.

— Je m'en occupe. » Lexy se pencha pour l'embrasser sur la joue. « Ne te fais pas tant de souci. »

Quand elle se redressa, elle aperçut Giff sur le pas de la porte.

« Ils arrivent, dit-il simplement. Et ils veulent te parler, Jo.

— Très bien. » Jo saisit avec reconnaissance la main que Lexy lui tendait. « Je suis prête. »

⁂

« Combien de temps encore vont-ils la tracasser ? »

Debout sous le porche, Brian écoutait le chant des grillons et les bruissements de la forêt.

« Ça ne peut plus être bien long, maintenant, observa tranquillement Kirby. Voilà déjà près d'une heure qu'ils l'interrogent. Ils ont gardé Nathan presque aussi longtemps. »

Brian secoua la tête. « Elle ne devrait pas être obligée de revivre tout ça. C'est déjà bien assez qu'elle ait découvert le corps et aidé à le sortir de l'eau.

— La police fera certainement de son mieux pour la ménager. »

Elle soupira en voyant Brian lui jeter un regard préoccupé. « Ecoute, on ne peut rien faire d'autre. Une femme a été assassinée. Il faut bien poser certaines questions.

— Mais ce n'est évidemment pas Jo qui l'a tuée. » Il prit place sur la balancelle et la fit osciller d'un mouvement de pied. « C'est plus facile pour toi. En tant que médecin, tu as déjà tout vu.

— Peut-être », rétorqua-t-elle d'un ton froid. « Mais que cela soit facile ou non n'y change rien. Quelqu'un a tué Suzanne Peters. Quelqu'un a pris sa vie. Un interrogatoire est inévitable.

— Ils n'ont qu'à interroger son mari, s'entêta Brian. Ce serait plus logique. Après tout, c'est peut-être lui qui l'a tuée. Quand ma mère a disparu, mon père a été longuement entendu par les enquêteurs. Jusqu'à ce qu'ils soient convaincus qu'elle était simplement... partie. Crois-moi, Kirb, ils vont coincer ce pauvre type et le cuisiner jusqu'à ce qu'il avoue. »

Kirby se tenait très droite sous la lumière jaune du perron. Elle portait toujours le pull-over trop grand de Jo. Brian avait observé la manière dont elle s'était comportée avec la police, donnant des informations précises, accompagnant le corps jusqu'au bureau du coroner, gardant à tout moment son sang-froid.

« Rentre chez toi, Kirby. Il n'y a plus rien à faire ici, maintenant. »

Elle aurait voulu pleurer, frapper du poing contre ce mur qu'il venait soudain de dresser entre eux. « Pourquoi me mets-tu dehors, Brian ?

— Parce que je ne sais pas quoi faire de toi.

— Je croyais pourtant que tu m'avais fait une petite place dans ta vie.

— Et si c'était toi qui avais seulement poussé la porte ? Moi, je...

— Ils ont terminé. »

La voix de Jo les fit sursauter tous deux. Ils se retournèrent et aperçurent sa silhouette se profiler en haut du perron.

« Est-ce que tu vas bien ? » Kirby s'approcha d'elle. « Tu dois être épuisée. J'aimerais que tu montes dans ta chambre et que tu t'y étendes. Je vais te donner quelque chose pour t'aider à dormir.

— Ce ne sera pas nécessaire. Je me sens bien. Réellement. » Elle pressa la main de Kirby. « Tu sais, maintenant, je suis comme... libérée. Si triste, aussi. Et reconnaissante d'être encore entière. Nathan est là ?

— Il est avec Kate. » Brian quitta la balancelle pour les rejoindre. « Il ne sera sans doute pas difficile de le persuader de passer la nuit ici. Je suppose que les flics sont en train d'écumer la rivière pouce par pouce. Il n'a rien à faire là-bas pour l'instant. »

Jo hocha la tête. « Je vais tenter de le convaincre. »

Elle se tourna vers Kirby : « Et toi aussi, reste à la maison cette nuit.

— Non. Je préfère rentrer chez moi. » Elle regarda Brian. « On n'a plus besoin de moi ici. Je suis sûre qu'un des policiers acceptera de me reconduire. Je vais juste chercher ma trousse à l'intérieur.

— Tu es la bienvenue ici », lança Brian en la regardant se diriger vers la porte d'entrée de la maison.

Mais Kirby ne se retourna même pas.

« Pourquoi la laisses-tu partir ? » demanda Jo à voix basse.

« Peut-être pour voir si je suis capable de le faire. C'est mieux ainsi, j'imagine. »

Avec un haussement d'épaules, il plongea les mains dans ses poches — ce que Jo appelait « l'attitude Hathaway ».

« Bah, ce n'est pas grave, reprit-il. Laisse tomber.

— Je t'aime beaucoup, Brian, tu sais », déclara brusquement Jo.

Surpris, il se demanda s'il s'agissait d'une feinte avant qu'elle ne lui décochât une flèche quelconque. « Et alors ? » répliqua-t-il d'un air bougon.

« Alors je regrette de ne pas te l'avoir dit plus tôt et plus souvent. » Elle se dressa sur la pointe des pieds et appliqua un baiser léger sur la joue de son frère. « Mais, si je l'avais fait, je n'aurais pas la satisfaction de voir aujourd'hui ton air perplexe. Bon, je vais monter et en profiter pour envoyer Kate au lit.

— Jo Ellen... »

Brian s'avança vers elle au moment où elle atteignait déjà la porte.

Elle se retourna. « Quoi ?

— Moi aussi.

— Toi aussi quoi ?

— Je t'aime bien. »

Jo esquissa un sourire. « Je sais. C'est toi qui, de nous tous, as le meilleur cœur... »

Et, doucement, elle referma la porte et monta à l'étage pour retrouver le reste de sa famille.

⁂

Elle rêvait qu'elle se promenait dans les jardins de *Sanctuary.* Les parfums de l'été. L'air de l'été. La lune pleine et brillante au-dessus de sa tête. Une vision en noir et blanc. Et, dans le ciel, une nuée d'étoiles.

Des mélisses et des capuces de moine dansaient sous la brise en agitant mollement leurs corolles blanches. Oh ! comme elle aimait cette floraison d'un blanc si pur, si éclatant que même l'obscurité ne parvenait pas à le ternir. Pendant que les mortels dormaient, songea-t-elle, les fleurs dansaient.

Une ombre sortit du couvert des arbres. Et cette ombre devint un homme. Encore ignorante du danger, elle s'avança vers lui avec curiosité.

Maintenant, elle courait, courait à travers la forêt. Dans le noir, sous la pluie qui lui giflait le visage. La nuit était différente, maintenant. Tout était devenu différent. On la poursuivait et elle avait peur. Le vent hurlait comme un millier de loups découvrant leurs crocs sanglants, la pluie labourait sa chair, semblable à une armée de minuscules lances. Les branches la fouettaient. Des arbres tombaient pour lui bloquer le passage.

Elle se sentait si vulnérable, si pathétiquement mortelle. Une voix résonna dans son dos et elle suffoqua en croyant reconnaître son nom.

Mais c'était le nom d'Annabelle.

Jo se redressa brusquement et, d'une main nerveuse, écarta les draps dans lesquels elle s'était entortillée en dormant. Sa vision s'éclaircit. Nathan avait une main sur son épaule. Il n'était pas étendu à côté d'elle mais debout, à la tête du lit. Son visage formait une masse indistincte dans la pénombre de la chambre.

« Tout va bien. Ce n'est qu'un cauchemar. »

Incapable de parler, elle se contenta d'un hochement de tête.

« Désires-tu quelque chose ?

— Non, non... » La peur s'évanouissait. « Ce n'est rien. J'ai l'habitude.

« J'aurais été surpris que tu ne fasses pas de mauvais rêves après la journée que nous venons de vivre. »

Il s'écarta et se posta près de la fenêtre, le dos tourné. Elle vit qu'il portait son jean et, de la main, caressa le drap à côté d'elle. La place était froide. Il ne s'était pas couché.

« Tu n'as pas dormi, n'est-ce pas ?

— Non. »

Pourrait-il jamais dormir en paix, maintenant ?

Jo consulta le cadran du réveil. 3 h 5.

« Tu veux prendre un de mes somnifères ?

— Non.

— Je sais que cela a été aussi un enfer pour toi, Nathan. Malheureusement, rien ni personne ne peut changer ce qui s'est produit.

— Oui. C'est sûrement ce que Tom Peters est en train de découvrir, en effet.

— Et si c'était lui qui l'avait tuée ? »

Nathan demeura silencieux. Il espérait tant que cette hypothèse soit la bonne. Et, en même temps, cette seule idée le rendait malade.

« Ils se sont disputés, insista Jo. Elle a voulu s'éloigner de lui et il l'a peut-être suivie jusqu'à la baie. Ils ont continué à se quereller et il a fini par la frapper dans un instant de colère. Après, pris de panique, il a transporté son corps jusqu'à la rivière.

— Les gens ne tuent pas toujours dans un moment de rage ou de panique », répondit-il d'une voix sourde. « Jo, qu'est-ce que je fais ici ? Qu'est-ce qui m'a pris de revenir ? »

Elle le regarda sans comprendre. « Mais de quoi parles-tu ? »

Il lui paraissait tout à coup si froid, si dur, que cela lui faisait peur.

Elle replia ses genoux et les enlaça de ses bras. Quand Nathan se retourna, il la contempla quelques secondes en silence, frappé par sa pâleur et sa fragilité. Il s'était trompé depuis le début. Une erreur stupide, impardonnable. Et il était tombé amoureux d'elle. Pire, il avait tout fait pour qu'elle s'éprenne de lui en retour. Bientôt elle le haïrait. C'était inévitable.

Il vint s'asseoir au bord du lit et lui caressa le bras.

« Tu as besoin de sommeil.

— Toi aussi. Ecoute, remercions au moins le ciel d'être tous les deux en vie. Suzanne n'a pas eu cette chance. » Elle saisit sa main et la pressa sur son cœur. « Nous devons surmonter les choses, aller de l'avant. C'est ça qui est important. C'est une leçon que j'ai apprise très jeune et payée au prix fort. »

D'un mouvement fluide et gracieux, elle se pencha pour effleurer ses lèvres.

« Pour le moment, restons solidaires et tâchons de finir cette nuit mieux que nous ne l'avons commencée. »

Les bras noués autour de son cou, elle leva la tête vers lui pour mieux l'embrasser. « Fais-moi l'amour, Nathan, chuchota-t-elle, fais-moi l'amour tout de suite. J'ai besoin de sentir ta chaleur, d'être contre toi. »

Il se laissa entraîner sur le lit et ferma les yeux.

Oui, elle le haïrait. Mais, pour l'instant, seul l'amour comptait.

Au matin, il était parti. Il avait quitté *Sanctuary*. Il avait quitté l'île.

Nathan Delaney avait disparu.

« Il a pris le ferry ce matin ? »

Jo dévisagea Brian en se demandant comment il pouvait continuer à s'occuper de tâches aussi pragmatiques que de faire cuire des œufs et du bacon quand le monde venait tout juste de basculer.

« Je l'ai vu sortir à l'aube pour regagner son bungalow. »

Brian consulta le carnet de commandes et remua les céréales qui cuisaient dans une grande casserole de lait. « Quoi qu'il arrive, les gens avaient toujours envie de manger », songea-t-il.

« Il a dit qu'il avait affaire sur le continent. Quelques jours.

— Quelques jours ? répéta Jo. Je vois... »

Pas un au revoir, pas un signe. Rien.

Brian devina sa pensée.

« Il avait l'air passablement épuisé, tu sais. Toi aussi, d'ailleurs. Les dernières vingt-quatre heures ont été difficiles pour tout le monde. En attendant, l'hôtel doit continuer à tourner. Si tu veux te rendre utile, donne un coup de balai à la terrasse et regarde si on a bien sorti les fauteuils dans le patio.

— La vie continue, hein ?

— Nous ne pouvons rien faire d'autre et tu le sais aussi bien que moi. »

Jo alla prendre les balais dans le placard et disparut par la porte arrière. Ce fut le moment que choisit Lexy pour entrer en trombe dans la cuisine, une cafetière vide à la main. Elle la posa sur le comptoir, l'échangea contre une cafetière pleine et jeta de nouvelles commandes sur le comptoir.

« Si une seule personne fait encore allusion à cette pauvre Suzanne, je crois que je vais me mettre à hurler.

— Il est tout à fait normal que les clients en parlent et se posent des questions, observa Brian.

— Peut-être, mais je n'ai pas pour autant envie de les écouter. Tu as de la chance, toi, d'être à l'abri, ici, dans ta cuisine. »

Elle s'accouda un instant au comptoir et le regarda faire glisser des œufs sur une assiette, leur jaune encore tremblant et brillant. « Je n'ai presque pas fermé l'œil de la nuit. Jo est déjà levée ?

— Elle est dehors, en train de balayer la terrasse.

— Très bien. Il faut la tenir occupée. C'est ce qu'il y a de mieux pour elle. »

Comme Brian lui lançait un regard interrogateur, elle ajouta : « Je ne suis pas idiote, Bri. Cette affaire est sûrement plus difficile encore pour elle que pour nous autres. Après tout ce qu'elle vient déjà de supporter, il vaut mieux s'efforcer de lui occuper l'esprit.

— Je ne t'ai jamais prise pour une idiote, Lexy. Bien que tu fasses tout pour nous en persuader.

— Je ne répondrai pas à tes insultes ce matin, Brian. Je me fais du souci pour Jo. » Elle jeta un coup d'œil par la fenêtre et fut satisfaite de voir sa sœur balayer énergiquement le dallage. « Le travail manuel est utile dans ces cas-là. Et, Dieu merci, il y a Nathan. C'est exactement le genre de compagnie dont elle a besoin en ce moment.

— Il n'est pas là. »

Lexy se retourna si rapidement qu'un peu de café jaillit du pot et se renversa sur le plateau.

« Qu'est-ce que tu dis ?

— Il est allé sur le continent pour quelques jours.

— Et pour quoi faire, Seigneur ! Sa place est ici, aux côtés de Jo.

— Il m'a dit qu'il avait des affaires à régler.

— Des affaires ? » Avec nervosité, Lexy s'empara des assiettes et les posa sur son plateau. « C'est bien d'un homme ! Vous êtes vraiment tous pareils. Incapables d'être là quand on a besoin de vous ! »

Sur ces mots, elle sortit de son pas vif et balancé pour regagner la salle à manger. Sans savoir exactement pourquoi, Brian se sentit de meilleure humeur. Ah, les femmes ! pensa-t-il. Comme il était difficile de vivre avec elles. Mais on ne pouvait tout de même pas pour autant les jeter du haut d'une falaise.

Quand Lexy sortit de la maison une heure plus tard, elle trouva Jo occupée à installer les parasols sur les tables du patio.

« Tu as fait un sacré bon travail ici », s'exclama-t-elle en jetant un regard circulaire. « Tout est parfaitement en ordre. Maintenant, va chercher un maillot de bain. Nous allons à la plage. »

Jo s'immobilisa et lui lança un coup d'œil surpris. « A la plage ? Pourquoi ?

— Parce qu'elle est là pour qu'on en profite, voilà pourquoi. Va te changer. J'ai déjà les serviettes et la crème solaire.

— Mais je n'ai pas envie de...

— Ne discute pas. Tu as besoin d'air et de soleil. Et si tu ne viens pas avec moi, Brian et Kate te trouveront toutes sortes de tâches ingrates à faire avant le déjeuner. »

Jo considéra son balai avec quelque répugnance.

« Tu as raison », finit-elle par admettre. « Je n'ai plus envie de balayer ou de récurer. Et puis il fait déjà chaud. Un bain me fera du bien.

— Alors dépêche-toi avant qu'on ne se fasse repérer et que quelqu'un ne se mette en tête de nous faire travailler. »

Jo traversa la déferlante et se laissa emporter par le

rouleau qui la poussait vers le large. Elle avait oublié à quel point elle aimait nager dans l'océan — lutter contre lui puis s'abandonner au courant en se laissant dériver.

Par-dessus le grondement des vagues, on entendait les appels joyeux de vacanciers tout proches, occupés à surfer sur les vagues tumultueuses. Un jeune garçon à la peau dorée comme un brugnon essayait vainement de trouver son équilibre au sommet d'une haute crête liquide. Pour finir, il bascula dans l'écume bouillonnante et se laissa porter jusqu'au rivage.

Jo nagea encore quelques instants. Quand les muscles de ses bras commencèrent à lui faire mal, elle bascula sur le dos et fit la planche. Dans le ciel vaporeux, le soleil brûlant lui piquait les yeux. C'était si bon de s'abandonner ainsi au rythme du ressac, de vider son esprit de toute inquiétude. Mais cette trêve ne dura qu'un instant et Jo se remit à penser à Nathan.

Il avait sa vie à lui, comme elle avait la sienne. Peut-être commençait-elle à trop compter sur lui, à s'attacher à sa présence. Mieux valait qu'il ait pris la décision de s'éloigner. Elle apprendrait ainsi à se passer de la chaleur de son corps, de son épaule solide et rassurante. Et elle retrouverait son propre équilibre, sans dépendre de personne.

Quand il reviendrait — s'il revenait — elle se montrerait plus ferme, plus déterminée, avec lui.

Jo plongea la tête dans l'eau pour étouffer un gémissement. Bon sang, elle était amoureuse de cet homme. Quelle stupidité de sa part, vraiment ! Il n'y avait aucun avenir avec lui et, d'ailleurs, pourquoi penser à l'avenir ? C'était le hasard qui les avait fait se rencontrer. Des événements imprévus les avaient jetés l'un vers l'autre. Et, aujourd'hui, ils les éloignaient à jamais.

Revenir à *Sanctuary* lui avait donné une force nouvelle, une vision plus claire des choses, qui lui faisait défaut depuis trop longtemps. Il était temps d'affronter cette nouvelle épreuve. Mais elle y parviendrait.

Elle y parvenait toujours.

Brusquement énervée, Jo s'arracha au bercement des vagues et nagea vers la plage. Elle sortit de l'eau en savourant la douce caresse du sable sous ses pieds nus.

Etendue sur une large serviette-éponge, sa longue et abondante chevelure soulevée par la brise du large, Lexy exposait au soleil ses formes avantageuses tout en feuilletant un roman. De là où elle était, Jo pouvait apercevoir le motif du drap de bain : un homme aux cheveux noirs longs et ondulés au sourire arrogant et doté d'impressionnants pectoraux.

Lexy soupira en tournant une page de son livre. Elle changea imperceptiblement de position et adopta une pose lascive, appuyée sur un coude, la tête légèrement penchée de côté. Ses seins généreux gonflaient le minuscule Bikini vert et rose qui ne cachait presque rien de son corps lisse et fuselé, couleur de pêche. Les ongles de pieds, vernis de rose, évoquaient de minuscules coquillages.

Elle ressemblait tout à fait à ces créatures de rêve que l'on voyait hanter les plages à la mode, songea Jo en se laissant tomber à côté d'elle. Saisissant une serviette, elle entreprit de se sécher énergiquement les cheveux.

« C'est inconscient ou bien tu le fais exprès ? » demanda-t-elle soudain à sa sœur.

« Quoi donc ? »

Lexy souleva ses lunettes cerclées de rose et posa sur elle un regard nonchalant.

« Ces allures de star. A te voir ainsi, je parie que tous les mâles du coin seraient prêts à donner dix ans de leur vie pour pouvoir, même une seule seconde, profiter de ce spectacle.

— Oh, ça ! » Avec un léger sourire, Lexy remit ses lunettes en place. « C'est de l'instinct, très chère. Mais tu pourrais en prendre de la graine si tu accordais un peu plus d'intérêt à ton physique. Cela dit, je dois reconnaître que tu t'es arrangée depuis ton retour. Et puis ce maillot de bain que tu portes ne te va pas si mal. Un peu austère, peut-être, dans le genre athlétique. Mais il s'accorde avec ton style. Il y a des hommes qui aiment ça. Nathan, par exemple.

— Nathan ne m'a jamais vue dans ce maillot.

— Eh bien, c'est un plaisir qui l'attend à son retour.

— S'il revient.

— Evidemment qu'il reviendra. Et comme tu es futée, tu lui feras juste payer un peu pour être parti. »

Jo ramassa une poignée de sable qu'elle laissa s'écouler comme de l'or liquide entre ses doigts. « Je suis amoureuse de lui.

— Bien sûr que tu l'es, renchérit Lexy en retirant ses lunettes. Et pourquoi pas ? »

Jo fronça les sourcils en contemplant les grains de sable brillants qui adhéraient encore à ses doigts. « Je ne sais pas... »

Lexy se redressa et croisa ses longues jambes. « Tu as mis le temps, il faut bien le dire, mais j'ai bien l'impression que tu as ramassé un gagneur.

— Je déteste ce genre d'hommes. Jo continua à jouer avec le sable. « Et je déteste ce genre de sentiment. J'ai l'impression d'avoir l'estomac noué en permanence.

— Je connais. J'ai ressenti ça des douzaines de fois. Mais, après, ça s'arrangeait toujours. »

Elle esquissa une petite moue en regardant la mer. « Du moins jusqu'à aujourd'hui. Ce sera moins facile avec Giff.

— Il t'aime. Il t'a toujours aimée. C'est différent dans ton cas.

— C'est différent pour tout le monde. Parce que nous ne sommes pas les mêmes intérieurement. C'est ce qui rend les choses intéressantes. »

Jo releva la tête. « Parfois, Lex, tu es capable d'une extraordinaire compréhension des autres. Je ne m'en étais pas aperçue jusqu'à maintenant. Je t'aime vraiment beaucoup, tu sais. »

Elle se pencha pour l'embrasser sur la joue. « Vraiment beaucoup.

— Je le sais bien. Même si tu es souvent capable de te montrer désagréable, tu nous as toujours aimés. » Lexy soupira. « C'est pour ça que j'étais si fâchée contre toi quand tu as quitté la maison. Et jalouse, aussi.

— Toi ? De moi ?

— Parce que tu avais le courage de partir. Cela ne t'a pas fait peur.

— Si, j'avais peur. »

Jo posa le menton sur ses genoux et regarda les vagues rouler sur la grève. « J'étais terrifiée et, parfois, je le suis encore, au point de ne pas pouvoir affronter ce que j'ai à faire. Au point d'échouer.

— Tu sais, j'ai échoué, moi aussi. Je peux te le dire maintenant.

— Mais non, Lexy. Tu n'es pas allée jusqu'au bout, peut-être. Mais tout reste à faire. » Elle tourna la tête vers elle. « As-tu envie de repartir à New York ?

— Je ne sais pas. Je croyais en être certaine mais... » Les yeux de Lexy s'obscurcirent, mélange incertain de gris et de vert. « Le problème, c'est qu'il est plus commode de rester ici, de laisser le temps couler. Et puis, un beau jour, je me retrouverai vieille, grosse et ridée. Oh, pourquoi parler de ça ? »

Elle secoua la tête pour chasser ces idées dérangeantes et sortit une boîte de Pepsi de la glacière.

« Parlons d'autre chose. »

Elle décapsula la boîte, but longuement et se lécha les lèvres. « Tiens... dis-moi comment ça s'est passé avec Nathan. Le sexe, je veux dire. »

Jo se mit à rire. « Non, pas question.

— Oh, allez ! Juste une indication. Donne-moi une note de 1 à 10, par exemple.

— Non.

— Alors un adjectif pour exprimer comment c'était. Je ne sais pas, moi... » Elle se pencha plus près de l'oreille de Jo. « Incroyable ? Fabuleux ? Génial ? »

Jo soupira et s'étendit sur le drap de bain. « Je dirais... “inoubliable”.

— Ça me plaît, ça, inoubliable. On peut tout mettre là-dedans. Et, dis-moi, est-ce qu'il garde les yeux ouverts quand il t'embrasse ou est-ce qu'il les ferme ?

— Ça dépend.

— Il fait les deux ? Merveilleux ! Hmm. Ça me donne le frisson. J'aime les hommes qui nous surprennent, qui sont inventifs. Et comment ça se passe quand il...

— Lexy. » Jo laissa échapper un nouveau petit rire. « Ne compte pas sur moi pour que je te décrive les techniques amoureuses de Nathan. En fait, je crois bien que je vais faire un petit somme. Réveille-moi dans un instant. »

Et, à sa grande surprise, elle s'endormit bel et bien.

25.

Nathan arpentait d'un pas nerveux le tapis moelleux qui décorait l'immense et confortable bibliothèque du Dr Jonah Kauffman. Vingt étages plus bas, New York étirait ses tentacules, poulpe gigantesque et dévorant dans la chaleur torride de cet après-midi d'été.

Mais ici, dans ce somptueux appartement, une atmosphère de fraîcheur et de distinction faisait oublier la fournaise et le vacarme des rues. Chaque fois que Nathan parcourait le vaste hall lambrissé, baigné de douces lumières, il se croyait transporté dans le manoir de quelque richissime aristocrate anglais.

L'une de ses premières commandes avait été précisément cette bibliothèque. Il avait repoussé les murs et les plafonds afin de dégager un espace suffisant pour loger les milliers de volumes du célèbre neurologue. La chaude couleur du bois de châtaignier, les corniches et les moulures artistiquement sculptées, la haute courbure des trois fenêtres en alcôve, tout cela était son œuvre. Kauffman lui avait laissé carte blanche. Quand Nathan lui demandait son avis, le médecin se contentait de rire.

En la circonstance, c'est vous le spécialiste, Nate. Ne me demandez pas de participer au choix des poutres ou des tissus. Pas plus que je n'exige votre contribution lorsque je pratique une opération du cerveau.

Mais, aujourd'hui, c'était Kauffman qui allait officier. Le présent et l'avenir de Nathan — s'il en avait encore un — reposaient entre ses mains. Cela faisait six jours qu'il avait quitté Desire.

Six interminables jours.

Kauffman entra et referma derrière lui la double porte capitonnée.

« Désolé de vous avoir fait attendre. Vous auriez dû vous servir un cognac. Ah oui, c'est vrai, il me semble que vous n'êtes pas amateur. Moi, si. Je crois que j'ai besoin d'un bon verre. Voulez-vous me tenir compagnie ?

— Merci de me recevoir, docteur.

— Voyons, Nathan. Je considère que vous faites partie de la famille. »

Kauffman sourit, prit un carafon de cristal de Baccarat sur une étagère du bar, et remplit deux verres ballon. C'était un homme grand, imposant, qui se tenait très droit et portait allègrement ses soixante-dix ans. Ses épais cheveux blancs rejetés en arrière découvraient un visage au front haut, orné d'une courte barbe bien taillée. Il portait des costumes confectionnés à Londres, des chaussures italiennes et ne négligeait aucun détail de son apparence.

Mais c'était surtout ses yeux qui attiraient l'attention. Des yeux sombres mais chaleureux, cernés de lourdes paupières et surplombés par des sourcils broussailleux.

Il tendit un verre à Nathan, s'installa confortablement dans un fauteuil et lissa avec soin le pli de son pantalon.

« Asseyez-vous et relaxez-vous. Il ne sera pas nécessaire de poursuivre plus avant les investigations. »

Nathan se détendit imperceptiblement. « Les tests ?

— Tous négatifs. Je vous rappelle que vous en avez exigé une série complète. J'ai vérifié moi-même les résultats ainsi que vous me l'aviez demandé. Aucune tumeur, aucune ombre, pas la plus petite anomalie. Votre cerveau et votre système nerveux sont parfaitement sains. Et maintenant asseyez-vous. »

Nathan se laissa tomber dans un fauteuil club recouvert d'un cuir souple et crémeux. « Je vous remercie, docteur...

— Les autres examens radiologiques et hématologiques confirment le diagnostic. Vous êtes dans une excellente condition physique, cher ami. »

Kauffman dégusta son cognac en connaisseur. « Et maintenant, voulez-vous me dire ce qui vous a poussé à me demander tous ces examens ?

— J'étais inquiet. Je... je pensais que je souffrais peut-être d'absences, de pertes de conscience passagères.

— Vous est-il arrivé d'avoir des trous inexplicables dans votre emploi du temps ?

— Non. » Nathan but pensivement une gorgée de cognac. « Simplement... il n'est pas impossible que j'aie eu un blanc pendant lequel j'aurais pu... faire quelque chose dont je ne me souviens plus. »

Kauffman plissa les lèvres. Il connaissait Nathan Delaney depuis suffisamment longtemps pour savoir qu'il n'était pas homme à s'inquiéter sans raison.

« Avez-vous des indices permettant de penser cela ? »

Voyant que Nathan ne répondait pas, il précisa : « Vous est-il arrivé de vous retrouver sans explications dans certains endroits ?

— Non, non, jamais.

— Votre état émotionnel a sans doute été fragilisé. Vous venez de vivre une année difficile : un divorce, la perte de vos parents et de votre frère. Tant de changements en si peu de temps. Vous savez combien j'appréciais David et Beth. Une profonde amitié nous liait depuis longtemps.

— Je sais. »

Nathan sentit peser sur lui le regard intelligent du praticien. « Il ne sait pas ce que je sais », pensa-t-il.

« La disparition de Kyle a été un nouveau et terrible traumatisme pour vous. Si jeune. Une mort stupide, vraiment.

— Nous suivions des voies différentes depuis quelque temps.

— Voulez-vous dire que vous vous reprochez de ne pas avoir assez pleuré sa mort ? Ou, du moins, pas autant que vous avez pleuré celle de vos parents ?

— Possible. » Nathan reposa son verre et se passa la main sur le visage. « Je ne connais pas l'origine de la culpabilité qui me ronge, docteur Kauffman. Vous me connaissez depuis longtemps, vous étiez un ami de ma famille depuis plus de trente ans. C'est pour cela que je pensais que vous pourriez peut-être m'aider. »

Kauffman sourit.

« J'estimais beaucoup vos parents. Leur dévouement mutuel, l'amour qu'ils portaient à leurs enfants, tout cela forçait mon admiration. Vous formiez une famille exquise. J'espère que ce souvenir vous aidera à supporter leur disparition. »

« Ce souvenir est aussi ma croix », songea Nathan.

« Serait-il possible qu'un homme apparemment équilibré et menant une vie normale aux yeux de tous puisse commettre un acte abominable... indescriptible ? Pourrait-il y avoir une cause physique à cela ?

— Difficile de répondre avec des indications aussi vagues. Etes-vous en train de me suggérer que... votre père aurait commis un tel acte ?

— Je ne le suggère pas, je le sais. »

Nathan se leva et se mit de nouveau à arpenter la pièce de long en large. « Je ne peux pas vous parler aussi librement que je le voudrais, docteur. D'autres personnes sont concernées et je leur ai promis le secret.

— Nathan, écoutez-moi. David Delaney était un ami fidèle, un époux aimant, un père dévoué. Vous pouvez me croire.

— Cela ne m'est plus possible, docteur. Quand je les ai enterrés tous les deux, j'aurais voulu enterrer aussi le reste avec eux. »

Kauffman se pencha en avant. En cinquante ans de carrière vouée à l'amélioration de la condition humaine, il avait appris qu'on ne pouvait guérir le corps et l'esprit sans guérir aussi les chagrins du cœur.

« Quoi que vous pensiez, Nate, dit-il doucement, il ne faut pas que vous supportiez ce poids tout seul.

— Je n'ai sans doute plus le choix. Et puis... » Nathan hésita. « Il y a eu cette rencontre. Une femme...

— Ah ! »

Kauffman se détendit et s'adossa confortablement à son fauteuil. « Parlez-moi d'elle.

— Je... je l'aime.

— Voilà une bonne nouvelle. J'aimerais la connaître. Etait-elle aussi en vacances sur cette île ?

— Pas exactement. Sa famille vit là-bas et, en ce moment, Jo Ellen — c'est son nom — traverse pas mal de difficultés. En fait, nous nous sommes connus enfants. Mais, quand je l'ai revue... j'aurais dû l'éviter.

— Pourquoi vous refuser ce bonheur ?

— Parce que je sais quelque chose qui affecte sa vie. Et qui peut la détruire définitivement. Si je lui en parle, elle me détestera sûrement. »

Distraitement, Nathan se dirigea vers l'une des grandes fenêtres ouvrant sur Central Park. La vue des grands arbres lui rappela la forêt de Lost Desire et ce souvenir lui serra le cœur.

« Comment puis-je continuer ainsi ? Et qu'est-ce qui serait préférable pour elle ? Continuer à souffrir parce qu'elle ignore les véritables secrets de son passé ? Ou les découvrir enfin et s'en trouver peut-être déstabilisée à jamais ?

— Est-ce qu'elle vous aime, elle aussi ? »

Nathan soupira.

« Il me semble, oui. C'est une femme fascinante mais difficile et dotée d'une forte personnalité. Parce que la vie l'a souvent blessée, elle a édifié une épaisse coquille pour se protéger du monde. Pourtant, depuis que nous nous fréquentons de nouveau, j'ai vu cette coquille se fendiller petit à petit. A l'intérieur, Jo Ellen a une âme douce et généreuse. »

Nathan revint s'asseoir et tourna son verre entre ses doigts.

« C'est une femme si belle... »

Kauffman hocha la tête. Il connaissait l'importance de cet aspect des choses après avoir lui-même connu trois mariages avec des femmes magnifiques, suivis par trois divorces orageux.

« Jo aimerait passer inaperçue, reprit Nathan, car elle n'est pas coquette. Ce qui compte à ses yeux, c'est l'honnêteté, la compétence. » Il enfouit son visage entre ses mains. « Seigneur, je ne sais plus quoi faire.

— Bien qu'admirable en soi, la vérité n'est pas toujours le meilleur choix, répondit Jonah Kauffman. Je ne peux pas vous aider pour l'instant, Nathan. Mais j'ai toujours pensé que l'amour, quand il est sincère, résiste à tout. Demandez-vous simplement quelle est la meilleure manière de l'aimer : lui dire la vérité ou garder le silence. Vous seul connaissez la réponse.

— Mais si je décide de me taire, notre relation risque de s'en trouver définitivement gâchée. De tous ceux qui ont été les acteurs de ce lourd passé, je suis encore le seul en vie à pouvoir lui parler... »

Nathan se troubla et demeura un long moment silencieux, submergé par un flot d'émotions.

« Oui, docteur, reprit-il lentement. Il ne reste plus que moi. »

Le lendemain, Nathan n'avait toujours pas réapparu sur l'île. Le surlendemain non plus. Au matin du troisième jour, Jo décida que cela n'avait plus aucune importance. Elle n'allait pas rester assise, à attendre qu'il débarquât sur un beau voilier pour l'enlever, tel un pirate réclamant son butin.

Mais, le quatrième jour, elle pleura sans discontinuer et dut se retenir par deux fois pour ne pas courir au ferry pour voir s'il était arrivé.

A la fin de la semaine, elle était si furieuse contre lui qu'elle en devenait hargneuse avec tous ceux qui se risquaient à lui adresser la parole. Dans l'espoir de rétablir la paix, Kate se rendit dans sa chambre où elle s'était retirée après une énième prise de bec avec Lexy.

« Que fais-tu enfermée ici par une si belle matinée ? »

Kate se dirigea vers la fenêtre et tira vivement les rideaux. Quand le soleil pénétra à flots dans la pièce, Jo cligna des yeux.

« Je suis contente d'être seule, marmonna-t-elle. Et si tu es venue me convaincre de présenter mes excuses à Lexy, tu perds ton temps.

— Lexy et toi pouvez vous quereller autant qu'il vous plaira, cela ne me regarde pas. » Les poings sur les hanches, Kate se planta devant elle. « Mais je te prie de me parler sur un autre ton, jeune fille.

— Dans ce cas, excuse-moi, répondit froidement Jo. Mais je te ferai observer que je suis ici dans *ma* chambre.

— Peu importe que tu te sois retirée sous ta tente, comme tu aimes tant à le faire. Mais tu ne t'en prendras pas à moi. Je me suis montrée suffisamment patiente ces derniers jours et j'estime que, maintenant, tu as assez traîné et grogné contre le monde entier.

— Dans ce cas je vais partir.

— La décision t'appartient. Bon sang, Jo Ellen, secoue-toi. » La voix de Kate se fit plus autoritaire. « Cela fait seulement huit jours qu'il est parti. Il va certainement revenir. »

Jo serra les dents. « Je ne sais pas de qui tu parles. »

Kate retint un soupir et vint s'asseoir à son côté sur le lit.

« Un aveugle lui-même verrait que Nathan Delaney t'a fait perdre la tête. C'est d'ailleurs la meilleure chose qui pouvait t'arriver.

— J'ai toute ma tête.

— Tu crois cela ? Mais regarde-toi ! Tu es déjà plus qu'amoureuse de lui. Et cela ne m'étonnerait pas qu'il soit parti pour t'inciter à faire toute seule le reste du chemin. »

C'était là une chose à laquelle Jo n'avait pas encore pensé. A cette seule idée, elle sentit une vague de chaleur l'envahir. Mais c'est d'un ton froid qu'elle répondit.

« Dans ce cas, il a mal calculé son coup. Partir comme cela, sans un mot, n'est sûrement pas la meilleure manière pour me conquérir.

— Désires-tu vraiment qu'il apprenne que tu es restée à te morfondre durant toute son absence ? » Kate vit les joues de Jo s'empourprer. « Si tu continues ainsi, des tas de gens seraient trop heureux de l'informer de ton comportement. A ta place, je ne lui donnerais pas cette satisfaction.

— Si jamais il revient, tu peux être certaine que je saurai me défendre. »

Kate sourit et lui tapota le genou. « Voilà qui est mieux. »

Jo eut l'air surpris. « Je croyais que tu l'aimais bien...

— C'est exact. Mais cela ne veut pas dire qu'il ne mérite pas une semonce pour t'avoir rendue malheureuse. Allons, lève-toi maintenant, ordonna-t-elle en lui tendant la main. Et va t'occuper de tes affaires. Prends ton appareil photo et sors faire un tour. Quand Nathan reviendra, il verra que tu as continué à vivre sans lui.

— Tu as raison, tu as absolument raison ! Je vais appeler mon éditeur et m'entendre avec lui pour les dernières épreuves. Et j'irai prendre quelques vues de l'île. D'ailleurs il m'est venu une idée pour un nouveau recueil. »

Kate sourit en voyant Jo tomber à quatre pattes pour chercher ses chaussures sous le lit. La paix allait peut-être de nouveau régner dans la maison, désormais.

Jo passa les deux jours suivants dans un état d'extrême excitation. Pour la première fois de sa carrière, elle eut envie de photographier des visages, les étudiant sous tous les angles, cherchant à capter l'éclat d'un regard, une expression fugitive, un secret de l'âme.

Elle mitrailla Giff perché sur son échelle, cadra ses yeux chaleureux sous la visière de la casquette.

Elle pourchassa Brian dans la cuisine, usant tour à tour de charme et d'autorité pour obtenir de lui les poses qu'elle désirait.

Avec Lexy, ce fut plus facile. Elle adorait jouer les modèles et ne s'en lassait jamais. Mais Jo réussit tout de même à la surprendre un jour que Giff la soulevait dans ses bras pour la faire tournoyer dans les airs. Ils avaient l'air si radieux, tous les deux.

Elle réussit même à photographier son père et à capter

sur la pellicule son visage calme, concentré, tandis qu'il observait le marais salant.

« Ça suffit comme ça ! » grogna Sam avec irritation en voyant qu'elle levait de nouveau son appareil pour le cadrer.

Va t'amuser avec quelqu'un d'autre.

— Mais ce n'est pas un jeu, papa. On me paie pour ces photos. Tourne un peu la tête vers la droite et regarde l'eau. »

Il ne bougea pas. « Je ne me souvenais pas que tu pouvais être aussi assommante, marmonna-t-il.

— Il faut bien que je te montre que je suis une photographe réputée. Des tas de gens sont flattés de devenir mes modèles. » Tout en parlant, elle appuya plusieurs fois sur le déclencheur et vit un léger sourire se dessiner sur le rude visage de son père. « Tu es si beau, papa. A te voir ainsi, tu ressembles à une sorte de seigneur parcourant ses terres.

— Si tu es aussi capable dans ton métier que tu le dis, tu n'as nul besoin de flatter les gens pour les prendre en photo. »

Jo se mit à rire. « C'est vrai. Mais tu es si séduisant. Sais-tu que j'ai réalisé deux ou trois clichés d'Elsie Pendleton ? Tu sais, la veuve Pendleton. Elle m'a demandé de tes nouvelles à plusieurs reprises. »

Sam hocha la tête d'un air entendu. « Depuis qu'Elsie a enterré son mari, elle cherche désespérément un homme pour le remplacer. Mais ce ne sera pas moi.

— Ce dont ta famille ne peut que te remercier », rétorqua-t-elle joyeusement.

Elle vit ses lèvres trembler légèrement. « Tu es bien en train aujourd'hui », observa-t-il d'un ton boudeur.

« C'est un progrès, n'est-ce pas ? J'étais fatiguée de moi-même. » Elle changea d'objectif. « Il m'a semblé qu'il fallait tourner une page. Le fait de revenir ici m'y a peut-être aidée. »

Pendant quelques secondes, elle laissa son regard errer sur le marais. « J'ai réussi à regarder certaines choses en face, à m'analyser moi-même. J'ai compris que si je ne me sentais pas aimée, c'était peut-être parce que je ne permettais à personne de le faire. »

Du coin de l'œil, elle vit qu'il l'observait. « Ne me regarde pas comme ça, papa. » Son cœur se serra tout à coup. « Ne la regarde pas, elle, à travers moi. Cela me fait du mal.

— Jo Ellen...

— J'ai toujours fait de mon mieux pour ne pas lui ressembler. Au lycée, quand les autres filles commençaient à se maquiller, je m'en suis abstenue. Sinon, cela n'aurait pas été moi que j'aurais vue dans le miroir... mais *elle.* »

Elle sentit les larmes lui brûler les paupières. « Dis-moi ce que je dois faire, papa. Dis-moi ce que je dois faire pour que tu me voies, *moi*, telle que je suis !

— C'est ce que je fais. Mais je ne peux m'empêcher de la voir à travers toi, Jo Ellen. »

Il enfonça les mains dans ses poches et se détourna. « Tu as pris ton destin en main, à présent. Ce n'est pas le cas de Lexy qui n'en fait qu'à sa tête tout en ne sachant toujours pas ce qu'elle veut. Si elle n'épouse pas bientôt Giff, je crois que je vais devenir fou. »

Jo se détendit et parvint à sourire.

« Eh bien, je ne me doutais pas que tu l'aimais au point de souhaiter une telle chose !

— Bien sûr que je l'aime. C'est ma fille, non ? »

Il avait parlé d'un ton bourru et se tourna pour la regarder. « Toi aussi, Jo Ellen. »

Elle attendit un instant que les battements de son cœur s'apaisent.

« Je sais, papa. »

⁂

Quand la lumière ne fut plus suffisante pour d'autres prises de vue, Jo s'enferma dans son labo. Cette étape de son travail l'intéressait tout autant. Elle aimait développer la pellicule, sélectionner les négatifs, étudier chacun d'entre eux à la loupe en scrutant les plus infimes détails, les ombres les plus imperceptibles.

Parfois, une seule photo la satisfaisait pleinement. Elle en effectuait encore plusieurs tirages, dans l'espoir de peaufiner le résultat.

Alors qu'elle mettait les épreuves à sécher, elle aperçut sur l'étagère un rouleau sur lequel rien n'était noté. Une étourderie de sa part, pensa-t-elle avec agacement en éteignant pour charger le film dans la cuve de développement. Vingt minutes plus tard, elle déroula la pellicule encore humide et l'examina à la lumière. En découvrant les photos d'elle, nue, sur le tapis de Nathan, elle poussa une exclamation étouffée.

« Seigneur murmura-t-elle. Et dire que ça traînait ici, accessible à tous. Ça m'apprendra à oublier de marquer mes films. »

Elle étudia les négatifs, en particulier les photos de l'orage qui semblaient prometteuses. Mais d'autres clichés lui étaient inconnus. Nathan avait dû les prendre à différents moments de son séjour.

Elle approcha la pellicule de la lampe et regarda à travers la loupe. Il y avait des photos des dunes et de la prairie couverte de fleurs, d'autres de la mer agitée de vagues écumantes. Le regard professionnel de Jo apprécia l'angle de vue, la composition, les perspectives, même s'il subsistait quelques erreurs. Puis, à la fin du rouleau, elle trouva les clichés pris d'elle au cottage.

Elle s'empara d'une paire de ciseaux pour les détruire mais suspendit son geste sur une brusque impulsion. Après tout, pourquoi faire preuve d'une pudibonderie aussi excessive ? Elle pouvait toujours effectuer les tirages et décider de leur sort plus tard.

Aussitôt dit, aussitôt fait. Un court moment plus tard, les épreuves à peine sèches, elle les étala sur la table et saisit de nouveau sa loupe pour les examiner.

Elle avait l'air si... impudique, ainsi, couchée sur le tapis, le corps épanoui, les yeux mi-clos, un sourire flottant sur ses lèvres. Sur une autre photo, elle fixait l'objectif avec stupeur tout en levant les mains pour dissimuler ses seins. Mais Nathan avait été le plus rapide.

Jo se sentit envahie par un trouble étrange. Elle semblait si lourde d'amour sur ces photos, si... sexy. Et cette expression sur son visage. C'était indéniablement celle d'une femme heureuse, accomplie dans sa féminité.

En contemplant cette image, Jo comprit que son seul désir était de redevenir cette femme-là. Elle voyait clairement ce que Nathan lui avait donné. Et tout ce qu'elle perdait sans lui.

« Salaud ! murmura-t-elle. Je te déteste ! »

Elle se leva et fourra les épreuves tout au fond d'un tiroir. Plus question, maintenant, de les détruire. Elle conserverait ces photos en souvenir. Et si jamais elle était de nouveau tentée de faire confiance à un homme, il lui suffirait de les regarder pour se reprendre.

« Jo Ellen ? »

La voix de sa sœur lui parvint à travers la porte fermée.

« Je travaille, Lex.

— Je sais, mais dépêche-toi de descendre. Devine qui est arrivé par le dernier ferry ?

— Brad Pitt.

— Si seulement ! Jo, Nathan Delaney est ici, toujours

aussi séduisant, en fait. Il est entré dans la cuisine il y a cinq minutes. Et il te réclame. »

Jo posa les mains sur son cœur en le sentant s'emballer.

« Dis-lui que je suis occupée.

— Je lui ai déjà réservé un accueil plutôt glacial de ta part, tu sais. Quand il a demandé à te voir, je lui ai répondu que je ne voyais pas pourquoi tu lâcherais ce que tu es en train de faire simplement parce que monsieur le don Juan a décidé de revenir à Desire. Oh ! ouvre donc, Jo. Je suis fatiguée de m'égosiller devant cette maudite porte. »

Jo sourit et entrouvrit le battant. « Dis-lui que j'ai du travail et que mon emploi du temps est très chargé.

— Compte sur moi. Mais tu sais, il a l'air exténué, tendu comme un arc. Ça m'a fait un choc de le voir comme ça.

— Mais de quel côté es-tu à la fin ?

— Du tien, sœurette, du tien. » Lexy se pencha pour déposer un baiser sur sa joue. « Il mérite une punition pour t'avoir fait pleurer autant. Je suis même prête à te suggérer quelques idées à ce sujet.

— J'en ai déjà bien assez, merci. »

Jo respira profondément pour recouvrer son calme. « Lex, fais-moi plaisir, explique-lui que je suis trop occupée pour le voir, ou même lui parler. Et que j'ai mieux à faire que de perdre mon temps en sa compagnie.

— J'aimerais bien que ce soit toi qui le lui dises et sur le même ton. » Lexy lui adressa son plus radieux sourire. « Bon, je vais descendre lui répéter tes paroles. Je reviendrai te raconter comment il a réagi. Il faut le faire ramper pendant quelque temps, crois-moi. Et ne fais pas la paix trop tôt avec lui. A moins qu'il ne se présente devant toi avec un bouquet de fleurs et un joli cadeau. Pourquoi pas un bijou. Qu'en penses-tu ? »

Jo retrouva son humour. « Lexy tu n'es qu'une manipulatrice. Et une abominable matérialiste.

— Au lieu de me faire la morale, écoute donc les conseils de ta petite sœur et cet homme finira par t'appartenir. Bon, je pense qu'il a assez attendu maintenant. J'y vais. »

Jo resta appuyée contre la porte pendant que sa sœur dévalait l'escalier. Songeuse, elle regagna son labo et, pour s'empêcher de penser, s'activa en rangeant les flacons de produits chimiques et en remettant de l'ordre sur sa table de travail. Quand on frappa à la porte, elle ouvrit aussitôt, certaine qu'il s'agissait de Lexy.

Nathan se tenait devant elle, manifestement très en colère.

« Viens avec moi », dit-il d'une voix brève, sans la moindre trace d'excuse.

Jo se raidit. « Je croyais t'avoir fait dire que j'étais occupée. Et je ne t'ai pas invité à venir ici.

— Assez. » Il la prit par la main et l'entraîna dans le couloir.

Quand elle lui administra un coup violent dans l'estomac, il recula d'un pas. « Je vois. C'est la manière forte que tu veux, hein ? A nous deux, Scarlett ! »

Tout se passa si rapidement qu'elle n'eut même pas le temps de réagir. Il la souleva de terre, la jeta sur l'épaule et la maintint fermement d'une main.

« Ote tes sales pattes de Yankee ! » fulmina Jo en se débattant comme un diable.

« Tu crois peut-être que tu peux me faire jeter dehors par ta sœur ? » gronda-t-il en descendant l'escalier. « J'ai voyagé toute la journée pour te retrouver et tu n'as même pas la politesse d'écouter ce que j'ai à te dire. »

Jo faillit s'étouffer de fureur.

« La politesse ? Quelle politesse ? Qu'est-ce qu'un petit

frimeur new-yorkais comme toi sait des bonnes manières, je te le demande ! »

Elle gigota si bien que sa tête alla cogner contre le mur de la cage d'escalier. « Je te déteste ! » hurla-t-elle à pleins poumons.

« Je m'étais préparé à cet accueil. »

Déterminé, il pénétra dans la cuisine, Jo toujours sur l'épaule. Brian et Lexy s'immobilisèrent, médusés, devant ce spectacle plus qu'inattendu.

« Excusez le dérangement ! », lança Nathan en passant devant eux pour sortir par la porte menant au jardin.

« Seigneur ! » murmura Lexy en roulant des yeux. « C'est la scène la plus romantique que j'aie jamais vue !

— Tu parles ! » Brian posa sur le comptoir le pâté tout juste sorti du four. « Elle va le mettre en pièces à la première occasion.

— Et moi, je te dis que tu n'y connais rien ! Je te parie vingt dollars qu'elle sera dans son lit, parfaitement consentante, dans moins d'une heure. »

Brian prêta l'oreille aux cris décroissants de Jo. Il poussa un soupir.

« Au fond, je crois bien que tu as raison, petite sœur. »

26.

Immobile mais encore bouillante de colère, Jo serrait les dents tandis que Nathan engageait la jeep dans Shell Road. Elle n'allait tout de même pas sauter de la voiture et risquer de se rompre le cou. Ni même s'enfuir en courant dès qu'il s'arrêterait. Non, elle allait tout bonnement se jeter sur lui et le griffer jusqu'au sang pour lui apprendre à vivre.

« Ecoute », murmura Nathan, les yeux fixés sur la route. « Ce n'est pas ainsi que je voulais que ça se passe. Alors cesse ce petit jeu. J'ai besoin de te parler. C'est important. »

Elle grommela une suite d'injures qu'il préféra ignorer.

« Tu sais, reprit-il, je ne déteste pas la bagarre dans certaines occasions si cela peut clarifier les choses. Mais les circonstances sont exceptionnelles et ton attitude ne fait que compliquer la situation.

— Alors tout est ma faute, c'est ça ? » Elle suffoquait de colère tandis qu'il freinait devant Little Desire Cottage.

« Il ne s'agit pas de ça, Jo Ellen... »

Incapable de s'expliquer, il s'interrompit. Jo lui jeta un regard en coin et, profitant de ce moment d'hésitation, le frappa durement de ses poings.

« Seigneur, Jo ! Arrête ! »

Il aurait voulu en rire mais ce n'était guère l'heure de chahuter.

« Bon sang, est-ce que tu vas cesser de te comporter comme une gamine ! Ecoute, calme-toi. Je n'ai pas la moindre intention de te faire du mal.

— Moi, si ! Il est inconcevable que tu me traites comme tu l'as fait !

— Je suis désolé. Vraiment désolé. »

Elle refusa de se laisser attendrir par le ton implorant de sa voix. « Désolé, toi ? Tu ne sais même pas ce que cela signifie.

— Bien plus que tu ne le crois. »

Il tenta d'intercepter son regard. « Allons, entre. J'ai des tas de choses à te dire. Quand ce sera fait, tu pourras me taper dessus autant que tu voudras. Je ne lèverai pas le petit doigt pour me défendre. Alors ? Cela te suffit ? »

Quelque chose n'allait pas, devina Jo en sentant sa colère se transformer en crainte.

Elle s'efforça de parler froidement. « Bon, très bien. J'irai chez toi et je t'écouterai. Ensuite, ce sera terminé entre nous, Nathan. »

Refusant la main qu'il lui tendait, elle ouvrit la portière. « Personne, personne n'a le droit de me traiter comme tu l'as fait ! » lança-t-elle d'une voix vibrante. « Et personne ne le fera jamais plus ! »

Le cœur de Nathan se serra à ces mots mais il se contenta de l'entraîner vers la maison et d'allumer.

« Assieds-toi.

— Je n'ai aucune intention de m'éterniser ici ! » Debout au milieu de la pièce, elle le fusilla du regard, les bras croisés sur sa poitrine, prête à tous les combats.

« Comment as-tu pu quitter mon lit, ma maison, et disparaître ainsi sans un mot ? Sans même penser que j'allais souffrir ? Si tu étais fatigué de moi, tu aurais dû agir autrement.

— Fatigué de toi ? Doux Jésus... Pendant ces huit jours, il ne s'est pas passé une seule minute sans que j'aie pensé à toi.

— Parce que tu t'imagines que je suis assez stupide pour croire ces mensonges ? Si tu avais pensé à moi, tu ne m'aurais pas tourné le dos ainsi. Tu m'as blessée, tu m'as humiliée, tu...

— Je t'aime. »

Elle fit un brusque pas en arrière, comme pour éviter un coup. « Tu penses qu'il suffit de me dire ça pour que je me jette dans tes bras ?

— Non. » Il s'avança vers elle et lui effleura la joue. « Mais je t'aime, Jo Ellen. Je crois bien que je t'ai toujours aimée. Même quand nous n'étions encore que des gosses. Il faut me croire. Sinon je n'aurai jamais la force de poursuivre. »

Elle le regarda dans les yeux et commença à trembler. « Tu... tu le penses réellement ?

— Assez pour mettre entre tes mains mon passé, mon présent et mon avenir. Ma vie, Jo Ellen. »

Il la serra un instant contre lui et contempla son visage. Puis il la laissa aller.

« Je reviens de New York. J'ai rencontré là-bas un ami de ma famille. Un neurologue. Je voulais qu'il m'examine.

— Un médecin ? » Surprise, elle abandonna toute défensive. « Quel genre d'examen ? Oh, mon Dieu ! » Une pensée la traversa, douloureuse. « Tu es malade ? De quoi s'agit-il ? Une tumeur ?

— Je ne suis pas malade, Jo. Et je n'ai pas de tumeur. Tout est parfaitement en ordre. Mais il fallait que je sache. Que je sois sûr... »

Soulagée, elle décroisa les bras et les laissa retomber le long de son corps. « Je ne comprends pas. Tu te fais examiner le cerveau alors que tout va bien ?

— Je t'ai dit que j'avais besoin d'être sûr. Simplement je pensais que... que j'avais eu des absences, comme lorsqu'on est somnambule. Et que, pendant ce laps de temps, j'aurais pu tuer Suzanne Peters. »

Jo se laissa tomber sur le bras d'un fauteuil sans le quitter des yeux.

« Mais comment une idée aussi folle a-t-elle pu germer dans ton esprit ?

— Parce que Suzanne a été étranglée ici, sur l'île. Parce que son corps a été caché près d'ici.

— Arrête ! » Elle aurait voulu se boucher les oreilles pour ne plus l'entendre dire de telles insanités. Son cœur battait si fort qu'elle fut saisie d'un vertige. « Tais-toi, Nathan, tais-toi !

— Je ne voulais pas t'en parler mais je n'avais plus le choix. »

Il se raidit, prêt à affronter le plus dur.

« C'est mon père qui a tué Annabelle, Jo. »

Elle le fixa, les yeux écarquillés. « Tu es fou !

— C'est la vérité. Il y a vingt ans, mon père a pris la vie de ta mère.

— C'est impossible ! » s'écria-t-elle d'une voix tremblante. « M. David — ton père — était un homme bon. Un ami. Ce que tu racontes est pure folie. Ma mère nous a abandonnés, voilà tout.

— Elle n'a jamais quitté Desire. Il... il a jeté son corps dans les marais. Dans le marais salant. »

Tremblant de tous ses membres, Jo secoua violemment la tête, comme pour mieux repousser ces paroles hideuses.

« Pourquoi me dis-tu cela ? Tu es si cruel ! Pourquoi fais-tu ça, Nathan ?

— Parce que c'est la vérité et que je me suis tu trop longtemps. Il a projeté son crime dès qu'il l'a vue ce fameux été où nous sommes venus sur l'île.

— Non... non. Arrête.

— J'en ai la preuve, Jo. Il tenait un journal que j'ai retrouvé dans un coffre-fort, après sa mort. »

Elle pleurait maintenant, des larmes lourdes, amères.

« Pourquoi es-tu revenu ? balbutia-t-elle.

— Pour affronter la réalité, pour essayer de me souvenir de ces jours-là. Pour comprendre. Et pour savoir s'il fallait continuer à me taire ou parler à ta famille. »

Elle sentit la panique la gagner. « Tu savais ! Tu savais déjà quand tu es arrivé ici ! » Des hoquets la secouèrent et elle dut s'arrêter pour reprendre son souffle. « Et tu as eu l'audace de me séduire... tu... tu es entré en moi ! Seigneur ! répéta-t-elle, hébétée. Je t'ai laissé entrer en moi ! »

D'un mouvement vif, elle détendit le bras pour le frapper violemment à la poitrine. Nathan chancela mais sans se défendre. Il s'était attendu à cette réaction de haine et de dégoût.

« C'était mon père, Jo.

— Il l'a tuée ! cria-t-elle. Il nous l'a enlevée ! Toutes ces années sans elle...

— Je ne l'ai appris qu'après sa mort. Jo, essaie de comprendre. Voilà des mois que je lutte avec cette pensée au fond de moi. Je sais ce que tu ressens.

— Tu crois ça ! cracha-t-elle. Mon Dieu... il faut que je m'en aille, que je m'en aille tout de suite. Je ne peux même plus supporter de te regarder. »

Elle recula, les poings serrés. « Ne me touche pas. Je pourrais te tuer. Ne t'approche pas de moi ni de ma famille ! »

Quand elle s'enfuit en courant, il ne chercha pas à la

retenir. Mais il suivit longtemps des yeux sa course erratique le long de la forêt, inquiet de la voir rentrer saine et sauve à *Sanctuary*.

Mais ce n'était pas dans cette direction qu'elle s'enfuyait.

Le souffle court, la vision brouillée, elle titubait sur le chemin. Une partie d'elle-même ne souhaitait qu'une chose : se laisser tomber à terre, se recroqueviller et hurler, hurler jusqu'à ce que son corps et son esprit se soient vidés de leur douleur. Mais elle craignait de ne plus avoir, ensuite, la force de se relever.

Alors elle reprit sa course à travers les arbres, les bras en avant comme pour repousser l'obscurité qui enveloppait la forêt d'ombres lourdes et épaisses.

Des images abominables défilaient dans son esprit et la photographie de sa mère s'anima soudain devant ses yeux. Les yeux d'Annabelle la fixaient, remplis de confusion, d'épouvante, de désespoir. Sa bouche ouverte se figeait dans un cri muet.

Une douleur lui transperça le côté comme un coup de couteau et elle porta la main à son flanc en gémissant tout en continuant à courir.

Ses pieds foulaient le sable, maintenant. Plus loin, en contrebas, le grondement de l'océan montait dans la nuit. En suffoquant, Jo tomba lourdement sur la plage et s'écorcha les mains et les genoux sur les coquillages. Elle rassembla ses dernières forces et se releva pour reprendre sa course folle.

Une voix s'éleva dans son dos et l'appela par son nom. Jo faillit tomber de nouveau mais elle réussit à rétablir son équilibre. Les poings levés, prête à se battre, elle se retourna pour affronter son adversaire.

« Jo ! Que se passe-t-il ? »

Vêtue d'un simple peignoir de bain, les cheveux encore humides de la douche, Kirby se précipita vers elle. « J'étais dehors, sur la terrasse, quand je t'ai aperçue.

— Ne me touche pas ! » hurla Jo en reculant.

« Très bien. » Instinctivement, Kirby baissa la voix. « Viens, allons à la maison. Tu es blessée. Tes mains saignent.

— Je... » Désorientée, Jo baissa les yeux et vit le sang ruisseler de ses paumes. « Je suis tombée.

— Je sais. Je t'ai vue. Viens. Je vais soigner ça.

— Pas la peine. »

Elle ne sentait même pas la douleur. Mais ses jambes se mirent à trembler. Prise de vertige, elle ferma les yeux. « Il a tué ma mère, Kirby. Il l'a assassinée. Elle est morte. »

Kirby s'avança prudemment et glissa un bras protecteur autour de sa taille. « Accompagne-moi jusqu'à la maison. Tout va s'arranger. »

Elle la soutint pour traverser la bande de sable et monter la courte pente qui menait à la maison. L'intuition d'une présence derrière elles la fit se retourner brusquement. Elle aperçut Nathan, debout sous la clarté blafarde de la lune, qui les regardait.

Leurs yeux se croisèrent puis il se détourna et disparut dans le noir.

« Je me sens mal », murmura Jo.

Peu à peu, elle commençait à prendre conscience des multiples plaies qui lacéraient ses mains et ses jambes. Une nausée violente lui souleva le cœur.

« Il faut que tu t'étendes. On y est presque. Appuie-toi sur moi.

— Il l'a tuée. Nathan le savait. Il me l'a dit. »

Elle eut l'impression de flotter en gravissant les

marches et en pénétrant dans la maison. « Ma mère est morte. »

Sans parler, Kirby l'aida à se coucher sur son lit avant de la recouvrir d'une couverture légère. Jo tremblait de tous ses membres.

« Respire lentement. Concentre-toi sur ta respiration. Je fais juste un saut dans la pièce à côté pour chercher quelque chose qui va t'aider.

— Je n'ai besoin de rien. » Jo agrippa la main de Kirby. « Je ne veux pas de sédatifs. Je peux m'en sortir seule. Il le faut.

— Bien sûr que tu le peux. » Kirby s'assit sur le bord du lit et lui prit le poignet pour tâter son pouls. « Veux-tu en parler maintenant ?

— Il faut que je le dise à quelqu'un. Mais pas à ma famille. Pas encore. Je ne sais pas quoi faire. »

Elle semblait s'apaiser peu à peu, constata Kirby avec soulagement.

« Que t'a dit Nathan exactement ?

— Il m'a raconté que son père avait assassiné ma mère.

— Seigneur ! » Horrifiée, Kirby porta la main de Jo à sa joue. « Que s'est-il passé ?

— Je ne sais pas. Je ne pouvais même plus entendre ce qu'il me disait. Il m'a expliqué que son père tenait un journal dans lequel il avait tout écrit. A sa mort, Nathan l'a trouvé et il est revenu ici. Kirby... » Les yeux de Jo se remplirent de larmes. « J'ai couché avec lui. J'ai couché avec un homme dont le père a assassiné ma mère. »

Le moment était venu de regarder calmement les choses en face, pensa Kirby. De faire intervenir un peu de logique.

« Jo, cela n'a rien à voir. Si tu as couché avec Nathan, c'est parce qu'il t'attire et que tu l'attires.

— Oui, mais il savait. Il est revenu sur l'île en sachant ce que son père avait fait.

— Cela a dû être terrible pour lui.

— Comment peux-tu dire une chose pareille ? » Furieuse, Jo se redressa sur le lit. « *Terrible* pour lui ?

— Il lui a fallu certainement beaucoup de courage, observa doucement Kirby. Jo, quel âge avais-tu quand ta mère est morte ?

— Qu'est-ce que ça peut bien faire ?

— Neuf ou dix ans, n'est-ce pas ? Nathan n'était alors qu'un jeune garçon. Est-ce cet adolescent d'autrefois que tu accuses ?

— Non, non évidemment. Mais c'est un homme, maintenant. Et son père...

— Le père de Nathan. Pas Nathan. »

Un sanglot secoua Jo, bientôt suivi par d'autres. « Il nous l'a enlevée.

— Je sais. C'est terrible. » Kirby serra Jo contre elle. « Je comprends ce que tu ressens. »

Quand Jo se mit à pleurer dans ses bras, Kirby se dit que la tempête ne faisait que commencer.

Il lui fallut plus d'une heure pour remettre un peu d'ordre dans ses pensées. Elle avait bu avec reconnaissance le thé bien chaud et sucré préparé par Kirby. La panique avait cédé la place au chagrin.

« Je savais qu'elle était morte. Une partie de moi le savait dès le début. Il m'arrivait souvent de rêver d'elle. Et puis, avec les années, j'ai tout fait pour refouler ces rêves. Pourtant ils revenaient sans cesse. J'avais l'impression qu'ils devenaient de plus en plus réels.

— Aussi terrible que ce soit, tu sais maintenant qu'Annabelle ne vous a jamais abandonnés.

— Je n'y trouve pas de consolation. J'ai voulu punir Nathan, le blesser au plus profond de lui, dans son corps et dans son cœur. Et j'y suis parvenue.

— C'est une réaction on ne peut plus normale. Jo, essaie de te détendre.

— Je fais de mon mieux. Mais j'ai perdu pied et j'ai bien cru que j'allais de nouveau m'effondrer psychiquement. Si tu n'avais pas été là... »

Kirby serra sa main dans la sienne. « Tu es plus forte que tu ne le crois. Assez pour surmonter tout cela. »

Jo but en silence une nouvelle gorgée de thé.

« Je dois aller voir Nathan, dit-elle brusquement.

— Pas question. Ce soir, tu te reposes.

— Mais je ne lui ai même pas demandé comment c'était arrivé. » Elle ferma les yeux. « J'ai besoin de savoir, Kirb. Il me faut des réponses. Ensuite, j'irai trouver ma famille.

— Veux-tu que je t'accompagne ?

— Non. Je dois régler cette affaire toute seule. Elle me concerne encore plus que les autres. »

Quand Kirby la déposa en voiture devant Little Desire Cottage, elles aperçurent toutes deux la silhouette de Nathan à travers la porte grillagée.

En entendant Jo grimper les marches du perron quatre à quatre, il ouvrit la porte et recula d'un pas pour la laisser entrer. Il avait craint de ne plus jamais la revoir. En la voyant si pâle, les traits tirés, il se demanda si cette nouvelle confrontation n'était pas pire encore.

« J'ai des questions à te poser... J'ai besoin de savoir.

— Je te dirai tout ce que je sais. »

Elle serra ses mains l'une contre l'autre. « Etaient-ils... amants ?

— Non. » Il se força à la regarder dans les yeux. « Rien de tel entre eux. Dans son journal, mon père note même à quel point Annabelle était attachée à sa famille, à son mari, à ses enfants.

— Et lui ? Que s'est-il passé ? Il la désirait et elle l'a repoussé ? C'était un accident, n'est-ce pas ? » La respiration de Jo s'accéléra. « Un accident, n'est-ce pas ?

— Non. Seigneur, Jo... »

Nathan se força à la regarder dans les yeux. C'était pire encore que ce qu'elle imaginait. Bien pire. « Il l'épiait et connaissait ses habitudes. Il savait qu'elle aimait se promener la nuit dans le jardin. »

Jo vacilla. « Elle... elle disait que la nuit, les fleurs prenaient un éclat particulier sous la lune. Surtout les fleurs blanches. Elle disait que cette promenade était son temps à elle. A elle seule.

— C'est pour cela qu'il a choisi ce moment précis, reprit Nathan. Il a versé un narcotique dans le vin de ma mère pour qu'elle ne s'aperçoive pas de son absence. Tous les actes d'Annabelle étaient notés dans son journal. Il écrit qu'il l'a guettée à l'orée de la forêt, du côté de la terrasse ouvrant sur l'ouest. »

Chaque mot, chaque étape de cette douloureuse narration était une épreuve atroce. « Il l'a frappée et traînée dans la forêt. Il avait tout prévu. Les lampes, le trépied, l'appareil photo. Ce n'était pas un accident. Mon père avait tout prémédité.

— Mais... pourquoi ? » Les jambes de Jo faiblirent et elle trébucha jusqu'à un fauteuil pour s'y effondrer. « Je me souviens de lui. Il était si gentil, si patient. Papa l'avait emmené à la pêche. Et maman lui cuisinait ses meilleures tartes parce qu'il les aimait tellement. »

Elle pressa ses deux mains sur sa bouche. « Seigneur ! Ne me dis pas qu'il l'a tuée sans raison...

— Il en avait une. » Nathan se dirigea vers la cuisine et revint avec une bouteille de scotch. « Enfin... si on peut appeler ça une raison. »

Il remplit un verre et le vida d'un trait. L'alcool se répandit dans ses veines comme une vague de feu. Il s'appuya des deux mains sur le comptoir.

« Je l'aimais, Jo. J'aimais mon père. Il m'avait appris à faire du vélo, à jouer au foot. Il s'intéressait à nous. A nous trois. Et, chaque fois que nous avions besoin de lui, il était là, il nous écoutait, nous aidait. Nous étions heureux. Et maintenant je dois effacer à jamais ces images, me rappeler constamment qu'il a commis cet acte monstrueux. »

Elle ferma les yeux un court instant. « Et pendant toutes ces années, il a continué de vivre comme si rien ne s'était passé ?

— Lui seul savait. Oui, nos vies ont continué comme avant. Jusqu'à cet accident qui les a tués tous les deux. Jusqu'à ce que je découvre le journal et les photographies.

— Des photographies ? » Elle sursauta. « Des photos de ma mère ? »

Nathan hocha la tête lentement. « Il avait photographié ce qu'il appelait *le moment décisif.* C'était pour faire une étude, Jo ! Il rêvait de saisir l'instant de la mort sur la pellicule. »

Il se versa une nouvelle rasade de scotch pour calmer la nausée qui lui tordait le ventre. « Il y avait en lui quelque chose de pourri, quelque chose qu'aucun d'entre nous n'a décelé ni même soupçonné. Il avait des amis, une carrière réussie. Il rêvait d'avoir des petits-enfants. »

Ces aveux le déchiraient. Chaque mot, chaque souvenir, étaient une blessure. « Il n'a aucune excuse, Jo. Et il ne peut y avoir aucune absolution. »

Elle s'était redressée pour le regarder. « Il a pris des photos d'elle. De son visage, de ses yeux, de son corps nu. Il l'avait soigneusement disposée, la tête penchée vers l'épaule gauche, le bras droit en travers de la taille.

— Comment sais-tu... ?

— J'ai vu ces clichés. Mon Dieu, Nate, je n'étais donc pas folle. Je n'ai pas eu d'hallucinations. Ces photos existent bel et bien.

— Mais de quoi parles-tu ? »

Elle sortit ses cigarettes de sa poche et en alluma une. Pendant quelques secondes, elle laissa son regard se perdre dans la flamme du briquet. « Regarde, Nathan. Mes mains ne tremblent plus. »

Il s'avança vers elle, inquiet. « Jo Ellen...

— Quelqu'un m'a envoyé une photo de ma mère, une de celles que ton père a prises cette nuit-là. »

Un frisson glacé le parcourut.

« C'est impossible.

— Je te dis que je l'ai vue. C'est cette photo qui a provoqué ma crise. Mais, quand je l'ai cherchée en revenant de l'hôpital, elle n'était plus à mon appartement.

— Je croyais qu'il s'agissait de photos de toi.

— C'est exact. Seulement l'une d'entre elles représentait ma mère. »

Il la dévisagea un long moment en silence. « Jo, moi seul aurais pu t'envoyer cette photo. Et je ne l'ai pas fait.

— Où sont les négatifs ?

— Ils ont disparu. Kyle voulait les détruire en même temps que le journal. J'ai refusé. Je voulais attendre un peu avant de décider de la meilleure conduite à tenir. Nous nous sommes disputés, mon frère et moi. Il disait que cela ne servirait à rien de ressortir cette affaire vingt ans plus tard, que cela pouvait nous détruire tous les deux. A l'idée que je pouvais en parler à la police ou à ta famille, il était furieux. Le lendemain, il est parti en emportant le journal et les photos. Je ne l'ai plus jamais revu et je ne savais même pas où il était. Jusqu'à ce qu'il se noie. Je me suis dit alors qu'il avait tout détruit lui-même.

— Les photos n'ont pas été détruites. »

Maintenant, Jo pouvait de nouveau réfléchir avec froideur et clarté. « Elles existent. Et elles ressemblent aux autres photos prises de moi. Je ressemble beaucoup à Annabelle, Nathan. L'obsession a pu glisser d'une femme à l'autre.

— Crois-tu que je n'y ai pas pensé ? Que cette idée ne m'a pas terrifié ? Quand nous avons découvert le corps de Suzanne Peters et que j'ai réalisé comment elle était morte, j'ai cru que... mais c'est impossible, Jo. De toute la famille, il ne reste que moi de vivant.

— Il y a ton frère. »

Il lui lança un regard d'incompréhension. « Kyle est mort, Jo, dit-il doucement.

— Qu'en sais-tu ? Parce qu'un rapport de police prétend qu'il était ivre et qu'il est tombé à l'eau ? Et si ce n'était pas vrai, Nathan ? Il a les photos, les négatifs, le journal de ton père.

— Mais il s'est noyé. D'après les gens qui se trouvaient sur le yacht ce jour-là, il était déprimé et avait forcé sur la bouteille. Ils ne se sont aperçus de sa disparition que le lendemain. Tous ses vêtements et son matériel de photographe se trouvaient encore sur le bateau. »

Comme elle ne répondait pas, il se mit à arpenter nerveusement la pièce.

« Je dois regarder en face l'acte atroce commis par mon père. Et, maintenant, tu veux me faire croire que Kyle est toujours vivant... qu'il est capable d'une chose pareille : t'épier, te harceler, te suivre jusqu'ici, sur l'île. » Il s'immobilisa, soudain très pâle. « Et tu veux me faire croire qu'il a tué Suzanne Peters.

— Ma mère a été étranglée, n'est-ce pas, Nathan ?

— Seigneur, Jo... Pourquoi revenir encore sur...

— Et elle a été violée, comme Suzanne Peters. »

Nathan ferma les yeux. « Oui.

— Si ce n'était pas son mari...

— La police n'a pu relever aucune preuve contre lui. Et, maintenant, ils vont enquêter de nouveau sur la disparition de Ginny.

— Ginny ! » Jo chancela sous le choc. Cette seule pensée lui faisait horreur. « Oh, non ! Pas Ginny ! »

Nathan sortit sur le perron et s'accouda sur la rambarde de bois en respirant l'air frais de la nuit. Quand il l'entendit s'approcher, il se redressa.

« Quel était donc le véritable but de ton père, Nate ? Pourquoi ces photos puisqu'il ne pouvait les montrer à personne ?

— Le goût de la perfection, j'imagine. La recherche du contrôle absolu. Créer une image parfaite de la femme, selon ses innommables critères. Un crime parfait, une image parfaite. Annabelle représentait à ses yeux le meilleur des modèles. Elle était belle, intelligente, gracieuse. »

Il regarda un instant les lucioles voler dans la nuit. « J'aurais dû te parler de tout ça quand je suis arrivé ici... Mais je t'ai désirée au premier regard. Alors j'ai eu peur de te perdre. Je me disais que la vérité serait pire pour toi que le mensonge dans lequel vous viviez et que vous aviez fini par accepter. J'ai pensé qu'il valait mieux attendre que tu me fasses confiance... que tu m'aimes assez pour... »

Ses doigts se crispèrent sur la balustrade de bois. « Je raisonnais ainsi parce que c'était plus facile pour moi.

Mais après la mort de Suzanne Peters, j'ai décidé de te dire la vérité. Malheureusement, il m'est impossible de réparer le mal qu'il vous a fait à tous.

— Non, en effet, dit-elle froidement, tu ne peux rien faire. Il a pris ma mère, il nous a laissé croire qu'elle nous avait abandonnés. Il a ruiné nos vies, creusé une faille dans notre famille, un abîme que rien ne pourra plus jamais combler. »

La voix de Jo se mit à trembler. « Elle a dû avoir si peur. Il l'a fait souffrir. Ma mère n'avait rien fait pour mériter cela. »

Elle inspira profondément l'air chargé d'effluves marins. « J'ai voulu te faire souffrir moi aussi, Nathan. Parce que tu étais là, tout simplement. Parce que tu avais grandi dans l'amour d'une mère, cet amour dont j'ai été privée. Et parce que tu m'as fait éprouver des choses que je n'avais jamais ressenties auparavant.

— Je m'étais préparé à cela, Jo.

— Tu pouvais te taire, enterrer toute cette histoire. Je n'aurais jamais su.

— Mais, moi, je savais. Et chaque jour passé auprès de toi aurait été une trahison. » Il se tourna vers elle. « J'aurais tant voulu continuer à vivre ainsi, Jo ! A t'épargner ces nouvelles souffrances. Mais c'était impossible.

— Et maintenant ? » Elle leva son visage vers le ciel. « Dois-je te faire payer ce qui n'a pas de prix ? Te punir pour un événement datant de notre enfance et dont nous sommes tous les deux innocents ?

— Et pourquoi pas ? » Il parlait d'une voix sourde, les yeux perdus sur le reflet de la rivière à travers les arbres. « Comment pourras-tu désormais me regarder sans le voir, lui, mon propre père, sans penser à ce qu'il a fait ? Sans me haïr à cause de tout cela ? »

« Il a raison, pensa-t-elle. Jusqu'à maintenant, j'ai

voulu qu'il paie pour tout ça. C'est un homme courageux qui n'a pas peur de s'exposer à la haine et au dégoût des autres. »

Elle réalisa pour la première fois que la souffrance qu'elle lui avait infligée était comparable à la sienne.

« Je ne peux te blâmer, Nate, dit-elle plus doucement. Ni te tenir pour responsable.

— C'était mon père.

— Et, s'il était encore en vie, je pourrais le tuer de mes mains pour le mal qu'il nous a fait à tous. Et à toi aussi. Je le haïrai jusqu'à ma mort. Le pardon est inconcevable. » Elle le regarda. « Et toi ? Que vas-tu faire à présent ? Disparaître avec ce poids sur tes épaules pour le reste de ta vie ? Si tu le fais, je te haïrai, toi aussi ! Je ne veux pas que ton père, même après sa mort, me vole encore une chance d'accéder au bonheur ! »

Tournant brusquement les talons, elle rentra précipitamment dans la maison. Quand il entendit la porte grillagée claquer sur son passage, Nathan se retourna, les pensées en déroute. Il resta sur le perron quelques minutes, hébété, ne sachant plus que faire, avant de la rejoindre à l'intérieur.

« Jo Ellen... Désires-tu vraiment que je reste ?

— Tu n'as donc pas entendu ce que je viens de te dire ! » s'exclama-t-elle avec colère en fouillant fébrilement dans son paquet à la recherche d'une autre cigarette. « Tu crois peut-être pouvoir arriver ici en faisant tout pour me séduire et repartir sous prétexte que c'est mieux pour moi ? J'en ai assez de voir tous ceux que j'aime disparaître. Au diable tout cela, Nathan ! J'ai déjà été abandonnée, j'ai perdu l'être que je chérissais le plus au monde. Cette fois, je veux lutter pour que cela ne se reproduise plus jamais. »

Une force nouvelle l'habitait. Elle n'avait jamais été aussi belle, pensa Nathan en la regardant.

« Je m'étais préparé à tout, murmura-t-il, à te perdre, à souffrir toute ma vie. Mais pas à te garder. »

Il fit un pas hésitant vers elle et ouvrit timidement les bras. Quand elle s'y jeta en pleurant, il la serra étroitement contre lui, le visage dans ses cheveux, enivré par son parfum, par sa présence si chaude, si proche.

« Je t'aime, Jo. J'aime tout en toi.

— Moi aussi je t'aime. Et nous ne laisserons personne détruire cet amour. »

Plus tard, alors qu'elle reposait à son côté, endormie, Nathan continuait à réfléchir. Ses pensées ne le laissaient pas en paix. Cette femme étendue à côté de lui, cette femme qu'il aimait plus que tout, était en danger — un danger si terrible qu'il ne pouvait l'évoquer sans frémir. Mais il la protégerait. Au prix de sa vie, si nécessaire. Il n'hésiterait pas à tuer quiconque tenterait de lui faire du mal.

Elle bougea faiblement et ouvrit les yeux.

« Nathan...

— Repose-toi encore un peu.

— Non, dit-elle en se redressant. Il faut que je parle à ma famille. » Elle lui prit la main dans le noir. « Il faut que je trouve le bon moment et la bonne manière pour le faire. Laisse-moi m'en occuper.

— Je veux être à tes côtés, Jo. Il faut d'abord que tu penses à toi, que tu te protèges. »

Il la prit dans ses bras. « Rien ne t'arrivera. J'y veillerai. Nous allons veiller à tout. Je vais d'abord passer quelques coups de fil et tenter de réunir le maximum d'informations sur Kyle. »

La tête blottie au creux de son épaule, elle leva les yeux vers lui. « Que sais-tu de ses amis ? De son travail ?

— Pas grand-chose. Nous nous étions éloignés l'un de l'autre ces dernières années.

— Quel genre d'individu était-il devenu ?

— Il s'intéressait exclusivement au présent, aimait profiter de chaque instant quand il se présentait, sans se préoccuper des conséquences. Il n'a jamais eu personne à charge. Kyle a toujours eu beaucoup de charme, du talent. Papa disait souvent que, s'il voulait, s'il travaillait, il pourrait devenir le plus grand photographe de sa génération. Mais mon frère était un insoumis. Il se querellait sans cesse avec notre père, l'accusait de se montrer trop exigeant, trop critique, le soupçonnant même de jalousie à son égard. »

Il se remémora ces souvenirs avec émotion et réfléchit à ce qu'ils impliquaient. Et si c'était Kyle qui avait été jaloux de son père ? Cela lui ressemblait assez.

« Réfléchis, Nate, reprit Jo. Celui qui m'a envoyé ces photos possède forcément le matériel nécessaire pour procéder à ses propres développements. Par conséquent il a accès à un labo. Il en a peut-être un à Charlotte mais, quand il vient ici, il lui faut prendre d'autres dispositions. Le dernier paquet que j'ai reçu venait de Savannah.

— On peut louer un labo photo pour quelques heures.

— C'est sans doute ce qu'il a fait. A moins qu'il n'ait loué un appartement ou une maison, et qu'il se soit procuré son équipement sur place. »

Elle croisa son regard. « Si ça se trouve, il se promène librement sur cette île et va sur le continent chaque fois que ça lui chante. Jusqu'ici, il est resté parfaitement maître de la situation. »

Nathan tressaillit en se rappelant une phrase griffonnée sur le journal de son père.

Contrôler le moment, la technique, le sujet. Tel est le vrai pouvoir de l'art.

« Il faut agir vite, Nathan. S'il s'agit de lui, nous savons maintenant à quel point il est dangereux. Il va falloir observer tout le monde, chercher ceux qui ont des appareils photo... »

Il secoua la tête, encore incrédule. « Si c'était Kyle, je le reconnaîtrais...

— Tu crois cela ? Il est malin, Nate. Il se cache. Il sait que tu es là. Et il sait que je suis avec toi. La fille d'Annabelle Hathaway et le fils de David Delaney. Pour lui, la boucle est bouclée. Tu es tout autant exposé que moi. »

27.

Jo dormit jusqu'à midi. A son réveil, elle était seule et ne se souvenait pas avoir connu un sommeil aussi réparateur et sans rêves.

Tant de ses nuits avaient été agitées, peuplées de cauchemars, tant de fois elle s'était réveillée les joues baignées de larmes. Sans doute était-elle allée au bout de ses chagrins. Sans doute aussi la découverte de la vérité avait apaisé pour de bon ses angoisses. Il lui restait dans le cœur une profonde tristesse quand elle pensait à sa mère. Annabelle avait son âge quand elle avait dû affronter une telle horreur.

Pendant tant d'années, ils avaient tous vécu en l'accusant de les avoir abandonnés. Alors qu'elle n'avait été qu'une victime.

Le temps était venu de panser leurs blessures.

« Il m'aime, maman, murmura-t-elle. Le destin veut peut-être compenser ainsi le mal qu'il t'a fait — qu'il nous a fait à tous il y a vingt ans. Je suis heureuse. Au milieu de toute cette folie, je suis heureuse. »

Jo s'assit au bord du lit. Désormais, elle ne serait plus seule à se battre.

⁂

Nathan raccrocha. Sa conversation avec le consulat américain de Nice n'avait rien donné de concluant.

Il n'avait pas dormi. Ses yeux étaient rouges, son âme à vif. Il avait la sensation de tourner en rond. Même en se creusant l'esprit, il ne parvenait pas à se souvenir du plus infime détail capable de le mettre sur la bonne piste. Et pourtant, tout en se sentant coupable, il nourrissait encore l'espoir d'apprendre que son frère était bel et bien mort.

Il s'apprêtait à composer un nouveau numéro, quand des pas retentirent sur les marches du perron. La silhouette de Giff se découpa derrière la porte grillagée. Nathan lui adressa un petit signe de la main.

« Je ne veux pas vous déranger », dit Giff en hésitant sur le seuil.

« Pas de problème. Entrez.

— En réalité, je dois aller faire une réparation à Live Oak Cottage mais j'ai pensé que je pourrais vous montrer mes plans en passant. Vous savez, le projet de solarium pour *Sanctuary*.

— J'aimerais beaucoup les voir. »

Heureux de cette diversion, Nathan invita Giff à l'accompagner dans la cuisine. Au même instant, Jo sortit de la chambre, seulement vêtue d'un des T-shirts de Nathan.

« Euh... bonjour, Jo Ellen. »

Ils rougirent tous les deux, gênés. « Je passais juste une minute », dit Giff, un peu trop vite. « Je... j'ai du travail qui m'attend.

— Eh bien... mais je suis contente de te voir », répondit Jo, tout aussi embarrassée. « J'avais envie d'un café. »

Elle se dirigea vers le comptoir et remplit une tasse. « Je l'emporte dans la chambre. »

Ne sachant quelle contenance adopter, Giff décida de faire comme si de rien n'était. « Tu pourrais jeter aussi un coup d'œil à ces plans, Jo. Il s'agit de ce travail que m'a demandé Kate. Tu as toujours eu un bon jugement pour ce genre de choses. »

Faisant appel à sa bonne éducation de femme du Sud, Jo rassembla toute sa dignité et se pencha à son tour sur le dessin.

« La conception me semble bonne, déclara Nathan, les yeux fixés sur le croquis. Vous avez calculé le devis ?

— Oui, avec Bill. Il a un bureau sur le continent et s'y connaît en la matière.

— Joli travail, Giff. J'ai eu des collaborateurs diplômés qui n'auraient pas été capables d'en faire autant.

— Vous... vous pensez vraiment ce que vous dites ? » bredouilla Giff, les yeux soudain très brillants.

Nathan sourit. « Non seulement je le pense mais je crois que vous avez du talent. Si vous décidez un jour de reprendre vos études et de faire un stage, tenez-moi au courant.

— Vous voulez dire que vous accepteriez de travailler avec moi ?

— Bien sûr. » Les yeux toujours fixés sur les plans, Nathan saisit distraitement la tasse de café que Jo avait posée sur le comptoir et la vida. « Cela me ferait même très plaisir. »

Aux anges, Giff rassembla ses plans et les roula.

« Je vais les montrer à Kate maintenant. Merci... merci beaucoup, Nathan. » Il toucha le bord de sa casquette. « A bientôt, Jo. »

Elle lui rendit son salut et le regarda sortir d'une démarche guillerette.

« Tu lui as fait un immense plaisir, Nate », dit-elle après que la porte se fut refermée sur lui.

« C'était sincère.

— Tu sais, tout le monde, ici, aime bien Giff. Il est

gentil, débrouillard et honnête. Mais toi, tu lui as fait comprendre quelque chose de plus. »

Elle s'approcha de lui et appuya sa joue contre la sienne. « Je t'aime, Nathan. J'aime l'homme que tu es.

— Je t'aime aussi, tu sais. »

Il l'entoura de ses bras. « Et j'aime la femme que tu es. »

Kirby cheminait en direction de *Sanctuary,* perdue dans ses pensées. Si Jo était là, elle trouverait bien le moyen de s'entretenir avec elle en privé. Les choses devaient être plutôt sens dessus dessous, là-bas, après la nuit mouvementée qu'ils venaient tous de vivre. Pour sa part, Kirby ne pouvait que s'en tenir au secret professionnel et garder pour elle ce qu'elle avait appris de Jo.

Elle avait choisi l'heure creuse du milieu de matinée, espérant ainsi éviter Brian. Au lieu d'entrer par la cuisine, ainsi qu'il était d'usage pour les familiers de la maison, elle choisit la grande porte réservée à la clientèle de l'hôtel. Cela faisait maintenant une semaine qu'ils s'évitaient et, si Kate ne l'avait pas alertée à propos d'une touriste victime d'un malaise, Kirby se serait volontiers abstenue d'une telle visite.

A peine venait-elle de pénétrer dans le hall que Kate se précipitait sur elle.

« Kirby ! Je ne peux te dire combien j'apprécie que tu te sois dérangée. Cette cliente est tombée dans l'escalier tout à l'heure et il ne s'agit sans doute que d'une cheville foulée. Mais, à l'entendre, on croirait qu'elle s'est fracturé la jambe au moins en six endroits ! »

Kirby la regarda et devina, à l'expression de son visage, que Jo ne lui avait pas encore parlé d'Annabelle.

« Ne t'inquiète pas. Je vais aller l'examiner. Si elle

s'est vraiment cassé quelque chose, nous ferons une radio et nous l'enverrons sur le continent. »

Sa sacoche à la main, elle suivit Kate dans l'escalier. Les deux femmes s'arrêtèrent devant une porte à laquelle Kate frappa avec autorité. « Mme Tores, le médecin est là pour vous examiner. Aux frais de l'hôtel », ajouta-t-elle à mi-voix à l'intention de Kirby. « Et mets sur la note tout ce que tu voudras pour le dérangement. »

Une demi-heure plus tard, Kirby refermait la porte, épuisée. La tête lui tournait encore après la litanie de plaintes et de récriminations dont Mme Tores l'avait abrutie. Elle s'arrêta un instant dans le couloir pour masser ses tempes douloureuses. Kate surgit au même instant de son bureau.

« Alors ? Est-elle vraiment à l'article de la mort comme elle le prétend ? »

Kirby esquissa un sourire. « J'ai été tentée de lui administrer un sédatif mais j'ai résisté. Ta cliente est en excellente forme, Kate, mais elle m'a tout de même obligée à lui pratiquer un examen médical complet avant de se dire satisfaite. Sa cheville est à peine foulée, son cœur sans la moindre faiblesse, et ses poumons sont aussi sains que ceux d'une adolescente. J'espère pour vous qu'elle ne résidera pas trop longtemps ici.

— Elle nous quitte après-demain, Dieu merci. » Kate soupira. « Viens, je t'offre un verre de limonade et un morceau de cet excellent gâteau aux cerises préparé par Brian. »

Kirby secoua la tête. « Il faut vraiment que je rentre. J'ai un tas de paperasses en retard qui m'attendent.

— Pas question de te laisser repartir sans avoir bu une boisson fraîche. Il fait une chaleur épouvantable.

— Ça ne me dérange pas, Kate, et... » Kirby s'arrêta net en voyant Brian entrer par la grande porte, les bras chargés de fleurs.

« Oh, merci, Brian ! s'exclama Kate, c'est tellement gentil à toi ! » Elle fit un petit sourire entendu à Kirby. « J'allais justement cueillir quelques fleurs fraîches pour les bouquets des chambres quand il y a eu cette crise avec Mme Tores. »

Tout en bavardant, elle prit les fleurs des mains de Brian.

« Je préfère m'occuper moi-même des bouquets. Toi, sers donc un verre et du gâteau à Kirby. Elle a fait tout ce chemin pour me rendre service et je ne veux pas la voir repartir sans s'être rafraîchie. »

Elle gravit les marches de l'escalier sans se retourner, espérant que ces deux-là sauraient enfin profiter de la perche qu'elle leur tendait. Depuis quelques jours, ils se conduisaient comme de véritables idiots.

« Je n'ai besoin de rien, déclara sèchement Kirby. J'allais partir. »

Brian la dévisagea. « Tu as tout de même cinq minutes pour boire quelque chose. Fais-le au moins pour Kate. »

Kirby serra les lèvres et traversa le hall à grands pas en direction de la cuisine. Dès qu'elle aurait bu ce maudit verre, elle sortirait par la porte de derrière. Ce serait de toute façon le plus court chemin. Elle n'avait qu'une obsession : quitter cette maison au plus vite.

La voix de Brian s'éleva dans son dos.

« Comment va la malade ?

— Elle pourrait danser la gigue si elle le voulait », répondit Kirby sans s'arrêter.

Elle poussa la porte de la cuisine et resta debout, l'air sombre, tandis que Brian lui versait un verre de limonade glacée. Elle en but une gorgée et se décida enfin.

« Comment va ta main ?

— Très bien, merci. »

Kirby posa sa trousse sur le comptoir. « Puisque je suis

là, autant y jeter un coup d'œil. Les points de suture auraient déjà dû être retirés il y a deux ou trois jours.

— Je croyais que tu étais pressée.

— Ça t'évitera de venir chez moi. »

Il la regarda. Le soleil nimbait d'or ses cheveux blonds et allumait des reflets changeants dans ses yeux verts.

« Bon, d'accord », dit-il en s'asseyant.

Malgré la lourde chaleur, les mains de Kirby étaient fraîches et douces. Après avoir déroulé le bandage, elle examina la cicatrice. La suture était bien nette et sans la moindre trace d'infection. D'ici peu, il ne resterait plus grand souvenir de cette blessure.

Elle ouvrit sa trousse et s'empara d'une paire de ciseaux pour couper les fils.

« Ce ne sera pas long.

— Tu ne vas pas encore me trouer la peau, hein ?

— Tiens-toi donc tranquille », répliqua-t-elle en sectionnant le premier fil qu'elle retira délicatement à l'aide d'une pince.

Sans lever les yeux vers lui, elle ajouta sur le même ton indifférent : « N'oublie pas que nous habitons tous les deux l'île. Il ne sera pas possible de nous éviter. Autant en prendre ton parti.

— Il n'y a rien à en dire de plus, Kirby.

— Ah, tu crois ? » gronda-t-elle sans pour autant interrompre son délicat travail de précision. « Brian, je veux savoir pourquoi tu me tournes le dos tout à coup. Pour quelle obscure raison as-tu décidé de mettre un terme à notre relation ?

— Parce que les choses sont allées beaucoup trop loin, Kirb. Plus loin que je ne l'avais souhaité. Nous savons bien tous les deux que cela ne pouvait pas marcher. Alors j'ai préféré prendre les devants et me retirer le premier.

— Je vois. En somme, tu m'as plaquée avant que je ne te plaque, c'est bien ça ? »

Il ne répondit pas. Si seulement il pouvait ne pas sentir le parfum de sa peau, pensa-t-il, ne pas respirer les effluves de cette satanée lotion à la pêche dont elle enduisait son corps.

« A ton rythme, à ta manière, à ton heure, hein ? »

Elle parlait d'une voix douce, trop douce. Fuyant son regard, il hocha lentement la tête. « Tu es semblable à moi sur ce plan, Kirb. Toi aussi, tu aimes rester maîtresse de ta vie.

— Je ne discuterai pas ce point. Apparemment, tu préfères une femme malléable, délicate, qui reste assise patiemment à attendre tes bonnes grâces. Vois-tu, ce genre de perspective n'est pas pour moi.

— Non, en effet. Mais je te rappelle que je n'ai jamais souhaité établir la moindre relation suivie avec une femme. C'est toi qui es venue me chercher. Tu es attirante et je ne vois pas pourquoi j'aurais continué à prétendre que je ne m'en apercevais pas.

— Alors ce n'était que sexuel, n'est-ce pas ? Je vois. Au fond, tu as raison. Puisque nous avons tous deux apprécié ces rencontres, de quoi me plaindrais-je ? »

Elle retira le dernier fil de suture et leva les yeux vers lui.

« Voilà, c'est fini. La cicatrice va s'effacer peu à peu. D'ici peu tu auras même oublié ce vilain bobo. A présent que tout est clair entre nous, je m'en vais. »

Elle se leva tandis qu'il la regardait, immobile. « Je te remercie.

— Pas de quoi », lança-t-elle d'une voix glaciale.

Kirby franchit le seuil menant au jardin en claquant délibérément la porte sur son passage. Elle se contraignit à marcher lentement jusqu'à ce que le chemin continue sous le couvert des arbres.

Dans la cuisine, Brian n'avait pas bougé. Il prit le verre

de limonade auquel Kirby n'avait pratiquement pas touché et l'avala d'un trait.

Voilà, pensa-t-il, la situation était réglée. C'était mieux pour lui et sans doute aussi pour elle. Il avait évité que les choses n'aillent trop loin et ne deviennent trop compliquées. Naturellement, elle avait été blessée dans son amour-propre mais c'était une femme forte. Un noyau d'acier dans un corps de poupée.

« Sacrée bonne femme ! » marmonna-t-il à mi-voix.

Oui, Kirby Fitzsimmons avait une personnalité bien trempée. Elle n'était pas du genre à partager la vie d'un homme qui passait son temps à confectionner des soufflés. Il avait vu avec quel sang-froid, quelle compétence, elle s'était comportée avec Suzanne Peters. De toute évidence, elle ne pourrait se satisfaire longtemps de soigner des coups de soleil. Un beau jour, elle repartirait pour le continent mener une carrière plus digne d'elle.

Il resta un long moment perdu dans ses pensées, le verre glacé appuyé contre son front brûlant. Ses yeux tombèrent tout à coup sur la trousse médicale abandonnée sur la table. Kirby en aurait sûrement besoin. Dans son métier, on ne savait jamais quelle urgence pouvait survenir.

Il empoigna la trousse et la trouva plus lourde qu'il ne l'aurait cru. Peut-être qu'en se dépêchant, il réussirait à la rattraper. Il décida de prendre sa voiture plutôt que de couper par la forêt. Avec un peu de chance, il pourrait peut-être simplement laisser la trousse devant sa porte avant même que Kirby ne soit rentrée chez elle.

Il freina devant la petite maison de bois, coupa le moteur et escalada les marches du porche. A mi-chemin, il s'arrêta brusquement, croyant avoir entendu pleurer. Aux aguets, il écouta et perçut de longs sanglots étouffés de l'autre côté de la porte.

Quoi de plus redoutable pour un homme qu'une femme en pleurs ?

Doucement, il poussa la porte, posa la trousse et traversa le salon pour se diriger vers la chambre à coucher.

Elle était roulée en boule sur le lit, ses cheveux dissimulant son visage, le corps secoué par de violents sanglots. Souvent, Brian avait vu Lexy pleurer mais il ne s'était pas attendu à cela de Kirby.

Kirby ? Pleurer ? Cette femme fière et hautaine qui venait de sortir de sa cuisine la tête haute, le regard froid ?

Il s'assit au bord du lit, tendit la main. Aussitôt, elle se redressa, toute droite, et le dévisagea, le regard brouillé, les joues trempées de larmes. Mais, au lieu de l'accueillir, elle esquissa un geste vif pour repousser sa main.

« Sors d'ici ! » cria-t-elle en rampant de l'autre côté du lit. « Comment oses-tu venir chez moi ?

— Tu as oublié ta trousse. Je t'ai entendue pleurer. » Il s'interrompit et lui jeta un regard hésitant. « Je... je ne voulais pas te faire pleurer, Kirb. »

Elle se calma un peu et sortit un paquet de mouchoirs en papier du tiroir de la table de nuit pour s'essuyer les yeux.

« Qu'est-ce qui te fait croire que je pleure à cause de toi ?

— Parce que je ne crois pas que tu aies eu le temps de rencontrer quelqu'un d'autre qui t'ait mise dans cet état depuis que tu as quitté *Sanctuary.*

— C'est sur moi que je pleurais ! Et j'avais de bonnes raisons de le faire. Maintenant, va-t'en !

— Si je t'ai fait de la peine...

— Toi ? Me faire de la peine ? Non mais qu'est-ce que tu t'imagines ? Tu crois peut-être pouvoir m'éloigner de ta vie comme ça, d'une chiquenaude, sans me blesser ? Tu crois que tu peux venir chez moi un jour me dire que tu es amoureux de moi et, le lendemain, m'annoncer calmement que tout est fini ?

— Kirby... J'ai dit que je *croyais* être amoureux de toi. »

Il se sentit un peu penaud mais se rassura en se disant que cette distinction était essentielle et qu'il se devait d'insister.

« Oh, toi ! » s'exclama Kirby, furieuse, en saisissant le premier objet à portée de main — en l'occurrence un vase de cristal — et en le lui jetant à la tête.

Il eut juste le temps de s'écarter pour ne pas être assommé. « Kirby ! Arrête ! Tu veux vraiment avoir encore à me faire des points de suture ? »

Pour toute réponse ce fut un flacon de parfum qui traversa les airs dans sa direction. Nouvelle esquive et le flacon alla finir sa course contre le mur, répandant ses effluves sucrés dans la chambre.

Avant qu'un nouveau projectile ne suivît les précédents, il immobilisa le poignet de la jeune femme et le maintint fermement.

« Tu ne vas pas me défigurer simplement parce que j'ai blessé ton orgueil.

— Mon orgueil ! » Elle cessa soudain de lutter et ses yeux se remplirent de nouveau de larmes. « C'est mon cœur que tu as brisé, pauvre imbécile ! »

Elle se détourna pour qu'il ne voie pas ses larmes et se recroquevilla dans un coin du lit, pleurant en silence. Surpris, il lâcha prise et la contempla.

« Laisse-moi seule, Brian », dit-elle au bout d'un instant. « Je suis fatiguée... si fatiguée.

— Kirby... je l'ai fait pour toi autant que pour moi. Je sais que tu ne resteras pas sur l'île. Cette vie n'est pas faite pour toi. »

Trop épuisée pour continuer à pleurer, elle lui jeta un regard glacé. « Et pourquoi ne resterais-je pas ?

— Parce que tu es jeune, belle, douée. A New York, à Los Angeles ou à Chicago, tu pourras fréquenter des gens de ton niveau, devenir membre du country club, ouvrir un cabinet dans les quartiers chic. Tu pourrais aussi rencontrer un médecin avec lequel faire ta vie.

— Si j'avais eu envie de tout cela, j'aurais agi en conséquence. C'est ici que j'aime vivre, ici que j'exerce la médecine qui m'intéresse.

— Mais tu as reçu une éducation différente, insista-t-il. Ton père a de la fortune, c'est un chirurgien brillant et...

— Et ma mère est très jolie, c'est ça ?

— Ce que je veux dire, c'est que...

— Brian, fréquenter les country clubs n'est pas mon idéal. Tout y est si artificiel, si guindé. Pourquoi voudrais-je me trouver dans de tels endroits quand je peux m'asseoir ici sur la terrasse et contempler l'océan tous les jours ? Quand je peux me promener dans la forêt ou observer la brume se levant sur la rivière ? »

Elle le regarda avec plus de douceur.

« Dis-moi, Brian, pourquoi restes-tu ici, toi ? Tu pourrais aller n'importe où avec ton savoir-faire : diriger la cuisine d'un grand hôtel, avoir ton propre restaurant.

— J'aime vivre ici.

— Eh bien, moi aussi. » Elle essuya ses joues humides du revers de la main. « Maintenant va-t'en et laisse-moi seule. »

Mais il resta là à la regarder, les mains dans les poches. Au bout d'un long moment, il se mit à aller et venir, le visage fermé avant de se décider à gagner la porte.

Au moment de franchir le seuil, il jura entre ses dents et fit demi-tour.

« Bon sang, Kirby, j'aurais préféré que les choses se passent autrement mais c'est impossible. Nous aurons trop de problèmes, toi et moi. »

Elle le contempla avec plus d'attention. Il n'avait pas l'air d'un homme heureux avec cette lueur de ressentiment dans ses yeux, le pli dur de sa bouche, et cette ride qui creusait son front.

« Est-ce ta manière à toi de me dire que tu m'aimes ? » demanda-t-elle lentement.

« C'est ce que je viens de te dire.

— Tu me chasses de ta vie, tu m'humilies, tu m'insultes en bafouant mes sentiments et, ensuite, tu viens me dire que tu m'aimes... enfin, à *ta* façon. Eh bien, voilà certainement le genre de déclaration romantique dont rêve toute femme ! »

Il racla ses pieds, l'air embarrassé.

« J'essaie simplement de t'expliquer ce que je ressens. »

Kirby laissa échapper un soupir. Tout au fond de son cœur, l'espoir renaissait mais elle préféra ne pas lui donner libre cours.

« Il se trouve que, pour une raison qui m'échappe, je... je t'aime, moi aussi. Alors je vais te faire une suggestion.

— Je t'écoute.

— Pourquoi n'irions-nous pas faire une balade sur la plage ? Le grand air nous éclaircirait les idées. »

Il réfléchit un instant.

« Je n'ai rien contre une promenade », dit-il enfin.

Et il lui tendit la main.

28.

Il y avait dans l'air quelque chose de maléfique, Sam le sentait d'instinct. Quelque chose de plus menaçant que la chaleur lourde, étouffante, que l'aspect plombé du ciel. Il songea avec inquiétude au cyclone Carla qui sévissait en ce moment aux Bahamas. La météo se voulait optimiste mais Sam n'avait pas confiance. Il savait que les cyclones étaient imprévisibles.

Certes, on pouvait escompter que Carla contournerait la région et se dirigerait plutôt vers la Floride. Mais Sam n'aimait pas l'aspect du ciel. On aurait dit qu'il allait tomber sur l'île et tout écraser.

Au dernier Noël, Kate lui avait offert un ensemble d'instruments de mesure permettant d'établir ses propres prévisions météorologiques. Il décida d'aller les consulter. Un orage menaçait. Il fallait en apprendre plus à ce sujet.

En arrivant au sommet de la colline, Sam aperçut un couple à la lisière du jardin. Au bout de quelques secondes, il reconnut les cheveux roux de Jo. Le garçon devait être ce Delaney, pensa Sam. Et il se pressait impudiquement contre le corps de sa fille, l'embrassait, le caressait.

Autrefois, les jeunes gens ne se seraient pas permis

d'afficher aussi publiquement leurs ébats amoureux. Sam se souvint de l'époque où il faisait la cour à Annabelle. Ils devaient se cacher pour voler quelques instants d'intimité. Si le père de Belle les avait surpris, cela leur aurait coûté cher.

Il poursuivit son chemin en marquant fortement ses pas sur le sol pour être certain d'être entendu. Mais les deux jeunes gens ne semblèrent même pas sursauter à son approche. Et ils n'avaient nullement l'air coupable quand il arriva à leur hauteur. Ils se contentèrent de s'écarter un peu l'un de l'autre, les mains toujours enlacées.

Sam fronça les sourcils.

« On dirait que l'orage arrive ici », marmonna-t-il.

Jo réalisa qu'il faisait la conversation pour masquer son embarras. Elle décida d'adopter la même attitude. « On dit que Carla se dirige vers Cuba et qu'il se perdra ensuite dans l'océan.

— Les cyclones n'en font toujours qu'à leur tête », insista Sam.

Il se tourna vers Nathan. « J'imagine qu'on ne sait pas grand-chose sur les cyclones à New York, hein ? »

Etait-ce un défi ? se demanda Nathan. Un avertissement ?

« Non, c'est vrai. Mais je me trouvais à Cozumel quand le cyclone Gilbert a frappé.

— Ah bon, alors vous savez de quoi il retourne », observa Sam presque à contrecœur. « J'ai entendu dire que vous aviez donné un coup de main à Giff pour ce solarium dont Kate rêve tant.

— C'est son projet, exclusivement. Je ne lui ai donné que quelques conseils. »

Sam se tourna vers sa fille. « Jo Ellen, je suppose que ce jeune homme voudra dîner. Va donc dire à Brian d'ajouter un couvert. »

Jo ouvrit la bouche pour répondre mais son père s'éloignait déjà. Haussant les épaules, elle prit la direction de la maison.

Quand elle pénétra dans la cuisine, Brian était en train de décortiquer des crevettes sur le comptoir. Surprise, elle l'entendit chantonner tout en travaillant.

« Que se passe-t-il ici ? lança-t-elle. Papa fait la conversation et s'intéresse aux plans du solarium, et toi, tu te mets à chanter maintenant.

— Je ne chante pas.

— Si, tu chantais. Et du rock, en plus.

— Et alors ? Je peux chanter dans ma cuisine, que je sache. »

Jo ouvrit le réfrigérateur et prit une bière. « Tu en veux une ?

— Ça ne me fera pas de mal. Je maigris rien qu'en travaillant ici. »

Du revers de la main, il essuya la sueur qui perlait à son front et saisit avec reconnaissance la bouteille que Jo lui tendait. Il but une longue gorgée, soupira d'aise et regarda sa sœur.

« Il y a un boulot fou ici. Tu n'aurais pas le temps d'éplucher les carottes ?

— Je croyais que tu refusais qu'on t'aide quand il s'agissait de cuisine.

— On peut changer d'avis. » Il lui mit un couteau à légumes dans les mains. « Allez, au travail. »

Jo sortit les carottes, grimpa sur un tabouret et commença à les éplucher lentement.

« Brian », dit-elle au bout d'un long silence, « s'il y avait quelque chose que tu avais cru depuis toujours, quelque chose qui, au bout du compte, se révélait être faux. Que préférerais-tu ? Continuer dans l'illusion ou apprendre une vérité terrible, une vérité qui peut menacer l'équilibre de toute ta vie ? »

Brian jeta les crevettes dans l'eau bouillante et se retourna pour s'emparer d'une passoire.

« Attention, Jo Ellen, tu mets des épluchures par terre.

— Ne t'inquiète pas, je les ramasserai.

— Tu poses d'étranges questions, ce soir. Tu songes à écrire un roman ou quoi ? »

Elle réprima un soupir. « Tu ne pourrais pas simplement me dire ce que tu penses ? Me donner ton avis sur le sujet ?

— Bon, bon, très bien. » Il souleva le couvercle de la casserole et remua le contenu. « Si tu tiens à philosopher, laisse-moi te dire que le bien et le mal ont toujours coexisté en chacun d'entre nous. L'éternelle dualité du Dr Jekyll et de Mr Hyde. Nous avons tous nos zones d'ombre.

— Il ne s'agit pas d'ombre. Je ne te parle pas d'un homme qui tromperait sa femme l'après-midi au motel du coin ou qui rafle le tiroir-caisse de son patron. Je te parle d'un véritable démon, de quelqu'un qui ignore le remords, et qui sait si bien dissimuler sa vraie nature que même ses proches n'ont aucun soupçon à son sujet. »

Brian réfléchit. « Il me semble qu'il est plus facile de cacher sa personnalité quand on est dépourvu de tout sens moral et que l'on éprouve ni honte ni remords. Dans ces conditions, le miroir ne révèle rien. »

Jo fronça les sourcils. « Oui, oui, c'est bien cela.

— As-tu encore d'autres questions de ce genre ? » Brian déversa le contenu de la casserole dans la passoire et son visage se perdit dans un nuage de vapeur. « Jo, que se passe-t-il ? »

Elle posa lentement son couteau sur le comptoir et leva les yeux vers lui. « Il faudra que je vous parle ce soir après dîner. A tous. Nous nous retrouverons dans le salon. »

Il lui jeta un regard surpris.

« Tous réunis ? Tu parles d'une épreuve !

— C'est important, Brian. Important pour nous tous. »

« Je ne vois pas pourquoi je traînerais encore ici, alors que j'ai un rendez-vous. »

Lexy s'examina dans le miroir derrière le bar et arrangea ses cheveux. « Il est bientôt 11 heures. Giff risque de s'impatienter et d'aller se coucher.

— Jo insiste. Elle dit que c'est important », rappela Kate en vérifiant le point de l'ouvrage qu'elle tricotait.

« Dans ce cas où est-elle ? grogna Lexy. Il n'y a personne d'autre dans ce salon que toi et moi. Je te parie que Brian a dû prendre la poudre d'escampette pour aller voir Kirby. Et papa est sûrement en train de tripoter son poste à ondes courtes pour avoir des nouvelles du cyclone.

— Un peu de patience, ils ne vont pas tarder. En attendant pourquoi ne nous servirais-tu pas un petit verre de vin, chérie ? »

Sam passa la tête par la porte et entra. Il jeta un coup d'œil amusé à l'ouvrage de Kate, une couverture de laine au point serré qui ne semblait guère avancer.

« Tu as une idée de ce que nous veut Jo ?

— Pas la moindre, répondit Kate placidement. Assieds-toi donc. Lexy a ouvert une bouteille de vin.

— J'aime autant une bière.

— Y'a qu'à commander, bougonna Lexy. J'adore faire le service.

— Je peux la prendre moi-même si c'est ça qui te dérange. »

Lexy leva la main. « Ça va, ça va, je te la donne, ta bière. »

Sam s'installa sur le canapé à côté de Kate et croisa les mains sur ses genoux. Quand Jo pénétra dans le salon, le spectacle de son père, de sa sœur et de sa cousine paisiblement réunis lui serra le cœur. Dans quelques instants, elle allait détruire cette paix.

« Ah, la voilà ! » s'exclama Kate en posant son ouvrage.

Quand elle aperçut la silhouette de Nathan, elle eut un tressaillement de joie et crut deviner la raison de cette réunion.

« Nous étions en train de boire un peu de vin, Jo, lança-t-elle gaiement. Mais peut-être préféreriez-vous du champagne ?

— Non, non, le vin sera très bien. »

Jo se hâta vers le bar et, trop nerveuse pour maîtriser parfaitement ses gestes, entrechoqua maladroitement les verres.

« J'espère que tu ne comptes pas nous retenir trop longtemps, dit Lexy. J'ai des projets pour la soirée.

— Désolée.

— Prenez place, Nathan, ordonna Kate. Et mettez-vous à l'aise. Brian ne devrait pas tarder. Ah ! Le voilà, justement ! Brian, mets donc le ventilateur en route, veux-tu ? J'imagine qu'il doit faire plus frais dans votre bungalow au bord de la rivière, n'est-ce pas, Nathan ?

— En effet. » Il venait de passer une demi-heure à discuter avec Sam des plans du solarium et avait la gorge serrée à l'idée de ce qui les attendait.

Perdu dans ses pensées, il réalisa soudain que Kate lui adressait la parole.

« Excusez-moi, balbutia-t-il. Que disiez-vous ?

— Je vous demandais s'il vous était aussi facile de travailler ici qu'à New York ?

— J'apprécie le changement. » Il regarda Jo qui lui apportait un verre de vin et la supplia du regard. Mon Dieu, pensa-t-il, qu'on en finisse.

« Assieds-toi, Brian, murmura Jo.

— Eh bien, que de cérémonies. »

Il se sentait joyeux et léger et songeait aux diverses manières d'aller réveiller Kirby demain matin. En fredonnant, il se laissa tomber dans un fauteuil et lança même un petit clin d'œil affectueux à Lexy quand elle vint se percher sur l'accoudoir.

Jo prit une profonde inspiration.

« Je ne sais pas par où commencer. C'est à propos de maman.

— Ne remuons pas le passé, intervint aussitôt Sam. Voilà trop longtemps que ta mère est partie. »

Jo plongea ses yeux dans ceux de son père.

« Elle est morte, papa. Morte depuis vingt ans. » Elle s'agrippa à sa main comme pour se retenir à lui. « Elle ne nous a jamais abandonnés. Et... elle n'a pas quitté *Sanctuary*. Maman a été assassinée. »

Lexy bondit sur ses pieds. « Comment peux-tu dire une chose pareille !

— Alexa ! » Sam gardait les yeux fixés sur Jo. « Continue. Qu'est-ce qui te permet d'affirmer cela, Jo Ellen ?

— Il existe des preuves. »

Elle parla calmement de la photographie reçue dans son appartement de Charlotte, du choc éprouvé en reconnaissant Annabelle.

« J'ai tout envisagé, poursuivit-elle, j'ai pensé qu'il s'agissait d'une plaisanterie cruelle ou d'un trucage. Mais c'était bien elle, papa. Et la photo a été prise ici, sur l'île, la nuit où elle a disparu.

— Où est cette photo ? Où est-elle ?

— Elle s'est volatilisée pendant que j'étais à l'hôpital. Mais je te jure qu'elle existe.

— Tu étais en pleine crise. Il peut s'agir d'une hallucination. »

Jo ouvrit la bouche mais Nathan répondit avant elle. « Non. Parce que moi aussi j'ai vu cette photo. Parce qu'elle a été prise par mon père après qu'il l'eut tuée. »

Sam se mit lentement debout. « Etes-vous en train de me dire que votre père a tué Belle ? Tué une femme qui ne lui avait fait aucun mal ? Et qu'il a, ensuite, pris des photos d'elle ?

— Nathan ignorait tout, papa. » Jo saisit Sam par le bras. « Il était tout jeune à l'époque. Il ne savait pas.

— Mais c'est un homme, maintenant !

— Ce n'est qu'après la mort de mon père que j'ai découvert les photos et le journal. Tout ce que dit Jo est vrai. Il l'a assassinée. Les détails de ce meurtre se trouvent dans son journal. »

Quand il se tut, un silence épais tomba sur la pièce. On n'entendait plus que le grincement des pales du ventilateur auquel se mêlaient les pleurs de Lexy et la respiration haletante de Sam. La rage et le chagrin lui broyaient le cœur.

« Et pendant vingt ans, votre salaud de père a gardé ça pour lui ! » cria-t-il, les poings serrés. « Il nous a laissés nous enliser dans l'attente, le désespoir. Et, vous, son fils, tout ce que vous trouvez à faire, c'est revenir ici et séduire ma fille ! »

Il se tourna vers Jo. « Et toi, tu l'as laissé faire !

— Papa... J'ai réagi exactement comme toi quand il m'a dit la vérité. Mais après j'ai compris que Nathan n'était responsable de rien.

— Ah vraiment ! Je te rappelle qu'ils sont du même sang ! »

Nathan avança et se plaça en face de lui. « Monsieur Hathaway, je suis précisément venu sur cette île pour savoir ce qu'il fallait faire. Parler ou enterrer l'affaire. Et puis je suis tombé amoureux de Jo. Mais je sais que je n'en ai pas le droit. »

Brian repoussa doucement Lexy qui pleurait sur son épaule. « Mais pourquoi ton père a-t-il commis un acte aussi abominable ?

— Aucune raison ne peut le justifier », répondit Nathan d'une voix sombre. « Il l'a simplement... choisie selon un plan conçu depuis longtemps. Il n'a agi ni par colère ni par passion. Je ne me l'explique pas moi-même.

— Mieux vaudrait que vous partiez maintenant, Nathan », intervint calmement Kate en se levant pour les rejoindre. « Laissez-nous seuls.

— Il faut d'abord que je vous dise...

— Je ne veux plus de vous dans cette maison ! » jeta Sam avec violence. « Je ne veux pas de vous sur mon territoire, compris ?

— Je ne partirai pas tant que Jo ne sera pas en sécurité. Car celui qui a tué Suzanne Peters et Ginny Pendleton la veut elle aussi.

— Ginny ! » Kate s'agrippa au bras de Sam.

« Il n'y a pas encore de preuves pour Ginny, mais je sais. Et si vous voulez bien m'écouter jusqu'au bout, vous comprendrez, vous aussi. Ensuite, je partirai.

— Laissez-le parler ! » jeta Lexy d'une voix forte en se redressant brusquement. « J'ai toujours su que Ginny ne s'était pas enfuie. Ça s'est passé comme avec maman, n'est-ce pas, Nathan ? »

Brian ne lui laissa pas le temps de répondre. Ses yeux n'étaient plus que deux fentes d'un bleu orageux.

« Tu sais aussi te servir d'un appareil photo, hein, Nate ? »

Nathan reçut la blessure en plein cœur. Jusqu'ici, il avait pensé que Brian était son ami — et qu'il le resterait.

« Tu as le droit de me soupçonner, mais j'ai également le droit de m'expliquer.

— Il vaut mieux que je leur parle moi-même, Nate. » Jo saisit son verre et en but une gorgée. Puis, lentement, en choisissant soigneusement ses mots, elle raconta tout : les confessions de David Delaney dans son journal, les photos, et l'inexplicable répétition des événements avec le meurtre de Suzanne Peters et la disparition de Ginny.

« Nous ignorons encore qui est responsable de ces nouveaux crimes, conclut-elle. Mais Kyle possédait le journal de son père et a pu s'en inspirer. S'il s'agit bien de lui, ainsi que nous le pensons, il n'y a plus aucune raison pour tenir Nathan à l'écart.

— Alors comme ça, le coupable — *les* coupables — sont décédés ! fulmina Brian. Voilà une hypothèse bien commode, tu ne trouves pas ?

— Nous ne savons pas avec certitude qui est responsable des autres morts. S'il s'agit réellement de Kyle, cela ne fait pas pour autant de Nathan un coupable.

— Ne lui cherche pas d'excuses ! Son père a tué notre mère, détruit nos vies à tous. Et voilà qu'une nouvelle femme meurt, peut-être deux. Et tu voudrais qu'on oublie tout ! Allez au diable ! »

Il quitta la pièce à grands pas, laissant derrière lui une vibration lourde de colère et de ressentiment.

« Je vais le rejoindre. » Lexy s'arrêta devant Nathan et le regarda avec attention. « Brian aimait tellement sa mère, Nate. Mais il se trompe. Tu n'as rien à te faire pardonner. Tu es une victime, comme nous. »

Quand elle fut sortie, Kate soupira profondément.

« Il faut nous laisser un peu de temps, Nathan. Le temps de soigner nos blessures.

— Je pars avec toi », dit Jo en s'avançant vers lui.

Il leva la main pour la retenir. « Non, reste ici avec ta famille. Nous avons tous besoin d'un peu de temps. »

Il se tourna vers Sam. « Si vous avez d'autres questions à me poser...

— Je saurai bien vous trouver. »

Nathan hocha lentement la tête et quitta le salon. Jo fit un pas vers son père: « Papa...

— Nous n'avons plus rien à nous dire pour l'instant, Jo Ellen. Tu es une femme et une adulte, tu sais ce que tu as à faire. Laisse-moi.

— Comme tu voudras. Je comprends ce que tu ressens et combien ça fait mal. » Elle le regarda bien en face. « Mais quand tu auras pris tout le temps qu'il faut pour réfléchir, crois-tu vraiment pouvoir continuer à stigmatiser le fils pour les péchés de son père ? »

Sam sortit sans répondre.

« Va dans ta chambre, Jo. »

Kate posa une main sur l'épaule de la jeune femme. « Laisse-moi voir ce que je peux faire.

— Et toi, Kate ? Tu le condamnes aussi ?

— Pour le moment, j'ai du mal à mettre de l'ordre dans mes pensées. Je sais que ce garçon souffre. Mais Sam souffre aussi. N'attends pas de nous des réponses trop rapides. Donne-nous du temps. »

Kate trouva Sam sur le perron, appuyé à la balustrade, contemplant la nuit. Dans le ciel lourd, la lune et les étoiles étaient voilées par un épais rideau de nuages.

Elle s'approcha et vint s'accouder à côté de lui. Les mains de Sam étaient crispées sur la rambarde de bois.

« Ça n'en finira donc jamais, murmura-t-il. La souffrance, le deuil. Il faut que je la pleure de nouveau, que je la pleure indéfiniment. C'est trop injuste.

— Non, Sam. Ce n'est plus nécessaire.

— Crois-tu que je puisse me consoler à l'idée qu'elle ne nous a jamais abandonnés ? Qu'elle ne s'est pas enfuie, qu'elle ne nous a pas oubliés ? Comment parviendrai-je à effacer toutes les pensées qui m'ont obsédé durant tant d'années ? Toutes les accusations que j'ai portées contre elle, parce que je croyais qu'elle avait fait preuve d'un monstrueux égoïsme ?

— Ne t'accuse pas, Sam. Tu ne savais pas. »

Il se raidit. « Si tu es venue ici pour défendre ce garçon, tu peux t'en aller tout de suite.

— Non, je ne suis pas ici pour ça. Mais écoute-moi quand même. Tu croyais que Belle t'avait quitté. Nathan, lui, croyait que son père était un homme normal, digne d'être aimé. Vous vous trompiez tous les deux. Mais, maintenant, les choses sont plus difficiles pour lui. Car, toute sa vie, il devra vivre avec cette évidence : David Delaney, son père, était un fou, un meurtrier.

— Je t'ai dit de t'en aller.

— Comme tu voudras. Mais permets-moi de te dire que tu n'es qu'un vieux mulet borné. Reste donc là tout seul, dans le noir, à te vautrer dans ton malheur. »

Elle fit volte-face et s'apprêtait à s'éloigner quand la main de Sam se referma sur son bras.

« Non ! Ne pars pas. Je t'en prie, ne me quitte pas.

— T'ai-je jamais quitté ? soupira Kate. Sam, je ne sais plus quoi faire, ni pour toi, ni pour aucun d'entre vous. Et cette pensée me désespère.

— Mon chagrin n'est plus le même, Kate. Vingt ans ont passé, vingt longues années. C'est beaucoup. Je ne suis plus l'homme que j'étais lorsque je l'ai perdue.

— Tu l'aimais.

— Je l'ai toujours aimée, même lorsque j'ai cru le

pire à son sujet. Tu te souviens de Belle, Kate. Elle était comme une lumière sur le monde. »

Kate hocha lentement la tête. « C'est vrai. Elle illuminait tout ce qui l'entourait. »

Sans même s'en apercevoir, il avait saisi ses mains pour les serrer convulsivement. Lorsqu'il baissa les yeux, il se troubla en voyant leurs doigts enlacés.

« Tu as toujours su préserver cette lumière quand elle a menacé de s'éteindre, quand elle n'était plus qu'une petite flamme vacillante dans le noir. » Il parlait lentement, choisissant chaque mot avec soin. « J'aurais dû te dire tout cela plus tôt, te dire ma reconnaissance. Tu as élevé les enfants, tu t'es occupée de tout.

— Au début, je l'ai fait pour elle mais, ensuite, je suis restée de mon plein gré. Tu sais, Sam, je crois que Belle n'aurait pas voulu que tu continues à te tourmenter ainsi. Ce n'est pas elle qui aurait condamné un garçon de dix ans pour un crime commis par son père. »

Sam ferma les yeux.

« Le salaud..., murmura-t-il. David Delaney a parcouru l'île avec moi dans tous les sens quand on a cherché Belle. Et pendant tout ce temps, il savait ce qu'il lui avait fait !

— Il t'a trompé, dit paisiblement Kate. Et il a aussi trompé toute sa famille.

— Je voudrais tellement lui faire payer tout cela aujourd'hui.

— Et tu veux aussi que le fils paie pour lui ? »

Il y eut un silence. « Je ne sais pas... », répondit-il d'une voix à peine audible.

Elle lui pressa tendrement la main.

« Sam... et s'ils avaient raison ? Si quelqu'un cherchait vraiment à faire du mal à Jo ? A lui faire subir les mêmes horreurs que celles infligées à Annabelle ? Nous devons y veiller. Et, si je ne me trompe, Nathan Delaney me paraît prêt à protéger Jo de sa vie. Penses-y. »

Sam jura entre ses dents et dégagea vivement sa main.

« Cette fois, je ne me laisserai plus abuser, Kate. Cette fois, ce monstre me trouvera sur sa route. »

La lisière de la forêt offrait un excellent point de vue par une nuit sans lune. Mais il n'avait pu s'empêcher de s'approcher plus près encore en se dissimulant dans le noir.

C'était tellement excitant de se trouver si près de *Sanctuary,* d'entendre leurs voix flotter dans la nuit. En écoutant les paroles du vieil homme, il n'avait pu s'empêcher de sourire.

Ils croyaient avoir tout compris.

Les imbéciles... Comme ils se trompaient !

D'un geste presque affectueux, il tapota le revolver glissé dans sa botte. Il pourrait les avoir tous les deux maintenant, s'il le voulait. Comme au tir au pigeon. Après cela, il ne resterait plus que les deux femmes dans la maison puisque Brian était parti tout à l'heure en voiture, l'air fou furieux.

Oui, il pourrait avoir les deux filles d'Annabelle. L'une après l'autre ou les deux ensemble. Un joli petit ménage à trois.

Mais cela le détournerait de son plan initial et il n'aimait pas cette idée. Il fallait impérativement rester organisé, méthodique. Faire preuve de discipline. En répétant exactement le chef-d'œuvre de la mort d'Annabelle, il réaliserait son propre chef-d'œuvre.

Encore un peu de patience.

Ce qui ne voulait pas dire qu'il n'y avait pas moyen

de faire bouger un peu les choses. Quand le lapin que l'on chasse est terrorisé, il devient encore plus facile de l'attraper.

Il s'enfonça de nouveau sous les arbres et passa une heure agréable à regarder les fenêtres allumées dans la chambre de Jo.

29.

Kirby courait sur la plage.

C'était l'heure de son jogging matinal et elle aimait toujours ce moment de liberté et de solitude. A l'est, un rouge éclatant, glorieux, drapait le ciel violemment éclairé par le soleil levant. Ces couleurs, Kirby le savait, n'annonçaient pas du beau temps. D'autant qu'un vent furieux s'était levé, balayant le littoral. Mais elle ne pouvait s'empêcher de trouver ce spectacle splendide. On aurait dit que l'horizon était en flammes.

Peut-être bien que le cyclone Carla allait mettre le cap sur Desire, après tout, songea-t-elle. Cela aurait au moins l'avantage de distraire Brian de ses sombres pensées.

Elle aurait tant voulu l'aider. Quand il avait fait irruption chez elle, la nuit dernière, bouillant de rage et de désespoir, elle s'était contentée de l'écouter calmement, comme elle l'avait fait pour Jo. Après quoi il l'avait possédée farouchement, presque avec violence, extériorisant ainsi le chaos intérieur qui le consumait.

Elle n'avait pas réussi à le convaincre de rester dormir chez elle et, peu avant l'aube, il était reparti après l'avoir serrée une dernière fois contre lui. Elle savait qu'il avait puisé à ses côtés assez de forces pour regagner *Sanctuary*.

Maintenant, c'était elle qui devait s'éclaircir les idées.

L'homme qu'elle aimait souffrait et elle s'en trouvait fatalement affectée. Elle désirait tant l'aider à trouver la paix.

Levant les yeux, elle repéra soudain la silhouette de Nathan. Il se tenait tout près de l'eau, contemplant les gerbes d'écume qui venaient marteler le rivage. Kirby ralentit le pas, hésitante. Mais son sens de la compassion prit le dessus et elle s'approcha de lui. Jamais elle n'avait su tourner le dos à la souffrance.

« Bonjour. »

Elle dut élever la voix pour se faire entendre par-dessus le fracas des vagues et du vent. « On dirait que vos vacances ont pris un tour inattendu. »

Il ne put retenir un petit rire ironique. « N'est-ce pas ?

— Que diriez-vous d'une tasse de café ? En qualité de médecin, je recommande toujours à mes patients de ne pas abuser de la caféine. Seulement je sais aussi qu'elle fait parfois du bien.

— Merci, Kirby. Mais, pour l'instant, je suis devenu *persona non grata* ici. Cela déplairait à Brian de vous voir m'accueillir chez vous. Compte tenu des circonstances, je ne peux le lui reprocher.

— J'agis et je pense sans me laisser influencer par les jugements d'autrui, Nathan. N'en déplaise à Brian. »

Elle posa une main sur son bras. La souffrance de cet homme était si palpable qu'elle en eut le cœur serré. « Venez avec moi à mon cabinet. Si cela peut vous aider, considérez-moi simplement comme le médecin de cette île. Un médecin prêt à panser votre âme. » Elle lui sourit. « Je peux même vous envoyer ensuite ma note d'honoraires si cela peut vous rassurer.

— Dans ce cas... » Il respira profondément. « Dieu sait que j'ai besoin d'une tasse de café et, aussi, d'une oreille complaisante.

— Les deux sont à votre disposition. Venez. » Elle glissa son bras sous le sien. « Alors, comme ça, les Hathaway vous ont mené la vie dure ?

— Oh, je ne peux pas leur en vouloir. Ils ont été parfaits avec moi. Vous savez : la bonne éducation des gens du Sud. Je leur ai dit que mon père avait assassiné leur mère et personne n'a tenté de me lyncher jusqu'à preuve du contraire.

— Nathan... » Elle s'arrêta au bas des marches pour le regarder. « C'est une terrible tragédie. Mais lorsqu'ils auront pris le temps de réfléchir, plus personne ne songera à vous blâmer.

— Jo ne le fait pas. Et pourtant, entre tous, elle est la plus vulnérable.

— Parce qu'elle vous aime.

— Lexy a réagi différemment aussi. Elle m'a regardé droit dans les yeux et m'a dit que je n'étais responsable de rien.

— Elle est experte dans l'art de se dissimuler sous toutes sortes de masques, mais elle sait également se montrer très perspicace. »

Kirby ouvrit la porte.

« Cessez de vous torturer, Nathan. Ce n'est pas votre faute.

— Au fond de moi, je le sais — intellectuellement et émotionnellement. Mais ce n'est pas terminé, Kirby. Une autre femme est morte, peut-être deux. Non... rien n'est terminé. »

Elle hocha la tête et désigna un fauteuil pour l'inviter à s'asseoir. « Installez-vous confortablement. Nous allons parler de tout cela dans le calme. »

⁂

Le cyclone Carla atteignit la côte sud-est de la Floride et ravagea Key Biscayne avant de se diriger vers le nord. Au long de son parcours capricieux, il secoua sévèrement Fort Lauderdale, éparpillant les touristes et les campeurs, et en tuant quelques-uns. Mais il ne fit que passer, avide d'autres terres à balayer de sa rage.

Son œil était froid et vide, son souffle écumant. Et sa puissance n'avait fait qu'augmenter depuis qu'il était né dans les eaux chaudes des Antilles.

Il tourbillonna sur l'océan comme une furie, écrasant au passage l'étroite barrière des îles.

Dans l'une des chambres réservées aux clients de l'hôtel, Jo achevait de faire le lit. Un soleil chaud et brillant entrait à flots par les portes-fenêtres ouvertes sur le balcon, creusant les ombres bleues qui cernaient ses yeux, témoins d'une nuit sans sommeil.

Lexy fit irruption dans la pièce, haletante.

« Carla vient de toucher St. Simons !

— Je croyais qu'il se dirigeait vers l'ouest.

— Apparemment, il a changé d'avis et, maintenant, il fonce vers le nord. Le dernier bulletin de la météo annonce qu'il sera ici avant la nuit. »

Jo se redressa. « Quelle est sa puissance ?

— Force 3, à ce qu'il paraît.

— Ce qui signifie des vents de plus de 130 kilomètres à l'heure. Ça risque de faire des dégâts.

— Les touristes vont être évacués par le ferry avant que la mer ne se déchaîne. Kate voudrait que tu viennes l'aider à la réception. Moi, je pars avec Giff au camping prévenir tout le monde.

— Entendu. Je descends. Espérons que Carla nous épargnera.

— Papa écoute tous les bulletins à la radio. Et Brian

est allé faire vérifier le réservoir du bateau pour le cas où nous serions obligés de partir, nous aussi.

— Papa n'acceptera jamais de quitter l'île.

— Mais on dirait que, toi, tu t'en vas... » Lexy s'approcha. « Je suis entrée dans ta chambre ce matin et j'ai vu que tu avais pratiquement achevé de faire tes valises.

— J'ai davantage de raisons de partir que de rester.

— Tu te trompes, Jo. Il faut que tu restes. Au moins jusqu'à ce que nous ayons tous surmonté cela. Et il faudra aussi enterrer maman.

— Oh, Seigneur, Lexy... » Jo enfouit son visage dans ses mains.

« Pas son corps, bien sûr. Mais nous devons faire poser une stèle à son nom dans le cimetière. Et lui dire au revoir. Elle nous aimait. Toute ma vie, j'ai cru que non. J'ai même pensé que son départ était ma faute. »

La voix de Lexy se brisa et Jo releva la tête. « Ta faute ? Mais pourquoi ?

— J'étais la dernière. Je me suis dit qu'elle n'avait peut-être pas voulu d'autre enfant, qu'elle ne m'avait pas désirée. C'est pour ça, tu sais, que j'avais tellement besoin d'être aimée par tout le monde. Pour ça que je jouais des tas de rôles, même les plus stupides, dans l'espoir d'attirer l'attention. »

Elle alla fermer la fenêtre et s'adossa au battant. « J'ai fait toutes sortes de bêtises et j'aurais sans doute continué. Mais de savoir la vérité a tout chamboulé dans ma tête. Il faut que je lui dise au revoir, Jo. Que nous lui disions tous adieu.

— J'ai honte de n'y avoir pas pensé, murmura Jo. Si je pars avant que tout soit réglé, je reviendrai rien que pour cela, je te le promets. »

Elle se baissa pour ramasser les draps sales qu'elle

venait de retirer du lit. « Malgré tout ce qui s'est passé, je suis heureuse d'être revenue à *Sanctuary.* Et je me réjouis que les choses se soient arrangées entre nous.

— Moi aussi », dit Lexy en arborant son plus radieux sourire. « Maintenant, tu vas peut-être me donner quelques-unes des jolies photos que tu as prises de moi. Ou même en faire d'autres. Ça me sera utile pour mon press-book. Les agences d'acteurs seront impressionnées de voir que j'ai été photographiée par quelqu'un d'aussi célèbre ! »

Jo sourit à son tour.

« Si nous sortons entiers des assauts de Carla, je ferai de toi une photo qui donnera le vertige à tous les producteurs de New York !

— Chic alors ! » Lexy battit des mains. « J'ai justement acheté en solde une robe du soir absolument fantastique. Elle sera idéale pour la photo. Il faudra aussi que je fasse du charme à Kate pour qu'elle me prête les perles de grand-mère Pendleton. Bon, j'y vais... »

Jo se mit à rire tandis que sa sœur disparaissait dans l'escalier. Elle enroula les draps sales et les porta à la buanderie. Par la porte ouverte d'une des autres chambres, elle aperçut un couple de touristes de Toronto occupés à boucler hâtivement leurs valises. Les autres clients de l'hôtel devaient sûrement faire de même.

En arrivant au rez-de-chaussée, quelques instants plus tard, elle constata que la réalité dépassait ses pires prévisions. Des bagages s'amoncelaient un peu partout dans le hall, des groupes de clients aux mines inquiètes s'agglutinaient aux fenêtres pour examiner le ciel.

A la réception, Kate officiait bravement, entourée de paperasses, pressée de questions. Les départs, d'ordinaire sans problème, s'opéraient à présent dans la bousculade.

« Ne vous inquiétez pas, annonça Kate à la ronde.

Tout le monde sera transporté en toute sécurité au ferry. Il y a des départs toutes les heures. » Comme un flot de questions fusait de nouveau, elle leva la main. « Je conduirai le premier groupe à l'embarcadère d'ici quelques minutes. Ma nièce me remplacera à la réception. » Tout en parlant, elle adressa à Jo un regard d'excuse. « Monsieur et madame Littleton, veuillez monter dans la navette avec votre famille. Et vous aussi, monsieur et madame Parker. Mademoiselle Houston ? Par ici, je vous prie. Quant aux autres, je vous demande un peu de patience. »

Elle traversa le groupe bruyant et agité, prit Jo par le bras et l'entraîna à l'écart.

« Désolée de t'abandonner au milieu de ce tumulte. Je serai bientôt de retour.

— Tout ira bien, Kate. Si tu veux, j'emmènerai le prochain groupe au ferry dans la jeep.

— Pas question ! » La voix de Kate avait résonné sèchement. « Tu ne quitteras pas cette maison sans être accompagnée par l'un ou l'autre d'entre nous. Je te prie de ne pas ajouter encore à mes soucis par une conduite irresponsable.

— Pour l'amour du ciel, Kate ! Je verrouillerai les portières de la voiture si cela peut te rassurer.

— Non et non. Ecoute, je n'ai pas le temps de discuter avec toi. Tu resteras ici et tu t'efforceras de calmer tous ces gens. Moi, je dois cueillir en route d'autres clients au camping et dans les bungalows.

— Comme tu voudras.

— Ton père a apporté sa radio à ondes courtes dans la cuisine. Il serait préférable que tu ne t'approches pas de lui pour l'instant, vu ?

— Je n'en ai pas l'intention. Mais il faut absolument que j'appelle Nathan.

— Je l'ai déjà fait. Il ne répond pas. Je passerai chez lui au retour pour l'amener ici.

— Merci.

— Ne me remercie pas trop vite, petit chat. Dans quelques minutes, tu risques d'avoir une migraine dont tu te souviendras ! »

Grimpé sur une échelle Giff ajustait des panneaux de contre plaqué sur les volets de la salle à manger. A ses pieds, Lexy en clouait un autre sur une ouverture plus basse. Elle travaillait vite et bien tout en bavardant, comme à son habitude, sans interruption. Concentré sur son travail, Giff ne saisissait qu'un mot sur trois. Le vent avait faibli mais le ciel prenait une teinte d'un jaune sale, de plus en plus menaçante.

« L'ouragan ne va pas tarder, pensa-t-il. Il sera ici plus vite qu'on ne le pense. »

Sa famille avait déjà mis la maison à l'abri et pourrait, le cas échéant, venir se réfugier à *Sanctuary*. Il avait envoyé un de ses cousins et deux amis consolider la toiture et les ouvertures des bungalows, en commençant par le sud-est de l'île.

Mais ils allaient bientôt avoir besoin d'autres bras.

« Est-ce que quelqu'un a averti Nathan ? » demanda-t-il tout à coup.

« Je ne sais pas. » Lexy enfonça un autre clou. « De toute façon, papa ne veut pas le voir ici.

— Peut-être, mais ton père est aussi un homme sensé, Lex. Je suis persuadé qu'il ne désire pas mettre la vie de quelqu'un en danger. Et puis il a déjà eu toute une nuit pour penser à cette histoire.

— On voit bien que tu ne le connais pas. Papa est un des types les plus entêtés que je connaisse. Et Brian est encore pire que lui. Ils reprochent encore aux descendants de Sherman d'avoir brûlé Atlanta. »

Giff soupira. « Il y a des gens comme ça...

— Des gens qui n'ont pas beaucoup de cervelle, à mon avis ! » Les dents serrées, Lexy asséna un grand coup de marteau sur la tête d'un clou. « Et ce n'est pas une consolation pour moi de savoir que mon père et mon frère appartiennent à cette catégorie. Pas besoin d'être bien malin pour se rendre compte que Nathan est follement amoureux de Jo Ellen. Ce serait un véritable péché que de continuer à les culpabiliser tous les deux. »

Elle se redressa et écarta une mèche rebelle de son visage. En voyant Giff la regarder d'un air bizarre, elle fronça les sourcils.

« Qu'est-ce qui te fait rire comme ça ? C'est parce que je transpire, c'est ça ? Ou parce que je suis toute barbouillée ?

— Tu es la femme la plus belle que j'aie jamais vue de ma vie, Alexa. Et tu me surprendras toujours.

— Ah ! » Elle lissa ses cheveux et battit des cils. « C'est gentil de ta part. »

Giff glissa une main dans sa poche et en sortit une petite boîte qu'il lui tendit du haut de son échelle. « J'avais prévu d'autres circonstances pour te donner ça mais je crois bien que je ne pourrai jamais t'aimer plus que je ne t'aime à cet instant. »

Lexy tendit la main et souleva promptement le couvercle. Ses yeux s'écarquillèrent tandis qu'elle contemplait le petit diamant fixé sur le velours bleu sombre de l'écrin. Un rayon de soleil caressa le bijou et le nimba de reflets arc-en-ciel.

« Veux-tu m'épouser, Alexa ? »

Elle sentit son cœur se gonfler dans sa poitrine et ses yeux s'embuèrent. Ses mains tremblaient si fort que l'écrin faillit lui échapper.

« Seigneur, Giff ! Comment as-tu pu... comment as-tu pu gaspiller autant d'argent ? » Elle souleva le marteau et l'abattit de toutes ses forces sur un clou.

« Comme je viens juste de le dire, tu me surprendras toujours, murmura Giff, abasourdi. Tu aurais peut-être préféré que j'attende le clair de lune pour te faire ma proposition ?

— Non, non, non ! » Avec un sanglot, elle continua de marteler impitoyablement le panneau de bois. « Reprends ton bijou. Tu sais bien que je ne peux pas t'épouser ! »

Il agita les pieds, hésita, puis finit par descendre de l'échelle. « Pourrais-tu m'expliquer, à la fin ? »

Elle releva la tête et le toisa, l'air furieux.

« Tu sais pertinemment que, si tu continues à me le demander, je finirai par t'épouser. Parce que je t'aime tellement que j'accepterai de rester sur cette maudite île le reste de mes jours. En abandonnant ma carrière et mes projets à New York. Et quand les années auront passé, je me mettrai à te détester en me disant : “Si seulement je ne l'avais pas épousé !”

— Qu'est-ce qui te fait penser que je te demande d'abandonner New York, le théâtre et que sais-je encore ? Crois-tu que ce serait une façon de t'aimer que d'exiger de toi une existence que tu n'as pas envie de mener ? »

Elle fronça les sourcils. « Je ne comprends pas...

— Figure-toi que je n'ai pas non plus l'intention de passer ma vie ici à réparer des toits ou des tuyaux. » Il bascula sa casquette en arrière et se passa une main sur le front. « Avec l'argent que j'ai mis de côté, nous pourrons vivre gentiment un bon moment. Il faudra sans doute que je reprenne des études si je veux avoir une chance que Nathan me prenne un jour dans son cabinet d'architecte. »

Lexy le dévisagea, interdite.

« Un travail avec Nathan ? A New York ?

— Oui, c'est mon rêve. Il se peut que je n'y arrive pas.

— Mais qu'est-ce que tu racontes ? Je n'ai jamais vu personne de plus intelligent et de plus doué que toi ! C'est plutôt moi qui devrais me poser des questions.

— Tu es la meilleure actrice que la terre ait portée, Lex. Tu y arriveras, j'en suis sûr. Je rêve de te voir sur une scène, acclamée par le public.

— Giff ! »

Elle se jeta dans ses bras, riant et pleurant à la fois.

« Oh, Giff, comment peux-tu être toujours si admirable ? Si absolument parfait ? Tu es... Oh, tu es tout ce que je désire le plus au monde ! »

Il la serra plus étroitement contre lui.

« On se débrouillera, tu verras, reprit-elle, haletante. Je pourrais par exemple travailler dans un restaurant, le temps que tu finisses tes études ou que j'aie ma chance sur scène. »

Elle frissonna quand il glissa la bague à son doigt.

« Je t'en achèterai une plus grosse un jour.

— Non, tu ne le feras pas ! » s'exclama-t-elle en se jetant de nouveau à son cou pour l'embrasser avec passion. « Tu pourras m'acheter tout ce que tu voudras quand nous serons riches parce que j'espère bien que nous réussirons et que nous gagnerons beaucoup d'argent. Seulement ce n'est pas ce qui compte le plus pour moi. »

Elle leva la main pour voir la bague scintiller au soleil. « Car tu vois, mon amour, rien ne sera jamais aussi somptueux, aussi parfait que cette bague-là. »

Deux heures plus tard, Jo avait les oreilles bourdonnantes et la tête qui tournait. Par deux fois déjà, Kate était revenue de l'embarcadère, transportant les clients, faisant la navette entre les bungalows, l'hôtel et le camping. De son côté, Brian avait conduit une douzaine de campeurs au ferry puis était reparti inspecter les autres locations pour s'assurer que personne ne restait en arrière.

Tout ce qu'on put apprendre de Nathan, c'était qu'il aidait à consolider les bungalows le long de la plage.

Le calme finit par tomber sur la maison et on n'entendit plus que les coups monotones des marteaux qui condamnaient fenêtres et volets. A l'est et au sud, toutes les ouvertures avaient été obturées par des planches, plongeant la maison dans une semi-obscurité.

Quand Jo ouvrit la porte de devant pour prendre l'air, elle fut balayée par une rafale de vent d'une violence qui la stupéfia. Vers le sud, le ciel devenait de plus en plus sombre et menaçant. Elle aperçut un éclair au loin mais n'entendit pas le tonnerre.

Voyant que la situation semblait empirer de minute en minute, elle décida d'écouter la météo pour savoir où en était Carla. Ensuite, à titre de précaution, elle irait dans son labo chercher ses photos et ses négatifs afin de les mettre à l'abri dans le coffre-fort de Kate.

Pour éviter une rencontre avec son père, elle emprunta l'escalier principal, vérifiant au passage les chambres des clients pour s'assurer que rien n'avait été oublié. En chemin, elle éteignit toutes les lumières et se dirigea rapidement vers l'aile de la maison réservée à la famille. L'écho des coups de marteau la réconforta. Si Carla venait passer sa colère sur Desire, *Sanctuary* résisterait, comme toujours.

Elle pénétra à l'intérieur du labo, ferma la porte et alluma la petite radio qui servait à accompagner ses longues heures de travail solitaire. Les nouvelles n'étaient pas bonnes.

L'ouragan Carla, de force supérieure à 3, devrait frapper l'île de Lost Desire, au large de la Georgie, vers

19 heures. Les touristes ont été évacués et les résidants sont invités à quitter l'île le plus tôt possible. On prévoit des vents de près de 200 km/h.

Il ne restait pas beaucoup de temps, constata Jo en jetant un coup d'œil à sa montre. Il lui fallait absolument trouver Nathan et Kirby. Et même s'il fallait assommer son père pour vaincre sa résistance, elle l'emmènerait avec toute la famille sur le ferry.

Elle ouvrit le tiroir où étaient rangés ses négatifs et s'immobilisa soudain. Une pile d'épreuves était posée sur ses dossiers. Quand, au premier regard, Jo reconnut la photo, le sang se retira de son visage.

Elle n'avait pas rêvé. C'était bien le même cliché qu'on lui avait envoyé à Charlotte, celui qui avait disparu comme par magie à son retour d'hôpital.

Sous ses doigts, le papier lui parut d'un froid glacial. Elle respira à fond et retourna la photo. Les hautes lettres, tracées d'une écriture soignée, lui explosèrent à la figure.

« Mort d'un Ange. »

Elle retint un cri et se força à examiner la photo suivante. La pose était presque semblable, comme si le photographe s'était efforcé de reproduire le même tableau. Mais, cette fois, c'était Ginny qui regardait l'objectif. Ginny, dont le visage d'ordinaire si vivant, si amical semblait ici absent et vide.

« Mon Dieu », murmura Jo en pressant la photo sur son cœur. « Ginny... Oh ! Ginny... »

La troisième photo devait être Suzanne Peters.

Jo repoussa la nausée qu'elle sentait monter. Mais, quand elle eut le courage d'y jeter les yeux, ce fut pire encore et ses jambes se dérobèrent.

C'était un cliché d'elle. Les yeux fermés, une expression sereine sur le visage, le corps nu et pâle.

Avec un sanglot, elle le jeta loin d'elle et s'appuya à la

table pour ne pas tomber. « Non ! » gémit-elle en serrant les poings. « Je ne laisserai pas cela se produire. Ça n'arrivera pas. Ça n'arrivera jamais ! »

Elle se força à respirer calmement, le temps de se ressaisir. Puis elle ferma la radio et alla ramasser la photo.

Il s'agissait bien d'elle, en effet. Avant que Lexy ne lui ait coupé les cheveux pour le feu de joie, au début de l'été. Il y avait de cela plusieurs semaines, maintenant.

Approchant la lumière, elle l'étudia plus attentivement. Il ne lui fallut que quelques secondes pour réaliser que, si le visage correspondait bien au sien, le corps, lui, semblait différent. Les seins étaient plus lourds, les hanches plus larges. Elle posa la photo d'Annabelle à côté et comprit avec horreur qu'il s'agissait du corps de sa mère. Par un habile montage, il avait été reproduit avec son propre visage.

La mère et la fille... unies dans la même posture de mort.

C'était donc cela qu'il voulait...

Au volant de la jeep, Brian parcourait les chemins sillonnant le vaste terrain de camping. Plusieurs emplacements révélaient un désordre inhabituel témoignant qu'on les avait abandonnés à la hâte. Mais, avec l'ouragan qui approchait, ce genre de détails n'avait plus guère d'importance. Un vent de plus en plus violent ployait les arbres et couchait l'herbe de la prairie. Une bourrasque ébranla la voiture et il agrippa le volant pour garder le cap sous un ciel de plus en plus sombre.

Il se contraignit à terminer calmement son inspection mais ne pensait plus qu'à une seule chose : aller chercher Kirby et la conduire à l'abri sous le toit solide de *Sanc-*

tuary. Il aurait même préféré l'envoyer sur le continent mais il savait qu'il serait inutile de lui en parler. S'il ne restait qu'un seul habitant sur l'île, elle tiendrait à être là pour le soigner en cas de besoin.

Avec la tempête, les communications avec le continent seraient certainement coupées. Certes, le contact radio subsisterait encore mais il n'y aurait plus de téléphone, d'électricité ni de transports. Heureusement, *Sanctuary* était équipée d'un générateur et d'une réserve de fuel pour fournir du courant en cas d'urgence. Par ailleurs, Kate maintenait toujours en état un stock important d'eau minérale et de vivres de première nécessité.

Sanctuary était debout depuis plus de cent ans. La maison résisterait cette fois encore.

Il acheva son tour du camping en s'assurant que tout le monde avait bien quitté les lieux, espérant qu'il n'y aurait pas quelque imbécile dissimulé sous les arbres ou dans les dunes, ignorant le danger. Pour un citadin sans expérience, l'arrivée d'un cyclone pouvait représenter une aventure supplémentaire au cœur des vacances. Une aventure qui risquait de lui coûter la vie.

Brian amorça un virage et jura entre ses dents quand une silhouette se profila soudain sur la route. « Quel est cet idiot qui... », pensa-t-il avec colère en écrasant la pédale de frein. Il bondit hors de la voiture et s'élança vers l'inconnu.

« Bon sang ! Qu'est-ce que vous fabriquez ? J'ai failli vous écraser ! Vous ne savez pas qu'un cyclone est annoncé ? »

L'homme lui adressa un large sourire.

« J'en ai entendu parler. Ça doit être impressionnant.

— Impressionnant ? » Furieux en pensant au temps perdu, Brian désigna la jeep. « Montez là-dedans. Je vais tâcher de vous emmener à l'embarcadère en espérant que le dernier ferry ne sera pas parti. Mais il faut faire vite.

— Oh, ça ne sera pas nécessaire ! »

Toujours souriant, l'homme leva la main qu'il tenait jusque-là cachée derrière son dos. Brian vit trop tard le revolver. La balle le heurta de plein fouet et le projeta en arrière. En s'écroulant, il croisa le regard rieur d'un ami d'enfance.

« Et d'un ! »

De la pointe de sa botte, l'inconnu retourna le corps inerte, face contre terre. « Eh bien, on dirait que la chance tourne, mon vieux. Ah, au fait, merci pour la jeep. »

Il se glissa derrière le volant et mit le contact.

« Et ne t'inquiète pas, murmura-t-il, je ramène la voiture à l'abri. A *Sanctuary...* »

La pluie commençait à cingler les vitres quand Kirby se décida à rassembler son matériel médical. Elle était calme, lucide, concentrée sur le choix de son équipement. S'il lui fallait administrer des soins à d'éventuels blessés, elle serait mieux à *Sanctuary*. De plus, sa petite maison pourrait bien ne pas résister à la nuit déchaînée qui se préparait.

Elle savait que la plupart des habitants de l'île ne quitteraient pas leurs demeures. Au matin, on allait probablement recenser quelques fractures et diverses contusions ou coupures.

Un nouveau coup de vent fit trembler le toit et elle serra les dents en bouclant sa sacoche. Au même instant, la porte s'ouvrit toute grande sur une silhouette habillée d'un ciré jaune à capuchon. Il fallut quelques secondes à Kirby pour reconnaître Giff.

« Tiens, prends ça ! » lui dit-elle en plaçant dans ses mains une grande boîte contenant diverses fioles et bandages. « Mets-la dans la voiture, je rassemble le reste. »

Le garçon hocha la tête. « Je me doutais bien que vous seriez encore là. Dépêchez-vous, docteur, ce chien de cyclone arrive droit sur nous. »

Elle enfila son ciré. « Où est Brian ?

— Parti inspecter le camping. »

Kirby fronça les sourcils. « Il devrait être déjà rentré à *Sanctuary*. »

La force du vent la fit vaciller quand elle sortit sur le perron.

« Vous avez bien consolidé vos fenêtres ? » hurla Giff pour couvrir le fracas du ressac.

« Du mieux que j'ai pu. Nathan m'a aidée ce matin. Au fait, où est-il lui aussi ?

— On ne l'a pas encore vu. »

Ils chargèrent la jeep et se glissèrent dans la voiture ruisselante de pluie. « Mais qu'est-ce qu'ils peuvent bien faire ? » s'inquiéta Kirby en repoussant de son visage ses cheveux déjà trempés. « Je ne suis pas tranquille, Giff. Faisons d'abord un tour au camping.

— On n'a pas tellement le temps.

— Et si Brian avait eu un problème ? Il faut le trouver. Le vent peut avoir arraché des arbres et les avoir couchés sur la route. S'il n'était pas à *Sanctuary* quand tu es parti, tu aurais dû le croiser en chemin. »

Il hocha la tête et démarra.

« C'est vous le docteur, pas vrai ? »

« Satanée voiture ! »

Nathan frappa avec irritation le volant et lança une nouvelle fois le moteur. En vain. Il avait chargé la Land Rover avec son travail et ses affaires les plus précieuses et voilà que, maintenant, elle refusait de démarrer. Même pas le moindre tressaillement.

Furieux, il sortit et jura quand le vent lui gifla cruellement le visage. Il releva sa capuche et ferma étroitement son ciré. Tant pis pour son matériel. L'important était de retrouver Jo au plus vite afin de s'assurer de sa sécurité. Il ne restait plus qu'à abandonner la voiture pour rejoindre *Sanctuary* à pied.

Il prit la direction de la rivière, les épaules voûtées, la tête penchée pour offrir la moindre résistance aux assauts furieux du vent. Au-dessus de sa tête, les branches torturées par l'ouragan s'entrechoquaient en d'épouvantables craquements. Des éclairs zébraient le ciel qui prenait, de minute en minute, d'insolites tons orange.

La pluie lui criblait le visage et brouillait sa vision. Il ne vit pas la silhouette qui surgit soudain de derrière un tronc d'arbre pour lui barrer la route.

Quand, enfin, il leva les yeux, il s'immobilisa, stupéfait.

« Bon sang ! cria-t-il. Que faites-vous dehors par ce temps ? Il faut... » Il s'interrompit subitement et contempla sans y croire ce visage qui lui souriait à travers le rideau de pluie.

« Kyle ! »

Le choc de la surprise se transforma en horreur. « Kyle, qu'est-ce que...

— Hello, vieux frère ! »

Kyle lui tendit la main comme s'ils venaient de se rencontrer sur une avenue ensoleillée. Ecœuré, Nathan détourna les yeux une fraction de seconde. Il ne vit pas le revolver qui surgit de la poche du ciré et ne put esquiver le coup de crosse que Kyle lui asséna à toute volée sur la tempe.

Kyle éclata de rire.

« Et de deux ! »

Il se pencha vers le corps inanimé de Nathan. « Je

n'allais quand même pas tirer de sang-froid, comme on dit, sur mon propre frère. Même si tu n'es qu'un sale petit con. Mais je ne m'inquiète pas, mon vieux, lui susurra-t-il à l'oreille comme si l'autre pouvait l'entendre, la rivière va déborder, les arbres vont s'abattre... Laissons faire le destin. »

Puis il se redressa et renversa la tête en arrière, ivre de joie, vibrant d'une force nouvelle. L'orage lui communiquait sa puissance, une puissance inouïe, surnaturelle. Une vague de violence lui chauffa les sens et il poussa vers les nuées en colère un cri de triomphe.

Sur ce, il tourna les talons et partit traquer la femme qu'il avait décidé de posséder, laissant son frère étendu sur le chemin dans un ruissellement d'eau et de sang.

30.

La pluie frappait si violemment le pare-brise que les essuie-glaces parvenaient à peine à l'écarter. Sous les roues de la jeep, la route se transformait en un torrent de boue. Giff s'accrochait au volant pour progresser au milieu de la tempête.

« Nous ferions mieux de rentrer, dit-il à Kirby. Brian a trop de bon sens pour sortir par un temps pareil. Et moi aussi.

— Entendu. Rentrons par l'ouest. C'est le chemin qu'il aurait emprunté. Comme ça, nous serons sûrs.

— La route du sud est plus rapide.

— Je t'en prie. »

Giff n'insista pas et s'agrippa au volant. « Si nous revenons entiers, il m'écorchera vif pour vous avoir gardée dehors par un temps pareil.

— Ça ne nous prendra que cinq minutes. » Elle scrutait l'obscurité à travers la vitre ruisselante. « Regarde ! Qu'est-ce que c'est là-bas ? Il y a quelque chose sur le côté de la route. »

Giff plissa les yeux.

« Un piquet de tente ou un objet quelconque oublié par un campeur, j'imagine. Les gens sont partis si vite.

— Stop ! » cria soudain Kirby en s'emparant brusquement du volant.

Giff écrasa la pédale de frein.

« Seigneur, docteur, qu'est-ce que vous faites ! Vous voulez nous envoyer dans le fossé ou quoi ? »

Mais, déjà, elle ouvrait la portière et se mettait à courir sous le rideau de pluie.

« Kirby ! Revenez ! Le vent souffle si fort qu'il risque de vous emporter !

— Aide-moi pour l'amour du ciel, Giff ! C'est Brian ! »

Les mains glacées de Kirby cherchaient fébrilement à déboutonner la chemise trempée de sang. « On lui a tiré dessus ! »

« Où peuvent-ils bien être ? »

Le vent ébranlait les murs tandis que Lexy allait et venait dans le grand salon. « Bon sang, voilà près d'une heure que Giff est parti à la recherche de Brian.

— Ils se sont peut-être abrités quelque part. »

Blottie dans un fauteuil, Kate s'efforçait d'écarter toute panique. « Ils ont pu décider qu'il serait plus sage de ne pas rouler par ce temps.

— Giff m'a promis qu'il reviendrait sans traîner, insista Lexy.

— Ne t'énerve pas. Il va arriver. »

Kate glissa ses mains entre ses genoux pour dissimuler leur tremblement. « Va donc préparer du café bien chaud dans la Thermos avant que le courant ne soit coupé.

— Comment peux-tu penser à du café quand... » Lexy s'interrompit, soupira et haussa les épaules. « Bon, tu as raison. C'est encore mieux que de rester ici à ne rien faire. Les fenêtres sont toutes bouchées. On ne peut même pas regarder dehors.

— Il vaudrait mieux prévoir aussi quelque chose à manger et des vêtements secs », déclara Kate en se levant brusquement. Par prudence, elle se munit d'une torche posée sur la table et accompagna Lexy dans la cuisine.

Quand elles furent sorties, Jo se leva à son tour et s'approcha de son père, debout au milieu de la pièce, le regard braqué sur la fenêtre obstruée comme s'il espérait voir au travers.

« Papa, dit-elle lentement. Il est venu à la maison.

— Quoi ?

— Il est venu ici. »

Sam se retourna et posa sur elle un regard dur.

« Je ne voulais pas en parler devant Kate et Lex, poursuivit Jo d'une voix qu'elle espérait aussi calme que possible. Elles ont déjà bien assez peur. J'espérais qu'elles partiraient par le ferry. Mais avec Brian qui... »

Sam sentit son cœur se serrer. « Tu es sûre de ce que tu avances ?

— Oui. Il est allé dans mon labo au cours des dernières quarante-huit heures et y a laissé quelque chose.

— Tu dis que Nathan Delaney est venu à *Sanctuary* ?

— Ce n'était pas Nathan. »

Il la regarda froidement. « Je n'en suis pas si certain. Va dans la cuisine rejoindre Kate et Lexy pendant que je jette un coup d'œil dans la maison.

— Je vais avec toi.

— Obéis, Jo. Et reste avec elles.

— C'est moi qu'il veut. Si elles sont avec moi, elles seront encore plus en danger.

— Personne ne touchera à un seul de vos cheveux dans ma maison. » Il la prit par le bras, prêt à l'entraîner de force si nécessaire. A cet instant, la porte d'entrée s'ouvrit brutalement, laissant le vent et la pluie s'engouffrer dans le hall.

La voix de Kirby résonna contre les hauts murs.

« Suis-moi en haut, Giff ! »

Le souffle court, elle monta l'escalier, une main appuyée sur la poitrine de Brian pour comprimer le flot de sang tandis que Giff ployait sous la charge. « J'ai besoin du matériel qui se trouve dans la jeep », lança-t-elle en apercevant Sam et Jo. « Vite, il n'y a pas une minute à perdre ! Apportez aussi des linges, des serviettes, et débrouillez-vous pour que j'aie de la lumière. Dépêchez-vous, il a déjà perdu beaucoup trop de sang. »

Kate surgit dans le hall. « Seigneur, Kirby ! Mais qu'est-ce qui se passe ici ?

— On lui a tiré dessus. Appelez le continent par radio et voyez combien de temps il faut à l'hélicoptère pour arriver ici. On doit absolument l'emmener à l'hôpital. Prévenez aussi la police. Faites vite ! »

Sans se soucier de la pluie, Sam courut à la voiture, suivi aussitôt par Jo. Ils revinrent, ruisselants, l'un portant la lourde sacoche de Kirby, l'autre la trousse de premier secours pleine de seringues, de pansements et de médicaments.

« On l'a installé dans la grande suite », annonça Lexy quand ils furent de retour dans le hall. « Kirby ne peut pas encore se prononcer. J'ai eu beau la cuisiner, elle ne veut pas dire si c'est grave ou non. Kate est allée transmettre le message par radio. »

Jo grimpa quatre à quatre les marches, suivie par Sam. Ils trouvèrent Kirby penchée au-dessus du blessé, son ciré taché de sang jeté à même le tapis.

« Il me faut des coussins pour maintenir son torse et ses jambes plus hauts que le cœur. Il est toujours sous le choc. Apportez aussi des couvertures. J'ai trouvé l'endroit par où la balle est entrée. » Elle désigna le haut de l'épaule droite. « Impossible d'évaluer les dommages internes. Le projectile l'a traversé de part en part. Il a perdu beaucoup de sang. Sa tension est très basse, son pouls irrégulier. Quel est son groupe sanguin ?

— A négatif, répondit Sam. Comme moi.

— Alors nous allons prendre un peu de votre sang pour lui faire une transfusion. »

Kate entra en courant dans la chambre. « Ils ne peuvent rien nous promettre », annonça-t-elle, le souffle court. « Aucun hélicoptère ne peut atterrir sur l'île tant que Carla n'en aura pas fini avec nous. »

Mon Dieu, pensa Kirby. Il a besoin d'un chirurgien. Pour la première fois de sa vie, elle regretta de ne pas avoir suivi les recommandations de son père. La balle, en pénétrant dans le corps, avait laissé un petit trou bien net mais, à la sortie, elle avait déchiré le dos et la plaie était aussi large que le poing.

Elle sentit la panique la gagner et ferma les yeux.

« Bon, nous allons faire tout notre possible », déclara-t-elle en contrôlant le tremblement de sa voix. « Giff, approche-toi et maintiens ton poing appuyé ici pour freiner l'hémorragie. Kate, passe-moi ma trousse. »

Il n'était plus temps d'avoir peur, maintenant. Elle avait choisi de consacrer sa vie à soigner les gens et, par Dieu, elle allait soigner !

Elle prépara une seringue et s'approcha du lit en contemplant le visage blême de l'homme qu'elle aimait. Au moment où elle s'apprêtait à enfoncer l'aiguille dans la peau, la maison fut plongée brusquement dans l'obscurité.

Nathan lutta pour émerger d'un brouillard rouge puis retomba dans une semi-inconscience. Une petite voix au fond de lui l'appelait mais il avait du mal à comprendre ce qu'elle lui disait. Pourtant, son intuition l'avertissait qu'il fallait continuer à se battre, repousser de toutes ses forces la torpeur qui le gagnait de seconde en seconde.

Il se sentait glacé jusqu'aux os, lourd d'une souffrance encore lointaine mais que le moindre mouvement, il le savait, réveillerait dans toute sa brutalité.

Il perdit conscience encore une fois, faillit renoncer à tout pour se laisser couler au fond des eaux noires de l'oubli. Un dernier sursaut de courage le traversa et il émergea de nouveau de son apathie. Au-dessus de lui, les cieux déchaînés secouaient le monde. On aurait dit que des milliers de démons avaient été lâchés.

Dieu qu'il faisait noir ! Et cette eau glacée qui le trempait jusqu'aux os...

Il se redressa en gémissant de douleur, réussit à se mettre à quatre pattes. La rivière avait débordé de son lit et menaçait de l'entraîner dans son tourbillon. Il tenta de se mettre debout mais s'écroula, vaincu par la souffrance et l'épuisement. L'eau froide sur son visage le ranima.

Kyle. C'était bien Kyle. Revenu de la mort. Il avait changé d'apparence avec ses cheveux blonds et sa peau hâlée. Et ce regard où se lisait la folie.

« Jo Ellen ! »

Sa voix fut étouffée par le fracas du vent et de la rivière. En rampant, il parvint à s'éloigner des eaux mortelles et s'accrocha à un tronc d'arbre pour se redresser.

Pas à pas, à demi asphyxié par la pluie, il entreprit une longue et terrible marche vers *Sanctuary*.

« Je ne vais pas le perdre. »

Kirby avait parlé à haute voix tout en travaillant à la lueur d'une lampe à pétrole. Son esprit fonctionnait avec un calme remarquable, repoussant impitoyablement les peurs et les doutes. « Reste avec moi, Brian. On va te tirer de là.

— Il vous faut davantage de lumière. »

Giff confia la lanterne à Lexy. « Je vais descendre lancer le générateur.

— Non ! » Lexy le retint par le bras. « Celui qui a fait ça... il peut se trouver n'importe où !

— Je dois y aller. Toi, tu restes ici. Kirby peut avoir besoin de toi. »

Il s'approcha de Sam et lui parla à voix basse. « Vous avez un revolver dans cette maison ? »

Sam gardait les yeux fixés sur le tube par lequel son sang s'écoulait dans les veines de son fils. « Dans ma chambre, murmura-t-il. Au-dessus de l'armoire. Un 38. Les munitions sont dans une boîte, à côté. »

Giff hocha la tête et croisa le regard angoissé de Lexy.

« Ne t'en fais pas. Je reviens tout de suite.

— Avez-vous une autre lumière ? » demanda tout à coup Kirby. « Ou alors des bougies ? » Elle souleva l'une des paupières du blessé et constata que la pupille était encore dilatée. « Si je ne referme pas tout de suite cette blessure dans le dos, il va continuer à perdre plus de sang qu'on ne pourra lui en transfuser. »

Kate s'avança avec une torche électrique et dirigea le faisceau de lumière sur les chairs meurtries. « Ne le laissez pas mourir », murmura-t-elle, à demi aveuglée par les larmes. « Je vous en prie, ne laissez pas mon garçon mourir.

— Restez calme, Kate. Nous allons le garder en vie. »

Sam tendit le bras et lui serra la main. « Nous ne le perdrons pas, Kate. »

Jo intervint. « Giff a peut-être un problème avec le générateur. Je vais descendre le rejoindre et rapporter des lampes de secours.

— Je vais avec toi, dit aussitôt Lexy.

— Non, reste ici. Papa est immobilisé et Kate est à bout de forces. Kirby aura peut-être besoin de toi. »

Elle pressa affectueusement l'épaule de sa sœur et se glissa hors de la chambre, une lampe électrique à la main. Elle avait besoin de faire quelque chose, n'importe quoi, pour repousser cette angoisse qui la minait.

Et si Nathan avait été blessé, lui aussi ? S'il gisait, dehors, blessé et perdant son sang ? Elle ne pourrait rien faire d'autre qu'attendre ici, sans rien savoir de ce qui lui arrivait.

C'était intolérable.

« Peut-être s'était-il réfugié quelque part ? » pensa-t-elle en descendant rapidement l'escalier. Quand le pire de l'orage serait passé, il surgirait, sain et sauf, et tout irait bien. Et Brian serait transporté en hélicoptère dans un hôpital du continent.

Elle sursauta en entendant un craquement sonore suivi presque immédiatement d'un fracas de vitres brisées. Croyant avoir entendu un coup de feu, son sang se glaça tandis qu'elle dévalait les dernières marches pour gagner le hall. Elle aperçut alors l'énorme brèche trouant le contre plaqué de la fenêtre du salon. Une branche devait s'être fracassée contre le volet et, maintenant, la pluie et le vent s'engouffraient dans la pièce.

Mais, d'abord, il fallait rejoindre Giff et rapporter d'autres lampes pour éclairer Kirby. Après quoi, elle irait chercher du bois et réparerait cette maudite brèche.

« Comme c'est gentil de venir à ma rencontre. »

Jo se retourna d'un bloc et leva sa torche. Une silhouette inconnue se découpa dans le rayon de lumière.

« J'allais justement venir te chercher. Non ! Ne crie pas ! » Il leva son arme pour la faire taire. « Je tuerai tous ceux qui viendront à ton aide, Jo. Tu m'as bien compris ? »

Il lui adressa son plus radieux sourire.

« Comment va ton frère ? »

Elle le contempla, les dents serrées.

« Il tient bon. »

Sous la force du vent, le panneau déchiqueté s'élargissait de seconde en seconde et la pluie qui s'engouffrait lui giflait le visage.

« Il y a bien longtemps, Kyle.

— Pas tant que ça, tu sais, Jo Ellen. Cela fait des mois que je suis en relation avec toi, pour ainsi dire. Comment as-tu trouvé mon travail ? »

Elle chercha ses mots. « Il révèle... une certaine compétence.

— Petite imbécile ! » Le visage de Kyle se tordit de haine mais il se reprit et un nouveau sourire flotta sur ses lèvres.

« Allons, viens. Sois un peu gentille. Juste une dernière photo souvenir pour me faire plaisir.

— Où est Nathan, Kyle ? »

Il haussa les épaules, agacé par ce contretemps. « Là où je l'ai laissé, je suppose. »

Son bras se détendit soudain à la vitesse de l'éclair et il lui empoigna les cheveux pour la tirer vers lui. « Pour une fois, j'accepte les restes de mon grand frère avec joie. Il me semble que vous n'en étiez encore qu'aux... préliminaires, pas vrai ? Je suis bien meilleur que lui dans tous les domaines, tu sais. Je l'ai toujours été, d'ailleurs.

— Où est-il ?

— Je te le montrerai peut-être. Assez discuté. Je t'emmène faire un petit tour.

— Avec cette tempête ? »

Elle feignit de résister comme il la poussait vers la porte. « Tu es fou de sortir par un ouragan de force 3 !

— Ça ne me fait pas peur, ma chère, chère Jo. Parce que je suis très puissant. Et très doué aussi. Rien ne peut m'arriver. Et il ne t'arrivera rien non plus, tant que tout ne sera pas parfait. J'ai tout prévu. Maintenant, ouvre la porte. »

Les lumières se rallumèrent soudain. Kyle cligna des yeux et, profitant de cette brève diversion, Jo lança de toutes ses forces sa lampe vers lui, le touchant à la cuisse. Le choc fut assez violent pour lui arracher un grognement de surprise et de douleur. Quand il desserra sa prise, Jo courut droit à la porte, l'ouvrit toute grande et se jeta au cœur de la tempête.

« Tu me veux, hein, espèce de monstre ! Alors attrape-moi maintenant ! »

Au moment où il franchissait à son tour la porte en trombe, elle courait sur le chemin inondé, luttant de toutes ses forces contre le vent qui l'étourdissait.

L'obscurité zébrée de pluie les engloutit tous les deux.

⁂

Moins d'une minute plus tard, Giff remontait du sous-sol. Au moment où il pénétrait dans le hall, il sentit un violent courant d'air s'engouffrer dans la maison. Surpris, il constata alors que la porte était ouverte et tira aussitôt le revolver glissé dans la ceinture de son jean. Les nerfs tendus, il s'avança l'arme au poing vers l'entrée et faillit tirer quand Nathan apparut sur le seuil, chancelant, pour venir s'écrouler à ses pieds.

« Jo Ellen ! Où est-elle ?

— Qu'est-ce qui vous arrive ? »

Giff fit un pas en avant, le revolver toujours pointé sur Nathan.

« Mon frère... Je suis venu... Jo, il faut protéger Jo... »

Nathan parvint à se remettre debout, une main plaquée sur une vilaine blessure qui lui déchirait la tempe. Sa vision se brouillait. « C'était mon frère...

— Je croyais vous avoir entendu dire qu'il était mort.

— N... non. Il est là, il est dangereux. Où est Jo ?

— Elle va bien et compte le rester. On a tiré sur Brian. »

Nathan tressaillit violemment. Le sang ruisselait sur sa figure. « Oh, mon Dieu ! Il est... il est mort ?

— Kirby s'occupe de lui. » Giff agita le revolver. « Ecartez-vous de la porte, Nathan. Et faites en sorte que je voie vos mains. »

Au même instant, un cri retentit dans la nuit.

« C'est Jo !

— Un seul geste et je vous descends.

— Il va la tuer ! Je ne vais pas le laisser faire. Pour l'amour du ciel, Giff, aidez-moi à la retrouver avant qu'il ne la tue ! »

Giff hésita, partagé entre son instinct et ce que lui

dictait la plus évidente prudence. Il pria pour avoir fait le bon choix quand il baissa son revolver pour tendre une main vers Nathan.

« Nous allons la retrouver. C'est votre frère après tout. Vous saurez peut-être mieux que moi ce qu'il faut faire. »

Jo retint un autre cri quand une énorme branche s'abattit devant elle. Tout n'était plus que tourbillons, rugissements et rafales. Des débris de tourbe passaient comme des boulets devant elle... Au-dessus de sa tête, des palmiers déchiquetés vibraient comme des lames de sabre. Trébuchant à chaque pas, elle luttait de toutes ses forces pour contrer le vent furieux qui la repoussait.

Mais il fut le plus fort. Elle tomba à genoux, les bras noués autour d'un tronc d'arbre, et pria pour que le vent ne le lui arrache pas. Sinon sa vie ne vaudrait plus bien cher.

Où était-il ? Elle avait réussi à le semer mais, maintenant, elle était perdue. Autour d'elle, la forêt frémissait, gémissait, palpitait. On aurait dit qu'elle allait l'engloutir voracement. La pluie frappait sa chair comme une volée de couteaux, ses poumons étaient en feu.

Il fallait rentrer, regagner la maison avant lui et prévenir les autres. Sinon, il les tuerait tous comme il avait déjà sûrement tué Nathan.

En sanglotant, elle se mit à ramper, les doigts enfoncés dans la boue.

Kirby débrancha le tube par lequel s'opérait la transfusion. Elle ne pouvait prendre le risque de prélever trop de sang à Sam avant qu'il ne se fût un peu reposé. D'une main experte, elle tâta le pouls de Brian en scrutant son visage. Son cœur tressaillit quand elle le vit battre des paupières.

« Il revient à lui ! Brian, ouvre les yeux ! Concentre-toi ! Ouvre les yeux, Brian !

— Est-ce que ça va ? » demanda Lexy d'une voix angoissée.

« Son pouls est un peu plus fort. Je vais vérifier sa tension. Brian, il faut que tu ouvres les yeux maintenant. »

Elle vit ses paupières se soulever, le regard encore flou se préciser petit à petit. « C'est ça ! Vas-y lentement. Je ne veux pas que tu bouges. Essaie seulement de me regarder. Est-ce que tu peux me voir ?

— Je... Oui, oui. »

La douleur dans sa poitrine était insupportable. Il lui sembla entendre quelqu'un pleurer mais les yeux de Kirby étaient secs et clairs.

« Très bien », murmura-t-elle en dirigeant une lampe sur ses yeux. « Reste tranquille.

— Que s'est-il passé ?

— Tu as été blessé. Mais tout va bien, maintenant. »

Le visage inondé de larmes, Kate s'approcha du lit et lui prit doucement la main. « Ne t'inquiète pas, mon chéri. Kirby est un as. »

Brian tourna légèrement la tête. Il aperçut son père, pâle, épuisé, assis à son chevet. Un mince tube reliait leurs deux bras. Surpris, il vit Sam enfouir son visage entre ses mains et se mettre à sangloter.

« Ça fait un mal de chien, bredouilla-t-il. Mais qu'est-ce qui se passe ? »

Il voulut se redresser mais retomba aussitôt sur le dos, faible comme un bébé, soutenu par les mains fermes de Kirby.

« Je t'ai dit de rester tranquille. La tension artérielle remonte. Je vais te donner quelque chose pour calmer la douleur.

— J'ai soif. Est-ce que... » Brian s'interrompit brusquement quand une image traversa son esprit. La silhouette d'un homme sur la route, l'explosion dans sa poitrine. « Il m'a tiré dessus.

— Kirby et Giff t'ont trouvé », dit Lexy en faisant le tour du lit pour saisir son autre main. « Ils t'ont ramené à la maison.

— C'était Kyle. Kyle Delaney. Je l'ai reconnu. Ses yeux... La dernière fois, il portait des lunettes noires. C'était le jour où je me suis coupé la main. Seigneur, Kirby. Il était chez toi !

— Le peintre ? » Kirby abaissa la seringue qu'elle était en train de remplir. « Le type de la plage ?

— C'était Kyle Delaney. Il a été ici tout le temps.

— Tiens-toi tranquille. Lexy, empêche-le de bouger ! »

Effrayée par les efforts qu'il faisait pour se redresser, Kirby plongea vivement sa seringue dans son bras. « Bon sang, Kate, venez m'aider sinon il va recommencer à saigner. »

Kate appuya la main sur l'épaule de Brian et regarda autour d'elle, les yeux remplis d'effroi.

« Où est Jo ? Où est Jo Ellen ? »

Perdue, perdue dans le noir et le froid.

Elle se demanda si le vent fléchissait réellement ou si elle s'était tellement habituée à ses méchantes rafales qu'il lui paraissait à présent moins meurtrier. Si cela continuait, elle pourrait peut-être se remettre debout et courir jusqu'à la maison. Mais elle se sentait encore trop faible pour être capable d'autre chose que de ramper sur le sol.

Elle avait perdu tout sens de l'orientation et craignait de tomber dans la rivière et de se noyer. Pas question, pourtant, de s'arrêter. Les autres, là-bas, étaient en danger.

A moins que lui aussi ne se fût perdu...

Un autre arbre s'effondra derrière elle dans un épouvantable vacarme. Elle crut avoir entendu un faible cri au loin mais le vent, aussitôt, avait balayé la voix. Il l'appelait, pensa-t-elle en claquant des dents. Ce monstre l'appelait pour la tuer comme il avait tué les autres.

Elle se sentait si épuisée qu'elle songea à se laisser rattraper et achever. Mais sa rage fut plus grande encore. Tout ce qu'elle voulait, c'était le voir mort.

« Pour sa mère », se dit-elle en rampant un peu plus loin. « Pour Ginny. Pour Suzanne Peters. »

Elle grinça des dents en se propulsant dans la boue glacée.

Pour Nathan.

Elle aperçut la lumière, juste une fente étroite dans l'enchevêtrement des branches tourmentées, et se recroquevilla derrière un arbre. Mais la lumière ne bougeait pas comme l'aurait fait celle d'une torche électrique.

Sanctuary!

Elle pressa sur sa bouche ses mains maculées de boue pour étouffer un sanglot. Ce rai de lumière venait sûrement de la fenêtre brisée du salon.

Rassemblant ses dernières forces, elle réussit à se remettre debout et dut s'agripper à un arbre jusqu'à ce que sa tête cessât de tourner. Puis, concentrée sur la lumière, elle mit un pied devant l'autre.

Quand elle atteignit la lisière du bois, elle commença à courir.

Une silhouette surgit devant elle sur le chemin.

« Je savais bien que tu viendrais. » Kyle appuya le canon du revolver sur sa gorge. « Je te connais, tu sais. Il y a assez longtemps que je t'étudie. Je connais toutes tes pensées ! »

Cette fois, elle ne put retenir ses larmes.

« Pourquoi fais-tu ça ? Ce que ton père nous a fait ne suffit-il pas ?

— Il a toujours cru que je n'étais pas assez bon, tu sais. Pas aussi bon que lui et certainement pas aussi bon que son petit chéri de Nathan. » Il sourit en la regardant à travers la pluie. « Il va falloir que je te nettoie un peu. Il y a tout ce qu'il faut aux toilettes du camping. Au fait, ma petite plaisanterie t'a plu ? Tu te rappelles ?

— Je m'en souviens, oui.

— J'aime bien ce genre de blagues. J'en ai fait des tas à Nathan autrefois. Il ne savait pas toujours que c'était moi. Est-ce que le petit chat s'est sauvé ? Non, non, il a fait un joli plongeon dans la rivière, enfermé dans un sac en plastique. Oh, Nathan, comment as-tu pu être aussi négligent ? Tu as posé ton livre sur la veilleuse et tous les vers luisants sont morts ! » Il éclata de rire. « Des choses comme ça, tu vois. Et tout le monde se demandait comment elles avaient pu se produire. »

Il agita son revolver. « La jeep est au bout du chemin. Il va falloir marcher jusque-là.

— Tu le haïssais.

— Ça, tu peux le dire. » Il la poussa du coude pour la faire avancer. « Il a toujours été le préféré de la famille. Mais tu sais, papa n'était pas l'homme que l'on croyait. Il était bon mais je suis encore meilleur que lui. Et tu es mon chef-d'œuvre, Jo Ellen, comme Annabelle était le sien. Ils vont accuser Nathan et cette idée me remplit de joie ! S'il survit, ils le boucleront pour le reste de ses jours. »

Elle trébucha, se redressa. « Il est vivant ? Nathan est vivant ?

— Possible. Je n'en sais rien. De toute façon, ils finiront bien par examiner son bungalow. J'ai pris soin d'y laisser toutes mes photos. Ça les mettra sur la piste. Pauvre, pauvre Nathan. »

Il est peut-être vivant.

« Je dois lutter, pensa-t-elle. Rester en vie coûte que coûte. » Elle repoussa les cheveux trempés qui lui barraient la figure et leva les yeux vers le ciel. Le plus dur de l'ouragan semblait passé. Elle pouvait maintenant se tenir plus facilement debout.

Le moment était venu de jouer sa dernière carte.

« Le problème, Kyle, c'est que ton père était un photographe de premier plan. Son style paraît peut-être un peu démodé aujourd'hui, mais il reste intéressant. Tandis que toi, tu es bien loin derrière. Tes compositions sont pauvres, tu manques de méthode et tu n'as absolument aucun sens des éclairages. »

Quand il lança sa main dans sa direction, elle était prête. Elle le frappa de toutes ses forces, la tête en avant, en pleine poitrine. Ses pieds dérapèrent et il tomba à genoux. Aussitôt, elle lui saisit le poignet et le tira à elle pour attraper le revolver.

« Sale garce ! »

De son autre main, il réussit à lui faire perdre l'équilibre et voulut lui empoigner les cheveux. Elle se dégagea à temps, lui asséna un coup de pied violent dans les côtes et rampa plus loin. Les coquillages du chemin lui écorchèrent les mains mais elle ne les sentit même pas.

Elle le vit lever son revolver.

« Kyle. »

L'attention de Kyle fut détournée vers sa droite et il pointa aussitôt son arme dans cette direction.

« Ah, Nathan ! » Il grimaça un sourire. « Voilà qui est intéressant ! Tu crois que tu me fais peur avec ton minable pistolet ? Tu n'as pas assez d'estomac pour tuer. Tu n'en as jamais eu.

— Pose ton revolver, Kyle. C'est fini.

— Erreur. Notre père a commencé le travail. Moi, je le termine. » Il se remit lentement debout. « Oui, Nate. Je vais achever l'œuvre d'une manière que papa n'aurait jamais pu imaginer. Mon heure est venue. Le moment décisif. Mon triomphe. »

Il fit un pas en avant, toujours souriant. « Il n'avait fait que semer le grain. Moi, je le récolte. Ce succès m'appartient, j'y ai travaillé jour après jour, mois après mois. Pense comme papa serait fier de moi. Je ne me suis pas contenté de suivre ses traces, je l'ai dépassé ! »

Malgré le froid, Nathan avait l'impression qu'un feu intérieur le dévorait.

« Oui, Kyle, murmura-t-il. Tu es le meilleur.

— Ah ! » Le sourire de Kyle s'élargit. « Il serait temps que tu le reconnaisses enfin ! »

Il agita son arme en direction de Nathan. « Eh bien, voilà une scène digne d'un western ! Quel est le premier qui tirera ? Toi ou moi ? » Il éclata d'un rire rauque qui fit frissonner Nathan. « Je connais déjà la réponse, tu sais. Un pauvre type comme toi, sans tripes, sans courage. Mais regarde-toi ! Déjà, quand nous étions petits, tu étais assez stupide pour ne pas voir que je modifiais les règles du jeu. Pauvre imbécile ! »

Il se tourna vers Jo. « Qu'est-ce que tu dirais si je commençais par elle, hein ? »

Au moment où il s'apprêtait à lever son arme,

Nathan appuya sur la détente. Kyle recula brusquement, la bouche ouverte, une main sur la poitrine. Quand il l'écarta, elle était couverte de sang. Il la contempla, une expression d'incrédulité dans les yeux.

« Tu m'as tué ! Tu m'as tué pour une femme ! »

Kyle s'écroula sur le sol et Nathan abaissa son revolver. « Tu étais déjà mort », murmura-t-il.

Il s'avança vers Jo, passa un bras autour de sa taille pour l'aider à se remettre debout.

« Il était déjà mort », répéta-t-il d'une voix mécanique.

« Tout va bien. » Elle pressa son visage contre son épaule en s'accrochant à lui. « Tout ira bien maintenant. »

Giff courut vers eux en dérapant sur le chemin défoncé. Ses yeux se durcirent quand il vit la silhouette effondrée à terre. Il aperçut alors Nathan et Jo et se détendit imperceptiblement.

« Venez », lança-t-il d'une voix brève. « Il faut rentrer à la maison. »

Serrant étroitement Jo contre lui, Nathan marcha en direction de *Sanctuary* dans la tempête qui faiblissait.

Épilogue

« Deux hélicoptères sont en route. La police est dans l'un d'eux. Ils vont t'évacuer vers le continent.

— Je ne veux pas aller à l'hôpital. »

Kirby s'approcha du lit et saisit le poignet de Brian pour contrôler le pouls. « Pas de chance », dit-elle avec un sourire. « Tu n'es pas en état de discuter avec ton médecin.

— Que pourraient-ils faire d'autre ? Tu m'as déjà sauvé.

— Il ne s'agissait que de premiers soins d'urgence. » Elle vérifia le pansement, satisfaite de constater que le saignement avait cessé. « Et puis tu auras de jolies infirmières autour de toi, on t'administrera les meilleurs traitements et, d'ici quelques jours, tu seras en mesure de rentrer à la maison. »

Il la regarda. « Elles sont vraiment jolies, ces infirmières ?

— J'en suis persuadée. » La voix de Kirby se brisa et elle se détourna rapidement. Mais il avait eu le temps de voir les larmes jaillir de ses yeux.

« Hé ! Je plaisantais ! » Il chercha à lui prendre la main. « Je ne leur accorderai même pas un regard, ça te va ?

— Excuse-moi. Je croyais pouvoir mieux me contrôler. » Elle s'agenouilla à côté du lit et posa sa tête sur sa main. « J'ai eu si peur. Tu saignais tellement. Ton pouls s'effilochait sous mes doigts. »

Il lui caressa doucement les cheveux. « Et tu m'as ramené à la vie. Bon sang, Kirby, pense un peu à toi ! Tu n'as pas fermé l'œil de la nuit !

— Je dormirai plus tard. » Elle posa ses lèvres sur sa main, l'embrassa, l'embrassa encore. « Je dormirai pendant des jours et des jours.

— J'ai une idée. Et si tu prenais quelques affaires pour venir partager ma chambre d'hôpital ?

— Peut-être.

— Et quand je serai revenu, tu partageras ma chambre ici jusqu'à ce que j'aie récupéré.

— Ça peut se faire.

— Et quand j'aurai récupéré, tu pourrais partager le reste de ma vie. »

Du revers de la main, elle balaya une larme qui roulait sur sa joue. « S'il s'agit d'une demande en mariage, tu es censé respecter le protocole et me faire ta proposition un genou à terre.

— Quelle femme dominatrice !

— Absolument. » Elle sourit et appuya sa joue dans le creux de sa main. « Et puisque j'ai quelque responsabilité dans le fait que tu sois encore en vie, je ne vois pas pourquoi je n'en profiterais pas pour passer le reste avec toi... »

« Les jardins sont complètement détruits. »

D'un regard désolé, Jo contemplait les fleurs détrempées, arrachées, noyées dans la boue. « Il faudra des semaines pour nettoyer tout ça, sauver ce qui peut encore être sauvé. Et redémarrer. »

Nathan la regarda. « C'est donc cela que tu veux faire ? Sauver ce qui peut encore être sauvé ? »

Elle leva les yeux vers lui et son cœur se serra en voyant le pansement que Kirby lui avait appliqué sur la tempe. Ses joues étaient pâles, creusées de cernes.

Elle se blottit contre lui tandis qu'ils reprenaient leur promenade dans le jardin dévasté. Le soleil brillait dans un ciel parfaitement pur, l'air était étonnamment frais et vif. Un peu partout, un spectacle désolant s'offrait aux regards : arbres culbutés, fleurs piétinées, poteries brisées et de mélancoliques débris de céramique à la place de ce qui avait été une ravissante fontaine. Le fumoir avait perdu son toit. Des branches enchevêtrées, des monceaux de feuilles et des éclats de verre jonchaient le patio.

Giff et Lexy s'activaient déjà à débarrasser portes et fenêtres des planches en contre plaqué afin que la lumière du jour pénètre de nouveau dans la maison.

Jo vit son père en compagnie de Kate à l'orée du bois. Non sans surprise, elle constata qu'il avait passé un bras autour de ses épaules.

« J'aimerais rester un peu ici, murmura-t-elle. Les aider à remettre les choses en ordre. Plus rien ne sera comme avant mais qui sait si ça ne sera pas mieux ? »

Elle mit la main en visière pour abriter ses yeux de l'éclat du soleil. « Brian a demandé à te voir.

— Je l'ai rencontré tout à l'heure et nous avons mis les choses au point. Notre relation ne sera plus jamais la même. » Il lui fit un petit sourire. « Qui sait ? Peut-être en deviendra-t-elle meilleure...

— Tu as parlé à mon père ?

— Oui. Il est heureux que ses enfants soient sains et saufs. Il m'a dit que j'avais fait preuve de courage en tuant mon frère.

— Tu as fait preuve de courage en me sauvant la

vie. » Elle posa une main sur son bras. « Car je te dois la vie, Nathan. Et celles de ma famille. Je te dois aussi le souvenir de ma mère. »

Il demeura silencieux quelques instants. « C'était mon père, dit-il enfin. Et mon frère... Et pourtant je n'ai éprouvé aucune émotion en pressant la détente. Kyle était déjà mort pour moi. Ce fut presque un soulagement. »

Jo leva les yeux en percevant le bourdonnement d'un hélicoptère. Elle voulait l'entendre prononcer les mots tant attendus avant que les horreurs de cette nuit ne fussent de nouveau étalées au grand jour, avant que la police n'arrivât avec ses questions, ses investigations, ses soupçons.

« Nathan... Tu as dit que tu m'aimais.

— Je t'aime plus que tout. »

Elle glissa sa main dans la sienne.

« Veux-tu, toi aussi, sauver ce qui peut être sauvé, et tout recommencer ?

— C'est ce que je désire le plus au monde. »

Leurs regards se fondirent, leurs mains s'étreignirent.

« Alors pourquoi ne pas nous y mettre tout de suite ? »

BEST SELLERS

Les Best-Sellers Harlequin, c'est la promesse d'une lecture intense : romans policiers, thrillers médicaux, drames psychologiques, sagas, ce programme est riche d'émotions.

Ne manquez pas, dès le 1er septembre:

Passé meurtrier, de Karen Young • N°234

Kate avait cinq ans lorsque ses parents ont décidé de partir avec elle faire un tour en bateau. Le temps était magnifique, la mer calme... et pourtant le yacht a coulé, emportant avec lui le père de la petite fille.

Trente-trois ans plus tard, le passé ressurgit brutalement… Alors qu'elle l'avait effacé de sa mémoire, Kate se met soudain à avoir des visions angoissantes de l'accident. Un séjour dans sa Louisiane natale lui donne l'occasion d'interroger ses proches, mais elle se trouve confrontée à leur silence… et bientôt à l'assassinat du mari de sa meilleure amie. Hasard ou coïncidence ? Pour le savoir, Kate n'a plus le choix : il faut qu'elle découvre cette sombre vérité qu'elle a enfouie au plus profond d'elle-même...

Prémonition, de Heather Graham • N°235

Toni Fraser et ses amis pensaient avoir trouvé le bon plan pour gagner leur vie : louer un château écossais délabré. Le rénover. Monter un spectacle autour du destin tragique d'un guerrier imaginaire, le *laird* Bruce MacNiall. Mais lorsque le propriétaire des lieux surgit à l'improviste, Toni découvre avec stupeur qu'elle a retracé en détail la vie d'un de ses ancêtres. Plus troublant encore, elle se met à croiser le sosie de ce dernier aux alentours du château, puis à faire des rêves dans lesquels lui apparait une jeune femme sauvagement assassinée.

Peu à peu, une vérité horrible se fait jour. Une vérité qui pourrait bien lui coûter très cher…

Meurtre en eaux troubles, de Sharon Sala • N°236

Lorsque un million de dollars ont été volés à Marmet, dans le Maine, toute la ville a accusé Frank Whitman, disparu comme par hasard le même jour. Mise au ban de la société, sa femme s'est alors suicidée, laissant seule leur petite fille, Sarah.

Vingt ans plus tard, le squelette de Whitman est retrouvé dans une malle au fond d'un lac. Convaincue de l'innocence de son père, Sarah décide de retourner sur les lieux de son enfance afin de faire la lumière sur cette affaire. Mais sa venue en rend plus d'un nerveux… Victime de plusieurs tentatives d'assassinat, la jeune femme doit se rendre à l'évidence : l'auteur du crime ne reculera devant rien pour continuer à vivre dans l'impunité…

Enlèvement, de Tara Taylor Quinn • N°237
Riche héritière d'un vaste empire industriel, Amelia Wainscoat voit le monde s'écrouler le jour où son fils de cinq ans est enlevé au milieu d'une fête foraine. La jeune femme d'affaires sûre d'elle et ambitieuse qui faisait l'envie de tous se transforme alors en une mère désespérée, prête à tout sacrifier afin de sauver son enfant.
Commence pour elle une longue quête… Aidée par un détective privé, Amelia exploite le moindre indice, jusqu'à retrouver enfin la trace de son fils et de son ravisseur. Mais elle ne se doute pas qu'au terme de ce voyage l'attend une découverte terrifiante, à mille lieues de tout ce qu'elle avait pu imaginer…

Un été en Virginie, de Emilie Richards • N°238
Lorsque sa mère la presse de séjourner un été avec elle chez sa grand-mère, en Virginie, Tessa accepte à contrecœur, certaine que ces vacances ne seront pas de tout repos. Des travaux s'imposent dans la maison familiale, et les trois femmes ont toujours eu des rapports si difficiles…
Sur place, pourtant, elle a la surprise de découvrir des traces d'un passé dont elle ignorait tout — un passé souvent douloureux, mais qui lui révèle la formidable force de caractère des deux femmes qu'elle pensait le mieux connaître.
A leurs côtés, elle va apprendre à surmonter le drame qui a brisé sa vie trois ans plus tôt. Le bonheur est là, à portée de main, à condition qu'elle sache le saisir…

Le testament du cœur, de Sherryl Woods • N°134 *(réédition)*
Depuis qu'elle a quitté son Wyoming natal et le grand-père qui l'a élevée, Megan O'Rourke mène une carrière fulgurante à New York. Jusqu'au jour où elle apprend la mort de son aïeul… Stupéfaite, elle découvre que ce dernier l'a obligée par testament à revenir s'occuper d'une petite fille de huit ans qu'il a eue sur le tard. Partagée entre ses ambitions professionnelles et son refus d'abandonner l'enfant à son sort, Megan se trouve face à un choix qui peut bouleverser toute sa vie. Et ce ne sont pas ses retrouvailles houleuses avec Jake Landers,son amour de jeunesse, qui vont lui faciliter la tâche…

ABONNEMENT...ABONNEMENT...ABONNEMENT...

Oui, je désire profiter de votre offre exceptionnelle. J'ai bien noté que je recevrai d'abord gratuitement un colis de 2 livres * ainsi que 2 cadeaux. Ensuite, je recevrai un colis payant de romans inédits régulièrement.

Je choisis la collection que je souhaite recevoir :

(☑ cochez la case de votre choix)

- ❑ **AZUR** : Z5ZF56
- ❑ **EMOTIONS** A5ZF53
- ❑ **BLANCHE** : B5ZF53
- ❑ **LES HISTORIQUES** : H5ZF53
- ❑ **PASSION** : R5ZF56
- ❑ **DÉSIRS** : D5ZF52
- ❑ **DÉSIRS/AUDACE** : D5ZF54
- ❑ **HORIZON** : O5ZF55
- ❑ **AMBRE** : ØP5F53
- ❑ **BEST-SELLERS** : E5ZF53
- ❑ **BEST-SELLERS/INTRIGUE** : E5ZF54
- ❑ **MIRA** : M5ZF52

***sauf pour la collection Ambre : premier colis payant, et les collections Désirs et Mira = 1 livre gratuit.**

Renvoyez ce bon à : Service Lectrices HARLEQUIN
BP 20008 - 59718 LILLE CEDEX 9.

N° d'abonnée Harlequin (si vous en avez un) __________

Mme ❑ Mlle ❑ NOM __________

Prénom __________

Adresse __________

Code Postal __________ Ville __________

Tél. : __________

Le Service Lectrices est à votre écoute au 01.45.82.44.26
du lundi au jeudi de 9h à 17h et le vendredi de 9h à 15h.

Conformément à la loi Informatique et Libertés du 6 janvier 1978, vous disposez d'un droit d'accès et de rectification aux données personnelles vous concernant. Vos réponses sont indispensables pour mieux vous servir. Par notre intermédiaire, vous pouvez être amené à recevoir des propositions d'autres entreprises. Si vous ne le souhaitez pas, il vous suffit de nous écrire en nous indiquant vos nom, prénom, adresse et si possible votre référence client. Vous recevrez votre commande environ 20 jours après réception de ce bon. Date limite : 31 décembre 2005.

Offre réservée à la France métropolitaine, soumise à acceptation et limitée à 2 collections par foyer.

Composé et édité par les
éditions Harlequin
Achevé d'imprimer en juin 2005

BUSSIÈRE
GROUPE CPI

à Saint-Amand-Montrond (Cher)
Dépôt légal : juillet 2005
N° d'imprimeur : 51365 — N° d'éditeur : 11488

Imprimé en France